在阅读中展开，人生的可能

CONTENT
肯特文化

澳门人家

梁振华 著

文化发展出版社
Cultural Development Press

图书在版编目（CIP）数据

澳门人家/梁振华著.—北京:文化发展出版社,
2019.12
ISBN 978-7-5142-2893-9
Ⅰ.①澳… Ⅱ.①梁… Ⅲ.①长篇小说–中国–当代
Ⅳ.①I247.5

中国版本图书馆CIP数据核字(2019)第243438号

澳门人家

著　　者：梁振华

出 版 人：武　赫　　选题策划：盛世肯特
特约监制：伊　然　　文字统筹：宋文静 覃皓珺
责任编辑：肖贵平　　特约编辑：侯娟雅 王凤君
责任印制：邓辉明 刘向东　　装帧设计：观止堂_未　氓
营销推广：刘　源　　版式制作：格构工作室
出版发行：文化发展出版社（北京市翠微路 2 号 邮编：100036）
网　　址：www.wenhuafazhan.com
经　　销：各地新华书店
印　　刷：北京亚通印刷有限责任公司

开　　本：710mm × 1000mm　1/16
字　　数：320千字
印　　张：19.5
印　　次：2019年12月第1版　2019年12月第1次印刷
定　　价：59.80元
I S B N：978-7-5142-2893-9

目录

contents

第一章

夜降下来了。

三湾斜街一片安宁，匍匐在昏暗的灯光下，如同一纸画卷。这是一条历经岁月洗礼的街道，路面上的石板，泛着月亮的微光。街两旁的商铺人家，隐没在微明的夜色之中，一无声息，只有远方湾仔里传来邈远的歌声：

渔翁夜伴西岩宿，晓汲清湘燃楚竹。
烟消日出不见人，欸乃一声山水绿。
回看天际下中流，岩上无心云相逐。
…………

这是1989年的澳门，澳门的三湾斜街。它是澳门众多街路中的一条，却也承载着历史的斑斑痕迹。这里居住着许多从内地迁往澳门的居民，人们世代生活在一起，相互扶持，民风淳朴。一眼望去，还有一家店面亮着灯，门前的霓虹招牌上赫然写着“梁记饼家”几个大字，明黄的底色，黑色的魏碑字体，气派又醒目。透过窗户，可以看见一个人正在忙碌，那是梁记饼家的当家人梁鼎文。

梁记饼家专营手工杏仁饼，从原料的选择到制作，梁鼎文必亲力亲为。梁记杏仁饼不但味美可口，梁家人更是有晨起第一炉杏仁饼免费赠予街坊四邻品尝的祖训，它俨然已成为三湾斜街的一个标志。梁家的祖上是从福建莆田迁来的，当时以巡抚副使之尊协助正堂执掌澳门政务，德行人品曾为时人称道。梁家至此已繁衍五代，梁记饼家也有近百年的历史了。梁家到了梁鼎文这一代，生活已大不如从前，父亲梁恒年老多病，早早将掌家的责任交到梁鼎文手中。梁鼎文时年27岁，为人正直忠厚，踏实肯干，他恪守“有信有心”的祖训，兢兢业业地经营着梁记饼家。

上弦月挂在一棵树的枝头，月光被枝条分割。越过一排沿街的桂树枝头、楼盘的层层瓦脊，隔几条街路的距离，一簇烟花升起，打破了原有的宁静。梁鼎文抬头望了一眼，心下明白应是福德祠那边在庆祝土地诞。

这时，梁鼎文听见外面有人喊他："文哥，看神功戏去不了？"他听出是邻居郑大冠的声音。郑大冠长得精瘦，个子不高，稀疏的头发总是板板正正地向后梳，开口必先笑，说话幽默风趣。他经营的皇家小馆在梁记饼家斜对面，两家相互帮助，感情热络。

梁鼎文隔着窗户说："我店里忙。你去就好了。"

郑大冠说："去嘛文哥，抢到猪仔炮，讨个好彩头，明年就有盼头了。"

梁鼎文忙着手头上的活儿，笑道："你去抢，来年让你老婆再给你郑家添一口。"

梁鼎文没再听到郑大冠的回音，他坐在屋内埋头认真挑拣杏仁。室内棚顶上一盏白炽灯泼洒出橙黄色的光，器具陈设井然有序。正堂悬挂着祖父母的神像，神像两旁是一副对联，上联"有信佛浴世"，下联"存心神自安"，横批"信心万有"。梁鼎文就着灯光，几近苛刻地挑选杏仁，仿佛沙中淘金，他把挑拣到的一颗异常饱满的杏仁对着灯光去照，那杏仁被灯光透射得越发黄灿。这颗难得的杏仁，让表情严肃的梁鼎文露出了难得的微笑，他将它投入簸箕中。

这是梁鼎文每日的必修课，虽是费时费力了些，但也乐在其中。之后，他端起一簸箕选好的杏仁，走到靠近窗前的桌案一侧，一把一把地抓取出来，放入石臼中，以石杵捣之，手中的石杵有板有眼，石臼中的杏仁，渐渐变成了杏仁碎。

"啪——呲——"此消彼伏的烟花声在天空中轰鸣，土地诞的热闹声浪隐约传来。梁鼎文放下手中的石杵，透过窗棂看不远处繁茂的烟花。

农历二月初二是澳门的土地诞，雀仔园福德祠门外，人们正欢天喜地地庆祝。彩棚华美，灯火璀璨，人头攒动，好不热闹。梁鼎文的妻子宋曼琴身着一件粉色布衣，抱着女儿梁舒挤在人群中观望。她身形细弱，满面温柔，却不娇气，同梁鼎文育有一子一女，彼时，女儿梁舒不到 3 岁，儿子梁家栋出生才七个月。夫妻俩相敬如宾，共同操持梁记饼家，虽没有荣华富贵，倒也是其乐融融。

这时，彩棚旁边的戏台上，值理主持土地诞仪式，高声唱诵："丑生开笔——"只见丑生戏袍加身，戏剧脸谱俨然，动作利落，从司仪手中的托盘上抓取一管毛笔，在巨大的彩屏上书写"大吉"二字，其上写着"丁卯年（1987）土地诞"。宋曼琴满面虔诚地看着丑生书写的笔迹——"吉"字下面的"口"字写得严丝合缝。人群中爆发出一阵欢快的喝彩声，宋曼琴的眉头却微微一蹙：将"吉"字下面的开口写死，是不吉利的。

接着，值理高诵贺诞辞章："地载万物者，释地所以得神之由也；地润万物，五谷丰登……"彩棚远处，狮舞队和彩龙舞队，从坊间隆隆而出，戏缠在一起，场面愈发火爆热烈。值理高唱："还炮——"刹那间，彩珠礼炮，漫天开花。宋曼琴随即抱着女儿转身，从稠密的人流中辗转而出。

宋曼琴回到梁记饼家时，梁鼎文正娴熟地将绿豆粉、糖粉用油和匀，一个一个装到模子里。宋曼琴见状，把女儿放在地上让她自由玩耍，挽起袖子给丈夫帮忙。梁鼎文继续手中的活儿，他想起小妹梁潇的升学宴。梁潇被保送至岭南中学，这是梁家的大喜事，梁鼎文让宋曼琴盘算一下第二天招待街坊们的酒宴，他来联系戏班子。

差不多一小时后，杏仁饼新鲜出炉，小女儿跷起小脚去拿，被梁鼎文拦下了。第一炉杏仁饼用来酬谢街坊顾客是梁记饼家百年的规矩。宋曼琴几次劝丈夫，生意艰难，一些规矩该破就破吧，但梁鼎文执念，老祖宗的规矩不能破，做生意如做人，要讲良心，也要有信心、有心、有信，才能长久。

梁家大屋门楣上挂的匾额，赫然写着“梁宅”两个苍劲有力的大字。这是梁鼎文家的祖宅，古朴而气派，梁鼎文夫妻同父亲梁恒、二弟梁鼎武和三妹梁潇一起居住在这座老宅里。移步宅内，正对的是中式中堂，大幅山水画屏悬置在墙壁上，两边是一副对联，上联“栽竹尽成双凤尾”，下联“种松皆作老龙鳞”，横批是“先人居中”。卧室、厅堂、厨房均收拾得井井有条，陈设简单而整洁。

这晚，两鬓斑白的梁恒安坐在中堂的檀木椅上，摸出烟斗装上烟丝，用火柴点燃。他一生饱读诗书，举手投足间尽是文人气质。他悠然地喷出一口烟雾，想起不少往事。二月上戊祭社，烧大彩爆竹、舞狮子，他年轻时便是舞狮子的狮子头，总是博得街坊四邻的阵阵喝彩。

梁潇时年 12 岁，面目清秀，聪慧懂事，她乖巧地为父亲斟茶。只听父亲说：“你祖父、曾祖活着的时候，都想回福建老家祭祖，给我们这一脉人上了族谱，可天涯咫尺，到死都没达成心愿，怕是我这辈子也回不去了。你用功些，好好读书，给祖宗增光添彩，等将来有机会去内地，替爸爸回去给祖宗磕头。”

梁潇懂事地点点头。

一大早，梁鼎文从里推开梁记饼家的大门。三湾斜街上慢慢有了人气，两旁的店铺纷纷下闸板开张营业。开店的伙计、买菜的阿婆、上学的囡仔，每个路过梁记饼店的人，梁鼎文都热情地打招呼，一边将竹筐里的杏仁饼免费送给他们，一边喊：“吃梁记杏仁饼，有信，有心，有信心。”

一个少妇吃着杏仁饼说：“文哥，全澳门，数你家的杏仁饼最好吃，杏仁味儿长。”

梁鼎文憨笑道：“梁记对杏仁饼的理解不一样，杏是上古神药，《本草纲目》里有记载，对寒热失和、肺经不畅多种症候都有疗效。杏仁乃仁义上品，这个仁连着心，只要用心，就不能夺了它的真甘纯苦，这里头，透着做杏仁饼的心意呢……”

围观的路人说：“听你这么一说，你给大家吃的不是杏仁饼，倒是灵丹妙药，难不成你是我们三湾斜街的神仙菩萨？”

众人和衷大笑，梁鼎文的情绪也愈发活跃起来，把竹篮里的杏仁饼一个一个地分发给大家，热情地招呼说："今儿晚上我家摆酒庆贺小妹被保送去岭南中学读书，大家都来喝喜酒……"

梁家正热火朝天地准备喜宴。锅灶之间，宋曼琴娴熟地忙碌着，梁潇从旁协助，一盘盘精美的菜品出锅了。梁鼎武一脸不情愿地站在厨房旁边，神情慵怠。他刚被父亲梁恒叫起床，本来梦见了心上人阿瑾，父亲一记拐杖将他敲醒了，叫他去厨房帮忙。

梁鼎武生于 1965 年，与大哥梁鼎文相差五岁，二人的名字虽只差一个字，性格却是千差万别。梁鼎文辛勤持家，踏实稳重；梁鼎武则有点儿不务正业，人也不着调，酷爱咏春拳，自封是咏春拳"澳门第一"，最喜欢明星赵雅芝，他卧室的墙壁上挂着超大幅的赵雅芝明星照，旁边却不合时宜地悬着一把挂着璎珞穗的宝剑。

梁鼎武来到厨房，看见新出锅的菜，伸手就要抓起吃，宋曼琴笑着打开他的手，跟他说起向阿瑾家下聘的事情，梁鼎武瞬间笑开颜，他对阿瑾一往情深，但梁家生活并不宽裕，下聘的钱着实攒了一段时日。

喜宴开始之前，梁恒带一众儿女去了梁家的祠堂。梁恒在祖宗牌位前栽香，神态恭谨，梁潇从旁帮忙把香火点燃。梁鼎文夫妇和儿女进门，几步到了梁恒的身后。梁恒转身打量，发现梁鼎武不在，梁鼎文正欲去找，却见梁鼎武提着裤子从后院匆忙跑来，梁恒没好气地斜了他一眼。

梁恒跪在祖宗神牌前，梁家子孙跪在其后。梁恒神色严峻，告慰祖宗："祖宗先人在上，梁氏第七十八代孙梁恒叩拜。女儿梁潇性情温婉，闺中贤淑，花季贞容，学业有成，凤鸣澳门，光耀了梁家大屋的门楣，给先人增了光，特告慰祖宗在天之灵，保佑阖家安康、福运绵长……"

梁恒叩首，子孙跟在后面磕了三个头。梁恒起身，子孙跟着起身。

梁鼎武冲梁潇竖起大拇指，说道："不简单啊小妹，你跟大哥，爸都跟祖宗说过，就是我，爸从来都不跟祖宗说一声我的好，祖宗都不知道有没有我这一号。"

梁恒瞪了他一眼说："祖宗知道有你，也得气死。"

梁鼎武一摊双手，不紧不慢地说："得，让祖宗好好活着吧。"

喜宴请了戏班子，主唱莆仙戏《乐昌公主》。梁恒酷爱莆仙戏，这是他向戏班班主点的剧目。乐昌公主，乃陈宣帝之女，相貌端庄秀美，举止高雅大方，又博学诗文，深通雅韵，以性情温婉为众人称道。梁家办升学喜宴，唱这一出十分和洽。

戏台上，大戏开锣之前，乐队演奏闽南丝竹小调儿，曲调和畅而喜庆。

宋曼琴带着梁潇和帮忙的姐妹们开始上菜。梁家院子里，露天摆了八桌酒宴，梁恒居中就座，梁鼎文和梁鼎武从旁站立。众街坊客人纷纷跟梁恒道贺，夸赞梁老爷子知书达理，教子有方，梁恒则笑着摆手，说着自谦之辞。

梁鼎文招呼大家一一落座，开席在即，梁恒起身，向乡邻们拱手道谢："我梁氏一脉，从福建莆田到澳门立足，历五代，近百年。百年来，梁家大屋诗礼传家，后继先人虽然再无做官的，可梁记饼家以杏仁饼酬谢乡邻，诚信和良心为念，赢得了生存之根基、繁衍我梁氏子孙之业路，多年来，得街坊邻里的支持、厚爱，梁家大屋历经风雨变故，未至衰败。"

众街坊纷纷点头，梁恒接着说："长子鼎文守业有成，长媳持家有度，为我梁氏育有一子一女，有大功劳；次子鼎武虽生性顽劣，可本心不坏；小女潇儿潜心学业，全了诗礼传家的祖望，他们没有辜负祖宗'有信有心'的家训，今天，老迈在梁家大屋置酒设宴款待街坊老友，一来庆贺小女潇儿上岭南中学，二来，感谢街坊多年来的情谊。诸位高邻，大家举杯畅饮，不醉无归。"

众人举杯，酒宴开始。戏台上也结束了小调儿，正戏开锣，《乐昌公主》传递了古老蕴藉的华夏文明真味儿。

酒宴正酣，众街坊们纷纷向梁恒敬酒，梁恒展颜开怀。梁鼎武坐在大哥身边，啃了一口鸡腿，不满父亲称他为次子，正想辩解之时，澳门大富商苏耀庭提着精美的礼盒登了门，梁家人全都脸色一变，众街坊们也开始窃窃私语，场面变得沉闷而诡异起来。

说起来，苏耀庭与梁家也算是旧相识，他觊觎梁家大屋多年，儿子苏林对宋曼琴一往情深——但宋曼琴最终还是选择了青梅竹马的梁鼎文。当年，宋曼琴的母亲原本将宋曼琴许给了苏家，苏家的喜帖都发了，宋曼琴却逃出来与梁鼎文私订了终身。也因为此，婚后的宋曼琴与娘家几乎断了联络。梁家远不如苏家生活优渥，吃穿用度甚至需要精打细算，但宋曼琴与梁鼎文相濡以沫，把苦日子过得甜蜜满足。

梁恒虽有不悦，但不失待客之礼，他示意女儿招呼苏耀庭。苏耀庭把礼盒递给梁潇，坐在梁恒身边说："恭贺老哥，真是想不到，三湾斜街也能飞出一只金凤凰啊。"

梁恒说："三湾斜街破街陋巷，尽是我等微末小民，是比不得你们俾利喇大街，富商巨贾云集。小女上学是一桩小事，苏老板大忙人，不值你亲移贺驾。"

苏耀庭一边环顾大屋，一边道："真是个好宅邸啊。"梁恒没有理会他，起身用手势示意街坊继续畅饮。台上的戏还在继续，喝酒的街坊却拘谨得很，目光明里暗里地瞥向苏耀庭和梁恒。

梁恒说："大屋乃我梁家祖宅，是梁氏一脉立身澳门的祖业根基，就算是再苦再难，我也不会变卖祖产苟活人世。更何况，我大儿子鼎文苦心经营梁记饼家，日子还算过得去。今儿你要是来喝喜酒的，我们接着喝，要是来给我添堵的，你请回。"

苏耀庭说："以梁家现在的几口人丁，撑不起这么大一个宅邸，答应转让，我出高两倍的价钱。"

梁恒不软不硬地回应："梁家大屋的祠堂供奉着我梁氏祖先，大屋之内，有我梁氏祖训，有信，有心，有信心，就算苏老板肯出几倍的价钱，我梁恒也不会动心。"

"退一万步说，就算杏仁饼卖得再好，应付大屋的开销也是左支右绌、捉襟见肘。"苏耀庭说着站起身，手指着大屋的周遭继续道，"诸位都看看，多好的一座大屋，好廊柱，好雕工，啧啧……真是可惜了。老梁，你这是糟蹋先人啊，这要是到了我手里……"

梁恒实在忍无可忍，他猛地站起身，将手中的拐杖重重地戳在地上，怒言："够了！"

戏台上顿时停止表演，场面瞬间凝固，鸦雀无声。梁恒感觉胸口隐隐作痛，他用拐杖敲着地面说："送客！"

苏耀庭却旁若无人地说："你再想想，澳门是我葡萄牙人经略百年的风云之地，这里的天空和大海、码头和街路，到处都吹拂着我葡萄牙人的雄健之风，日月星辰，凡所照耀之处，何处不是我葡萄牙人之物业。"

众街坊也纷纷气恼地喊"送客"，苏耀庭环视众人，从衣袋里摸出牛角梳，慢条斯理地梳理他稀疏的头发，一脸鄙夷地起身往外走。

梁鼎文胸中怒火熊熊，跨到苏耀庭眼前，一字一顿地告诫说："人，不能为富不仁！"

苏耀庭放浪地大笑道："一帮穷街坊，还配谈什么仁义道德。"

在众人鄙视、梁家人愤怒的目光中，苏耀庭扬长而去。梁恒气得浑身发抖，他端起酒杯，猛然灌下，却被酒水呛得连连咳嗽。梁潇和梁鼎文急忙扶住父亲，梁鼎武也担忧地跑上前去，咬牙切齿地骂苏耀庭。但梁恒的呼吸却越来越急促，他一手紧紧按压住作痛的胸口，随之身体也猛烈颤抖起来，渐渐支撑不住，当场倒地晕了过去。

子女们大惊，所有街坊也都惊呼着围上前，好好的一场喜宴乱成一团。梁鼎文匆忙跑回卧室，把父亲晕倒的消息告诉了宋曼琴，卷起了抽屉里的全部纸钞。宋曼琴则嘱咐梁舒在家照看弟弟，与梁鼎文一同出去了。梁家一众人和邻居郑大冠急忙把梁恒送往医院。

梁恒被推进了手术室。梁鼎文心情沉重地坐在手术室门口的长椅上，宋曼琴担忧地握住他的手，从旁劝慰。梁潇腮边挂着泪水，不时扒着门缝儿往手术室里看。梁鼎武跺着脚咒骂姓苏的，抽身就走，意欲寻仇。郑大冠急忙拉住他，梁鼎武看了看梁鼎文阴沉的脸，只好安静，却心有不甘。一家人巴望着门头上的术中灯，心中默默为梁恒祈祷。

此刻的时间，比任何时候都叫人感觉漫长。两小时后，护士把梁恒从手术室推了出来，说已脱离了生命危险，一家人簇拥着推床进了病房。病房很简陋，灰暗的墙壁上了无生气，一个输液瓶高高地悬挂着，连接着梁恒的手臂。梁鼎文坐在父亲床头，握着父亲的手，一心一念都在父亲的身上。他的身后，是泪眼婆娑的梁潇、怒气在怀的梁鼎武、神情紧张的宋曼琴，还有热心肠的郑大冠。

梁鼎文回转过头来说："阿琴，你赶紧回家照顾舒儿和家栋，把天兴班的钱算了。小妹和阿武也回去，帮大嫂收拾收拾桌椅杯盘。大冠你也忙你的去吧。”

梁潇执意不走，眼泪又往外冒：“我跟大哥留下照顾爸爸。”

宋曼琴急匆匆回家，而梁鼎武眼睛转了转，什么也没说，也转身离开。郑大冠走到梁鼎文面前，从腰包里摸出一沓钱硬塞给他，梁鼎文执意要塞还给他，他却转身跑了。

梁鼎文兄妹俩眼巴巴望着昏迷的父亲，心乱如麻。不觉间，窗外暮色悄然降临，乌云涌来，淅淅沥沥地下起了小雨。

梁鼎武走出医院后，并没有回家，而是径直去了苏家豪宅。暮色四合，梁鼎武到了苏家。他从院墙上翻身一跃，跳进了苏家大院内，一脚踢开苏耀庭客厅的门，眼下的苏耀庭正手捏着一杯洋酒，陶醉在点唱机的西洋音乐中，看到门口的梁鼎武着实一惊。

“苏耀庭，你把我爸气到医院去了，差点儿要了命！你不能气死人不偿命！”

“要钱吗？可以，只要他肯把大屋卖给我，价钱好商量。”

“你做梦！”

“那就别怪我帮不上忙了。”

梁鼎武拉开咏春拳的姿势，怒视苏耀庭，做出随时攻击的架势。苏耀庭连拍了三下手掌，十几个佣人一拥而上，将梁鼎武团团围住。

半个时辰后，被打的梁鼎武跌跌撞撞地回到了三湾斜街，他的头发被雨淋成了一绺一绺，衣服也全粘湿在了身上。郑大冠刚从皇冠小馆出来，他急忙将梁鼎武扶起，关切地问他怎么回事，梁鼎武就把事情对他说了一番，郑大冠叹着息把他扶回梁家。

还没进门，他们便看见宋曼琴抱着家栋往外跑。宋曼琴见怀中的梁家栋哭得有气无力，原来，他身上起满了紫红色的斑点儿。白天的时候，宋曼琴就发现家栋腿和胳膊上有这样的斑点，以为是湿疹，给他抹了药膏，没太在意，现在显然是越来越严重了。宋曼琴向二人打了个招呼，便急匆匆赶往医院。

家栋得的是过敏性紫癜，医生说是要命的病，恐怕凶多吉少。这如一道霹雳劈向了梁家。一天之间，梁家两口人入院急诊，原不富裕的生活更是雪上加霜。钱成了大问题。梁记饼家大门紧闭，街坊们看在眼里，心里也替梁家人着急。郑大冠组织街坊们为梁家进行了一次募捐，阿公阿婆们心疼梁鼎文的不易，纷纷捐赠。

从医院出来的梁鼎文开始四处筹钱，他找出了家里的所有积蓄，但是在医药费面前不过是杯水车薪。无奈之下，他只得把家中值钱的东西当掉。他眼睁睁地看着典当行先生搬走了紫檀桌子、椅子，随后又取下了中堂的山水画卷，心情凝重。

一向不着调的梁鼎武，面对家庭突如其来的变故，也开始筹钱。但是，他去的却是地下钱庄，向钱庄老板强哥借了高利贷，承诺三天后连本带利全都还上。接着，他带着钱去了赌场，想用这笔钱赢来医药费。

第二日一早，输光钱的梁鼎武被人扔出了赌场。这时，强哥和手下把他团团围住，他一阵惶遽，强哥恶狠狠地威胁他，要是不能按期还钱，就卸他一条腿。梁鼎武顿时傻眼，这次，他是真怕了，他知道强哥那帮人是什么都干得出来的。可是，借来的钱都输光了，怎么还？拿什么还？他思来想去，脑海里冒出了一个主意，便急匆匆地赶往医院。

梁家栋的病床旁边，宋曼琴握着儿子的小手，早已哭肿了双眼。家栋病情未卜，医药费成了无底洞，梁鼎文出去四处筹钱。梁鼎武不知何时进了病房，他“扑通”一声跪在宋曼琴跟前，苦苦哀求：“大嫂，你得救我！”

梁鼎武说出借高利贷去赌的事情，宋曼琴顿时傻了眼。

“爸爸病了，要钱！侄儿病了，要钱！小妹上学，要钱！阿瑾也喊着跟我断绝关系！我是梁家的男人，我也要想办法啊……”

“可你怎么就忘了梁家有祖训，不能沾赌！”

“所以我才来求大嫂啊！千万不能让爸爸和大哥知道，这个节骨眼上，不怕大哥把我打死，就怕把爸爸气出个好歹。”

宋曼琴焦躁地来回踱步，心里又急又气。

“大嫂，我有一个办法……苏耀庭不是惦记我们梁家大屋嘛……”

“大屋是梁家的命根子，你也敢惦记？！”

“事有轻重，情有缓急，总不能眼看着爸爸和侄儿等死、小妹辍学吧？还有我的阿瑾啊！大嫂，眼下只有这一步棋，你要是走了这步棋，就满盘皆活了。”

“行不通！爸不会同意！文哥也不会同意！”

“大嫂，三条命啊。爸爸，家栋，我。高利贷还不上，他们要剁掉我一条腿啊！求大嫂帮我，命都不在了，要大屋还有什么用啊。”

说着，梁鼎武从怀里掏出了梁家大屋的房契，递向宋曼琴。宋曼琴愣愣地看着房契，心乱如麻。

梁家大屋对于梁家而言，有着非同小可的意义——它是祖宅，养育了几代子孙，承载着梁家“有信，有心，有信心”的祖训。梁家一时间出了两个病人，花钱成了无底洞。郑大冠建议梁鼎文把梁家大屋卖给苏耀庭，梁鼎文执意不许。苏耀庭也找到梁鼎文，提出愿出高一倍的价钱买大屋，梁鼎文断然拒绝。他深知，大屋是父亲的命根子，是梁家的魂脉。愁绪爬上了梁鼎文的眉头，他想起妻子宋曼琴说联系娘家人拆借一笔，眼下也没有其他办法，他寄希望于此。但宋曼琴的娘家在葡萄牙，婚后多年未有联络，能不能联系上娘家借钱这事儿也悬。

这天夜里，台风从海上汹涌而来，整个澳门风雨飘摇。三湾斜街的树木和店铺被台风吹得东倒西歪，梁鼎文夫妇从内用力抵住梁记饼家的门。狂风呼啸过来，木门不断地被吹开，二人再合力关上，一起抵抗飓风的袭击。风发怒一般地嘶吼，整个店铺好像随时要被吞噬。医院催促他们带家栋去香港看病，一大笔开销重重地压在他们头上。梁鼎文一个愣神，手中的门把手掉到了地上。屋门被大风吹开，刹那间，风雨灌满店铺，屋内物件乱飞，房子开始摇晃起来。夫妻两个跌倒在地，彼此爬向对方，艰难地抓住了对方的手，紧紧地抱在了一起。

风雨喧闹了一夜，第二天一早，渐渐停歇了，美丽安详的三湾斜街变成了废墟，街路和店铺一派狼藉。一片瓦蓝的铁皮屋顶动了几下，随后被拱开，梁鼎文挣扎着站了起来。他看到眼前一片劫灾后的惨象，不禁仰天大吼："老天灭我梁家呀——"宋曼琴从未见过这样无助甚至绝望的文哥，她挣扎着站起，神情落魄地走向街路对面，脚下横三竖四的垃圾，使得她的脚步磕磕绊绊。在跌跌撞撞之间，她心里有了决定。

几天后，梁鼎文夫妇带家栋去香港看病。码头边上，海鸥高飞，绕着桅杆扑向远方的夕阳；鱼鹰低翔，在海边近水觅食。旅人来来往往，有的西服礼帽，也有的平头素服；有的沉稳安详，也有的着急忙慌。梁鼎文嘱咐梁潇和梁鼎武好好照顾爸爸和梁家，兄妹三个齐心协力渡过难关。

梁潇说："大哥有信心，我跟二哥就有信心。"

梁鼎武感激地看着宋曼琴说："多亏了大嫂，没有大嫂，这回梁家就完了。"

宋曼琴用目光制止了梁鼎武的话，说道："天灾人祸一起压下来，你得收收心，和小妹好好照顾爸爸，照顾好我们这个家。"

梁鼎武眼圈泛红，连连点头。

宋曼琴心里还装着为鼎武下聘的事情，但梁家突遭变故，家道中落，梁鼎武心爱的阿瑾已经去澳洲了，可能一辈子都见不到了。

远处传来了催促上船的声音，梁鼎文夫妇抱着孩子登上了去往香港的船。

东望洋山灯塔渐渐离开，渐行渐远，澳门已是在身后。甲板上，梁鼎文和宋曼琴并排坐着，梁鼎文感慨道："岳母大人多年不跟我们来往，关键时刻，还是帮了大忙。"宋曼琴心绪繁重，她尽力掩饰内心的惶恐，默默将目光转向大海。

大海里无数的细小白色浪花，一簇生，一簇灭，生生灭灭，没有止息。

转眼间，一个月过去了。

梁恒出院回家了。这日，梁潇搀扶着梁恒，静静地站立在堂屋中间。梁恒环视屋子，檀木桌椅没了，中堂的山水画没了，他不禁叹了一口气。两人正欲转身回房，便看见梁鼎文和宋曼琴抱着病愈的家栋风尘仆仆地出现在厅堂门口。这样的团聚让梁家人激动而感恩。

然而，梁家的平静还是被打破了。

这天，梁鼎武正落拓地在梁家院子里闲逛，忽然看见苏耀庭带着助理和管家进了宅门，他们一边指指点点，一边往中堂走去。梁鼎武疾步上前，伸开双臂拦截道："姓苏的，把我打成那样，你还敢来！？"

苏耀庭停住脚步，一脸阔笑，语出讥讽："我是来感谢贤侄你的。"见梁鼎武一脸疑惑，他继续说："也都是天缘凑巧，贵府一老一少双双进了医院瞧病，就算变卖家当，可还是补不齐医院给你们家挖下的大窟窿，偏赶上你又借了高利贷，欠下了一大笔债务，这些，我都是看在眼里的……"

梁鼎武幡然醒悟，强哥的钱庄和赌场都隶属于苏耀庭的大澳集团，原来他一步步地入了苏耀庭的套。梁鼎武痛苦地抱着脑袋蹲下，追悔莫及。

苏耀庭接着说："阿琴是个好女人，很能干，碰到大事拿得起放得下，万难之中找到了我，我哪能见死不救啊，以高出市面上三成的价钱买下了这座大屋。换句话说，危难见真情，是我救了你们家两条人命啊。"

说完，苏耀庭带着助理和管家，继续往中堂走去。

梁鼎文搀扶着梁恒来到大屋的中堂，父子俩不约而同地望向中堂山水画空置的地方。梁恒看了梁鼎文一眼，语气沉重地说："这幅中堂画轴，是祖籍莆田的家山实景……先祖德高才茂，不仅作得一手好诗文，字画也是时人中的翘楚，来澳门做巡按副使之后，思念家乡，故而画了这幅故乡山水悬挂中堂，以排解思乡之苦。美丽的木兰溪流经梁家山，给祖屋聚了一团和气，真是一个福地啊。我们这一支脉的后世子孙，没谁回去过祖籍，就只有望着这幅中堂山水顾念家乡……"

梁鼎文向父亲赔罪，梁恒摆了摆手说："算了，覆水难收啊。"

"咣当"一声，中堂大门被猛然推开，苏耀庭赫然出现在门口，他的身后跟着助理和管家。梁恒和梁鼎文转过身，看见苏耀庭，脸色皆是一沉。梁恒板起面孔道："这是梁家大屋，容不得你们造次！"

第二章

该来的还是来了。

看到苏家来收房的梁鼎武，迅速跑向宋曼琴的卧房，见她正在跟小妹说话，他敲了敲窗子，示意大嫂出来说话。宋曼琴把家栋、舒儿交给梁潇照顾，推门出来，见梁鼎武面红耳赤，预感到了灾难的来临。梁鼎武见小妹在场，便把卖大屋的事情推到大嫂身上，宋曼琴没有回应，径直向中堂走去。

此时的梁家大屋中堂内，梁恒和梁鼎文正逼视着苏耀庭。苏耀庭的助理从公文包里掏出房契文书，双手递给苏耀庭，苏耀庭在梁恒和梁鼎文父子眼前抖开。梁恒看到房契上盖着自己名字的印章，浑身一震，后退了两步。梁鼎文猛然伸手夺取文书，却被早有防备的助理挡住。

梁恒明白是有人背着他卖了大屋，他怒视梁鼎文，手杖点地怒道："你怎么能办下这种事？！"梁鼎文担心父亲病情复发，急忙上前搀扶，却被他抡起拐杖打开。

这时，宋曼琴从屏风后面跑来，"扑通"跪在梁恒面前说："大屋是我卖的，爸爸，您别怪文哥。"

那天早上，经历了一晚台风摧残的街市，一片狼藉。宋曼琴在一片废墟里挣扎起来，她第一次看见那样无助绝望的丈夫，她心里还装着躺在医院的儿子、爸爸和被高利贷紧逼的鼎武……她一步一步朝着俾利喇大街走去，衣袋里的房契重如千斤。

听完宋曼琴的话，梁恒浑身哆嗦着，颓唐地坐在角落里一张破旧的太师椅上。梁鼎文大惊失色，他用力捏住宋曼琴的双肩摇晃，愤怒地质问她，听到宋曼琴哭着承认，他傻眼了，愤怒的火在眼中越燃越烈。

宋曼琴无助地哭诉："文哥，你知道，我跟娘家人许多年都不联系了，越洋电话我一直打不通。我不能看着爸爸和儿子躺在医院里没钱治病，我也看不下去你为钱发愁……"

梁鼎文声嘶力竭地说："那你也不能自作主张卖了梁家大屋！你没这个资格！"

这时，一个人影晃了进来，是苏林——苏耀庭的儿子，也是梁鼎文的情敌。苏林冲到梁鼎文和宋曼琴眼前，把宋曼琴护在身后。梁鼎文仿佛明白了根由始末，他的目光直刺宋曼琴："你吃里爬外，联合苏家来算计梁家？！"

宋曼琴的眼泪簌簌地往外冒，她喃喃呼唤着"文哥"，不知该如何解释。苏林一口否认：

“我跟阿琴这么多年都没联系，我刚从葡萄牙回来，哪来的合伙算计？！”

梁鼎文一把揪住苏林的领口道：“不是你在背后扇的阴风，鬼也不信！”

苏耀庭指挥助理和管家救援，两个人跑过去按住了梁鼎文的双臂。愤怒赶走了理智，梁鼎文挣扎着朝宋曼琴叫骂：“算我瞎了眼，信了你这种女人！你滚！赶紧滚！”

梁鼎文和宋曼琴相识相恋多年，这是他第一次冲她吼叫，这种吼叫里，是不信任、不理解，是恼怒，也是一场爱的决裂。在未来的许多年里，梁鼎文都无法打开这个心结。

无助的宋曼琴看见坐在角落里气得身子发颤的梁恒，疾步过去哀求，希望不要赶她走。梁恒正要开口，苏耀庭凑近他说：“老哥哥，白纸黑字，你得给我腾地方了。”梁恒一口气窝在胸口，说不出话来，脸憋成了紫萝卜。梁鼎文见状，抄起椅子冲着苏耀庭几人砸过去，把他们砸得节节后退，一直退到门口，苏耀庭跌倒在台阶上。

苏耀庭吩咐管家去喊警察，但被苏林制止了，苏林试图劝说父亲退还房子，苏耀庭一口拒绝，他惦记梁家大屋几十年了，现在好不容易有机会得到房子，自然不会退让。但眼前的梁家人愤怒得叫人感觉可怕，万一闹出人命来，可就不好收场了。

“轰隆隆”，半空里滚起了闷雷，苏耀庭身子一震。天空阴云翻滚，雨珠“嗒嗒”地往下落。这时，梁鼎文手持一个熊熊燃烧的火把出现在中堂门口，梁鼎武急忙跑到大哥身边，扎着马步，双手握拳，做出进攻的姿势。苏耀庭害怕梁鼎文真的烧了大屋，便把事情交代给苏林处理，在管家和助理的簇拥下急速出门。

此刻的梁鼎文，双目圆睁，胸中怒火正炽，手中的火把随时要甩出去。苏林深深看了梁鼎文一眼，他知道当下任何话都可能刺激到梁鼎文，轻叹着转身离开。

看见苏家父子离开，梁鼎武赶忙收了姿势，一把拽住大哥的胳膊说：“大哥，烧了大屋，我们还不起姓苏的钱啊……全家都得坐牢啊……”

梁鼎文突然把火把往地上一扔，携风带雨地向院内走去。梁鼎武看着被雨水浇灭的火把，意识到什么，立刻飞奔去追。

中堂内，梁恒气恼地坐在破旧的太师椅上，急促地喘息，宋曼琴上前安抚，他瞪着宋曼琴，呼吸越发急促，一时说不出半句话来。梁潇见状，忙劝大嫂先回房。宋曼琴心中担忧，但她知道她的存在只会让公公的症候越发严重，只好转身回自己的卧房。

宋曼琴失神地坐在床上，泪水模糊了双眼，也模糊了她的心，梁舒在一旁喊“妈妈”，她也浑然不觉。忽然，一阵风吹开了窗子，雨水扑了进来。宋曼琴起身把窗子拉上，关严。她心绪繁重，立在窗前，看着雨水一浪一浪地敲打着玻璃窗。

这时，梁鼎文气冲冲地进了门，用不容置疑的语气对她说：“你走！这个家容不下你。”宋曼琴先是一惊，之后缓慢地转过身，看着丈夫冷若冰霜的脸，没有了再为自己辩解的气力。

梁鼎武和梁潇闻声跑进来，纷纷劝说大哥，宋曼琴的眼神开始有了一息生气，在绝望中看到了曙光，她巴望着丈夫，希望得到他的原谅。

梁鼎文的表情如黑铁一般，任凭梁潇和梁鼎武如何再劝，始终不原谅妻子。宋曼琴彻底绝望了，她痛恨丈夫的无情，目光由哀求转变成愤恨。梁鼎文受了宋曼琴眼光的刺激，让她滚出梁家。宋曼琴欲去抱家栋，梁鼎文挡住了她；宋曼琴想去拉梁舒，梁鼎文推开了她。梁鼎文一字一顿地说："去找姓苏的。这辈子再也别想见我的孩子！"

宋曼琴的心落入了冰窟。她从来没见过这样的丈夫，绝情，冷漠，不信任，不理解，往日的恩爱和体贴都消散不见了。爱与恨交织，她深深地看了梁鼎文一眼，决绝地转身出门，走进了瓢泼大雨中。

失魂落魄的宋曼琴脚步落拓地走着，仿佛被抽干了灵魂，任由雨水淋透全身。此刻，她内心的悲愤，犹如眼前这一场毫无征兆的风雨，摧枯拉朽般折磨着她。身后，梁鼎武追了出来，他的嗓子漏出了哭音，朝着宋曼琴的背影"扑通"跪倒，道："大嫂，你这是替我受的难啊……"宋曼琴仿佛什么都没听到，踉踉跄跄地继续往前走。

雨越下越大，雨雾中，一切都模糊了，做梦一般。宋曼琴多希望这真的是一场梦，醒来就可以重回以前平淡而和乐的生活。风雨裹挟着瘦弱的她，撕扯着她的头发和衣裙。她的身子打着寒战，鞋子也不知丢在了何处。她光着脚来到了海边，脚趾在海滩上抓出深深的印迹，但那脚印顷刻间又被海水抚平。

宋曼琴面向苍茫大海，迟疑片刻，一步步朝着大海前进。海水渐渐没过了她的膝盖、腰肢、脖子……她整个人都被吞没了。

首湾路上，梁家大屋门楣上的"梁宅"被换成了烫金的"苏家会馆"，苏耀庭站在门前，打量着大屋门上的匾额，志得意满。他吩咐管家挂彩灯、放鞭炮，搞得一派喜庆。

梁家人搬到了中湾路的梁记饼家，一楼营业，二楼成为一家人饮食起居的地方。鞭炮声从首湾路隐约传来，梁鼎文兄弟两个把三轮车上的行李包裹，一件件拎进店里，梁恒站在门口，目光留在首湾路的方向，梁鼎文怕父亲伤感，想要扶他上楼，梁恒应着，又把话题一转，道："事情都过去了，把阿琴接回来吧。"

宋曼琴没有死。那个雨夜，她一步步走向海水深处，整个人淹没其中，渐渐失去了意识。是苏林救了她。那天，苏林离开梁家大屋后，总有种不祥的预感，促使他又返回梁家，在三湾斜街碰见了跪在雨中的梁鼎武，梁鼎武指了一个方向，他发疯似的一路找过去，在海滩上看到了宋曼琴遗落的鞋子，冲进海水中疯狂寻找，终于找到了湿淋淋的宋曼琴。他把她抱回了家。

梁鼎武也急切地劝梁鼎文接大嫂回家，梁潇眼含着泪，说孩子们都离不开妈妈。梁鼎文神色一黯，迟疑片刻说："等忙完这几天。"

梁恒深深地叹了口气，拍了拍梁鼎文的后背说："家和万事兴啊。"

昏迷的宋曼琴躺在苏林的房间里沉睡着，一脸宁静。她已经整整昏睡五天了。医生说她受寒溺水，再加上心理创伤，可能一辈子也醒不过来了。苏林黯然神伤，他坐在床边，轻轻地理顺了宋曼琴凌乱的头发，满眼爱怜地端详着她。这时，佣人进来通报梁鼎文来了，苏林眉头微蹙，起身出门。

“苏林，我接阿琴回家。”

“阿琴让我转告你，她这辈子再不想见你。”

“让她当面跟我说。”

“她夜里睡得晚，这会儿还没醒。她跟我说她恨你的无情，后悔当初选择了你，她打算跟我出国。”

“让她出来！”

“我会善待她，我能给她富贵荣华，给她一腔柔情，你能给她什么？”

“她连孩子都不要了？跟着你？去国外？”

“我跟阿琴保证过，我可以给他们最好的生活、最好的教育，等他们长大了，我可以送他们出国留学。”

“我知道，你阴魂不散，这些年都在惦记她，我成全你们。孩子是我梁家的种，没有她这个吃里爬外的妈。”

苏林看着梁鼎文愤然离开的背影，仿佛获得了期望已久的胜利，如释重负地呼了一口气。第二天一早，他抱着昏迷不醒的宋曼琴踏上了前往葡萄牙之路。

梁家开始慢慢适应没有女主人的生活。梁鼎文一边照顾年幼的孩子和体弱的父亲，一边经营着梁记饼家。有时候，他会像以前一样喊“阿琴”，寂寂的空气里没有任何回音，愣神一阵才想起阿琴已经走了，彻底离开了他的生活。也有时候，他一个人窝在角落里想，阿琴怎么会走得如此决绝？他也明晓自己的倔脾气，他也肯定伤到了她，但是一切都回不去了。

这天傍晚，梁鼎文推着轮椅上的梁恒走在街路上。晚霞在巍峨的大三巴牌坊一侧幻化成祥瑞的云霓。梁恒拐杖上挂着的微型收录机播放着莆仙戏，忽然插播了一条新闻——

> 3月26日，中葡两国签订联合声明，向全世界庄严宣布，中国将于1999年对澳门恢复行使主权，进一步推进祖国的统一大业……

梁鼎文一愣，停止了脚步。梁恒紧紧抓住了梁鼎文的手，一再跟儿子确认新闻的内容。是啊，澳门要回归祖国怀抱了。父子俩一阵激动，梁恒苍茫的老眼里，泪水夺眶而出：“有盼头了。回归了，再不受葡萄牙老爷们的窝囊气了。”

残阳如血，梁家父子看着街路上来来往往的行人——下班的，放学的，买菜的主妇，做生意的店铺老板——他们与往日并无不同，都麻木在固有的生活节律之中。

梁鼎文说："街坊们这是还没听到澳门要回归祖国的消息。"

梁恒感慨道："沉睡了百年，到了该醒醒的时候了。"

梁鼎文推着父亲来到了皇冠小馆，老板郑大冠正向两个用餐的葡萄牙人点头哈腰。葡萄牙人来吃饭一向挑剔，多是无事生非、趾高气扬，一会儿说蟹黄粥的味道不对，一会儿又要加竹升面，郑大冠赔着笑，眼角尽是褶子。看见梁家父子来了，他忙热情地招呼入座。梁恒环视了一下饭馆，让郑大冠打开电视机。郑大冠笑着照做，电视里正播放珠海频道转播中央电视台的新闻：

> 澳门要在 1999 年回归祖国，这一消息，引起了世界关注……早在 1984 年 12 月 19 日，中英两国发表了联合声明，要在 1997 年 7 月 1 日对香港恢复主权，这是二战以来世界格局的微调，也是中国人收拾山河的开始。澳门是一颗东方明珠，在殖民时代成为葡萄牙的殖民地，历史的车轮滚滚向前，大殖民时代随着二战的结束彻底落幕，澳门和澳门人顺应历史潮流，回归大中华序列……

客人们屏住呼吸，一片静寂。用餐的葡萄牙人没等新闻播完，便丢下几张纸币，神色慌张地起身离开。

梁恒豪情在怀，他站起身对大家说："街坊们，澳门本来就是大中华的领土，都怪清朝的皇帝无能，成了葡萄牙的殖民地，一百年啊，沧海变桑田……我们都是炎黄子孙，都是华夏民族的后代，骨肉分离的时间太久了，我们就像和母亲失散了多年的孩子，现在祖国召唤我们回家，我们回不回啊？"

梁恒的话语点燃了客人们的激情，大家异口同声地说："回！当然回！"

郑大冠也豪情万丈，说道："街坊们，今儿高兴，大家吃好喝好，全部免单。"

暖阳如沐，整个小馆爆发出欢呼声，一扫往日的阴霾……

一转眼，十年过去了，日历翻到了 1997 年。放眼三湾斜街，梁记饼家、皇冠小馆、龙凤茶楼都在井然有序地忙碌着，一切仿佛没有变化。只是人的年岁长了，原先还在咿呀学语的梁舒已经 12 岁了，那个在襁褓中的梁家栋也 10 岁了。

每天傍晚，梁舒背着书包从学校走回家，先是走过寂静的首湾路。当路过曾经的梁家大屋、如今的苏家会馆时，梁舒有些拘谨地快步从门前走过。走到中湾路，便开始热闹起来。来来往往的行人，或急或缓地走着，碰上相熟的人，便亲切地打招呼。

这天，梁舒穿过人流，蹦蹦跳跳地走到梁记饼家门口，她亲热地抱住坐在门口望景的梁恒。梁恒苍老了许多，他背靠着屋子的墙壁，在门边的太师椅上坐着，手里拄着拐杖，拐杖上挂着小巧的微型录音机转动着磁带，正放莆仙戏《董永》，韵味儿十足。

梁舒蹦跳着进了梁记饼家。梁鼎文正抱着簸箕，认真挑拣杏仁，父女俩打完招呼，梁舒便抢着跑去二楼做饭。梁舒从 7 岁的时候就学习做饭，她知晓爸爸的不易，每次都抢着为爸爸分担些什么。女儿的懂事，让梁鼎文既高兴又心疼。

随即，梁鼎文又转过脸朝门口看去，看见父亲坐在门口，正望着首湾街上梁家大屋的方向。梁鼎文知道，父亲又思念梁家大屋了。他走到父亲跟前，梁恒的目光转回来，望着街对面的半空，没有言语。

梁鼎文说："是儿子无能，弄丢了大屋，让您每天这么看着，我心里不好受。"

梁恒说："大屋不是我们的了，我不看。我看街上的老光景，到了舒儿和家栋这一辈，这条街，养育了梁家五代人。"

梁鼎文听着父亲的絮叨，站起身用袖头擦拭悬挂在门框上的镜框。镜框里是一张全家福，背景是梁家大屋，那时的梁家大屋门楣上挂的牌匾还是"梁宅"。

闹钟陡然响起，梁鼎文转身来到烤箱前。杏仁饼新鲜出炉了。他看着托盘上的杏仁饼，像艺术家看自己的作品一样。

梁记饼家的二楼，棚顶低矮，空间促狭，三间屋子、一间客厅，布局还算合理。室内摆设倒也讲究，家具都是之前从梁家大屋里搬过来的紫檀木器。客厅里，挂着一幅笔迹疏淡的墨竹，两边悬挂的是原先梁家大屋中堂内的对联，下面的桌案上供奉着祖宗牌位和黄铜香炉。

梁舒放下书包，推门走进一间屋子，梁家栋正在聚精会神地看电视剧《天龙八部》。这是一台 14 吋的黑白电视，信号时好时坏，电视屏幕忽然爆出雪花，正打出降龙十八掌的乔峰模糊在一片雪花之中。梁家栋过去用力拍打了电视机机壳几下，乔峰又出现了，他跟着乔峰一板一眼地比画。梁舒把电视关掉，把家栋拉到写字桌前，让他写作业，家栋皮猴子一样从梁舒手底下钻出来，重新打开电视机津津有味地看起来。梁舒拿弟弟没办法，系上围裙，转身去了厨房。

厨房虽狭小，却也干净清爽、井然有序。梁舒手脚利落地洗菜、择菜，熟练地用筷子把蛋黄、蛋清搅匀……梁鼎文进门，把一块杏仁饼递给女儿尝，梁舒咬了一口，连连称赞好吃。梁鼎文接过梁舒手里的活计，让女儿安心去做功课，长大以后要像姑姑一样争气。

此时的梁潇，已经在国外留学多年。她一如既往地优异，几年前考取了美国的全额奖学金，如今快学成归国了，上次写信回家，说是这个月回国。梁舒说："姑姑回来了，爷爷还能高兴些，省得整天看着苏家会馆。"梁鼎文不语，将蛋液倒入油锅。

梁家客厅里，餐桌上摆着菠菜拌杏仁、炒鸡蛋和两个时令小菜。梁舒把碗筷摆上桌，一一盛好饭。她忽然注意到自己鼓起来的胸脯，不好意思地扯了扯胸前的衣襟。胸部的变化是梁舒始料未及的，她搞不清为什么会出现这样的变化，曾偷偷缩在被窝里，触摸着鼓起的胸部，以为得了什么不治之症。家里没有女人，没人告诉她这是怎么了，直到看见同龄女孩都显现出了类似的变化，她才慢慢放下心来。

多日未回家的梁鼎武踩着饭点回来了。梁家人在餐桌前坐好，只差梁家栋没来。梁舒朝隔壁房间喊家栋吃饭，家栋仍不出来，完全沉浸在电视剧中，梁鼎文起身，很快揪着他的耳朵出来了，把他撂在梁恒身边的椅子上。

梁家栋向爷爷撒娇，他的目光忽然转向梁舒的前胸，又低头摸摸自己的小胸脯，懵懂地问："姐，你病了？"

梁舒尴尬地站起身，转身走向卧室。她反锁上卧室门，找了一件宽大的衣服套上，站在镜子前左看右看，希望能把鼓起的胸脯隐藏起来。

餐桌上，梁鼎文用筷子敲了梁家栋脑袋一下，家栋浑然不觉。梁鼎武对家栋说："家栋，你干脆别在外面报武术班了，改投二叔门下，学咏春拳，绝对有前途。"家栋打小身体不好，家里给他报武术班强身健体，他倒是练得有模有样。

梁恒正要继续数落梁鼎武，一阵打闹声从窗外传来。梁鼎武端着碗到窗前往外看，漫不经心地说："郑大冠又碰到麻烦了。"

梁鼎文闻言，放下手中的碗筷便往外走，梁恒示意梁鼎武也跟着过去。

皇冠小馆内，郑大冠正被几个衣着古怪的小混混团团围住，他们是来收取保护费的。当时的澳门做生意难，平头百姓做生意更难，他们架不住这一层层的剥削。郑大冠按月给总督缴了税，本小利薄，实在交不起保护费。

"给总督缴税，总督怎么不保护你？你放明白点儿，不交保护费，店就别开了。"说着，混混头向手下一摆手，混混们抄起凳子，乒乓一顿乱砸，客人们抱头鼠窜。一把飞来的椅子，正砸中郑大冠头部，血从额头流下。

梁鼎文匆忙进门，大喊一声"住手"。混混头认出是卖杏仁饼的阿文，叫他识相点，赶紧滚。梁鼎文疾走几步到了郑大冠跟前，搀扶起血流如注的郑大冠，刚想跟混混们理论，一个混混从后面猛踹了梁鼎文一脚，他身子前倾，扑倒在地上，顺手抄起一把椅子，朝混混们甩了过去。混战之中，梁鼎文眼看要吃亏，这时，梁鼎武冲了进来。梁鼎武的咏春拳功夫发威，把混混头打得晕死过去，混混们傻眼了。这时，几个警察吹着警哨进来，把梁鼎武和混混们都带走了。

梁鼎文先送郑大冠去了医院，随后径直去警察局问询情况，一迈进警局的大门，便看到几个葡籍警察正在喝酒。那时的澳门，葡萄牙人有权有势，葡籍警察更是不在少数。梁鼎文认出了带走梁鼎武的那个葡籍警察，便向他打问梁鼎武的情况。这一问才知道，闹事的混混们与警察相熟，当晚就被放了，梁鼎武却被定为扰乱治安继续关押在警局。葡籍警察告诉梁鼎文需要缴纳罚金才能放人，梁鼎文据理力争，葡籍警察跷着二郎腿坐在椅子上，用狡诈的眼神打量着梁鼎文说："你要识时务，识时务者为俊杰。"梁鼎文愣了一下，接着他听到葡籍警察用傲慢的不容置疑的语气说："拘留十天，并处罚金 5000——交钱赎人。"

梁鼎文怒气冲冲地回到家，一路上他都想不通，这难道还有天理吗？见义勇为的被关押，为非作歹的却逍遥法外。澳门怎么变成了这样子？这些葡萄牙人究竟耀武扬威到什么时候！

梁恒听完儿子的诉说，脸上表现出意外的平静，他说："英国的撒切尔夫人要赖着香港不还，可她碰上了邓小平，报纸上说铁娘子碰上了钢铁公司，香港马上就回归祖国了。那些葡萄牙老爷们也清楚，澳门早晚是要还给中国的，他们在这儿能搜刮一天是一天，市政、民生，公平、正义？他们才不管这些。"

梁鼎文说："那他们也不能是非不分、枉法徇私。"

梁恒摆摆手："忍忍吧。"

梁鼎文把 5000 块罚金送到葡籍警察手中，看到对方得意的笑容，内心又气又无奈。葡籍警察手指蘸着唾沫点数手中的钞票，数完才把梁鼎武放出来，颇有些"一手交钱，一手交人"的感觉。

梁鼎武耷拉着脑袋跟着大哥往家走，一路上都在嘟囔不该交罚金。阿武虽性子不着调，但是他也清楚梁家日子紧巴，一家的吃穿用度都指望收入微薄的梁记饼家，这罚金肯定是大哥东拼西凑的。

梁鼎文说："不交罚金，他们就不放你。"

梁鼎武赌气说："不放就不放，看他们能关我到什么时候。"

梁鼎文叹了一口气，嘱咐阿武自己先回家报平安，他去医院照顾郑大冠。

梁鼎武不想回家，他看着哥哥走远，在大三巴牌坊的台阶上坐了下来。皓月当空，四遭静寂，远处树林中的鹧鸪夜语，他从衣兜里摸出一张照片，内心忽然涌现出些许失落。那是阿瑾，他的阿瑾，十年前去了澳洲，听说已经与一个葡萄牙富商结婚生子。这十年来，他经常偷偷摸摸地看阿瑾的照片，想起十年前的光景，那时大嫂也在，一家人多好。

生命中，总有那么一些人的出现，是命中注定。比如说，韩雅琪；又比如说，陈小帅。

这天清晨，三湾斜街渐渐从朝霞里苏醒过来，路上的行人多了起来。梁记饼家的大门从里面推开，梁鼎文提着竹篮出来，把竹篮里的杏仁饼免费分给路人："吃梁记杏仁饼，有信，有心，有信心……"

街坊们吃了梁鼎文分发的杏仁饼，纷纷赞不绝口。一个街坊边吃杏仁饼边说要给梁鼎文介绍媳妇。转眼间，宋曼琴已经离开十年了，她在去葡萄牙的第三年与苏林结婚了，后来还生了一个女儿——这些都是梁鼎文有意无意听说的。这十年来，他一个人照顾老人孩子，经营着梁记饼家，每日忙碌辛劳，也有不少人给他介绍过女人，但他都婉言谢绝了。他对宋曼琴依旧耿耿于怀，甚至都不愿意再去相信和接触其他女人。

梁鼎文笑着转移了话题，手下忙着分发杏仁饼，一抬头，看见一个背着包袱的女人在皇冠小馆的大门前徘徊、观望，神色里有几分焦虑，身后还跟着一个怯怯的抿紧嘴的小男孩，两人长得很像，应该是母子。起初，梁鼎文以为他们是郑大冠的妻儿，郑大冠一人在澳门经营皇冠小馆，妻儿早在多年前就移居法国，妻子多次写信让他移民，他却因为种种原因耽搁到现在。

梁鼎文仔细打量了一下这对母子，女人三十岁左右，中等身材，头发绾在脑后，紧抓着男孩的手，着急地朝着皇冠小馆张望。梁鼎文走过去，递给男孩一个杏仁饼。男孩咽了下口水，却不敢接，靠在了女人身上。女人望了梁鼎文一眼，忙笑着道谢。

这是韩雅琪和梁鼎文第一次见面，两人像是早已相识，不觉间已聊了许多。原来，韩雅琪是郑大冠的表妹，广东佛山忠义乡人，两年前丈夫意外身亡，她独自抚养儿子陈小帅，生活艰难，现来投奔表哥，看看澳门这边有没有安身立脚的机会。梁鼎文听罢韩雅琪的介绍，便把郑大冠住院的消息告诉了她，让她们母子先在梁记饼家歇歇脚，说大冠下午就办理出院。

韩雅琪母子坐在梁记饼家一楼的方桌上，神色有些拘谨。梁恒笑眯眯地坐在对面，招呼他们吃杏仁饼。陈小帅吃了一块，又拿起一块，嘴巴塞得鼓鼓的，仿佛好几天没吃东西。在劝说之下，韩雅琪小心翼翼地拿起一块杏仁饼放进嘴里，味蕾瞬间苏醒了，直夸好吃。梁恒讲起儿子鼎文一个人张罗着梁记饼家，是个牛脾气、死脑筋，做工和用料捏的是死钳子，丝毫也不马虎，做出来的杏仁饼自然入味。韩雅琪边听着梁老爷子的话，边转头看了看正在柜台忙碌的梁鼎文，嘴角浮起一丝笑意。

梁鼎文派弟弟鼎武去接郑大冠出院。梁鼎武还未进病房门，便听见郑大冠在“哎哟哎哟”地叫唤。走近一瞧，原来医生正在给郑大冠拆绷带，郑大冠抚摸着稀疏的头发，担心它们盖不住头皮上留下的疤。医生三下五除二便拆完了，郑大冠歪头对着玻璃看了又看。

梁鼎武猛然进屋，坐在病床上说：“你打算怎么感谢我？”

郑大冠答非所问，“你什么时候从警局出来的？”

“你甭管哪天了，先来感谢我。”

“怎么感谢？”

“把我大哥给警局的5000块钱还了，允许我免费吃蟹黄粥。”

“5000块？”

“警察心黑，跟地痞串通，讹了我大哥。”

“那我赔大了。蟹黄粥你免费吃几天？”

“你郑大冠的馆子在一天，我就免费吃一天。”

随后，梁鼎武告诉郑大冠他表妹来了，郑大冠一阵惊讶，他腾地从病床上站起，胡乱收拾了一下自己的东西，拉着梁鼎武就往家赶。梁鼎武被拽得踉踉跄跄，嘴里念叨：“你这也不像是个病人啊。”

傍晚，梁舒和梁家栋姐弟俩背着小书包从夕阳处走来，他们的影子被拉得老长。两个小人儿有节律地向前走着，梁家栋要姐姐周末带他出去玩，梁舒一本正经地拒绝了，像大人一样教育弟弟要懂事，多帮爸爸分担些。梁家栋仰起头说：“二叔说我好好跟他学咏春拳，长大了也不会比‘崩牙狗’‘街市伟’他们差。”梁舒停气得直跺脚，“崩牙狗”“街市伟”都是流氓小混混，跟他们比有什么出息？她生气地甩开弟弟，自顾往前走去。

姐弟俩回到家，看见陈小帅正怯生生地站在楼梯一旁。梁恒向韩雅琪介绍孙子孙女，梁舒礼貌地问好：“阿姨好。”

韩雅琪看着眼前这个小姑娘，心里涌起一缕缕的心疼，她慢慢站起，走到梁舒跟前，轻轻抚摸梁舒的肩膀、脑袋，转身问梁恒：“梁伯，我能去你家厨房吗？”

梁恒看出了韩雅琪眼中充盈的母爱，深深地点了点头。看着韩雅琪握着梁舒的手走向厨房，他不禁叹惋：“苦命人碰上苦命人喽。”

第三章

跟着梁舒来到二楼的厨房，韩雅琪看梁舒开始娴熟地洗菜、择菜，心间涌出一阵爱怜，她拿过挂在墙上的围裙套在自己身上，示意梁舒在一旁休息，她把洗净的黄瓜放在菜墩上，一边切片，一边与梁舒开始了一问一答的交谈。

“每天的饭菜都是你做？”

“早晨吃豆腐脑、芋子包、瘦肉粥，爷爷得意这一口，外面买来就行；中午我跟弟弟在圣马莎莉罗学校不回来，二叔多半不回家吃饭，爸爸和爷爷吃；晚饭一般都是我放学后做，有时候，爸爸也帮忙。”

“那你妈妈呢？”

“我妈……我妈在我两三岁的时候，抛下我跟弟弟走了，去了葡萄牙。”

韩雅琪停下了手中的动作，惊愕又带些心疼地看着这个瘦瘦小小的女孩儿，有些懊恼自己的莽撞。这时，隔壁传来了欢快的声音，是梁家栋和陈小帅正在卧室里讨论武侠小说里的功夫，多是家栋说陈小帅听。厨房里的两个人便把话题转移到了两个男孩身上。梁舒说弟弟调皮，痴迷于咏春拳，经常在房间里练武；韩雅琪说儿子陈小帅是个懂事善良的小家伙，这些年跟着她没少受苦，但是从来不抱怨，还主动帮妈妈做事情。两人说起男孩们生活中的趣事，忍不住呵呵笑起来，在这欢笑中，不觉间拉近了距离。

“是雅琪来了吗？雅琪——跟我回家——”一个急切的男声传来，是郑大冠，梁鼎武骑着三轮车去医院接他，一路上满心的不情愿，把车骑得摇摇晃晃，停车的时候还“咣当”一声撞在了马路牙子上，把郑大冠甩到了梁记饼家的门口。

韩雅琪听见唤她的声音，从窗户上向下望，看见了郑大冠，嘴上答应着：“表哥——我就下来。”

看韩雅琪摘下围裙，梁舒留她吃完饭再走，韩雅琪告别，把围裙交给她，叫上陈小帅一起下了楼。梁舒看了看摆在案儿上的红烧鱼、炒瓜片和炒芹菜，望着韩雅琪离去的背影，心里莫名地多了几丝怅然。

母子二人在澳门待了下来。韩雅琪在皇冠小馆帮忙，把饭馆上上下下打点得井井有条，颇有老板娘的架势。陈小帅却有些不适应，性格内向的他经常被当地的孩子欺负。这天，陈小帅正坐在皇冠小馆门口的台阶上看《天龙八部》连环画，三个跟他一般高的男孩站在他面前，一把夺走了他的连环画，开始对他推推搡搡。三个顽童步步紧逼，陈小帅连连后退，从梁记饼家出来的梁舒看见这一幕，迅速跑过去支援，她比这几个小孩大两岁，自然还有些威力，拧住其中两个男孩的耳朵，令他们纷纷讨饶。

陈小帅感激地望着她，此刻的梁舒在他眼里就像一个英雄。似乎也是在那个时候，陈小帅认定了她，暗下决心以后一定要像她今天保护他一样去保护她。

“这是第几次被他们欺负了？”

“好几次了。”

“你在老家也总被人欺负吗？”

“老家那边没人欺负我。他们因为我是内地来的就欺负我吗？”

“他们不是因为你是内地来的就欺负你，他们欺负你，是因为你太好欺负了。”

说完，梁舒转身就走，陈小帅乖乖地跟在她身后，非要帮她干活。梁舒没好气地笑笑，便把他领到了梁家的小院子里。

这是一个狭小的院落，坐落在梁记饼家的后面。院子的东北角上生着一棵芭蕉，芭蕉叶下是个水池，自来水龙头正滴着水滴。湿漉漉的水池旁边放着一个大木盆，盆里泡着衣物床单，旁边还有一个装了清水的搪瓷盆。

梁舒让陈小帅帮忙洗衣服，他走到大木盆前，看着里面的衣物，无从下手。梁舒看到他一脸的窘样，教他脱掉鞋子在盆里踩，陈小帅听话地照做了。两个人一边洗衣服一边说话，声音在扑腾的水中、在沙沙的风中跳跃。

“往后有人欺负你，你就喊我，喊家栋也行。”

“姐姐，你真好。”

两个小人儿继续洗衣服，陈小帅兴奋得蹦得很高，一不小心摔倒在盆里，水花溅湿了两个人的衣裳。梁舒看着湿透的前衣襟，不禁一片羞赧，赶紧转身遮掩隆起的胸部。正当两个孩子尴尬之际，韩雅琪抱着鱼干和铁观音过来了，她把东西塞给梁舒，便挽起袖子接着浣洗盆中之物。

梁舒抱着土特产，诧异地看向韩雅琪，迟疑着要不要退给韩姨，因为爸爸一直教导她不能随便收别人的东西。韩雅琪仿佛看透了梁舒的心思，边洗衣服边说：“这些都是我家乡的土特产。鱼干蒸着吃，茶叶留着给你爸爸喝。我吃了你家的杏仁饼，还吃了你爸爸从外面买来的饭菜，这点儿心意都不收，往后就没法相处了。听阿姨的。”

这时，梁鼎文拎着拖把和脏水桶进来，看到韩雅琪洗衣服的样子，忽然呆立在门口，精神一阵恍惚。这一幕，在几年前多么熟悉啊，那时的阿琴，经常在树下浣洗衣物，整个梁家大屋都被她收拾得洁净整齐，然而现在……韩雅琪看见他站在门口，笑着跟他打招呼，他这才把思绪拉回来，也笑着回应。

韩雅琪对梁鼎文讲起给陈小帅转学的事情，说小帅同梁家姐弟上了同一所学校，与家栋同班，孩子们在一个学校上学，互相能有个照应。梁鼎文连连称是，他把一双儿女叫到跟前，告诉他们以后要多多照顾陈小帅。梁舒点头答应，梁家栋则做了一个降龙十八掌的姿势，声称他来保护陈小帅。三个孩子相视而笑。夕阳挂在院子的墙头上红灿灿一片。

自打郑大冠出院，梁鼎武便每天雷打不动地去皇冠小馆吃蟹黄粥，有时还带别人，概不付钱。这事传到了梁恒和梁鼎文耳朵里，为此，梁鼎文专门跑到皇冠小馆，要替梁鼎武这些天吃的霸王餐付账，郑大冠执意不许。

梁鼎武多年来一直不务正业，三十大几了还未婚娶，这成了梁家父兄的心头难事。这天，梁恒萌生了让梁鼎武当牙医学徒的想法。这源于梁恒看牙的经历。

梁恒已牙疼多日，一直忍着没去看牙医，后来梁鼎文注意到父亲的异样，便载着他来到尾湾路的牙科诊所。牙医姓文，是个斯文的老先生，梁鼎文喊他文叔。文牙医仔细查看梁恒的口腔，发现原来是有一颗牙齿已经龋坏到了神经上。为了给儿子省钱，梁恒叫牙医把这颗牙给拔了，而孝顺的梁鼎文要给父亲镶一颗好牙。

梁恒望着牙医道："我惜命，不是怕死，我是真怕等不到澳门回归那一天。"

文牙医和梁鼎文一起说："放心吧，您一定能亲眼见证回归。"

梁恒乖乖躺在椅子上，文牙医利落地操作着各种工具。结束后，梁恒试探性地问牙医需不需要学徒，他想为儿子阿武谋一份稳定的职业，而且，做牙医也算是拥有一技之长，以后都不会饿肚子。文牙医答应了，他知道阿武本性不坏，可以让他来打打下手，学点东西，收收心。梁恒和梁鼎文父子俩喜出望外，高兴地回了家。

直到晚上十一点，梁鼎武才懒洋洋地回到家。梁鼎文正在一楼挑拣杏仁，看到弟弟回来，立刻叫住他，告诉他，他要么去牙科诊所当学徒，要么学做杏仁饼。梁鼎武却都不选择，三步并做两步爬上二楼，跑到自己房间反锁上门。梁鼎文平复了一下情绪，跟着上了楼，让梁鼎武第二天一早去找文叔当学徒，而弟弟"啪"的一声就灭掉了屋里的灯，梁鼎文不知道这是应许了还是在抗拒。

第二天一大早，梁鼎文照例打开梁记的大门，端着杏仁饼免费发放给路人。梁舒和梁家栋背着小书包走出来，叫着陈小帅一起上学。目送三个孩子离去，转头看见梁鼎武也起床了，穿得一本正经地站在梁记门口，他知道阿武这是答应去牙科诊所当学徒了。

此后的几个月，梁鼎武便留在了牙科诊所，帮文牙医打下手、收拾卫生，偶尔趁文牙医不在的时候，跷起二郎腿趴在桌上睡觉，或是偷偷跑出去转几圈。文牙医倒是跟梁恒表过态，只要阿武用心，可以把手艺传给他，等老了就把诊所也传给他。奈何梁鼎武每天身在曹营心在汉，正经本事没学来，不着调的脾性是一点没改。问题出就出在这儿了。

那日，文牙医去妈祖庙烧香，留下梁鼎武一人看着诊所。梁鼎武身穿白大褂，有模有样地摆弄牙齿模具。这时，一个葡萄牙人捂着腮帮子急匆匆地来到诊所，让他赶紧给他拔牙。梁鼎武拿着压舌板，借着凹面镜，仔细检查一番，说这颗牙不需要拔，可葡萄牙人坚持要拔，梁鼎武便硬着头皮上手了。他戴上胶皮手套，一手拿着螺丝刀，一手拿着钳子，摆好姿势，猛地发力，一颗沾着血液的牙齿便落下来了。葡萄牙人嘴里吐着血，疼得歪着嘴直呼气。正当梁鼎武用钳子捏着拔下的牙齿扬扬自得时，葡萄牙人踹倒旁边的椅子，一把揪住他的衣领给了他一拳头。原来，梁鼎武拔错了牙，把一颗好牙错当坏牙拔掉了。

韩雅琪打心眼儿里心疼那个叫梁舒的女孩子，那个没有妈妈照顾疼爱却又异常懂事的孩子。其实，从见梁舒的第一眼，她便注意到了她鼓起的小胸脯在衣服下面勾勒出若隐若现的轮廓。梁家没有个女人，肯定没有人告诉小梁舒应该穿什么衣服、应该怎么保护自己。这样一想，韩雅琪更加心疼，连夜为她做了一件少女背心，到了放学时间，把背心装进深色布袋里，捧着一碗热腾腾的鱼汤来到了梁家。鱼汤是郑大冠特意为梁老爷子熬的，说是给老爷子调理身子骨。梁恒在三湾斜街也算是德高望重的人物，大冠敬重他，也感激梁家对自己的照顾。梁恒笑眯眯地接了鱼汤，他明白，郑大冠和韩雅琪这对表兄妹都是讲情义的人。

三个孩子都在梁家二楼的一张桌子上写作业，韩雅琪推门而进。她让两个男孩先出去。陈小帅听话地站起来，家栋却无动于衷，一脸疑惑地望着她。韩雅琪一手拉着一个男孩，把他们扯到门口，推出门外，顺手把门反锁。随后，她走到梁舒跟前，拿出一件少女背心。

梁舒接过韩雅琪手中的少女背心，又开心又感动，她从很早之前就想要这样一件背心了，但商场里都太贵了，没舍得买，想不到这个相识不久的阿姨会如此细心和贴心，她不觉间红了眼圈。韩雅琪又跟梁舒讲了讲女孩儿生理期的注意事项，把她感动得满眼含泪，她如释重负地点头，内心温暖又踏实——原来家里有个女性长辈在，这么好。

慢慢地，韩雅琪和梁家老少都熟悉了，两家感情也更热络。她给儿子陈小帅添置什么东西，一定也给梁舒和家栋备一份；家里做了什么好吃的，她肯定给梁舒姐弟俩留一碗。她给了梁家姐弟俩母亲一般的照顾和温暖，这些，梁恒和梁鼎文都看在眼里。

梁恒的身子骨越来越差了，走一段路就小喘一会儿，他也意识到自己的身体每况愈下，多次跟梁鼎文念叨起阿武的婚事，年纪大了，最放心不下的就是小儿子的婚事，这个儿子太让人不省心了，那次他错拔了那个葡萄牙人的牙，也让他丢了当牙医学徒的工作，梁鼎文向文牙医求情被一口拒绝——他跟梁家是有老交情，但是他也不敢再放任梁鼎武胡乱行医啊，况且还是对葡萄牙人。梁恒也明白，牙科诊所阿武是回不去了，他又想到阿武的婚事，或许成家之后就能收收心吧。

梁鼎文也为弟弟的婚事上了心，他坐在店里思来想去，看到正弯着身子在皇冠小馆门口打扫卫生的韩雅琪，心里似乎有了谱。

梁潇学成归国了。她走时孤身一人，回来时，她身旁已经有了如意郎君郭富成。他们是校友，郭富成长得气宇轩昂，一表人才，与梁潇是郎才女貌。两人在留学期间就领证结婚了，当时梁潇给家里打了一个越洋电话，梁恒和梁鼎文虽然觉得没有“父母之命，媒妁之言”，但看她找了一个好归宿，也就放下心来。学成归国，梁萧决定考澳门的公务员，郭富成则去澳门学院任职，一下飞机他便赶着去澳门学院报到了。

一个人走在三湾斜街上，一切那么熟悉，似乎又带着几分陌生。四年来，梁潇身在异国，却无时无刻不挂念家人，三湾斜街上的一草一木、一砖一瓦和街坊邻里，都曾进入过她的梦乡。她深深地吸了一口三湾斜街的空气，让那熟悉的感觉在身体里回荡，一边朝着梁记饼家走去。

梁鼎文正背对着货柜埋头忙碌着，连小妹走进店里都没发现，梁潇俏皮地捏着鼻子，粗声粗气地来了一句：“老板，来盒杏仁饼。”

梁鼎文边答应着，边利落地拿起一盒杏仁饼，回身一抬头却看到梁潇含笑站在货柜前，又惊又喜，慌忙把小妹回来的消息告诉父亲。梁恒正在二楼品茶，听到女儿回来的消息，手一哆嗦，茶水都洒了出来，他颤颤巍巍地站起身。梁潇跑上楼，父女俩瞬间都红了眼眶。

梁鼎文也红了眼圈，他转过头拭了拭眼睛，出门去喊梁鼎武回家。梁鼎武正在皇冠小馆里喝蟹黄粥，边喝边调侃郑大冠的蟹黄粥做得越来越稀。虽然大哥几次三令五申，不让他来皇冠小馆吃霸王餐，但他基本是左耳朵进右耳朵出，依旧我行我素。郑大冠不搭理他，继续在厨房忙碌着。站在柜台前的韩雅琪可是嘴不饶人，冲着梁鼎武冷嘲热讽，见到梁鼎文进门，迅速收了话，脸颊竟不由地挂上了红晕。兴奋激动的梁鼎文没有注意到这些，还没跨入门槛就高声宣布小妹回家的消息，拽着阿武就往外走。

此时正到了放学时间，三个孩子走在回家的路上，梁舒照例在路边的菜市场买了菜。她拎着一把青菜，陈小帅则帮她抱着一个大南瓜，而梁家栋却两手空空，边走边手舞足蹈地练拳脚。一个街坊把梁潇回来的消息告诉了孩子，两姐弟不敢相信，又确认了一遍之后，梁舒和梁家栋欢欣雀跃，撒开脚丫就往家跑，后面的小帅不明所以，有些艰难地用下巴颏抵住抱在怀里的大南瓜，稳步快速地紧跟在其后。

梁鼎武和梁舒姐弟俩前后脚回到家，梁潇立即一手拉住梁舒，一手爱怜地抚摸着梁家栋的脑袋，把脸紧紧贴向两个孩子。当年她走时，家栋还是个都没有桌子高的小不点儿，整日病病怏怏的像根豆芽菜。

陈小帅抱着大南瓜进门，怔怔地看着一屋子的人。梁鼎文向梁潇介绍陈小帅，她笑着抚了抚陈小帅的脑袋，他怕生，羞涩地低下了头。

晚上，梁家一家去皇冠小馆聚餐。在郑大冠和韩雅琪的张罗下，梁家人围着一张圆桌坐下。梁鼎文把一沓钱递给郑大冠，让他来安排饭菜，郑大冠赶忙推开梁鼎文的手，执意说他来请客。梁鼎文坚持要给，郑大冠坚决不收，两个人推来推去间，韩雅琪接过了梁鼎文手中的钱，郑大冠只好答应，不过他心里也明白，雅琪这样做是大气，他了解梁鼎文的性子，如果不收下钱，梁家人肯定不会在这里吃饭。他赶紧叫着韩雅琪去了厨房，想要为梁家做一顿大餐。

梁鼎文挨着梁潇坐下，跟他说想要撮合阿武和韩雅琪。这些日子，梁鼎文一直暗暗地为阿武的婚事上心，他觉得韩雅琪很不错，长相漂亮，为人善良贤惠，虽然那天他看到韩雅琪在梁家后院洗衣服的时候心里有种莫名的悸动，但他早已斩断了成家的想法，如今一心想帮弟弟成家立业。

没等梁潇说话，一旁的梁鼎武就赶紧表态说自己坚决不成家。话音才落，韩雅琪从后厨走出来，开始有条不紊地上菜。梁恒瞪了阿武一眼，众人赶紧收了话题。韩雅琪有说有笑地招呼大家，梁家人欢欣地举杯庆祝。梁潇默默地打量了韩雅琪一眼，又看看身旁的大哥，若有所思地轻叹了一口气。

晚上十点钟，酒宴结束，梁鼎武和孩子们簇拥着梁恒走在前面，梁鼎文和梁潇跟在后面，两人并肩慢走，在徐徐的夜风中说着话。

“小妹，你学满回来，有什么打算。”

“我学的是行政管理，正赶上总督府招考公务员，我想试试。”

“这个好，能考上公务员，就给祖宗增光了。我们家的先祖当年在澳门做过巡按副使，再往后就没出过做官的。”

“大哥……你心中，是不是还有大嫂？”

“她早不是梁家人了。”

“大嫂其实也不容易，你别记恨她。你放不下对她的恨，就没法面对自己的未来。”

“我后来也听说了，她是因为一直昏迷不醒才被苏林带走的，后来嫁给苏林，也是意料当中的事，我不记恨她。”

“我的意思是，你也该考虑一下自己的婚事了，不能就这么一个人一辈子。”

“我现在最大的心思就是孝敬好爸爸，照顾舒儿和家栋长大成人，早日给阿武成个家，经营好咱们祖传的梁记，别的，我都不想了。”

梁鼎文有意加快了步伐，梁潇看着大哥的背影欲言又止。

梁潇顺利考取了总督府的公务员考试第一名，成绩公布那天，街坊们都替梁家高兴，都说三湾斜街飞出了一只金凤凰，纷纷提议舞狮子庆祝。梁鼎文当仁不让，与郑大冠一人套上一个狮子头，欢腾地舞了起来，梁舒、梁家栋和陈小帅从旁欢呼鼓舞，梁恒拄着拐杖在一旁看着，脸上的笑容舒展多了。这些年来，除了澳门回归的消息让梁恒和梁鼎文精神振奋，感觉有了盼头，很少有什么事能让梁家上上下下都高兴起来。

梁潇打小优秀，是三湾斜街的骄傲。原本她也可以跟郭富成一样进入高校，但是她更希望能够服务社会，踏踏实实地为广大人民做点儿什么。这次公务员考试，她倒是成竹在胸，如今笔试过了，接下来面试要是顺利通过，她就被正式录取了。

可是面试却出了意外。

那天，梁潇身着一身黑色小西服，扎着利落的马尾辫，自信满满地步入面试考场。一共有五位面试官，坐在中间的那位是主考官，是个葡萄牙人，他面前的桌签上写着他的名字“华莱士”。主考官是面试考场上最重要的角色，一般他负责提问，手中有一票很重要的决定权。梁潇在指定的位置上坐好，从容淡定地望着各位考官，等待面试的开始。然而，华莱士“哗哗”地翻着梁潇的档案，足有一分钟没有说话，气氛有些尴尬，其他考官纷纷拿眼睛余光打量他。梁潇看着皱起眉头的华莱士，心开始一点点收紧。

忽然，华莱士把梁潇的档案重重地摔在地上说：“总督府不需要你这样的公务员！”梁潇蒙了，其他几位考官皆愕然，只听华莱士接着说：“你们梁家谋害了我一颗好牙！”

原来，几天前被梁鼎武拔错牙的葡萄牙人正是华莱士。拔完牙的第二天，华莱士带着两个人来到牙科诊所，梁鼎武正好不在，文牙医仔细给他看了牙，说要给他免费治疗，又赔了一箩筐的不是，华莱士才答应不找诊所的麻烦，但是那个拔错了他的牙的小子肯定不轻饶，他派人调查了梁鼎武的情况，如今看到梁潇的档案，他一下子火了。

梁潇败兴而归。虽然她很遗憾失去这个工作机会，但是她并不怪二哥。她知道二哥一向冒失，但本心不坏，这次的事情就是太不巧了。

梁家人和街坊邻居一开始都是又诧异又可惜，怎么会有这么巧合的事，怎么因为家人犯了错就被刷下来呢？这个阿武，真是成事不足败事有余啊。梁鼎文气坏了，操起扫帚追着梁鼎武打。梁鼎武自知理亏，心里也替小妹难受，他忽然停下脚步，梁鼎文手中的扫帚结结实实地落在了他身上。

梁潇急忙来劝架，梁鼎文慢慢松开梁鼎武，内心不由得涌起一股感伤。梁潇伸出两手，拉起大哥、二哥，道：“大哥，我不怪二哥，说到底，是葡萄牙官员欺负人，香港马上回归了，澳门也要在 1999 年回归，我就不信，他们能永远这么一手遮天。”

梁鼎文重重地点头说：“对，有信有心，我们要有信心。”

梁潇工作的事情搁置了下来，又放心不下家里。父亲梁恒身体不好，舒儿和家栋要用心读书，都需要人手照顾，她打算过这段时间再考虑工作的事。梁鼎文看在眼里。嘴上说是已经出嫁的人了，却一心在娘家，这不合规矩，他心里很是疼惜小妹为这个家的付出。家里没有个女主人，确实感觉像是少了什么。

韩雅琪每天都来梁家，今天送蟹黄粥，明天送鱼汤，说是好好保养梁伯的身子骨。韩雅琪这个人，开口先笑，也能干，说话透出一股爽气，梁家人都很喜欢她。梁恒和梁鼎文就想着撮合她和阿武，虽然韩雅琪结过婚带着个孩子，但他们觉得阿武要是能娶到她也是他的福气，省得他成天吊儿郎当无所事事。

梁潇待在家里，与韩雅琪见面的机会也就多了，她叫韩雅琪“琪姐”。自从上次大哥跟她说想要撮合二哥和韩雅琪的事情以后，她会不由自主地打量韩雅琪。时间长了，梁潇发现韩雅琪总是在大哥在家的时候来送鱼汤，热情地叫梁鼎文“文哥”。碰上梁鼎文正好忙着，她就会挽起袖子就过去帮忙；要是碰上二哥，情况可就大不相同了，她通常对他爱答不理的，有时候还会开玩笑似的讥讽他几句。还有眼神。韩雅琪看大哥的眼神是热情的，闪烁的，藏着一股娇羞；而看二哥的时候，她的眼睛里没有任何波澜，甚至不愿抬眼看他。

一个女人的眼神是骗不了人的。梁潇看明白了，她暗自想，怎么这么明显的事情，梁家的几个大老爷们都看不懂了呢？

这天，韩雅琪拎着食盒来到梁记，亲亲热热地跟梁老爷子打招呼。梁潇注意到，韩雅琪有意瞄了一眼正在柜台埋头理账的梁鼎文。真是“当局者迷，旁观者清”，梁潇不禁挑起嘴角。

“琪姐，你好像……不太喜欢我二哥？”

“咳，话也不能这么说，我知道阿武本性不坏，就是没个正形。”

“是啊，这大半天都没见到他了，也不知道跑去哪儿了。”

“他呀，在我们皇冠小馆喝粥呢！”

一听这话，在一旁忙碌的梁鼎文急了，他三番五次训诫梁鼎武不能去皇冠小馆吃霸王餐，这小子就是没记性。他放下手上的活儿，气呼呼地走向皇冠小馆。

梁鼎武正吸溜吸溜地喝蟹黄粥，吃得一脸满足，边喝边挑剔这蟹黄粥没有原先稠。郑大冠有苦往肚里咽。现如今生意越来越难做了，一天来不了两桌客人，阿武还免费吃一碗，这样下去，迟早关门歇业。这时，梁鼎文推门进来，梁鼎武看到大哥来了，急忙起身，从后门溜了出去，梁鼎文正欲去追，被郑大冠喊住了。

郑大冠走到梁鼎文跟前，从腰包里掏出 2000 块钱塞给他。上次梁鼎武替郑大冠出头被关进警察局，梁家花了 5000 块才捞他出来，现在郑大冠凑了 2000 块，先还给他。梁鼎文执意不收，因为两家没少互相帮衬。

郑大冠和梁鼎文二人把钱推来推去，韩雅琪正好进门看见这一幕。她把钱硬塞给梁鼎文，说：“文哥，这笔钱我表哥念叨好长时间了，虽然还没凑够，这些，你先拿着。”

梁鼎文态度坚决地对大冠说：“要是这样，往后就你是你我是我，我们兄弟别再来往了。”

韩雅琪见状，便把钱收起来，笑说：“文哥都这么说了，钱我替表哥收着。街坊邻里的，鱼帮鱼水帮水，还有个来日方长呢。”说着，她转身去了后厨。梁鼎文看着韩雅琪的背影，又急忙把目光收回来，思忖片刻，还是把撮合阿琪和阿武的事说了出来，请郑大冠帮忙探探韩雅琪的口风。

到了晚上，皇冠小馆打烊了，郑大冠把韩雅琪叫到一旁，问她对阿武有没有心思，说文哥和梁伯都看好了她。韩雅琪先是一愣，随后表态说来澳门就是为了自己母子俩有口饭吃，嫁人的事情这辈子不再想了。郑大冠一直以为她对梁家有心呢，毕竟走动得跟一家人没两样。韩雅琪忙再解释，跟梁家走得近，主要是因为给儿子陈小帅找个伴儿，每天跑来跑去地给梁伯送鱼汤，也是替表哥还文哥的情。郑大冠见表妹对阿武没有心思，便不再问了。

第二日，郑大冠把韩雅琪的意思转达给了梁鼎文。其实，这也在梁鼎文和梁恒的意料之中，但梁鼎文知道阿武的婚事是父亲的心病，他还是想再去说和说和，梁恒拦住他说："咱们也要为对方想想。雅琪带着孩子来澳门投亲，要真是嫁给阿武这样的，她往后能有好日子过？能有什么未来？"

梁鼎文一震，他确实没有为韩雅琪考虑过。梁恒接着说梁鼎文应该再找个女人过日子。这是梁潇提醒父亲的。其实，梁潇早就看出来韩雅琪有意于大哥，而大哥也未必对韩雅琪没有感觉，他一个人张罗着里里外外，养育儿女，照顾老人，还经营着梁记，实在太累了。

"爸，女儿、儿子我都有，女人我一辈子也不想了。"

"我知道你，心，让阿琴伤了。可人不能因噎废食。以前的事情，对也好，错也好，都是过去的事了，你得打开心结，往前看。"

"爸，娶亲的事，往后就别说了。"

1997年6月30日，晚上8点整，电视开始直播香港回归的实况。梁家一家人围坐在电视机前，一眼不眨地盯着电视屏幕——

这是深圳－香港连通街道，驻港部队先头部队从深圳出发进入香港。电视屏幕的镜头拉开，变成真实街景，一辆辆军用卡车从深圳驶入香港，沿街两侧，万人激动地欢呼。

23点53分，中英防务交接仪式在添马舰军营举行，整个会场庄严肃穆。时间到了1997年7月1日0时0分0秒，中国的国旗五星红旗和香港区旗紫荆花旗一起冉冉升起，香港回归祖国了……

此时的梁恒正生着病，但他坚持要跟儿女们看完交接仪式，不时颤着身子咳嗽几声，梁鼎文和梁潇各在两边扶住他。在看到五星红旗高高升起的那一刻，他老泪纵横，感慨道："香港回归祖国了，这是大中华的胜利！二战以来，华人最扬眉吐气的一个时刻呀……"

梁恒的情绪感染了一家人，都跟着他流出激动的热泪。离澳门回归祖国还有一年多，他不知道自己还能不能活到那个时候，虽然儿女们尽心照顾，但是他清楚自己的身体是一日不如一日、一时不如一时，澳门回归是他一生的心愿，他怕自己等不到那天。

梁潇好像看出了父亲的心思，她紧紧握住梁恒的手道："您一定能亲眼见证澳门回归祖国。"

梁鼎文说："等到澳门回归时，我一定带着您到现场去观礼。"

梁家栋抱住爷爷的脖子说："爷爷，你必须得好好活着，活到一百岁。"

梁恒擦了一把热泪。一家人紧紧挨在一起，传递着温暖和力量。心里有了盼头，生活就有盼头了。

第四章

1997 年 7 月，席卷大半个亚洲的金融危机爆发了。

这场金融风暴来势汹汹，波及很多国家和地区，整个亚洲的经济陷入不景气之中。澳门的三湾斜街上，最着急的就是苏耀庭了。他的大澳集团在东南亚国家和台湾、香港等地区都有生意，在金融危机的冲击下，这些生意都濒临破产。苏耀庭一夜之间苍老了许多，颓唐地坐在原先的梁家大屋里，心有千斤重。

从梁家大屋装修而来的苏家会馆，陈设更为古色古香，除了既有的雕花窗子、屏风、博古架，还添置了高档楠木家私以及拉斐尔圣母壁画、景德镇大瓷瓶等。转眼间，苏耀庭已经在这里生活十年了。他大半辈子都惦念梁家大屋，现如今如愿以偿地得到了它，但遇见金融危机，为保住大澳集团的生意，他还是决定把梁家大屋卖掉。一个美国商人出价不菲，苏耀庭打算把大屋卖给他。这件事情很快被梁家父子知道了，梁恒气得直哆嗦，梁鼎文一直暗自盯着苏耀庭卖大屋的动向，真要是卖给外国人，他得去跟苏家拼命。

苏耀庭每天坐在家里的电视机前看股票信息。他希望出现奇迹，让苏家可以躲过这一劫。但股票市场持续疲软低迷，大澳集团眼见岌岌可危。他开始整晚整晚地无法入睡，精神也越来越不济，身体急速垮下去。在此境遇下，他把远在葡萄牙生活的儿子苏林叫了回来。

金融危机同样影响着三湾斜街上的众多商铺。梁记饼家原先一天可以卖一千多块杏仁饼，现在连二百块都卖不出去。皇冠小馆的生意也是一天不如一天，每天从营业到打烊都来不了两桌客人。陆续有店铺关门歇业了。

韩雅琪暗暗为梁鼎文捏了一把汗。梁家上上下下只有文哥一个人经营梁记来赚钱，楼上楼下都要付租金，现如今生意又不好，日子艰难可想而知。她担心梁记也会被迫关门，那到时梁家一家人可怎么办？她为此而忧心忡忡。但很快，她就被梁鼎文自信、乐观的态度感染了，梁鼎文说只要有一个人吃杏仁饼，他就继续做，绝不会让这门手艺失传。

这天，龙凤茶楼的老板叹着气宣布要关门了。龙凤茶楼坐落在首湾路上，门头高大，屋檐上雕着龙头凤尾，内部装饰古色古香，常常奏鸣丝竹雅韵，意境幽远。龙凤茶楼业已经营百年，它是三湾斜街乃至澳门的一个重要标志，也沉淀着三湾斜街上众多街坊的记忆。龙凤茶楼关门的消息很快传遍了三湾斜街，在家养病的梁恒坐不住了。百年的基业怎么能关呢？

他坐在轮椅上，让梁鼎文推着他去龙凤茶楼。

此刻的龙凤茶楼里坐满了客人。听说这是茶楼营业的最后一天，老街坊们都来捧场，也算送别。梁鼎文推着梁恒出现在茶楼门口，众人赶忙起身，甄老板迎上前，将梁恒安顿在上首位置。梁恒是三湾斜街上有威望的长者，大家都打心眼儿里敬重他。

甄老板高举茶盏，一来感谢大家以往的照顾，二来正式跟各位老街坊告个别。甄老板还未说完，梁恒语气坚定地打断了他："龙凤茶楼不能关！"

众人息声，目光集中在梁恒身上，他面向大家说："龙凤茶楼是三湾斜街的一个标志，龙霸周天，凤翔九州，龙凤茶楼历经百年，巍巍然不倒！老祖宗们在困难面前靠的是什么？靠的是我们华人的精气神儿。我梁记饼家的祖训是'有信，有心，有信心'，眼前这些困难，不能让我们三湾斜街的人趴下！怎么办？要有信心！"

街坊们凝神，他们的心被梁恒的豪迈牵动着，大家纷纷表示赞同，不知谁带头鼓掌，接着，稀稀落落的掌声汇聚成片。

梁恒接着说："街坊老友们，日子是熬出来的，熬出来的日子，才是我们三湾斜街的日子。上百年来，咱们祖祖辈辈早已习惯了清晨来龙凤茶楼喝一壶好茶，从容地开始新的一天。外地人来咱们这里，龙凤茶楼也是一个活招牌啊。"

听罢此话，甄老板热泪盈眶，他疾步走到梁恒身边，紧紧握住梁恒双手道："梁伯，有您这一番话，龙凤茶楼不关了，侍奉您、侍奉街坊们。无论再苦再难，龙凤匾在澳门屹立不倒！"

人群中爆发出热烈的掌声，大家备受鼓舞。梁恒和梁鼎文环视着老街坊们，内心也充满了力量，虽然眼前充满困难，但是大家"有信，有心，有信心"，就一定能扛过所有的艰难困苦，迎来希望的曙光。龙凤茶楼不能倒，梁记饼家也不能倒，老祖宗留下的东西都要传承下去。

陈小帅每天跟梁舒、梁家栋姐弟俩一起上学、放学，一起玩耍，有时候也一起写作业。孩子们走得近，双方家长的走动也越来越频繁。但八九岁的孩子的友谊如同 6 月的天，指不定什么时候就会狂风暴雨。

这天放学后，梁家栋和陈小帅背着书包，在皇冠小馆台阶旁边推推搡搡。

"你没爸爸，是个野种！"

"你没妈妈，也是野种！"

两个男孩扭打在一起，梁家栋使出自创的佛山无影脚，把陈小帅绊倒在地。正巧梁舒路过，赶忙制止住了弟弟，扶起半躺在地的陈小帅。梁家栋把事情的来龙去脉告诉了梁舒，"你没妈妈"几个字刺痛了梁舒，她把愤怒的目光抛向陈小帅，随后气呼呼地回了梁记饼家。

剩下两个男孩面面相觑，随后又开始打嘴仗。

“你没爸爸！”

“你没妈妈！”

“你没爸爸，是个野种！”

“你没妈妈，也是野种！”

梁鼎文和韩雅琪闻声出来，彼此尴尬地对视了一眼，急忙扯各自的孩子回家。之前梁鼎文撮合韩雅琪和梁鼎武的事情不了了之，梁鼎文和韩雅琪两人装作什么都没有发生，但见面时不免有些不自然。

没想到，两家孩子为此记了仇。尤其是梁舒，妈妈抛下她和弟弟走了，是她心底持久的痛，之前也有调皮的孩子这样说过他们，瘦弱的梁舒每次都抄起家伙追着他们打，直到把他们打得连连告饶。在梁舒那里，“妈妈”这个话题是提不得的，陈小帅说家栋没妈妈，她是真的生了气，此后几天都不理陈小帅。

陈小帅看着梁舒不再跟他说话，也不跟他一起上学、放学，心里委屈巴巴的，整天闷闷不乐。韩雅琪看着蔫蔫的儿子，便问他怎么回事，陈小帅立马眼中含泪，说姐姐不理他了。韩雅琪摸摸儿子的头，带着他一起去了梁记饼家。

清晨，梁鼎文正在门口给路人免费发杏仁饼，看见韩雅琪母子过来，忙递给陈小帅一块。这时，梁舒和梁家栋背着书包从屋里出来，没有像往常一样亲亲热热地跟韩雅琪母子打招呼，而是把头扭向了一边。韩雅琪轻轻揽过梁舒说：“舒儿，跟阿姨说，小帅怎么惹你了，阿姨教训他，你别不理他。”

梁舒看看韩雅琪，又看看陈小帅，矜持地沉默着。梁家栋指着陈小帅说：“他说我跟我姐是没妈的野孩子。”

陈小帅小声争辩道：“是你先说我是没爸爸的野孩子。”

两家长互相对视一眼，梁鼎文一把揪住儿子的耳朵，巴掌正要落在他身上，韩雅琪急忙护住，说：“都是孩子，你别只顾着动粗，没你这么教育孩子的，简单粗暴。”她转头揉揉家栋的耳朵，对孩子娓娓说道：“家栋，你跟小帅是兄弟，是好朋友，好朋友就要和睦相处。”

梁家栋嘟着小嘴说：“他不说我，我也不说他。”

韩雅琪又看向梁舒说：“舒儿最懂事了，看在阿姨的面子上，别生小帅的气了，好吗？”

梁舒点头。三个孩子背着书包一起去学校。

二人目送孩子们离开，韩雅琪对梁鼎文说：“教育孩子你得有耐心，你总说有信有心有信心，可你就是缺少耐心。尤其是小男孩，逆反期一来，就麻烦了。”

梁鼎文一时没听懂，反而着了急，道：“逆反？他还敢跟我逆反？！”

韩雅琪看着梁鼎文，感觉又无奈又好笑，忍不住笑了出来，笑得梁鼎文都有些不好意思起来。

梁鼎文继续分发杏仁饼，并认真思考了韩雅琪的话。他想起自己还是个孩子的时候，别人不让他干什么他偏要干，让他上东他偏要走西，尤其是到了十几岁青春期的时候，更是喜欢跟人对着干。可能这就是雅琪所说的逆反心理吧，还真是这么回事儿。

梁鼎文回到店里，父亲正在训阿武，三十多岁的人了，生意不成、买卖不做，成天悠悠逛逛，吃穿用度都是大哥辛苦赚来的，好不容易去牙科诊所当学徒，又拔错牙闯了祸，连梁潇的工作都弄丢了。梁鼎武虽心里不耐烦，但也不敢顶撞父亲，闷闷不乐地跑了出去。梁鼎文从旁劝慰父亲："爸，'有信有心有信心'，咱们对阿武要有耐心，你这么没耐心，骂多了，指不定会出点什么事。"坐在轮椅上的梁恒抬眼看向他说："这话，可不像你说出来的。"

梁鼎文一怔，忽然红了脸。

梁舒和陈小帅和好没几天，就又闹翻了。

那天，三个孩子一起走在上学的路上，有一搭没一搭地说着话。

梁舒提起几天前陈小帅骂家栋没妈妈的事情，说："你说你傻不傻，你说家栋是没妈的野孩子，他是我亲弟弟，他没妈，我不是也没妈吗？你骂他，不是连我也骂了吗？"

陈小帅着急地解释："我不是骂你，我喜欢姐姐，怎么能骂姐姐。"

"哪个用你喜欢？！"

"姐，我真喜欢你。"

"别胡说。你别跟着我了！"

梁舒气呼呼地走在前面，步伐越来越快，把陈小帅和梁家栋撇在后面。实际上，她也不清楚心里到底气什么，只是觉得应该生气。

陈小帅和梁家栋同班，两个男孩背着书包一前一后走进教室。第一节是语文课，语文老师杜老师是个刚毕业的大学生，讲课有趣，很有亲和力，大家都爱上她的课。这天杜老师讲的是"未来的理想"，她让学生谈谈自己的理想是什么。有学生说长大以后想当厨师，做出满汉全席；还有学生说要当医生，救死扶伤；梁家栋说要当咏春拳王，打遍天下无敌手……

陈小帅还沉浸在早上梁舒不理他的事情里，当杜老师叫他回答问题时，才把思绪抽回来："我想当警察，还有……还有就是娶梁舒姐姐当老婆。"

全班哄堂大笑。这可把梁家栋气坏了，他跑到陈小帅身边，一拳挥过去，吼道："你不要脸！"

下课铃响起，梁舒拿着课本出门，立即被同学们围住，叽叽喳喳道"陈夫人，陈太太，丈夫就是陈小帅；马尾辫，小青袄，太太还是梁舒好……"梁舒不明所以地望着一圈人，梁家栋冲过来，摆出咏春拳的架势，打散了起哄的同学们。梁家栋把陈小帅说要娶她当老婆的事情告诉了姐姐，梁舒脸上的红晕瞬间蔓延到了脖颈。

梁舒越想越气，她把陈小帅拉到校园的一角，用手甩了陈小帅一下，告诫他以后不要乱说，谁知道陈小帅还认了死理儿。梁舒越发生气，狠狠地打了陈小帅两下，陈小帅"哇"的一声哭了起来。梁舒狠狠地瞪了陈小帅一眼道："以后再不许你来我家！"陈小帅那被泪水糊满的眼睛瞄见梁舒气呼呼地离开的背影，眼泪更多了。

回到家之后，陈小帅一直闷闷不乐，也不与梁家姐弟一起上学、放学了，韩雅琪看出了端倪，仔细一问，还真是闹别扭了。当儿子跟她说长大以后要娶梁舒的时候，她感觉自己这个儿子真是傻萌，但转念又有些羡慕这些不谙世事的孩子们，喜欢谁可以无所顾忌地表达。

韩雅琪带着猪肉和芹菜来到梁家，只有梁舒姐弟俩在家，她亲亲热热地跟孩子们打了招呼，便提着东西进了厨房，手脚利落地洗菜、剁馅。梁舒犹豫了一会儿，无声地走到她身边帮忙。

"阿姨……我不是不理小帅，是他乱说。"

"阿姨都知道，是他乱说，让舒儿害羞。不怪你，怪他，阿姨打他屁股板子了，他往后再也不敢胡说了。"

"我原谅他了。"

"阿姨谢谢你啦。在阿姨眼里，当你是亲闺女，以后有什么事情，你就跟阿姨讲，以后阿姨可以每天晚上给你们几个做饭，你就安心学习。"

"阿姨，往后我也再不跟小帅发脾气了。"梁舒说着流下了眼泪。

"好孩子，别哭啊，往后有阿姨在，就不会让你吃亏。"韩雅琪忙安慰道。

梁舒扑在韩雅琪怀里，这种久违的母爱一般的温暖让她热泪盈眶。韩雅琪轻轻抚着她的头发，身上也洋溢着母性光辉。恰在此时，梁鼎文出现在门口，看见眼前这一幕，心里涌起一股难以名状的感觉。

饺子都端上桌了，梁恒和梁鼎文出去了，梁舒和梁家栋饿得肚子咕咕叫，但还是没有动筷子。韩雅琪招呼他们快吃，梁舒这才把梁家的家规告诉她：每顿饭，爷爷先吃第一口，爷爷说可以吃了，大家才能动筷子。韩雅琪无奈地笑笑，但同时也感慨梁家人的规矩。她脑海里不禁想起那个每天清晨端着杏仁饼分发给路人、正直热心、恪守"有信有心有信心"的梁鼎文，轻轻地笑了出来。

自打被文牙医辞退后，梁鼎武一直赋闲在家，成天无所事事，饿了就去皇冠小馆吃饭。梁鼎文恨铁不成钢，但也默默地为了阿武工作的事情操心着。要是阿武能踏踏实实工作，家人也不图他赚多少钱，希望他最起码能收收心，将来好成家。

这天，开茶楼的张老板来梁记饼家买杏仁饼，闲聊之际，梁鼎文拜托张老板帮忙留意一下有没有适合阿武的工作。张老板也是生活在三湾斜街上的老街坊，了解梁家的为人，他经营着一家房屋租借公司，说阿武可以来试一试做销售员。梁鼎文喜出望外，感激地握着张老板的手。眼下天色渐晚，梁鼎文提前关了店门，拉着张老板去皇冠小馆喝几杯，以表谢意。

梁鼎文向张老板敬酒。酒一杯杯灌进肚子里，刚开始是为感谢张老板，后来他神志渐渐迷糊，好像急于想把自己灌醉。郑大冠见状，忙去制止他。谁料，这一阻拦，梁鼎文抱着他哭起来。郑大冠从没见过阿文醉酒，他明白他这些年的不容易，但他每天都忙忙碌碌，从没有发泄过自己的心绪——至少外人没有看到过，而他独自一人时，心头涌上的艰难和委屈，谁又知晓呢？

郑大冠把梁鼎文送回家，梁家栋缩在一旁不敢说话，梁舒打了热水照顾爸爸。梁鼎文"哗"一下吐了，梁舒发现吐出来的东西带着红血丝。这时，韩雅琪风风火火地过来了，她看到躺在床上满脸通红的梁鼎文，一边埋怨他怎么喝这么多酒，一边用湿毛巾给他擦脸擦嘴。她让梁舒回屋早点休息，自己照顾梁鼎文。梁鼎文迷迷糊糊地开始说醉话，韩雅琪在一旁应着。

"日子是熬出来，龙凤茶楼不关，我梁记也能挺住。我挺得住。"

"文哥，不用怕，船小好调头，家小好打扫，梁记饼家是小本生意，再难也能熬过去。"

"不怕，阿琴，要有信心，我有信心，你也要有信心……"

"……"

"宋曼琴你个吃里爬外的女人，你卖了我梁家大屋，你把我的心也给卖了呀……"

"十多年过去了，你还记恨她，你一直没有放下她啊……"

醉酒中的梁鼎文紧紧攥住韩雅琪的手，她想要抽回，却徒劳无力，便任由他紧紧攥着。她端详着他的脸，心头涌上一股怜惜，另一只手不由地去轻轻抚着他额前的头发。

韩雅琪就这样在梁鼎文的床前坐着，梁鼎文一直没有撒开她的手。晚上十二点左右，梁鼎文被口干唤醒了，看见韩雅琪用一只手捏着毛巾给他擦脸，意识到自己攥着她的另一只手，忙坐起身来，放开她的手，酒瞬间醒了大半。韩雅琪没说什么，起身去厨房给他下了一碗面，便要离开。梁鼎文叫了声"雅琪"，本想表达一声谢意，但又觉得没必要，话鲠在喉咙里，又被咽了下去。韩雅琪像是看懂了所有，她也想说些类似于"照顾好自己"的话，但也没说出口，转身走了。

金融危机的风暴持续蔓延，三湾斜街上有不少店铺关门歇业了。苏家大澳集团的经济几乎全部崩解，苏耀庭突发脑溢血，在医院抢救无效死亡。这个消息很快传遍了三湾斜街，不少人直言真是恶人有恶报。在街上闲逛的梁鼎武听到这个消息，赶忙回家告诉大哥。苏家有夺屋之恨，现在苏耀庭死了，梁鼎武觉得真是大快人心，打算跟大哥喝酒庆祝一下。

梁鼎武兴高采烈地向大哥报告了这个消息，本想让大哥开心一下，谁料梁鼎文一脸严峻，说要一起去祭奠一下。这是三湾斜街的规矩，多大的仇恨，在人死这一刻也要放下：死者为大。梁鼎武极大地不情愿，气呼呼地跑上楼，说什么也不去祭奠那个"满肚子坏水的苏老头儿"。

梁鼎文去了苏家会馆。这是曾经的梁家大屋。十年了，他没有一个日夜不想念这座屋子，这是家里的祖宅，他在这里出生、长大、娶妻、生子，这里的一草一木一砖一瓦都曾入至他的梦中。他梦想着有朝一日能将大屋收回，重新改姓为"梁"。现在，这个曾经夺走梁家祖宅的人死了，按理说梁鼎文应该高兴才是，但他却丝毫高兴不起来。

苏家会馆门口挂了几只白灯笼，黑色的挽幛抱住门框，治丧的人进进出出。梁鼎文来到门前，心思复杂，脚步迟疑。他还是没有踏进门去，对着苏家会馆的大门连鞠了三个躬，以为祭奠。

就在此时，一辆黑色轿车在大门前停下，一身重孝的宋曼琴牵着一个小女孩从车里走出来。一个熟悉的肩膀牵动了宋曼琴的目光，梁鼎文被目光拉扯着回头。四目相对，两人呆立无语。

十年了，“物是人非”是多么贴合的说法。大屋还是那个大屋，只是改了门楣和主人；人还是那个人，只不过已从恩爱夫妻变成陌路仇人。如今的相见，既熟悉又陌生，眼前的人，跟脑海中记住的那个人似乎不一样了。

泪水在宋曼琴眼中积蓄，扑簌簌地落下来。小女孩叫宋曼琴“妈咪”，不谙世事地问她怎么哭了。这是宋曼琴和苏林的女儿宋晓雯，刚满 7 岁。梁鼎文的听力捕获了宋晓雯幼嫩的童音，泪水盈满他的眼眶，他用袖子抹了几下，猛地转身离开。

苏耀庭去世后，苏林接手了苏家残余的生意，一家人回澳门定居。宋曼琴此番回来，心情忐忑，她极度想念自己的两个孩子，但又害怕梁鼎文会阻止她见面。于是，她偷偷跑到梁舒和梁家栋就读的圣马莎莉罗学校，站在校园的铁栅栏旁，远远地望着一群嬉闹的孩子。

听见有人叫梁舒和家栋的名字，只见两个孩子一前一后地跑了过去，宋曼琴的眼睛也跟着跑起来。凭着母亲的直觉，她认出那就是自己的孩子，十年了，孩子们都这么大了。她的眼泪涌了出来。

宋曼琴跟学校门卫好说歹说，门卫把她放进了学校，她快速跑到梁家姐弟跟前，一把把两个孩子揽在了怀里。陈小帅愣愣地看着眼前一幕，梁舒和梁家栋明显受到了惊吓，纷纷挣脱她的怀抱，仔细打量着她。梁家栋迅速躲在梁舒身后，梁舒歪着头辨识眼前这个女人。

宋曼琴拉起梁家姐弟的手，急切地说：“我是妈妈，我是你们的妈妈呀。舒儿，你不认识妈妈了吗？”

梁舒目光冷漠地看着她，表现出一种陌生感和距离感，宋曼琴感觉到丝丝寒意袭来，她摇晃着梁舒的手急切地说：“舒儿，你真的不认识妈妈了吗？我是妈妈呀。”

没待梁舒回答，梁家栋兴奋地对一旁的陈小帅说：“陈小帅，看见了吧，我有妈妈。”

此时的梁舒已经从记忆中搜索出了曾经妈妈的样子，她认出眼前这个女人就是他们的妈妈。但又跟她记忆中的妈妈不一样。其实，梁舒心里一直怨恨宋曼琴狠心抛下年幼的她和弟弟，留爸爸一个人艰难地生活。她把自己的小手从宋曼琴的手中拼命抽出，转身跑开了，边跑边喊：“我不认识你！”

陈小帅赶忙去追姐姐，留下梁家栋跟宋曼琴独处。梁家栋显然十分开心，原先别人都笑话他没妈妈，他们家也从没有跟他讲过妈妈的事情，现在，他有妈妈了。他天真地问：“你真是我妈妈吗？你去哪儿了？怎么才回来？”

听了这话，宋曼琴把儿子抱在怀中，眼泪掉到了他脸上。她轻抚着家栋的小脸，问他愿不愿意跟妈妈一起生活。梁家栋摸着脑袋，犹豫不决。这时，梁舒突然又冲了回来，她身后跟着陈小帅。梁舒刚刚跑开痛哭了一场，陈小帅则在一旁陪她哭。她一把拉起弟弟就走，梁家栋还在犹豫之中，但被姐姐和陈小帅拖走了。宋曼琴眼看着三个孩子走远，泪水再次潮涌。

走了一段路，梁家栋挣扎着甩开姐姐和陈小帅，他不明白为什么现在有妈妈了还不认。梁舒教训他说那不是妈妈，她也不配做妈妈。梁家栋负气地走了。

陈小帅放学回到家，告诉妈妈宋曼琴去学校的事情。韩雅琪正在洗菜，郑大冠在收拾螃蟹，听完陈小帅的话，两人放下手中的活儿，一阵感慨。

“当年阿琴走的时候，舒儿还不到三岁，家栋还是个婴儿，难怪孩子不认她。一晃十年过去了，梁太太变成了苏太太，从一个普通的家庭主妇变成了豪门贵妇，只苦了文哥，苦了两个孩子。”

“舒儿这丫头也够犟的，哪有闺女不认亲妈的。”

“舒儿是个懂事的孩子，文哥的心结也是她的心结，她跟文哥贴心。”

韩雅琪眼圈泛红，她心疼懂事贴心的梁舒，也心疼那个事事为他人着想的文哥。这时，梁鼎武进门，无意间听说宋曼琴回来了，猛然跳身就往外跑。

当年，梁鼎武撺掇大嫂卖大屋，大嫂被撵走的时候，都没有说他半句不是，这份恩情，他一直默默记在心里。他知道爸爸和大哥的脾气，这些年都不敢把事情真相告诉他们。大嫂这次回来，没准儿还能跟大哥破镜重圆。这样想着，梁鼎武径直去了苏家会馆。

梁鼎武从后院翻墙进入苏家会馆，双脚刚着地，便被几个穿黑衣服的保镖团团围住。保镖见他可疑，擒他去了中堂。

中堂内，苏林正在与管家商议处理大澳集团的事情，他敏锐地意识到，只有倚靠大中华，才有重拾山河的可能。还没把话说完，保镖便带着梁鼎武进来了，他一进门便大声喊“大嫂”，苏林淡定地看着他，纠正他应该叫“苏太太”才对。梁鼎武正想争辩，宋曼琴领着宋晓雯进了屋。

时隔十年，原先的叔嫂再次相见，都免不了一番感慨。梁鼎武注意到那个小女孩，他本来还幻想着大哥大嫂能重归于好，但现在看来都不可能了。两人叙了一段家常，梁鼎武知道大嫂想孩子，许诺说想办法让他们母子相见。

梁家人知道了宋曼琴偷偷去看孩子们的事情，梁鼎文正拿着鸡毛掸子教训家栋，质问他有没有认妈妈，梁舒在一旁流眼泪，梁恒则坐在二楼的窗边叹息。这时，宋曼琴拎着礼物进门，撞见眼前这一幕，赶忙用身体护住儿子。梁鼎文对宋曼琴的到来很感意外，不容分说地扯过家栋。他始终无法做到原谅她，他心里过不去这个坎儿，尽管那日相见时还是忍不住落了泪。

“我梁家，不允许你踏进半步，你走吧。”

“文哥，我知道你恨我，可这么多年过去了，你对我的恨，丝毫没有减少吗？我不在意你有多恨我，可你心中怀着恨，多苦啊。”

“……”

“文哥，我不求别的，只求你允许我为舒儿和家栋做点儿什么，我是他们的妈妈呀。”

梁家栋仰着脸喊了一声“妈妈”，梁鼎文瞬间恼怒，缓慢而果决把他从宋曼琴怀里拉过来，梗着头说：“苏太太，阳关道，你走，独木桥，我过。我也求求你，别来骚扰这个家。”

宋曼琴还想说些什么，但看见梁鼎文鬓边的白发，满肚子话又咽了回去。她看着梁鼎文拉着女儿和儿子上楼，他们之间的距离仿佛越来越远。她放下手中的礼物，转身出了梁记，用衣服裹紧自己，泪水成串地滑落下来。

梁恒把一切都看在眼里。夜里，梁舒和家栋都陆续睡下了，他把梁鼎文叫到一边，希望能够劝解儿子。

“阿文，该放下的，就得放下。《山海经》里讲过一个虫子，叫蝜蝂。这个蝜蝂之虫呢，它有个品性，往前走，不拐弯，碰到什么了，就背上。背上的东西多了，它承受不住，它还不罢手，再碰到，再背上，直到让那些东西把它给压死。这就是它的命。”

“爸爸，我是您的长子，我没能帮着您守住梁家大屋已是家族罪人，说实话，我也不是因为这个放不下对她的恨。”

“我知道，阿琴走之后，你又当爹又当妈，一个人辛辛苦苦地支撑着这个家，这些年不容易，怕阿琴把舒儿和家栋的魂儿勾走。可你想想，母子亲情能阻挡得了吗？”

“第一，她把大屋卖给谁都行，她卖给了姓苏的，我一辈子过不去；第二，她嫁给谁都行，她嫁给了姓苏的，我还是一辈子过不去；第三，十多年了她对舒儿和家栋不闻不问，突然回来了，就想在舒儿和家栋面前当妈，天下没这么便宜的事。”

“人心要是冷了，焐热了是难，可再怎么着，也不能怀着仇恨过日子。听爸爸一句话，各自退一步。退一步海阔天空啊。”

梁鼎文陷入沉默之中，梁恒叹着气回了卧房。

梁鼎文翻来覆去睡不着，干脆去了还在营业的皇冠小馆，点了酒，自斟自酌。郑大冠给他端来几样小菜，看着梁鼎文一杯一杯地将酒灌进肚里。不一会儿，梁鼎文便微醺了，他对郑大冠反复念叨着一句话：“我心里的疙瘩解不开。”郑大冠劝他别跟自己过不去，日子还得往前走，梁鼎文嘟囔说：“我不是跟自己过不去，我是跟过去的岁月过不去。”

坐在柜台上的韩雅琪把这一幕看得真真切切，也把这些话听得真真切切。她从来没有什么时候像此刻一样心疼，心疼眼前这个背负重压缓慢前行的男人。

第五章

转眼到了1998年元旦，郭富成第一次正式登梁家的门。

回国之后，郭富成一直忙于各种事情，后来又到外地出差，登门去梁家的事情便耽搁了下来。梁家人也期待着见见这个教授女婿，从很早之前就开始做着准备，梁鼎文特意把客厅里的40瓦白炽灯泡换成100瓦的大灯泡，一摁开关，顿然之间满室光华，比原先亮堂了许多。

这天上午，梁潇带着郭富成来了。他身着一件黑色呢子风衣，里面套着笔挺的格子西装，梳个板寸头，脸上挂着温文尔雅的笑容，整个人精神又亲切，见到梁老爷子，忙将特意买好的营养品毕恭毕敬地递上去。梁家人把他迎进屋，在二楼的客厅里坐下。

梁舒带着梁家栋和陈小帅去红街市菜市场买菜，走到半路，梁家栋就挤眉弄眼地带着陈小帅跑了。梁舒一个人去了菜市场，心里正盘算着要做什么菜，就听见有人喊她。抬头一看，原来是韩雅琪。韩雅琪知道梁舒的妈妈回来了，便劝她不要把爸妈的恩怨背在自己身上："闺女还是要认亲妈的呀。"这句话却刺痛了梁舒，她赌气跑开了。

其实，梁潇私下里也劝过梁舒，但她听不进去。在这件事情上，她跟梁鼎文一样认死理，她怨宋曼琴在他们年幼的时候离开了，留下爸爸一个人这么辛苦，她知道爸爸被那个女人伤透了心，她跟爸爸站在同一战线，她不能再让爸爸伤心了。

梁舒提着菜回到家时，梁恒、梁鼎武和郭富成正在聊家常，梁鼎文在一楼收拾店铺。梁恒泰然端坐，心中喜悦，面容慈蔼地看着坐在对面的儒雅的郭富成。他对这个女婿是满意的——有学识，有修养，人也正派。他对郭富成讲起三湾斜街的历史：澳门开埠以来，最早的集聚地就是三湾斜街，澳门的日子和风俗都是这条街熬出来的，这是有根底的一条街。它繁华过，萧条过，沉落起伏，如同一个人的一生。眼下经济不景气，但梁家人恪守祖训，有信，有心，有信心，就一定能迎来光明。郭富成连连点头附和。

快到中午时，梁潇和梁舒把菜做好了，梁鼎文拿来了一瓶老酒。一家人落座，发现少了梁鼎武和梁家栋。梁家人知道，这两位，一个不着调，一个太淘气，肯定不知道跑哪里疯玩去了，便不再等他们。梁恒看看女儿，又看看女婿，藏不住脸上的笑意，拿起酒杯一饮而尽。他有脑中风的病根儿，儿女们忙劝他不要多喝，奈何梁恒心里高兴，忍不住又喝了几杯。

酒桌上，一家人谈笑风生。郭富成听梁潇说过大哥离婚的事情，也知道最近宋曼琴回来了，大哥一直心思沉重，但他知道这样的家庭环境会影响孩子的成长，便对梁鼎文说："大哥，你跟大嫂离婚了，可你不能在舒儿和家栋跟前说大嫂的不好，这对孩子的成长不利。”

梁鼎文低着头没吭声，气氛突然有些怪异。

梁潇示意郭富成闭嘴，但他却越发较真地说：“大哥，孩子的心里装着对母亲的恨，孩子如何长大成人？”

梁鼎文举起酒杯，打断话题说：“妹夫，咱们不说她，换个话题。”

郭富成却接续道：“我既然是这个家的成员，就得帮大哥过了心里这道坎。我当姑父的，看着舒儿幼小的心灵种下了对母亲仇恨的种子，长大了如何面对她的人生？”

梁鼎文闷了一口酒，低下头便不再说什么。实际上，他心里又何尝不明白这个道理？他又何尝不想给儿女一个完整的家？自打宋曼琴回来，他的心就乱套了。宋曼琴再次出现在他的生活里，是对过去岁月的一种提醒，那些恩爱的、恼怒的、快乐的、耻辱的岁月都涌上了脑际。面对现在的宋曼琴，他心里越是放不下，就越忍不住抛出狠话。这些天来，他不止一次地看见宋曼琴在皇冠小馆门前晃悠，眼睛巴巴地望着梁记饼家的方向，他愤怒地跑过去，叫她不要再出现在梁家的生活里。宋曼琴希望与孩子相认，也被他断然拒绝。在这件事情上，他不愿做出让步，他不愿意放过宋曼琴，或者说，他不愿意放过自己。

谁也没注意到，梁恒又端起酒杯一饮而尽。他替梁潇高兴，也替阿文发愁，喜和忧在心中交织。此刻，言语都显得苍白了。而谁也没想到，这顿酒把他的陈病都勾起来了，一家人慌慌张张把他送去了医院。

梁鼎武带着梁家栋去了黑沙滩，宋曼琴已经在这里等候多时。梁鼎武知道大嫂思念孩子，但大哥肯定不让他们相见，所以只能偷偷带梁家栋出来。宋曼琴看见自己日夜思念的儿子，一把把他揽入怀中。

梁鼎武把家栋送来便回去了。宋曼琴带着梁家栋回了苏家。俗话说，“瘦死的骆驼比马大”，苏家虽然经历了金融风暴的打击，但家底殷实，家中还是极尽奢华。家栋瞪大眼睛环视苏家豪宅，感觉可真是气派，比他们梁记饼家可大多了，而且，还有很多新鲜玩意儿。他好奇地打量着。沙发上摆着一大堆新玩具，宋曼琴看见家栋完全被这些玩具迷住了，心中的母爱泛起波澜。

宋曼琴让他喊她“妈妈”，家栋扬起小脸，却不好意思叫出口。“妈妈”这个词，对于梁家栋而言比较陌生，宋曼琴却急切地想听到儿子的一声“妈妈”，这时，宋晓雯悄悄地走到近前问：“妈咪，他是谁？为什么让他叫你妈妈？”

宋曼琴略一诧异，她耐心地向女儿解释说这是哥哥，本来还担心从小娇生惯养的女儿不会接受家栋，没想到宋晓雯痛快地喊了声“哥哥”，并且拉着家栋一起玩了起来。宋曼琴无比欣慰——可能这就是血浓于水的亲情吧。

吃完饭，宋曼琴想要家栋留宿。家栋喜欢在这里尽情地玩各种玩具，又担心不回家的话爸爸会训他，最后，宋曼琴还是决定把他送回梁家。母子俩慢慢悠悠地走着，路过皇冠小馆时，陈小帅忽然从门口跳出来，把梁爷爷住院的消息告诉了他们。

宋曼琴一震，赶忙把家栋安置在家，自己火急火燎地赶往医院。这一幕与十年前多么相像，十年后的现在，当她听到梁家人的消息，仍旧是整个心都揪起来了。也是在这一刻，她才明白，梁家已经在她的生命中刻下印记，忘不掉，也放不下。

宋曼琴一路跑到了医院。一路上，呼呼的风不停在她耳边呼啸，十年前的记忆如流水一般在脑海中流淌。当时，梁恒和家栋都躺在医院里生命垂危，梁鼎武借了高利贷，家里又遭受了台风洗劫，她步履沉重地找到苏耀庭，把梁家大屋卖了。这十年间，她无数次地想，倘若当时没有卖掉梁家大屋，是否就是另一种命运？

宋曼琴急切地扑到梁恒的病床前，眼泪汹涌，她依旧称呼梁恒“爸爸”。梁恒微微睁开眼，有气无力地说着话。

“阿琴，你回来了，你一点儿都没变。”

“都怪我，爸爸，都怪我。”

“孩子，不怪你，我知道你一直为当年的事情耿耿于怀。当时那种情况，真是难为了你。卖了梁家大屋，救了我跟家栋两条命，这是你临事不乱，有担当。现在想一想，还有什么能比救我孙子的命重要呢。”

“爸爸……”

“你走了之后，阿文去找过你，可他没找到，后来听说苏林带着你去了葡萄牙。你别记恨阿文，你知道他的脾性，他总是有话憋在心里不说。”

“爸爸，我从来没记恨过文哥，在我心里，依旧爱着这个家，这个家里的每个人，都牵着我的心。”

此时，梁鼎文站在病房门口，呆呆地望着眼前这一幕，心里五味杂陈。倔脾气不允许他软下来，他来到病床前，硬声硬气地让宋曼琴离开，但被梁恒制止了。梁恒让梁鼎文和宋曼琴推他去医院附近的大海看看，梁鼎文担心父亲的身体，但又不想驳了他的意愿，还是答应了。宋曼琴早已带好毯子，把梁恒裹得严严实实。

夜幕沉沉，海天相接，海浪在风中翻滚点点星光，在浩瀚的夜空中就像离人眼中的泪花。一只海鸥在黑暗中掠过，朝着沉默的大海遗落了一串呢喃。三个人陷入沉默之中。

片刻，梁恒拉起宋曼琴的手说：“你们两个是父母之命、媒妁之言，阿琴为梁家生养了舒儿和家栋，是梁家的功臣。可造化弄人，一场变故，天各一方，不在一个屋檐下过日子了。但毕竟是恩爱过的夫妻，常言说，一日夫妻百日恩。”

宋曼琴说：“爸爸，您就当我是您的女儿吧。”

梁鼎文说：“有小妹，我爸爸不缺你当女儿。”

梁恒说："阿文，我知道你心里苦，可咱家的祖训是什么，你再给我说一遍。"

梁鼎文悲慨地说："大丈夫立身尘世，有信！梁家人安常处顺，有心！祖宗家训，有信，有心，有信心。"

梁恒说："祖宗家训不是随口说说的，是咱梁家人做人的根本。你要明白其中的道理，再苦再难，也不能失了做人的根本。阿文，阿琴，帮我看看咱们祖籍的方向。"

梁鼎文和宋曼琴望向无边无际的大海，目光在远处寻觅。忽然，梁恒对他们说看见家乡的样子了，声音急切而兴奋，两分钟后，他的声音被风吹散了。

梁恒走了。

梁家上上下下陷入悲痛之中。梁鼎文替父亲感到不甘心，他盼望澳门回归祖国盼了一辈子，最终却是没能如愿；梁鼎武后悔之前不懂事，没有给老爷子尽尽孝道；梁潇懊恼出国留学的这几年没有时间陪父亲，如今好不容易一家人团聚了，父亲却走了；梁舒和家栋此刻无比想念爷爷，不愿意接受爷爷已经故去的事实；还有宋曼琴，在梁老爷子生病住院的时候，她才发现自己心底深处从来没有放下梁家。

梁恒走后的很长一段时间里，梁家人都无法接受这个事实。有时候梁鼎文忙完一楼的活儿，会习惯性地去二楼叫爸爸休息，走到客厅，看着空空的太师椅，才想起爸爸已经远去了，不由黯然伤神一阵。梁鼎武消停了不少，他比以前收敛了很多，每天按时去上班。吃饭时，梁舒总是习惯性地将第一碗盛给爷爷，梁家人吃饭讲究规矩，原先吃饭时是爷爷第一个动筷，然后大家才开饭，现在梁鼎文做了这个角色，他花了挺长时间才适应。

梁鼎武在房屋租借公司做了两个月了。他这个人没常性，基本上三五天就换一个地方，这是他做的时间最长的一个工作了。这天，他碰上一个难缠的问题。一对夫妻从梁鼎武手里租了房子，因为没有谈好合约，业主中途又不想向外出租了，偏巧这对夫妻又看中了这个房子，非要租下这个房子，不然就去公司投诉梁鼎武。梁鼎武便请这对夫妻出来吃饭。

"二位吃啊，这些都是地道菜，虾仁香葱抱蛋，腐竹针菜羊肉丸，益母草煎蛋。"

"梁先生，这是什么意思？"

"没别的意思，交个朋友。"

"我们已经交了租金，业主不让入住，你请我们吃顿饭，这事就算完了？四个菜，两个是鸡蛋做的，你跟我扯淡呢？"

"放心，租金我退给你们。这顿饭我请，就是想交个朋友。多个朋友多条路。"

"不行，既然我交了钱，我就租那个房，房主不同意，你去商量。"

这可给梁鼎武出了大难题，眼下的他是骑虎难下进退两难。忽然，他灵机一动，说："行，我再去问问。我就不信，我堂堂大澳集团老板的妻弟，这点儿事都摆不平？实在不行，我让我姐夫出面把那房子买下来！"

夫妻俩闻言，相互对视一眼，惊喜地看向梁鼎武说：“你真是苏总的妻弟？”

梁鼎武见谎言奏效，立即来了精神，道：“谁平白无故愿意当小舅子，小舅子不是白当的，得豁出姐姐。”

之后，夫妻俩当即表示梁鼎武这个朋友交定了，租房的问题也就不再追究。这个丈夫是做贸易生意的，要是能与大澳集团沾上关系，以后销路肯定有保证。夫妻俩强烈请求梁鼎武引荐苏林苏总认识一下，梁鼎武心里没谱儿，但还是答应了。

送走这对夫妻，梁鼎武赶紧跑向苏家求助于宋曼琴，宋曼琴和苏林陪梁鼎武演了一场戏，才把这个事情糊弄过去。宋曼琴提出梁鼎武把家栋带来见见，梁鼎武满口答应。

其实，梁鼎武一直觉得亏欠大嫂，心有内疚，毕竟当年是他撺掇大嫂卖了梁家大屋，而且在大嫂被误解时也没有勇气站出来说明真相，以至于大哥一家妻离子散。大哥这些年的辛苦，梁鼎武都看在眼里，大哥还一直想帮他成家，但是大哥还一直单着呢，他怎么好意思结婚成家?

梁鼎武和梁家栋也达成了共识。放学的时候，梁鼎武去校门口接家栋出去，理由是带家栋去练咏春拳，实则是带他去与宋曼琴见面。宋曼琴想孩子想得要命，想给予他们母爱，但梁鼎文不允许她找孩子们，她只能偷偷地见孩子。梁家栋心里早已接受了宋曼琴，他感受到妈妈对他的爱，妈妈给他买了很多玩具，他都带回去藏在了自己小屋的床底下。所以，每次二叔带他去见妈妈时，他都是又激动又害怕。母子俩在一起待两小时左右，梁鼎武再来接家栋回家，这事儿一直瞒着梁鼎文，三人都守口如瓶。

一个周末，梁舒在家打扫卫生，陈小帅从旁帮忙，从一楼的店铺到二楼的每个房间，都被打扫得干干净净。陈小帅喜欢跟梁舒待在一块儿，哪怕是干活，他也愿意，而梁家栋看到动力气的活儿就躲得远远的。

收拾到梁家栋的房间时，陈小帅忽然发出了一声惊叹。原来，他床下藏满了各式各样的昂贵的玩具和零食，望远镜、轮船模型、飞机模型、巧克力……一应俱全。梁舒看到眼前的景象，脑子飞速转动着，联想起弟弟放学之后去练咏春拳，每次回家都到晚上十点了，然后背着书包径直走向自己的卧室。梁舒想明白了，这是家栋从宋曼琴那里拿回来的，他每天不是去练拳，而是偷偷去见妈妈。

梁舒气恼地喊了一声“梁家栋”，家栋从客厅里跑过来，看到自己藏在床底下的玩具被梁舒扔在了地上，赶忙蹲下身捡。梁舒一把推开他，责备他偷偷去苏家，还接受他们的小恩小惠，是个没骨气的东西。梁家栋想辩解，一时却不知道该说什么。因为他也知道爸爸和姐姐不允许他去见妈妈，他私自去见，心里理亏。梁舒扇了家栋两个耳光，他放声大哭起来。一旁的陈小帅看着愤怒的梁舒和委屈的家栋，愣在那里不知如何是好。

在一楼收拾店铺的梁鼎文听到哭声，赶忙上楼查看。他循着哭声来到梁家栋的卧室，看到散落一地的高级玩具，心里明白了大半，脸上泛起阴云。梁家栋回头看见了爸爸，迅速把哭声收住，低下头抽噎着。梁鼎文用力踩地上的玩具，扬言说梁家栋再去苏家就打断他的腿。梁家栋可怜巴巴地蹲在地上，心里又委屈又难过，他想不明白，为什么妈妈很爱他，爸爸却不允许他去找妈妈呢？

梁鼎文气冲冲地去了苏家会馆。来到苏家会馆门口，他大声嚷着让宋曼琴出来。这是原先的梁家大屋，他不愿进去。苏家的管家跑出来，同他争执不下，扭打起来，宋曼琴急忙跑出来劝架。梁鼎文猛力一推管家，双目圆睁怒视宋曼琴道："我警告过你，别骚扰我的孩子！我今天再警告你一次，要是你再骚扰家栋，别怪我不客气！"

宋曼琴又无奈又痛心，这些年她无时无刻不想念两个孩子，没有一天真正快乐过，但她也不敢回来，不知该怎样面对梁家。现如今，苏林回澳门接管事业，他们只得在澳门定居，她与自己日思夜想的儿女们住在同一条街上，怎么能不见自己的孩子呢？她时常感慨命运的安排，假如当年梁恒和家栋都没有生病、阿武没有外借高利贷，那就不会有后面的事情了，她会跟梁鼎文养育子女、辛劳持家，像以前一样恩爱有加。

宋曼琴眼含热泪地说："文哥，舒儿和家栋也是我的孩子呀，你不能不让我和孩子见面啊。"

梁鼎文一字一顿地讲："好好做你的苏太太！你给我记住，舒儿和家栋，姓梁！"

撂下狠话，梁鼎文转身离开，他的背影，挺拔中透出沧桑，渐渐消失在夜色里。宋曼琴的眼泪汹涌而出，苏林走出来，把她揽进怀里，说想用法律手段来帮她争回孩子的抚养权。宋曼琴的泪水更多了，她明白，眼下也没有其他办法可以见到孩子，打官司是一条路，可是，真的要走上这条路吗？

又到一年清明节。宋曼琴带着女儿宋晓雯来陵园祭拜。她们给苏耀庭扫完墓，随后来到梁恒的墓碑前，把一束菊花放在墓碑基座上。宋晓雯好奇地问妈妈这是谁，宋曼琴耐心地给女儿解释说这是梁爷爷，是家栋的爷爷。宋晓雯听话地跟着妈妈朝着墓碑恭恭敬敬地拜了三下。随后，宋晓雯问妈妈为什么最近家栋哥哥不来家里玩了，宋曼琴摸摸女儿的小脸，一时不知该如何回答。

这时，梁鼎文带着梁鼎武、梁潇、郭富成和一双儿女来祭奠梁恒，一家人面色沉重地走入陵园，恰好看到站在梁恒墓前的宋曼琴和宋晓雯。他们一愣，步伐慢下来。梁鼎文走在前面，负气地大跨步走过去，把带来的祭品放在父亲墓碑前。宋曼琴猛然发现梁家人，怔在了原地。

梁鼎文擦拭着梁恒的墓碑，口吻生硬地对宋曼琴说："苏太太，往后别到这儿来。"

宋曼琴脸上冒火，心有千万句话，却什么都说不出来。在梁家人不同的目光中，她牵起宋晓雯的手，转身离开。

梁潇凑到梁鼎文身边说："大哥，你这样对她，太绝情了。"

一旁的梁鼎武替宋曼琴鸣不平："大嫂来凭吊爸爸，大哥你没权不让来。"

梁鼎文瞪了梁鼎武一眼说："再叫她一个大嫂，你试试！"

梁鼎武急忙闭上了嘴巴，梁潇叹了口气，也不再说什么。

这时，已经跟着妈妈走远的宋晓雯，突然挣脱了宋曼琴的手，跑到梁家人跟前，她一把拉住梁舒的手说："舒儿姐姐，你别再记恨妈咪了，妈咪想你，总在夜里偷着哭，我都看见好几回了……舒儿姐姐，我也想你，你以后能带着我一起玩吗……"

梁舒面对眼前天真的宋晓雯，竟一时手足无措。梁潇、梁鼎武和郭富成一阵心疼，他们知道，宋曼琴这些年其实过得并不容易。宋晓雯的一番话，也牵动了梁鼎文的心，但他还是硬着心肠，没理睬眼前这个小姑娘。空气似乎凝固了，一行人无言。梁家栋打破了沉默，忽然趴在爷爷的墓前大哭起来，他这一哭，把梁家人的眼泪都引出来了。

宋曼琴再次回到陵园，流着眼泪把小女儿领走了。一路上，宋晓雯懂事地用小手拉紧妈妈的手，母女俩无言。回到苏家会馆，宋晓雯见妈妈情绪见好，这才开始发问，梁伯为什么那么凶？舒儿姐姐为什么不理人？宋曼琴看着天真的女儿，不知怎样回答，她轻叹一声，把女儿揽入怀里。

从陵园拜祭完的梁家人心情沉重地回到家。梁舒的思绪不停被宋晓雯的话扯来扯去，说实话，她心里并不恨晓雯，相反，她还有点喜欢这个可爱的小姑娘。确切地说，她也不是恨宋曼琴，而是恨那段岁月，恨那段没有妈妈被人嘲笑、让爸爸辛苦受累的日子。她脑子里不停回荡宋晓雯的话，她明白，宋曼琴并不是一个坏妈妈，人也善良，但她像梁鼎文一样，心里就是过不去那个坎儿。

梁鼎武还是会偷偷地带梁家栋去见宋曼琴，只不过不再去苏家会馆了。家栋知道爸爸的脾气，爸爸上次警告他不能去苏家，他害怕爸爸真的打断他的腿，就不敢再去了。

每天放学或是周末，梁鼎武就带家栋去拳馆练咏春拳，宋曼琴可以在那里见到家栋。家栋身体底子不好，从 5 岁时，梁家便让他学习咏春拳来强健筋骨，他也喜欢武术，梦想着可以成为武林一代宗师，那时候就没人敢欺负他家了。所以，家栋练拳练得积极又认真，梁舒经常取笑他每天练咏春拳比学习功课还上心。

这天，梁家栋和几个孩子在拳馆练拳，宋曼琴在门口静静地关注着他。只见家栋熟练地打了一套夹带了降龙十八掌招式的咏春拳，整个过程如行云流水，最后以一个漂亮的收势，立在师傅眼前。

自以为拳路漂亮的家栋扬扬得意，等着师傅夸奖，谁知师傅严肃地说："家栋，咏春拳的法度、身形都有严格的规范，首先要正心、正念，然后才能导出肢体的灵活神气，你要是想学降龙十八掌，别在我这儿学了。"

梁家栋慌忙承认错误，他可不想被师傅赶出去，毕竟练拳是他热爱的事情啊。师傅见他认错态度诚恳，告诫了他几句，便不再追究。

下课后，宋曼琴和梁家栋走出拳馆，母子俩边走边说话。

“儿子，妈想不到你这么厉害，小胳膊小腿这么灵活，这么有神采，妈都看呆了，你可真帅气。”

“等我练成了咏春拳，打败街市伟和崩牙狗，澳门没人敢惹我了，到时候，我替爸爸把梁家大屋抢回来。”

“家栋，爸爸让你学咏春拳，为了当黑老大？为了抢梁家大屋？”

“不是不是，爸爸说我小时候得过一场病，差点儿没死了，身子特别弱，为了我强身健体才让我学咏春拳的。妈妈，爸爸说，是你弄来钱给我看的病。爸爸还说，不是你弄来了钱，我就病死了。是真的吗？”

“爸爸真是这么说的？！”

“是这么说的呀。妈妈，你眼圈怎么红了？”

“爸爸还说什么了？”

“还说……还说你不是个好女人。”

宋曼琴心中五味杂陈，沉默片刻后，她拉着家栋往苏家会馆的方向走，家栋赶忙拒绝了，爸爸不允许他去苏家，而且这天要开家庭会议，他要是不回去，肯定又挨揍了。于是，家栋跟妈妈摆手再见，便蹦跳着回梁记饼家了。

梁家一家人围坐在客厅里，等着梁鼎文来开家庭会议。每次家中有重大事情时，都会召集家人开会讨论一下，这是梁家祖上传下来的规矩。梁鼎武和梁家栋神色紧张，有些坐立不安，害怕会挨训，一旁的梁潇看到他俩这副窘样，笑他们两个见了梁鼎文就像老鼠见了猫，梁鼎武本想贫几句，梁鼎文正好走过来，便乖乖闭上了嘴。

梁鼎文说了三个事情。

第一件事是让梁潇找个好工作，不用总花精力往梁家来回跑了，安心跟富成过日子。全家人一致同意,梁潇也答应了,眼下梁家没有什么要紧的事儿,她可以腾出精力来找找工作了。

第二件事，让梁鼎武学习做杏仁饼，兄弟俩一起把梁记饼家发扬光大。梁鼎武之前一直在彪哥的房屋出租公司做事，上次假装大澳集团老总妻弟的事情最后败露了，那对夫妻到公司闹，彪哥便把梁鼎武开除了，现在一段时间待业在家，又恢复了之前游手好闲的生活。梁鼎文苦口婆心地劝阿武一起经营梁记，攒钱给他娶妻成家，阿武心下不乐意接受大哥的安排，却不敢发声反对，算是硬着头皮应下了。

第三件事，不让梁家栋练咏春拳了，把时间用来学做杏仁饼。

梁鼎文的话音刚落，梁家栋便激烈反对：“我不！我要练拳！”

梁鼎文很意外儿子的态度如此强烈，当即怒道：“反了你了！你小子练拳是要学崩牙狗、街市伟，这个拳不能再练下去了，免得将来闯大祸，给祖宗丢脸。梁记是祖传的家业，要一代一代传承下去，你爷爷传给我，我传给谁？我就得传给你！你敢说不？”

梁家栋说：“我就不！”

梁舒劝家栋：“听爸爸的。”

梁家栋态度坚决，道：“我就不。我不学崩牙狗、街市伟了，我要学李小龙。”

梁鼎文腾地起身伸手欲抓住他，家栋灵巧地一跳，跃身到了门口，再次冲着梁鼎文大喊：“我就不！”

眼看着家栋跑了出去，梁鼎文胸中怒火奔腾，梁潇赶忙从旁劝慰，说家栋还小，传手艺的事情以后也来得及。梁鼎文气恼地坐在桌旁，一言不发。

梁家栋一个人跑到街上，心里乱作一团。夜色已深，他不知道去哪里，但又不想回家，于是便坐在皇冠小馆门口的台阶上，眼望着斜对面梁记饼家的灯光，不争气地流着眼泪。他不明白爸爸为什么忽然不让他练拳了，练拳是他的爱好啊，妈妈那么支持他，爸爸却那么坚决地阻止他。

梁家栋缩成一团，越想越委屈，眼泪“啪啪”地往下落。同时，他心中的反抗也越来越激烈，他不能放弃咏春拳，他不服从爸爸的安排！这是他第一次违逆爸爸，心里惴惴不安。他打定主意似的，猛地站起身，沿着街路一路走去。

梁潇和梁鼎武劝了梁鼎文一阵，便分头出去找家栋。梁舒也想加入寻找的队伍，梁鼎文让她安心写作业，不一会儿，陈小帅来到梁家，两个孩子便一起去二楼的客厅写作业。

实际上，家栋大晚上跑出去，梁鼎文又何尝不担心呢？但他磨不开面子，就去坐在一楼挑拣杏仁。眼下他心烦意乱，几次把好杏仁扔到了垃圾桶里。到了晚上十点，梁家栋还是没有回来，梁潇和梁鼎武沿着三湾斜街附近找了一大圈也没找到。梁鼎武试探性地问没有去大嫂家里找，会不会去那里。这一句“大嫂”，再次把梁鼎文心中的怒火点燃了。其实，他心里也清楚，这么晚还不回来，十有八九是去了苏家会馆。他愤怒地一甩手，桌子上的茶杯都掉落了下来，激越的瓷片破碎的声音划破了寂静的夜，在二楼写作业的梁舒和陈小帅闻声跑下来，惊恐地看着他。

梁鼎文满脸怒气地说：“这个不争气的臭小子，准是……”梁舒当即心领神会，劝慰了爸爸几句，便径直去了苏家，陈小帅像只小尾巴一样紧随其后。梁鼎文、梁鼎武和梁潇面面相觑——梁舒去苏家找人或许是最合适的，但毕竟不放心，兄妹三个也跟着去了苏家。

第六章

从梁家跑出来的梁家栋果然去了苏家会馆。他哭了一路，眼泪似乎擦不干。儿子的到来令宋曼琴很诧异，赶忙把他领进屋里安慰。见到妈妈，梁家栋号啕大哭，把爸爸不让他练咏春拳的事情和盘托出。宋曼琴搂着家栋的头，轻轻安慰他。

“不哭不哭，乖儿子，妈妈支持你练拳。”

“爸爸不让我练拳，我就不回家。”

“好好好，不回家，今儿晚上就住在妈妈这儿。家栋，你要明白，爸爸让你学做杏仁饼，是让你继承梁家的祖业，这没什么不对的。”

“我就不学，我要学咏春拳。”

“你是梁家的长子长孙，梁记祖传的杏仁饼你早晚要接管的。”

“我不接管，我才不做杏仁饼，我要当李小龙，我要当乔峰。”

“别看爸爸表面凶，他心里是爱你的。有的人啊，脾气大，他是要用脾气擦亮他做人的品格呀。”

“他就知道打我。”

这时，梁舒出现在了门口。瘦小的梁舒脸上带着与年龄不相符的愤怒和严峻，她看到梁家栋果然来了苏家，内心的怒火此起彼伏。意外地看到女儿的到来，宋曼琴迎上前欲拉她的手，却被梁舒闪避开，她根本不看宋曼琴，目光直视梁家栋，好说歹说要拉他回家。

梁舒耐心劝了一阵，但家栋一直不为所动。宋曼琴提议让家栋先在这里住下，等哄好了再送回梁家，却一下子把梁舒惹恼了，她双眼逼视宋曼琴，把这些年憋在心里的话一起倒了出来：“你有什么资格留家栋在这儿住？当年你说走就走，你走的时候我才不到三岁，家栋才多大？这十年你去哪儿了？我和家栋最需要妈妈的时候，你在哪儿？现在回来了就虚情假意地要当妈！我不需要你这样的妈！”

宋曼琴被这话击中了，她浑身透着寒意，愣怔在原地说不出一句话来。她知道当年自己的离开对孩子们伤害很大，但她还不知道这给梁舒心里埋下了这么大的恨意。

站在角落里的宋晓雯跑过来，指着梁舒说：“舒儿姐姐，你不能跟我妈吼，你没礼貌。”

梁舒说：“别跟我说礼貌，这个世界上原本就不该有你！”

说完，她想带家栋离开，却发现客厅里已没有他的影子。原来，趁着梁舒和宋曼琴说话的空儿，家栋已经躲了起来。梁舒恨铁不成钢，气恼地转身离开。

陈小帅在苏家门外等着梁舒，由于等的时间比较久，他一个人无聊地背古诗，见梁舒出来，赶忙跟上去。梁舒忿忿地往前走，陈小帅乖乖跟在后面。身后宋曼琴追出门口，梁舒没有回头，陈小帅匆忙望了一眼，便紧跟着梁舒回家去。

清晨的三湾斜街，被太阳镀上了一层金边，店家陆陆续续地开门营业，人们三三两两地走过。远处的海边，波光粼粼，渔翁乘船出海，渔歌声悠扬。

梁记饼家门口，梁鼎文刚派发完第一炉杏仁饼，正要转身进门，便和急匆匆出门的梁鼎武撞个满怀，把门框上挂着的梁家大屋相框带得悠来荡去。梁鼎武赶紧把悠荡的相框扶正，侧着身子移动脚步，边说："大哥，我真不适合在家跟你做杏仁饼，杏仁饼的手艺你传给家栋就行了，家栋是嫡传，我到外边找工作去。"不等梁鼎文说话，他便溜之大吉了。

梁鼎文无奈地摇了摇头。眼下，阿武和家栋都不愿学习杏仁饼的手艺，家栋为此还闹脾气不回家。其实，梁鼎文何尝不知道，做杏仁饼收入微薄，而且这是一个苦差事，需要耐得住性子，沉得下心。但祖传的梁记，一定要传承下去，它是一种宝贵的文化，这也是梁鼎文一直坚持下去的原因。

梁鼎文一个人回到店里，认真挑选杏仁。韩雅琪提着食盒进来，她给梁鼎文煲了鱼汤。梁恒去世，家栋离家出走，梁鼎文一下子苍老了许多。韩雅琪都看在眼里，每天雷打不动地就给他送鱼汤或蟹黄粥。韩雅琪每次都说是表哥郑大冠煲的，表哥要给他补补身子，梁鼎文不好推脱，也就接受了。

这时，宋曼琴走进了梁记饼家，看见梁鼎文正坐在一张桌前喝粥，韩雅琪站在柜台前帮忙张罗。宋曼琴对这个柜台印象深刻，十年前，她几乎每天都在这里给梁鼎文帮忙，那时的夫妻二人一起经营梁记，日子辛苦而甜蜜。虽然宋曼琴与韩雅琪没有见过几次面，但她能感觉得到雅琪的直爽和善良，同为女人，她也能感受得到雅琪对梁鼎文的心思，眼神是欺瞒不了人的。她的目光不自觉地落在韩雅琪身上，韩雅琪看了她一眼，什么也没说，识趣地转身离开了。

梁鼎文看到宋曼琴进屋，陡然严厉起来，质问她来干什么。宋曼琴是想替家栋求情，希望梁鼎文让他继续学拳。面对宋曼琴，梁鼎文总会没来由地生气，她的出现，是对原先岁月的提醒。

"文哥，让家栋继续学拳吧。"

"梁家的事情，轮不着你当家。"

"家栋是我生的。"

"还记得你是妈妈？还记得你有儿子？！"

“文哥，我一刻也没忘记舒儿和家栋，没忘记你，没忘记这个家。文哥，时过境迁，物是人非，过去的都过去了，你心里对我有多大的恨，我都认，可我就只求你一件事，让我偶尔来看看孩子，让孩子们叫我‘妈’，我恳求你……”

“不要再说了！”

宋曼琴身子一抖，眼泪夺眶而出。她了解梁鼎文的脾气，十年前的事情对他伤害太大了，他始终无法原谅。梁鼎文怒视着宋曼琴，这是十年之后他第一次正视前妻，渐渐地，他的目光里仇恨和愤怒的云翳消散了，只剩下疲惫。他的语气软下来，摆摆手让她离开，自己转身上了二楼。

宋曼琴心情低落地走出梁记，本想直接回家，一抬头看到了对面的皇冠小馆，她想了想，便径直走向皇冠小馆。郑大冠正在厨房做菜，韩雅琪和两个伙计忙着招呼客人，对于宋曼琴的到来，她显然并不讶异，笑着把她迎进门。韩雅琪好像知道宋曼琴不想坐在显眼的位置，领着她在一个角落里的座位上坐定，随后便利落地端来一碗蟹黄粥。

沉默片刻，宋曼琴不知如何开口。韩雅琪看出了她的心思，让她有话尽管说。宋曼琴希望她能帮忙劝劝文哥，韩雅琪答应了。两个女人会心一笑，这笑中不免带几分苦涩。都是苦命人，心里都清楚着呢，谁让造化总是弄人?

自打梁鼎文不让家栋练拳，而要他学做杏仁饼，家栋一直待在宋曼琴那里。梁鼎文十分气恼，想不到儿子这么不懂事和没骨气，所以也不去苏家接他。每天下午放学，梁家栋都径直走向苏家会馆，故意不跟梁舒和陈小帅一起走，因为他知道姐姐一定会训他。而且，苏家生活条件优越，妈妈支持他做自己喜欢的事情，而爸爸一言不合就打人，像个暴君。在苏家待得时间久了，他居然有点儿乐不思蜀了。

这天放学，梁家栋刚走出校园，就被梁舒和陈小帅拦住了。梁舒一把抓住他，想把他带回家。梁家栋奋力挣扎，他嘴上说不让他练拳就坚决不回家，实际上，他心里是害怕回去会挨揍。眼见他就要挣脱，梁舒喊陈小帅上前帮忙。两个人像押解犯人一样按住梁家栋，引起不少路人驻足。梁舒脸一红，手上松了劲儿，梁家栋趁机逃跑，气得梁舒大骂他是个浑球。

这天是梁鼎文的生日。自从家栋去苏家住，梁鼎文没有一天露出过笑脸，梁舒都看在眼里，原本操劳的他，现在显得更加疲惫和苍老。梁舒本想把家栋带回家团聚，让爸爸高兴一下，现在家栋这个浑小子却跑得无影无踪。

回到家，梁舒放下书包就去厨房做菜，陈小帅从旁打下手。不一会儿，韩雅琴和郑大冠提着一大罐热气腾腾的蟹黄粥来了，直接进厨房帮忙。几个人有说有笑地忙碌着，丰盛的饭菜很快摆上桌。梁潇和郭富成把刚买来的蛋糕放在桌子中央，大家围着桌子站定，等着今日的寿星梁鼎文坐下。梁鼎文刚刚把店铺打了烊，一边步履沉重地爬上二楼，一边喊着“爸爸吃饭”。大家一愣，梁鼎文脸上划过一丝黯然——他总以为父亲还活着。

梁潇赶忙揽住大哥的胳膊，拉他坐下，说道：“寿星安坐。今天你就好好享受一下。”

大家一一落座，一家人团聚，唯独少了梁鼎武和梁家栋。梁家栋自不用说，住在苏家不回来；梁鼎武自从跟大哥说了不学做杏仁饼之后，一直没有回家，估计连大哥的生日都忘了。

梁鼎文看着桌上丰盛的菜肴，忽然忧愁一叹。梁潇见状，接连讲了几段祝福词来调动气氛。大家纷纷送上生日祝福，梁鼎文愁闷的脸上露出一丝笑容。切蛋糕的时候，陈小帅不知深浅地说了一句给家栋和二叔留一块蛋糕，众人无声地对视一眼，梁鼎文将杯中的白酒一饮而尽，场面再度沉下来。

梁鼎文的沉郁写在了脸上。大家都明白他在为家栋的事情焦心，但也觉得他个性太倔了，一直拦着不让母子相认也不是解决问题的办法。

韩雅琪心直口快地说：“文哥，你不能这么霸道，再怎么说阿琴也是孩子亲妈。做妈的，十多年见不到孩子，心里该有多苦。在外国就不说了，现在回到了澳门，跟孩子住得这么近，你不让她跟孩子们相认，这不通情理。”

梁潇接上了话茬：“昨天大嫂……不，琴姐特意找我，她苦苦哀求，让我来劝大哥你通融通融。”

郭富成也试图劝说：“大哥，不仅仅是母亲需要孩子，孩子也需要母亲。”

郑大冠见梁鼎文的脸色越发难看，急忙转移话题，劝大家趁热喝蟹黄粥。梁鼎文一言不发，胸中积压着怒火，他忽然起身离席，踩着“咯吱咯吱”的楼梯下了楼。大家面面相觑，陷入一片沉默之中。梁舒起身欲去安慰爸爸，但被梁潇拦下了。

梁鼎文一个人去了附近的海滩。夜色中，海水翻滚拍打着岸边。梁鼎文坐下来，任扬起的海水沾湿了他的鞋子，思绪随着海浪飘移。十年前，他和阿琴还是恩爱夫妻，一场变故打散了这个家，夫妻反目之后，阿琴跳海自杀，幸亏有苏林相救，要不然，他会愧疚一生。那段日子，他虽然沉浸在失去大屋的痛苦和羞辱之中，但经过思想斗争之后也原谅了阿琴。只是命运弄人，苏林带她去了国外，十年未有见面。其实，梁鼎文心里也清楚，当年的事情也不能完全怪阿琴，他也明白阿琴是一个好妈妈，不让母子相认确实是有些专断了，但他就是咽不下那口气，不愿意拉下脸。

夜色又深，梁鼎文回了梁家，只有一楼还亮着灯。他坐到柜台前，一粒一粒挑选杏仁，这个过程让他的心渐渐安宁下来。梁舒像一只小猫似的走到梁鼎文近前，手里端着一块蛋糕。这是大家特意为他留的。梁鼎文看着懂事的女儿，会心地笑了。

“舒儿，怎么还没睡？”

“你不回来，我睡不着。爸爸，你还生气吗？你别怪姑姑她们了。”

“我知道，他们说得都对，你是不是也觉得爸爸太犟了？”

“不是爸爸太犟，是爸爸心里太苦了。”

女儿的一句话温暖着梁鼎文的心，他把梁舒揽进怀里，心中虽有苦，此刻却带着甜。他心中默默地说，上天赐予自己一个这么懂事乖巧的女儿，应该知足啊。昏黄的灯光投射出父女俩的身影，这一刻，岁月温柔，时光静好。

夜里十一点半梁鼎武才回到家，看见桌子上的生日蛋糕，才猛拍脑袋想起这天是大哥的生日。他刚想摆出嬉皮笑脸的架势打算跟大哥说几句祝福话，却见他脸上表情越来越凝重。

此时的梁鼎文正在看一个信件，他的脸色越来越差，很明显是生气了。只见他忽然一把把信件扔在了地上，愤然夺门而出。梁鼎武诧异地看着大哥匆匆离开，好奇地拾起信件，这才知道，原来宋曼琴为取得家栋抚养权而把大哥给起诉了。

梁鼎武看看传票，再看看风风火火跑出去的大哥，顿感事情不妙。他猜想大哥肯定是去苏家报仇了，赶忙追上去。但又一转念，苏家人众多，他们兄弟俩未免势单力薄，于是，他到皇冠小馆叫上郑大冠，一起朝着苏家跑去。

一路上没有见梁鼎文，急得梁鼎武和郑大冠加足马力往前冲。此刻的梁鼎文已经快到苏家门口了，他怒火在胸。宋曼琴起诉他，这是他无论如何都想不到也接受不了的。他承认不让母子相认是有些专断，但是走法律途径可真是一点情面都不讲了，更何况生日宴之后他也反思了，正打算做出让步。

梁鼎文气势汹汹地来到苏家门口，猛地一脚踹开了大门，长驱直入。两个守门人一愣，赶紧抄家伙扑了上来。失去理智的梁鼎文拳脚并用，将他们打倒在地，捡拾了他们掉在地上的木棒，直扑灯火通明的豪宅。

宋曼琴一家和家栋正悠闲地坐在客厅，此时的家栋与以往大不相同，头发整整齐齐地向后梳着，身着一套黑色小西装，脚穿一双锃亮的小黑皮鞋——宋曼琴俨然把他打扮成了一个富家少爷。梁家栋十分喜欢这身行头，站在落地镜前不停地摆弄，内心的喜悦都写在了脸上。看到儿子开心，宋曼琴无限欣慰。

就在此时，客厅的屋门被一脚踢开，梁鼎文赫然出现在门口。梁家栋吓得魂飞魄散，转身逃进另一个房间，宋晓雯也赶紧躲在大人身后，眼神里满是惊恐。宋曼琴和苏林缓缓站起身，略带惊讶地望着梁鼎文。

梁鼎文冒火的眼睛直逼宋曼琴，话音里透出失望：“你到法院告我？！”

苏林把宋曼琴护在身后说：“是我告的。”

梁鼎文一字一顿地说：“想争儿子的抚养权，做梦！”

这时，两个看门人拿着棍棒跑进来，双方马上就要开打，躲在角落里的宋晓雯“哇”的一声哭了出来。梁鼎文看了眼哭泣的孩子，逼迫自己冷静下来，理智慢慢复归。他明白，孩子是无辜的，而且，暴力不是解决问题的办法。他狠狠瞪了一眼宋曼琴和苏林，转身走出了苏家，每一步都走得郑重而落寞。

梁鼎武和郑大冠气喘吁吁地跑到苏家时，正碰上梁鼎文出门，看见他毫发未损也就放下心来，紧紧跟着梁鼎文往前走。沉默飘荡在风中，每一声呼吸都异常清晰。梁鼎武想说些什么，但被郑大冠拦下了。不一会儿，当他们听见梁鼎文说马上去请律师时，不禁面面相觑。闹到打官司这种地步，是真要撕破脸啊。

这一天，对于梁家来说，太长了。梁鼎文的脑子里划过这些年的是非恩怨，从恩爱夫妻到感情决裂，如今再到法庭相对，一切好像是错位的，而且越错越离谱儿。如果没有当年的家庭变故，现实可能就不是这样了。但是覆水难收啊。

梁鼎文走回家，之前心中燃起的怒火慢慢熄了。女儿梁舒正坐在一楼的桌旁哭，韩雅琪站在一旁，轻轻抚着她的头。他看见女儿扬起小脸，满脸的泪痕，鼻头一酸，眼泪就冒了出来。他吸吸鼻子，径直走到放杏仁的案桌旁，坐下来挑选杏仁，像每天一样。

梁鼎文的回来与他表现出来的平静让梁舒和韩雅琪都很意外。屋子里一片安宁，只有梁鼎文拨拣杏仁的声音。梁舒和韩雅琪对视一眼，跑过去劝他。

“爸爸，别跟家栋生气了，他还小。”

“文哥，没有过不去的坎，你别苦你自己。”

梁鼎文没有正面回应，他捏起一颗杏仁，放在嘴里细细品嚼，像是对梁舒她们说，也像是自言自语：“这是西伯利亚苦杏仁，有小毒。精心炮制了，它就是一味药，但就是炮制起来比较麻烦。先要放入夹层锅的沸水里煮，不断翻动；等皮皱了，再捞出放入冷水里，然后脱皮；脱皮后，又要沸水煮十分钟、冷浸十分钟。小毒没了，可杏仁的苦味还在，苦味在，营养就都在。平喘定咳，清火养肝，疗效好得很……”

韩雅琪听出了这话背后的况味。不待她劝说，梁鼎武回来了。相比于一贯的不着调，他脸上挂着从未有的严肃和疲惫。他告诉大哥找好律师了，梁鼎文像是没有听到一样，面无表情地点了点头，叹着息上了二楼。

十天后，法庭开庭。梁家和苏家一行人神色严肃地坐在陪审席，梁家栋坐在苏林旁边，梁舒拉了家栋一下，但是他躲开了。宋曼琴和梁鼎文分别坐在原告和被告席上，两个人都刻意回避着对方的眼神。双方律师展开对当事人的辩护，之后，原告和被告发言，宋曼琴和梁鼎文这才看向对方。

宋曼琴说：“十年前，我在万般苦难的情况下，与不到三岁的女儿、尚且在襁褓中的儿子骨肉分离。身为人母，我从来没忘记过一双苦命的儿女，多少个日夜，我想念他们，我偷偷抹眼泪，我的心在滴血。如今，我只想尽一份舐犊之情，可是，我的前夫不许我与孩子相认。天下有什么道理不让母亲和自己的亲生儿女相认呢……”

陪审团一片唏嘘。

梁鼎文说：“法官，诸位街坊们，大家都知道，这十年多，我又当爸又当妈，把一双儿女拉扯大，我不说千辛万苦，可一个抛弃儿女离开多年的女人，回来要跟我争夺儿子的抚养权，这是从我的心头上往下剜肉啊。”

法庭再次爆出唏嘘，发出两种不同的声音。法官猛敲法槌，让梁家栋出庭。梁家栋有些胆怯地走到庭上，法官问他想跟谁一起生活。

梁家栋泪水涟涟地看了看梁鼎文，又看了看宋曼琴，忽然蹲下号啕大哭：“我不想选。爸爸，我不练拳了……妈妈，我想跟着你。爸爸，我也想跟着你呀……求求你们，别让我选了……”

看到那个调皮可爱的儿子如今痛苦地做选择，梁鼎文和宋曼琴都忍不住落了泪。宋曼琴忽然冲到梁家栋面前，抱住他极力安慰：“儿子，不哭，妈妈不该为难你。”她抬起头对梁鼎文说：“文哥，我不跟你争了，儿子跟着你过，我只求你让我偶尔看看他，我只求你别难为孩子了……”

梁鼎文看着眼前这一幕，心如刀割，他已经做了决定，对法官说道：“法官大人，我……放弃。”说完，他转身大步离开，留下一众人在那里惊讶无比。

缓过神来的宋曼琴带着家栋追出来，一把抓住梁鼎文的胳膊说：“文哥，谢谢你，我一辈子都记着你的恩。你想家栋了，我就给你送过去，你放心……”

梁鼎文抖开宋曼琴的手，语气生硬地说：“家栋判给你了，往后我就没他这个儿子，也再不许他回梁家。”

宋曼琴带着哭腔道：“文哥……你怎么这么倔。要不是你倔，能有当年的骨肉分离吗？”

梁鼎文愣了一下，转身扬长而去，每一步都走得无奈而沉重。他也明白自己的犟脾气，但是他有他自己的原则。十年前，他没守住梁家大屋，现如今又把儿子弄丢了，他觉得对不起梁家祖先，内心经受着万般蹂躏，他自己最不能原谅自己。

梁鼎文径直回到梁记，梁鼎武、梁潇、梁舒几个紧随其后。他跪在梁家祖宗牌位前，猛抽自己嘴巴，梁鼎武和梁潇赶忙上前拉住。

梁潇眼圈发红地抱住他，劝说道：“大哥，你在最后的时刻放弃家栋的抚养权，不是你的错，是因为你爱家栋！是你没放下大嫂啊！”

梁鼎文说：“不要再叫那个女人‘大嫂’。”

梁鼎武说：“大哥，我们移民吧。留在澳门没前途，祸福难料，我们把梁记兑出去，到了欧洲，我们就能过上好日子了。”

梁鼎文怒道：“移民？卖了祖宗，到外面就逍遥了？梁记饼家的招牌在澳门，父祖的墓地在澳门，梁家大屋也在澳门！你不知道吗？！”

梁鼎武眼见着梁鼎文要把所有的气恼都撒在他身上，转身就想跑。梁潇急忙上前劝说大哥：“大哥，澳门就是我们的家，我们哪儿也不去。回归后，我们背靠祖国这棵大树，日子肯定会一天比一天好。”

梁鼎文再次转身，对着祖先牌位，虔诚地念着梁家家训，梁鼎武、梁潇、梁舒跟着齐声念，声音汇在了一起：“立身有信，为人有心，持家守业有信心。有信！有心！有信心！！！”

艰难的日子里，梁家家训陪伴着梁家人。就像阳光照耀在黑暗阴冷的土地上——过去、现在和未来。

世事皆变，唯有梁鼎武没变。他依旧吊儿郎当地混日子，没有正经职业，也没办法帮大哥养家，结婚成家更是遥遥无期。宋曼琴想帮他在大澳集团谋份工作，但梁鼎文不依，也就作罢了。梁鼎武这个人虽说不着调，但他也想为梁家分担些什么，只是干啥啥不行。他就想干出点儿不一样的事情来，让大家刮目相看。

这天，他骑着自行车来到巍峨而高拔的澳门塔下，绕塔疯狂转圈，很快吸引了游人的眼光。忽然，他丢下自行车，以百米冲刺的速度跑到濠江岸边，面向大海呼喊：“阿武，你活着干什么？你怂恿大嫂弄丢了梁家大屋，破坏了大哥的家庭……这些年过去了，还靠大哥养活……你学问不成，生意不会，你连个郑大冠都不如，还每天一碗蟹黄粥！你活着就是个粥桶啊……”

围观的人越来越多，很快把他围在了中央。他环视一众人，猛然起身，以一种义无反顾的姿态跳进了海里，很快整个身子都隐没在了水中。人群瞬间炸锅，有人认出是梁鼎武，赶忙去梁记饼家报信。

梁鼎文听说阿武跳海的消息，倒是沉稳不惊，继续忙着手头上的活儿。他了解阿武，阿武是舍不得寻短见的，就算是真的跳了海，以他的水性，也淹不死。

果不其然，不到半小时，梁鼎武就游回到了岸上，两个小混混赶忙给他裹上干衣服，他带着两个小跟班，雄赳赳、气昂昂地走在马路中间。但不一会儿，他就把小跟班们撵走了，义正词严地说自己以后要走人间正道，要正道直行，要堂堂正正地做一回人。这样的梁鼎武，跟之前判若两人，他继续雄赳赳地向前走去，看起来一改往日的蹉跎无能，变得英姿勃发了。

不几天，梁鼎武又想出一个新招儿，他要为梁记饼家做一个新颖的宣传。于是，他头戴乌纱帽，身着汉服，脚蹬朝靴，挑着八股绳拢着的一对木箱子，手摇拨浪鼓，有模有样地走在三湾斜街上。过路的街坊们纷纷注目和偷笑，大家把他团团围住，七嘴八舌地问他唱的这是哪出戏。

梁鼎武从木箱子里取出几块杏仁饼，转着圈展示给大家看，声称以后要用这种方式卖梁记杏仁饼，要卖到氹仔，卖遍澳门，卖到内地去。众人围着梁鼎武哈哈大笑，有人夸他有商业头脑，有人笑他就会耍宝，可他不介意，他自豪而坚定地站在人群中间，脸上挂着扬扬自得的笑容。此刻的他，心潮澎湃，憧憬着可以赚大钱，脸上的笑容越发灿烂了。

梁鼎武大摇大摆地回到梁家，梁鼎文见他这一身打扮，就气不打一处来，好在岁月已经磨砺了他的脾气，他没好气地给了他几个白眼。梁鼎武急不可耐地把自己的想法对大哥和盘托出，梁鼎文看见他额角上的汗，涌上一阵心酸，他拍拍弟弟的肩膀，没说赞成也没表示反对。

之后的几天，梁鼎武每天挑着杏仁饼出去卖，像货郎一样吆喝着“杏仁饼嘞——梁记杏仁饼——”沿街叫卖。他幻想着赚大钱，不仅要帮大哥一起养家，还要把梁家大屋买回来。这样想着，他浑身充满干劲儿，每天一大早就出去。反倒是梁鼎文心疼弟弟，怕他太辛苦了，同时，他也觉得，弟弟阿武真的长大了。

然而，梁鼎武是三分钟热度，穿着奇装异服走街串巷卖了几天，就撂挑子不干偃旗息鼓了。没走几步路就出一身汗，脚板走得生疼，赚钱却寥寥无几，梁鼎武这才体会到赚钱养家的不易。

后来，梁鼎武又动了移民的心思，确切地说，他很早就有这个想法。移民在澳门一度盛行，面对不景气的经济形势，很多人选择了移居海外。梁鼎武跟大哥讲了几次，每次都被大哥一口否决。梁鼎文的话还是有威力的，他虽然对海外心向往之，但终究不敢做出什么出格事情来。

皇冠小馆的老板郑大冠的妻儿生活在海外，十几年来一直催他到海外定居团聚，但他舍不得皇冠小馆，也舍不得离家乡太远，所以这些年来都没有把移民提上日程。郑大冠的家乡在广州佛山忠义乡，来澳门也是为了讨生活，他做梦都希望能够回到家乡看一眼。每年清明，他都在沙滩上摆满祭品，朝着家乡的方向给祖宗磕头。他一直觉得，祖坟在佛山，根在忠义乡。人往往是身在异乡，才思念故乡，身在异乡越久，就越是思念故乡。郑大冠的妻子又来信催他移民，他虽然想念妻儿，但眼下澳门都要回归祖国了，他还是希望能够亲眼见证澳门回归，没准儿以后还要把妻儿接回来。

1999 年 12 月 20 日，激动人心的时刻到来了。那一刻，举国欢庆！那一刻，注定要被载入史册！

1999年12月19日23时58分，葡萄牙国旗和市政厅旗缓缓降下。1999年12月20日0时整，中华人民共和国国歌奏响，国旗和澳门特别行政区区旗冉冉升起。澳门回归祖国了。

三湾斜街上，灯火辉煌，庆祝回归的牌楼高耸，众街坊们倾巢而出，人海如潮，摩肩接踵。喜庆的锣鼓奏响，舞狮队和舞龙队从人群里雀跃而起，整个三湾斜街喜庆欢腾。牌楼下，一个大彩电正在播放现场实况，当大家看到国旗和区旗飘扬在高空时，不由得爆发出了雷鸣般的掌声。大家互相拥抱，笑着跳着，有些年老的街坊在一旁看着，笑着笑着就抹了眼泪。

电视实况转播切换到澳门的表演晚会，梁舒和几个小演员盛装走上舞台，手挽手唱起了闻一多的《七子之歌》：

> 你可知MACAU，不是我真姓，
> 我离开你太久了，母亲！

但是他们掳去的是我的肉体，
你依然保管我内心的灵魂。

你可知MACAU不是我真姓，
我离开你太久了，母亲！
但是他们掳去的是我的肉体，
你依然保管我内心的灵魂。

那三百年来梦寐不忘的生母啊，
请叫儿的乳名：
叫我一声——澳门。
母亲啊母亲！
我要回来，
母亲！母亲！
……

歌声中，有人激动欢呼、笑脸洋溢，有人热泪盈眶，还有人甚至泣不成声。梁鼎文没有加入到舞狮的队伍中，他站在热闹的人群中，脸上写满了自豪与激动，同时又不无遗憾。他想起了父亲梁恒，父亲一辈子都盼望澳门回归祖国，最终还是没能亲眼见到。

如今，澳门终于回归了，回归就有盼头儿了，有了盼头儿，日子就会越来越好了。

第七章

时间走到了2003年，日历翻到了3月份。初春时节，燕草如碧丝，秦桑低绿枝。

三湾斜街上，店铺开开关关，人们来来去去，一切好像没什么变化，岁月在悄悄地流逝。

梁记饼家招聘了一个名叫阿彩的女雇员，阿彩时年22岁，是个古灵精怪的姑娘，每天干些招呼客人、收拾店铺的活儿。梁鼎文喜欢在梁记门口的音响中播放红歌，阿彩则喜欢听流行歌曲，两人经常为了播放什么歌曲而孩子般斗嘴，也算是为平淡的生活增添了几分趣味。

此时的梁舒已经18岁了，家栋和陈小帅16岁，就连最小的宋晓雯都13岁了，梁鼎文那一辈人更是平添了几丝白发，显得苍老了不少。时间是最让人深发感触的东西，它以一种一往无前的形式往前走着，走得慷慨激昂。年少时盼着长大，长大后却希望时间能够停滞。

这几年来，梁家栋一直跟着宋曼琴在苏家生活，日子优渥，吃喝无忧，过着大少爷一般的生活。他与宋晓雯相差三岁，兄妹俩经常无伤大雅地斗斗嘴，给苏家增添了不少欢声笑语。宋曼琴看在眼里，心中无限欣慰。她唯一不放心的就是梁舒。这么多年过去了，梁舒依旧对她不理不睬，甚至还带着几分怨恨。而自从家栋在苏家生活，梁鼎文仿佛没有这个儿子一样，不找也不见，家栋怯怯地回梁家，他也故作没看见。梁鼎文和梁舒这父女俩，性子直，脾气都犟着呢。

这一天，是梁舒18岁的生日。宋曼琴的情绪变化正是来源于此。她犹记得十几年前，梁舒两岁生日时，她亲手为女儿做了一个生日蛋糕，用奶油雕塑出一头神形毕肖的小牛。梁舒的生肖是牛，宋曼琴把做好的蛋糕捧给小梁舒，亲昵地祝女儿生日快乐，小梁舒开心又好奇地盯着那只小牛咯咯地笑着，梁鼎文站在厨房门口幸福地看着母女二人。这些记忆恍若隔世，那么近又那么远。如今，梁舒依旧与她保持着客客气气的距离，依旧不与她相认，宋曼琴心里暗暗发痛。

作为18岁的成人礼，梁家上下都发动起来为梁舒庆生。陈小帅更是从很久之前就决定要在这天给梁舒一个惊喜。他送给她一份大礼——一部崭新的诺基亚手机。手机在那个时代是稀罕品，价格昂贵，这部手机是陈小帅用大半年攒下的午餐钱买的。他从半年前就暗暗下决心要为舒儿姐姐买一部手机作为生日礼物，于是，在接下来的半年里，他每天中午就草草吃一口，把钱省下来存着。

梁舒拿到手机虽然十分喜欢，但她觉得这份礼物太贵重了，一时不知如何是好，坚持不要。陈小帅坚持要给，最后，她收下了，她觉得不能辜负陈小帅的一片心意。这些年来，他们两个人也算是青梅竹马了，每天一起上学、放学，一起逛图书馆，一起去菜市场买菜，一起度过了很多欢乐或悲伤的日子。陈小帅从小时候就立下要娶梁舒的理想，这么多年一直没有变过，只是把这份心思压在了心底。

傍晚，夕阳金红色的余晖照在三湾斜街上，把人影拉得老长。宋曼琴右手提一个大蛋糕，左手提着一个包装精美礼盒，家栋和晓雯跟在身后，慢慢往前走着。她的每一步都走得缓慢而沉重，既有激动又有犹疑。十八年前的今天，梁舒呱呱坠地，宋曼琴当上了母亲。小小的女儿乖巧懂事，从不闹人。女儿刚刚学步时，她就离开了梁家，此后十年母女俩再无交集。如今，那个小女孩已经出落成亭亭玉立的大姑娘，母女俩之间却隔着情感的万水千山。

宋曼琴三人站在皇冠小馆门口等梁舒。她不敢也不愿去梁记饼家，梁家栋更是如此。自从法院将他的抚养权判给宋曼琴之后，他便很少与爸爸相见，有时候偷偷跑回梁家，远远地看一眼，却不敢再往前走，更害怕被爸爸看到。他知道爸爸的脾气，害怕爸爸会甩起巴掌打他。

这时，郑大冠看见站在店铺门口的三人，便喊他们进屋等着。梁家栋忽然抓住郑大冠的衣襟说："大冠叔，我爸爸的身体还好吧？"

郑大冠语重心长地说："家栋，既然到了家门口，就不能进去亲眼看看你爸爸？就不能当面问问他身体好不好？"

梁家栋吐吐舌头，没敢接话。一时间，大家都陷入沉默中。恰好梁舒从远处走来，宋晓雯兴奋地喊道："舒儿姐姐回来了。"宋曼琴满眼欣喜，忙让家栋把梁舒叫过来。

于是，梁舒被家栋拉到了皇冠小馆，看见提着蛋糕和礼物的宋曼琴，瞬间明白了她找她的意图，转身就走。宋曼琴一把拉住她的手，她表情戒备地看着她。宋曼琴本想对女儿说几句体己话，此刻千言万语好像鲠在喉头。梁舒意欲开口拒绝，却突然发出一串咳嗽，咳得满脸通红。

"舒儿，感冒了？"

"没事。"

"这块浪琴坤表你留下。"

"我不要。你走吧。"

"舒儿，这么多年，你都不接受妈妈，也不接受妈妈的任何礼物，可是，今天是你18岁的生日，十八年前的今天，妈妈在这条街上生了你，现在想想，妈妈都能记起当年的肚子疼。不管怎样，我们是母女，脐带连着……"

"你别说了。"

“舒儿，你让妈妈说完。十八年转眼过去了，你长成了大姑娘，18 岁生日是你的成人礼，你无论如何也不要再拒绝妈妈……”

梁舒梗着脖子，故意把头甩向一边，但眼泪却不争气地涌了出来。宋曼琴早已哭成了个泪人，她拉着梁舒的手，希望女儿收下她的礼物。梁舒还是硬着心把手抽了回来，她看了一眼宋曼琴失望的表情，便从宋晓雯手里拿过蛋糕，客客气气地说了声“谢谢”，提着蛋糕回了梁家。

望着女儿决绝离开的背影，宋曼琴心里无限感伤。她房间的柜子里堆放满了各式各样的礼物，每年她都会为舒儿准备一个生日礼物，尽管知道对方不会接受。她安慰自己，不是彻骨的爱，哪有彻骨的恨？不奢望梁舒的理解，但怕有一天，梁舒对她连恨都没有了。

晚上，梁鼎文、梁鼎武、郭富成、郭少姗、韩雅琪、郑大冠、陈小帅围坐在梁家二楼的圆桌前，为梁舒庆生。郭少姗是梁潇和郭富成的女儿，这年刚满 3 岁，梳着一个朝天辫，大眼睛忽闪忽闪的，是个聪明伶俐的丫头。梁潇还未到场，她在澳门政府做了公务员，这段时间正忙得昏天暗地。大家有意等着梁潇来了之后再开席，纷纷拿出自己送给梁舒的成人礼。

韩雅琪送的是一条方格连衣裙，腰身纤细，凸显气质；梁鼎武送给梁舒一把民谣吉他，这是梁舒心仪已久的，梁鼎文偷偷为女儿买下，想给她一个惊喜，得知弟弟阿武有心无力地准备礼物，便以阿武的名义送给她；郭富成给梁舒带来一幅清代字画，上面写着“宁静致远”几个苍劲有力的大字；郑大冠则端来了一锅蟹黄粥——他的蟹黄粥成了梁家人重要节日里的标配。

梁鼎文送给女儿一个小巧精致的木雕红牛。这是他偷偷为女儿做的，每天晚上店铺打烊后，他就在卧室里拿出刻刀，一刀一刀地雕刻着，这些年的记忆也一丝一缕地涌上来，女儿的懂事让他欣慰，也让他心疼。他记得梁舒两岁生日时，宋曼琴为女儿做了一个奶油小牛，一家人幸福和乐。现在，女儿的 18 岁成人礼，他要送给女儿一个值得纪念的礼物。他给小牛取名叫“来福”，希望女儿平安幸福。

梁舒接过爸爸手里的木雕小牛，亲昵地抱着他。一旁的陈小帅插嘴说也想要个木刻生肖，梁鼎文满口答应，说以后小帅、姗姗、家栋 18 岁生日时，都送一份。“家栋”两个字脱口而出，梁鼎文瞬间噤声，脸色略显沉重。自从家栋去了苏家生活，他与家栋僵持至今。梁舒赶忙转移话题，一家人举杯为梁舒庆生。

梁鼎武被酒水呛到，咳嗽起来，梁舒也跟着咳起来。梁鼎武的咳嗽声停歇了，梁舒还是咳不停，脸颊涨得通红。一家人都关切地望着她，陈小帅轻轻拍她的后背。梁舒喝了口水，把咳嗽压了下去，笑着说没事儿，大家才放下心来。

酒过三巡，大家个个喝得微醺。梁鼎文做了长寿面，给女儿盛了一碗。梁鼎武开始叫喧怎么不把生日蛋糕端上来，这话把梁鼎文问得一愣，他没来得及为女儿买蛋糕。梁鼎武不由分说地跑到厨房，捧来了一个包装精美的生日蛋糕。没错儿，这正是宋曼琴送给梁舒的蛋糕。梁舒怕爸爸生气，赶忙解释说这是同学凑钱买的。梁鼎文看着女儿慌乱的表情，心里已明白了几分。打开蛋糕盒子，一个栩栩如生的奶油小牛立在蛋糕中间，这小牛跟梁鼎文雕刻的楠木小牛有几分神似。

大家欢快地祝福梁舒，只有梁鼎文愣愣地看着奶油小牛，若有所思地猛喝了几杯酒。梁舒偷偷瞄了爸爸一眼，犹豫要不要给他递一块蛋糕，韩雅琪接过她手里的蛋糕，塞进梁鼎文手里。

这时，梁潇匆匆上楼，身上带着少有的风风火火，径直来到窗前，推开窗子，严肃而急切地问大家："有没有发烧的、咳嗽的？"看着大家一脸的不解，她继续说道："SARS[1]病毒来了！"

2002年11月11日，广东顺德爆发SARS病毒，疫情迅速蔓延，至2003年初，中国内地各省和香港、台湾都出现了感染患者，防疫事态相当严峻。患者症状主要是发烧发热，当时已出现了死亡病例，各大医院纷纷展开救护措施。

当时的澳门还未出现明显的疫情，政府开始部署防疫工作。梁潇在区政府工作，得到消息后赶忙告知家人。她把SARS病毒的情况详细告诉大家，一众人都坐不住了，惶惶不安地望着梁潇。梁潇见众人惊慌，便镇定下来安抚大家，给他们普及防护病毒的方法：保持室内清洁，经常通风，多煲醋，或者冲服板蓝根，都能起到一定的预防作用。

梁舒忽然咳嗽起来，牵动着大家的目光。梁潇忙去摸她的额头，没发烧，但咳得厉害。梁鼎文见梁舒害怕，安抚女儿说发烧咳嗽都是常见病，过不了几天就能康复。其实，他心里也打起了鼓，眼睛里划过遮不住的担忧。梁潇不禁皱起了眉头，一家人的心都揪了起来。

第二天一早，梁鼎文在梁记饼家门口插了一面小号五星红旗，心里默念几遍："镇得住妖魔鬼怪，什么病毒都别进来……"随后，他像往日一样，拎着装满杏仁饼的竹筐来到了门口。然而，让梁鼎文讶异的是，稀稀落落的行人匆匆路过，只跟他打招呼，却不吃他派送的免费杏仁饼。他意识到问题的严重性，联想起女儿最近的咳嗽，一阵恍神，心里暗暗祈祷。

SARS病毒一来，店铺的生意惨淡了不少，不仅梁记饼家的杏仁饼少有人问津，皇冠小馆也没了客人。大家不敢乱吃东西，日子过得相当谨慎，唯恐沾染上病毒。

特区政府下令全面对抗疫情，电视上不断播出各地抗击"非典"的报道，染病的病人都会被隔离治疗。学校停课，工厂停工，每家每户都积极消毒。韩雅琪一直在街坊会帮忙，她为人热情爽朗，做事积极，很快被街坊们推举为街坊会的会长。在防御"非典"疫情的过程中，她带着义工们沿着三湾斜街挨家挨户走，告诉大家防护措施，还每天带领街坊们搞好消

1.SARS是指严重急性呼吸综合征，在不同国家和地区里有不同的习惯称呼。我国惯称"非典型肺炎"，并简称作"非典"。

毒卫生，尽可能杜绝感染源头。

梁舒的咳嗽一直不见好，喉头发痒，呼吸不畅，没几天也开始发热了。她心里充盈着担忧，想起姑姑说的SARS病毒的症状，好像都能对上号。她把自己关在房间里，抑制不住咳嗽，忍不住在心底做着最坏的打算，甚至想到了死亡。她越想越害怕，越害怕就越不知所措。

这天，陈小帅给梁舒送板蓝根，身子还没进屋，就被他推了出去。梁舒命令陈小帅戴上口罩，自己也戴了一个。她害怕自己万一真的染了SARS病毒会传染给他。

"你赶紧走吧，我不想传染给你。"

"我不怕，死也要死在一起。"

"你赶紧回家，谁要跟你死在一起。"

"姐，去医院吧，我陪着你去。万一你真得了SARS怎么办啊。万一你有个好歹的，我也不活了。"

"赶紧闭嘴，我就是感冒。"

陈小帅正要说话，只见梁鼎文走过来，把感冒药递给了梁舒。梁舒听话地把药吃下。梁鼎文俯身抚摸了一下她的额头，居然有些烫手，惊异道："真发烧了？！"

SARS病毒一来，超市的口罩、消毒水、板蓝根等物品，很快被一抢而空。梁鼎武无意间看到了其中的商机，他打算囤购一批口罩、消毒水，然后转卖给别人，可以赚取中间差价。大哥一直说他不务正业，他觉得自己多有商业头脑。一份赚一块钱，100份就是100块，1000份就是1000块啊！这样想着，他简直要跳起来。可转念一想，从哪里搞来进货的钱呢？眼珠一转，梁鼎武想到了大嫂宋曼琴，她现在是苏家的女主人，苏家家大业大，这点儿钱对于他们来说就是九牛一毛。没错儿，只有大嫂能帮他了！

梁鼎武果断采取行动。他径直到了苏家，对宋曼琴说明来意，扬言说这笔钱关系着他阿武这辈子能不能翻身了。宋曼琴问他借钱具体用来做什么，他没有正面回答，只是说让大家等着瞧好吧。看到梁鼎武一副志在必得的样子，宋曼琴还是把钱给了他。

梁鼎武拿着钱，把三湾斜街附近超市、医院里的口罩和消毒水都买来了，在梁记饼家门口摆了一个摊位，开始吆喝着出售，很快吸引了一大群人围观。三湾斜街上的街坊们有些后知后觉，一开始还没意识到问题的严峻性，等到想买各种防护设备时，才发现已经脱销。韩雅琪作为街坊会的会长，火急火燎但也无计可施，只能安抚大家少安毋躁，政府总会有解决办法。现如今，大家看到梁鼎武出售口罩和消毒水，本以为是解一方危难，谁料他却狮子大张口。

"口罩——消毒水——口罩200元一个，消毒水200元一瓶……"

"这也太贵了！"

"街坊们都没口罩戴，没消毒水怎么防疫？我这是救苦救难，帮街坊四邻的大忙……口罩——消毒水——口罩 200 元一个，消毒水 200 元一瓶……”

“阿武，你这是趁火打劫。”

“爱买不买，我又没有强买强卖。东西就这么多，200 元都是给你们的优惠价了。那好，口罩 500 元一个，消毒水 500 元一瓶……”

梁鼎文不知何时出现在了梁鼎武身后，看着梁鼎武的一言一行，他飞起一脚，踢翻了装口罩的木箱子，吓得梁鼎武赶紧躲开。这种不仁不义、发国难财的事情，绝非梁家人所为。

梁鼎文打开一只木箱，拿出口罩分发给街坊，梁鼎武赶忙去拦。正当兄弟二人僵持不下时，梁潇和政府工作人员搬着几箱医用口罩和消毒液赶来了，让大家免费来领。三湾斜街上的街坊们迅速拥了过去，自觉地排队领取。梁鼎文不由分说地将梁鼎武装口罩和消毒水的木箱子搬到梁潇面前，一起分发给大家。梁鼎武瘫坐在一旁，眼见着钱都打水漂了，一脸的沮丧和无奈。

梁鼎文扯起梁鼎武的耳朵，拖他进了梁记饼家，径直来到供奉祖宗牌位的地方。这是一个古色古香的方桌，上面摆放着梁氏几代祖先的牌位，墙上挂着父亲梁恒的遗像。

“你抬头看看祖宗！你做出这种事，怎么跟祖宗交代？！”

“我还不是为了赚钱养家。”

“赚钱不是发不义之财！君子爱财，取之有道！你难道忘了咱们梁家的祖训了吗！”

“大哥，我错了。我对不起祖宗，对不起爸爸。我不该发国难财，我不该当奸商……”

梁舒的咳嗽声在房间里时断时续，梁鼎文听着女儿有意压制的咳嗽声，心乱如麻。下午给女儿送药时，女儿的脸颊红彤彤的，温度也明显高于正常标准。他害怕女儿真的染了 SARS 病毒，赶紧跑去问梁潇。

陈小帅心里积满了心事，他担心梁舒真的得了 SARS，便询问韩雅琪关于 SARS 的情况。韩雅琪劝慰儿子，但着实担心梁舒，把这事儿放在了心上，于公于私，她都应该联系医院把梁舒隔离起来。她每天带着街坊们消毒、打扫卫生，目的就是为了最大程度上防御疫情，现在梁舒出现了疑似 SARS 的症状，更应该抓紧时间治疗。

第二天一早，一辆救护车停在梁记门前，戴着口罩的梁舒忐忑地躺在担架上，被医护人员抬出梁记。梁鼎文、韩雅琪和陈小帅急匆匆跟着走出来，脸上写满了焦虑和担忧。

韩雅琪劝梁鼎文说：“文哥，这是规定，疫情就是军情，咳嗽发烧的患者都要送到医院隔离观察。”

梁鼎文急道：“把舒儿送到隔离区跟被感染的人混在一起，没感染也感染了！”

韩雅琪解释说：“不是你想的这样。都是单独隔离，不会出现交叉感染的现象。”

梁舒虚弱地安慰爸爸，梁鼎文红了眼眶，抓着她的手不放，想要陪她一起去医院。韩雅琪理解梁鼎文的心情，劝慰道：“文哥，‘非典’隔离不是儿戏，不能陪护，不能探视，有病就是有病，没病不能占用医疗资源。”

虽然着急，但他也明事理，梁鼎文安抚女儿，随后慢慢抽回了紧握女儿的手。看着救护车呼啸而去，他颓然地跌坐在门前的台阶上，在心里默念着梁舒的名字，祈祷女儿健康平安。

陈小帅眼看着救护车渐行渐远，追着救护车跑了一段路，直到救护车拐到另外一条街上，才不得不停下了脚步。风吹散了他眼中的泪水，十几岁的他从来没有像现在这样恐惧过，恐惧如同一只只小蚂蚁，钻进了这个 16 岁男孩的心里、眼睛里和每一根汗毛里，他从来没有什么时候像此刻一样害怕失去。

梁舒被带去医院后，梁鼎文也被隔离在家，医院规定，与患者密切接触过的人都要在家自行隔离，不能随意走动，不能接触其他人。梁鼎文站在梁记饼家的窗边，透过玻璃窗往外看向三湾斜街——街对面的皇冠小馆门窗紧闭，空旷的街路上，只有街坊会的义工们全副武装地在街路两旁，有板有眼地给店铺门脸喷洒消毒液。

梁鼎文被隔离在家，不能外出，心里时时刻刻都记挂着女儿梁舒，就拜托阿武去打探一下情况。梁鼎武正有此意，他也担心舒儿，当天下午，他就去了梁舒隔离的医院打听，只见医院的大门紧闭，拉了一圈警戒线，两名全副武装的安保人员站在大门处。

梁鼎武凑到安保人员跟前，又是问好又是递烟，好话说了一大筐，耍痞的话也甩了出来，可对方就是无动于衷，他稍一靠前，就被挡了回去。他环视医院四周，到处都是一片戒严的状态，辗转在原地，懊恼无比。舒儿这么懂事乖巧的孩子，怎么会得了这病呢？他整天无所事事，还不如替舒儿生病呢……之后的几天，他每天去妈祖庙为舒儿求平安，这是他长这么大以来，第一次如此虔诚地做一件事情。

梁舒被隔离的消息很快传到了宋曼琴耳朵里，她顿时感觉一阵眩晕，险些倒地。她定了定神，立即收拾东西，打算去医院照顾梁舒。十几年了，她没有尽到母亲的责任，她一直想为舒儿做些什么，但都被女儿不冷不淡地拒绝了，如今，女儿生病了，她怎么能坐得住呢，女儿需要妈妈，她一定要亲自守护着可怜的女儿啊！

苏林见状，拦住了宋曼琴，他担心妻子会被传染。宋曼琴急了，她极力挣脱苏林的臂膀。嫁入苏家后，她好像从来没有出现过这么激动的情绪，她一直以为自己心如止水了，事实证明，面对生病的女儿，她无法做到淡定从容。苏林抱着她，慢慢开解她，承诺想办法解决，她的情绪才渐渐稳定下来。

苏林打电话联系认识的专家，辗转一天，得到的消息却是全世界的科学家对 SARS 病毒都无计可施。宋曼琴的心瞬间沉到了谷底，她无助地蜷缩在沙发一角，身子一颤一颤，苏林上前搂着她，一时不知该如何安慰她。

接下来的日子，宋曼琴茶饭不思，夜里经常被噩梦惊醒。她害怕女儿会受罪会害怕，多想替女儿承担这些苦痛。才几天时间，她就瘦了一大圈，整个人也病恹恹的。

医院隔离病房里，梁舒脸色苍白地躺在病床上，陷入半睡半醒的状态，干燥的嘴唇已经脱皮，额头上还贴着一张成人退热贴。窗户上好像有什么响动惊醒了她，她舔了舔嘴唇，睁开眼睛，半天才确认了自己的处境——孤身一人待在冰冷的隔离病房。

这时，有一个小石子击打在窗户上。沉浸在伤感中的梁舒并未在意。片刻，又一个小石子击打在窗户上。梁舒诧异地起身，走到窗前，推开一扇窗子往下看。只见陈小帅站在医院院墙外，正朝她用力招手。

“小帅？！”

“姐，我在这里！”

“我爸和你们还好吗？有没有被我传染了？”

“梁伯身体好着呢，没发烧。所有人都没事。大冠舅没事就跑到梁记门外陪梁伯喝酒聊天。梁伯就是担心你，我也担心你……”

“小帅，你说我会死吗？”

“不会的，现在医学这么发达，你肯定会好起来的。”

“小帅，我说如果，如果我死了，你会帮我照顾我爸爸吗？爸爸他这辈子太苦了，除了我，没人心疼他。”

“你不要乱说，你不会死！你会没事的，你不会死……”

“小帅，听姐的话，你赶紧回家，别在外头乱跑，你自己小心，别被传染上。”

“姐……梁舒！我喜欢你！你肯定会好起来的，我等你，我会一直陪着你！”

两个孩子的声音里带着明显的哭腔，像是一场生离死别，像是最后的托付。

梁舒心中悲伤，实在说不下去了，捂着脸哭起来。陈小帅的泪水早已夺眶而出，他用力擦去脸上的泪水，想要坚强地安慰梁舒，可泪水却越擦越多。两个人就这样，隔着窗户一直望着，目光由上及下、由下及上。这一幕，深深地刻在了两个人的记忆里。

梁鼎文被隔离在家的日子，脑海里不断翻腾着十几年前的记忆。他是个念旧的人，更是一个重情义的人，所以很多事情才更难以释怀。不过，随着时间的流逝，他开始慢慢放下一些事。如今，他只愿女儿梁舒早日康复，一家人健康平安。怕他无聊或多想，郑大冠每天晚上陪着他对饮聊天，梁鼎文坐在梁记饼家屋内，郑大冠坐在梁记门前的台阶上，两人隔着一扇大门。

两个男人聊当下的疫情，聊现在的生活，聊以后的规划……聊着聊着，郑大冠伤感起来，担心以后的日子怎么过。反倒是梁鼎文劝慰他，再苦再难的日子，都要硬着头皮过。而且，现在已经不是葡萄牙人的天下了，面对疫情，中央政府正采取措施全力应对，背靠着祖国，有什么可心慌的？作为大中华的一分子，任何时候都要有信心。梁鼎文虽心下忧虑，但他相信日子肯定会越来越好，这个坎儿一定会平安渡过。

十五天后，梁鼎文的隔离解除了。梁潇特意跑来看望大哥，她把宋曼琴想见梁舒为了她已经急得生病住院的消息告诉了大哥。梁鼎文沉默半晌，内心一片空旷。经历了这么多事情，他心里都明白，他把决定权交给女儿。

梁记饼家重新营业，寂寞空旷的街路，行人寥落，梁鼎文照例拎出一竹筐杏仁饼，他朝街上望了望，见无人趋近，把竹筐摆放在长条凳子上，返身进门。这时，梁家栋从街对面的皇冠小馆走来，来到梁记门口，小心翼翼地凑近竹筐，取了一块杏仁饼迅速塞进嘴里。他已经五六年没吃过梁记的杏仁饼了，被这熟悉又陌生的味道呛出了眼泪。

梁家栋听说爸爸解除隔离了，是想偷偷看看爸爸怎么样，也担心姐姐的情况，特意带来了为梁舒求的平安符。梁鼎文正归置货架上的杏仁饼，觉察出背后似乎有人盯着，转身一看，家栋正口含杏仁饼站在门边。他忽然暴怒，对着家栋大喊："梁记杏仁饼天下人都可以吃，你不能吃，滚！"

梁家栋愣了一下，转身跑掉。梁鼎文见梁家栋跑远，这才站到门口向外望。他目送着家栋消失在三湾斜街的首湾街上，再一回头，看到窗棂上挂了一个平安符。家栋是回来挂平安符的。空旷的大街上已无家栋的身影，梁鼎文的眼眶湿润了，他后悔对儿子撂了狠话，他的目光在大街上找不到支点。

隔离的第十八天，梁舒回家了。梁舒得的是上呼吸道感染，没有感染 SARS 病毒。父女俩紧紧地拥抱在一起。这次分别，好像几个世纪那么漫长，每一秒都被无限抻长，每一秒都被担忧所浇灌。现在终于好了，梁家人欢欣雀跃。

梁鼎武背起梁舒疯跑起来，边跑边喊："舒儿回来喽——舒儿回来喽——"梁鼎文站在梁记饼家门前，看着疯跑的两人，笑着笑着，眼睛却湿润了。街坊们也都拥出来，笑逐颜开地围观。笑声中，疫情的阴霾渐渐消散。不远拐弯处，一辆豪华轿车经过，车窗里，是宋曼琴那张略显苍白的脸，她远远地贪婪地看着梁鼎武背上欢愉的梁舒，喜极而泣。

陈小帅看着恢复健康的梁舒，内心的激动喜悦溢于言表，他痴痴地望着她，此刻无比踏实和温暖。他灵机一动，想起了梁舒最喜欢的吉他，于是跑回梁家，为梁舒取了吉他。梁舒接过吉他，手指轻轻抚弄，那充满淡淡忧伤曲调的流水里，浮起她的歌声——

鸡公仔，尾弯弯
做人呢点可以怕艰难
清早起床返学去
执齐的书本啊上学堂
一分耕耘自有一分收获
懒惰去做人呀

又点会有所成啊

做人呢当然要有精神……[1]

民谣声中，梁鼎武走出梁记，向一旁的小商店走去，一个街坊告诉阿武有人在拐角的街口等他，他跑过去，看到了明显消瘦的宋曼琴。宋曼琴为了梁舒急得生了一场病，整个人瘦了一大圈。她关切地询问梁舒的情况，听说女儿平安无事才放下心来，随后，她从拎包里拿出一沓钞票塞给梁鼎武，梁鼎武犹豫一阵，还是收下了。

梁舒和陈小帅抱着吉他来到了大三巴牌坊前，并肩坐在台阶上。夕阳正艳，给万物撒上了一层金边，暖意融融，如诗如画。梁舒拨动吉他弦，曲调缓缓流淌，两人一起轻唱民谣：

氹氹转

菊花园

炒米饼

糯米糯米团

五月初五系龙舟节呀

阿妈叫我去睇龙船

我唔去睇我要睇鸡仔

鸡仔大我拎去卖

卖得几多钱

卖咗几多只呀……[2]

他们没有注意到，梁家栋悄悄绕过牌坊，在他们身后坐了下来，小小的影子有些孤独和落寞。夕阳从远处的楼盘里透视过来，照在三个人身上，稀稀落落、三三两两的路人慢悠悠走着，民谣的韵律悠扬而起，声调美好，色彩正暖，微风醉人。

1. 粤语民谣，歌名《鸡公仔尾弯弯》。

2. 粤语民谣，歌名《氹氹转》。

第八章

在“非典”的冲击下，经济形势有些萎靡。三湾斜街上的商铺，生意都比较惨淡。不少店铺难以维持，便关门大吉，一些老字号店铺依旧苦心经营，梁记饼家便是如此。在时间的洗礼中，梁记经历了多次磨难，但都顽强存活了下来，这与梁家人的勤劳坚韧分不开，与梁家祖训“有信，有心，有信心”分不开。眼下，生意不好做，但梁鼎文依旧笃定信念，做好品质，相信一定可以迎来曙光。

那晚，月上梢头，皎洁清朗，三湾斜街上的商铺都隐没在微明的夜色中。梁记的窗户还亮着灯，灯光被窗子过滤得十分安详。梁记的房东廖阿婆推门来梁记找梁鼎文。廖阿婆也是三湾斜街上的老街坊，与梁恒年纪相仿，独自一人供养儿子上学，祖上攒下了两处房产，一处留来自己住，另一处租给了梁家。她知道梁家人仁义、厚道，这些年来，不管生意兴旺还是艰难，梁家都会按时把房租交到她手里。这几天，梁鼎武跟她讲起减房租的事情，她猜想肯定是梁家觉得房租高了，她打算每月给梁家减两成租金。

“阿文，眼下生意不好做，房租好商量，多点少点都行。”

“阿婆，房租该多少就是多少，日子再难也不会让您减免房租。我知道您老人家指望着房租养老，您放心，原来是多少还是多少。”

“不用减？”

“真的不用。这盒杏仁饼您带着。”

阿婆拎了杏仁饼转身要走，梁鼎武正好进门，他听见了大哥说话，抱怨大哥为什么不减房租。梁鼎文才明白这都是阿武的主意，他呵斥阿武闭嘴，把廖阿婆送回家之后才气呼呼地上楼，对他一顿训斥。梁鼎武显然不能理解大哥。

“大哥，我好说歹说，廖阿婆才答应给我们减点儿房租。我还不是看你辛苦，杏仁饼卖不出去多少。我心疼你，你也不领情。”

“我们艰难，阿婆就不艰难了？她家只有一个儿子，还在上学，指望房租养家呢，你找她减免房租，你也张得开嘴？”

“我知道，这种事你张不开嘴，嘴我替你张了，你为什么还硬撑着脸面，装阔气？照你这么干，我看也没几天干头了，倒不如干脆关张大吉，还少赔了房租和水电费。”

“梁记饼家在三湾斜街上，跟龙凤茶楼一样，许多年来就是一景，是街坊眼里的老店面、心里的顶梁柱。你想想，要是这条街上少了梁记，街坊的心就会空落落的。每天早晨，没我们梁记第一炉免费的杏仁饼，这条街上，是不是就少了点儿什么？”

“不说这个还好，说起来我就生气。自己的日子不好过，每天还充大方，白送出去一筐杏仁饼。”

梁鼎文继续苦口婆心地说着，却催生了梁鼎武微微的鼾声。他打住话语，无奈地笑着摇了摇头，给梁鼎武盖上薄毯，轻轻关灯走出了房间。

回到一楼柜台前，坐在熟悉的椅子上，他像往常一样认真挑选杏仁。白炽灯散发着微黄的光亮，室内器具陈设井然有序。梁鼎文表情严肃，挑拣杏仁几近苛刻，仿佛沙中淘金，将一颗颗饱满金黄的杏仁放入簸箕中。梁舒从楼上下来，在他身后搂住他的脖子撒娇。

“爸爸，你最大的愿望是什么？”

“爸爸最大的愿望，就是希望你健健康康的，读大学，将来嫁个好人家。”

“还有呢？”

“你姑姑不用我操心，接下来就是你二叔了。你爷爷走的时候，最放心不下的就是你二叔。我是大哥，希望他能成家立业好好过日子，我们好好经营梁记。”

“还有呢？”

“没有了。只要日子能平平安安的，爸爸就知足了。最好吃的是家常饭，最好穿的是粗布衣，最好的日子，就是平平淡淡的日子。”

“爸爸……”

“舒儿，有话就说。”

“爸爸，你想不想家栋？我知道，你想他，可你不说。”

“别提他，我们家没他这个人。”

梁舒见父亲气色不对，不敢把话题深入，正不知如何是好之时，韩雅琪风风火火地进门了，她赶紧与韩姨打招呼。韩雅琪身上带着一股亮丽的热闹的气息，这气息温暖整个屋子，让人感觉自在和舒服。

韩雅琪一屁股坐在柜台前的椅子上，开口就自说自话，说街坊会商量了，要组织街坊们每天晚饭后在小广场跳跳舞，一来强身健体，二来活跃气氛，日子就不那么沉闷了。韩雅琪是街坊会的会长，是个热心肠，尤其是在抗击“非典”中，她每天带领街坊们打扫、消毒，尽心尽力，在街坊们中间具有极高的威望。

梁舒听完韩姨的话，第一个表示支持，韩雅琪不由分说地分派给她一个任务——教街坊们跳舞，说完便又风风火火地走了，留下父女二人面面相觑，不禁笑了出来。

第二天下午，韩雅琪站在皇冠小馆门口，看见从街口并肩走来的陈小帅和梁舒，一路小跑迎上去问梁舒准备得怎么样了。梁舒二人看着急匆匆的韩雅琪，忙说音乐都准备好了，吃完晚饭就把CD直接拿到小广场。韩雅琪满意地笑了，嘱咐梁舒一定要把她爸爸拉来跳舞。晚饭时，梁舒跟梁鼎文讲起了跳广场舞的事情，她说祖国内地流行跳广场舞，既丰富业余生活，也能锻炼身体。梁鼎文虽心里犹疑，但还是跟着她去了小广场。

下午七点钟一过，天色渐渐暗下来，凉风习习，月光皎洁。韩雅琪动员街坊们来到小广场，广场一角摆放了一个不大不小的音响，时而热烈、时而舒缓的音乐在广场上空盘旋。韩雅琪双手指挥，把街坊们引到一棵大树下，眉飞色舞地给大家讲解。街坊们对广场舞知之甚少，态度也各不相同。

"大家都过来，我们三湾斜街的文化生活太单调了，打从今天起，每天晚饭后我们跳广场舞，一来活跃文化生活，二来强身健体，防御SARS。"

大家不明所以，议论纷纷。韩雅琪让大家安静下来，这时，梁舒推着梁鼎文也走过来。梁鼎文十分不自在地说自己哪里会跳舞，韩雅琪却像见到救星一样，一把捞住他道："大家看看，文哥可是三湾斜街有名的老脑筋，他都来参加了，从文哥开始，个个都要学会。"

说话间，陈小帅将CD放进音响里，节奏欢快的乐曲响起，瞬间就俘获了人心，街坊们的热情很快被带动起来，越来越多的人加入到这个行列中。韩雅琪组织街坊们站成舞蹈队形，梁舒站在最前面，大家随着她的步伐，正式操练了起来。

梁家栋不知什么时候走到广场旁边的角落里，他注视着父亲在队伍里笨狗熊一样的舞姿，忍不住轻笑。梁鼎武拿着狮子头套出现在梁家栋身边，不容分说地给他套上，又拿另外一只头套披挂在自己身上，两人默契地舞起狮子，欢蹦乱跳地蹿入舞蹈队中间，伴随着节奏鲜明的音乐，舞得热火朝天。

忽然，梁鼎武摘下头套，递给大哥，梁鼎文深受眼前热烈的气氛感染，披挂上狮子头，与另一只狮子继续欢舞。一曲终了，梁鼎文摘下头套，表情难掩兴奋。另一只狮子蹿蹦跳跃，竟然连续空翻，赢得众人大声喝彩，掌声如潮，梁鼎文不禁朝着舞蹈中的狮子竖起了大拇指。

广场舞散场后，街坊们欢脱悠闲地走在回家路上。梁鼎文沉浸在刚刚痛快淋漓的狮子舞中，夸赞刚才那只狮子舞得好。梁舒和韩雅琪对了一下眼光，仿佛明白了些什么。

原来，这是梁鼎武想出的主意。梁鼎文和家栋父子俩关系僵持，大家都看在眼里急在心里。梁鼎文脾气太倔，他明明想念儿子，却板着一副面孔与家栋拉远距离。家栋虽然也想跟爸爸缓和关系，但他怯怯不敢上前。于是，梁鼎武便想把他们二人凑一对舞狮子来增进感情。

那天晚上散场后，梁舒拉着爸爸回了梁家，梁鼎武偷偷带着家栋去了皇冠小馆。皇冠小馆里，郑大冠早已准备好了酒菜，他与梁家栋碰杯，说："你小子有良心，心里有你爸爸，大冠叔就还当你是好孩子。"

郑大冠又跟梁鼎武碰杯说："这么多年，你阿武终于让我佩服了一回。你说说，你是怎么想出这么个主意的？"

梁鼎武扬扬自得，又故作谦虚地说："这有什么，灵机一动而已。"

郑大冠、韩雅琪、陈小帅和家栋不禁都被他逗乐了。

在特区政府工作的梁潇，每日忙于公务，回梁家的时间自然就少了。这天清晨，她步履匆匆地走在三湾斜街上，为大家带回了一个好消息。远远地看见大哥站在梁记饼家门口，正给过往的街坊分发杏仁饼，她走到梁记饼家门口，和街坊们热情地打了招呼，就拉着大哥进门，在一楼坐定，从包里摸出一沓钱，撂在桌上，说是眼下生意不好做，她想每月补贴梁记。梁鼎文不想接受梁潇的补贴，梁潇已经把钱塞进了他的怀中。

接着，梁潇神秘一笑，说道："大哥，我还有个好消息要告诉你。咱们去龙凤茶楼，也叫上大冠哥。"

龙凤茶楼还是保持着原有的装修风格，古色古香，韵味深长。茶客稀疏的茶楼里，陆续坐满了商家老板，甄老板热情相待。梁鼎文和郑大冠结伴到来，在角落里寻位置坐下，大家纷纷点头示意。

商会会长和梁潇也走进茶楼，在大堂中央站定。梁潇高兴地对大家说："报告大家一个好消息，在中央政府和港澳办的推动下，澳门和广州将于 4 月 20 至 25 日联合举办第一届名优特产品展销会，就在南湾工人球场。"

商会会长接着说道："澳门商会已经发出倡议，希望全澳门的老品牌都积极参加。"

众人虽然鼓掌，但热情并不高，大家对展销会了解甚少，他们不确定这是好是坏。梁潇见状，继续说道："到时候，中山、江门、佛山、茂名、珠海、阳江、湛江、云浮、肇庆，9 市的商家都来澳门，不仅内地的人能看到、吃到澳门的特色，澳门的人也能买到内地的特色产品。希望大家踊跃报名参加展销会。"

郑大冠理了一下头发，问梁鼎文是否参加。梁鼎文正在犹豫，因为杏仁饼都是现做现卖，只听梁潇说："大哥，梁记第一个报名吧。"

梁鼎文说："小妹说报就报吧。"

见梁记参加，陆陆续续有人举手报名。梁鼎文虽报了名，但心里还是在打鼓。展销会是新鲜玩意儿，大家都不明就里，而且，杏仁饼不同于其他批量生产的产品，每道工序都是他认真把关、手工完成的。梁记杏仁饼到底要不要上展销会，他其实还没想清楚。

梁鼎文心思沉重地走回梁记，店员阿彩照看店面，音箱里传来周杰伦的《东风破》，阿彩的脚正随着音乐打节拍。梁鼎文进门，坐下来整理杏仁饼模具。阿彩也听说要开展销会的事情了，兴奋地询问梁记杏仁饼上不上会。梁鼎文看了一眼阿彩，起身走到 CD 机前，把周杰伦换成了莆仙戏，搞得阿彩十分抓狂。他没理阿彩，满面严肃地沉浸在自己的思绪中。

郑大冠也把展销会的事情放在了心上。他跟梁鼎文的犹疑不同，他思考的是如何让皇冠小馆的蟹黄粥上展销会。韩雅琪见他对着一锅粥发呆，被他煞有介事的样子逗笑了。

“蟹黄粥也想上展销会？难不成也打成包装？常言说纸里包不住粥，怎么上会？”

“常言是你这么说的？”

“纸里包不住火，展销会上，粥跟火一样，还不是包不住。”

郑大冠并不放弃，继续琢磨。韩雅琪便让他照顾店面，她要组织街坊们跳舞去。不等郑大冠反应，她已麻利地要出门，正沉迷于研究的郑大冠这才反应过来，道：“雅琪，你心思都放在外面，皇冠小馆怎么办？你这么不经心，我什么时候能移民？”

韩雅琪回说：“移民不忙，你把蟹黄粥研究好了再说。”

的确，郑大冠移民的事情拖了一年又一年，十几年都过去了，还是悬而未决。谁都知道他心里其实是放不下皇冠小馆，放不下三湾斜街，放不下这片土地和街坊们。

对于展销会的事情，梁鼎武双手赞同。他虽有些不着调，但脑子活络。他一直想把梁家祖传的杏仁饼卖到内地去，现在有了这么好的机会，肯定不能错过机会。梁鼎文说再考虑考虑，其实，他的犹疑主要源自于他对产品品质的追求，梁记是老字号，他不能贸然坏了品质和规矩。

饭桌上，梁鼎文征求女儿对展销会的意见，梁舒惊喜而坚定地说应该上，可以在包装上写明保质期，要是真打开销路拿到订单了，再在保质期上想办法。梁鼎文被说动了，决定上展销会。

4 月 20 日清晨，三湾斜街上的不少商家早早地开门，收拾东西赶去展销会。一辆小货车停在梁记饼家的门前，梁鼎文和梁舒忙着从店里搬出杏仁饼等各种参加展会的物品，其中一个易拉宝上写着“梁记杏仁饼求仁得仁，仁义礼智信”。这都是梁舒琢磨出来的，她还想了在展位上吆喝的口号：“澳门的街坊，内地的乡亲，尝尝梁记杏仁饼，来澳门，吃梁记杏仁饼，尝人间美味。”

梁家人驱车前往南湾工人球场。展销会现场很火爆，偌大的场地上分布着一排排展位，商家推广自家产品各有高招，广告牌招展飘摇，小广播嘈杂连绵，前来观望和购买的人摩肩接踵，人声鼎沸。

梁记饼家的展位前围满了人。梁家拉来了做杏仁饼的炉子，大家好奇地观看杏仁饼是怎么做出来的。梁鼎文在炉前有条不紊地忙碌着，从挑选杏仁到调和面粉再到烤制，每一步都是精益求精，热腾腾的杏仁饼新鲜出炉，芳香四溢，很快吸引了一批批新顾客，前来购买的人排成了长队。梁记从来没遇见过这样火爆的抢购场面，梁鼎文欣慰地笑了。

到了中午，展销会上的店家才有了片刻的休息，梁鼎文和梁舒坐在小货车里午休，梁鼎武心疼地拿着湿纸巾擦着鞋上的脚印，韩雅琪和陈小帅给梁家人送来打包好的午饭让他们赶紧趁热吃，大家热火朝天地议论着展销会的盛况。

这时，梁家栋从树后走出来，鼓足勇气说想吃杏仁饼。梁鼎文一愣，抬头看了他一眼，笑容隐没。梁舒赶紧从车里拿出一盒杏仁饼，塞到家栋手里，他正把杏仁饼送到嘴边，却被梁鼎文劈手夺过，并怒气冲冲道："我做的杏仁饼，没你吃的份儿。"

梁家栋吓得呆立在原地。他眼圈发红，竭力控制着即将夺眶而出的眼泪，转身欲走，被韩雅琪抓住胳膊拦住，指责梁鼎文道："文哥，有你这么当爸爸的吗？！"

梁鼎文不看众人，低头继续吃饭说："想吃，下午到梁记展台自己动手做。"

众人脸上的表情仿佛被春雨浇灌，瞬间活泛起来。韩雅琪把家栋揽进怀里，轻轻抹了下他的脸。梁家栋的眼泪滑落了下来，随后露出一个大大的笑容。此时的阳光正好，天朗气清，惠风和畅。

展销会的下午场，梁记的生意还是非常火爆。大家除了在现场排队购买杏仁饼，还纷纷去了梁记饼家购买，一时间，梁记门口挤满了人，看店的阿彩忙得不亦乐乎。

三湾斜街的树木花草，苟且在闲适的常态中，对街路和店铺忽然多起来的人浑然不觉。风和初夏，天高日暖，桂树停枝，蔷薇无力。一个石槽上的自来水管清水向下滴流，白须长者、皓首长者、牙科诊所的文叔和一个中年男人围坐在一张桌前，铜壶煮茶，抱饮畅谈。他们坐的位置，一抬头便可看见梁记饼家顾客盈门。

白须长者浅浅地品了一口茶，放下茶盏，摇头晃脑地说："澳门和广东的商品展销会要是能时不时地搞上一回，这上好的铁观音就不愁喝不到了。"

文叔手指着对面的梁记饼家道："自从去了展销会，阿文的生意就火起来了。"

白须长者说："内地和澳门往来多了，这个展销会就看出了气象。澳门往后也许能变个样儿？"

皓首长者意味深长地说："东边日出西边雨的年代过去了，往后，内地有的，澳门也会有。澳门背靠着祖国，就像个孤儿坐进了妈妈的怀抱里，好日子在眼前喽。"

几个人不约而同地朝胡同斜对面的梁记望去，他们看见客人们从梁记进进出出，也看见满头大汗、风风火火的梁鼎武正从街口拐了过来。

梁鼎武也看到了围坐喝茶的几个人，跑过来抓起一个茶杯一饮而尽，跟街坊们闲聊几句，便转身横穿街路，直奔梁记饼家。还没到门口，他就被眼前的景象惊呆了，只见阿彩被一群客人围在中间，大家争先恐后地购买杏仁饼，阿彩挥汗如雨，不时用袖口擦抹额头汗水，身段辗转周回，热情地迎来送往："靓仔，你们北京有这种杏仁饼吗？拿回去给您家人尝尝……我们梁记杏仁饼是澳门老味道，吃好了再来……阿姨，青岛有多大嘛，比澳门大许多吧？"客人们一边从阿彩手里接杏仁饼，一边付钱。梁鼎武站在门口看忙乱中的阿彩出神，梁记可从来没有这样好的生意呀，他本来想回店里取货拿到展销会上卖，谁料到家里的存货也很快卖光了。

在展销会上的梁鼎文一家，还在等着梁鼎武取货回来，谁知等了一个多小时还不见踪影。梁舒见二叔许久不来，建议收摊回家，好好庆祝一下。梁鼎文心下高兴，满口答应。父女俩说着，便向南湾工人球场的出口走去。这时，一位青年走上前，拦住两人的去路，向梁舒表明意图，说他想加盟梁记。

梁舒很意外，转而看向身边的爸爸。梁鼎文憨厚和气地跟内地青年解释道："没法儿加盟的。我们梁记杏仁饼吃的就是个新鲜，现做现吃，我没考虑过加盟的事。再说，家传秘方轻易不会外传的。"

青年不无遗憾地摇摇头，转身离开了。梁舒愣愣地看着爸爸打发走了青年，脑子飞速运转，一时间，诸多想法冲入脑际，她抬头看了一眼爸爸，什么都没说。父女俩欢天喜地地收拾东西回家，梁家栋和陈小帅不知什么时候早已溜出了展销会会场。

梁鼎文父女俩回到家，看到空荡荡的货架，知道家中生意也火爆。梁舒建议多买几个烤箱，梁鼎文摆摆手。他有自己的考虑：一来，展销会也就这几天；二来，梁记不是大工厂，只是个小作坊，做杏仁饼就是过小日子，踏踏实实把小日子过好就是最大的福分。

从展销会会场出来的梁家栋和陈小帅去了咏春拳馆。

下午的时候，梁家栋自己烤制了杏仁饼，放入嘴中的那一刻，他心里五味杂陈。趁梁鼎文和梁舒忙乱之际，他一个人落寞地走出了会场，陈小帅跟在他后面。两人一前一后地往前走着，一路无言，梁家栋的脚步在咏春拳馆门口停下了。

咏春拳馆是家栋以前练拳的地方，他从小就梦想着可以做武林高手，后来爸爸不让他练拳了，他去苏家生活，与咏春拳馆的距离也越来越远。此时的拳馆一片幽静，不大不小的院落里，练武的木桩林立，微弱的风声在耳旁清唱。陈小帅陪着梁家栋坐在台阶上，两个人仿佛被一个难题困住，多时无语，脸上带着与年龄不相符的深沉。陈小帅率先打破了平静。

"家栋，你今天亲手做了杏仁饼吃，你不知道梁伯看你的眼神有多欣慰，他心中还是有你的。"

"我知道他的心就是让我跟他做杏仁饼，我才不会把一辈子揉碎了，掺在杏仁里，让他放进模具，更不会让他把我的人生放在烤箱里烤成饼，拿出去一块一块送给人家吃。"

"梁伯说了，只要你同意跟他学做杏仁饼，继承你们家的这个手艺，他就认你是儿子，不管你学不学拳，不管你回不回来住。舒儿姐姐也是这个意思，她让我好好劝劝你。"

"真的吗？……回三湾斜街住那个又窄又破的楼上去？没劲。"

"家栋！你真变了，你住进了苏家豪宅，变成富家公子了，你早不是三湾斜街的人了，你是俾利喇大街上的人。你跟我们不是一路人了，你是连父亲都不认的人，你这么厉害，有能耐你别姓梁。"

"陈小帅！你凭什么刺激我？我想跟你打一架。"

“我不跟你打，我打不过你，可我做人比你强。”

说完，陈小帅转身离开。梁家栋望着陈小帅的背影，心中越发烦闷，转身朝着木桩发泄。陈小帅忿忿地往回走，他看家栋是铁了心要当阔少爷，梁伯的心，他一辈子也不会懂。

展销会举办，诸多内地商户来到澳门，苏林当然不会错过这个机会，他在苏家会馆开了一个招待舞会，邀请内地的商户前来做客。苏家会馆的大厅里，音乐悠扬，宾客满座，男宾们西装革履派头十足，女宾们长裙曳地优雅华贵，红酒在西洋音乐的烘托下，在高脚杯中泛起涟漪。

苏林端起酒杯，环视四周，说道：“各位都是内地的商界精英，澳门和广东这次商业联席，给沉闷的澳门经济带来了活力，为了澳门的未来，为了我们大家的情谊，也为了将来的愉快合作，干杯。”

站在苏林身边的宋曼琴，面带微笑地朝来宾举杯，轻抿一口。宋晓雯忽然从侧门进来，把宋曼琴拉到角落里，猛然向她发问：“妈咪，我刚刚听说，这个大屋原来是舒儿姐姐家的，是吗？”

“听谁说的？”

“别管我听谁说的，是真的吗？”

“雯雯，三湾斜街是个有故事的地方，这条街上的人和房子，饱含了岁月的沧桑，苏家会馆是当年的梁家大屋，是你爷爷从梁老爷子手里买下的。你怎么想起关心这些了？”

“那家栋哥哥和舒儿姐姐，还有梁伯他们，从前都是住在这里的了？”

宋曼琴被女儿的话题激起心头波澜，她只能在女儿一双清澈的眸光里尽力掩饰，可她觉得她的心已被女儿洞穿，藏无可藏，只能转移话题：“雯雯不关心给妈妈过母亲节，反倒关心陈年往事，妈妈伤心了。”

宋晓雯的注意力果然被成功转移，她起身去翻日历，然后双手托腮思索到底要送妈妈什么礼物。宋曼琴轻轻抚着女儿的背，过去的记忆重新涌入脑际，环顾四周，她有一种物是人非、恍若隔世的感觉。

几天后，韩雅琪组织的广场舞已然十分成熟活泼，街坊们已经习惯了这项活动，每天晚上吃完饭，大家就自动到小广场集合，随着动感的音乐自由律动，气氛十分活跃。

梁鼎文破天荒地主动带着狮子舞头套走来，他站在广场舞队伍之外的大树下四外寻找另外一只狮子。上次他们一起舞狮，可谓是配合默契、酣畅淋漓，梁鼎文看出那只狮子身手不凡，他一直想找机会再会会那头“狮子”。

此时，梁家栋正躲在角落里，他看见爸爸正在等待另一个舞狮者，便戴上狮子头套，接连几个空翻，进入到舞蹈队之中，一个漂亮的亮相，把一头狮子耍得威风八面。梁鼎文兴奋地起身，披挂上狮子舞头套，对耍起来。人群中不时爆发出赞扬的掌声。

乐舞正酣，梁鼎文施展绝技，把梁家栋的狮子头套摘取了下来，梁家栋就这样暴露在他的眼前。随即，梁鼎文摘下头套，傻愣愣地看着他。韩雅琪赶紧关了音乐，众人把梁家父子围在中间。梁鼎文看家栋的眼神是复杂的，有意外，有愤怒，也有不解。家栋则低着头，不敢看爸爸，也回避着爸爸的目光。

梁鼎武、韩雅琪、郑大冠他们害怕父子俩关系会恶化，忙上前劝解。有街坊起哄说："怪不得，龙生龙凤生凤，阿文和家栋这一对父子舞狮子，绝配。"

梁鼎文定定地看着梁家栋，忽然摔了头套，转身离开，留下大家丈二和尚摸不着头脑。梁舒快步跟上梁鼎文，一起回了梁家。梁舒小心翼翼地跟在爸爸身后，回到家，贴心地给爸爸沏好热茶，劝他别生家栋的气。爸爸的反应出乎她的意料，他没有生气，他说他惊讶于家栋怎么舞狮这样好，梁舒一颗悬着的心这才放下来。

这时，梁潇兴冲冲地进门，把手里一张报纸递给梁鼎文，只见报纸的 A 版上刊登着梁舒在展销会上忙碌的照片，照片里她笑得温暖洋溢，身后是"梁记饼家"的招牌。梁鼎文和梁舒凑在一起看报纸，父女俩对视一眼，欣喜非常。

"大哥，展销会上对了吧？"

"上对了，上对了。多亏小妹做主，我没想到内地的人这么喜欢梁记的杏仁饼。"

"舒儿上了报纸，成了澳门名人了，街坊们都说舒儿可是你的好帮手，说她是老字号的新一代。依我看，往后梁记杏仁饼做成手信，包装上就用舒儿的照片做 logo。"

"再怎么说舒儿也是个女儿，早晚要嫁人的。"

"大哥，女儿怎么了？"

"噢，我说错话了，梁家打从我们这一辈起，男人不行，女人厉害。"

"真是难为大哥了，这么闷的一个人，说了这么巧的话。"

兄妹俩相视一笑。随后，梁潇来到梁舒的卧室，聊起梁舒的学业。梁舒马上要参加高考了，以她的成绩来看，可以报考澳门学院或者更好一点的学校，但梁舒心里很坚定，她想报旅游专科。其实，大家都明白，她是不想离爸爸太远。梁舒说，爸爸一个人太可怜了，她想帮爸爸看好这个家。梁潇看着如此懂事的舒儿，有许多道理要讲，这一刻却什么都说不出。

梁鼎文不声不响地出了门，来到了陵园。繁星满天，明月高悬，他坐在墓碑前，跟父亲交心——

"眼下日子有了盼头，您要是活着，也会宽心的。这次和广东省联合搞的展销会，梁记上了会，租了摊位，杏仁饼那么受欢迎，我是真没想到。听小妹说，中央政府会陆续出台政策，澳门人往后的日子算是有靠山了……

"阿武这些日子也挺好，帮我上展销会，也没怕辛苦……

"我心里就一件窝囊事，就是当初不该放弃家栋，让他跟了阿琴。梁记杏仁饼传不下去了，他变成了现在这个样子，越长大越不像我们梁家人了。可有一样，这臭小子舞狮子舞得好，比您和我都舞得好，我也是没想到……”

此时的梁家栋正在黑沙海滩上打拳，小小的影子在海边辗转腾挪，一招一式都透出一股倔气和狠劲，仿佛是在发泄心中的郁闷。他一身汗水，转身走到“情人帐篷”前，钻了进去，把双手垫在脑后，透过一个帐篷顶上的破洞，看天上的孤星。

第九章

清晨，红日出海，霞光漫天，三湾斜街上的草木渐渐苏醒，路人行色匆匆。梁鼎文像往常一样，把第一炉杏仁饼分发给来来往往的路人。

展销会结束后，梁记的生意又变得清淡了，梁鼎文刚给店员阿彩涨了工资，如今生意不温不火，阿彩都不忍心要这么高的薪水，她建议梁鼎文每天不要免费送一炉杏仁饼了，梁鼎文不依，他有他的坚持，这也是他为人的根本。

梁鼎文和阿彩都没注意到梁舒正在埋头准备些什么，只见她沉浸在自己的思维里，一会儿写写画画，一会儿托腮思考。一小时后，她手上的卡纸初具模样，上面绘制着精美的图案：在金色的阳光下，绿树葱茏，红花点点，妈妈领着女儿的手往前走，脸上洋溢着灿烂的笑容。

“阿彩你过来，眼看母亲节快到了，我们做个主题，把杏仁饼做成新的包装，看着也好，带着也方便，你看看好不好？”梁舒把她自己设计的包装纸样拿给阿彩看。

阿彩看着纸样，惊喜于梁舒的创意，赞叹道：“舒儿，你设计的？”

梁舒没有回答，拿笔写了一个大红的宣传海报——母亲节主题杏仁饼，阿彩凑上去，跟她一起把海报挂在了梁记饼家门口。

没想到，梁舒策划的“母亲节主题杏仁饼”迎来的第一单生意居然是宋晓雯的。宋晓雯从一个月前就在考虑送妈妈什么礼物，她看到梁记门口张贴的广告，不假思索地跑了过来，站在柜台前软磨硬泡。梁舒心中作难，做吧又不情愿，不做吧又不忍伤宋晓雯。一旁的阿彩不知深浅地说：“舒儿，做呗，她妈也是你妈。”

梁舒却跟阿彩较劲道：“我没妈。”

阿彩说：“好好好，你没妈，可顾客上门了，生意你总得做吧。”

宋晓雯见状，把几张钞票递给梁舒，说道：“舒儿姐姐，我不是让你白做，我买。”

梁舒想了想，她看到宋晓雯眼中的无邪和澄澈，便从她手里抽出一张钞票，答应给她做。宋晓雯却把剩下的钱都放在柜台上，说：“我要你用心做的，用心做的当然贵啦。可别耽误了，我到日子来取。”

说完，宋晓雯转身走了，梁舒让阿彩赶紧追上去把钱还给她，阿彩犹豫了一下，还是去了，可宋晓雯早已坐车离开了。

母亲节当天，不只是宋晓雯为妈妈准备了礼物，陈小帅也给了韩雅琪一个惊喜。

那天上午，韩雅琪正在皇冠小馆忙碌地招待客人，陈小帅拎着一个手提纸袋进门，神秘地叫妈妈过来一下。韩雅琪见儿子神神秘秘的样子，便把手里的一盘菜放在客人的桌子上，跟着儿子进了卧室。陈小帅送给妈妈一件漂亮的衣服作为母亲节礼物，韩雅琪接过衣服，很是喜欢，可转念一想，小帅哪儿来的钱呢？她问儿子，陈小帅嗫嚅着说不出所以然来。韩雅琪越发追问，陈小帅才说了实话，原来他为了攒钱给妈妈买礼物，节省了两个月的午饭钱。韩雅琪又心疼又无奈，这个傻儿子，之前给舒儿过生日买手机半年没吃午饭，现在为了给妈买衣服又两个月不吃午饭，这是跟午饭有仇吗？

这时，敲门声响起，梁舒抱着漂亮的母亲节主题定制杏仁饼进门，对韩雅琪说："阿姨，母亲节快乐。"

韩雅琪赶紧接礼物，心情激动，高兴地说："今年这是怎么了，我从来没过过母亲节，现在一下子有两个给我过，我的福分是哪儿来的呢。"

陈小帅向梁舒道谢，笑眯眯的眼睛一直盯着她。梁舒把母亲节主题定制的盒子打开，露出造型精美的杏仁饼，饼上面是一匹漂亮的白马，侧面跪着一只羊。梁舒笑着说："阿姨是属马的，今年是羊年，我祝阿姨母亲节快乐，也感谢阿姨这些年就像妈妈一样照顾我。"

韩雅琪高兴得合不拢嘴，她想不到梁舒如此用心，也被她的祝福温暖着，忙说道："舒儿，阿姨真是太开心了。对了，你妈是属什么的？你给她也送了这个吗？你妈要是看见你送的该多高兴啊。"

梁舒情绪顿时低沉下来，说了两句话便转身离开了，韩雅琪这才反应过来自己说错话了，懊恼不已，跟在梁舒身后，本想劝慰几句，但又不知说什么才好。

苏家豪宅里，宋晓雯也在为宋曼琴庆祝母亲节，她送给妈妈的是一款月中玉兔的主题定制杏仁饼。宋曼琴看着眼前的"玉兔"，目光和心神都沉了进去。她想起十几年前，那时候梁舒两岁，她一手抱着梁舒，一手拿着菜叶喂小白兔。她还记得自己对女儿轻轻耳语："爸爸属鼠，舒儿属牛，妈妈属兔……"小小的梁舒靠在她怀里，笑得一脸天真满足。

宋曼琴的眼泪止不住地往下流，"玉兔"在她的视线里一片朦胧，她知道，这是她的舒儿用心做出来的。宋晓雯看着眼前的情景，神秘而狡黠地笑了，她从一开始就设想这一幕，希望妈妈和舒儿姐姐可以和好，让妈妈能够真正地快乐。过了好一会儿，宋曼琴擦干泪水，向外走去，嘴角挂着一丝似是而非的笑意。

皇冠小馆内，梁鼎文、郭富成和郭少姗围坐在靠门边的桌上，桌子中间摆了一个梁舒做的母亲节主题定制——月中玉兔杏仁饼。这是为梁潇准备的，梁潇跟宋曼琴同一个属相，一个是 1963 年的兔，一个是 1975 年的兔。梁潇正出差珠海交接一批中央政府支援澳门的抗击

"非典"的医用物品，但女儿郭少姗非要给妈妈过母亲节，郭富成便带着女儿去了梁家，梁鼎文带着他们来到皇冠小馆。

几人交谈之间，梁舒闷闷不乐地走了过来。梁鼎文伸手拦住梁舒，让女儿在身旁坐下，他敏感地感觉到了什么，目光审慎而心疼地看着她："舒儿，想去看她，你就去，爸爸不拦着你。"

梁舒明白梁鼎文的意思，说道："爸爸，我给琪姨过了母亲节，这么多年，我都当琪姨是妈妈。"

梁舒的话，正好被跟出来的韩雅琪听到。让韩雅琪大吃一惊的是，宋曼琴不知什么时候来到了皇冠小馆，正站在梁鼎文身后。大家顺着韩雅琪惊讶的目光看到了宋曼琴，一时间都不知如何是好。梁鼎文心绪复杂，猛灌了一杯酒。

"舒儿，谢谢你的母亲节礼物，妈妈……"宋曼琴试图拉住梁舒的手，却被她闪避开来。

梁舒口吻生硬地回道："是雯雯花钱定制的。开门做生意，有一单算一单，您别多想，这里头没别的意思。"

韩雅琪赶紧打圆场道："阿琴，你别伤心，舒儿这孩子是嘴冷心热。"

宋曼琴脸上挤出一丝笑容，她拉住韩雅琪的手，从包里取出一只翡翠手镯，非要送给她。她知道，这些年来，雅琪在舒儿身上费了不少心，而她却没有尽到母亲的责任，她打心眼儿里感谢她。韩雅琪坚持不收，她对梁舒好，梁舒对她也好，都是不图回报的，但她看到宋曼琴几近哀求的语气，同为母亲，感受得到那种心酸和无奈，竟也手足无措起来。

梁舒像是受了刺激，转身走了。一言不发的梁鼎文忽然顿了一下酒杯说了："够了！"众人愣愣地看着他，只见他逼视着宋曼琴说："你抢走了我儿子，又要抢我女儿吗？！"

宋曼琴泪眼模糊，她看着眼前这个对她误会太深的男人，语言变得苍白无力，哭着说："文哥，女儿是你的，儿子始终也是你的。可他们也是我的呀。"

说完，宋曼琴就走出了皇冠小馆，背影看上去虚弱又孤独。她在三湾斜街找了一个角落坐下，躲在一棵大树后面，目光望着梁记饼家。她看到梁鼎文回了家，看到梁记只有稀稀落落的几个客人，看到郭富成带着女儿姗姗走了，看到梁舒背着吉他爬上屋顶怀抱着吉他唱起了民谣。

黑沙滩上，梁鼎武和梁家栋叔侄俩正在切磋咏春拳。这二人算是兴趣相投，都有一个武侠梦，对武术情有独钟。家栋小的时候梁鼎武便开始教他咏春拳，他倒是舞弄得有模有样。如今，他的技法越来越成熟了，一个勾腿把梁鼎武撂在地上，随后又赶紧伸手拉起二叔。

梁鼎武欣喜于家栋的进步，心里却又有些酸楚，但是，他想的是如何把杏仁饼的手艺传承下去。于是，他开始数落家栋，家栋懒得跟他争辩，往大海里走去。

"家栋，你小子要干什么？可别想不开啊。"

“二叔你下来，我们游到对岸去。”

“浑小子，大海有对岸吗？”

“大海肯定有对岸，你眼睛看不见，心里还看不见吗？”

“我不跟你游，我怕你把我浸死在海里。你小子越大越让人捉摸不透了。”

家栋在近海游泳没有搭话，梁鼎武蹲在海边劝他继承杏仁饼的手艺。突然，梁家栋从水底下捞住一只螃蟹，朝梁鼎武撇来，然后一个鱼跃，向远海游去。梁鼎武捏住了螃蟹，冲着他游去的方向大声说：“家栋，你要记住，我们都是梁家的大男人，都得为梁记出力、尽心、负责任！”

梁家人都没有料到阿武会有这么大的变化，他痛下决心要为大哥、为梁记做些什么。他决定帮大哥好好经营梁记，把老祖宗传下的手艺发扬光大。说干就干，他又一次换上行头，把杏仁饼装进木箱，挑着担子出去卖饼。他从展销会中看出了门道，很多人想吃梁记杏仁饼，但是吃不到，他要让全澳门的人都吃到梁记杏仁饼，他要把杏仁饼挑到氹仔，将来还可以挑到珠海，挑到福建，挑到北京去卖，到那时候，就不愁没销路了。他挑着杏仁饼，一路走下去，路过三圣庙，到了九澳村。这是澳门地理位置上绝对意义的尽头，是澳门南端最后的古村落。一路上，梁鼎武挑着担子，边走边吆喝：“梁记杏仁饼——吃梁记杏仁饼，有信，有心，有信心……”

夏日的风吹拂着三湾斜街，苍翠的树叶显现出旺盛的生命力。三湾斜街一下子冒出了许多陌生的面孔，人流比往日稠密了很多，店铺生意也跟着变好了。

梁记饼家里，阿彩忙着接待来买杏仁饼的顾客，居然有点儿应接不暇。皇冠小馆中也是座无虚席，还有人在排队等待，韩雅琪和新招的伙计阿哲脚不沾地地忙碌着，穿梭于一桌桌客人之间，不时有客人跟她搭腔，这些客人来自祖国各地，说话带着不同地方的口音，有北京的，有东北的，有闽南的……

郑大冠拎着蔬菜和螃蟹兴冲冲地进门，他买来了软壳蟹，打算为大家一展厨艺。韩雅琪替他向大家解释说，软壳蟹，指的是螃蟹褪壳之后的几小时内，全身是软绵绵的，没有一点污垢，肉质细嫩，拿这种螃蟹熬粥才更入滋味、营养也更多。大家纷纷拍手称赞。

这时，郭富成带着四位年轻人来了。这四位是清华的高才生，是郭富成的师兄谢扬帆的高徒，此次来澳门，由郭富成做向导，带他们来体验三湾斜街的传统小吃。几位年轻人彬彬有礼，其中一个叫文扬的男孩尤其出众，他身形高挑、长相帅气，整个人清爽利落，举手投足间一派温文尔雅。

韩雅琪忙迎上去，亲热地跟他们打招呼，知道他们的来意后，她指着眼前爆满的客人歉意地说：“恐怕一时半会儿腾不出空座，要不你领着学生再看看三湾斜街，过一小时再过来，我给你们留桌。”

于是郭富成带着学生们继续游逛三湾斜街，见大家实在饿了，便径直去了梁记饼家，想先吃点杏仁饼垫垫肚子。

梁记饼家生意火爆，不到下午就卖断货了，早早地打了烊。梁潇来梁记帮忙，梁鼎文才从她口中得知，三湾斜街上突然多了这么多游客，原来是中央政府推出了内地居民赴澳门自由行旅游。

郭富成带着学生们来到梁记，梁鼎文一番热情招呼后，让他们先休息一下，自己去了厨房忙碌。他总觉得那个叫文扬的小伙子有些面熟，但又想不起在哪儿见过。不一会儿，梁舒回家了，来到厨房，有模有样地操持起来。

梁记饼家一楼，郭富成给学生们讲解澳门文化，文扬对梁记富有年代感的制饼器具很感兴趣，他一件件小心翼翼地拿起，认真端详。之后，他走到梁家祖父母的神像前，看着神像两旁的那副对联——上联“有信佛浴世”，下联“存心神自安”，横批“信心万有”，他看得入迷，一字一句地嘟念着。

梁舒的声音从身后传来：“‘有信，有心，有信心’，是我们梁记的祖训。”

文扬闻声回头，只见梁舒站在木楼梯上，明媚含笑地看着他。两人四目相对，文扬怔了怔，心神被梁舒的笑容俘获，待他回过神来，细细品味话中滋味，道：“‘有信，有心，有信心’，说得很到位，一句话，涵盖了有信、有望、有爱。”

梁舒笑着招呼他吃饭，二楼的饭桌上已摆满了丰盛的澳门家常菜。郭富成带着学生们围坐在桌前，大家对菜品赞不绝口。大家说起自己的家乡，四个学生分别来自湖南省邵阳市、山东省青岛市、河北省保定市和福建省福州市。一听文扬是福建福州人，梁鼎文立即兴奋起来，说梁家祖上就是福建的，只可惜从没回去过。

文扬说：“梁伯，您可一定要回去。我们福建有安溪铁观音、武夷岩茶、永春芦柑、古田银耳……”说着，文扬想起什么，起身从随身背包里拿出来一包茶叶递给梁鼎文说：“这是一包武夷岩茶，乌龙茶里的极品，您留着喝。”

梁鼎文把茶叶接过来，竟然有些手抖，低沉地说：“我爸爸要是活着，喝到家乡人带来的茶，他老人家不知道会高兴成什么样。”

梁潇怕梁鼎文感伤，忙给他斟上酒说：“大哥，咱们找个时间，一家人回去一趟。”

这时文扬说：“澳门真不错，只可惜这次时间有限，我们明天上午就坐船去香港了。”

梁鼎文惋惜地说：“这么赶啊？那走的时候，带些我们梁记的杏仁饼，我让舒儿明天一早给你们送到码头。”

这时，梁舒费劲地拎着啤酒上楼，文扬赶紧起身帮忙，慌乱中，他的大脚踩到了梁舒的小脚，他从梁舒的表情里读到了疼痛，赶忙道歉，梁舒并未生气，反而调侃他说：“内地的男孩都像你这么毛手毛脚的？”

文扬笑笑不语。梁鼎文招呼他们落座，大家打开啤酒开喝，到了兴处，梁鼎文和文扬一高一低哼唱起莆仙戏《王奎》，众人以掌声相和。梁舒看看文扬，最终目光落在梁鼎文的脸上：这一幕多难得，爸爸很久没有这么高兴了。

第二天一早，梁鼎文烤了四盒杏仁饼，嘱咐梁舒去码头送给文扬，梁舒听话地拎着杏仁饼，穿梭在熙熙攘攘的人群中，朝着码头走去。忽然，她的手机响了起来，她掏出诺基亚手机接听电话，对面传来了梁家栋急促的声音："姐，你快到黑沙海滩来一趟，你要是不来，我就跳海。"

未等梁舒说话，他已经挂断了电话，她急忙回拨过去，接电话的是一个陌生的声音："小伙子不对头，打完电话就到海边蹲着去了。"

梁舒收起电话，脚底生风，急匆匆地朝前跑去。她气喘吁吁地跑到黑沙滩，远远地望见蹲在海边的家栋，急得将杏仁饼撂在地上，疯跑到梁家栋跟前，一把抓住了他，声音都变了调："家栋，碰到什么事了你要跳海？你不活了？！"

梁家栋转过脸来，纯真而狡黠地盯着她，笑着说："我就是试试我要跳海姐着不着急。爸爸不理我，姐姐也不理我。你要是不来，我就真跳海了。"

梁舒气得直跺脚，她捡起地上的杏仁饼，转身朝着码头跑去。时间一分一秒流逝，就如同耳边呼啸倒退的风，她不确定文扬是否等她，也不知道此时文扬的船有没有出发，但她坚定地向前跑着，那一刻，她内心居然有几分期待。

好不容易跑到了码头，远远望见一艘轮船正在起锚，轮船缓缓前行。船与码头的距离渐渐拉远，文扬正站在甲板上朝着码头望眼欲穿。他在人群中搜寻着，一下子看见了梁舒，扶着栏杆朝梁舒用力挥手。梁舒的目光也找到文扬，急忙也朝轮船上的他招手。

梁舒高喊："哎，踩我脚的愣头青，把你地址告诉我，我给你邮寄过去。"

文扬也高声应和："不用邮寄了，你记得欠了我一盒杏仁饼就行。"

梁舒回道："我记下了，欠你一盒杏仁饼……"

两个人用力挥手，一个站在码头，一个站在甲板上，对方的身影越来越小，越来越小，变成了视野中的一个小点儿……

生意越来越好了，郑大冠就在琢磨店面扩建的事情。他心里有一个模糊的构想，就是把现有的店面拆了，扩大面积，重新装修。他把这个想法讲给韩雅琪，不管她根本完全不能理解，他仿佛是吃了秤砣铁了心，任凭别人怎么劝都坚持自己的构想。

韩雅琪第一次见表哥如此坚定地执迷于一事，劝诫无效，于是急匆匆地来到梁记饼家，希望梁鼎文可以劝劝他。梁鼎文也认为扩建不可行，忙跟着韩雅琪去劝说郑大冠。

在皇冠小馆昏黄的灯光下，郑大冠正目光炯炯地趴在餐桌上画图，他神情专注，沉浸在自己的世界里，连梁鼎文进门都没有察觉，直到梁鼎文跟他说话，他才猛然抽出思绪，立刻兴致勃勃地把画的草图拿给梁鼎文看，情绪高涨地说：“文哥，我都设计好了，把后面的院子扩进来，两层变成三层，好好装修一下，营业面积能增加三倍不止。”

梁鼎文看了一眼图纸，语重心长地劝说道：“大冠，游客们来三湾斜街吃饭买手信、拍照留念，看的就是这条老街，现在的皇冠小馆，建筑是中西合璧的老房子，有看头，你扩建翻修，怕是要把老味道给折腾没了。阿琪让我来劝劝你……”

此刻的郑大冠心意已决，但又不好意思直接顶撞梁鼎文，便答应要考虑考虑。梁鼎文读到了郑大冠脸上的敷衍，虽嘴上没说什么，但心里不由得一沉。

不几天，郑大冠便找好了建筑队，打算按照自己的意愿对小馆实施扩建计划。这天，他带着几名工匠，浩浩荡荡地朝着皇冠小馆走去，一路上眉飞色舞地跟工匠们谈论自己的扩建设想，工匠们连连称好。而他回到皇冠小馆时，被眼前的景象惊呆了——

皇冠小馆门廊下，文叔、白须长者、皓首长者各自坐在太师椅上，梁鼎文、甄老板、韩雅琪和几个街坊站在三位长者身后。这阵势，无形中透露出一种威慑力，郑大冠和工匠们都被这阵势弄蒙了。

郑大冠看向梁鼎文，问：“文哥，你们这是？”

梁鼎文说：“我的话你不听，我只好把三湾斜街有头有脸的老几位找来，让他们说说，皇冠小馆该不该拆了扩建。”

郑大冠说：“你跟我来这一手，这不是成心难为我嘛。哪位我也得罪不起……都进屋，我给大家做蟹黄粥喝。”

白须长者说：“我们不进屋了，今儿也不是来喝蟹黄粥的。跟你说，三湾斜街的街坊邻里，一家有事百家连心，你睁开眼睛看看这条街上的建筑，说是老房子，可差不多都是文物，都是老物件，你敢拆了重建？”

皓首长者说：“常言说，‘成物不可损’，拆了再建，整条街的味道就变了。”

甄老板说：“大冠，阿文跟我们说他说话你不听，几位阿公说的话你也不听？”

郑大冠急得头发都耷拉下来一绺，赶紧扶上去，嘴里说着：“阿公，房子是我的，我不能拆了重建？眼看生意好了，不扩大营业面积，我们就……”

韩雅琪上前相劝，郑大冠心里憋屈，苦水和怨气只能朝她发：“都是你找来的是吧？好，我惹不起，我躲得起，我移民！”说罢，他拨开人群，气呼呼地走了。

众人面面相觑。郑大冠从来都是一副好脾气，干什么事情都是赔着一副笑脸，这么多年，大家从没见他跟谁发过火、红过脸，如今这个样子，倒是让人摸不着头脑了。

夜深了，郑大冠还没回来。韩雅琪坐不住了，她脑海里跳出种种不好的想法，甚至都后悔了，表哥想扩建，那由着他折腾好了，干吗非要拦着他呢。她越想心里越没谱儿，焦急地来到梁记饼家。梁鼎文正在灯下挑选杏仁，韩雅琪焦急地推门进来，气息微喘。她跟梁鼎文诉说了自己的担忧，梁鼎文看到她一脸的忧愁。

听完，梁鼎文起身，摘掉了围裙，劝慰韩雅琪道：“我知道他在哪儿，你别担心，我去找他。”说完，梁鼎文大步走出梁记。看着梁鼎文宽厚的背影，韩雅琪焦灼的心渐渐踏实下来，觉得一下子有了信心和依靠。

黑沙海滩上，海水不断冲刷着岸边一块巨大的礁石，在青黑色的夜空下，海水也蒙上了一层黑纱。礁石旁边，郑大冠一网拖上来几只螃蟹，快活得像个孩子，熟练而兴奋地抓起螃蟹，放在篓子里，自言自语道：“软壳的啊，都是软壳的。”

梁鼎文出现在他身后说：“软壳的也好，硬壳的也好，只要是螃蟹，你大冠就能做出天下第一的蟹黄粥。”

郑大冠闻声转头，冷冰冰地看了他一眼，快活的情绪变成了抱怨：“都是你，两个阿公和街坊们都是你喊来的吧，你成心不让我把皇冠小馆开大了。”

梁鼎文不接郑大冠的话茬，自顾自地说：“这世界上有两种人。一种人就像篓子里的螃蟹，外面是个硬壳，里面柔肠一把；有的人是桃子，外面软成了泥软成了汁水，里面呢，桃核是硬的。大冠，你知道文哥是属螃蟹的，嘴上从来不软，今儿我给你道个歉，有话应该跟你好好说，我们兄弟俩这些年，什么话说不透呢。我不该找街坊们压你。”

郑大冠心中的委屈被融化，可怨气还在，有点赌气地说：“你再这么对我，我真移民走了。三湾斜街少了我一个郑大冠，你文哥也不在意。”

梁鼎文说：“三湾斜街没谁都行，就是不能没你大冠。没有你，我会寂寞的，你真要是移民走了，我会想死你的。”

一向古板严肃的梁鼎文能说出这番话，把郑大冠逗笑了，他拎起篓子，跟着他并肩往家走。夜深人静，路灯的光晕给一条街抹了一层暖黄的油彩，街路两旁的桂树和店铺仿佛置身在油画之中。

郑大冠边走边说：“回归了，眼看着大商机就来了，我是想扩大经营，把皇冠小馆往大了做，这有什么错？你就是个拦路虎。内地现在正搞改革开放，什么叫改革？什么叫开放？我怕是你自己落伍了，还要拖我后腿。”

梁鼎文感慨道：“我知道世界在变，人也在变。可这个世界上，到底还是有不变的东西，有些东西就是不能变。变跟不变，这里头，学问深着呢。”

郑大冠说：“我说不过你，我不拆了，也不建了，这回你满意了吧。”

梁鼎文笑着点头，郑大冠也没好气地笑了。夜色中，周遭静谧，不知名的昆虫“啾啾”叫着，三湾斜街陷入了沉睡之中，等待明天的阳光来将它叫醒。明天，又将是崭新的一天。

大三巴牌坊前游人如织，他们或照相留影，或指指点点，或围着牌坊，欣赏牌坊上中西合璧的雕塑。这时，梁家栋从一旁的小巷里斜刺跑来，片刻，陈小帅从另外一个方向的小巷里跑来，两个人在牌坊前的台阶上喘成了盛夏的狗。待气息平稳，梁家栋凑到陈小帅耳边一通嘀咕，听得陈小帅瞪大了眼睛，不高兴地说："让我帮着你骗人？不行！你赶紧把东西还回去！"

说完，陈小帅一转身跑了。梁家栋很无奈，他蹲在地上，仰头看大三巴牌坊的高处，阳光一下子蜇了他的眼睛。他揉揉眼睛，忽然想起来什么，拿出手机编辑了一条信息，点击发送出去。收件人是梁鼎武。

此时的梁鼎武正坐在梁鼎文平日坐的位置上，学着大哥的样子认真地挑选着杏仁。梁鼎文从木楼梯上下来，看见阿武在挑拣杏仁，不由感慨——平日里鸡飞狗跳的阿武，现在居然也能安心坐住了。梁鼎武脸上带着少有的严肃，他本想帮着大哥养家，挑杏仁饼走街串巷卖，幻想着可以打开销路，大赚一笔，走了这一路，才真正体会到赚钱的难，体会到大哥的不易。

梁鼎武继续挑选杏仁，忽然，手机来了信息，他飞快地瞄了一眼，猛然起身，跟梁鼎文打了个招呼，便如风一般出门了。

正是梁家栋约的他，地点在亚婆井。他如约来到了亚婆井，在一张长椅上坐下。

葡萄牙人有民谣说："喝过亚婆井水，忘不掉澳门；要么在澳门成家，要么久别重来。"的确，亚婆井承载着丰厚的澳门地方文化，它四周遍布古建筑，岭南老树如盖，走马石铺就的路面花纹各异。

梁家栋还未到，梁鼎武百无聊赖地翻看报纸，忽然看到了小妹梁潇的照片，他兴奋地读下去：

特区政府建设发展办公室代表梁潇就第一届部长级中国－葡语国家经贸合作论坛的筹备工作……

梁鼎武边读边想小妹真是了不起。未及读完，梁家栋来到了近前，神神秘秘地从怀里摸出一块手表递给他，他接过手表，心头一片欢喜。

"给我的？知道孝顺二叔了？还真是一块名表，值不少钱吧。"

"还不到我孝顺你的时候，我手头紧，你有没有门路出手？"

"嗯？让我销赃？"

"别说得这么难听。苏林不给我钱花，我拿他一块破表换几个钱花，算赃？"

"偷他的还真不能算赃。你说，打算卖多少钱？"

"你看着办吧。"

梁家栋最近结交了一些社会上的朋友，经常装阔气带他们出入豪华酒店或娱乐场所，苏林断了他的经济来源，他便想到偷点值钱东西出来卖。苏家家大业大，值钱的玩意儿更是数不胜数，这次，他拿了苏林的宝珀腕表，希望赶紧出手，卖个好价钱。

此时的苏家，苏林发现宝珀腕表不见了，宋曼琴很讶异，上前帮着寻找，一无所获。这时，宋晓雯从侧门出来，直奔沙发，她仿佛知道内情，却还要明知故问："家里出了贼吗？"

苏林和宋曼琴闻声看向宋晓雯，两人似乎都明白了宝珀的去处。见宋曼琴一脸凝重，苏林忙说："算了，一块手表而已，也可能是我放错了地方。"

晚上，月上柳梢头，微风习习吹。梁舒和陈小帅爬上屋顶，在皎洁的月光下坐定。梁舒怀抱着民谣吉他，弹奏着几节音符，舒缓悠扬。旁边，陈小帅坐在屋脊的边缘看着宁静的三湾斜街，不时看向梁舒，脸上写满了挣扎和犹豫，欲言又止。

梁舒感受到陈小帅的目光，手指依旧弹着吉他，抬眸看了他一眼，说："有什么事就说，别吞吞吐吐的。"

"家栋……"

"他又怎么了？"

"他让我帮他卖一块偷来的手表，我没答应他。"

"偷？偷手表？！"

"姐，你别急，是苏林的表。"

"苏林的表也不能偷！"

"我已经劝他赶紧还回去了。"

一恍惚，梁舒的手指在琴弦上重重一拨，吉他哑巴了。她看着天上的月亮，心里乱作一团。

第十章

经常被一群人簇拥、恭维着，令梁家栋很是陶醉，他常常在豪华酒店或是娱乐场所大手一挥，让他结交的那帮社会上的所谓朋友尽情吃喝玩乐，时间长了，他在多家酒店欠下了账。原先酒店老板知道他是苏家夫人的儿子，便由着他赊账，后来事情传到苏林那里，苏林跟酒店老板打了招呼，不再任由他赊账。

这天，他像往常一样带朋友在四季酒店举杯豪饮，经理得知他没钱付账之后，拍了三下手掌，几个人高马大的服务员进门，架起他们，要将他们拖出包间。梁家栋一下子恼了，摆出咏春拳的架势与服务员打了起来，那帮朋友见状，也纷纷加入到打斗之中，场面一片混乱。

很快，酒店经理叫来了警察，把他们一干人抓到了警察局，苏林前去保释，才把家栋领了出来。苏林气呼呼地回到家，一屁股坐在客厅的沙发上，破天荒地对宋曼琴发起了脾气。梁家栋低头进门，本想绕过客厅直接上楼，却被苏林叫住，他气呼呼地对宋曼琴说："你自己问，问问他到底都干了什么！"

梁家栋心虚，他慢吞吞地来到客厅，等待暴风雨的来临。苏林气急败坏的声音在苏家客厅里回荡："他带人到四季酒店大吃大喝，非但不给钱，还把酒店给砸了，伤了好几个人，要不是我，他现在还在警察局！"

宋曼琴护犊心切，她抓住家栋的手，上下打量着儿子问："儿子，给苏叔叔惹祸了？你伤着没有？"

苏林继续怒吼道："何止是惹祸！那是什么地方，你也能去？！"

苏林的震怒吓到了宋曼琴，也让梁家栋产生了逆反情绪，他挣开宋曼琴的手，转身甩门而去。宋曼琴瞬间傻了眼，她担心地追出去，只见家栋已经跑出很远。

宋曼琴呼喊儿子回来，梁家栋回头撇下一句"我姓梁"，一路疯跑而去，身影消失在转角处，留下她担忧地眺望着，万般愁苦，刹那间涌上心头。

宋曼琴在三湾斜街上徘徊着，每一步都走得犹疑而无奈。家栋变成现在这副样子，她觉得自己有不可推卸的责任。当初，是她打官司争来了家栋的抚养权，她一直想弥补儿子，总想给予儿子最好的东西，所以对他不免有几分溺爱。如今，家栋闯了祸，她在茫然无措中最先想到的便是梁鼎文。

宋曼琴一步步走近梁记饼家。她在门口站定，看见梁鼎文正站在烤箱前忙碌着。她不知怎样跟他开口，她害怕他会暴跳如雷。但她还是想跟他说。梁鼎文一转身，看见了站在门口有些茫然的宋曼琴，先是一愣，随后平静地看了她一眼，又平静地招呼她进门。

梁鼎文请她在椅子上坐下，两人相对而坐，反而有了几分客气和坦然。这是他们二人关系决裂以来第一次心平气和地坐下来谈话。宋曼琴心里焦急，虽然难以启齿，但还是把家栋惹祸的事情一五一十地告诉了他。

梁鼎文听罢，心头很是抱怨，但他努力克制自己的情绪，忿忿地说："当初为了跟我争家栋，你和苏林把我告上了法庭。我知道你想儿子，你要给儿子当一回妈，我忍着心里的苦，把他给了你，指望着你把儿子带成个人，我想也想不到，你把儿子带成了一个废物。"

宋曼琴满面哀愁地说："我也想让儿子学好啊，文哥。想到我跟舒儿和家栋十年的分离，我就内疚。我是对家栋有些宽纵，可男孩子哪有不犯错的，常言说'淘小子出好的'，家栋是男孩子，他将来要顶天立地的。现在他知道用钱回报身边的朋友，这也算不得错，会花钱的人，将来才会赚钱。"

这一番言论激怒了梁鼎文，他努力维持的平和情绪被愤然所取代，怒道："都是苏家的奸商理论！我梁家的人讲勤俭持家，讲仁、义、礼、智、信！"

宋曼琴忐忑地望着梁鼎文，后悔自己刚才的话刺激到了他。梁鼎文接着说："既然你满嘴大道理，你来找我干什么？你继续用你的歪理管教吧，我倒要看看，你能把我儿子教育成个什么熊样。"

宋曼琴的眼泪再一次喷涌而出，眼前的一切都变得模糊起来。她多希望这是一场梦啊。她抹着眼泪，不知如何是好。

这时，梁舒和宋晓雯一起进了门。原来，宋晓雯专门去找梁舒，让她管一管家栋，她对梁舒说家栋太不像话，丢了苏家的脸，也让梁家人没面子。梁舒不明就里，但心中很不悦，再怎么说，家栋也是晓雯的哥哥，梁家人向来讲求长幼有序，怎么能这么没大没小地说哥哥呢。谁知宋晓雯接着说，家栋身上都是梁家人的秉性，再不管可能真成烂仔了。梁舒气得满脸通红，面对平静而高傲的宋晓雯，她不知道怎么跟她发火，便气呼呼地往家走，宋晓雯就一直跟着她回了梁家。

宋晓雯看到宋曼琴通红的眼眶，赶忙凑上前，关切地问："妈咪，梁伯又欺负你了吗？"

宋曼琴急忙挤出一丝笑容，摇了摇头。梁鼎文面冷心热，也想缓和一下气氛，吩咐梁舒给雯雯拿杏仁饼吃。未及梁舒行动，宋晓雯却心中不快，迁怒于梁鼎文的宝贝杏仁饼，她大声说："我往后再不吃这种粗制滥造的东西了。"

梁鼎文像是被猛然击中，竟无言以对。宋曼琴愕然，她知道梁记杏仁饼对于梁鼎文来说有多重要，她下意识地拍了宋晓雯一巴掌："雯雯，我不许你这样说！"

宋晓雯一怔，她不敢相信刚刚发生的一切，要知道，长这么大，妈妈从来没有打骂过她，如今却为了一句话打了她，她无论如何也接受不了，瞪了宋曼琴一眼，随即气恼地跑了。宋曼琴看了看梁鼎文和梁舒，欲言又止，急忙起身去追宋晓雯，留下梁鼎文和梁舒父女二人心中五味杂陈。

梁舒顺利考上了旅游学院。以她的成绩，完全可以去澳门学院，但她还是选择了旅游专业。她喜欢旅游，以后想到处看看，尤其是祖国内地。梁鼎文完全支持女儿的选择，他知道，人这辈子最难得的就是如愿随心。

一家人都为梁舒高兴，决定晚上在皇冠小馆为她庆祝。皇冠小馆提前打烊，郑大冠和韩雅琪轮番下厨，准备了一桌好菜。饭菜准备得差不多了，韩雅琪吩咐陈小帅去喊梁舒他们过来，陈小帅欣然应允。韩雅琪看出儿子脸上难以抑制的喜悦，她明白儿子对梁舒的心意，她也希望两个孩子能走到一起。

这时，梁鼎武进门，他的身后是梁鼎文、郭富成、梁潇、梁舒和郭少姗。郑大冠和韩雅琪赶紧起身，热情张罗。大家围坐在摆满菜肴的圆桌上，纷纷向梁舒表示祝福。情到深处，韩雅琪居然红了眼眶，握着梁舒的手说："这些年来，舒儿就像我亲闺女，如今如愿以偿考上旅游学院，我是真高兴。"

梁鼎武插言道："真想给舒儿当妈……容易。"

韩雅琪脸一阵红，叫他闭嘴。大家对此心知肚明，都装作不经意地拿眼瞟向梁鼎文。梁鼎文只顾埋头喝酒。其实，韩雅琪对他的心思已经很明了了，之前三湾斜街上的老阿公也试图说合他们，但都被他婉拒了。经历了一次失败的婚姻，他这辈子不打算考虑结婚的事情了，只想好好把梁记传承下去，带孩子们健康成人。

郭富成引开话题，聊起梁舒的学业，随后，大家又畅想梁舒的大学生活，几个长辈反复提醒梁舒，以后在外生活一定要照顾好自己，梁舒一一应答，大家沉浸在一片喜悦之中。

吃饭间，梁鼎武手机的短信提示音忽然响起，他看了一眼，是家栋发来的信息："二叔，黑沙滩，速来。"梁鼎武灌了一杯酒，随意说了个理由便开溜了。大家对此习以为常，也没有过多追问。

黑沙滩，梁家栋正在情人帐篷外席地而坐，仰头眺望星辰。从苏家出来之后，他便来到了这里。他不想回苏家，也不敢回梁家，这里成了他的避难所。偌大的海滩上，海浪不时地喧哗着，他孤零零地坐着，倒是有几分寂寥。海风不冷，他却时不时会打个寒战。

梁鼎武赶来，远远地望着侄子，涌上几分心疼，他走过去，从口袋里摸出一沓钱，放在他手上。这是倒卖苏林的宝珀手表的钱。梁鼎武知道家栋那边发生的事，不知该怎么劝慰侄子。两人并肩坐在沙滩上，海风继续吹着，把爷儿俩的头发吹乱了，两个人倚靠在一起，一时无言。

那年夏天，第一届中国－葡语国家部长级经贸洽谈会在澳门召开，特区政府十分重视，多方面做了筹划准备。梁潇推荐梁舒去会议中心当义工，可以锻炼自己，开阔视野，梁舒欣然应允，陈小帅得知后，陪着梁舒一起去报名参加。

澳门酒店宴会厅内，各界人士齐聚一堂，大家衣着华贵，彬彬有礼，拿着高脚酒杯，三三两两地交谈着。宴会厅的背景大屏幕上，赫然闪烁着一行醒目的字：**“祝贺第一届中国－葡语国家部长级经贸洽谈会顺利召开”**。梁舒和陈小帅这些年轻的义工穿着合体的礼服，往来穿梭在人群中间，为与会人员提供细心而周到的服务。

梁潇在一众人之间，热情地与大家交流，落落大方，神采飞扬。梁舒端着放酒的托盘，远远地望着梁潇，感觉姑姑真是了不起。梁潇像是感觉到了她的目光，含笑走来，从她端的托盘上拿起一杯红酒，亲昵地与她交谈。

这时，苏林带着宋曼琴走到梁潇跟前与他礼节性地寒暄。苏林一袭黑色燕尾西装，宋曼琴身着耀眼的旗袍，在宴会厅的灯光照耀下，二人显得十分高贵。梁潇知道，大澳集团可以借助这次洽谈会寻找商机。

梁舒站在旁边，无心听他们说话，把脸扭向别处。苏林伸手要从梁舒的托盘上取红酒，却见梁舒厌恶地扫了夫妻二人一眼，突然转身离开。苏林一怔，抬起的手悬在半空。宋曼琴的心里不禁一沉。梁潇不动声色地向苏林夫妇点头示意，跟着梁舒的脚步离开。

梁舒从大门走出来，却被紧紧跟随的陈小帅一把抓住了胳膊。她心中装满了难以言说的委屈，转过脸，无辜而哀怜地看着陈小帅。陈小帅正试图安慰她，紧随在后的梁潇出来了，她拉着梁舒的手说：“舒儿，姑姑知道你心里不好受，但是今天这种场合，你是特区政府的义工，代表着特区的形象，一言一行都代表着澳门，你不该对来宾失礼。”

梁潇让梁舒去跟苏林道歉，梁舒十分抗拒。这时，宋曼琴急火火地出来，伸手欲握住梁舒的手，却被她冷冷地躲开了。宋曼琴劝梁潇别难为舒儿，梁潇不语，只是看了眼梁舒，便转身进门了。宋曼琴又劝梁舒不必在意，不用向苏林道歉，梁舒没有搭腔，转身走进宴会厅。

调整好状态的梁舒满脸绽放着微笑，手里端着托盘，托盘上两杯红酒涟漪浮荡。她彬彬有礼地走到苏林身边，从托盘里取了一杯红酒，恭恭敬敬地放到苏林的面前，礼貌地说：“苏先生，您请。”

“谢谢，舒儿，苏叔叔其实一直挺关心你的。”

“是关心我们梁家大屋吧？保存好了，我们梁家早晚买回来的。”

苏林愣住，他诧异地看着梁舒款款离开，表情微转，转动着手中的酒杯，笑着摇了摇头。

宴会结束后，陈小帅紧紧跟在梁舒身后，一直寻找话题来安慰她。梁舒的情绪渐渐转好，二人慢悠悠走在回家的路上。她问起家栋的情况，陈小帅吞吞吐吐地告诉梁舒，家栋不在苏家住了，去了黑沙滩上睡情人帐篷。梁舒眉头一皱，很担心家栋，决定去看看他。

黑沙海滩上，海里船帆点点，近海有很多劈波斩浪的游泳者。梁家栋无所事事地仰躺在沙滩上，跷着二郎腿晒太阳。海风习习，阳光融融，如画一般。

两位美国青年正在沙滩边交谈，流利的英文里夹杂着蹩脚的中文，他们从家栋身边经过，踩到了梁家栋的脚，却倨傲地什么话都没说。梁家栋眉头一皱，腾地坐起身，冲着踩他的美国人喊道："哎，你踩到我了。"

美国青年张口说出蹩脚的中文："所以呢？"

梁家栋猛然站起，朝美国青年走去："看来我还得教教你中文的'对不起'怎么说。"

美国青年却仗着自己人高马大和人多，突然先发制人，一个右勾拳，将梁家栋打倒，脸上露出胜利而轻蔑的笑容。梁家栋一个鲤鱼打挺，从沙滩上弹起，施展咏春拳套路还击美国青年，几招之下，美国青年被打得溃不成形。

恰好梁舒和陈小帅跑过来，赶忙上前拦住梁家栋，那两名外国青年趁机落荒而逃。梁舒拉下脸，嗔怪弟弟又惹祸了。

梁家栋坚定地说："姐，你说我别的我都认，这一次你不能怪我。但凡我还有一点血性，别说我能打过他们，打不过我也跟他们打。"

梁舒第一次被梁家栋如此强烈地反驳，她从梁家栋的神采里，看出了男人的血性，便不再训斥他。三人坐在沙滩上，思考下一步的解决办法，思来想去，梁舒还是建议家栋先回苏家，毕竟住在外面不安全，也不是长久之计，如今他又打人惹了祸，黑沙滩肯定不能再住下去了。陈小帅在一旁帮腔，两人把不情不愿的梁家栋带回了苏家。

家栋打了美国青年的事情很快就众所周知，梁潇来到梁记饼家，跟大家分析事情利害，大家这才意识到，在商贸洽谈会期间出了这样的事情，所产生的负面影响难以估量，家栋有可能要吃官司或坐牢。大家都为家栋着急，一向乐观的韩雅琪也忍不住抹起了眼泪，反倒是梁鼎文一脸平静地说犯了错就要承担后果，家栋也该接受点教训了。

这时，梁舒进来了，她身后跟着那个被打的美国青年和陈小帅。大家诧异地望着进门的三个人，目光定在美国青年身上，有点丈二和尚摸不着头脑。

美国青年双手抱拳，用蹩脚的中文说道："我叫迈克，我是来找梁家栋的。"

梁鼎武急了，道："追到家里来了？他不在家！"

梁鼎文凛然地站起来说："我是他父亲，有话你冲我说。"

却听迈克环视众人，继续说道："你们别误会，我是想拜梁家栋为师，跟他学习中国的咏春拳。你们中国的咏春拳太厉害了。"

众人面面相觑，不敢相信眼前这突如其来的反转。梁潇试探性地问道："你们不控告梁家栋了？"

迈克说："不控告，不控告，天下哪有徒弟控告师傅的道理。梁家栋师傅可以教我吗？"

众人这才放下心来，紧张的情绪松弛下来。梁鼎武说："教，能教，怎么不能教啊，还教一送一，顺便把你这一口蹩脚的中文教顺溜了。"

韩雅琪赶忙拿过来一盒杏仁饼招待迈克，请他尝全澳门最好吃的杏仁饼，迈克接过杏仁饼，咬了一口，连连点头称赞："太好吃了。你们中国真是太神奇了，有咏春拳，还有这么好吃的杏仁饼。"

梁鼎武在一旁低声自言自语说："一看就是找揍的样子。"

家栋打人的事情暂告一段落，他重新回到苏家生活。吃过晚饭，苏林忽然提出想把家栋送去欧洲学习，让他学学欧洲的绅士，让他知道拳头是野蛮人解决问题的方式。家栋不假思索地拒绝了，他要做澳门大侠，才不学什么欧洲绅士。宋曼琴在中间打圆场，二人才没有闹得太僵。

另一边的梁家，晚饭过后，收拾停当，梁舒怀抱民谣吉他爬上屋顶，练习弹奏新学的歌曲，陈小帅静静坐在旁边静静倾听。远处，飘来了天外渔歌，梁舒停住吉他，侧耳倾听，渔歌悠扬的韵律忽远忽近——

明月太虚同一照
浮家泛宅忘昏晓
醉眼冷看朝市闹
烟波老
谁能惹得闲烦恼
…………

梁鼎文顺着梯子爬上屋顶，把一盘新烤的杏仁饼放在废弃的木箱子上，让梁舒和小帅品尝。梁舒拿着杏仁饼，忽然想到家栋，上次展销会时他眼巴巴想吃杏仁饼的情景浮现在脑海，便对爸爸说："家栋也够可怜了，想吃杏仁饼都吃不到。他不愿意在苏家住了，可又不敢回家，怕你揍他。"

梁鼎文叹息一声，并不回答，举头去望月。他心中五味杂陈，转身离开，留下一句苍凉的话："让他跟着你妈妈吧。我离开他能活，你妈没他活不成。"

梁舒和陈小帅对视一眼，随后又看向木箱子上的杏仁饼。两人想到一起去了，他们要去给家栋送杏仁饼。于是，梁舒放下吉他，拎着杏仁饼，和陈小帅并肩往苏家走去。

可是梁舒不想看见宋曼琴，于是她要翻过苏家的高墙偷偷去找家栋。陈小帅蹲下身，梁舒踩在他的肩膀上爬到墙头，纵身一跃，跳入苏家院内，陈小帅则在外等她，心中充满了焦急和担忧。

梁舒知道家栋的卧室在二楼，她见二楼卧室亮着灯，却找不到上二楼的方法。忽然，她想起“非典”期间她被隔离住院时陈小帅去看她时采用的方法，她捡起一颗颗小石头，朝着二楼卧室的窗户扔去。

“啪——”一颗小石子击打在窗户上。

梁家栋起初并未在意。

“啪——”又一颗小石子击打在窗户上。

梁家栋诧异地走到窗前，推开一扇窗子往下看，只见梁舒站在楼下，正无声地跟他摆手。梁家栋高兴地挥挥手，压低嗓音道：“姐，你往右边走，有个外楼梯，你上来，我接你。”

姐弟二人会合后，蹑手蹑脚地去了家栋的卧室。梁舒把杏仁饼递给家栋，他狼吞虎咽地吃起来。梁舒望着眼前的弟弟，一阵心酸。

“家栋，这里住着不随心，就回家住吧。”

“家我是回不去了。”

“爸爸不是不让你回家，也不是心里没你，他其实是替妈想得太多。”

“姐，我不回去了……我已经伤了爸爸的心，不能再伤了妈妈的心。”

梁舒抱住左右为难的梁家栋，眼泪涌了出来，她知道，眼前这个男孩并不是没心没肺、不知冷热，他已经长大了，懂得替别人着想了。姐弟俩抱头哭泣，他们怕被人听见，各自都压抑着悲戚的声音，其实，他们不知道，宋曼琴正在门口，泪眼蒙眬，默然而立。

时间跳着舞，旋转而过。

晚上的三湾斜街，宁静、古朴、优雅而独具澳门风情。街路两旁的店铺人家，疏疏落落地亮着灯，窗子的色调和路灯的孤黄中和了月色，把石板路面打磨出了青光。店铺的招牌、酒幌、门脸儿和窗户，看上去透着人间的奥秘，祥和安逸。远方湾仔里传来邈远的渔歌声。

月光下，梁家的静谧被自来水管哗哗的流水声打破，梁鼎武光着膀子，一边冲凉擦澡，一边跟屋内的梁鼎文说着话。梁鼎文在劝他赶紧成个家，“结婚成家”这话，梁鼎武听得耳朵都起茧子了。

“我不急，大哥。反倒是你，你干脆跟雅琪结婚得了，你们俩对脾气。这样呢，她的儿子自然也是你儿子。我也看出来了，家栋是铁了心不跟你学做杏仁饼，将来你把杏仁饼的家传秘方传给继子，也算对祖宗有了交代……”

“满嘴浑话。我有舒儿和家栋，这辈子再不想女人的事了。”

“大哥，我的话你总不往心里去。雅琪对你有心思，你没看出来？整条街的人都说你们俩是一对儿，就你不知道你们俩是一对儿。”

“快别说浑话了。赶紧上去睡吧。”

“你也早点儿歇着，别学爸。爸活着的时候，不是坐这儿望天，就是坐这儿望景。好日子又不是这么望出来的。”

梁鼎文正要感慨父亲生前的光景，梁鼎武最怕他忆苦思甜，赶紧上楼去了。梁鼎文没好气地摇了摇头，他仰望夜空秋月，那明亮的玉盘，被一片丝丝缕缕的游云擦过。梁鼎武的话在他脑海中打着旋，他的思绪翻飞游走。韩雅琪来到澳门已经十几年了，这些年来，他们相互帮衬，亲热得如同一家人，他知道，很多人都有意撮合他和韩雅琪，他也隐约感觉到雅琪的心意，但是，他好像从来没有认真想过要跟她结婚，他只想经营好梁记，养育儿女，一步一个脚印地过好小日子。

韩雅琪的到来，打断了梁鼎文的思绪。她为他端来了一碗煲仔汤，让他趁热喝下。原先梁恒在世时，郑大冠每天送来一碗蟹黄粥，现如今，梁鼎文也享受到了这份待遇，只不过是韩雅琪送来的。梁鼎文心里暖乎乎的。

“文哥，孩子们都大了，日子也好过以前，怎么就看不出你高兴呢？你就不能给我们看看你的笑脸。认识你十多年了，都不知道你笑起来是个什么样。”

“没高兴，也没不高兴，平平淡淡的，就是最好的日子。好好的日子，养好好的心。”

“我知道，你还操着家栋的心。家栋年岁毕竟还小，男孩子转性儿只在一刻，头一天还是浑小子，说不定第二天就成人了，急是急不来的。”

“我有信心，家栋毕竟是梁家人，本性不坏，有两件事他倒是让我对他另眼相看。第一件，没想到他狮子舞得那么好；第二件，就是黑沙滩上那件事，他没认怂，有骨气，像我。”

韩雅琪看见梁鼎文脸上的英气，也看见他两鬓露出的白发。这个男人身上有那么一股劲儿在，一直都在。

这时，梁舒和陈小帅一前一后进了梁家，梁鼎文和韩雅琪看着他们进门，忽然发现两个孩子真是长大了不少，韩雅琪带着小帅刚来澳门时，小帅比梁舒矮一截，现在的小帅已经比梁舒高过半头了。

韩雅琪把梁舒和陈小帅拉在一起比个头，陈小帅觉得不好意思，赶忙找了个话题，告诉他们说杨利伟要来澳门了。梁鼎文和韩雅琪一下子蒙住了：杨利伟是谁？

梁舒在一旁解释：“杨利伟是有名的航天员，他是第一个飞上太空的中国人。”

陈小帅激动地说：“他是坐神舟5号上天的，想想就带劲儿。梁伯，你不知道，听说杨利伟要来澳门，全校的老师和同学们都特别高兴。”

韩雅琪是街坊会会长，提出一定要好好庆祝一回，梁鼎文表示支持，梁舒补充说特区政府也要举行大型歌舞晚会庆祝呢。当然得庆祝，中国人上太空兜了一圈，这不是小事。

对于杨利伟的到来，同样兴奋的还有梁家栋。他买来杨利伟登上太空的巨幅海报，贴在自己卧室里细细瞻仰。宋曼琴进门，他神采飞扬地指着海报，向妈妈介绍杨利伟和飞天梦想。宋曼琴看见家栋的笑容，由衷地高兴。

“好儿子，你苏叔叔跟你说好几次了，想把你送去国外见见世面，想读书也行，想旅行也可以。你要是同意，妈妈陪着你去。”

“我在苏家住，都是为了陪你，我是我爸爸的儿子，我姓梁，苏叔叔给我设计的将来，我不接受，我有我的人生。国外我不去，我哪儿也不去，我就在澳门。”

“没人说你不是你爸爸的儿子呀，可你也是妈妈的儿子。苏叔叔替你的将来着急，你不领情也就罢了，心里不能怨他。”

“我没怨他，我知道他也是好心。但我是我他是他，往后我不会再花他一分钱，我要自立自强。”

“儿子，你是怎么了？你现在还小，当然需要大人照顾。这是妈妈的家，也是你的家呀。”

梁家栋心里涌起一阵焦躁，跟妈妈打了个招呼便起身出了门，留下她不明所以地望着空荡荡的门口。

梁家栋一人漫无目的地在街上走着，心里像是被蒙了一层黑帐，感觉憋得难受。在苏家，他虽然生活无忧，但始终有种寄人篱下的感觉。他也不敢回梁家，害怕爸爸不同意，也怕不学做杏仁饼伤了爸爸的心。像是受到了什么指引，他发现自己走到了梁记饼家门口，透过窗户，看见爸爸和姐姐正在聊天。

梁记饼家一楼的桌子上，梁鼎文和梁舒相对而坐，梁舒把沏好的茶端给爸爸，她想起爸爸已经好久没见家栋了，便问他想不想家栋。梁鼎文没有正面回答她，发出一声沉闷的叹息。

梁舒继续说着家栋的种种，她讲起小时候的一些趣事，气氛慢慢活跃起来，爸爸的情绪渐渐好转，他记忆的闸门打开了，讲起家栋小时候的趣事。

“家栋小时候太淘气，有一次，他穿着我的皮鞋出去逛，逛到海边上去了，一只鞋掉进了海里，他害怕我揍他，跑海里去捞，结果，他也掉海里了。那一年，他还不到5岁，我哪里会揍他。要不是好心人把他捞上来，唉，我想想都后怕。不过，那可是我唯一一双皮鞋啊。”

“爸爸，您是心疼您的皮鞋，还是心疼家栋啊。”

“这话说得，我当然心疼儿子。不过，皮鞋我也心疼，那双鞋，是我跟你妈结婚那年，你妈给我买的，我一直舍不得穿。”

“还有一次，家栋偷偷穿阿姨给我做的少女背心，让我给抓个正着，那回我是真生气了，拿鸡毛掸子抽了他，现在想起来，我真后悔当时打了他。”

“都说‘淘小子出好的’，我是真没想到他舞狮子舞得那么好，更让我自豪的是他在黑沙海滩上跟那个美国人迈克打仗不认怂。他就是我儿子，他就还是梁家人，还是我的好儿子。”

“您说他舞狮子厉害，我也觉得家栋狮子舞得厉害。这一回，特区政府要在氹仔赛马场举行‘圆千年飞天梦晚会’，各界大联欢，两千多市民参加演出，到时候，您跟家栋代表三湾斜街舞狮子，准能拔头筹。”

实际上，梁舒早就埋好了伏笔。她明白，其实，爸爸心里一直有家栋，家栋也想跟爸爸和解，但两人脾气都倔，谁也不肯往前迈一步，这次要是能让爸爸和家栋合作舞狮子，没准儿能借这个机会让父子俩言归于好。

“算了，家栋翻跟头行，真正的舞狮子他还差得远，身形和步法都不对。这舞狮子是我们中国人的一绝，其中奥妙不是一句两句话就能说清楚的。”

“时间还来得及，您亲自指导，家栋肯定行的。”

“算了算了，我才懒得指导他。”

“爸爸，您真不想家栋舞狮子吗？”

“我想有用吗？就算我想，他还不想呢。”

“吱呀”一声，门被推开，梁鼎文和梁舒诧异地看向门口，只见满面泪痕的梁家栋跨进门来，目光坚定地说：“爸爸，我愿意，我愿意跟您舞狮子。”

梁舒赶紧起身把弟弟拉到爸爸身边。梁家栋接着说：“爸爸，您揍我一顿吧。”

这声久违的“爸爸”，击溃了梁鼎文心中所有的防线，他看着泪流满面的儿子，鼻头发酸，却又不失威严地控制住情绪，说道：“回来了？瞅你哭得这个怂样。舒儿，带他到水池里洗把脸。”

梁舒欣喜于和好的两位亲人，高兴地带着家栋去了后院。梁鼎文看着一双儿女的背影，再也抑制不住情绪，潸然泪下。他赶紧把腮边的泪水擦拭干净，想要整肃他威严的表情，嘴角却不又由得露出一抹微笑。

第十一章

太阳徐徐升起，宁静的三湾斜街渐渐苏醒。小小的梁家后院里，临时立起了梅花桩，梁鼎文正在训练梁家栋舞狮子的技巧。舞狮子有梅花桩上的功夫做底子，然后才能游若潜龙、飞腾如虹。梁家栋立在梅花桩前，目不转睛地看着梁鼎文稳健地示范步法和身形。只见他刷的一个转身，步法连绵，身轻如燕。

梁舒端着两碗糖水走进后院，递给弟弟一碗，随即唤爸爸喝糖水。梁鼎文从梅花桩上跳下来，接了汤碗，看向家栋，示意他说："上去试试。"

梁家栋放下碗，纵身飞上梅花桩，梁鼎文随手拎起地上的一个狮子头套，丢向半空，梁家栋在桩上一个空翻接住，双脚稳稳地落在桩上，披挂上头套，耍了起来。梁鼎文看着他在梅花桩上辗转腾挪、蹿蹦跳跃，投以赞许的目光。刚刚睡醒的梁鼎武从楼里出来，看到在梅花桩上动作连贯的身影，也不住地赞叹，看出这是梁家栋时，顿觉意外。

梁鼎文给儿子讲解舞龙、舞狮的传统：龙和狮子是华人的祥瑞神兽，舞龙、舞狮驱邪消灾，碰上灾年老百姓祈求风调雨顺以及庆祝佳节喜事，都要耍一耍的。澳门人舞的是"南狮"，俗称"舞醒狮"。梁家栋一听，内心的想法更加坚定，说道："爸爸，我想跟您学舞龙。爷爷说过，我们都是龙的传人"。梁鼎文微微点头，他心里明白，中国人上了太空，这可不是一般的喜事，舞龙实属应景，如今家栋有这个意愿，他无比欣慰。

梁家栋有武术基础，练习舞龙也十分用心，不几天便掌握了舞龙的精髓，一行一动颇具气势。训练之余，他也慢慢体会到爸爸的慈爱和关怀，心头愈发感觉温暖，一家人其乐融融。

数日后，杨利伟来到了澳门访问，特区政府在澳门文化中心组织了一场盛大的欢迎晚会。在雷鸣般的欢呼声中，杨利伟走进会场，讲述了自己登上太空的经历，赢得人们一次次热烈的掌声。梁鼎文和梁家栋父子俩也出现在会场中，他们戴上舞龙头套，伴随着铿锵有力的锣鼓声，完成游、盘、翻、腾、穿、缠、戏等技巧动作。表演点燃了每一个人的热情，观众发出一阵阵欢呼和喝彩声，热闹可谓铺天盖地，经久不息。

此时的皇冠小馆座无虚席，人们在一起观看晚会直播，郑大冠热情地招呼，阿哲穿梭在客人之间。大家心潮澎湃，觥筹交错之间，也都为梁家父子的舞龙表演喝彩。

晚会结束后，一群人簇拥着梁鼎文和梁家栋回家，人人心中充满着中国人实现飞天梦的骄傲之情，又交口夸赞今天的舞狮表演活。梁鼎文表扬了家栋的舞狮本领，但他还希望儿子能继承杏仁饼的祖传手艺。梁家栋心里一沉，直接推脱到二叔梁鼎武身上，梁鼎文突然想起半天没见到梁鼎武，不由担心，便加快了向前的脚步，杏仁饼的话题就此打住。梁家栋望着爸爸的背影，故意放慢脚步，渐渐落在后面。一切就像空荡荡的大三巴远处的分岔路一样，他拿不定主意走那一条路，他只知道做杏仁饼是继承祖业，但绝不是自己想要的选择。

那天清晨，梁鼎武从梁舒那里得知了一个消息，气得打起了圈圈。原来是韩雅琪张罗着让他领养个孩子，说是养儿防老。梁鼎武气急败坏地想，自己还是个年轻的靓仔，又没娶媳妇，怎么能去领养孩子？他觉得受到了嘲讽，跑出去要找韩雅琪理论，梁舒没拦住，赶紧跟在他身后跑来。梁鼎武脚底生风，气呼呼地跑到街坊会办公室外跳着脚大喊："韩雅琪——你给我出来——"

韩雅琪正给街道义工交代任务，被他打断，她一点也不慌，不紧不慢地从楼门里出来，指着梁鼎武问梁舒是什么情况。

"韩雅琪，你说怎么了？是你张罗让我领养个孩子？"

"是我，怎么了？"

"你是好人呀！我一个没结婚的靓仔，让我抱养孩子？你什么意思？"

围观众人大笑，韩雅琪也忍不住笑了。她本意也是帮着梁鼎文劝阿武早日成家，见他要横不让管，她一步步走到他面前，不客气地指他一事无成，连累兄长。梁鼎武气急败坏，扬言说他一定会做出一番样子来给大家看。

梁鼎武做梦都想出人头地，如今连韩雅琪都讥讽他，让他觉得很丢面子。他特别想做出点什么成绩来证明自己，无奈没有别的出路，想来想去，他去苏家找宋曼琴。

宋曼琴这些天满腹心事，坐立难安。家栋离开后，她总担心他再也不回自己身边了。她频频想起对舒儿和家栋这双儿女的亏欠，内心经历了一遍又一遍的煎熬。宋晓雯从旁劝慰母亲，但似乎无济于事，她还是怅然若失，心里空落落的。

母女二人对话时，梁鼎武长驱直入，沾了尘土的鞋子留下一地脚印，引得宋晓雯侧目不满。他进了客厅，毫不客气地一屁股坐在沙发上，也没有留意到宋曼琴的愁容。听到宋曼琴问起梁家栋，他将梁鼎文与家栋父子二人这段时间的亲密相处的情况详细讲给她，感慨着血缘天性的力量。

梁鼎武的一番话更加重了宋曼琴心中的焦虑和担心，但梁鼎武还是没注意到宋曼琴心事重重，他向宋曼琴求助，直言想在大澳集团谋求一份体面的工作。若是要钱倒还好，但这个请求却让宋曼琴十分为难，她担心如此一来会激怒梁鼎文，导致自己与儿子分离，便没有轻易答应下来。

几天后，梁家栋突然回了苏家，宋曼琴十分欣喜。但家栋却整天闷闷不乐，一副心事重重的样子。他不想回梁家继承杏仁饼的祖传手艺，却也不想待在苏家无所事事，想靠自己的能力来养活自己。思来想去，他去葡京赌场做了荷官。

很快，宋曼琴得知了这件事，她去葡京赌场找到正在发牌的梁家栋，试图拉他走，可梁家栋却挣脱开。多次拉扯下，宋曼琴毫无办法，无奈地说："你、你怎么这么犟。跟你爸爸一样犟。"

梁家栋也急了，居然顶了宋曼琴一句："我就跟我爸一样犟。"

此话一出，宋曼琴竟无言以对，茫然地怔在了原地。

一向支持自己的宋曼琴也帮不了自己，梁鼎武顿时绝望起来，他一个人来到陵园，坐在父亲梁恒的墓碑前哭诉。夜幕降临，月如圆盘，月亮的光辉洒向墓园，梁鼎武的脚边已堆放起几个空啤酒罐，他借着酒意，怨天尤人，情绪低沉。

忽然，寂静的夜里传来一阵尤为清晰的脚步声，梁鼎武顿住，噤声查看，看见了不远处梁鼎文的身影。怕跟大哥在这里相见，他赶紧捡起地上的啤酒罐，缩着身子离开，隐没在别人的墓碑后面。片刻，梁鼎文走到墓碑前，蹲下身，从手提袋里拿出一碟子杏仁饼，放在墓碑的基座上。

躲在别人墓碑后的梁鼎武，仿佛一下子酒醒了，坐在地上静静地听着大哥叨念。

"爸爸，您尝尝，刚出炉，现在基本不用外国的杏仁了，内地的杏仁运来方便，品质也好得很，您尝尝。

"爸爸，家栋回家了，他个子长高了，身子骨也壮实了。这小子，脾气死犟，这一点像我，有种……他舞狮舞得好，三湾斜街没人能比得了，我不行，您也不行……日子一天比一天好了，您放心，我一定想办法说服家栋，继承梁家的祖传手艺……"

大哥如叙家常，向父亲汇报着一件件事情，报喜不报忧，把责任都往自己身上揽，听得梁鼎武眼圈泛红。而后，他一个人跑到黑沙海滩，在空旷的海滩上孤坐，想起过往种种，心中愧恨不已，朝大海咆哮道："阿武！你鼓动大嫂卖了梁家大屋，大哥跟大嫂离婚了，把好好一个家弄成了这样，大哥到今天都光棍一条，你有脸娶老婆吗？你们告诉我，我有脸娶老婆吗……"

回应他的，只有漆黑夜色中的海浪声。

皇冠小馆后厨里，郑大冠在灶火上调理蟹黄粥，韩雅琪择着菜，两人有一搭没一搭地聊着天，聊起店铺的发展。郑大冠志得意满地说起自己的规划，说要先在澳门开分店，将来开到内地去，把蟹黄粥打出品牌来。韩雅琪内心是格外赞同梁鼎文的人生观的，认为过悠闲的小日子才是好人生，对开分店的想法不置可否。

两人聊着聊着，郑大冠一个喷嚏没忍住，对着蟹黄粥的瓦罐打了出来，他痛惜瓦罐里的蟹黄粥就这么被自己毁了，一边念叨着“白瞎了白瞎了”，一边把这一瓦罐蟹黄粥倒掉了。

韩雅琪感慨地夸道：“表哥你还真是个有良心的人，放在别人家，厨师打进去多少个喷嚏也舍不得倒掉。”

郑大冠清洗空了的瓦罐，回道：“梁家的家训是‘有信，有心，有信心’，这个有心，是有良心。做生意的，良心嘛也就是天理，一罐蟹黄粥倒了是可惜，可不倒了，良心就没了。”

说起来，梁鼎文和郑大冠倒也是真兄弟，他们志同道合，做人做生意都讲良心。

另一头的梁记饼家，迎来了一位特殊客人，他是上次展销会上看中了梁记杏仁饼的品牌和口碑的那位青年，尽管他上次被拒绝了，但还是希望通过加盟或注资等任一方式跟梁记合作。青年态度诚恳地赞扬梁记，梁舒压抑着内心的雀跃，表面上十分矜持接待他。她喊来爸爸。眼下的梁鼎文心绪繁重，正沉浸在家栋抗拒继承杏仁饼祖传手艺的苦恼中，见又是上次那个要加盟的青年，三两句话就把他打发了。

梁舒很是不解，她觉得爸爸不能守着老思想而不与时俱进。梁鼎文平静地解释道：“做手工杏仁饼，是做生意，更重要的是，本着良心，守一份平平淡淡的日子。平平淡淡总是真。我不慕繁华，说实话，我也怕繁华。常言说老实本分人常在，很多事，繁华了，也就变了本色，丢了本分，失去了味道。”

梁舒还想再劝时，郑大冠来了，热烈地讲起自己往内地开分店的计划，他向梁鼎文分析局势道：“文哥，我还真得给你分析分析，中央给特区的政策一出，至少有三个红利：首先赌权开放了，澳门成世界赌城了，什么拉斯维加斯、蒙特卡罗，跟澳门赌场比，小 case，现在还有很多外国财团争着抢着要来澳门建娱乐城、高档酒店、商业地产。”梁鼎文打断他，轻嘲说这是葡萄牙老爷们刚走又来“八国联军了”。郑大冠继续分析，说到内地来澳门的人越来越多使三湾斜街市场扩大以及中央政府免关税下的巨大内地市场两大红利。

梁舒和郑大冠一唱一和，插话道：“爸爸，你想想，回归前我们梁记多艰难，眼看就经营不下去了。可现在的环境多好啊，大冠叔都要开分店了，梁记为什么就不能打开思路呢。”

梁鼎文端起郑大冠带来的煲汤喝了一口。他不反对皇冠小馆扩张，却坚决地表示梁记是手工制作，家传秘方也不能外传，更不能上流水线机器生产。梁舒和郑大冠原都巴望着他脑袋开窍，如此一来更是不解。

梁鼎文耐心解释道：“梁记杏仁饼，每一颗杏仁，都是我亲手挑选，每一块杏仁饼，都是我亲手用模子做出来的，上了流水线，味道就变了，成色和品质也变了。变了，就不是梁记的东西了。我梁鼎文前半生把祖传的梁家大屋弄丢了，下半生，我再把梁记杏仁饼的招牌砸了，死了也没脸见先人。”

梁舒还想再劝，梁鼎文却严肃地敛容，表示要铁了心地坚持原则，告诫他们往后不要再跟他提这个事。

三湾斜街，锣鼓喧天，一派欢腾。舞蹈队沿街表演，狮子舞在队伍里格外活泼。宣传彩车上挂着标语——**热烈庆祝澳门“历史城区”列入世界遗产名录**。梁鼎文也在狮子舞的行列中，阿彩偷眼看门外的街路，直夸“梁伯的狮子还真是舞得好”。

皇冠小馆内，陈小帅坐在前厅，边喝蟹黄粥，边看电视屏幕。屏幕上，记者正在采访郭富成，只听他说道：“其实，回归前澳门也曾提出过申遗，都不了了之了，没想到回归后澳门一提出申遗构想，很快就得到了中央政府有关部门的认同，并力排众议将我们的项目确定为 2005 年中国申报的唯一世界遗产项目。不然，也许澳门申遗还要走一段弯路。而且，还创造了申遗的最快纪录，这次第 29 届世界遗产大会审议通过把‘澳门历史城区’列入世界文化遗产名录时只用了 9 分钟……”

韩雅琪进来，坐在陈小帅对面，用檀香折扇给他猛烈地扇着风，并告诉小帅，梁记饼家生意太好忙不过来，梁舒喊他过去帮忙。陈小帅闻言，几下子喝完蟹黄粥，急急出门，跟匆匆进门的郑大冠撞了个满怀。

郑大冠手里拿着一个精美的证书，兴高采烈地递给韩雅琪，她接在手里，疑惑什么事情能让表哥高兴成这个样子，郑大冠喜不自胜地告诉她：“我郑大冠也光宗耀祖了，成了米其林一星餐厅的老板！我们的皇冠小馆从今天开始，可是餐饮名店了！”韩雅琪一开始还不以为然，但在表哥的喜悦感染下，也开心起来。

街上的庆祝舞蹈仍在继续，狮子舞越发活泼可爱。郑大冠手里拿着证书，围着狮子前后乱转，磨了一阵，一把揪住狮子的尾巴。梁鼎文摘下狮子头套，只见郑大冠激动地拿着证书给他看。这是一份米其林指南，皇冠小馆被推介为米其林一星饭店，这让梁鼎文对大冠刮目相看，决定随他去皇冠小馆喝酒庆祝。

回到皇冠小馆，郑大冠浑身透着一股喜气，他开了一瓶酒，豪爽地对店里的两桌客人交代：“尽情吃喝，今天免单！”客人们闻听，纷纷鼓掌喝彩，向他道谢。郑大冠坐下，与梁鼎文碰杯。

韩雅琪过来，小声嘀咕：“又免单？！”

郑大冠开心地说：“今天是我的大日子，我高兴。”

梁鼎文也替郑大冠感到喜悦：“免单就免单，做生意不只为了赚钱，图的就是个高兴和人缘。”

韩雅琪没好气地说：“你每天白送一筐杏仁饼，他呢动不动就给人免单，天下就没你们这么做生意的。”

高兴之下，两个人又举杯相碰，仰脖干掉。

宋曼琴还是想方设法地帮助梁鼎武，托人帮他找到了一个为大澳集团输出劳工的工作。这样一来，他没有入职大澳集团，自然不用担心梁鼎文会生气，而且这是一份好差事，他做得得心应手，差不多赚了个盆满钵满。这天，不同于前些日子的落魄样，梁鼎武西装革履、气派十足地坐在包厢内，煞有介事地给宋曼琴打电话表示谢意。

街上的庆祝活动结束后，梁鼎武便指示一辆小货车停在梁记饼家门口，指挥五六个工人从后面车厢里下来搬东西——彩电、空调等时髦电器，一应俱全。长到这么大，这还是梁鼎武第一次为家里做点实事，他心里格外畅快。他让阿彩盯着工人安装电视和空调，抬脚就往街对面的皇冠小馆走去。梁鼎文和郑大冠正在边喝酒边闲谈着，他们上下打量着服饰风格和发型变化了的梁鼎武，一时有点不明所以。

梁鼎文又操心起阿武的终身大事，念叨着要让韩雅琪在街坊会里动员动员，帮他找一个相配的媳妇。梁鼎武不喜欢这个话题，说大哥打理好梁记就行，不用担忧他的婚事，说着掏出一张银行卡塞给大哥，说是里面有 20 万，是他贴补梁记的。梁鼎文大吃一惊，担心这钱来路不正，梁鼎武信誓旦旦地解释这都是他自己赚的钱，合法合规。梁鼎文和郑大冠都看着梁鼎武，难以置信。韩雅琪正端来一碗蟹黄粥给梁鼎武，看这情景，也十分吃惊，看她这样，梁鼎武端起碗喝了一嘴的粥沫子，没好气地说："这么看着我干吗？我就不能赚钱养家了？"

晚上，梁鼎文烤制杏仁饼，梁鼎武有一搭没一搭地挑拣杏仁，突然说："你不结婚，我也不结。"

梁鼎文走过来把他给的银行卡揣回他衣兜里，道："混账话！我跟谁结婚？我说过多少次了，我有舒儿和家栋，这辈子不想再婚了。银行卡你收着，梁记用不上，钱留着你成家立业。"梁鼎武看着大哥不容置疑的眼神，无奈地只能把银行卡收好，接着又劝他考虑跟韩雅琪的婚事，却引得梁鼎文发了火。

因为有了身价，阿武敢于对抗大哥了，他若有所思地说道："噢，我知道了，你还在恨大嫂。不是恨着，就是还爱着。恨嘛没必要，爱也没有用，大嫂现在是苏太太。"

梁鼎文越发恼火，阿武却丝毫没有理会，继续说："就算你揍我，我也得说。你要是因为记恨大嫂，就对所有女人介怀，因为这个不娶阿琪，那就太不对了。当初爸爸和家栋祖孙俩躺在医院里命在旦夕，又要给小妹筹措学费，你四处筹不到钱，大嫂卖梁家大屋是替你解困，你不理解不算，还把她赶出了梁家，我觉得，你没资格恨大嫂，更不能因为恨，就看不见阿琪对你的好。"

梁鼎文怒道："住嘴！"

梁鼎武忽然站起大声说："不让我说我也得说！你赶跑了一个那么好的女人，现在又放着眼前的好女人不娶。眼瞎不算瞎，心瞎才是真瞎……反正，你不娶，我也不娶，我们一起打光棍。"

梁鼎文气急了，抓起鸡毛掸子要抽他，梁鼎武一个闪跳，退到门口，冲他嚷道："我都四十的人了，你还打我？我不要面子的啊？"说着，他猛然推开门，却见韩雅琪和梁舒目瞪口呆地站在门外，显然，她们已经在门外站了有一会儿，兄弟两个也都愣住了。

韩雅琪把手里的食盒递给梁舒，又看了看他俩，说了句"阿武，别难为文哥"，转身就走开了，梁舒急忙把手提食盒交给梁鼎武，追了上去。

皇冠小馆的廊檐之下，韩雅琪正要推门进去，被疾步跟上来的梁舒一把拉住，她乖巧地对她说："阿姨，您陪我走走吧，散散心。"看着梁舒巴望的目光，韩雅琪轻叹一口气，不忍拒绝，点了点头。两人顺着三湾斜街的林荫，往首湾路的方向溜达而去，一路沉默。

梁舒开口打破了沉静，她说："阿姨，其实……其实今天黄昏的时候，我跟小帅还有家栋就在商量这件事。我跟家栋都赞同，就是小帅没表态。我也觉得您跟我爸这么多年不容易，应该修成正果了。"韩雅琪顿住脚步，她的目光在梁舒的脸上找寻三个孩子的真心，可话到嘴边，却是另外一种态度："大人的事，你们别管。"

梁舒拉住她的手，真诚地说："阿姨，我妈走的时候，我两岁半。我12岁那年您来到澳门，从那时开始，您就像妈妈一样照顾我，我心里早就当您是妈妈了。"韩雅琪心中感动，抱住梁舒，一只手掌在她背上轻轻地拍打，母爱满盈，温柔地说："舒儿，阿姨也当你是女儿。"

这时，梁鼎武被梁鼎文用鸡毛掸子揍了一顿，蹦跶过来，冒冒失失地喊道："阿琪，我可是帮你把窗户纸捅破了，剩下的事就看你的了。"

韩雅琪撒开梁舒，口吻嗔怪地回他道："用不着你捅窗户纸，你好好的别让文哥操心就行。"

梁鼎武一听不乐意了："怎么还不知道好歹了呢。我大哥这种闷葫芦，一辈子不会主动。他不主动，你也不主动，窗户纸没人帮你们捅破，你什么时候能嫁给他？"

韩雅琪见梁鼎武越来越没个正形，说话也不把门，气得直跺脚，猛然出手狠狠拧住他胳膊。梁鼎武疼得龇牙咧嘴，可依旧话不饶人："你太泼了，难怪我大哥不要你。"说完，他打开韩雅琪的手，转身就跑。

韩雅琪佯装生气，一旁的梁舒赶紧安抚她，甜甜地表白道："阿姨，我能叫你一声'妈妈'吗？"韩雅琪刚要回话，便看见陈小帅蔫蔫地走来，突然想起尾湾路黄家阿婆的孙子娶孙媳妇，点名让陈小帅和梁舒当伴郎、伴娘，她把这事儿告诉梁舒，梁舒满口答应了。

这天，晴天丽日，树静风和，三湾斜街车水马龙，游人如织。一辆花车缓缓驶来，车上，伴娘梁舒陪着漂亮的新娘，朝路人招手。尾湾路一个门庭前披红挂彩，大红的"囍"字贴在墙上，黄家人簇拥着新郎和伴郎陈小帅，翘首以待。梁鼎文、韩雅琪、郑大冠也站在人群中。韩雅琪和木讷的梁鼎文之间还是有些别扭，她懒得跟梁鼎文啰唆，自顾自热心地迎住新郎、新娘和伴郎、伴娘，帮着黄家张罗喜事。

这时，梁鼎文的手机铃声响起，他急忙接听，片刻，脸色聚变。梁鼎武出事了！他在工地上一脚踩空，从六楼摔了下去。梁鼎文脸色煞白，脚步匆匆地跑向医院，韩雅琪忙紧紧跟来。匆忙奔跑中，梁鼎文不小心撞翻了护士手里的器械托盘，可他根本顾不上停下，口中说着“对不起”，继续奔走，引得走廊里所有人都驻足，看着他从身边急乱地跑过。

病床上，梁鼎武的胳膊和两条大腿缠了绷带，他靠着床头坐着，疼得龇牙咧嘴。梁鼎文和韩雅琪心急如焚地推门进来，疾步奔到病床前。

一见他们，阿武顿时眼圈泛红，撒娇地说：“大哥，我差点再也看不到你了。”梁鼎文也急了，埋怨他道：“你怎么这么不小心！”护士在一旁安慰说还好命大没摔到脑袋，韩雅琪念叨说大难不死必有后福。梁鼎文放下心来，问弟弟跑去建筑工地干什么，就不能让他省点儿心。梁鼎武回答自己得把劳务人员直接送到岗位上去。正说着，接到消息的宋曼琴急火火地推门而入，直接扑到病床前，她抚摸着梁鼎武的脸，声音颤抖地说：“阿武，你还活着。你没事就好，吓死我了。”

梁鼎武说：“没事的大嫂，我这不好好的嘛，我属猫的，有九条命。”

宋曼琴唏嘘着，一只手掌平抚胸口，嘴里念着“老天保佑”。

梁鼎武叫宋曼琴“大嫂”，让韩雅琪心里很不爽，却又不能说什么。

“我留下来照顾阿武吧。”韩雅琪话音刚落，宋曼琴就接着说：“我也留下来陪护。”梁鼎文进退不是之间，护士用充满疑问的目光打量着她们，疑惑地问道：“你们到底谁是病人大嫂？医院规定，只允许留一个陪护。”宋曼琴这才从关心梁鼎武的病情里转移出来，看向梁鼎文和韩雅琪。

梁鼎武赶紧表态解围：“饼店也忙，皇冠小馆也忙，大嫂留下，你俩都回去忙。”

眼见着韩雅琪、梁鼎文走远了，宋曼琴把削好的苹果递给梁鼎武，小声询问文哥和雅琪现在什么情况。梁鼎武看着宋曼琴，随即说起往事。

“大嫂，阿琪刚来那几年，一直帮着照顾家栋和舒儿。你回来了，家栋跟着你，她就把舒儿当亲女儿养。她对大哥，那叫一个好啊。”

“文哥呢，怎么就看不出她的心思来呢？这样下去，对雅琪也不公平。”

“别提了，窗户纸我已经替他们捅破了，可我大哥就是死不开窍……都是我害了我大哥呀，当初要不是我欠下了高利贷，也不会撺掇你卖了梁家大屋，大哥就不会把你赶出梁家，你们就还是好好的夫妻，家栋和舒儿也不会从小就没妈妈照顾。是我把大哥给害了，我就是个祸害。快二十年了，我这心里一刻也没安宁啊。”

梁鼎武的自责情绪一来就收不住，说着竟咧嘴大哭起来。难得见梁鼎武这么感伤，宋曼琴忙柔声安慰。梁鼎武忍住哭，他觉得自己对不起所有人，真诚向宋曼琴道歉。

“大嫂，我对不住你们……我得跟大哥坦白卖梁家大屋是我撺掇你干的。大哥心里没了对你的恨，他活得就能轻松些。”

“你不用自责，当年那种情况下，不是你撺掇我，我也会卖梁家大屋，跟你没关系。你好好过你的日子，找个好女人结婚，也让文哥去一块心病。”

“大哥什么时候打开心结，成个家，我再考虑自己的事。”

宋曼琴叹息一声，她深知梁鼎文脾气太倔强，他饶不过那段岁月，也就饶不过他的现在。他宁愿背着那段记忆过日子，也不愿卸下担子一身轻松地迎接新生活。世事都在变，唯有梁鼎文没变，他还是他。宋曼琴这样想着，不自觉地把目光抛向了远方。

从住院楼出来，韩雅琪找不到发泄的出口。她挑了梁鼎文一眼，梁鼎文却浑然不觉，只顾念叨梁鼎武的冒失。韩雅琪还是没忍住，便直接发问。

“阿武一直叫阿琴‘大嫂’呀？”

“打小就这么叫，叫顺嘴了，我提醒他多少次了，就是改不了。没记性的东西。”

“说心里话，你心里是不是还有阿琴？”

“她是她，我是我。”

说完，梁鼎文不由加快了脚步。韩雅琪反而停了下来，看着他的背影越走越远。她知道这个男人从来不会撒谎和遮掩，心头仿佛撂下了一块大石头。

回到皇冠小馆后，韩雅琪走进后厨。郑大冠照顾着瓦罐里的蟹黄粥，在菜墩上切着葱姜，看到她便招呼着：“雅琪，蟹黄粥快好了，你给阿武送医院去。”

韩雅琪佯装不乐意道：“一个吃霸王餐的，你还对他这么好。这回可倒好，没上门来吃，却要上赶着送过去。”郑大冠笑了笑不搭茬，叫她送过去就快回来照顾店面。韩雅琪摸起勺子，把蟹黄粥从瓦罐盛进了手提食盒，嘴上还骂着：“白瞎了这罐子蟹黄粥。”郑大冠听了，倒是心疼梁鼎文，回嘴说：“我宁愿瞎了这罐蟹黄粥。阿武要是摔出个好歹的，文哥就没法儿活了。”

韩雅琪把手提食盒盖上了盖子，拎在手里，语气发酸地说：“阿武有他大嫂照顾着呢，用不着我们心疼他。”郑大冠这才听明白了表妹的别扭，语重心长地劝她主动点。

韩雅琪一愣，积郁内心的话喷薄而出：“我……他还让我怎么主动？”不等郑大冠反应，她拎着手提食盒转身出了门。郑大冠看着她离开，嘴里嘀嘀咕咕地说：“是啊，这种事，还让我表妹怎么着啊。”

郑大冠去了梁记饼家，他为梁鼎文端来了一碗刚出锅的蟹黄粥，放在他面前的桌上。此时的梁鼎文正边挑选杏仁边责怪阿彩将今天的杏仁饼都卖完了，没有听自己的话留一盒给她妈妈拿回去，阿彩说就想着多卖出去一盒是一盒，更希望梁记生意好，说完就出门回了家。

梁鼎文招呼郑大冠坐下，习以为常地抓了把杏仁，放在他面前。看着梁鼎文手指间流转的杏仁，察看他的表情，郑大冠踌躇再三，还是将心中的疑问说了出来。

“文哥，我们兄弟这么多年了，无话不说，你能不能跟我撂一句实话？”

“我们这些年了，你见过我哪句话不是实话？”

“我表妹，雅琪，你觉得她这个人怎么样？”

“大冠，我知道你的心思，但是，我跟她不合适。”

“我是说，她也不容易，有合适的，我想把她嫁出去。你也当个事儿，留意些。”

“嫁出去好，到时候，我也出一份嫁妆。”

说完，梁鼎文埋头喝蟹黄粥，他的目光一直游离在地面上。郑大冠不知说什么是好，一时无言。空气凝滞，只有墙上钟表的嘀嗒声和梁鼎文喝粥声音，话题干在空气里，谁也没再拾起来。

第十二章

医院病房里，梁鼎武半靠在床上，小桌上摆放着四个菜，宋曼琴拿来碗筷。

梁鼎武一瞥，嫌弃饭菜太素了。宋曼琴为他夹菜，说在病床上躺着，不能吃太荤的。梁鼎武嘟囔着要吃鱼翅燕窝，宋曼琴笑着应允，承诺第二天给他拿山珍海味，他这才满意地摸起筷子，大快朵颐。

正巧，韩雅琪拎着手提食盒进门，见梁鼎武正吃宋曼琴端来的饭菜，迟疑地在门口站住，宋曼琴一抬眼看见她，赶紧打招呼让她进来。

韩雅琪凑近看了看桌上的菜，对梁鼎武说："阿琴对你可真好。"

梁鼎武没心没肺，看着韩雅琪的食盒脱口而出："那当然，大嫂一向对我好。蟹黄粥？不用送了。"

这声"大嫂"在韩雅琪脑子中打旋，她感觉胸腔里升腾起一股憋闷，没好气地说："你以为我乐意给你送？不是我表哥非得让我来，我才懒得跑。"

宋曼琴笑着跟她商量说："雅琪，我得回去一趟，你能不能……"

韩雅琪不客气地打断她道："我可没空在这里照顾他。你是他大嫂，我是他什么人啊。"

一时之间，宋曼琴很是尴尬，她能察觉到韩雅琪的心思，但又不知说什么好。梁鼎武见状大喊不能把他一个人丢在医院不管。

这时，陈小帅和梁家栋几乎是破门而入，直接扑到梁鼎武跟前，梁舒紧随在他们后面。宋曼琴一看见女儿，目光便落在她身上移不开了，梁舒却对她视若无睹，忙着询问二叔的伤势。梁鼎武跟小辈们嘻嘻哈哈，韩雅琪和宋曼琴离开病房，并肩走出医院大门。宋曼琴面带失落一言不发，韩雅琪知道她是在意梁舒，便安慰她。两个女人边走边说话。

"阿琴，怎么说你也是舒儿的妈妈，你别怪她。这孩子跟她爸爸一样，属螃蟹的，壳硬。满腔柔肠，一张利嘴，面冷心热，说的就是他们父女俩这样的。"

"我在舒儿眼前，是个有罪的妈妈，别说她给我冷脸，就算她一辈子不理我，我又能怎么样呢。"

"你也够不容易的。你跟文哥当年的事我都知道，不怪你，如果不是你的果断，文哥拿不起放不下的，说不上出多大事呢。"

"雅琪，要说你也不容易，孤儿寡母地来澳门投奔表哥，还那么热心地照顾家栋和舒儿。阿武说，满条街的人都瞧着你和文哥般配，依我看，你们俩不如……"

"你想哪儿去了，我跟文哥就是街坊，鱼帮水，水帮鱼，都是应该的。"

"真是普通的街坊？"

韩雅琪被问得不禁脸了红，借口说皇冠小馆很忙，便转身离开了。宋曼琴看着她"落荒而逃"的背影，无奈地摇了摇头。

此时天空飘来阴云，云层里藏了轰隆隆的闷雷，三湾斜街上行人脚步匆匆。看着远处梁记昏黄的灯光，韩雅琪的心中仿佛突然蓄满力量，脚步端庄而有力。

梁记饼屋里，梁鼎文边听莆仙戏边捣杏仁碎。他听到天上轰隆隆的雷声滚动，便去关门窗，恰巧看到韩雅琪径直走来，身后豆大的雨点噼里啪啦地落在三湾斜街的石板路面上。

梁鼎文正疑惑韩雅琪为何来这里，韩雅琪已经走了进来，她身后暴雨在袭，梁鼎文赶紧关上了门，把风雨关在外面，一个不经意间，也把灯光和微妙、陌生的二人世界关在了门里。

他给韩雅琪倒了一杯茶，她用双手捧着茶杯，坐下来，微微低着头。梁鼎文也坐下接着去挑选杏仁。此刻，从未跟韩雅琪单独相处过的梁鼎文有些局促，他不知道该说些什么，慌乱地把本来选好的杏仁又选回了它们的来处。韩雅琪没有提醒他，而是抬头静静地看着眼前这个男人——他慌乱的内心，他额头的皱纹，他鬓边的白发。

与韩雅琪分别之后，宋曼琴满腹心事地回了苏家会馆，站在这梁家老屋里梁鼎文当年的卧室的窗前，看外面的风雨摧残着院子里的树木，想起过往种种，心中突然有了坚定的主意，转身走出房间，走进风雨交织的三湾斜街。她打着一把伞，走在石板路上，视线里，梁记饼家的电子招牌渐渐清晰。

走到梁记饼家门口，宋曼琴毫不犹豫地推开了门。豁然之间，室内的灯光越过宋曼琴倾泻在大街上，屋里梁鼎文和韩雅琪面对面地坐着，他们在挑选杏仁，一派和谐。只见宋曼琴站在门外的雨雾里，她收起伞，但因为雨势过大，有半个身子湿透了。

梁鼎文的手停在半空里，手中的杏仁从指缝儿掉入簸箕。韩雅琪赶紧起身，一把拉住宋曼琴的胳膊让她进门，自己转身迎着风雨走了出去。宋曼琴试图叫她回来，而韩雅琪已经顶着风雨跑过了街路，到了皇冠小馆的廊下。梁鼎文关上房门，室内再次安静下来。

"文哥，我来就是想说一句话。"

"我们的话，十七年前就说尽了。"

"我们年纪都不小了，有些事也该看淡一些。你一直没个女人帮衬，日子过得不像个日子。我试探过雅琪，她对你有感情，所以才会这么久都不嫁人，一心都在帮着你。你跟雅琪结婚吧，看得出，她心里有你。"

“我凭什么娶人家？我能给人家什么？满心的伤疤？一肚子的仇恨？我凭什么连累人家？！”

“文哥，你饶不了过去的岁月，也就饶不了你的现在和将来。文哥，你不能这么跟自己过不去，不能跟日子过不去呀。我眼看着你折磨自己，我的心也在痛呀。”

宋曼琴的眼泪夺眶而出，梁鼎文见不得她这副样子，无奈而烦躁，随即转身匆匆踏上木楼梯。宋曼琴看着梁鼎文滞重的脚步踩着木楼梯的台阶，心思沉重。

窗外，风停了，大雨并未停歇，雨丝织着路面，织着店铺和瓦脊，仿佛要把天地缝合。宋曼琴从梁记饼家出门，走下台阶，到了路面的中央，心情低落地离开，而韩雅琪一直静静地站在皇冠小馆的廊下，看着她在风雨里脚步滞重，随即又看向梁记。韩雅琪痴立了良久，才拉开皇冠小馆的门，走了进去。

风雨交织的空荡荡的街，此刻格外凄凉。

数日后，梁鼎武出院了，他拄着拐杖，在梁家栋和宋曼琴的左右搀扶下坐出租车回家。车先行至首湾路苏家会馆，宋曼琴从车上下来，她害怕梁鼎文见了她会不高兴，所以没有跟随他们一起去梁记。梁鼎武不忘提醒宋曼琴，等腿好了他要再给大澳输送务工人员，让苏林把这个活儿留给他。宋曼琴点头答应。

出租车沿着街路到了中湾路，在距离梁记饼家一百米远的地方停下。梁家栋下车，把二叔从车里搀扶下来，让他自己回家去，不等他说什么，便重新钻进出租车离开了。

梁鼎武被撂在大街上，他明白家栋是害怕见梁鼎文。他拄着拐杖走到梁记饼家门口，正发愁怎么上台阶，这时，陈小帅的摩托车停到了他身后，梁舒下车，赶紧搀扶住二叔。梁舒本来跟梁鼎武说好等他出院的时候去医院接他，陈小帅专门借了梁家栋的摩托车，到旅游学院门口接梁舒一起去医院，谁料二人到了医院才知道他已经被人接出院了。陈小帅停好车，将他背上了楼。

楼上，韩雅琪正忙着烧菜做饭，电视屏幕上正直播第四届东亚运动会的赛事。不一会儿，饭菜整齐地摆在桌上，桌子中间摆着一个蛋糕。梁鼎武看着满桌子菜肴，满心狐疑地问：“这桌菜不是为我接风压惊？”

原来这天也是小帅的 18 岁生日，他骑摩托车车去旅游学院接梁舒时，她佯装严肃地告诉他不满 18 周岁骑摩托车可是违法的。陈小帅回答说今天骑就不违法，梁舒假装不理解，他以为她忘了自己的生日，委屈得脸都变了形，梁舒看着他这副样子，实在忍不住，“扑哧”一声笑出声来，随即从背包里摸出一个精美的手工编织的幸运结绳，拉过他的左手腕，亲自给他戴上，祝他生日快乐。陈小帅看着戴在手腕上的礼物，惊喜万分，视若珍宝。

大家坐定，梁鼎文举起酒杯说：“今天是个好日子，一是小帅过 18 岁生日，二是阿武出院，三是第四届东亚运动会在澳门召开。这是多大的喜事呀，值得咱们好好庆祝。”

众人情绪高涨，唯独梁鼎武表情落寞，眼睛转去电视屏幕看赛事。梁鼎文早就发现了阿武的情绪变化，用筷子指了指东坡肘子，说这是专门为他做的。梁鼎武闻言，表情转暖，他越发较真起来，对小寿星陈小帅说：“这道菜，你不许吃。”陈小帅站起，把东坡肘子端起来，放在他眼前道：“我不吃，二叔吃。”他这才终于展开了笑颜。众人没好气地笑笑：这个阿武，真是梁家的活宝。

饭毕，梁潇和梁舒在房间里促膝而谈。谈及未来的规划，梁潇建议她毕业之后去留学，梁舒从没想过这条路，她笑着摇摇头说她就是想留在澳门陪着爸爸。梁潇看着她，虽然惋惜，但不得不感慨梁舒是个孝顺的孩子，大哥这辈子有这么一个女儿，是他的福分。

梁鼎文在客厅陪着梁鼎武看电视解闷儿，电视画面上，正是东亚运动会的颁奖仪式。梁鼎文胸中涌起豪情壮志，边看电视边同梁鼎武说话。

“看看人家的孩子，多有出息，为国争光，祖宗脸上也跟着沾光。”

“大哥你也不用看不上自己的儿子，人家都说，孩子是夸出来的，家栋也不错了，说实话，咏春拳我原来是澳门第一，家栋练拳了，我把这个第一让给他了，他现在是澳门真正的咏春王，听说他师父都打不过他了。”

“能顶饭吃？”

“家栋很有骨气，他跟我说，他现在不花苏家一分钱，他跑去赌场做了荷官，不仅能挣钱了，还收入不菲呢。”

“什么？你说家栋去赌场当了荷官？”

“是啊，当荷官挺好的，澳门的孩子一般中学毕业就去当荷官，身份不低。”

一股怒火在梁鼎文心中点燃，他腾地站起，转身便往外走。梁鼎武很诧异，耳边传来梁鼎文踩在木楼梯上的脚步声，“咚咚咚”地响。

又是一个无月之夜，晴朗的夜空，云絮飘飞，梁鼎文一个人去陵园在父亲的墓前坐了一夜。

清晨，街坊们经过梁记饼家的门口，却没看到梁鼎文和他的竹筐，都诧异地停住脚步，满脸疑惑，彼此询问。大家正在为梁鼎文的失踪茫然之时，只见他快步回来了，到了门前，向街坊们致歉，然后进屋拎出一筐杏仁饼分发给大家。

人群中的梁鼎文仿佛一夜之间老了许多。

梁舒心里隐隐担忧，悄悄地去了皇冠小馆。韩雅琪在和阿哲一起清扫卫生，梁舒跟她打了个招呼，说想叫郑大冠去跟爸爸交交心。郑大冠不在，韩雅琪就跟着梁舒一起去了梁记，结果却不见梁鼎文的踪影，一问阿彩，才知道他又出去了，出去时什么也没说，打手机也不接。她们想起梁鼎文昨日的异常，心里担忧，找了大半个澳门，都没有看到他的身影。

梁舒和韩雅琪一头汗水，坐在店里，细细向阿彩询问情况，梁鼎武拄着拐杖立在木楼梯上，见状却一点也不着急，磕磕绊绊地从木楼梯上下来，轻描淡写地说："家栋那边问过了吗？他可能知道。"

梁舒和韩雅琪面面相觑。

此时，梁鼎文在葡京赌场，目光紧紧地瞪着梁家栋，看他发牌、亮牌、点码子的手法很是娴熟，尽力克制着自己的情绪。一会儿，梁家栋发现了爸爸，他打了个愣神，但并没有停止手上的工作，对爸爸说："爸，您在门口等我会儿，我找人接手。"

梁鼎文四下看看，意识到这里不是教训儿子的场合，转身去了门口，远远地坐在一个角落里，心绪繁重，眼神呆滞地盯着进进出出的人。没一会儿，梁家栋从大门里出来，走下台阶，寻找爸爸的身影。梁鼎文忽地起身，大步走到他身后，一把将他揪住，拖到一个角落才撒手。

"梁家的家训里有一条，梁家子孙绝不能进赌场！你不记得？"

"爸爸，我在这儿是工作，又不是赌博。"

"家训里没说赌博，说的是进赌场！这儿难道不是赌场？梁家子孙，不能进赌场！这是铁律！"

梁鼎文不由分说地拎起家栋就开揍，家栋不敢反抗，只是抱着脑袋蹲在地上，但倔强地不肯认错。

这时，梁舒和韩雅琪气喘吁吁地匆匆跑来，梁舒扑在家栋身上，死死地护住他，韩雅琪则抱住梁鼎文，试图按下他扬起的手臂。这时，几个年轻的荷官戴着头盔、骑着摩托车过来，梁家栋猛然站起，跳上一辆摩托车的后座，戴上头盔，随后摩托车便飞驰而去。梁舒见状，也跳上了其中一辆摩托车，跟在后面而去。

梁鼎文气得直跺脚，突然觉得心口痛，抱着前胸，身体顿时委顿，矮了下去。韩雅琪担心地扯住他，急切地询问情况。梁鼎文缓了缓，无奈地转身回家。韩雅琪劝慰他不要过于钻牛角尖，但他似乎什么也听不进去，完全沉浸在自己的思绪中。忽然，他顿住脚步，让韩雅琪先行回去，说他想一个人转转，韩雅琪只能由他，满是担忧地看着他失魂落魄地走远。

梁鼎文径直去了苏家豪宅，他面容严峻地立在宋曼琴眼前，怒不可遏地质问她是否知道家栋去当荷官的事情。宋曼琴犹豫片刻，承认知晓这件事，自己也有些惊怕。

看着胆战心惊的宋曼琴，梁鼎文的满腔怒火瞬间化为灰烬，他无奈地转过身，慢慢往回走。他没发现，韩雅琪正站在旁边的树下远远望着他。他走得很慢，几米之外，韩雅琪依旧没有靠近。

心情郁闷的梁鼎文踏上了刚通车的西湾大桥。他眺望远处——海岸的背景是繁华的城市，霓虹闪烁；海岸的前景是低沉的潮浪，涌动不息。他回过身，看街上的路灯一圈圈地发着光亮。华丽的赌场、日新月异的城市，炫目的繁华、快速的发展、浮躁的人心，让他内心产生莫名的忧心，眉宇间刻满了忧烦。

“文哥……”

“雅琪，你一直跟着我？是担心我跳海吗？”

“我知道你担心孩子，但孩子们有他们的人生，他们跟我们不一样，你别想着他们会像我们一样活。”

“我可能是真老了，现在的年轻人，他们到底是什么人，我真搞不懂了。”

韩雅琪指着澳门的夜景说：“你看看，澳门在变。什么都在变，沧海都能变桑田，就你文哥的心不变。要说老了，是你的心老了。男孩子，尤其是家栋这样淘气的男孩子，成人也许就在一夜之间，头一天还是顽劣的孩子，第二天说不定就转了性……”在韩雅琪的絮叨中，梁鼎文的目光越过了海岸线——他看见了东望洋山上矗立的灯塔。

而此时的梁舒和梁家栋已经骑着摩托车来到了黑沙海滩上。姐弟二人并肩而坐，梁舒递给家栋一瓶可乐，看着灯光给一望无际的海面镀了一层灿灿光辉，苦口婆心地劝弟弟辞去这份工作回去读书。家栋坦言自己不是读书的料，而且他喜欢这份工作，这样就可以不再花苏家的钱，这也是梁家的骨气。梁舒一时之间居然找不到反驳弟弟理由。海风轻轻吹着，无休无止。

时间一晃到了三年后。2008 年，北京奥运会举办在即。

西湾大桥竖琴式斜拉大桥桥体亮丽雄伟，那“竖琴”弹奏得两边的海面波光潋滟。此刻，梁潇正手持火炬奔跑，郭富成握着秒表陪跑。他们想要测算出正式传递火炬时应采用的速度。

“梁潇，速度和时间基本吻合。”

“澳门 120 个奥运火炬手，速度和时间都有严格要求，到了传递火炬那天，谁也不能出岔子。”

“圣火是从奥林匹克山上点燃的，传到澳门，传到你手里，梁潇，你知道手里高举的是什么吗？”

“我当然知道，这一团圣火，它聚焦了全世界人的目光，要传到北京去，要点亮人类热爱和平、热爱生活的心灵。你陪着火炬手练跑，姗姗也忙着彩排奥运开幕式，我们一家三口全员出动，这是多么值得骄傲的事啊。”

“那当然，到了奥运会开幕那天，我们一家人去北京吧。”

“好，一起去北京看奥运会。”

跑完步，梁潇和郭富成来到梁记饼家，店员阿彩正忙着卖杏仁饼，她得知梁潇是奥运火炬手，不由得冲她竖起大拇指，随后又请教郭富成：“为什么叫‘奥’运，是澳门要转运了吗？”郭富成笑着向她普及奥运知识。

放眼此时的三湾斜街，人流如潮，摩肩接踵。

陈小帅从澳门保安部队高等学校毕业后就当了警察，每天在三湾斜街上巡视。他颀长的身材、帅气的制服、阳光的笑容，俨然成了三湾斜街的一道亮丽风景，一群游客自动排成队——多是女游客——等着跟他合影，陈小帅神态和悦，十分配合，搭档警官老朱习以为常地在一旁维持秩序。

韩雅琪带着街坊会义工沿街而来，给街坊们分发专门定制的奥运T恤、国旗和澳门特区小旗，看见儿子被游客拉着照相，满满的骄傲和幸福感在她心头油然而生。

拱北口岸亦是游人如潮。梁舒肩头斜挎着扩音器，手举一面刺绣了“山河旅行社”的小旗，接待一个来自内地的旅游团。她把旅游团组织到一边，背对着关闸清点人数，确认了全部人都在后，拿起扩音器，口齿伶俐地介绍澳门：“欢迎内地的朋友来澳门旅游。澳门全称为中华人民共和国澳门特别行政区，北邻广东省珠海市，西与珠海市的湾仔和横琴对望，东与香港相距60公里隔海相望，南临南中国海。澳门是一个国际自由港，居世界人口密度最高的地区之列，也是世界四大赌城之一，著名的轻工业、旅游业、酒店业和娱乐场，使澳门踏上了发展的快车道……”

关闸出来的人群里，文扬和导师谢扬帆格外显眼，他们和梁舒擦肩而过。一辆出租车停在文扬和谢扬帆身边，梁鼎武从驾驶位下来，把两人的行李放进后备厢。如今的梁鼎武做起了出租车司机。

出租车在繁华的街路上行驶，金碧辉煌的高楼大厦从窗外掠过。时隔五年，文扬和谢扬帆再度踏上澳门这片土地，感慨澳门真是今非昔比。

谢扬帆说：“自从开放了赌权和自由行，澳门经济创造了奇迹，短短几年时间里，人均GDP的指标就超过了新加坡，成为亚洲首富。”

梁鼎武接话道：“日子也好多啦，免费医疗，免费教育，福利高，每年还分红，幸福指数爆棚了。我爸爸要是活到现在，还不乐死。”

谢扬帆被梁鼎武逗笑，请他带他们到西湾大桥上逛逛，梁鼎武一转方向盘，将出租车驶上了桥面，他冲着后座竖起一根大拇指夸道：“你还真了解澳门，我平常开车最喜欢走西湾大桥了，方便快捷。这座桥，建就建了两年多。”

谢扬帆接道：“耗资5.6亿澳门元，是回归之后最大的公共基础建设工程，把氹仔和澳门半岛连接起来了，对改善交通、推动旧城区改造、繁荣澳门经济发挥了巨大作用。”

文扬向车窗外看着西湾大桥，好奇地问：“老师，在造型上，为什么把西湾大桥设计成了竖琴？”

谢扬帆看着桥体感慨：“海风抚竖琴，雅乐牧神魂。国运八千里，深情出澳门。”

梁鼎武忍不住回头看了一眼谢扬帆，问道：“听这话意，您是设计者？”

谢扬帆轻轻点了点头，梁鼎武越发兴奋，说要给他们免单。岂料，说话之间，出租车“砰”的一声撞在了桥栏上，顿时冒烟抛锚。梁鼎武慌张下车，文扬和谢扬帆也紧跟着下来。梁鼎武打开机器盖，无奈地一摊双手道：“完了，这下走不了了。”

葡京赌场门口，小七和小九分别跨在摩托车上，梁家栋从大门出来，坐上小七的摩托车。小七向梁家栋汇报说，小八欠了混混头子贵利哥的钱，贵利哥扬言不能轻饶他，他便躲了起来。要知道，贵利哥可是心狠手辣的主儿。他们不知如何是好，问家栋该怎么办。

梁家栋想了想，带着小七和小九骑摩托车出发了。他们停在一座老旧的公寓楼前，摘下头盔刚下车，贵利哥和他的众多手下便左右围了过来。

“家栋，不用进去了，小八不在家，兄弟们在这里已经守了两天两夜。”

“贵利哥，不至于啊，小八不就是欠你点钱嘛。”

“那也得知道欠债还钱的道理。不过，你担保的，找不到他，有你在我就不怕要不到钱。50 万，你今晚就得还上，过了今晚就不是这个数了。”

“50 万？！我担保的可是 5 万！”

“你当我拿 5 万给他白花这么多日子？兄弟，借钱是要花利息的！”

“这是高利贷！”

贵利哥并不否认，叼着烟邪笑着。

“要是没这 50 万呢？”

“别开玩笑了兄弟，谁不知道你是住在苏家豪宅里的少爷，50 万你能拿不出？当初不是你出面担保，我认识小八是谁？”

“别说我是少爷，也别跟我说苏家。”

“怎么，不还钱，还跟我耍横？来这套？好，今天我把你给拆了，然后去三湾斜街拆了梁记，再找姓苏的要钱。兄弟们，上！”

梁家栋一摆手，口气缓和下来。趁着没人注意，他悄悄发了个短信，之后，便把语气放软，邀请贵利哥去俾利喇大街的四季酒店。

华丽的包厢内，一桌丰盛精美的菜肴，梁家栋和贵利哥相对而饮，贵利哥脸上也有了笑意。这时，房门被猛然推开，原来是收到家栋短信的陈小帅气喘吁吁地赶来了，出现在门口。陈小帅见梁家栋安然无恙，暗中松了口气，转而看见贵利哥，有些不明白梁家栋的意思。梁家栋赶紧起身，拉陈小帅就座，介绍给贵利哥：“这是我姐夫陈小帅。这是贵利哥，特别要好的好朋友。”

陈小帅的制服显然镇住了贵利哥。梁家栋给三个酒杯倒酒，并借机给陈小帅递眼色：“姐夫，贵利哥碰到点儿麻烦事，你怎么帮我，就得怎么帮贵利哥。”

陈小帅不动声色地问："什么事？"

"贵利哥给朋友担保了5万块钱，朋友跑路了，他就被放高利贷的讹要50万。"梁家栋一本正经地说道，看向贵利哥，"贵利哥你放心，我姐夫在，他们要是再讹诈你，肯定会被抓进警局。"

贵利哥看出自己被梁家栋摆了一道，冷笑道："兄弟，想不到你还有这一手。"

梁家栋不软不硬地说："不算什么，为了帮贵利哥过了这一关，我还有好几手呢。"

贵利哥无奈地端起酒杯敬陈小帅道："姐夫，喝了这一杯酒，我们往后就井水不犯河水。"没等陈小帅反应，他仰脖干掉，抱拳转身，跨出包厢。

港务局大楼里，游客们跟随在梁舒身后，听她口齿伶俐的介绍。"港务局大楼，旧称嚤啰兵营或摩尔兵营，是1874年建成的，最初作为在澳门的印度警察营地。1905年改为澳门港务局和水警稽查队的办公地点，所以，俗称为'水师厂'。"她手指楼顶说，"你们看，楼顶设置的台风信号站，方便渔民、船只和居民看到风球信号。随着港务的发展，今日的港务局大楼已不足以满足澳门港务局的办公需要，澳门港务局的办公地点已搬至林茂塘的海港楼，而这里，2005年被列入世界文化遗产名录，是澳门城区最具代表性的历史建筑群之一。好了，接下来大家可以自由活动了。"

游客围着大楼品评议论，梁舒刚要歇会儿，却被忽然出现的宋晓雯拦住。梁舒看着宋晓雯，不知她所来何意，宋晓雯解释道："是针对旅游新闻采访的课题。你读过旅游专科，又做着了不起的导游小姐，代表着澳门旅游的形象，我不找你，你说我找谁去？"

梁舒想帮宋晓雯，却不爽她说话的口气，故意反唇相讥："我都忘了你还是个乳臭未干的学生，在哪儿读书呢？上高中了吗？"

宋晓雯不满道："天，你还是不是我姐了？一点儿都不关心我，我在澳门学院传播系上大学了。"

梁舒不以为然："读大学有什么了不起，当我是你姐，往后跟我说话就谦虚点，谦虚使人进步。"

宋晓雯毫不退让："谦虚是你们梁家人的品德，我们苏家人向来以骄傲为荣，谦虚……感觉总是有点儿别扭。"

梁舒懒得跟她磨叽，转身要走，宋晓雯赶紧妥协，软下口吻请求她帮帮忙，梁舒想了想，作为交换，她要宋晓雯陪她去恋爱巷。

梁舒和宋晓雯并肩走在去恋爱巷的路上。宋晓雯突然发问："姐，我真是不明白，妈咪安排你去大澳酒店当大堂经理，工作清闲，待遇也高，你为什么不去？为什么偏偏要做这个导游？看见你辛苦，我就觉得活该。"

梁舒看也不看她，说道："我就是个奔波劳碌命，跟你比不了。你生下来就饭来张口衣来伸手，有亲妈侍候着，那么大一座豪宅住不下你，高兴了还跑梁家大屋住几天。”

宋晓雯纠正道：“是苏家会馆。”

梁舒接着说：“反正，我爷爷活着的时候经常说，一等人忠臣孝子，二等人读书耕田，我们梁家过的就是这样的小日子，虽说没田耕，我们家指望着一个小小的杏仁饼店过小小的日子。你们苏家是澳门大亨，讲究的是无商不奸、为富不仁，过的是人前显贵、背后犯罪的好日子，根本就不是一种日子。”

宋晓雯被梁舒的连珠炮打蒙了，她顿住脚步，定定地望着前面的梁舒。梁舒回头催她赶紧走，姐妹俩一前一后朝着恋爱巷走去，不一会儿便到了。阳光下的恋爱巷幽禁了无限柔情，情侣们在这条充满了新古典主义情调的窄巷里幽会，卿卿我我，情意缠绵。一个长发青年，正斜倚着一把小提琴拉着古典乐曲。

8 号楼房前，衣着笔挺的陈小帅手捧着一束玫瑰翘首以待。看见了梁舒的同时，他发现了她身边的宋晓雯，下意识地把玫瑰花束藏在身后。到了眼前，梁舒打量着刻意打扮过的陈小帅，疑惑地问道：“打电话约我来这种地方，什么事？”

陈小帅很尴尬，看着宋晓雯说：“你怎么来了？”

宋晓雯冰雪聪明，立即明白了事情的来龙去脉，故意回击陈小帅道：“为什么我就不能来了？这是情侣约会的地方，你跟我姐是情侣吗？”

梁舒忙否认：“你别胡说，他是我弟弟。”

陈小帅听着她俩的对话，心中五味杂陈。

第十三章

打烊后，梁记饼店一片沉静。梁鼎文不经意地看到了柜子深处藏着那个老旧的布谷鸟报时钟，信手拿起，上了上发条，钟上的布谷鸟陡然报时，他心头不由一颤，随即把报时钟放回原处。听着报时钟"嘀嗒嘀嗒"走动的声音，他有些心慌，赶紧把柜子关上。可那"嘀嗒嘀嗒"的声音隐隐约约，仍然不绝于耳，梁鼎文赶紧逃离，走出卧室。

他走到客厅坐下，看着一缕从窗外射进来的夕阳投射在木地板上，越发感觉到空寂和孤独。这时，郑大冠拎着几样小菜和一瓶白酒来了，他把酒菜在后院石桌上放好，去拉门灯，门灯亮处，一桌酒菜很是别致，梁鼎文走过来坐下。这阵子以来，郑大冠新开的分店效益比总店高出两成，他兴致勃勃，劝梁鼎文也开几家分店。

还没等梁鼎文回答，韩雅琪端着一罐蟹黄粥也来了，她观察到梁鼎文情绪不高，打趣道："文哥，好好的，你怎么又把一张脸变成了阴天？"

梁鼎文回道："有人跟我说，苏林这几天要给小妹下套。"

韩雅琪和郑大冠一惊，忙询问详情。梁鼎文说起梁潇负责的澳门基建项目事关重大，苏林想从中获取利益。

郑大冠说："那可得提醒小妹，小心点姓苏的。"

韩雅琪却释然地说："小妹是谁，大博士，读的书比苏林听过的都多，他能给小妹下得了套？我不信。"

梁鼎文道出自己的忧虑所在："防人之心不可无啊。我给小妹打了电话，她说她会公事公办。可就算公事公办，我心里也不舒服。"

恋爱巷里，梁舒、陈小帅和宋晓雯三人去了西餐厅。梁舒指着桌上一束玫瑰花，责怪陈小帅刚发薪水就乱花钱，而且还乱送玫瑰花。陈小帅低头嗫嚅着，他本以为梁舒会笑着接受，没想到得来的却是这样的结果。

宋晓雯看不下去，替小帅说话道："姐，要是有人送我玫瑰花，我才不会像你这样。你也太没情调了。"

梁舒严肃地说："他是我弟弟，只有亲情，没有情调。"

这时，小提琴演奏者走到他们跟前拉了一曲《梁祝》，优美的乐声在耳畔流淌。梁舒拿起桌上的玫瑰花就给演奏者，演奏者接了玫瑰花，礼貌地走开了。陈小帅情绪低落，一时间，三人相对无言。过了一会儿，梁舒才从背包里掏出一个平安符递给陈小帅，接过平安符，他一晚的郁闷终于得以消解。

回家以后，陈小帅一言不发，径自走向卧室。他摆弄着手腕上的幸福结，看着书桌上的平安符，郁郁寡欢。韩雅琪风风火火地推门进来，关心地问他梁舒有没有收下玫瑰花。陈小帅不想让妈妈为他担心，顾左右而言他，拿起桌上的平安符道："她心里有我。这是她特意去妈祖庙给我求的。"

韩雅琪在他身边坐下，仔细地观察儿子的表情，从儿子的回答里，她明白儿子的"玫瑰行动"失败了，笑着拍了拍他的手背安慰说："慢慢来，近水楼台先得月，你的机会很大。"

晚上，梁鼎武结束了一天开出租车的工作，刚迈入梁记门口，就冲梁鼎文喊饿。梁鼎文特意为他留了饭菜，一一端上桌，梁鼎武扑到桌前，端起碗就吃，边吃边念叨，说白天开出租车拉到了设计西湾大桥的工程师。梁鼎文刚想说话，一身疲倦的梁舒回家了，她本想吃饭，但桌上的菜已被二叔吃得汤水不剩，他撂下饭碗带她去皇冠小馆吃饭。

二人来到皇冠小馆，郑大冠为他们做了两大碗蟹黄粥，两人喝着粥，梁鼎武问起皇冠小馆分店的情况，郑大冠介绍说已经开了氹仔、黑沙海滩和拱北三家分店，他神秘地告诉他们说他被推选为澳门餐饮协会的会长了，二人直夸赞郑大冠的生意前景一片光明。

韩雅琪走来，笑着对梁舒说："最近呀，我们喜事连连。一来你大冠叔当上会长了；二来小帅上班了；三来呢，你导游干得也不赖，经常听见有人夸你。你们都出息了。"她也没忘夸梁鼎武："还有阿武，总算是踏踏实实地干事了。出租车司机这一行，适合你，反正你也坐不住，把你装上四个轮子，跑起来更欢畅。"

几个人开心地聊着，梁鼎武突然说："我们家现在让人操心的，就是我大哥。你们看呀，我踏踏实实干工作，有正事了吧？舒儿你，打小就不让人操心；家栋呢，踏踏实实当荷官，不花姓苏的一分钱，自立自强。都不用操心，都走上了人生正途，就是你爸爸、我大哥，整天板着一张脸，像个门神。"

梁鼎武的话，说得几个人心情都低落起来。

苏家豪宅外，梁家栋从院里出来，跨上停在门口的摩托车。这时，一辆豪车驶来，停在摩托车前，苏林下车拦住他，想让他约他姑姑出来一起谈点事，家栋一口拒绝，发动摩托车，箭一般从他身边嗖地驶远。苏林心情烦躁地走进豪宅。突然，他想到什么，摸起电话拨通道："赶紧把工程项目书送过来……对，这个项目志在必得，所以我们的项目书必须具有无可辩驳的说服力。"

宋曼琴闻声走进客厅，在沙发上坐下。她看着烦躁的苏林，听他继续对着电话发号施令："特区政府对澳门的建设有一套全新的规划,你们团队必须从一个新的视角看待这个问题……对，拿不下这个工程，你们企划部就准备全体失业吧！"撂下电话，他擦了一把额头的汗水。宋曼琴提醒他虽然身为集团董事长，但刚才那种说话口气也不合适。

苏林口气有所缓和，对她诉苦说："澳门的工程基建项目全球都在竞争，香港银河、澳洲野马，当然还有内地的公司，都参与竞标。大澳集团是澳门本地的企业，如果竞标失利的话，不仅仅是战术上的失败，战略上，就失去了面子。集团的面子可不是我苏林个人的面子，这关乎集团未来的生死存亡，我能不着急嘛，哪还顾得了什么口气。"

宋曼琴安慰了他几句，他平复了一下心态后说："阿琴，大澳能不能拿下这个项目，很关键的一个人物，就是梁潇，你能不能牵线，让我跟梁潇好好谈一次？"

宋曼琴叹气道："这真应了那句话，'冤家路窄'，梁家和苏家的恩怨在这摆儿着呢，指望梁潇给你放水，可能吗？"

澳门建筑协会举办酒会，宴会厅里座无虚席。香港银河集团、澳洲野马集团、大澳集团、江珠集团等著名建筑企业纷纷参会。

梁潇站在台上致辞："欢迎参加澳门建筑协会举办的这次酒会。澳门回归祖国以来，中央政府在诸多方面都给予了重大支持，得益于此，澳门已经踏上了发展的快轨，澳门社会的经济生活和文化生活日新月异、蒸蒸日上……我们感谢中央人民政府对澳门建设的大力支持，并欢迎内地企业和国外有实力的公司参与澳门的建设，共筑澳门美好的明天，实现澳门人伟大复兴的中国梦。"

宴会厅响起热烈的掌声。文扬和导师谢扬帆也坐在台下，他们代表内地的江珠集团前来参会。梁潇开始介绍特区政府建设发展办公室规划的澳门学院的迁建项目："这个项目一经提出，就得到了中央政府和特别行政区政府的高度重视。我在这里特别指出，诚挚地欢迎全球企业了解并参与澳门学院迁建项目的设计竞标。"

言毕，又是一片热烈的掌声，久久没有平息。谢扬帆拍拍文扬的肩，他对这个得意门生寄予厚望，希望能够拿下这个项目。他对文扬说，澳门是中西文化融合四百余年的文明渊薮之地，想做好这个标书，得吃透澳门独特的人文历史，然后才能设计出可行的方案。文扬如醍醐灌顶，脑海里方案的轮廓渐渐清晰。

出席嘉宾讲话完毕后，舒缓音乐衬托下的酒会，正如火如荼。

香港银河集团的老板来给梁潇敬酒道："梁主任，我们香港银河的实力您是知道的，希望有机会为澳门做贡献。香港和澳门都是我国的特别行政区，背靠着中央政府，澳门的莲花和香港的紫荆花，都是祖国百花园中最最娇艳漂亮的花啦。"

梁潇礼貌地微笑着回道："您说得太好了。莲花和紫荆花，在祖国的大花园里，是姊妹花。"

不远处，苏林和集团副总贾长安迫切等待着机会，眼见银河集团的老板刚一转身，澳洲野马集团代表又捷足先登。苏林的目光紧盯着梁潇，只见她含笑冲着澳洲野马代表举杯示意，双方抿了一口杯中红酒，梁潇便转身离开。苏林随即大步上前，请梁潇留步。

"梁主任，没想到今天晚上你成焦点人物了，在香港银河、澳洲野马这样的外埠集团包围下，弄得我们大澳这样的本土企业都没机会接近您了。"

"作为本土实力企业，你们大澳集团可不能屈居人后，建设澳门，更应该有一份责任和担当。"

"大澳集团会全力以赴争取澳门学院迁建项目，和外埠公司相比，我们有自己的优势。不过，梁主任，有句话不知道当讲不当讲？"

"请讲。"

"那我就直说了。我希望这次竞标，不要有我们两家恩怨的阴影。"

"苏总，我是特区政府的公务员，在项目决策上，建设发展办公室所有的工作流程都是公正、公平的。再说，梁家跟苏家并无难解难分的恩怨，我对你向来没有成见。真诚地希望大澳集团能在这次竞标上展示自身优势，能有不俗的表现，同时，也希望苏总监督我们的工作。"

梁潇的一番言辞很是出乎苏林意料，他礼貌地对她表达了敬意。这时，宋晓雯恰巧跑来，她正在亚澳 TV 做实习记者，上来就要采访他们二人。梁潇摸摸她的头笑着跟她打招呼，苏林就高骑驴，忙叫宋晓雯喊梁潇"姑姑"，不料宋晓雯却一脸正气地反驳他："我知道叫姑姑的，可今天是公务场合，叫姑姑显得我低着头假公济私，不合适。"

苏林被噎得无言以对，梁潇借机调侃他道："雯雯比你懂规矩。"

梁潇接受了宋晓雯的采访。宋晓雯把录音笔举在她面前开始采访："梁主任，这次澳门学院的迁建项目面向全球招标，是否会考虑澳门本土企业的优先权？"

梁潇答道："之所以全球招标，就是考虑未来的澳门学院应该具有国际气派。既然全球招标，就一视同仁。我们也希望通过这次全球招标，促使澳门本土企业放眼全球，培养国际视野……"

不远处，梁鼎文拐入走廊，目光在人群中搜寻着，瞥见梁潇站在宴会厅门口，而她的身边还站着苏林父女，他立刻眉头紧蹙，疾步走上前，拉着梁潇就走。苏林和宋晓雯看着突然而至的梁鼎文，目瞪口呆。

梁鼎文把梁潇拉到走廊，满脸严肃地告诫她："我来就是要提醒你一件事，梁家大屋是被苏耀庭设计去的。"梁潇点点头。她明白梁鼎文的意思，但作为公务人员，她必须坚持公正，便劝大哥先回去。梁鼎文看妹妹的语气和眼神里都透着倔强，而他自己心里依旧过不了"夺屋之痛"，不想让她把这个项目给苏家，担心梁潇受到苏家欺骗。梁潇坚持原则，说不能假公济私。

苏林转身走进宴会厅。宋晓雯去寻找下一个采访目标，贾长安突然出现在她面前。宋晓雯在亚澳 TV 的实习工作正是贾长安安排的，他对宋晓雯觊觎已久，一直想俘获她的芳心，怎奈宋晓雯对他无感。

贾长安邀请宋晓雯出去散步，宋晓雯毫不犹豫地拒绝了，他望着她的背影，轻浮地一笑，转身跟澳洲野马集团的代表坐进卡座。昏暗的灯光下，贾长安悄声道："澳洲野马过去几十年在基建领域业绩不俗，据我了解，你们这次进军澳门，野心很大，面对这么多竞争对手，不知道阁下能有几成把握。"

野马的代表严防死守，回他道："诚如贾总所言，澳洲野马过去的几十年取得过非常优秀的战绩，全球范围内的大型基建项目不下百种，这次进军澳门，只是试试水。而大澳集团是澳门本土的企业，如果有机会，也希望我们能有合作的机会。"

贾长安笑了笑说："机会是人创造的，总会有的。"

另一边的宋晓雯在宴会厅中继续游走，搜罗下一个采访对象，一抬眼便看到文扬。眼前这个男人器宇轩昂又温文尔雅，她瞬间被吸引住了，脸上泛起了花痴的红晕，深吸一口气，落落大方地走到文扬面前，向他发出采访邀请。

文扬欠身让座，欣然应允，并郑重地介绍了谢扬帆。宋晓雯彬彬有礼地跟谢教授问了好，随即落座，注意力集中在文扬身上，直言文扬帅气逼人。宋晓雯的直爽逗得谢扬帆和文扬爽然一笑。

会议结束后，文扬礼貌地向宋晓雯告辞。宋晓雯虽然恋恋不舍，但还是同意结束采访，眼见着他们离开。等他们走远了，宋晓雯忽然懊恼自己怎么没问对方要张名片，她赶忙追到酒店门口，探着头寻找文扬，却一无所获，反遇贾长安纠缠着要送她回家，她果断拒绝。贾长安站在台阶上看着宋晓雯跑远，不怒反笑，自语道："够味儿，是我的菜，早晚拿下。"

突然有声音问："拿下什么？"贾长安吓了一跳，循声一看，是苏林走到了他身后，他赶紧自圆其说要拿下澳门学院的项目。苏林没有理会他，独自走下台阶，贾长安忙紧紧跟随，毕恭毕敬地拉开早已停在路边的豪车车门，请苏林上车。苏林的车徐徐离开，贾长安又恢复到平时傲慢的样子。

三湾斜街上，天色渐暗，街路上依然游人簇簇，熙来攘去。

陈小帅向前走了几步，巡视着目光所及之处，眼见梁舒背着背包、斜挎着扩音器带着若干游客走来。游客们被街两边的特色门店吸引，开始挑选购买，梁舒也乘机休息片刻。她一扭头，便看到不远处的陈小帅，表情停顿了一下，朝他走来。与此同时，陈小帅也看到了梁舒，发自内心地笑了笑。

梁舒走到陈小帅身前，帮着他整理了一下衣领。陈小帅配合着，他很乐意接受梁舒的暖心关怀。这时，贵利哥带着四个马仔围住了他们，转着圈地打量他们。

贵利哥问陈小帅："姐夫，这就是姐姐喽？"

陈小帅眉头微蹙，梁舒目光迎着贵利哥问道："你们想干什么？"

贵利哥坏笑着，阴阳怪气地说："来看看姐夫……和姐姐啊。"

陈小帅下意识地护在梁舒身边，贵利哥不屑地笑了笑，带着四个马仔扬长而去。

梁舒关切地问："怎么招惹上这种人了？"

陈小帅摇摇头道："我没招惹他们，他们是家栋的朋友。"

梁舒眉头皱起，疑虑地问："家栋？！"

苏家豪宅里，苏林把在宴会厅上与梁潇的交流告诉了宋曼琴，宋曼琴边给他打领带边说："梁家大仁大义，小妹不是阳奉阴违的人，她既然那么说了，就不会难为你。"

苏林依然担心："澳门学院的迁建项目，大澳集团不能拱手让给外埠的公司。梁家人在你眼里高贵，在我眼里未必，阿文到酒会现场找梁潇嘀嘀咕咕，肯定是来者不善啊。"

这时，梁家栋下楼，宋晓雯跟在后面缠磨想让他帮忙找个人，梁家栋着急往外走，敷衍她。苏林看见家栋，便跟他说让他来大澳集团帮忙，宋曼琴也在一旁帮腔，但家栋并未停下脚步，扔下一句"我喜欢做荷官"，便扬长而去。

梁家栋刚从大门出来，就被贵利哥和四个马仔围住。之前，由于贵利哥逼迫得急，梁家栋实在没办法，找梁舒借了5万块钱来替小八抵债。他本以为还了这5万块钱事情就解决了，谁料贵利哥张口又要50万。

"梁家栋，别以为我好糊弄，你那个姐夫也就是个站街的摆设，拿他还吓唬不住我。50万，少一分也不行。"

"50万？要钱没有，要命一条。"

"都什么年代了，打打杀杀的这套过时了。你不给？那我进去找苏老板要。"

"你……你容我几天。"

"好，我就再给你三天时间。"

说完，贵利哥带着马仔扬长而去。梁家栋气恼而纠结，抓挠着头发，长叹一口气。他无论如何也不想花苏家的钱，但是惹上贵利哥这个难缠的主儿，他真不知怎么办才好。

那次采访完文扬之后，宋晓雯就对这个人上了心，但是由于没有他的联系方式，她便通过一切方式找。这天，她坐在车上指挥司机满澳门转，自己在后排看着路上的行人，却没找到一个身影像文扬。到了酒店门口，宋晓雯想下车寻找，恰巧碰见了梁舒，梁舒正手持喇叭指挥游客上大巴车："大家抓紧时间上车，今天我们要去福隆新街、官也街、亚婆井、议事厅广场前地，再去看妈祖阁……"

宋晓雯神秘兮兮地凑近梁舒，跟她搭话。

“姐，你在这家酒店见没见过一个内地来的男人……”

“见过。”

“在哪？在哪？”

“我车上就有十几个。”

“那人一米八的个子，不到三十岁，帅出天际！”

这时，梁舒的手机响了，是韩雅琪打来的，叫她晚上早点收工，全家都去皇冠小馆吃饭。梁舒答应着，挂断了电话，又看向宋晓雯问：“到底什么人物，让宋大小姐急成这样？”

宋晓雯回想着文扬的一举一动，一脸陶醉地说：“反正比陈小帅还帅。”梁舒自小看着小帅，早就审美疲劳，并不认为陈小帅有多帅，宋晓雯却认为梁舒又故意唱反调，生气地转身上车走了。

忙完手头的工作，梁潇去了梁记饼家，大哥正热情地接待顾客，看上去情绪已经平静了许多。梁潇跟他说了些无关痛痒的话题，最后终于落到了昨日宴会厅的事情上。

“大哥，昨天没生我的气吧？”

“昨天我一夜没睡好，满心都不舒服，满脑子都是苏耀庭当年把爸爸气病的情形，还有阿琴卖了梁家大屋给他，之后又……”

“大哥，过去了，都过去了，我们要往前看。”

“是啊，我想明白了，你说得对，爸活着的时候，总说做人要大仁大义。”

“大哥能这么想我就放心了。我知道，我大哥是有心胸、有情怀的人，不可能让我因私废公。不过，昨天你可是让我犯了难，不瞒大哥说，我昨夜也没睡好。”

“都是大哥不好。你是火炬手，真到了关键时刻可不能掉链子。晚饭在这儿吃吧。”

“不了，我还约了琴姐一会儿见，她找我有点事商量。”

“阿琴找你，肯定是要帮苏林贿赂你。先说好，大哥不让你给苏林下绊子，可也绝不允许你给苏家开后门。”

梁潇点点头，她有分寸。之后，梁潇便去附近的咖啡馆见宋曼琴。咖啡的香味顺着热气袅袅生起，两人寒暄一阵，梁潇表情平静，等待着宋曼琴说出来意。终于，宋曼琴将自己的疑惑说出口：“舒儿是看上陈小帅了吗？”

宋曼琴从宋晓雯那里听说陈小帅正在追求梁舒，她吃不准真假，便想向梁潇探探口风。梁潇很意外，她本以为宋曼琴会替大澳集团求情，但现在看来，宋曼琴的心思都在一双儿女身上，确认宋曼琴并无其他用心，心里倒有些怀旧，定定地看着宋曼琴说：“做了这么多年苏太太，我怎么觉得你一点没变呢。”

宋曼琴轻叹道：“怎么会没变呢，全世界都在变，就只有你大哥一人没有变了。”

太阳落山时，韩雅琪已经把一大桌饭菜备好。已经下班换了便装的陈小帅走到皇冠小馆门廊下，摸了摸门上挂着的打烊号牌。他往梁舒每日必经的首湾路方向张望了张望，没看见她，推门走进小馆，绕过正在摆放碗筷的妈妈，从后门去了后堂。韩雅琪看着陈小帅快乐的样子，心中也盈满了喜悦。

梁鼎文推门进来，在桌边坐下，为满桌子的菜吃惊，看看郑大冠，又看看韩雅琪，不解地问道："什么日子？两家人吃顿饭，用得着这么铺张吗？"

郑大冠看了韩雅琪一眼，试图跟梁鼎文解释，这时，陈小帅干净利落地走了出来。边说边着急地出门："梁伯，我去接姐姐。"梁鼎文看着陈小帅的匆匆身影，若有所悟。

韩雅琪单刀直入，对他说："文哥，你别揣着明白装糊涂。舒儿年龄也不小了，小帅喜欢她，你也知道，两个孩子的事情，我们做长辈的不能不着急了。今晚我想把他们俩之间这层窗户纸捅破了，同不同意的，你就说一句痛快话。"

梁鼎文笑着叫他们坐下，韩雅琪和郑大冠都听话地坐在他面前。

梁鼎文看着韩雅琪，缓缓说道："小帅这孩子，是我看着长大的。你们当初……"

韩雅琪打断他说："文哥你就说，舒儿给小帅当老婆，你同意不同意？"

梁鼎文郑重起来，回答道："我同意，就怕你不同意。"

韩雅琪忙表示一万个同意："这话说的，我不同意我费这么大劲？舒儿也是我看着长大的，打小我就喜欢她，当作自己的女儿。"

"自己的女儿"这句话突然就让梁鼎文和韩雅琪警觉起来，两个人都低下了头，回避目光的碰撞。

沉默片刻，韩雅琪完全换了一副表情，掏心掏肺地说道："文哥，这辈子我们没缘分，就成全舒儿和小帅吧。"

梁鼎文叹息一声道："我同意，可我……有个难处。"

韩雅琪见梁鼎文答应了，又欢喜起来，忙说："你说，文哥。"

梁鼎文有些难以启齿，韩雅琪催促道："你倒是说呀，怎么还忸怩起来了。"

梁鼎文说："阿武和家栋我都指望不上了，梁记的传人，我就指望着舒儿和女婿了，你舍得？"

韩雅琪意外地略一思索，马上爽快地回答道："不就是倒插门嘛，我不在乎，都什么年月了，反正就隔着一条街，只要两个孩子能好，比什么都强！"

陈小帅接到刚下班回来的梁舒，两人并肩走在宁静的三湾斜街上，有一搭没一搭说着话。不一会儿，就到了皇冠小馆，推门进来，见几个人聊得正热火朝天。走到满是菜肴的桌子跟前，看了看爸爸和韩姨，梁舒指着满桌菜道："阿姨，小帅说你摆了鸿门宴，这么丰盛的鸿门宴，我喜欢！”说着，她在爸爸身边坐下，梁鼎文爱惜地看着女儿，满心的幸福挂在脸上。

韩雅琪瞪跟进来的陈小帅道：“‘鸿门宴’是你说的？！”

陈小帅笑而不语，挨着梁舒坐下，深情款款地看着她，梁舒被看得心里发毛，打趣道：“小帅，你今天怎么了，是不是站街站傻了？”

韩雅琪把酒杯都倒满，开腔说：“文哥，你们梁家的规矩我懂，你不动筷子，没人敢动。”

梁鼎文推辞道：“这里不是梁家，是大冠的家。大冠，你先来。”

郑大冠也推让说：“马上就两家变成一家了，当然是文哥先来喽。”

闻言，陈小帅甜蜜至极，低头偷着乐，梁舒明白过来，在桌子下面狠狠踩住陈小帅的脚。

这时，门“砰”的一声被猛然推开，梁家栋气喘吁吁地冲了进来，看到眼前的情景，把求救的话吞进了肚子。不过，在众人的追问下，他还是把贵利哥追账的事情说了出来。梁家栋垂头丧气，等待众人的雷霆风暴。

陈小帅不解道：“你是澳门咏春拳王，竟然被几个马仔追得到处跑？！”

“谁说几个？十多个人呢。”梁家栋抬头瞥了一眼陈小帅说，又低头喃喃道，“再说了，我爸说过，练武术不能用来街头打斗、招惹是非。”

说到这里，梁鼎文面色冷峻地深深看了他一眼。

梁舒跺脚道：“这还不算招惹是非？家栋，你怎么能替人家担保？你认识人家吗你就担保！我给你的那 5 万块钱也是花在这件事上了？”

众人看着梁家栋，等着他的回答。梁家栋眼光怯怯地扫过每一个人，最后落在梁鼎文的脸上，怯怯地说：“爸，我走了，这件事我自己能处理。”说着，他转身欲走。

身后，梁鼎文声音不大，但很有威严地喝了一声：“站住！”

梁家栋站住，可未及他回头，贵利哥和他的马仔们就堵在了门口。贵利哥上来就想动手，骂咧咧道：“你小子跑得够快啊。不是会咏春拳吗？不是号称澳门拳王吗？今天我倒要看看你这个拳王是怎么求饶的。”

梁鼎文把梁家栋一把拉到身后，上前一步，威严地说道：“我是他爸爸，他欠的债，我替他还。”

贵利哥在梁鼎文眼前转了转，阴阳怪气地说：“做杏仁饼的梁伯，有担当，够意思。可你做多少杏仁饼能卖出 50 万？”

梁鼎文突然手一探，一把揪住贵利哥的领口，大拇指抵住他的喉结。贵利哥窒息难受，连连求饶：“好说好说，你撒手。”梁鼎文慢慢松开他道：“讨债有讨债的规矩，三湾斜街，还容不得你来撒野！”

这时，梁鼎武愣头愣脑地冲了进来，看这架势，问明了来龙去脉后，指着那些马仔数落梁家栋：“我们不惹事，但是也不怕事。明犯强汉者，虽远必诛，他们欺负人都欺负上门了，我们叔侄俩联手，让他们见识见识澳门咏春大小王的风采……”

韩雅琪怕梁鼎武节外生枝，连忙让他住嘴，众马仔傲慢地发出狰狞的讥笑声。梁鼎文沉静地把贵利哥叫进梁记，他坐在惯常坐的位置上，请贵利哥坐在对面，郑大冠跟进来，站在旁边。

梁鼎文在一份合同上按下大拇指的手印，按完了，贵利哥从桌面上捞起合同，嘟起嘴巴吹了吹梁鼎文的手印，说道："梁伯，我佩服你，同意你分期偿还，等这笔账结完了，我来给您磕头认十爹。"梁鼎文不动声色道："大冠，替我送客。"旁边的郑大冠白着脸，做了一个送客的姿势，贵利哥从梁记走出，一挥手，带着马仔们走了。韩雅琪见状，急忙走进梁记。

"别走啊，有能耐打一架。"眼见贵利哥等人走了，梁鼎武还在跳着脚显能耐，在背后喊了一句，又转头挖苦家栋道，"家栋，丢人哪，梁氏满门忠烈，一门两个拳王，居然睁着眼睛让人家欺负了……"

陈小帅赶紧阻止他："二叔，别闹了，你和家栋两个拳王也抵不过梁伯的一嗓子。"

屋内的梁鼎文心脏发疼，他背靠在椅子上，脸憋得紫红。郑大冠着急地给他捶前胸打后背，韩雅琪着急得张罗着去医院。梁舒、梁鼎武、陈小帅闻声冲进来，梁舒吓得眼泪都下来了，扑到梁鼎文身边。梁鼎武正欲出门开车，梁鼎文终于缓过一口气，艰难地摆摆手说："没事了，没事了。"

梁家栋愣愣地站在门外，他知道爸爸被气出了毛病，想进去又不敢。房间里没了呼喊声，梁家栋更加担心，刚要往门里冲，梁舒恰巧推门走出来，一把拉住他说："爸爸让你进去呢。"

梁家栋内心充满恐惧，又担心爸爸的身体，嗫嚅道："爸爸他……"

梁舒拍拍他的肩说："进去好好和爸爸说话，不能气他，爸爸的心脏不舒服。"

梁家栋迟疑着被梁舒牵进门。

第十四章

梁鼎文挺直身子，挣扎着坐好。他要努力做出一个父亲的样子来。梁舒拉着梁家栋进来，梁鼎文对大家摆了摆手，让大家都回去歇着，只把家栋留下。众人面面相觑，韩雅琪赶紧张罗着让大家散了。

众人相继出门，梁鼎武一肚子话没说完，转脚回来，立在梁鼎文的眼前说："大哥，这笔钱，我们不能还。家栋是住在苏家豪宅惹的祸，让苏林那小子出这笔钱，他有的是钱。"

梁鼎文生气地呵斥道："阿武，你说什么？"梁鼎武慑于大哥的威严，不再作声，可他心里明显坚持自己的见解。梁鼎文动怒道："我儿子欠下的债，让姓苏的还？他姓苏的有这个资格？你赶紧上楼去！"

梁鼎武不再言语，被梁舒拉着上楼去了。

众人散去后，房间显得很空。梁家栋站得笔直，只是他的目光躲躲闪闪，不敢直视爸爸。梁鼎文的声音低下来，慈爱地说道："家栋，过来，到爸爸身边来。"梁家栋犹犹豫豫不敢轻动，梁鼎文的目光越发蔼然，等待着那样胆怯的儿子。

梁家栋迟疑着走过去，在他身边坐下来。他抬头看向爸爸，不知道接下来会发生什么。梁鼎文抬起一只手，家栋下意识地向后一闪，没想到梁鼎文的手却伸过来抚摸他的面庞。

梁鼎文含着笑，两行老泪却流了出来，哽咽道："我的小儿子长大了，惹祸也给爸爸惹大祸。"

梁家栋抬起头来，他第一次看到爸爸这副表情，流着泪说："爸爸，他们逼着让我找苏家要钱，我没要，我早就不花苏家一分钱了。"

梁鼎文为儿子的骨气感动，他边用大拇指擦着梁家栋的眼窝，边说："这样就对了，做人得有骨气。"不料，刚刚按手印时留下的印泥居然把家栋的眼窝染上了红色，家栋的脸被擦花了，梁鼎文看着他笑了，告诉他说："去照照镜子。"梁家栋起身走到镜子前去，被自己的样子逗得破涕为笑，他转过脸，看着爸爸，在他慈祥的目光中完全松弛下来，心中有了几分感动。父子俩你看着我我看着你，你笑几声我笑几声，就这样打开了心结，敞开了心扉。

躲避在楼梯暗处偷偷看着的梁舒跑下来，看看爸爸又看看弟弟，也笑了起来，高兴地朝楼上喊道："二叔，你快下来看看，看看家栋成什么样子了？"

梁鼎武“噔噔噔”地从楼梯上跑下来，看到他们的笑容，反而有些无奈，道：“你们还笑得出来，50 万，心疼死我了。”说着，他从钱包里掏出一张银行卡，拍在哥哥面前。

梁鼎武明面上答应了不找苏家麻烦，但还是抽空去了苏家豪宅，找宋曼琴借 50 万，并将整件事一五一十地告诉了她。宋曼琴心下忧虑，送走梁鼎武后立即去了三湾斜街。

梁记饼家里，梁鼎文边烤制杏仁饼，边关心地问起阿彩妈妈的身体。阿彩的妈妈最近在生病，梁鼎文便时不时给阿彩放个假，让她多陪陪妈妈。他看见宋曼琴匆匆进门，一脸的焦急，不禁走上前问：“怎么了？”

宋曼琴从随身的手包里摸出一张银行卡放在桌子上，把它推给梁鼎文，道：“文哥，这是 50 万，我自己的私房钱，你拿去给家栋消灾吧。”

梁鼎文不为所动，把银行卡推还给宋曼琴说：“家栋欠下的债我来还，不用你操心。”

“我是家栋的妈妈，我也得尽一份心。”

“你用什么尽心？就算是你的私房钱，在我梁鼎文眼里，它也姓苏。家栋是梁家子孙，用苏家的钱消灾还债？你这是要玷污梁家人的清白。拿上你的卡，走吧。”

“这么大一笔钱，你用什么还？别管我这笔钱是不是私房钱，给家栋还债，我也有责任。”

“你是有责任。儿子我让你带在身边，你带成了这样，你敢说你没责任？钱的事用不着你插手，否则别说我到死都不原谅你。”

把宋曼琴打发走后，梁鼎文一个人坐了很久，才想起来给侯老板打电话。他原本攒钱想从侯老板那里买台电磨来磨绿豆粉，但如今，50 万的大窟窿早就透支了他的家底，买电磨的事情只能往后推了。梁鼎文撂下电话，正好韩雅琪进门喊他舞狮子，他无奈地拒绝了，他哪里有心思舞狮子。

梁潇牵着郭少姗的手进了门，梁鼎文立刻打住话头。少姗扑进梁鼎文怀抱，告诉他明天就要坐飞机去北京参加奥运会开幕式的文艺演出了，梁鼎文听了，自豪感油然而生，脸上由阴转晴，韩雅琪正要走，他叫住她：“等等，狮子，我舞。”

2008 年 5 月 3 日，人群之中，一个火炬手出现，他朝着码头跑来，把神圣的火炬传递给下一个火炬手。海边天际的红日，被路边的树木枝条分割，那红彤彤的光辉，映衬着庞大的队伍……

欢庆的锣鼓穿街喧闹，陈小帅和老朱在三湾斜街维持秩序。梁鼎文兄弟二人在队伍中舞狮子。门廊下，大家看见了身穿奥运火炬手服装的梁潇，看见了梁潇手中的火炬……

锣鼓声越发喧腾，狮子舞越发活泼。众人汇入梁潇的队伍，跟随着到了首湾路。梁潇完成了历史性传递，在“苏家会馆”门前，把手中的火炬传递给了下一位火炬手。

梁潇、梁舒、郭少姗和摘下狮子头套的梁鼎文、梁鼎武驻足观望。

郭少姗出发那天，全家人都到机场送她。这是梁家人的骄傲，年纪最小的姗姗，成了梁家第一个去北京的人。

送走姗姗后，梁鼎武招呼大家上出租车。梁舒一转身，看见了梁家栋驾驶着摩托车飞驰而来。梁家栋停在众人面前，摘下安全帽，紧赶慢赶还是迟到了。梁家栋抹了一把额头上的汗水，认真地看向爸爸："爸爸，我把工作辞了。"

众人吃惊，围住了梁家栋，都为家栋能辞掉荷官而高兴不已。没等梁鼎文说话，梁家栋接着说："我不做荷官，也不做杏仁饼。"

梁潇、梁舒不禁担心梁家栋的话会刺痛梁鼎文。梁鼎文摆摆手："别的事往后再说，今天爸爸高兴，走，我们告诉你爷爷去。"

陵园芳草萋萋，寂静如昨。梁恒的墓碑前，梁鼎文带着全家叩拜，让梁潇代表大家说几句。梁潇没有推辞，对着墓碑道："爸爸，今天大哥高兴。我们很久没见大哥这么高兴了，家栋当荷官这件事一直横在大哥心里，现在家栋辞职了，梁家人不进赌场的规矩，守住了。"

梁潇接着说："爸爸，我们的祖国强大了，奥林匹克运动会马上就在北京举行了。这是中华民族的大喜事，海内外中华儿女百年的期盼终于实现了。"

梁鼎武插言："祖国这么强大，是国人的骄傲啊。"这话从梁鼎武嘴里说出来，大家感到很新奇，都诧异地看向他，把他看得莫名其妙，没好气地怼道："你们总这么说话，我说一句都不行？我这是替大哥说的行了吧？再说了，跟爸爸汇报，我敢马虎？"

梁鼎文安抚他说："说得好，你继续，告诉爸爸，姗姗去北京了。"

梁鼎武接着说下去："老爷子，跟您报告个大喜事，您的外孙女代表我们全家，去北京参加奥运会开幕式去了，她要参加文艺演出呢，这是多大的脸面啊，您要是活着，还不把您给乐坏了。这一回，我们梁家的脸可露大了，露到鸟巢去了……"

皇冠小馆门口，大大的彩电露天播放北京奥运会开幕式前的垫场演出，等待着开幕式的开始。街坊们联桌喝酒，喜庆的酒宴隔着街路，连绵到了梁记饼家的门口。郑大冠、韩雅琪和阿哲忙不过来，就连梁鼎文、梁鼎武和阿彩都当起了皇冠小馆的服务员。梁鼎武端着啤酒派送时，也跟大家碰杯。此时的陈小帅和警官老朱两个人联合执勤，他们穿着制服，并肩走在街路上。而梁记饼家屋顶上，梁舒怀抱着民谣吉他，弹奏着澳门民谣。

电视里传来台湾民谣《我们都是一家人》的歌声，屋顶上，梁舒手中的民谣吉他跟着电视音乐弹奏，三湾斜街的人们扯开喉咙，跟着大声歌唱：

> 手牵着手，肩并着肩
> 轻轻地唱着我们的歌声

团结起来，相亲相爱
因为我们都是一家人
…………

歌声落下，武术表演开始。看着演员矫健的身姿，梁家栋忽然转过身，他走到给大家热情服务的梁鼎文身后，手指着荧屏道："爸爸，我要开武馆，教徒弟。您为我落下的亏空，我慢慢地还给您。"

梁鼎文愣怔间，电视画面行进到了开幕式，要升国旗了，三湾斜街刹那间从喧闹里安静下来，人们站起来，庄严肃立，听国歌奏响，一起唱了起来："起来，不愿做奴隶的人们……"歌声中，梁鼎文热泪盈眶，人人都闪烁着激动的泪光。

陈小帅也爬上了梁记屋顶，与梁舒并肩而坐，他们看着满大街不眠的街坊喝酒庆祝，看奥运直播。梁舒再度提起那天"鸿门宴"的事情，原来一直对此怀记在心，曾追问过"鸿门宴"的主意是不是陈小帅出的，看到他认真摇头，才慢慢释然。她当然明白陈小帅的心意，更知晓自己内心的想法，她想跟小帅把话说清楚。

"小帅，我知道你对我好，鸿门宴那天我就知道了你的心，其实我早应该意识到，但是我得跟你说，在我心里，你跟家栋一样，是弟弟，是很亲很亲的弟弟。"

"我不做你弟弟，我从小就喜欢你。"

陈小帅说完，便转身下了屋顶，剩梁舒愣在那里。在街坊们喧闹的庆祝声中，她仰望天空，几分落寞涌上心头。此刻的她不知道，相隔不远的文扬也站在落地窗前，眺望着同一片夜空。

酒店门口，梁舒背着双肩包，手持导游喇叭，组织游客陆续走上一辆豪华大巴。一身休闲装的文扬从酒店出来，挺拔俊俏地站在台阶上。他看了看手表，不经意地看到了梁舒，想起上次在梁记饼家的对话，怔在原地，含笑看着梁舒，随即，同游客一起上了旅游大巴。大巴启动驶离酒店，苏家的豪车错身而过，停在酒店门口，宋晓雯下车，四下寻找，却不见文扬的身影。宋晓雯最终要到了文扬的电话号码，一拿到手，她便迫不及待地给文扬打电话，以亚澳 TV 的实习记者的身份向文扬约采访，文扬答应了，她不禁心花怒放。

而此时的文扬，正坐在行进的大巴车上，饶有兴味地看着梁舒，听她如数家珍地介绍着澳门风景："澳门以前是个小渔村，本名是濠镜，也称濠镜澳。因为当时泊口称为'澳'，所以称'澳门'。澳门海域盛产蚝，就是牡蛎，澳门不能叫'蚝'，直接叫'牡蛎'也不好，后来把名称改成了文雅一点的'濠镜'。从这个名称中，又引申出濠江、海镜、镜海等一连串澳门的别名。澳门还有一个特别的名字。1553 年，葡萄牙人从广东地方政府取得澳门居住权，成为首批进入中国的欧洲人，当时葡萄牙人从妈祖阁附近登陆，问当地人地名，得到的回答是妈阁，于是澳门便被葡萄牙人命名为 Macau……”

侃侃而谈的梁舒忽然看见了文扬，不禁惊讶，但随即又不动声色地继续介绍下去：“澳门和内地山海相连，骨肉一家亲，我相信，内地的朋友们来了一次，就还想来。这里不仅有丰富的人文资源、赏心悦目的自然风光，而且还有好吃的梁记杏仁饼和皇冠小馆的蟹黄粥……”

满车欢笑，梁舒再也没把目光放在文扬身上。

一个僻静之处的独门小院，梁家栋和小七把“梁家武馆”的匾额挂在院门上。地上摆满了气球，梁家栋带着小七、小九开始猛踩气球，模仿出放鞭炮的声音。气球踩完，梁家栋走进了院子，小七和小九紧跟其后。他坐在一张太师椅上审视眼前的小院，心中很是满意。小七和小九对视一眼，向他磕头拜师。

宋曼琴走进小院，四下打量，她来到家栋跟前，表明她不支持家栋把武馆当作事业，梁家栋态度坚决，不想接受别人安排的人生，只想干自己喜欢的事情。

“妈妈，我开馆收徒，正正当当，第一弘扬中华武术，第二给梁家增光。”

“你再上几年学。你苏叔叔说了，雯雯指望不上，他要培养你做大澳集团的继承人。”

“我爸逼我继承梁记我都不干，我凭什么接管苏家的大澳集团？第一，我不做杏仁饼；第二，苏家的事跟我没关系。梁家武馆就是我的未来。”

宋曼琴从梁家栋的身上看到了梁鼎文的倔强，她无奈地转身离开，脸上写满惆怅。

梁家栋让小七和小九发广告招徒弟，自己则继续布置武馆。梁鼎武进门问家栋去不去机场接姗姗，他突然止住脚步，返身又退回到门口，看着门楣上的“梁家武馆”匾额心潮起伏。他决定跟家栋一起大干一场。

梁记饼家里，梁鼎文拿着竹夹子正从烤箱里往外夹杏仁饼，苏林进门，上上下下地打量门店，阿彩当他是一般顾客，便向他推荐不同口味的杏仁饼，苏林不理会她，目光定在梁鼎文宽厚微驼的背部。

恰巧这时，梁鼎文转身看见了他，不由一怔。随即，梁鼎文继续手上的工作，将杏仁饼摆放进柜台中，然后走到他的位置坐下，也不看苏林，只说：“苏老板也喜欢吃我梁记杏仁饼？阿彩，送他一盒。”

阿彩感觉到压抑的气氛，犹犹豫豫地去拿杏仁饼，苏林用手势制止了她，紧盯着梁鼎文说：“阿文，我来是想跟你说说家栋的事。阿琴为家栋愁闷好些日子了，人也憔悴了。”

梁鼎文看了苏林一眼，起身上楼。苏林跟在梁鼎文身后，也走上了木楼梯。来到二楼，苏林打量着这间狭促的客厅，看见了供奉的梁恒遗像，便走上前，双手合十，默然鞠躬。

“你不如你爸爸，他害人就害人，明着来。我最看不上你这种假仁假义。”

“我知道你心里恨我，其实，我们俩误会挺深的……过去了这么多年，孩子们也都大了，我们也都老了……”

“懒得听你这些废话。说吧，我儿子怎么了？”

“我想培养家栋，打算把他送去欧洲留学，以后接手大澳。可家栋完全不听，偏偏要开武馆，为这事，阿琴着急上火，好几天吃不好睡不好，我今天来是……”

“为这个？”

“一来，我不想阿琴为家栋着急上火；二来呢，我也是考虑家栋的前途。好歹我也是他的继父。”

“继父？我死了你才能当他继父，我活着，你是你，他是他，叫不上你个烂继父。”

“你去字典里查查，继父不是你这么解释的，我把他当自己的儿子养。”

“你给我记住了，家栋是我梁鼎文的儿子，他是梁氏子孙，你别打我儿子的主意，你们苏家的集团，跟他没关系！”

苏林气呼呼地说梁鼎文不知好歹，梁鼎文则推他出门，两人不欢而散。

两株百年老榕树，枝叶婆娑，午后的阳光把亚婆井附近的光景打扮得颇有几分古意。梁舒和文扬从大榕树下并肩而来。

梁舒款言温语地介绍：“明朝的时候呀，有一位婆婆，在这修筑了水池，蓄贮山泉，为的是方便附近的街坊汲取饮用，偏又是甘甜纯美的山泉水，远一些的居民也都来这儿汲水……几百年过去了，泉水还是很清亮。”

文扬伸手接了些泉水，喝了一口，赞道：“清洌甘甜，沁人心肺，确实是难得的山泉水。”

“葡萄牙人有民谣说，喝过亚婆井的水，忘不掉澳门，要么在澳门成家，要么远别重来。文扬，你这次远别重来，肩上的担子不轻呀。”

“教授把澳门学院的迁建设计任务交给我，我确实感觉压力很大。”

“学问不精，那就功夫用到。”

“我之所以感到有压力，不是专业上不自信，更为重要的是，澳门回归祖国之后，我代表内地设计公司参与澳门建设，这个设计任务不是单纯的建筑设计，更关联着澳门和内地人们的心，我绝不敢辜负。”

两人走到三湾斜街，梁舒又开始介绍：“这是澳门的一条老街，这条老街藏着我们澳门人家朴素的生活。”说着，她指着龙凤茶楼道：“你看，这座茶楼是清代晚期开张的，到今天它还在。金融危机的时候差一点就关门大吉了，是我爷爷好说歹说，劝茶楼的甄老板不要关张，熬一熬就过来了。”

文扬感慨道：“和以前比，这条街繁华多了。”

远处，正跟警察老朱交接班的陈小帅没看见梁舒。这几天他郁郁寡欢、心事重重，回到家里也一人独坐，心思沉闷，满面都是失恋的哀愁。韩雅琪劝他说，好事多磨，而且女孩子家一般腼腆，你一开口对方就答应，会显得不矜持。陈小帅信了妈妈的话，心里才舒服一些。

苏林回到苏家豪宅，对宋曼琴讲梁鼎文的态度。宋曼琴了解梁鼎文的脾气，劝慰苏林别往心里去。两人惆怅伤怀之际，贾长安兴奋地进门报告，说大澳集团把澳门学院的迁建项目拿下来了。苏林精神一振，原先他还担心梁潇会假公济私，现在看来，真是自己多虑了。

梁家栋回来后，宋曼琴把一个小巧的礼盒交给他，让他转交给郭少姗。苏林则让家栋转达对梁潇的谢意，梁家栋没有答应，他知道，姑姑梁潇是公事公办。

此时，梁家客厅里也是热闹非凡，梁鼎文和梁潇来往穿梭，准备一顿丰盛的晚宴，以庆祝郭少姗从北京回来。

梁舒带着文扬进门，他们本在三湾斜街上游逛，文扬提出想要看望梁伯，梁舒便应允了。梁鼎文把一瓶酒抱在手里擦灰，目光打量文扬，一时间居然记不起来他是谁。文扬把手里的礼袋交给梁舒，问候道："梁伯，您怕是不记得我了？我是文扬，内地的。哦，福建的，您一向可好？"梁鼎文这才一拍脑门，想了起来。

文扬又跟梁潇打招呼，梁潇赞许地点头。他跟他们讲起福建老家的事情，梁鼎文听得一脸神往。说话间，梁鼎武、郭富成和郭少姗欢声笑语地进了门。

酒菜备齐，晚宴开始，大家有说有笑，好不热闹。但得知大澳拿下了澳门学院的迁建项目后，气氛骤然变冷。梁鼎武的心里炸开了锅，他逼视着梁潇训斥："你是我跟大哥的小妹吗？你还是梁家人吗？你不知道我们梁家跟苏家的恩怨吗？你怎么能帮苏家？"

梁潇面对梁鼎武的雷霆之怒，一时不知道从何说起，用目光向梁鼎文求助。

梁鼎武越发激动，一转身到梁恒遗像前，梁潇想要拉他回来，却被他一膀子甩开。

梁鼎文盯着他道："阿武，你给我住嘴！"

梁鼎武执拗地对着遗像，把二十年前苏耀庭如何设计夺取梁家大屋的事情和盘托出。这是大家第一次听见梁鼎武的自白，一家人面面相觑。梁鼎武处在情绪崩溃边缘，他痛苦地抓着自己的头发，完全不能理解小妹为什么要帮苏家。梁鼎文的心被往事所掳，一阵难受。

眼见着梁鼎武的崩溃，梁舒吃惊、害怕，她不能像往常那样跟二叔撒娇，她知道，眼前这件大事，她制止不了，二叔她也劝转不了，她害怕疯狂的二叔和倔强的爸爸再起风波，不由自主地抓住了文扬的手。

梁鼎武猛然手指着梁潇道："你去，把你帮大澳集团干的好事，都一笔勾销了。"

梁潇被逼不过，眼圈红了，一手拉起郭少姗，叫上郭富成道："我们走。"

梁潇一家三口转身出门，梁鼎文坐下，深深地叹了口气，目光落在文扬和梁舒身上。梁舒看着爸爸的目光，意识到她还抓着文扬的手，赶紧松开。

梁鼎文向文扬表示歉意，文扬摇头，起身拉梁鼎武坐下，劝他有话好好说。但此时的梁鼎武油盐不进，他认定了是小妹把澳门学院的项目给了苏家，胸中的怒火和憋屈在沸腾。

这时，梁家栋出现在门口，他不明所以地看着屋内的每个人。梁鼎文让梁舒带文扬和家栋去皇冠小馆喝粥，梁家栋却不走，疑惑家里发生什么事情了。

梁鼎武怒道："你姑姑帮苏家拿下了大大的一个项目。"

梁家栋还是不明白："这个我知道，我来的时候，苏叔叔还让我替他谢谢我姑姑呢。"

梁鼎武手指着梁家栋，目光对着梁鼎文，吼道："大哥，你听见了吗？我们梁家跟他们苏家到底什么关系？大屋他们夺了，我大嫂让他苏林夺了，家栋是梁家的一根独苗，也让他们夺了，就差改姓苏了……"

梁鼎文再也克制不住，猛然一拍桌子，瞪着梁鼎武和梁家栋道："滚！都滚！！！"

家栋跟在梁舒和文扬身后，往对面的皇冠小馆走去，他忽然顿住脚步，想回武馆看看。梁舒和文扬转过身来，梁家栋这才注意到文扬，故意对梁舒说："姐，小帅这小子挺好的，他对你的心你不知道，我可是早就知道，你们俩的事，爸和阿姨可早就嘀咕过。"梁舒嗔怪地让他闭嘴。

梁家栋看向文扬道："文大哥，在澳门多玩几天，闷了就来梁家武馆，我教你几招咏春拳。"文扬无奈笑笑，看着梁家栋转身离开，便收回目光，看向眼前的梁舒。

梁舒带着文扬往皇冠小馆走，说道："我弟弟也不容易，他住在苏家，这种身在曹营心在汉的日子……"她忽然意识到跟文扬说不着这些，于是顿住话头。

文扬发现了梁舒的心思微转，也不追问，两人一起走到了皇冠小馆廊下，文扬推开门，请梁舒先进去。

陈小帅正在喝煲汤，看见梁舒和文扬进门，怔住了。韩雅琪顺着陈小帅的目光看去，也愣愣地看着梁舒和她带来的文扬。

郑大冠打量着文扬说："舒儿带朋友来了，快坐快坐，吃点什么，大冠叔这就去做。"

梁舒和文扬走到小帅旁边的桌子坐下，梁舒笑道："阿姨，小帅又不是个孩子，吃饭还要你盯着呀。"

韩雅琪没有告诉她陈小帅最近为了梁舒之前的拒绝而茶饭不思，而是看着文扬问道："舒儿，同事？"

梁舒发现陈小帅和韩雅琪的目光都不对，灵机一动道："不是同事，朋友。"

陈小帅心情灰灭，起身蔫蔫地走向后面。

韩雅琪越发疑问："普通朋友？还是？"

梁舒看着陈小帅走远了，才说："普通朋友啦。"

文扬大方地自我介绍："阿姨不记得我了？五年前，郭教授曾经带着我和其他三个学生来过，只可惜那次这里客满了，没有吃成蟹黄粥跟竹升面，所以这次我又来了。"

韩雅琪如释重负地说道："有些印象，你们等着，这次一定让你吃上。"说着站起身，却并未进入后厨，而是从后门追撵陈小帅去了。文扬和梁舒莞尔一笑，那是一种心照不宣的默契。

梁舒边吃蟹黄粥，边跟坐在身边的郑大冠低语，她想拜托郑大冠去梁记看看情况，郑大冠闻言，匆匆出去了。

郑大冠来到梁家，看见餐桌已经收拾干净，也不见梁鼎武的影子。梁鼎文正弯腰扫地，直起腰时一阵眩晕，跌坐在椅子上。郑大冠忙凑上前扶住他，梁鼎文手指着桌子，让郑大冠把抽屉里的药递给他。郑大冠取了药，顺势把桌上的一杯水端过来，侍候梁鼎文把药服下。片刻后，梁鼎文脸上才渐渐有了血色，体力慢慢恢复。

梁鼎文说："小妹说要公私分明，她是公务员，不能假公济私，也不能因私废公。"

郑大冠叹气道："小妹的态度是没错，可内地的、香港的，我听说还有国外的大公司，怎么偏偏就苏家的大澳集团中标了，这苏家……"

梁鼎文摆了摆手说："小妹手里的权力是国家的公器，不能跟苏家的私怨搅和在一起。她做得对！"

说完，梁鼎文看向父亲的遗像，久久地凝视着。

皇冠小馆内，文扬的手机响起，屏幕来电显示是"记者宋晓雯"。他接起来，还未来得及说话，就听见宋晓雯连珠炮似的一通说："文扬，祖籍福建，1980年生人，双鱼座，清华建筑系本硕连读，建筑设计新星，江珠集团的首席设计师……我可是一个不会轻言放弃的人，我一定能找到你的。现在这个时间，你应该在吃饭吧？你的博客上说，你曾经来过澳门，并对梁记的杏仁饼和皇冠小馆的蟹黄粥垂涎已久……"文扬平静地听着，却一言不发。

末了，文扬挂断电话，收起手机，解释说是一个实习记者约采访，话音刚落，大门推开，宋晓雯大步走进小馆，径直走到他眼前。文扬吃惊地看着站在面前的宋晓雯，只听她得意地说："我说过，我一定能找到你。"

梁舒闻声转身，见是宋晓雯，先是一怔，随即看向文扬问："她就是你说的记者？"

宋晓雯看清梁舒，眼睛一瞪道："你们俩是怎么混到一起的？！"

文扬放下手中的汤碗说："我刚来澳门，什么都没做，没有采访价值。如果你想要新闻价值，我可以帮你问问我的老师谢扬帆教授。"

宋晓雯灵机一动，提出要带文扬四处转转，文扬婉拒道："今天跟着梁舒已经转得差不多了，她很专业，我也玩得很愉快。谢谢你，宋小姐。"

宋晓雯的目光在文扬和梁舒之间打转，心里暗暗体味文扬的话，说道："你知道她是我姐吗？"

文扬一脸疑惑："你们俩是姐妹？！"

梁舒懒得承认，看着宋晓雯说：“三湾斜街不是你这种人来的地方，早点回吧。”

宋晓雯看着文扬解释说：“我跟梁舒是一个妈妈生的，当然是姐妹喽。她姓梁，而我跟了妈妈的姓。”

文扬顿时明白过来，但他知道这个话题不宜继续进行。

宋晓雯得寸进尺，接着说：“姐姐从小就生在三湾斜街，跟着她爸爸做杏仁饼，是这里有名的点心妹。我出生在国外，8 岁的时候才跟随父亲接管大澳集团回来……”

梁舒打断宋晓雯的话，看向文扬问：“你吃饱了吗？”文扬温柔地对她笑：“借用一下厨房，我给你们做一道福建的传统点心。”

宋晓雯惊讶道：“你居然会做点心？”

文扬点头说：“我也是我们那里有名的点心哥。”说着起身走进了厨房。

梁舒知道文扬在为自己解围，心里感激，故意挤兑宋晓雯道：“看来只有苏家的大小姐，什么也不会喽。”

宋晓雯气恼地瞪着她说：“那又怎么样？！”

梁舒以柔克刚，说道：“我能怎么样呀，羡慕你都还来不及呢。”

宋晓雯猛然起身，气鼓鼓地走出了小馆。

第十五章

湾路人稀，月出中街。陈小帅见文扬和梁舒聊天聊得亲热，心里不是滋味，抬脚出去了。韩雅琪跟着出去，但找了好几圈也没找到，不由得着急起来。郑大冠从梁记饼家出来，韩雅琪赶忙跟他诉说。郑大冠叹口气，劝她先不要掺和孩子们的事情。

两人正要走进小馆，文扬和梁舒走出来，礼貌地向他们告辞，韩雅琪望着文扬的背影，似乎感受到了他对陈小帅的“威胁”，转身去了梁记饼家。

灯光之下，梁家古朴而清洁，梁恒生前留下的录音机里正播放着福建莆仙戏，梁鼎文随手拿起文扬送过来的纸袋，取出福建芋子包，供奉在梁恒的遗像前。

韩雅琪推门进来时，梁鼎文在挑选杏仁，她在他对面坐下，直接道出陈小帅对梁舒的感情，梁鼎文说他心里清楚，答应她跟梁舒好好谈谈。此时，屋顶上传来梁舒的歌声：

鸡公仔，髻蕾蕾
井边揹水泪垂垂
人家问涯叫脉个？
冇爷冇娭受人欺
檐前洗面哥会骂
房里梳头嫂会棰
…………

屋内的韩雅琪和梁鼎文对视一眼。听得出，唱歌的人心情愉悦又满含深情。

梁家栋认真地收拾着武馆，梁鼎武进了门，不客气地把身体撂在刚刚收拾好的床上。他与大哥争执不下，被赶了出来。他无论如何也不能理解梁潇为什么把基建项目给了苏家，他咽不下这口气。

“家栋，你说我冤不冤？”

“不管怎么说，我爸爸也是你大哥。梁家，从祖上就相信父父子子、君君臣臣，无论你多有道理，顶撞了你大哥，你罪过可就大了。”

“他是非不分，摆明了这件事是你姑姑不对，他却把我给赶出家门。”

“要我说，在我爸面前，你，还有我，永远也别找什么公道。爷爷不在了，他就是梁家的活祖宗了，对也好，错也好，没什么公道跟他可说的。”

“家栋，你小子可是三湾斜街、是梁家有名的逆子，你什么事听你爸的了？什么事听过我的？居然跟我说这些，我都不知道跟我说话的人是谁了。”

“你跟我比不了，我心中有大义，你有吗？”

梁鼎武刚要反驳，家栋的手机响起。他接听电话，顿然惊愕。原来，陈小帅醉在黑沙海滩上不省人事，一个游客拿着他的手机，拨打了家栋的电话。

叔侄俩赶到黑沙海滩时，只见陈小帅半死不活地横躺着，身旁是一个喝空了的白酒瓶，打电话的游客正不知所措地站在他身边。两人连连道谢，那位好心人将陈小帅的手机交给梁鼎武便离开了。梁家栋抓住陈小帅的双肩拼命摇晃，他知道陈小帅喝酒过敏，这次喝了这么多，肯定是遇到了伤心事。梁鼎武掐陈小帅人中，半晌，陈小帅才缓过一口气，他眼睛都没睁开，不停呼唤“梁舒”的名字。梁家栋和梁鼎武扶起陈小帅，一起打车去了医院。

几小时后，陈小帅渐渐清醒，他躺在病床上，目光空洞无力。梁家栋骂他，希望他能振作起来。

“你不是街草吗？我姐不喜欢你，还有别人呢。大街上那么多人喜欢你，你为什么非跟自己较劲呢。”

“爱情你不懂。”

“你懂？我看你跟我姐也不合适。”

“她是巨蟹座，我是天蝎座，巨蟹和天蝎是绝配，怎么就不合适了。”

“绝配？星座你没我研究得透彻，天蝎和巨蟹很有可能让双鱼座的插一脚。”陈小帅信以为真，心想文扬莫不是双鱼座？他越想越抑郁。

这天，是梁恒10周年忌日。清晨，梁鼎文刚派送完第一炉杏仁饼，郑大冠向他走来，要一起去陵园祭拜梁恒。一夜未归的梁鼎武也回到梁记，嘴脸巴结地凑到梁鼎文跟前，把一个光碟递给他，讨好地说：“大哥，都是你喜欢听的歌。”

梁鼎文把光碟接在手里，转身把光盘推进了DVD，《我和我的祖国》的旋律随即传来，他赞叹道：“好听，这样的歌，再多找些回来。”

梁鼎武刚要松一口气，梁鼎文提醒他说：“昨晚那个事就算过去了，不许再跟小妹提。”

收拾停当，一行人去了陵园。大家站在梁恒的墓前，梁鼎文摆放着供品，梁舒把一束鲜花放在墓碑的基座上。梁鼎武四处张望，突然眼睛一瞪，看见宋曼琴、苏林、宋晓雯走过来，立刻急道：“大哥，你看见没，蹬鼻子上脸啊，他苏林怎么还有脸来？！”

其他人循声望去，梁鼎文脸色一变，说道："你们回吧，老爷子未必想见你们。"

宋曼琴赧然无措，苏林上前道："是我们想见老爷子行了吧？梁伯生前德高望重，是前辈，我们做后辈的在他老人家10周年忌日，来祭奠他，也是礼数。阿文，按照三湾斜街的规矩，你是不能拒绝的。"

梁鼎武作势要打人，嘴里说着："大哥懂礼数，但礼数管不着我。我问你，你给我小妹下了什么迷魂药，让她把那么大一个工程项目给了你苏家？"

苏林不搭理梁鼎武，而是转向梁潇表达谢意，又转到梁恒墓碑前鞠了三个躬，口中说："梁伯，您已经弃世十年了，梁家和苏家的恩怨应该了结了。"拜祭完，苏林先行离开，眼见着梁家栋怀中抱着一束百合花，身后小七和小九高举"梁家武馆"的招牌，一队仪仗队往梁恒墓碑靠近。

人齐了，梁鼎文上前一步，跪在梁恒的墓碑前，其他人在他身后，随即跪了一排。

宋曼琴和宋晓雯站在一旁，处境尴尬。本来，宋曼琴想要祭拜梁恒，但梁鼎文不同意。宋晓雯便拉着妈妈的手硬是离开了，一路上缠磨询问当年到底发生了什么恩怨，宋曼琴心中千头万绪，含糊其辞，不愿意再翻陈年旧账。

苏家会馆，宋曼琴在天井里散步，排解心中无法排遣的忧烦，苏林走过来，关心地询问，她感慨道："阿林，你在一些事情上能伸能屈，不像文哥，倔强到底。"

"不过，我心里还有一层意思，想化解跟梁家多年的误会。但是，我知道阿文的倔强，可对他狭隘的气量，还是没估计到。"

"文哥不是跟别人过不去，其实，他是跟自己过不去。他是梁家的长子，仁孝是一等一的。当年他丢了梁家大屋，这件事卡在他的心里，怕是他这辈子都不会原谅自己了。"

"什么叫丢了梁家大屋？是我爸爸真金白银买来的，而且还出了高价给梁家。听你的意思，是苏家欺负了梁家？梁家大屋是苏家抢来的？"

"拿人心比自心，如果是大澳集团被逼着卖了，你心里也会埋怨买主是乘人之危的。想想都是定数，如果澳门没有回归，如果金融危机时内地没有果断出手救援，大澳集团恐怕也就易主了。如果是那种情况，阿林你就不会这么说话了，也许你就能从内心理解文哥的愁苦和不饶恕。"

"阿琴，你不仅是阿文的前妻、家栋和梁舒的母亲，你还是雯雯的母亲，是我苏家的女人，是我苏林的太太。可你这些年虽然做了我的太太，可你的心，一直在梁家。我告诉你，我不允许你这样！"

这是苏林平生第一次跟宋曼琴发脾气，他显然被宋曼琴的话刺痛了。说完，他愤然离开，留下宋曼琴一人站在院中，目光凄凉。

而另一边的梁记饼家，梁鼎文正坐在庭院的桌边喝闷酒，他脑子里不停地回荡着白天的场景，过去的记忆滚滚而来。他心中苦涩，举杯沉重。他知道，他始终没有饶过那段岁月，而那段岁月也没饶了他。

大三巴游人如织，一个宣传广报牌立在牌坊几十米开外，牌子上缭乱地写着粗黑大字："梁家武馆告示——澳门咏春王梁家栋先生招收徒弟"，还贴着一张梁家栋横出一腿的霸气照片。小七、小九热情似火地在为梁家武馆招学徒。

然而武馆里却不太平，院门外，两个工人拎着白浆桶，在小院墙壁上写了一个大大的"拆"字。梁家栋出来前去质问，工人们解释说大澳集团要拆了这块地盖房子。双方争执半天，讨论不出个所以然，梁家栋转身朝着苏家豪宅的方向跑去。

此时，苏家豪宅里，宋曼琴和宋晓雯坐在沙发上聊着天，宋晓雯还在为梁舒和文扬在一起的事情而生气，抱怨道："梁舒不就一个点心妹嘛，她有什么本钱跟我争。"

"毕竟是你姐姐，我不许你这么说她。"

"妈咪，什么事我都可以让她，但是爱情不可以。"

"雯雯，你还小，还不到谈情说爱的年纪。你不知道，妈妈这辈子都亏欠了她，绝不容许你伤害她。"

"妈咪……你说亏欠了梁舒，还一辈子都亏欠她，可你得告诉我，怎么就亏欠了她那么多，苏家跟梁家当年到底发生过什么？"

宋曼琴为难之际，梁家栋怒气冲冲地进门，大吼："苏董事长呢？！"宋曼琴和宋晓雯诧异地看向梁家栋，宋曼琴赶忙安抚他。苏林穿着睡衣从楼梯上下来，家栋疾步跨到他眼前质问他，苏林一头雾水地在宋曼琴旁边坐下，眼睛看向怒火在胸的梁家栋。

苏林了解了情况，耐心解释说："大澳旗下的建筑公司早就拿下了政府经济房的建设项目，我们谁知道你在那地方搞武馆了？并不是谁有意要跟你过不去。家栋，听叔叔的，不如关了武馆，我送你到欧洲读书，将来我把大澳集团都交给你……"

梁家栋垂头丧气地从苏家离开，他一个人到了黑沙海滩。茫茫的大海上，船舶帆影，岸边，梁家栋仿佛坐了一个世纪，目光遥望着远方，盯着远方的灯塔，似要为自己看出一条前路来……

清晨，悠闲散淡的三湾斜街，人们的脚步缠绕在袅袅的《大中国》的歌声中。梁家栋穿着风衣，戴着墨镜，身后的小九和小七扛着"梁家武馆"的匾额，雄赳赳气昂昂地出现在街路上，引得人们驻足观望。

梁家栋走到皇冠小馆桌前，郑大冠边亲自端上了一瓦罐蟹黄粥，边夸他："看不出来，家栋真当上师父了。"韩雅琪指着小七小九不屑道："这两个也能算徒弟？"梁家栋反问："为什么不算？"韩雅琪笑道："他俩交学费吗？"梁家栋摆摆手说："暂时还没跟他俩说这个问题，等找到了新场地再说。”

陈小帅执勤巡逻，看到梁家栋，抽空走过来，指着“梁家武馆”的匾额问：“家栋，你开流动武馆哪？”梁家栋头也不回地说：“二叔在帮我找地。租了房子，武馆开起来，自然就不流动了。”待蟹黄粥喝完，梁家栋掏钱包，摸出几张纸币，拍在桌子上，起身把匾额夹在胳肢窝里，豪气地招呼了一声：“走了。”

郑大冠拿起纸币追上来把钱塞给他：“大冠叔帮不上你什么忙，这饭，不收钱，只要你高兴，往后想来你就带着徒弟来，大冠叔不收你的钱。”家栋只好说道：“患难见真情，大恩不言谢。”

郑大冠看着梁家栋的背影，微微点头道：“这小子，将来能成事。”

陈小帅追了上去，央求地说：“家栋，你不能眼看着双鱼座在我跟你姐中间横插一脚不管啊。”听他这么说，梁家栋将匾额交给小七，拉着陈小帅就走，小七和小九好奇地看着两人走到一旁的角落，陈小帅一脸愁容地对梁家栋耳语着什么，梁家栋频频点头。

梁记饼家里，梁鼎文和阿彩正兴高采烈地争论音响播放曲目，两人终于达成共识，轮流“坐庄”播放歌曲。

阿彩出门时，梁家栋刚好进门，梁鼎文心头一喜，可他按捺着不在脸上表露，平淡问了一句：“回来了？”梁家栋点点头，问姐姐在哪，梁鼎文手指着楼上，家栋上了木楼梯，梁鼎文的脸上绽放出欣慰的笑容。

梁舒在书桌前整理旅游功课，家栋推门进来，坐在她旁边。梁舒得知弟弟要回来住，十分欣喜，家栋却转移了话题，直问梁舒和文扬到底怎么回事。梁舒避重就轻，只说是普通朋友。梁家栋不信，又拿出他的星座理论一通分析，把梁舒都说蒙了。梁舒则又把话题拉回到梁家栋身上，问他怎么突然回家住，家栋只好告诉她武馆被拆的事情，他决定要在梁家后院教徒弟。

晚上，梁家栋在他之前的卧室睡觉，梁鼎文悄悄地进门，蹑足走到近前，定定地看着儿子。他伸手想要摸摸家栋的脸庞，可手指到了他脸庞边，又缩了回来，怕吵到儿子睡觉。他静静地退了出来，轻轻地关上门，走到父亲的遗像前莪香拜了拜，然后关了灯，转身进了他自己的卧室。他没有马上去睡，而是坐在床沿上，扭头看向窗外。窗外是那明晃晃的月亮。

朝霞弥漫了三湾斜街，开启了崭新的一天。梁鼎文一如既往地派送杏仁饼，街坊却恋恋不舍地告别，还有人劝他要坚持做祖宗留下来的产业……

梁鼎文听得云里雾里，顺着街坊们的目光转头去看，才看到房檐下，原本悬挂的“梁记饼家”不见了踪影，被“梁家武馆”的匾额取而代之。

梁鼎文顿时火冒三丈，猛然上楼闯进梁家栋卧室，怒火万丈地进门，一把揪起还在酣睡的梁家栋，揪着他的耳朵下楼。梁家栋被揪得吱哇乱叫，却只能跟着下楼。

梁鼎文把儿子揪出来，指着匾额问：“你搞的？”梁家栋揉搓着快被揪掉的耳朵，龇牙咧嘴地说：“是我让小七和小九弄上去的。武馆被拆了，正是招徒弟的时候，没个地方挂牌子不行。我不会挂太久，等我有了新武馆……”梁鼎文再听不下去，蹦跳着去摘取匾额，却够不到。

梁鼎武出门，看到匾额，便明白了来龙去脉，狠瞪了一眼梁家栋道：“别的我都帮你，这个，我帮不了你。老祖宗留下的牌子你也能遮了？！”梁家栋还挺委屈，回道：“不挂显眼的地方，挂后院里谁知道啊。”

这时，陈小帅搬来了梯子，和梁鼎武一起扶着梯子，让梁鼎文爬了上去。梁鼎文摘下“梁家武馆”的匾额，走下梯子，将匾额一头撂在地上，一头握在手里，“咔嚓”一脚拦腰踹断了它。梁鼎文举起了半截匾额，梁家栋一副大义凛然、宁死不屈的架势，眼看脑袋就要被那半截匾额打中，陈小帅一把擎住梁鼎文的手腕，让他快跑。梁家栋怒视着梁鼎文，愤然转身，气呼呼地离开了。

江珠集团宽大整洁的会议室里，谢扬帆教授正在发言：“6 月 29 日，十一届全国人大常委会第九次会议表决通过，授权澳门特别行政区，以租赁的方式取得珠海横琴岛的土地使用权，用以建设澳门学院。新校址的确定，使得我们的设计工作提上了日程，任务艰巨啊。”与会人员聚精会神地听着，个个摩拳擦掌，跃跃欲试，文扬也坐在其中。

谢扬帆接着说道：“鉴于此次设计任务具有紧迫性和特殊性，我推荐文扬担纲这次项目。”众人面面相觑，显然对年轻的文扬并不信任。谢扬帆看着众人的表情，说道：“我知道大家心里有顾虑。不过，推荐文扬担任这次竞标方案的主设计师，我也是经过深思熟虑的。作为文扬的教授，我了解他。他思想活泼灵动，不仅对中国古老建筑设计有过非常扎实的专业学习，而且对于西方建筑史也有很深的造诣。更为重要的是，他对澳门的人文地理，有着强烈的好奇心，这点非常关键。更何况，还有我这个总设计师给他把关。”

众人迟疑地微微点头，继而，掌声断断续续地响起。

散会后，谢扬帆和文扬去了龙环葡韵博物馆，这个是以海边马路的五幢葡萄牙式住宅为主的博物馆，五幢葡萄牙式住宅分别为：土生葡萄牙人之家、海岛之家、葡萄牙地区之家、展览馆、迎宾馆。

谢扬帆和文扬并肩而行，谢扬帆语重心长地说：“这个项目不同一般啊，面临着双重建筑法规的约束。”

文扬微微点头道：“我知道的，教授。澳门特区的建筑规范体系成型于西方多个国家的建筑法规，所以，它的内容相对繁多，系统性却较弱。而这个项目之所以特殊，是在国内建设，必须按照国内规范验收合格，建完之后又要交给澳门，符合澳门相关法规才能投入使用，两边都要认同。”

谢扬帆赞同地说：“是啊，项目书里明确指出——必须把澳门本地的标准和内地的标准高度契合。实际工作中，是非常困难的，必须投入大量的精力和时间解决两套规范中可能存在的矛盾。”

文扬接着话头说：“我明白，除了要解决法规层面的问题，还要解决不同文明之间的相容相契问题。”

谢扬帆意味深长地说道：“校方和政府都希望我们的设计能够让人眼前一亮啊。”

两人从展览馆出来，眼前的景象开阔起来。谢扬帆望着远方说道：“这次参与竞标的除了江珠集团，还有五家设计院，其中实力最强悍的是香港银河和澳洲野马，竞争很激烈。”

文扬自信十足地表示：“请您放心，我会全力以赴，我有信心拿下项目。”

谢扬帆肯定他，鼓励道：“好，有信心就好。接下来，你留在澳门，尽快融入澳门的风土人情，寻找澳门精神中最重要的神魂，争取在设计中赋予中西合璧的澳门神采。我回到珠海之后，尽快抽调精兵强将给你，寄望你能带领团队全力以赴，打好这一战。”

梁鼎文把家栋的武馆招牌砸了之后，就卧病在床。自打梁家大屋被苏家买去，他就落下个病根，一着急上火就浑身没力气。他后悔赶走了家栋，心里着急又内疚。

几天之后，梁鼎文身体好多了，常常外出散心。趁着天气好，他去了皇冠小馆，和梁家栋的师父对桌而饮。师父夸赞家栋是习武的好材料，假以时日，说不定真能练出一番成就。梁鼎文认真思忖着梁家栋师父的每字每句。

此时的梁记饼家里，梁舒在招待顾客。店员阿彩家中有事，店里只有梁舒照看。文扬款款走进梁记饼家的大门。两人有说有笑，俨然十分亲密。韩雅琪匆忙进来，说要给梁舒打下手，原来是陈小帅巡逻时看到文扬来了，于是回家搬了救兵。

韩雅琪佯装很意外文扬在，一阵寒暄。随后，文扬捣着杏仁碎，韩雅琪熟络地把杏仁饼装盒，梁舒招呼着往来的顾客。梁舒在门口看到皇冠小馆人头攒动，便让韩雅琪回去忙，自己能够应付得过来。韩雅琪不依，但奈何留下来的理由单薄，在梁舒的劝说下，只好转身离开，边向外走边意有所指地抱怨道：“这个阿彩，什么时候有事不行，非得这两天有事。”

文扬看着韩雅琪走远了，嘀咕说：“阿姨有点儿怪。”梁舒看了看文扬，又看了看街路上跟陈小帅会合的韩雅琪，笑弯了腰。

文扬在梁记操作间里捣杏仁，梁舒走过来，看了一眼石臼，叮嘱道：“杏仁碎要碎到粟米般大小的颗粒状，不然，做出来的杏仁饼，就不是梁记的了。”

文扬点头赞叹道：“没想到，梁记还能定制生日寿诞饼。”

梁舒边筛着绿豆粉，边回答道：“平时也不会接这种订单，费时费力。不过，这次不一样，是老街坊，一辈子都喜欢吃我们梁记杏仁饼，几十年如一日，每天都来买一盒杏仁饼。今天呢，是他八十大寿，人年纪大了，吃不得蛋糕和奶油，所以才想出来梁记定一个生日寿诞饼。”

文扬捣着杏仁碎，有感而发：“我体会到了，梁伯过的日子，是一锤子一锤子砸出来的，不紧不慢，不慌不忙，透着一种难以言说的稳健和踏实，也是梁记在街坊心中的风格。”

梁舒品了品文扬的话，表示肯定。

这时，小七和小九大摇大摆地进门，梁舒认出他俩。

小七毕恭毕敬地对梁舒鞠躬问好：“师姑好！”随即变脸，耀武扬威地凶文扬：“师父让我们来警告你，别缠着师姑！如果你不安好心，我们梁家武馆的人绝饶不了你！”

梁舒听罢，顺手摸过鸡毛掸子轰走他们。

文扬佯装柔弱道：“师姑？求照应，求保护。”

梁舒笑说：“看你表现。赶紧认真干活。”

皇冠小馆陈小帅卧室里，他双手抱着头，仰面躺在床上，看着墙壁上一张大幅的梁舒照片出神。韩雅琪推门进来，他坐起，怏怏地说：“你要骂就骂吧。”

韩雅琪反而款言温语地劝他说：“傻儿子，妈知道你心里难受，可你是执法者，怎么能眼见着家栋让他的徒弟去找人家文扬的麻烦？妈不允许你这么做，也不允许你垂头丧气的。”

陈小帅低着头说：“我错了妈妈，我跟你保证，往后再不会干这种蠢事了，我会慢慢等着梁舒。”

韩雅琪心疼地抱住儿子，安抚道：“年轻人的感情妈不懂，也干涉不了，可妈就一句话，做人，是要有些耐心的。”

不一会儿，文扬做完了杏仁饼。梁舒目光发直，她惊喜地看着眼前的定制杏仁寿诞饼——一只俏皮而高傲的老猴子环着双臂，抱着膀子，对奉献寿桃的寿星老人爱理不理。她兴奋地喊梁鼎文来看。

梁鼎文踩着木楼梯下来，到了近前，打量着“文扬作品”惊叹道：“我的天，这哪是梁记的东西，这分明是雕塑作品呀。文扬，你学过雕塑？”

文扬放下双臂，点头回道：“我是学建筑设计的，有美术功底。”

梁舒思忖道：“这么美的寿诞饼，我不能委屈了它，用个什么包装呢？”

她欣喜的情态，拨动了文扬内心一根琴弦，拨出了一丝妙音，那曼妙的心灵音符蹦跳着，在文扬的目光里闪烁了一下。

梁鼎文注意到文扬看梁舒的眼神，但他佯装木讷。文扬却敏感地意识到，方才的一瞬，可能在梁鼎文眼前泄露了心事，赶紧掩饰，转身看向挂在门边的梁家大屋照片，定了定心神，好奇地问：“梁伯，这座宅子的建筑格局像福建的老建筑，是不是存在着什么文化上的渊源？”迟迟没有得到回答，他转身，看见的却是梁鼎文和梁舒都是满脸的难言之隐。

夜总会包厢里，灯红酒绿，美丽的姑娘们堆金砌玉，胳膊、大腿，白藕、风荷，夸张的红唇，鬼魅的媚眼……个个花枝乱颤，乱花渐欲迷人眼。

乙方老板巴结地看向贾长安，讨好地说："贾总，今天您就是点秋香的唐伯虎，哪个是秋香，就看您的一根手指。"贾长安冷漠地看他，不屑道："在你眼中，我就是这种没有智商只知道女人的蠢货？"乙方老板马屁拍错了，惶恐地朝姑娘们挥了挥手，姑娘们鱼贯而出。

片刻，房间安静下来，只剩贾长安和乙方老板。贾长安坐下道："有话直说吧，别在我眼前玩这些虚的。"乙方老板弯下腰："希望您行个方便，只要我能拿下大澳集团的这项工程，事后少不了您的好处。"

贾长安冷笑一声："当我是小贼？我偷个钱包，交给帮主，混顿饭钱，我憨包呀我？偷了钱包我自己拿着不好吗？"他看了看手表，很不耐烦的样子。

乙方老板咬了咬牙："两成！"

贾长安不为所动，起身做出要走的架势。乙方老板破釜沉舟，忙说："三成！！！总可以了吧？我是搞土建的，工人们干的都是体力活，人吃马喂的，不容易呀贾总。"贾长安转过头来道："你三，我七。"

乙方老板瞬间石化，面如死灰。贾长安俯视着对方，慢慢说道："我把工程给你，你有得三成赚；不给你，你一分钱都赚不到。我理解，人都是贪婪的，能多挣一点是一点，可你的欲望也要跟你掌握的资源匹配了才行。"

说着，贾长安从公文包里拿出一份合同，丢在茶台上。乙方老板挣扎再三，不得不在合同上签了字。贾长安笑着重新坐下，双手一拍，刚刚离开的姑娘们，又再度拥进包房，将它装点成"百花"园。"百花"丛中，贾长安和乙方老板碰杯，两只高脚杯里的"鲜血"，层层荡漾。

贾长安面露微笑道："希望贵公司和大澳集团合作愉快，干杯！"

乙方老板笑得比哭还难看。

月照纱窗，文扬透过窗子去看夜空中的圆月。

此时，梁舒也站在窗前看着明月。手机振铃，她接起，听筒里传来文扬的声音："梁舒，忘记跟你说了，我明天回内地。"

梁舒故作沉稳道："现在又不是没回归之前，拱北关闸拦不住你的两条腿，来来去去还不是随便你。"

电话里沉默了片刻，传来文扬委屈的声音："可你还欠我两盒杏仁饼。"

梁舒笑嗔道："走的时候故意不说，非要我送去。让我送你，不如直说好了。"

文扬不置可否："那说好了，明天见。"

电话挂断，梁舒又转到窗前去看空中明月，她好像要跟那皎洁的明月比一比，哪个的面容更加皎洁、更加甜美。

第二日，文扬站在拱北关闸，翘首以待。通关处人流繁密，他努力搜索着梁舒的脸。

距离拱北关闸一百多米开外，一辆豪车停在路边。车窗摇下，露出宋晓雯一张警觉的脸。她看见了梁舒骑着电动车，车把上挂着两盒杏仁饼，一路而来。宋晓雯从豪车上下来，伸开双臂拦住了她。

宋晓雯不由分说地把两盒杏仁饼从车把上摘下，要替梁舒把杏仁饼送给文扬。不等梁舒说话，她就拎着两盒杏仁饼朝拱北关闸走去。梁舒目瞪口呆，看着宋晓雯摩登的背影走远，反倒平静下来，想看看宋晓雯要干吗，也想看看文扬如何处理。

文扬翘首期待的梁舒在太阳的光晕中却变成了宋晓雯。宋晓雯到了近前，把两盒杏仁饼递给他说："走了也不跟我说一声，太不仗义了吧。我姐没空来，让我把杏仁饼带给你。"文扬接过杏仁饼，目光下意识地往宋晓雯身后遥望，他无法确认远处的倩影是不是梁舒。

宋晓雯窈窕的身材跟着他的目光移动，成心遮挡他的目光，说道："我知道你频繁往返于澳门和内地的目的，你是要参与澳门学院的设计竞标。作为朋友，我可以给你提供你意想不到的帮助。"

文扬收回目光，冷淡地道了声谢，转身离去，随即过关。宋晓雯看着文扬的身影，嘴角扬起一丝得意的微笑。

梁舒远远地看着文扬过了关闸，片刻，宋晓雯高傲地走回来说："姐，比起你的两盒杏仁饼，他可能更需要我的帮助，你说呢？"

梁舒未及反驳，手机振铃，摸出一看，是文扬的来电。梁舒接听电话，故意用了免提。

文扬温柔的声音传来："杏仁饼我收到了，不想白吃你的杏仁饼，给你准备了红玫瑰，本想让你的信使把红玫瑰给你带回去，可我怕被她贪污了，所以，保险起见，我还是暂时替你保存着。"

反败为胜的梁舒挂断了电话，目光示威地看向渐渐恼怒的宋晓雯。

宋晓雯嗔怒，二话不说，转身坐进路边的豪车。她把豪车开得凶猛，才开出一百米之外，就栽进了路边的沟堑里。梁舒跨上电动车，戴上头盔，慢悠悠地骑过去，路过的时候，含笑看向宋晓雯，故意说道："雯雯，姐帮不上你，你慢慢出来哈。很多事，陷进去容易，出来时得靠自己努努力气。"说完，她骑着车离开了，留下豪车内的宋晓雯狠狠拍了一下方向盘。

第十六章

咏春拳馆内，四遭静谧，院内的梅花桩傲然挺立着。这是梁家栋从小学拳的地方。梁家栋的师父年岁已长，倒也有几分仙风道骨。屋内，梁家栋、梁鼎武、小七和小九正站在家栋的师父跟前，听他宣布一个振奋精神的消息——咏春拳馆转让给家栋。

梁家栋兴奋得乱转，一时不敢相信这个消息。师父含笑点头，小七和小九高兴得手舞足蹈。梁家栋连声向师父道谢，梁鼎武这才告诉家栋，是梁鼎文替他交了三年房租。

梁家栋大吃一惊，只听师父缓慢而郑重地说："师父到了退休的年纪，也正好赶上这座院子的租赁合同到期，我跟你爸爸商量着转给你，这是两全其美的事。家栋，打从今儿起，你要好好经营这个武馆，弘扬咏春拳责任不小，就落在你的肩头上了。"

梁家栋重重地点了点头。这时，梁鼎文抱着一块新制的"梁家武馆"匾额走过来。父子俩四目相对，梁家栋难掩激动，眼圈霎时红了。他怎么也想不到爸爸会支持他的理想，默默地为他付出了这么多。梁鼎文注意到家栋泛红的眼眶，故作口吻生硬地命令他："还不把这个挂上去。"

家栋的目光锁在新制的"梁家武馆"匾额上，竟呆立不动，梁鼎武张罗小七、小九帮忙，小七和小九欢天喜地地忙碌起来。

小院门口，"梁家武馆"的匾额替换下了"咏春拳馆"的匾额，梁家栋再也控制不住情绪，他"扑通"跪倒就磕头，嘴里说着："谢谢师父！谢谢爸爸！"梁鼎文想说什么，但话到嘴边又哽住了，他只是拍了拍儿子的肩头，便转身离开了。

晚上，吃过晚饭后，梁鼎文又像往日一样，坐在桌前挑选杏仁。他戴上老花镜，手指在簸箕里捏出一个杏仁，凑近台灯去照。梁家栋坐在梁鼎文的面前，他完全沉浸在开武馆的喜悦中，眉飞色舞地说："我要像李小龙、黄飞鸿、叶问一样，将咏春拳发扬光大，争取成为一代宗师……"

梁鼎文把目光从老花镜的镜框上跳出来，像看杏仁一样看着儿子说得口沫横飞。在爸爸逼视的目光里，梁家栋也觉得把话说过了头，不好意思地摸了摸脑袋说："梦想。爸爸，人生都是要有梦想的，您就当我刚才跟你说的，是我的梦想。总之，我一定不给爷爷丢脸，也不给您丢脸。"

梁鼎文收回怀疑的目光，继续挑拣杏仁，口吻却是难得的蔼然："做人要踏实，当个好拳师跟做杏仁饼差不多，那得是一辈子的修炼。"梁家栋听着，从未有过地乖顺，连连点头。

梁舒和文扬的感情在不断升温。人的缘分其实很奇妙，有些人相识相知，就像磁铁一样相互吸引着；而有些人可能相处数年，都难以有怦然心动的感觉。可能这就是爱情。

柔和的灯光下，梁舒坐在电脑前，认真地阅读一封电子邮件，发件人是文扬："梁舒，我已经提交了设计方案，想来很快我又要回到澳门了。那支没有送出去的玫瑰，我一直养在花瓶里，希望把它给你的时候，它还没有枯萎……"

梁舒沉迷得太深，她完全没有注意到家栋的脑袋从她的肩头上伸了过来，他的眼睛，也盯着电脑屏幕，好像是个认真识字的小学生，居然一字一顿地读出了声音："我喜欢听你弹奏民谣吉他，我喜欢看你坐在屋顶上怀抱吉他的样子……"

梁舒这才反应过来，猛地关掉电脑，转头怒喝道："家栋！"

梁家栋后跳一步，刚刚读取的信息量在他脑海里升腾，混杂着他的想象，继续独白："我忘不掉跟你在一起的分分秒秒，我忘不掉三湾斜街迷人的月色。亲爱的梁舒，我想和你一起去澳门塔观光……"

梁舒羞涩地追着打弟弟，他边躲边念："我希望我的目光和你的目光交织在一起，我只是希望和你一起，看尽澳门的美景，看尽人间的风华，看尽人生的美好，还有爱情的神圣……"

看着弟弟顽皮可爱的样子，听着他蹩脚的念白，梁舒反而被逗笑了。

风和日丽，天朗气清，梁潇带着考察团一行人走在澳门学院的横琴校址上，文扬和谢扬帆、贾长安皆在其中。梁潇精神饱满地为大家讲解："中央大力支持澳门学院迁建横琴，横琴校区是粤澳合作的重点项目。在不久的将来，澳门学院将是澳门对外开放的示范性大学。以前说起澳门，人家只知道博彩业，不过等澳门学院建成了，一定会成为澳门面对世界的一个极具特色的文明符号。"

谢扬帆和文扬落在考察队伍的后面。谢扬帆环视周围的山海岭水，不停地感慨这是大智慧。文扬不明就里，谢扬帆侃侃而谈："用不了多久，这里就会横空出现一座现代化的综合教学社区，这中间是有大智慧的，不仅把澳门和内地紧紧地连接融合在一起，而且以澳门学院荟萃人文的形态，必将在这里树起一座巍峨的文明丰碑。"

文扬豁然醒悟，兴奋地说："教授，我脑子里的方案越来越清晰了。"

谢扬帆笑笑说："到底是年轻人啊，才思敏捷。那我就等着看了。"

几天后，谢扬帆坐在江珠集团高层的办公室里，眉头紧蹙，办公桌上摆着一份方案。这是文扬及其团队提交的方案。与会领导在会议桌前正襟危坐，气氛有些紧张。谢扬帆态度严肃，对眼前的方案十分不满。

文扬团队成员面面相觑。文扬的表情拘谨，忐忑地等待着教授下面的评判。

谢扬帆说："看得出，你们在设计蓝图上，兼顾了东西方文明特征，论证半径足够大，参考古今中外的著名建筑案例也足够多，中国古建筑和西方文艺复兴时期的建筑特性也多有借鉴。但是，这是一个舍本逐末、和我们所追求的建筑文本相去甚远的方案。一句话，这不是多种文明相融相洽的融会贯通之作，这是个失败的构想。"

文扬的自信遭遇打击，如坐针毡。

谢扬帆接着说："之所以给这个方案下这样的结论，理由有三：独创性被严重忽视，此其一；横琴这个地方在内地和澳门之间的特殊地位，以及周围的人文地理、岭水气象，没有融入你们的创作思维，你们的逻辑严重偏离了项目任务的真知，此其二；第三，也是最最重要的一点，你们心中根本就没有确立澳门学院在未来时态里、巍峨世界傲然尘世的美学形象，这也是让我大失所望的原因所在。"

会议室里瞬间肃静，陷入一片死寂之中，所有人都把目光投向文扬。谢扬帆却没有再看文扬一眼，一脸阴沉地起身离开了。与会领导也参差而起，跟在谢扬帆之后，走出会议室。文扬解开衬衣领口的扣子，心如灰土。

傍晚，文扬一个人坐在礁磐上面，看着海潮一次次冲刷过来又一次次疲惫地退却。海水冲刷着巨大的礁石，白色的浪花冲洗不掉礁石千年的黑。远处的海面，在夕阳的照射下，波光潋滟，船艇交错，水色相映，薄明的雾气折射着七彩水珠。文扬抬眼望去，隔着黄昏中的大海，隔着夕阳着色的海面，看着对面澳门的剪影。

大海的潮汐冲洗不掉文扬脸上的失落感，梁舒的话如在耳畔："说好了的噢，我在澳门塔等着你。"

文扬脸上和心里的失落都在慢慢加重着，渐渐演化为沮丧和颓废。他想去澳门见梁舒，他想把方案做好，他想……而今，好像什么都实现不了了。这样想着，他把手中的一支画笔狠狠地丢入大海。

谢扬帆出现在身后，他没有急着说什么，而是站立在他的身后，看着他的一举一动。良久，谢扬帆问："撂挑子不干了？我看错了你。我不该力排众议把这个项目的主创任务交给你。你走吧，柔情万种我不爱，只用人间一金刚。你不是。"

说完，谢扬帆走下礁磐，海风吹起他花白的头发，他沿着海边渐行渐远。文扬的心灵经历了一场暴击，委屈、伤心、颓废甚至还有毁灭的情绪，凝结在文扬的眼中，像一团火一样燃烧着。

入夜了，三湾斜街上，路灯光晕柔和，街路两旁的店铺商家平宁古朴。梁记饼家播放的歌曲《我爱你中国》在街路上空回荡——

我爱你中国
我爱你碧波滚滚的南海
我爱你白雪飘飘的北国
我爱你森林无边
我爱你群山巍峨
我爱你淙淙的小河
…………

龙凤茶楼里，文叔和几个老街坊正坐在窗边的桌子前，悠闲地喝着茶。大家都感慨阿文真是执着，这些歌反反复复都听了十多年了。大家聊起梁家，说起阿文的能干，阿武却一直没定性，最近开出租车的差事又不干了。恰好梁舒端着杏仁饼进来了，她笑说心思现在都在梁家武馆上。她把刚烤的杏仁饼一一分给茶馆的客人，说新加了一味料，欢迎大家品尝。大家接过梁舒分发的杏仁饼，纷纷夸她真是能干，是梁鼎文的好帮手。

大家尝了梁舒给的杏仁饼，都觉得与以往的味道不一样，具体也说不好是哪儿不一样。文叔细细咂摸，却越品越有味道，这激发起他的好奇欲，踱着四方步来到梁记饼家，想一探究竟。

文叔跨进梁记的门，见梁鼎文和韩雅琪正站在柜台前，开口便说："阿文，孙女烤的杏仁饼加了一味什么料，味道可是开了你梁记的先河。"

文叔的话让梁鼎文一头雾水，他忙把文叔迎进屋，听文叔细细讲来。梁鼎文在烤箱旁边拿起一块杏仁饼，尝了一口，仔细品咂，依旧一头雾水，连连摇头，说："叔，我还真拿不定加了什么呢。"

文叔道："中和了你们梁记纯杏仁的那种特殊的苦味，有一种淡淡的清芬之气，捉摸不透。"

韩雅琪却在烤箱旁边发现一片玫瑰花瓣，用手指捏起来，迟疑道："玫瑰花？"

文扬来澳门了，他在澳门塔上给梁舒发了条信息。他是来赴约的，没想到却是如此的落寞，或者说是狼狈。他坐在澳门塔顶端的观光层，目光透过玻璃窗，看澳门夜景。

梁舒接到信息后便匆匆赶来。在澳门塔上 360 度的旋转餐厅里，她远远地看见了文扬，正想跟他打招呼，却看见宋晓雯从一角出现，直接坐在了他对面。梁舒停下了脚步，在不远处的卡座坐下，目光注视着文扬和宋晓雯。文扬意外地看着宋晓雯，眉头微蹙。

"这么巧？我怎么总能碰见你？"

“又是你姐让你来的？”

“不是不是。你们有约会？我还真不知道。这次真是碰巧了。”

“这么说，上次不是碰巧喽？”

宋晓雯被揭穿，也不觉得难为情，反而直截了当地说：“文扬，我喜欢你。”

文扬惊讶于宋晓雯的直白，但他心里一直把眼前这个女孩当孩子，开始转移话题。宋晓雯顿感心伤，嘟起嘴，忽闪着大眼睛盯着他，委屈得一脸秋水。文扬没有心情耗下去，起身就要走，却看到了不远处卡座里坐着的梁舒。梁舒和文扬四目相对，她起身走了过来，看了看委屈的宋晓雯，故意说：“怎么把一个孩子逗哭了？”

宋晓雯猛然起身，瞪了梁舒和文扬一眼，愤愤不平地走了。梁舒和文扬相视无奈一笑，相对而坐。

梁舒定定静静地看着文扬说：“我是来分享幸福感和成就感的。”

文扬脸上的那一抹淡淡的笑容突然隐没，被颓废和沮丧代替。梁舒很意外，看出了文扬的不顺遂，小心关怀。文扬把谢扬帆的评价告诉了梁舒，他见梁舒脸上蒙了一层沉郁，故作轻松地说：“也好，我现在倒觉得一身轻松，我打算申请学校攻读博士。”

“你真是这么想的？”

“只是……有点舍不得澳门，舍不得你。我跟随教授这么多年，从没见他那么恼怒。这次，我一定让他很失望，很失望……挺对不起他这些年的栽培和教导。”

梁舒紧抿嘴唇，她知道，一旦文扬接不下这个项目，他们二人就很难再相见了。文扬转过脸去，透过窗子望向澳门夜景，心中万分感慨，他忽然想起几句诗——

> 不住田园不树桑，珴珂衣锦下云樯；
> 明珠海上传星气，白玉河边看月光。

这首诗是汤显祖到澳门买药，友人贾胡陪他游逛时的即兴作品，大戏剧家雅人深致，洞悉了澳门人日常生活的恬淡和优雅。此刻，他的心境，又何尝不是如此呢，他觉得自己和澳门有了难解难分的情缘。他记得梁舒曾经说过，喝过亚婆井的水，要么常驻澳门，要么远别重来……

梁舒的眼圈渐渐泛红了，但她身上有一份克制和隐忍，她一脸释然和微笑地看向文扬，提出给他当一次私人导游。不等文扬同意，梁舒已然起身离开。

第二天，梁舒便带着文扬，开启了澳门之游。

他们先是来到了福隆新街。这是一条繁华的美食街道，各种小吃和店铺煊赫于街路两侧，梁舒和文扬并肩而来，一辆手推车上冒着热气的牛杂吸引了几位顾客，卖牛杂的师傅停稳了车子，招待顾客，梁舒高兴地要了两碗，对文扬说，打从记事起，这个卖牛杂的小推车就在了，澳门人眼看着卖牛杂的师傅从一个小伙子变成了中年大叔的，他的牛杂，也是澳门一绝。文扬虽然从不吃牛杂，但还是尝了两口。梁舒送他的，他当然要喝。

之后，他们又去了安德鲁蛋挞店，两人买了蛋挞，边吃边走。梁舒给文扬讲安德鲁的故事：做葡式蛋挞的安德鲁不是葡萄牙人，而是英国人，来澳门之前，是葡萄牙酒店的大厨。他觉得，澳门是他能在东方找到的最具欧洲风情的城市了。早在他开这家安德鲁蛋挞店之前，便爱上澳门女子唐慧中。这个女人，生于澳门，长于澳门，虽然品貌清丽端庄，却内心如火，安德鲁对她一见钟情，并因为她产生了终老在澳门的想法。随后，两人合作开了这家安德鲁蛋挞店，他给唐慧中起了一个好听的英国名字——玛嘉烈。可是，他们最终分手了。通过交往，安德鲁消极避世的人生观，是玛嘉烈难以接受的，他们之间的感情，也就走向了结局。

文扬听完，隐约感觉到梁舒在暗示什么，用怅然的眼光望着她。梁舒没有正面回应他，而是带着他继续往前走，很快到了乐馨祥香坊。在老板的指导下，文扬和梁舒做成了一根手工香。梁舒双手擎着这根香朝天拜了三拜，忽然耍起了小调皮，念道："菩萨，请您赐予我一颗大丈夫再造丸吧，让我眼前这个泄了气的设计师，吃上一颗。"

文扬已然放下的灰暗情绪却再次浮现在脸上，梁舒发现了他情绪的变化，放下手工香，拉他出去，朝着一个小巷的方向走去。

另一边，那天宋晓雯看见梁舒和文扬在一起，气呼呼地扬长而去之后，开着自己的豪车在街上狂飙。她气恼地打火，打开音响按钮，音乐瞬间激发，声浪外溢，韩国男团东方神起的单曲《为什么会喜欢上你》的曲调在空气中横冲直撞。宋晓雯心里不服气，她也不是坐以待毙的主儿，于是，她想了一个主意，第二天便兴冲冲地开展行动了。

宋晓雯找来陈小帅帮忙。她知道，陈小帅一直爱慕梁舒，而她又喜欢文扬，要是能把梁舒和陈小帅撮合成一对，那文扬不就单着了吗？那她就有机会了。她把陈小帅生拉硬拽到自己的豪车里，同他讲自己的计划，谁料陈小帅并不配合。

"我和你现在是利益共同体，各取所需，合则两利，斗则两害。"

"你不愧是苏家的人，做什么事都商人思维。你再不停车，我跳下去了。"

宋晓雯并不停车，反而加大了油门，好不容易在街道一侧停了车，陈小帅逃一般地下车向前走，宋晓雯追上去，他脚下的步伐反而更快了。

"你到底是不是真心喜欢舒儿姐姐？！"

"这事跟你没关系。"

"怎么就跟我没关系了？关系大了。你不看好舒儿姐姐，连累我的机会都没了。你要学会追女孩子。俗话说，好女怕缠男，你有时间就得跟舒儿姐姐在一起，严防死守，让文扬没工夫跟舒儿姐姐接近……”

陈小帅突然停住脚步，转身瞪着宋晓雯，她脚下一时没刹住，撞在了他的身上。陈小帅一脸嫌弃地将宋晓雯扶稳，又推开，继续大跨步向前走。宋晓雯见状，气恼地转身往回走。

这一幕，被路过的梁鼎武尽收眼底。他略带玩味地看着，心里纳闷这两个孩子怎么凑到一起了，怎么看起来像是拍拖闹别扭呢。梁鼎武追上陈小帅，说他们两个不合适，陈小帅这才意识到梁鼎武误会了，急忙解释，但梁鼎武好像并没有听进去。

梁舒带着文扬继续游逛澳门，他们又来到了龙凤茶楼。这座茶楼历经百年，是三湾斜街上的一道亮丽的风景和瑰宝。茶楼内幽静古朴，犹如清泉流水的丝竹雅乐，涓涓而滴。老旧的茶桌上，放着锡制茶叶罐、青花瓷壶和茶盅。

梁舒不忘讲解：“澳门人都知道这里，茶具和茶桌都是旧物件，冲泡方法也别出一格，烹制的茶饮清火生津。爷爷活着的时候，经常会来坐一坐的。”

文扬看着茶盏上的花色，也忍不住赞叹：“确实雅致、清幽。”

之后，文扬提出去看望梁鼎文。梁鼎文为文扬准备了几道家常菜，他知道文扬的境遇后，试图开解他说：“文扬，这世上哪有什么容易的事，不就是碰到困难，凭着一股子心气，咬牙撑下去。等澳门回归祖国之后，日子忽然就好过起来了，要是当初没信心，梁记也没有今天。”

文扬不语，揣摩着梁鼎文的话。梁舒忽然向文扬发出赛跑的邀请，文扬答应，两人去了球场，在环形跑道上，一前一后奔跑。梁舒很快败下阵来，走上看台。文扬却继续往前跑着，越跑越拼命，脑中一片空白。他听见有个声音从高处传来：

“文扬——遇到点儿困难，就撂挑子吗？文扬——被自己的导师批评了一次，你就退缩了吗？文扬——一次失败，你就妄自菲薄看不起自己了吗？文扬——你是个玻璃人吗？文扬——你的颓废和自戕，是专门做给我看的吗？”

是梁舒的声音。文扬像是被击中了什么，同时也被融化了什么。他从机械麻木的脚步中苏醒，放缓速度，跑到梁舒身边，笑看着她。此刻虽然疲惫，但他的眼睛却熠熠生辉。

梁舒笑着说道：“赶紧回去给谢教授发 e-mail，诚恳认错，你还有救。”

文扬看着梁舒，不语。梁舒再催，文扬终于点点头，两个人似乎都如释重负。

几日后，郭富成和梁潇请来了谢扬帆，他们坐在皇冠小馆里叙旧，同坐的还有文扬。原来，郭富成夫妻二人是为文扬求情，这是梁舒拜托他们的，他们也认为文扬是个人才，所以便果断联系了谢扬帆。在这个机遇之下，谢扬帆和文扬二人也算是冰释前嫌，谢扬帆继续对文扬委以重任，文扬重新担任方案的写作。为了更好地完善方案，他留在澳门体验生活，征得梁家同意之后，借住在梁家，梁舒把原先家栋的房间打扫干净，让他住了进来。

这可急坏了陈小帅。之前，他对文扬和梁舒两个人的亲密关系保持观望的态度，如今，文扬都住到梁家了，他能不急吗？他坚持文扬不能住进来。他找梁舒说，却被梁舒挡回了，找梁鼎文问情况，梁鼎文解释说那是文扬工作需要。陈小帅无比失落，悻悻地走出了梁家。

阿彩看在眼里，替陈小帅鸣不平，她让梁鼎文跟梁舒说说，如果不喜欢小帅，就赶紧让他死心，这样多折磨人呀。梁鼎文虽没正面回应下来，但他明白，这事儿该跟梁舒好好聊聊。

这天，谢扬帆和文扬去了妈祖庙，二人边逛边聊。这座妈祖阁距今已经有五百多年的历史了，是澳门文明的肇事之光，后融合西方文明，也是澳门文明风度的体现。传说，妈祖羽化升仙之前，姓林名默娘，祖籍在福建莆田。林默娘的父兄出海未归，此后的日日夜夜，林默娘都在海边等待，望眼欲穿，而她提着的灯笼，却为夜航的渔人指引了归家的航向。谢扬帆趁机提点文扬，要打破惯性思维，跳出现有逻辑，以澳门和内地的血脉关系为切入点，深入澳门街坊里弄的红尘日常，对融合了东西方文明的澳门，往深处探究，才能形成更好的方案。

两人相谈甚欢，在外吃了饭，而梁舒在家，为文扬准备了一桌饭菜，却迟迟没有等到他，脸上的失落清晰可见。梁鼎文看在眼里，决定跟女儿好好谈谈。

“舒儿，你是不是喜欢上了文扬？”

“我没有，这是姑姑和姑父交代的，我们不能慢待了客人。”

“那小帅呢？你喜欢小帅吗？”

“爸爸，小帅是弟弟，一辈子的弟弟。”

“舒儿，一个是弟弟，一个是客人，都慢待不得。”

看着若有所思的爸爸，梁舒不再言语，饭后，她抱着民谣吉他，手指轻轻地弹拨，一曲古老的民谣音符，悠悠扬扬传到了三湾斜街。此时的街路，店铺里都亮着灯光，街路上行人寥落。隔了一阵儿，梁舒听见身后传来脚步声，但她的手指却并未停止拨弦。

文扬回来了，他来到梁舒身后，解释说他不知道梁舒晚上为他做了饭菜，末了，他又补充一句：“以后有空了还能再给我做一顿吗？”梁舒深深地看了他一眼，并未回答，脸上的表情活泛起来，她抱着民谣吉他，继续弹唱：

鸡公仔，髻蓄蓄
井边揹水泪垂垂
人家问涯叫脉个？
冇爷冇姝受人欺
檐前洗面哥会骂
房里梳头嫂会槌
…………

文扬静静地看着梁舒，眉目中爱恋渐浓。月光如水，拉长了并肩而坐的两人身影。

朝霞照进三湾斜街，开启了全新的一日，梁记按照惯例，向来往的行人分发杏仁饼。但奇怪的是，这次的派发人不是梁鼎文，而是文扬，街坊们大感新奇。文扬边派发边吆喝："吃梁记杏仁饼，有信，有心，有信心。"

正在巡逻的陈小帅走过来，站在旁边看着他，文扬隔着晃动的人头，递给他一块杏仁饼，他犹豫了一下，伸手接过。阿彩来上班，到了门前，看见文扬在派送杏仁饼，一时没搞清状况。梁舒背着双肩包走出梁记，招呼文扬，然后牵着文扬的手一起走了。这一幕，陈小帅看得清清楚楚，他的情绪一落千丈，继续向前巡逻离开。

梁舒带文扬去了郑家大屋。郑家大屋的创建者是历史人物郑观应，他的《盛世危言》一作流传甚广。文扬在此感受到了浓郁的澳门文明，这种古老的民居让他浮想联翩，激发着创作灵感。他想去梁家大屋看看，但他知道，梁家人发誓不踏入现在的苏家会馆，他也就不再坚持。

之后，梁舒带着文扬来到了梁家武馆，大老远就听见里面的操练声。梁家栋和小七、小九正站在院子中，练得大汗淋漓。他们诧异地看着梁舒和文扬，梁家栋嬉笑着迎上去，文扬点头示意，新奇地环顾着武馆小院。

梁家栋知道文扬是福建人，咏春拳盛行于福建一带，他想同文扬过过招。文扬连连摆手，梁家栋却一把捏住他手腕。在梁家栋的牵引下，文扬穷于应付，却无法脱身，他巴望着梁舒救他，可梁舒环着双臂，面目含笑，摆明了隔岸观火。他只能接招，眨眼间被家栋摔了个四仰八叉，狼狈气笑，而看着他龇牙咧嘴，梁舒也忍不住笑弯了腰。

他们又来到大三巴牌坊前，二人踏着台阶而上。这是最具代表性的"澳门八景"之一，无论是牌坊顶端高耸的十字架，还是铜鸽下面的圣婴雕像和被天使、鲜花环绕的圣母塑像，都充满着浓郁的宗教气氛，给人以美的享受，堪称"立体的圣经"。这座牌坊是中西方文明汇聚融洽的一个最好例证，欧洲文艺复兴时期和东方古老建筑风格的光彩历历在眼前，让人叹为观止。梁舒向文扬介绍眼前之景，文扬说："看得出，你很热爱澳门家园。"梁舒笑着应声。

接下来，二人去了哪吒庙。1888 年，圣保禄山一带居民染上瘟疫，为了消灾辟邪，便商议在大三巴后面请来哪吒神作为镇压，并建庙奉祀，如今，这里也是澳门人节日集会的地方。

"东方的哪吒和西方的耶稣，都在澳门照拂生民，澳门也算是风云际会。"

"耶稣也好，哪吒也好，我爸爸说他们都是天上的神仙，管不了澳门的事。我爸爸这辈子只信祖宗，他说梁记饼家是祖宗留下的基业，百年来，几代人苦苦支撑着，经历了不知道多少澳门的风风雨雨，回归之后，他心气一天比一天平和了，你也看到了，他迷上了红歌，为了听歌，整天跟阿彩斗智斗勇的。"

两人欢笑着离开了哪吒庙。文扬还是想去苏家会馆看看，梁舒虽不想前往，但看到文扬热切的眼神，还是带他去了，但自己坚持不进门。

苏家会馆门口，文扬正想一人进去，迎面正好碰上宋曼琴和宋晓雯。宋晓雯看到文扬，顿时高兴地跑来，拉着文扬就往里走。文扬看着梁舒，难做决断，梁舒点头示意，同意他进去，宋晓雯不由分说，拉着他就跑进大屋。

门口只剩下宋曼琴和梁舒，宋曼琴邀梁舒进屋，被她冷冷地拒绝了。宋曼琴不知说什么好，她失落地走进庭院，远远地看到活泼可爱的宋晓雯正热情满怀地带着文扬四处参观。宋晓雯指指点点，文扬认真领会，甚至掏出笔记本记录。宋曼琴站在庭中，她的眼前浮现起幼时的梁舒，记忆一幕幕涌上心头，她的眼圈又渐渐红了。

梁舒站立街边，背对着苏家会馆的大门口。文扬从苏家会馆大门里出来，宋晓雯极力挽留他在此吃饭，他都拒绝了。他看到不远处梁舒的背影，赶忙奔过去，双手扳动梁舒双肩，看到她双眼泪湿，刹那间觉得自己碰触了梁舒内心中的隐伤，但他此刻能做的，就是把她沉拥入怀。追赶过来的宋晓雯看着他如此体恤梁舒，醋意陡生，一顿脚，气恼地转身离开。

梁舒和文扬并肩往回走，文扬心疼地问她好些了没有，梁舒挤出一丝笑容，岔开话题，提议去海鲜大排档吃晚餐。梁舒拉着文扬刚拐入街角，恰巧被刚下班的陈小帅看到。陈小帅眼神一黯，怔在原地。片刻后，陈小帅像是不死心般，急忙抬脚向两人消失的方向追赶而去。

夜晚的海鲜大排档，无比热闹。梁舒和文扬找了一个座位坐下，尾随而来的陈小帅暗暗下了决心，故作轻松地走到二人近前，做出偶然相遇的样子。

大排档老板拿着菜单走过来，文扬要了一瓶黑啤酒，陈小帅则不甘示弱地点了两瓶。梁舒一愣，她知道陈小帅不会喝酒，是个一喝就醉的主儿，便阻止他喝酒，陈小帅破天荒地没有听梁舒的话。

不一会儿，桌上已经摆满了海鲜和烧烤，三大瓶黑啤酒也被端上了桌。文扬举杯，向梁舒表示感谢。梁舒举杯碰了一下。一旁的陈小帅仰脖喝了一大口酒，尽量喝得豪迈，虽然龇牙咧嘴，却连称好喝。梁舒递给文扬一个烤大虾，陈小帅也要求同样的待遇。梁舒给文扬挤了点儿芥末，陈小帅也要梁舒给他蘸芥末。梁舒决定整治一下陈小帅，随即挤了一大坨芥末在他面前的餐碟里。陈小帅看着文扬斯斯文文地大虾沾芥末吃，他也把大虾放进芥末里翻转，然后一口吞下，顿时龇牙咧嘴，眼泪横流，却仍道滋味好极了。梁舒和文扬终于忍不住爆笑，引得众人侧目。

第十七章

转眼间，时间走到了2009年12月20日。三湾斜街上，锣鼓喧腾，人山人海，大家都在庆祝澳门回归10周年，陈小帅和老朱并肩巡逻执勤。韩雅琪带着街坊会的工作人员沿街而来，他们举着大横幅——**热烈庆祝澳门回归10周年**。梁家栋、小七和小九的舞狮队穿街而来，从狮子的嘴里吐出小横幅——**梁家武馆庆祝澳门回归10周年**。

宋晓雯拿着标着“亚澳TV”的麦克进行街访，摄像师紧紧跟随。

宋晓雯把麦克对准陈小帅，问：“陈警官，未来十年，你最大的愿望是什么？”

“做好一名警官，还有……跟自己喜欢的人在一起。”说着，陈小帅在人群中寻找梁舒，看到她正与文扬并肩看热闹。

宋晓雯收了麦克，靠近陈小帅身边嘀咕了一句：“那你得看好那个人噢。”

陈小帅愣怔间，宋晓雯已经带着摄影师到了梁记饼家门口，她把麦克对准梁鼎文，问：“梁伯，此刻，你在想什么？”

梁鼎文顿了一下说：“现在中央政府支持，澳门的日子好过了，我要好好经营梁记，多赚钱，夺回梁家大屋。”

宋晓雯给梁鼎文竖了一根大拇指道：“梁伯，想得好，我祝您成功。”

宋晓雯拿着麦克到了郑大冠眼前，不等她发问，郑大冠便主动说起来：“我还是做我的蟹黄粥。”

宋晓雯说：“大冠叔作为澳门美食协会会长，就只做蟹黄粥？”

郑大冠说：“我还想在珠海和香港再开几家分店，让更多的人都能吃上这道美味。”

宋晓雯看到依在一起看热闹的梁舒和文扬，疾步到了近前，把麦克伸到文扬眼前道：“文先生，你是从内地来参加澳门建设的工程设计师，你能告诉澳门人，在你的眼里，未来的澳门会有什么变化吗？”

文扬正色道：“未来的澳门或许不再只是一座赌城，而作为参与澳门建设的内地设计师，我很荣幸能为澳门的发展尽一分力量，贡献一份属于我的青春。”

宋晓雯接着问：“爱情呢？有没有想过娶一个澳门女孩当太太？”

文扬含笑看了一眼身边的梁舒，意味深长地说：“我非常愿意。”

宋晓雯有些不爽，把麦克递到梁舒的嘴边问："梁小姐，你是三湾斜街有名的点心妹，能告诉我你此刻的心情吗？"

宋晓雯的话激起了梁舒的反感，她躲避麦克，目光越过她看了一眼摄像师及时跟进的镜头，言辞犀利地回道："作为亚澳TV的实习记者，在澳门回归祖国10周年这么隆重的日子里，你的这次采访都是随性的吗？看起来，再过十年你也过不了实习期吧？"

说完，梁舒拉着文扬转身离开，他们回了梁记饼家。宋晓雯目送二人离开，满心邪火，一把揪住陈小帅，问他们是怎么回事，陈小帅蔫蔫地告诉她，文扬借住在梁记了。宋晓雯又惊又气，她不想坐以待毙，沉思片刻，计上心来。

梁家厨房里，梁舒正在炒菜，文扬打下手。他们正在准备晚餐，一会儿梁潇一家和郑大冠他们都过来，一起庆祝澳门回归10周年。

忙碌间，梁舒对文扬说："有两张庆祝澳门回归祖国10周年文艺晚会的门票，晚上我带你去看演出，让你见识见识澳门韵味的歌舞。"

未及文扬说话，陈小帅进了门，一脸认真和坚定地表示他也想去。梁舒和文扬一愣。文扬笑着建议梁舒跟小帅一起去，梁舒挑了文扬一眼，继续炒菜。梁舒手法娴熟，不消两小时，丰盛的饭菜已端上桌。梁潇一家、郑大冠和韩雅琪陆陆续续到齐，梁鼎武和家栋忙着给梁家武馆打广告，迟迟未来。众人围坐在桌前，温暖而热闹，楼下音响的歌声渲染着喜庆的气氛。

梁鼎文举起酒杯道："今天是个大日子，回归十年了。想想十年前梁记和皇冠小馆是什么样，看看现在是什么样，不比不知道……来，干杯。"

众人都喝了一杯。梁潇接话说："大哥，接下来的十年，澳门会有更大的发展。"

梁鼎文说："这个我不考虑，也不担心，澳门在祖国的庇护下，说将来不好我都不信。"

梁潇拉住身边梁舒的手，小声嘀咕说文扬这孩子不错。梁舒微微脸红，她看见韩雅琪一直盯着她看，便顾左右而言他，从口袋里掏出两张文艺晚会门票，递给梁鼎文和韩雅琪。韩雅琪笑着接过去，梁鼎文却没动。

这时，宋晓雯带着摄影师来了梁记，大家不明就里地看着突然造访的他们。摄影师麻利地把录像机架在三脚架上，宋晓雯拿着麦克开始采访梁鼎文："梁伯，亚澳TV新开辟了澳门传统美食栏目，第一档节目，我就想到了梁记的杏仁饼。"

大家闻言，面面相觑。梁潇打破僵局，说宣传梁记是好事，梁鼎文虽心中不悦，但想到可以宣传杏仁饼，他便配合宋晓雯的安排。宋晓雯推着梁鼎文坐在柜台前，指导他拿捏好表情，又将梁舒拉到梁鼎文身边，让梁舒怀中抱着一摞子杏仁饼，正打算让她头上也顶一盒杏仁饼时，梁舒不胜其烦，看穿宋晓雯是成心折磨人，把杏仁饼卸下。

梁鼎文不语，他不想掺和小辈之间的事，宋晓雯却如同有人撑腰一般，转头安排陈小帅和文扬做好灯光等配合工作。待大家准备停当，宋晓雯宣布明天继续拍摄，把梁舒他们气得够呛。

陈小帅也想给文扬一个下马威，他看着自己的肌肉块，再看看身材修长的文扬，便邀请他一起打篮球。文扬答应了，他们来到了附近的球场，一同来的还有梁舒和宋晓雯，梁家栋做裁判。一场激战一触即发。

梁家栋嘴里叼着口哨，怀里抱着篮球，他的左边是文扬和梁舒，右边是陈小帅和宋晓雯。梁家栋把球抛向空中，陈小帅猛然一跃，抢到了篮球，动作非常漂亮连贯，一个漂亮的投篮，球进了。

宋晓雯得意地看了一眼梁舒，把球传给陈小帅，陈小帅打算带球过人，他看了一眼对面的文扬，决定用自己强壮的身体突破他的防线，不承想，反而在技术流的文扬手里丢了球。随即，文扬三步上篮，把篮球投进篮筐……须臾，文扬追平了比分。看着文扬和梁舒高兴地击掌，宋晓雯赌气地扔下篮球。

“小帅，你的球技不错。”文扬道。

“我跟你单挑，一定要分出胜负！”陈小帅不客气地回道。

梁舒劝陈小帅何必如此在意输赢，但陈小帅态度坚决，文扬也就跟着应战。伴随着梁家栋一声口哨，篮球抛入空中，文扬不再谦虚，双方互不相让。文扬一个个漂亮的投篮，命中，带球过人，三步上篮……陈小帅在文扬的身后，成了一个彻底的配角。

梁鼎文和韩雅琪不知何时来到了球场，韩雅琪扶着梁鼎文在看台的一角坐下，看文扬和陈小帅在球场上的厮战。韩雅琪化着淡妆，身着旗袍，旗袍凸显出的是婀娜身姿，不像普通中年女性的发福臃肿。她本来想穿着这身跟梁鼎文一起参加庆祝澳门回归祖国 10 周年的文艺晚会，但梁鼎文却借故推脱了。

“文哥，你不陪我看晚会去，我知道，你是不好意思去。”

“你看看，孩子们都长大了，他们为了一个球，争来斗去的，这种各不相让的劲呀，让我想起了年轻时的很多事。”

“他们这哪是争球。争什么，心明眼亮的文哥看不出来？”

“不争乃争也。”

电视机里，正播放宋晓雯主持的“澳门美食”节目里，梁鼎文接受专访的镜头。文扬坐在梁鼎文对面，把已经烤好的杏仁饼进行包装，一个一个装入纸袋，说：“梁伯，你很上镜的。梁记杏仁饼恐怕也要和安德鲁蛋挞一样有名了。”

“你要是乐意，我把梁记杏仁饼的祖传配方教给你，你回福建老家也开一间饼屋，让内地的人也能吃上澳门的杏仁饼。”

“可不敢，梁记家传秘方不能随便传给别人的。再说，我真没能力开一间饼屋。”

“是啊，你是设计师，做杏仁饼大材小用了。对了，杏仁饼托在掌心里吃，要的就是这样的吃法，装纸袋没必要。”

“吃杏仁饼，怎么小心也掉渣，糟蹋了。装在纸袋里，吃起来方便，也不浪费。”

“你来三湾斜街这些日子，倒成了我的好帮手。”

“我住在您这里，等于上了一个进修班，学到了很多——杏仁饼我会烤制了，大冠叔的蟹黄粥我也会做了，就连民谣吉他我也会弹奏了。我最大的收获，就是发现我们老祖宗留下的规矩还藏在街坊里弄之间，大家的相处方式，真是暖心。”

“莆田那边的人都是怎么过日子的，你跟我说说。”

“日子都富裕着呢。进城做工做生意的，承包山地种植茶叶的，总之农村基本都走上了规模化经营的路子。也不只是莆田，全国各地都一样，提倡致富奔小康。怎么说呢，天高任鸟飞，海阔凭鱼跃。”

“我自打出生到现在，几十年都没离开过澳门。舒儿说她想游遍祖国的大好河山，我其实也想回内地看看，就是饼店离不开。每天听着红歌，我就像是回到了内地。”

“您是真应该去内地看看。我们的国家呀，地大物博，幅员辽阔，文化也是多元的，不仅仅是红歌，年轻人也都跟阿彩一样，愿意听情歌，听各种风格的歌曲。”

“我跟你大冠叔一样，他是想移民欧洲和老婆孩子会合，我是想有一天回福建认祖归宗。不过，一想到要动身，就犹豫了，饼店没有我不行啊。等我将来退休了，说服家栋继承了祖业，我再考虑回内地看看去。”

一声鸡啼，喊破了朝霞。霞光淋漓，照在三湾斜街的物象上，形成色彩斑斓的光斑。清秀峻拔的陈小帅走出皇冠小馆，腿部有些不利落。那天他跟文扬打篮球，由于用力过猛造成韧带拉伤，韩雅琪把一个护膝硬是套在了他腿上，嘱咐儿子多注意。

梁记饼家门口传来了文扬的声音：“吃梁记杏仁饼，有信，有心，有信心。”文扬正端着筐子分发杏仁饼。韩雅琪疾步走到近前，在人群外面，一副对文扬兴师问罪的架势。文扬给韩雅琪递过一块杏仁饼，笑着说要给她画幅像。韩雅琪看着文扬亲热的样子，忘了要替儿子讨要说法的初衷，她也听说文扬画像了得，正想让他画一幅看看。

最早发现文扬会画画像的人是梁舒。梁舒在打扫文扬暂住的卧室时，不经意间她看见一沓素描画像，她欣喜地翻阅，画像有梁鼎文、梁鼎武、郑大冠、梁家栋的。翻到最后一张，梁舒难掩失落，因为，就没有她的。她把素描画像放回原位，继续收拾，却已然不见了刚才的欢愉。

梁记饼家内，梁舒把一捆新买来的玫瑰花放在桌案上，便转身走进操作间。梁鼎文归置桌案上的玫瑰，却被玫瑰花刺到了手心。梁舒忙关切地问询，梁鼎文面对女儿，一脸宠溺。梁鼎文坚持正宗的梁记讲究的是上等的料和朴素的手工，不搞花哨的花样，但女儿想要创新，他也支持。

分发完杏仁饼的文扬拎着空了的竹篮进门说："街坊们都说加了包装好，吃着方便，不掉渣。"

为了向受伤的陈小帅表示歉意，文扬决定给陈小帅画一幅画像。于是，梁记饼家门口就出现了这样一幕：文扬坐在门前的椅子上，全神贯注地给坐在对面的陈小帅画像，阿彩在一旁排队等待。很快，陈小帅的帅气面容跃然于纸上。

阿彩把陈小帅从椅子上揪起来，她正要坐上去，宋晓雯陡然出现，她抢先坐在椅子上。让文扬给她也画一张。阿彩嘟嘴，却又无可奈何。文扬端详了一下宋晓雯，在纸上画起来。

阿彩气呼呼地回了屋内，梁舒还在操作间忙碌，她将沥干的玫瑰花瓣放入石臼中，然后加入四倍于花瓣分量的白糖，捣碎。梁鼎文端着烤制好的杏仁饼走出操作间，放入柜台中。阿彩拿着抹布擦拭柜台，嘟着嘴巴说宋晓雯太霸道了，梁鼎文劝慰她："阿彩，她比你小，让着她吧。"

门口的文扬继续给宋晓雯画像，不消半小时，便把画好的画像递给她。宋晓雯赞叹不已，随后又兴奋地要求再画一张。文扬没拒绝，宋晓雯变换了一个姿势坐好，含着灿烂的笑容，看着文扬。文扬不时抬头看看宋晓雯，然后低头在纸上从容落笔。

这一切，都被站在门口的梁舒看在眼里。眼前的情景刺激了她，她心中十分不爽，猛然转身离开，绷着一张脸，脚步匆匆，心里装满了郁闷。

梁舒去了黑沙海滩。她拎着凉鞋，脚丫踩着海岸线的浪花，脸上写满了与现实美景不相称的青春的幽怨。片刻后，文扬出现在她的身后，拎着皮鞋，大脚板踩着她的脚印，一路走来。他追上梁舒，两人一起并肩往前走。

"画完了？大画家。"

"梁舒，教授打来电话，我的采风被提前结束了。我是想离开之前给街坊们多画几张画像，报答三湾斜街给我的这段美好的时光。"

"嗯……什么时候走？"

"明天。明天我要赶回公司报到。"

海风吹起了她的长发，她理了理飘然长发，目光朝远海望去。大海上一派苍茫。文扬向梁舒表示感谢，他说三湾斜街是个充满温情的地方。

"濠江水浅，养不住你这条大鱼。海为龙世界，云是鹤家乡，你总归是要回内地发展的。"

"我喝过亚婆井的泉水，清冽，甘甜，我一辈子忘不掉澳门，也忘不掉三湾斜街。"

梁舒没有回应，只听远方隐约传来澳门民谣的婉转歌唱：

……秀才郎，骑白马，过莲塘，

莲塘背，种韭菜，韭菜花，结亲家
亲家门前一口塘，钓条鲤嫲八尺长
鲤嫲尾拿来食，鲤嫲头拿来尝
㧟心拿来娶新娘

八月十五啊，月光光
阿妈同捱拜呀拜月光
阿妈就问捱一声，故乡就在哪方啊？[1]

离别在即，相视无言。很快，就到了分别的日子，拱北关闸里，旅人行色匆匆。文扬站在关闸一侧，眺望着进口的方向，等待着某人身影的出现。此时，早已到达的梁舒拎着两盒杏仁饼从另一个方向移步到他身后。

文扬从随身包里掏出一幅精心绘制并且镶上了水晶相框的梁舒画像递给她，梁舒惊喜地接在手里，看着自己的画像，心潮起伏，忽然扬起甜美而忧郁的脸颊说："文扬，记住，喝过亚婆井的水，要么在澳门定居，要么远别重来。"

文扬深深地点了点头，两人都明白彼此的心意。快到时间了，文扬转身过关，两人依依不舍地分开，彼此热烈地挥手。梁舒目送文扬的背影，直至他消失在关闸的后面。而梁舒的身后，是匆匆赶来的宋晓雯，她踮着脚遥望，也没看见文扬。

梁舒不语，转身快步离开。宋晓雯看着梁舒匆匆离开的背影，气恼且不甘心，同时又怅然若失，她拖着沉重的脚步回家，情绪低落地进门，扑到宋曼琴怀中，说自己失恋了。宋曼琴和苏林赶忙安慰女儿，苏林说给她提供帮助，但被她拒绝了。

分别后，梁舒回到家，下意识地走入文扬曾住过的卧室。空荡荡的房间里，忧伤和惆怅在空气中弥漫。她尽心地收拾了桌案上散乱的书本，然后坐在床头，目光痴迷，在房间里寻找不到支点。

她回到自己房间，把文扬送她的素描画像挂在墙上。画像中的梁舒笑弯了眉目。书桌上的电脑发出邮件提示音，梁舒在桌前坐下，打开信箱，看见了文扬发来的邮件。邮件是一个动画镜头，两个动漫小人正是梁舒和文扬的头像，他们分别驾驶小舟在大海上相遇，随后上了一条船上……

梁舒看着动画，满眼含笑。这时，陈小帅推门进来，告诉梁舒出事了——梁鼎武把武馆

1. 这首歌是分布最广泛、广为人知的客家童谣《月光光》。

里的学徒打了。梁舒大吃一惊，陈小帅把事情的来龙去脉讲给梁舒。原来，梁家武馆本来就没收几个徒弟，一直艰难维持运营，有个学徒死皮赖脸地不交学费，梁鼎武一怒之下就把他打了。这事儿没敢告诉梁鼎文，怕他跟着着急上火。梁舒听完，赶忙跟陈小帅一起去了武馆。

梁家武馆里，梁家栋正和梁鼎武争执不下，最后不欢而散。梁舒和陈小帅进门，梁舒关切地询问情况，听说伤者已无大碍，她才长出一口气道："二叔，不是我说你，都多大个人了，还动不动干这种不着四六的事。"

陈小帅说："我看啊，不如关门歇业，跟梁伯学做杏仁饼得了。家栋，听人劝，吃饱饭。"

梁家栋焦头烂额、心烦意乱，他让大家都回去，他想一个人静一静。大家看到家栋脸上的愁绪，便不再说什么，嘱咐他照顾好身体，便离开了。

梁家栋独自去了酒吧，坐在吧台前喝着闷酒。贾长安不知什么时候进来了，走到家栋身边坐下。梁家栋蹙眉打量着身边的贾长安，显然不高兴对方打扰了自己的清净。

贾长安却赖在家栋身边，从皮夹里掏出一张支票，推给了他。梁家栋一时没明白这是什么意思，他以为是苏林叫贾长安接济他的。

"渴死不饮盗泉之水，饿死不吃嗟来之食。"

"家栋，梁家武馆弘扬咏春拳，这是澳门的骄傲啊。我知道，现在武馆不好开，处处需要花销，这笔钱，是我代表大澳集团赞助的，先应应急。"

"是苏叔叔让你赞助的？"

"说实话吧，这笔钱跟大澳集团没关系，是我个人的一点心意。没其他的意思，完全是公益赞助，我不能眼看着刚刚开门没多久的梁家武馆昙花一现。"

服务员将一支斟满了红酒的高脚杯放在贾长安面前，他端起酒杯，和梁家栋的酒杯一碰，笑容易见，却心底难测。接着，他拿出一张照片放在家栋眼前。那是苏林和秘书 Amy 的照片，因角度不同，两人看起来很亲密。

贾长安向家栋介绍说，Amy 跟了董事长五年，董事长能看到的文件都是她负责传递的，她已经威胁到了宋曼琴的地位。梁家栋心中的怒火一下子被点燃。

其实，家栋不清楚的事情还有很多。之前，贾长安给苏林介绍了一个项目，把一批中央处理器从美国直接运抵香港，再转运内地，这样，大澳可以赚到一个亿的净利润。苏林当然兴奋，许诺这笔生意要是做成了，便给他重赏。谁料，贾长安开口要的奖赏是跟宋晓雯在一起，苏林当时变脸，两人不欢而散。苏林看出贾长安的别有用心，决定不再重用他，如今，他动起了歪心，想在梁家栋身上花些心思。

波光粼粼的大海上，一艘豪华游艇乘风破浪，驾驶员正是梁家栋，舱内还坐着苏林和宋曼琴。宋曼琴看着儿子英武俊俏的脸庞，一种幸福感油然而生，她转身去船舱，端起红酒杯，坐在苏林对面，抿了一口。梁家栋主动要求回大澳工作，苏林夫妇由衷地开心。

梁家栋走进船舱，端起红酒杯，和苏林碰杯，一饮而尽。他对苏林说："叔叔，职务我不挑，干什么都行，薪水少了我可不高兴。"

苏林看了看宋曼琴，笑着说："跟我讨价还价了。"

宋曼琴笑看苏林，期待着他给家栋安排一份体面的工作。苏林拉梁家栋坐在身边，语重心长地说："家栋，你知道，雯雯是个女孩子，你好好做，大澳的未来，我打算交给你打理。从今天开始，你做我的助理，从一些事务性工作干起，逐渐熟悉大澳，慢慢地，我会把大澳的业务交给你。"

家栋突然决定回大澳集团工作，确实出人意料，但却在贾长安的掌控之中。家栋正式在大澳集团工作后，贾长安又约他出来喝酒，在酒店包间内，两人喝得烂醉，旁边几位美女唱跳着作陪。

贾长安说："你这个位置，太重要了，这是你最终掌握大澳集团的开始。祝贺。"

梁家栋和贾长安碰杯，仰脖喝下，问："你为什么这么帮我？"

贾长安说："我现在是大澳的弃儿，要想在大澳求得前途，我得想尽办法把太子扶上皇位，就是这么简单。"

梁家栋想了想说："我没想当什么大澳的太子，我姓梁。"

贾长安说："唉，谋全局者方可得一隅，你不当太子，别说你妈妈拥有的股份，就连她在苏家的地位也会不保。你要想捍卫你妈妈的尊严和荣誉，就必须得上位，否则，一切都难说。你也知道，苏家父子当年夺取梁家大屋可是用心良苦，在资本面前，他们六亲不认。"

梁家栋醉眼迷离，若有所思地说："你说得对，安哥。害人之心不可有，防人之心不可无。"

贾长安朝热舞的美女们打了一个响指，美女蜂拥过来，围着家栋跳舞。不一会儿，小九探头探脑地进门，来到梁家栋跟前说："师父，师姑来了。"

那天下午，梁舒去武馆找家栋，却不见他的踪影。梁鼎武、小七、小九他们都心虚地回避她的目光和询问，最后，在她的追问之下，才把家栋去大澳集团工作的事情告诉了她。梁舒当下气恼，让小九领着她去找家栋。

在酒店门口，梁舒见到了醉醺醺的家栋，便上前训斥。家栋简单解释了几句，便又返身进了门。梁舒心疼弟弟，嘱咐他凡事多长心眼。这时，一辆豪华摩托车突然出现在她的身后，猛然踩了刹车。梁舒闻声，诧异地看向骑车人，却是穿着一身机车装的宋晓雯。宋晓雯扔给梁舒一个头盔，梁舒不明就里地被拽上了车，被她风驰电掣地带离。

戴着头盔的梁舒不停大喊停车，宋晓雯在西湾大桥桥面上踩了刹车，梁舒从后面跳了下来，生气地质问："你干什么？你疯了吗？！"

"姐，今天我是高兴，有家栋去大澳给爸爸做助理，以后我就能少听他们叨唠了。"

"说到底，梁家和苏家是两条道上的人。你告诉我，是不是你们逼着家栋去大澳的？"

“没人逼迫家栋，这次是他主动要来大澳的。姐，妈咪早就说过，让你去大澳旗下的酒店做经理，干脆，你也过来吧，做导游太辛苦了。妈咪说，我们都是血缘亲情，是兄弟姐妹，不能分心，是一家人。”

“高傲的宋晓雯，忽然变得这么重感情，到底什么企图？”

“姐，文扬的电话打不通，永远也打不通，你能告诉我他的联系方式吗？”

“我就知道，平白无故你不会放低身段跟我攀亲情，心里到底是藏了鬼。”说完，梁舒转身就走。宋晓雯还在苦苦索要文扬的联系方式，梁舒不再理她，继续昂着头往前走。回到家后，她回到自己房间打开电脑，看到了文扬发来的邮件，是一只老山羊向一只猴子吐泡泡的动画。梁舒坐在笔记本电脑前，“扑哧”一声笑了。

梁家武馆的院子里，梁鼎武正煞有介事地训练小七和小九，可他们却趁着梁鼎武不注意，能偷懒就偷懒，却没料到梁鼎文会突然造访，一下子呆住了。

小七和小九毕恭毕敬地向梁鼎文一鞠躬道：“师爷好！”说完，两人便跑进了武馆。

梁鼎文扫视一圈，没看见家栋的身影，便问家栋去哪里了。梁鼎武支支吾吾地说家栋有事出去了。梁鼎文从梁鼎武的表情里看出了破绽，便板起面孔，瞪着梁鼎武，梁鼎武瞬间缴械投降，把家栋去大澳集团工作的事情说了出来。

梁鼎文闻言愕然。他难以接受。家栋是梁家子孙，再怎么样也不能去苏家的企业做事啊，这可是梁鼎文的原则和底线，他气冲冲地往苏家去，在苏家豪宅门口大声喊宋曼琴出来。宋曼琴一路紧急碎步，走出大门，诧异地迎接他的到来。

梁鼎文严肃地瞪着她问：“家栋在大澳做事？！”

宋曼琴有些心虚，赶紧解释道：“家栋要发展的，他想做事，我们得支持他才对。你就是为这个发脾气？文哥，你多大年纪了，能不能有话好好说呢。”

梁鼎文说：“我问你，家栋姓什么？”

宋曼琴说：“文哥，你别这么犟了好不好，家栋永远都是你的儿子，可他也是我的儿子啊，我眼看着他打打杀杀，弄个什么梁家武馆，总归不是正路……”

梁鼎文说：“你给我住嘴。开武馆不是正路，在大澳做事就是正路？难道你忘记了苏家父子是怎么害梁家的？他们为了谋夺梁家大屋，乘人之危，为富不仁，我儿子跟这种人，能学出个人样来？！”

宋曼琴惊愕地问：“这么多年过去了，梁家大屋的事还在你心里横着？”

梁鼎文说：“我要是把这件事忘了，我就是忘本！”

宋曼琴从未有过地坚硬地问：“那你说，你到底怎么样才能让过去的都过去？”

梁鼎文越发暴躁，冷冷地说：“过不去！”

宋曼琴说：“这次是家栋自己主动要求来大澳做事的，这里面，没别人的主意。”

梁鼎文说："好，不是你的主意就好。我提醒你，家栋姓梁，梁家人个个都要干干净净、清清白白。"

说完，梁鼎文转身就走，留下一脸无奈又气恼的宋曼琴。

梁鼎文径直去了大澳集团，前台工作人员告诉他，没有预约是不能见苏总的。梁鼎文急了，站在大堂中央，大喊"苏林滚出来"，两个门卫急忙上前阻止，被他一把推开。

梁鼎文继续大喊，两个门卫对视一眼，不由分说地合力架住梁鼎文，把他往门口拽，他想要挣脱，却怎么也挣不开。这时，一辆豪车停在了公司大楼前，车门打开，苏林下车。

梁鼎文仍在挣扎着喊："姓苏的，你给我出来！"

苏林闻声看过来，走到了梁鼎文近前，很是吃惊，摆手示意门卫放开他。被松开的梁鼎文怒视着苏林，一字一顿地说："姓苏的，把家栋交出来！我告诉你，梁家人不能跟你们苏家人一个槽子里吃饭。"

苏林一哂道："阿文，你误会了，你怎么总是误会我。家栋跟我说要来大澳做事，他想发展，我也高兴。年轻人要上进，我做长辈的，尽心提携扶持培养，这有什么不对吗？"

梁鼎文态度坚决地说："他是我儿子，用不着你提携培养，用不着你尽心！收起你的假仁假义。"

苏林反驳说："你怎么总是好赖不知呢？男人的心胸要开阔些，阿文，不是我看不起你，你这辈子毁就毁在小心眼上了。"

梁鼎文一把揪住苏林胸口，怒道："信不信，不把家栋交给我，我跟你拼命。"

围观的人一声惊呼，两个门卫扑过来，苏林屏退了门卫，心平气和地对梁鼎文讲："阿文，这件事，我劝你听听家栋的意见。何去何从，让他自己选择。"

梁鼎文松开了苏林道："你让他回家见我，我倒要看看，是不是他自愿的。"

说完，梁鼎文倔强地走了，苏林望着他的背影，摇了摇头。

第十八章

梁家栋坐在大澳集团给他的办公室里，踌躇满志。苏林的秘书 Amy 带着两名职员推门而入，两名职员各自抱着一大摞文件，放在梁家栋跟前的办公桌上。梁家栋这才细细地打量 Amy。Amy 身材高挑，妆容精致，一副盛气凌人的样子，全程都没拿正眼看他，丢下一个鄙夷的眼神，转身出去了。梁家栋拿过文件快速地翻阅，顿觉无聊，他拨通了贾长安的电话，把现有的情况告诉他，贾长安让他关注一下澳门学院的项目，那是大澳集团目前的核心项目。梁家栋似有所悟之间，门外，传来苏林和宋曼琴的说话声，他赶紧挂断了电话，拿起文件佯装用功。

苏林和宋曼琴先后进来，见家栋正在认真读文件，二人脸上露出欣慰的笑容。苏林对他说："家栋，先熟悉一下文件，这些都是大澳集团过去的成功案例，只要你认真，完全可以从中熟悉大澳集团的业务，也是了解大澳集团最便捷的方法。"

梁家栋看着苏林说："董事长，我想加入澳门学院横琴校区项目组。"

宋曼琴巴望着苏林同意儿子的想法，苏林思忖片刻，答应了他，嘱咐说这是集团的重大项目，他可以参与，但不该说的不该做的，要做到心里有数。

之后，宋曼琴对家栋说到梁鼎文来苏家的事情，让家栋一下班就去梁家把事情说清楚。家栋虽心里发怵，却也表现出了男子汉的气概，答应回去跟梁鼎文好好谈谈。

入夜后，梁记饼家一楼还亮着灯，梁鼎文坐在柜台前阴沉着脸挑拣杏仁。他无论如何也不能理解家栋为什么选择去大澳，更无法原谅这种行为。"吱呀"一声，大门被推开，梁舒走进来，梁家栋跟在她身后。

"跪下！"

"爸……"

"说，是你自己要求到大澳做事的？"

"是。"

"苏家是黑心商人，我以前跟你说过的话，都当耳边风了？"

"……"

“我不逼着你跟我做杏仁饼，你回武馆好好教徒弟，行不行？”

“不行。”

梁家栋低头，一副死猪不怕开水烫的架势。梁鼎文心中的怒火燃烧起来，起身从胆瓶里拿起鸡毛掸子，“噼啪”一声，狠抽在家栋身上，梁舒赶紧去拦，但家栋拒不认错。

梁鼎文的怒火愈燃愈烈，鸡毛掸子雨点般地落在梁家栋的身上，然后，略作停顿，仿佛在等着家栋妥协、求饶。梁家栋却一副倔强的样子，始终一声不吭，梁鼎文便更来气，又刮起一阵鸡毛掸子风暴。

梁舒哭喊着，她抱住梁鼎文，让家栋快跑。梁鼎文被梁舒拉住，呼呼喘着粗气。韩雅琪急匆匆地跑进来，见家栋被抽打得狼狈不已，心疼得眼圈发红，一把把他拉起。梁家栋站起来，郑重地对梁鼎文说：“爸，是孩儿不孝，去大澳，我有我的难处。”

说完，梁家栋便向外走去，他沿着街路大步向前走去，步伐里颇带几分悲壮。刚下班的陈小帅叫他，他也不为所动，继续向前走着。

一场暴风雨过后，韩雅琪来劝慰梁鼎文。由于用力过猛，梁鼎文抻伤了胳膊，韩雅琪边用药酒给他揉搓，边说：“一把年纪了，怎么还这么大的气性，打坏了孩子，还抻伤了自己。孩子有孩子的想法，就算是去大澳做事，也没毛病。家栋是你儿子，说到底也是阿琴的儿子，当妈的，还能害了家栋？你心思放宽点，别小心眼。”

梁鼎文偏过脸来问：“难道你也觉得是我小心眼？！”

韩雅琪看着梁鼎文气咻咻的样子，忍不住笑了，连忙把双手拢在一起，比画了一个大大的心形，说：“你心眼大，这么大，大得都漏风了。”

梁鼎文转回头，深深地叹了一口气。

几天后，梁舒约家栋在黑沙海滩见面。海面苍茫，梁舒遥望着大海对面的珠海，思绪万千。梁家栋走到姐姐身后，顺着她的目光看过去，像是看出了她的心思，跟梁舒打招呼，梁舒才从思绪里抽出来，把当年苏家骗取梁家大屋和“拐走”妈妈的事情告诉了家栋，劝说他要理解爸爸。

“家栋，过去的岁月里，埋下了太多的种子，只要你是个细心的人，你就能看出那些种子发出的芽、长出的苗。你不是个细心的人，你就什么都看不见。”

“姐，我不恨爸，我知道他心里的苦。可是，一辈人有一辈人的生活。而且不管怎么说，妈妈是我们的生身母亲，我们都是从她的肚子里出来的。我把真相告诉你吧，我之所以决定去大澳做事，其实是有人提醒我，别看苏林表面上紧张妈妈，但背后却存着异心呢，妈妈应得的股份很可能被剥夺，甚至家里的地位也可能不保。我是她的儿子，我不能坐视不管。”

“你傻啊，为什么不把事情说出来？”

“没有真凭实据说什么，只能先自己扛着。”

弟弟能有此番言辞和做法，令梁舒很意外，她觉得家栋长大了，不是那个什么都不懂的小孩子了。梁舒眼圈发红，抚摸着家栋的后背说："爸爸抽得太狠了，疼吧？你就不能跟爸爸说一句软话，怎么就那么犟。"

酒店包间里，贾长安把一个漂亮的皮包放在梁家栋身边，神神秘秘地对家栋说："这里面是横琴校区的详细资料，你回去认真看看，掌握了这些材料，你在公司的项目会上，会有主动权。"

贾长安又拿出一个ipad，演示给梁家栋看："这是excel软件，你学会使用这个软件，下载一个PPT文件，每天你的工作都可以通过网络直接显示在苏总的电脑里。你要把每天的工作做好，做细致了，然后让苏总看得见，才能被委以重任……"

梁家栋接过资料和ipad，惊喜于贾长安的帮助，心里认定了这个朋友。

文扬的办公室内，大家正在焦急地等待方案审核结果。文扬坐在办公桌前，手指轻叩着桌面，显得有些不安，他面前的桌上，放着一份已完成的、复杂的设计图，团队成员散坐在办公室内心神难安，整个房间一片寂静。

突然，文扬的手机响起来，所有人一震，紧张地看向文扬的手机，等待宣判的那一刻。是谢教授。文扬伸出手指，按下免提键，里面传来谢扬帆的声音："文扬，你们的设计方案我看过了。祝贺你们，全票通过。"

队员们兴奋不已，立即欢呼起来。谢扬帆很看好文扬的新方案，他觉得，这是一个融汇了澳门人文、历史、民俗和东西方建筑美学的方案，他相信接下来参加大澳集团针对澳门学院拆迁项目的设计招标，肯定是胜券在握。文扬握着手机，如释重负。此刻，他多想与梁舒相见，他要给她一个大大的拥抱，感谢她在他萎靡不振、迷失方向时的鼓励和指引。

文扬给梁舒发邮件，第一时间告诉她这个好消息。梁舒坐在电脑前，重温着文扬给她发来的每一封邮件，她眼中的思念也越来越浓。梁鼎文推门而进，梁舒却浑然不觉，思绪都停留在文扬的字里行间。

梁舒看着梁鼎文，心下犹豫，但还是说了出来："爸爸，我……明天想去一趟珠海。"

梁鼎文顿时明白了女儿的心意，摆摆手说："去吧去吧，别忘带上两盒杏仁饼。"

说完，梁鼎文转身离开，关上房门。梁舒关掉灯，房间瞬间陷入一片黑暗，可她并没有睡觉，而是再次掀开电脑，在黑暗中继续翻动文扬的邮件。

珠海的海边，海中波缓浪稳，岸上沙质细软，阳光给一切镀上了金黄色。文扬团队成员在水里追逐嬉闹，文扬才从水里露出头来，被队员们合围起来，想要抓住他，他猛然缩进水里，众人也都一猛子扎入水中片刻，他从二十米外露出头来。

沙滩上，梁舒走过来，含笑看着海水中嬉闹的众人。文扬感受到了目光的吸引，他摘下潜水镜，确认那人正是朝思暮想的梁舒，急忙向岸上跑去。他迫不及待地来到她身边，情不自禁地一把抱住梁舒，吻住了她的唇。海中戏耍的团队成员看到这一幕，先是一怔，随后爆发出尖叫声和欢呼声。

梁舒从文扬的怀抱中挣扎出来，目光含羞，面颊绯红，假意责怪道："你……你太坏了！"

身后的队员在一旁起哄："你太坏了——"

文扬朝队员们挥了挥手说："要是不想玩，那就赶紧回去打磨方案的细节。"

队员们猛然愣怔，随即反应过来，欢笑着转身逃入大海。文扬转过脸看着梁舒，梁舒的目光迎着他的目光，情波流转。

文扬擦干身子，穿上干净衣服，与梁舒一起走在树木葱茏的小路上。街路被树木遮掩，树叶里藏着蝉鸣，闹中有静。

梁舒说："负责澳门到珠海旅游专线的阿紫结婚休假了，公司让我暂时负责这条线。这段时间，我每周都会往返一趟的。"

文扬说："我以为你是专程来看我的，原来是顺路呀。"

梁舒挑了文扬一眼，问起他的设计方案，他告诉她说方案得到了谢教授的认可，但还要在细节上做最后的打磨。两人边走边聊，文扬提议要给梁舒做一次私人向导，带她好好逛逛珠海，梁舒欣然应允。

珠海的情侣路上，文扬和梁舒骑着连体自行车，欣赏沿途的风景；在渔女像前拍照；在繁华的商业街上尝遍了各种小吃……黄昏时刻，文扬带梁舒来到金沙滩。美艳的夕阳把海滩的物象镀上了金边。文扬和梁舒沿着海岸线，牵手前行。文扬突然从身后变出一支玫瑰花，递给梁舒。

"还以为你忘了欠我一朵玫瑰花呢。"

"梁舒，我们从这里开始吧。"

"好鲜艳，够我做两块杏仁饼的了。"

"你把我也捣碎了，做成杏仁饼得了呗。"

"我们梁记是素馅的。"

"梁舒，我的心，早在三湾斜街的那段日子中，就被你捣碎了，我巴望着有一天，让你亲手收拾起来，哪怕真就做成了你们梁记杏仁饼，我也高兴。"

"那好吧，看来呀，我们梁记杏仁饼要开发新品了。"

文扬惊喜，双手拢着嘴巴，对着波光粼粼的大海喊道："我爱你——"声音飘向渺远的大海，声音一点点散尽，声音仿佛也被夕阳镀上了金边，在若隐若现的海岸线上自在起伏。

夜晚的三湾斜街亮起了路灯，地上的青石板泛着光。梁记饼家内，梁鼎文走出操作间，正准备上楼，宋曼琴进门，掏出一张大额钱币放在柜台上，故作欢欣地让梁鼎文给她拿两盒杏仁饼。面对宋曼琴的到来，梁鼎文有些意外，他沉闷而倔强地说："打烊了，不卖。"

宋曼琴的情绪并未受到影响，家栋在大澳工作很用心，为了澳门学院迁建项目，每天废寝忘食，她满心欣慰，此次前来正是为了告诉梁鼎文一声。

梁鼎文内心的块垒开始倾颓，又说："你阿琴想吃杏仁饼，就拿，用不着买，收起你的钱。"

宋曼琴先是一怔，随即有些激动，甚至有了点点的雀跃情态，她熟练地从货柜上拿下两盒杏仁饼抱在怀里，随后，她劝梁鼎文跟雅琪结婚。实际上，已经有不少人提起梁鼎文和韩雅琪的事情了，这些年了，大家都看在眼里，也确实觉得二人般配，都盼着喝他们的喜酒。然而，梁鼎文依旧犟犟地不提这一茬。梁鼎文刚刚寒冰消融的脸上又落一层严霜，对宋曼琴下了逐客令。宋曼琴看着他，一时不知该说什么，便转身离开了。

看着宋曼琴走远，梁鼎文走到梁记门口，恰好看见陈小帅正站在门外犹犹豫豫，就叫他进屋来。陈小帅显然听见了梁鼎文和宋曼琴的对话，他奇怪梁伯居然没跟宋阿姨吵。

梁鼎文的思绪还在家栋身上，宋曼琴口中的家栋让他将信将疑。他把陈小帅拉到身边，问询家栋这段时间的情况，陈小帅的回答与宋曼琴所言如出一辙，他这才放下心来。

陈小帅关心的却是另外一件事，嗫嚅着问："梁伯，姐呢？我一天都没见她了。"

梁鼎文说："去内地了。"

陈小帅的眼光瞬间委顿，梁鼎文察觉，急忙又补了一句："暂时替别人带了内地的团。"

陈小帅心里嘀咕，心思却从嘴里出来了："我知道，她是去找文扬了。"

这一天，是陈小帅的生日。一个冰激凌蛋糕摆在皇冠小馆的桌上，陈小帅孤单单地望着蛋糕出神。他的心情，就如眼前的冰激凌蛋糕，融化得稀里哗啦。梁舒去珠海出差了，陈小帅觉得她可能已经忘记了他的生日，心里难受得不行。韩雅琪在一旁宽慰他，但依旧没能驱散他脸上的阴霾。陈小帅打不起精神，眼睛盯着手机，好像在期待什么消息。韩雅琪看着心疼，但又不知道如何让儿子开心起来。这时，梁家栋推门而入，他朝陈小帅举了举手里的一瓶洋酒，开心地祝他生日快乐。陈小帅脸上闪过惊喜的微笑，但很快又散去了。

寂静的街路，路灯把路面上的石板打磨上了青幽幽的光泽。郑大冠拎着一只可怜的螃蟹，一路脚步匆匆，走到梁记饼家门外，见里面还亮灯，便叫梁鼎文过去喝两杯，一道庆祝小帅的生日。梁鼎文欣然应允，他正想关门，一辆计程车停在门前，梁舒从计程车下来，手里拎着礼物，正支付车费。

梁家人一起走进皇冠小馆。韩雅琪高高兴兴地张罗了一桌子好菜，郑大冠也忙前忙后地倒酒。梁舒来了之后，陈小帅的情绪也渐渐高涨起来。犹疑了片刻，还是问她："见到文扬了吗？"

梁舒知道陈小帅的心思，故作轻松地说："见到了，他好着呢，谢谢你惦记。"

陈小帅脸上划过一片落寞，不再继续这个话题。

梁鼎文送给陈小帅两盒玫瑰花酱杏仁饼，这是梁舒亲手做的。梁舒正准备开发新口味的杏仁饼，想把牡丹花、菊花等一些能吃的食材加入其中。梁家栋端起洋酒，为陈小帅祝福。梁鼎文偷眼看了看梁家栋，正巧梁家栋的目光也看向爸爸，两人随即又都避开了目光。

随后，梁家栋站起身，端起酒杯，恭恭敬敬地向梁鼎文敬酒。梁鼎文看了儿子一眼，虽然手迟疑着拿起酒杯，嘴上却怪罪他没规矩，说主角应该是小帅。韩雅琪在一旁帮腔，说大家都应该向梁鼎文敬酒，祝他尽快赶走脸上没来由的愁云。众人欢笑，纷纷起身敬梁鼎文，气氛温暖而热闹。

第二天一早，梁记饼家门口，多出了一台明晃晃的电磨，吸引了不少路人的眼光。这是家栋买给梁鼎文的。梁鼎文一直用石杵捣杏仁，舍不得买电磨。梁鼎文把电磨放在门口，并不急于往屋里搬，郑大冠提出要帮他搬进屋里，被他婉言拒绝了。一旁的梁舒早已洞穿爸爸的心思，他是想让街坊们看一看家栋为他买来了电磨。整整一天，梁鼎文脸上都挂着孩子般满足的笑容。

竞标日期转眼到来。这是大澳集团针对澳门学院拆建项目的设计招标，竞争非常激烈，有名的澳洲野马集团和香港银河集团都参加了，文扬和谢扬帆代表江珠集团前来竞标，梁潇和若干参会人员都准时到了大澳集团。

一行人到了大澳集团的会议室，在指定座位上一一落座。会场内气氛严肃，主席台上，梁潇、梁家栋、贾长安等表情严肃。宋晓雯带着摄像师站在会议室的一角，随时准备抓拍精彩的瞬间。

发言席上，竞标公司分别作阐述发言。香港银河集团发言完毕，紧接着是澳洲野马的代表曹清的阐述：“……我们澳洲野马的设计方案集中体现了澳门的气派，并针对澳门在未来时态中的国际地位，以及工匠和材料的搭配上做了非常翔实细致的考量。方才听了香港银河集团的阐述，那么我们澳洲野马的方案，具有两大优势：第一，他们的设计强调了所谓的现代主义特性，而我们的方案强调了欧洲文明在澳门的入乡随俗；第二，他们的设计着重表现的是后现代美学的单一性，强调的是金融背景下的人文精神，而我们的美学追求照顾了历史、现实和未来这一条时光数轴上的人本精神。比较而言，孰优孰劣，不难辨别。”

香港银河集团的席位上，代表们表情愤怒。江珠集团席位上，谢扬帆和文扬依然自信满满。文扬凑近谢扬帆的耳边，低语道：“澳洲野马贩卖的那点东西，我们早都吃到胃里、消化在肠道里了。”

谢扬帆笑了笑，不置可否。接下来，轮到江珠集团的设计代表阐述竞标方案。在一片掌声以及谢扬帆鼓励的目光中，文扬精神饱满地走上了讲台。宋晓雯指挥摄像师把镜头对准他。

文扬气度非凡地站在讲台上侃侃而谈：“……澳门，1553 年，葡萄牙人取得澳门的居住权，1887 年他们将此辟为殖民地，1999 年回归祖国怀抱，澳门经历了几百年欧洲文明的洗礼，因此，文化上呈现出多维多元的东西方文明融合的形态。但是，说到底，中华文明始终是澳门文明的根性所在，只要稍加留心，从澳门街坊里弄的日常生活中，随便就可见证中庸文明的原始胎记。在澳门，人跟人之间的关系，处处体现出古老的中庸文明气质下的人文气象，这里的伦理秩序，井然于华夏文明的质朴、归随、亲和以及温暖的人伦之爱。所以，澳门的文明根性是中庸文明，而欧洲文明的加持，也给澳门增添了一抹西方文明的神韵。由此，澳门才成为世界上独一无二的文明渊薮。”

台下，各公司的代表不禁皱眉，感受到了文扬带给他们的巨大压力，唯独野马公司的代表曹清一副胸有成竹的样子。

文扬继续讲道：“我还想提醒大家注意的是，澳门是中国的特别行政区，回归之后，澳门和内地的关系，势必要求多方面的融洽，如此，我们必须把澳门和濠江北岸的珠海加以联系。中央政府之所以把原属于珠海市的横琴岛辟为澳门学院的新校址，也正是此意……”

与会众人受文扬言辞引导，深深地陷入他的辞采中，交头接耳，议论纷纷。宋晓雯和摄像师忙着捕捉现场的各种表情。

竞标会议结束后，文扬和谢扬帆从大门出来，边走边聊。谢扬帆夸赞文扬的竞标演讲，文扬知道老师从不轻易提出表扬的，如今如此对他认同，不禁兴奋而忐忑。这时，宋晓雯出现在二人面前，不由分说地扯起文扬就走。

谢扬帆眼看着文扬被宋晓雯强拉硬拽地拖上了一辆豪车，笑着摇摇头。宋晓雯驾驶着汽车，霸道地要先分享文扬胜利的喜悦。文扬找了个理由下了车，边走边编辑一条信息，收件人是宋晓雯，他说：“宋小姐，赴约之前，我需要先征求我女朋友梁舒的同意。但以我对她的了解，她同意的可能性为零，所以，抱歉，晚上你还是再找其他人吃饭吧。”

宋晓雯气恼地扔下手机，气吼吼地嘟囔：“是我的就是我的，别想跑。”

此时的梁舒正带着旅行团的游客走近亚婆井，她给大家讲解，情不自禁地伸手接了些泉水喝了一口，脑海中忽然响起文扬的话语：“梁舒，我觉得我和澳门有了难解难分的情缘。”

梁舒想起今天是文扬竞标的日子，她拿出手机给文扬发短信：“一切顺利吗？”

很快收到文扬的回复：“胜利在望。”

梁舒握着手机，嘴角上扬，把目光投向远处。湛蓝的天上白云点点，明镜一般。

晚饭后，梁舒怀抱着民谣吉他在屋顶上弹奏民谣乐曲。整条街的路灯光晕看上去很暖。陈小帅不声不响地爬上屋顶，立在他身后，满腹心事。梁舒察觉到陈小帅的到来，跟他说话，但他一副心事重重的样子，梁舒便停止了拨弄琴弦的手，乐声停息，她看到陈小帅脸上的不快。

“谁惹你了，告诉姐，姐替你出气。”

“宋晓雯给我打电话，说你跟文扬……说你们……是真的吗？”

“小帅，你和阿姨来到三湾斜街的时候，我 12 岁，你 10 岁，我们成了好朋友……”

“我们是青梅竹马，两小无猜。”

“我当你是弟弟，跟家栋一样的弟弟。许多年过来，我一直都当你是弟弟。”

“可我从小就喜欢你，这些年，我没喜欢过别人，就只喜欢你一个。我知道我不如文扬有学问有才华，可我有一颗心给你。”

“小帅，怎么跟你说你才能明白呀。我明明白白告诉你，我一辈子都是你姐。”

陈小帅执拗地不再说话，伸手把梁舒怀抱中的民谣吉他拿过来，深情弹唱起曹格的《数到五答应我》：

第一次看着你，就为你心动
聪明的我，怎能让你走。
第二次看见你，我竟然失控，
是我的错，请你原谅我。
第三次看见你，想要告诉你，
我真的爱你，是真的爱你。
第四次看到你，我有些要求，
请你能够，安安静静地聆听。
一，让我保护你。
二，让我照顾你。
三，所有的要求不能当作游戏。
四，接受这命运。
五，永远不分离
…………

梁舒本来生气，但看着他认真的傻样，不禁气笑了。陈小帅的歌声顺着微风飘荡，一楼的梁鼎文听得真真切切。他听着歌词里的内容，无奈地摇了摇头。韩雅琪匆匆推门进来，一屁股坐在梁鼎文对面的凳子上，她要谈谈小帅和梁舒的事情。

梁鼎文表示不干涉女儿的选择，一切都得看梁舒的态度。之后，梁鼎文认真地对韩雅琪说：“舒儿是你从小带大的，她心里，当你是她妈妈，你看着办，她的事，你有发言权。”

韩雅琪为梁鼎文的话吃惊，一时间张口结舌。梁鼎文也愣住了。两人四目相对，竟然都不知道话该怎么往下说了。

这时，文扬进门。他看看韩雅琪，又看看梁鼎文，有点搞不清状况，但似乎又明白些什么。韩雅琪猛然站起，转身出门，脚步绊到门槛上，忙调整步伐，仓促地穿过街路，进了皇冠小馆。

文扬把目光从韩雅琪的身上移到梁鼎文的脸上，直言两人如果愿意，可以把喜事办了。梁鼎文听后，第一次跟文扬黑了脸，让他往后别来了。文扬无奈地笑了笑，他退到梁记门口，顺着歌声望去，看见梁舒和陈小帅正在屋顶上，于是他仰头冲着梁舒摆手，梁舒赶紧起身下楼，把陈小帅一人留在了屋顶上。陈小帅的歌声戛然而止，音调消失在苍茫夜色中。

梁舒和文扬并肩走在三湾斜街上，文扬跟她讲梁鼎文突然黑脸的事情，梁舒安慰他，随后要了文扬的生辰八字，她想去妈阁庙为他祈福，求妈祖保佑他的设计方案能过关。

“不用去妈阁庙祈福，有你在身边，我就有信心。”

“我盼着你的方案能中标，中标了，你就可以留在澳门了。”

“你放心，我喝过亚婆井的水，要么长驻澳门，要么远别重来。”

梁舒挎住文扬的胳膊，脑袋靠住他的肩头。两人再无言语，静谧中就这么往前走着。月光之下，他们的影子缓慢而亲昵地移动着。

几天后的清晨，梁舒还在睡梦之中，迷迷糊糊接到了家栋的电话，家栋告诉她一个爆炸性消息——大澳集团董事会决定，文扬竞标失败了。一句话把梁舒炸醒了，她翻身下床，急忙穿衣出门。她找到姑姑梁潇，问询文扬的方案怎么会落选，得知最后作出选择的是大澳集团董事会。梁舒质疑结果，梁潇告诉她，澳门建设委员会对这次招标特别重视，全程跟踪，招标程序很严谨，木已成舟，无法改变。

梁舒无精打采地回到家，只见梁鼎文手里拿着鸡毛掸子，逼问跪在梁恒遗像前的梁家栋竞标的事情到底怎么回事。梁家栋承诺其中并无问题，梁鼎文才让他起身。

梁家栋从地上爬起来说：“爸爸，我姐的心，让文扬那小子给偷走了，她早晚要出嫁的，女人都这样。往后我们梁家的事，还得指望我。我跟你保证，我早晚把梁家大屋赎回来。”

梁鼎文的心获得了极大的安慰，但他在儿子面前拼命都要保持威严，道：“臭小子，还没忘记你是梁家子孙啊，杏仁饼什么时候跟我学着做？”

梁家栋一愣，找了个借口赶紧走人了。梁鼎文看着儿子离去的背影，脸上绽开笑容，一转身来到梁恒遗像前，双手合十。他对着遗像说：“爸，您都听见了吧，家栋没忘记他是梁家子孙，他心里还想着梁家大屋呢。”

文扬方案竞标失利的消息很快传到了江珠集团，集团紧急在会议室召开董事会议，面对这样的结果，大家痛心而又无奈。集团领导情绪激动地说：“澳门学院设计方案竞标失利，你们想过后果吗？这不仅仅是集团营销战略的一次简单失败，说到底，这个项目，有着国家对我们的信任，我们也要为澳门回归祖国之后的建设出一分力、贡献一分智慧。可是我们失败了，请问谁能负起这个责任？”

谢扬帆掷地有声地说道：“我，我来负责。”

集团领导说："谢教授，请原谅我的直率，这个责任没谁能负得起，你也一样。"

谢扬帆不卑不亢地说："我们做设计的，以知识分子的操守和修为，抱持了浓浓的家国情怀，拿出的设计蓝图，无愧于时代，无愧于国家，更无愧于这个项目。这个，我用人格来保证。至于问题出在了哪里，有待于进一步考证。"

此话一出，大家议论纷纷。有人说那份方案很不错，问题不一定出在方案本身；也有人说，问题可能出现在工程造价预算上了；还有人对比澳洲野马的实力……一时间，整个会议室陷入一片混乱的议论之中。

会议散场后，谢扬帆和文扬一前一后来到海滩上，文扬坐在巨大的礁磐上，看着海水冲击而来。白色浪花冲洗着礁磐，但怎么也冲洗不掉礁磐的黑。文扬的目光散碎成大海里的浪花里，找不到支点。谢扬帆走过来，在文扬的身边坐了下来。

二人陷入沉默。其实，竞标失利显然出乎谢扬帆和文扬的意料，师生二人本来志在必得，因为无论从哪方面来看，他们的方案都要优于其他公司，他们想不明白为什么会落选。

文扬向谢教授承认错误，谢扬帆知道错不在文扬，二人仰望着天际，残阳如血，海天一色。

赌场贵宾厅内，澳洲野马公司代表曹清正跷着二郎腿，抿了一口红酒，不时看看腕表。赴约的贾长安推门而入，他用目光挑了一下曹清，一边品着红酒，一边抬眸看他。曹清从茶几底下取出一只皮箱，放在茶几上，随即起身离开。贾长安喝下手中杯里的红酒，随即，也拎起皮箱出门。

箱子里面装满了筹码，贾长安拎着箱子来到了威尼斯人赌场。

荷官发牌，贾长安从箱子里拿出一堆筹码，煞有介事地赌了一把。随即，他拎着装满了筹码的皮箱离开赌台，紧接着，把满满一箱筹码交给工作人员，工作人员把筹码导入数码机。

之后，工作人员给了贾长安一张银行卡。贾长安不露声色地把银行卡揣进口袋，转身离开。

第十九章

苏家会馆里，苏林和宋曼琴正坐在沙发上聊天，女儿宋晓雯忽然变乖了，给苏林端来一碗糖水。苏林夫妇很诧异女儿的变化，要知道，宋晓雯从小娇生惯养，从没为父母做过什么。苏林料想雯雯可能是想替文扬说好话，他知道，女儿喜欢文扬。

苏林笑着对女儿说："忽然变乖了，是不是有事跟爸爸说呀。"

宋晓雯刚要开口，苏林先摆了一道防火墙说："不过，关于澳门学院分校的项目，你要是替文扬说话，我可没法答应你。"

宋晓雯说："鬼才替他说话。我盼着他落败呢。"

苏林意外地问："哦？你不喜欢文扬了？"

宋晓雯还在为文扬声称女朋友是梁舒没有赴约的事情而赌气，她眼神一黯，不服气地说："他有什么了不起，我才不喜欢他。"

苏林又问起家栋的情况，宋曼琴说家栋像是变了一个人，全心全意为大澳做事，连他自己的武馆都顾不上了。苏林允诺要多给家栋些奖励。话音刚落，佣人通报梁舒小姐来了。苏家三人面面相觑，大感意外。

梁舒走进苏家，在距离宋曼琴等人几步之外，停住了脚步。梁舒直入主题，对苏林讲起文扬方案的事情，对比几家公司的竞标方案，明眼人都能看出孰优孰劣。伴随着梁舒的讲述，苏林眉头紧蹙，若有所思。

宋晓雯决定去珠海找文扬，并马上付诸了行动，她一路来到了文扬的办公室。文扬正在收拾办公室书桌上杂乱的图纸和书本，整个人低落而沉静。他打开冰箱，拿出两个易拉罐，丢给宋晓雯一个。

"大老远地跑来，有何赐教？"

"赐教不敢，我只是觉得有人现在应该特别需要慰藉。我想跟他说，失败乃成功之母，胜败乃兵家常事，人生啊，不在一时的成与败。"

"来珠海不仅仅是为了安慰一个失败的人吧？有什么话，直说。"

"如果我能让你的设计方案起死回生，你怎么谢我？"

“你说得特别对，胜败乃兵家常事，失败乃成功之母，况且，败就是败了，我面对现实，不需要别人为我起死回生。”

“你倒是看得开啊，就是不知道澳门那个为你四处鸣不平的人听了，会不会消停一些。”

文扬一愣，随即明白了肯定是梁舒为了他去找苏林了。他知道，梁舒可是连苏家会馆都不会踏入半步的，如今，却默默地为他做了这些事。他的脑海里全是梁舒，宋晓雯再说什么，他都充耳未闻。

大澳集团苏林办公室内，他正认真研读文扬的设计方案，桌上放着澳洲野马的方案。两相对比，他心里有了答案，伸手拿起桌上的内部电话，叫秘书 Amy 来办公室一趟。

苏林问 Amy：“澳洲野马和江珠集团的设计方案比较，你更倾向于哪个？”

Amy 说：“很明显，澳洲野马的设计中规中矩，毫无新意。”

苏林不解：“那董事会为什么做出了这样烧脑的选择？”

Amy 说：“江珠集团的设计方案非常惊艳，可澳洲野马更接近于我们确定的标底，从综合指标上衡量，董事会做出这样的抉择，也是理所当然。”

苏林表情凝重，他看过太多标书，如此接近标底的方案倒是少见。他猜测里面有猫腻，一旦查出，对大澳集团是百害而无一利。这个项目太重要了，绝不能有一丝差池。于是，他让 Amy 赶紧联系梁潇，与梁潇约在苏家会馆见面。

梁潇虽然疑惑，但还是准时赴约了。二人在苏家会馆的庭院里漫步，梁潇目光环视大屋的周遭，庭院和瓦脊，这里是她曾经生活过的地方，也是梁氏的祖业，一时间，她内心无限感慨。苏林满脸笑容地向梁潇介绍苏家会馆的陈设，声称只要梁鼎文张口，随时可以把大屋还给梁家。

随后，苏林切入正题，表情严峻地讲起澳门学院迁建项目的竞标：“我从欧洲回来后，仔细看过了参与投标的各家公司标书，对江珠集团的淘汰，深感惊讶。”

“有什么不对吗？建设委员会对竞标全程监督，难道我们有失察之处？”

“那倒不是，我不敢对决策妄加揣度，可放弃一个具有前瞻意识而且漂亮得令人咂舌的方案，屈就一个老旧俗套的方案，这是我无法容忍的。”

“这次竞标，建设委员会只从法律法规层面进行了严格的监督。而专业方面，还是要听你们专业人士的意见。”

“梁主任，我不敢断定这里面一定有什么猫腻，可凭我的经验，一定没有这么简单。我想跟你请示，先叫停澳门学院迁建项目设计方案招标的所有后续事宜，由建设委员会出面，和警方联系，将事情调查清楚。”

“你可想过这么做的后果？”

“如果有问题，肯定出在我们大澳集团内部，那么，大澳，无论在民众心中的形象，还是在专业领域的权威，都会被质疑和诟病。就算没有问题，因为项目的时间周期紧张，后续的压力也会倍增。”

“董事长心里清楚就好，而且一旦展开调查，会涉及大澳参与项目的所有人员。”

“我更清楚的是，澳门学院迁建项目意义非凡，事关重大，中央政府之所以给特殊政策，这里面是有着浓浓深情的，不能容许任何人玷污。”

梁潇思索片刻，答应立即着手处理。

警方介入了调查。大澳公司走廊里，警察二人为一组，分散开来，他们在公司的会议室、办公室等地方搜索证据。他们查到梁家栋的办公室，一名警察搜索收集电脑以及各种文件的资料数据，另一名警察从梁家栋的大班台里搜出一个纸袋，里面装着几摞美元。两名警察彼此看了看，将纸袋封存好，小心翼翼地装入证据包。很快，他们在梁记武馆抓获了梁家栋，武馆里的梁鼎武和学员们一片茫然。

此刻的梁记饼家还不知道梁家栋被抓的消息，梁鼎文面对着挑选好的一簸箕杏仁，幸福地陶醉在音乐的节奏里，他的手指在桌面上敲打着节奏。阿彩热情地送走一位顾客，转身返回时好奇地偷偷打量操作间。

梁舒和文扬正在操作间制作着杏仁饼。文扬听宋晓雯讲梁舒因为他的方案竞标失利而四处找人说理的事情后，当天就买了来澳门的机票，一下飞机，便直奔梁记饼家。两人一边在操作间忙碌，一边聊天，文扬劝梁舒不要为了竞标的事情四处说理了，梁舒仍要坚持。

忽然，梁鼎武大喊大叫的声音传来：“大哥！家栋被警察抓走了！”

梁舒和文扬一怔，急忙转身走出操作间，只见梁鼎武正狼狈地站在梁鼎文的面前，大家疑惑而着急地望着他，他解释说：“一大清早就来了两个警察，说什么项目问题，带他去问话。”

梁鼎文也急了，怪道：“你这个人，怎么什么也不问清楚了啊。”

说到项目，文扬和梁舒都想到大澳集团，两人安抚大家先别着急，便出门去打问情况。晚上，梁潇他们都来到了梁家，大家在梁家后院商量，空气里弥漫着焦躁、压抑的味道。

梁鼎文在茶桌边坐着，心如火焚，面沉似水。梁鼎武脚步缭乱，走来走去。听说从家栋办公室里搜出几摞美元的事情，梁鼎文坚信自己的儿子绝不会干这等违法之事。一家人焦急地商量对策。

文扬说：“这件事的关键，是家栋办公室搜出的那袋子钱的来路。能不能想办法先见见家栋，问清楚具体的情况。如果是真受贿，那我们着急也没用。如果是有人栽赃陷害，务必得找到洗脱罪名的证据。”

大家认可文扬的说法，思考下一步的解决之道。沉默的梁鼎文缓缓起身，目光空茫，推开饼店的后门，往饼店走去，口中念念叨叨：“是被冤枉的，是被人冤枉的……我相信我儿子不会做犯法的事……”

随后，梁鼎文走出了梁记饼家，一直向外走去，梁鼎武跟在后面，兄弟俩来到了陵园。梁鼎武坐在梁恒墓碑前，哭天抹泪，不知该怎么办。

梁鼎文打起精神来，一脸严肃地说：“我们要对家栋有信心。你回去，帮家栋照顾好武馆，越是这种时候，越是不能自乱阵脚。”

梁鼎武站起来，抹了一把眼泪说：“我听你的，大哥。”

说完，他蔫头耷脑地转身走了。梁鼎文把目光从他的背影上移开，从衿兜里拿出一块干净的毛巾，仔细擦拭着墓碑，口中念念有词：“爸爸，家栋摊上了官司，我不慌，我相信家栋他没干坏事，他是个淘气调皮的孩子，可我相信，贪污受贿这种没底线的事，他干不出来，您老人家泉下有知，要保佑家栋渡过这道劫……”

此时的苏家豪宅里，苏林坐在沙发上听电话，面色凝重。宋曼琴给苏林端来一杯茶，放在他眼前的茶几上，表情和悦，家栋的事她还不知情。苏林白天得知家栋被抓的消息，但他不知该如何向宋曼琴开口。

苏林刚要开口说话，宋晓雯风风火火地进门，直奔苏林跟前：“爸爸，家栋的事你不能不管。”

宋曼琴雾里云中地看着父女二人，疑惑地问：“家栋怎么了？什么事不能不管？”

宋晓雯心急，把家栋因为受贿渎职被警察抓走的事情告诉了宋曼琴。宋曼琴眼前一黑，头重脚轻，险些晕倒，苏林和宋晓雯赶紧惊慌失措地上前扶住她。好一会儿，宋曼琴才缓过来，她急切而恳求地抓住苏林的胳膊，让苏林一定要想办法帮家栋。

大澳集团临时叫停了竞标的后续事宜后，文扬接到了谢扬帆的电话，让他赶紧回珠海修改竞标方案，这事似乎还有转机。但眼下家栋被抓，梁家人焦急无助，文扬实在不想离开。梁舒劝他先回去忙正事，这边可以应付得过来。陈小帅赶忙表态，说这边有他帮忙。文扬嘱托半天，这才依依不舍地离开了澳门。

第二天，梁舒和陈小帅去了警署，梁鼎文和韩雅琪不放心，站在警署门口焦急地等待着。警方不让见家栋，但是梁舒见到了苏家为家栋请的辩护律师，律师说，家栋对办公室里的美元一点也不知情，是谁放进去的他也说不清。

梁舒和陈小帅赶紧跟梁鼎文报告了这个消息，梁鼎文来了精神，道：“我就说，家栋不可能受贿，他心眼儿正，不可能犯这样的错。”

梁舒表情严肃地说：“不过律师也说了，要想洗脱家栋的罪名，就得找到放钱的那个人。”

众人纷纷应和，当下最要紧的就是赶紧找证据。梁舒思忖片刻，她知道应该去找谁帮忙。她想让宋晓雯带她去大澳集团看一看。

宋晓雯虽然平时总抱怨家栋，但家栋真出了事，她也着急。在梁舒的要求下，她带着梁舒和梁鼎文去了大澳集团的监控室。

在值班经理的操作下，大家一丝不苟地看着视频监控器，梁家栋在办公室的日常画面一一展现在监控器屏幕上。众人集中精力，不放过任何蛛丝马迹。看着看着，梁舒忽然朝值班经理喊叫："停！倒回去。"

值班经理按照梁舒的吩咐操作，众人看着画面倒退。梁舒指着画面说："你们看，16日和18日中间，缺了一天的记录。"

值班经理解释道："17日大澳集团的监控系统全面更新，没有记录。"

宋晓雯问："谁让更新的？"

值班经理努力回想着，片刻，说出了一个人的名字——贾长安。

宋晓雯带梁鼎文和梁舒去了会议室，等待苏林的说法。宋曼琴也赶来了，焦急得不知如何是好。苏林刚与辩护律师见完面，从他那里得到一个关键性信息——家栋来大澳做事是听了贾长安的蛊惑。苏林脑子飞转，把与贾长安相关的事情串联起来，心中似乎有了答案。

苏林来到会议室，关上门，对梁鼎文他们说："事情搞清楚了，应该是贾长安在幕后搞的鬼。"

梁舒说："我们也觉得跟贾长安脱不了关系。17日的监控没有，是他突然说要更新系统。"

宋曼琴着急地说："那还不赶紧报警，把他抓起来？！"

苏林说："目前不要打草惊蛇，要出其不意，抓到确凿的证据才行。"

梁鼎文说："我儿子是在你姓苏的公司里出的事，你得给我个交代。"

苏林说："你怎么还是这个脾气。眼下我们为了家栋得同仇敌忾，你咬着我不放，有用吗？"

梁鼎文说："我儿子要是没有洗清冤屈，我跟你没完。"

说完，他起身拂袖而去。苏林指着他的背影，感慨这人怎么这么倔，简直就是一头驴。梁舒拜托苏林救家栋后，跟着梁鼎文一起走了。

由于着急上火，梁鼎文发烧了，梁舒赶紧带他回家。昏暗的灯光下，梁鼎文面颊泛红，躺在床上痛苦呻吟，梁舒将一个成人退热贴敷在他额头上。韩雅琪拎着蟹黄粥进门，关切地询问情况，她让梁舒去忙，她来照顾梁鼎文。梁舒正想找陈小帅商量点事情，便匆匆走出房间。韩雅琪一勺一勺喂梁鼎文喝粥，安抚道："只要家栋是清白的，就不怕。我不相信，光天化日，朗朗乾坤，家栋就能蒙受不白之冤？澳门城插的是中国旗，不是葡萄牙人当家的时候了。"

梁鼎文说："当初我就不同意家栋去大澳做事。商场险恶，刀剑无形，傻小子向来是不知深浅的。听我的，哪有今天的大祸临头。"

二人无言，韩雅琪继续喂他喝粥，梁鼎文伴着内心的焦急和怅惘一起下咽。

梁舒去找陈小帅帮忙。她想让陈小帅跟踪贾长安，看能不能找到什么证据。于是，接下来的几天里，陈小帅尾随着贾长安，看他出入各种豪华场所，似乎并没有找到端倪。

宋晓雯也关心证据搜集情况，她约陈小帅出来谈。两人肩并肩坐在酒店的吧台前，陈小帅把跟踪情况告诉宋晓雯，宋晓雯沉思片刻，神秘兮兮地笑了笑，决定施展美人计。宋晓雯马上给贾长安打电话，约他在知名酒店包间相见。挂断电话后，宋晓雯和陈小帅马上去了酒店，宋晓雯负责引贾长安上钩，陈小帅在酒店走廊接应和保护宋晓雯的安全。

203 包间里，宋晓雯轻轻摇晃着手中的红酒杯，贾长安满脸堆笑地推门而入，宋晓雯娇嗔他居然迟到，她一脸骄蛮的样子，生动又好看。贾长安看得心都痒了，不住地往宋晓雯身边贴。宋晓雯假装无意把话题转移到梁家栋身上，谁知贾长安老奸巨猾，故作不知。

这时，贾长安的手机响起，他借故说去卫生间，在酒店走廊里接电话，欢悦的脸色骤变，咬牙切齿地对着电话讲："你这是找死……"这一幕，被酒店走廊里的陈小帅看得一清二楚。

贾长安收拾好表情，返回酒店包间，说是还有重要事情要谈，今天得失陪了。宋晓雯看似气恼地撂下酒杯，挑了贾长安一眼，扬长而去。看着宋晓雯离去的背影，贾长安关上房门，掏出手机拨通，说道："203 包间。"

宋晓雯走出酒店包间与站在洗手间门外的陈小帅会合，她甩了一个眼神，示意陈小帅跟着她走。陈小帅紧紧跟随，两人走入另一个包间。陈小帅压低声音问她有没有收获。宋晓雯摇了摇头，说那个贾长安就是只老狐狸，说话滴水不漏。陈小帅着急，不知该怎么办。宋晓雯脸上却没有忧愁，岔开话题，讲了一些不相干的事情。陈小帅却没心思跟宋晓雯调侃，他想出去盯着点，但被宋晓雯拉住了。陈小帅欲言又止，但又拿宋晓雯没办法，不得不坐了下来。

203 包间里，贾长安和曹清正怒目相对。

曹清说："大澳集团董事会叫停了项目，澳洲野马被你耍了，你吞下去的，得吐出来。"

贾长安反唇相讥："别以为我不知道，你申请的公关费可不止这个数，你自己也吞了不少，都输了吧？！"

曹清说："废话说多了也没用。"

贾长安说："吃进去的，吐出来；吐出来的，你还能吃？"

曹清边打开 203 包间的房门，边说："照你说的，三天，我就给你三天时间。"

说完，曹清扬长而去，贾长安望着他的背影，冷哼一声，也抬脚走人。待两人的身影消失，片刻，隔壁包间的房门打开，宋晓雯和陈小帅走了出来。宋晓雯带着陈小帅返回 203 包间，从沙发的缝隙中取出自己的手机，而她的手机正处于录音状态。

宋晓雯收起手机，与陈小帅回了大澳集团，并把梁舒一起叫来。在大澳集团会议室里，苏林、宋晓雯、梁舒和陈小帅围坐在茶几前，宋晓雯的手机放在茶几上，正在播放录音，里面传来贾长安和曹清的声音——

“曹清，标底是千真万确的吧？董事会也做出了选择吧？澳洲野马确实中标了吧？”

“可大澳集团最终叫停了这次招标的后续工作。不过，只要你确保澳洲野马能继续实施这个项目，我们愿意再追加三成服务费给你。”

“我的信息来源被抓起来了，我们的合作只能到此为止。”

“既然如此，澳洲野马的钱你怎么吃进去的，你就怎么吐出来。我只给你三天时间，三天后，见不到支票，后果你应该知道。”

梁舒脸上的愁容渐渐舒展，几人相视一笑，马上把录音提供给了警方。第二天，贾长安被警方抓获。

警署审讯室里，两名警察面无表情地坐在贾长安的面前，一个录像机对着在场的所有人记录审讯过程。

贾长安扮出一副痛心的样子说：“他梁家栋已经是董事长特别助理了，我们董事长也说过，会培养他以后接管公司，可没想到他竟然还嫌不够，人心不足蛇吞象啊，非要让我出面私下联系澳洲野马公司的代表，要回扣……”

负责审讯的两名警察眉头微蹙，彼此看了一眼。

贾长安被警方抓捕后，家栋一时并没有被放出来。梁舒安慰梁鼎文别着急，等警察调查清楚家栋就出来了。梁鼎文疑惑，他心里有个念头，以为是苏林从中作梗：“确定不是苏林要害家栋？”

“爸爸，这些年，我们也许误会了苏叔叔，他看起来没有我们想象的那么坏。”

“他不坏？他不坏，我们梁家大屋成了苏家会馆？他不坏，你妈妈抛下你和家栋跟了他？”

“谋夺梁家大屋的是苏耀庭，只听过子承父业，但父债子还，可没道理。”

“你给我住嘴！”

“好好好，我不说了，你别生气，过去的事，都过去了。”

梁舒回到卧室后，跟文扬通电话。文扬告诉梁舒，他正在修改竞标方案的细节，很可能迎来新的转机。

两人又聊起其他事情，分享着彼此的生活。夜半时分，手机已经微微发热，但他们谁也不愿意挂断电话，好像有永远说不完的话题。

苏家豪宅里，宋曼琴急得团团转，目光不时地朝窗外张望，一夜没合眼。宋曼琴从未有过地慌乱，连说：“我哪睡得着。家栋今天能回来吗？”

苏林坐在沙发上，叹息道：“贾长安那只老狐狸，死死咬住家栋，把所有脏水都泼到了家栋身上。”

宋曼琴越发着急："那怎么办啊？"

苏林说："别着急，天不藏奸，坏事是谁做的，最终就得谁负责。"

宋曼琴说："哪个朝代都有屈死的鬼，我们可不能让家栋被冤枉了呀。"

苏林安慰她道："你的儿子，就是我的儿子，我绝不允许谁冤枉了他。"

宋曼琴心下感激，她去张罗给苏林做饭。饭后，两人在庭院内散步，宋曼琴巴望着家栋赶紧被放出来，苏林说："你别着急，让家栋在里面多待些日子，也没什么不好，四棱子木头不从圆眼钻过来，永远也圆不了。他在里面吃点苦头，也是历练的机会。"

宋曼琴停住脚步，瞪苏林道："在里面吃苦受罪的是我儿子，你当然不心疼了。"

这时，佣人通报梁鼎文先生来了，他们诧异地迎接梁鼎文的到来。梁鼎文手里拎着两盒杏仁饼，立身中堂，左右环顾。此刻，梁鼎文眼中的中堂远非当年的中堂，他有些恍惚。

苏林和宋曼琴迎上去，宋曼琴从梁鼎文手中取过两盒杏仁饼，赶紧让他坐下，张罗着给他沏茶。苏林做出请梁鼎文坐的姿势，道："阿文，请坐。"

梁鼎文看了他一眼，转身在沙发坐下，说道："我梁家大屋被你弄成了这个样子，没了味道。"

苏林笑着说："我说过，只要你阿文点头，这座大屋，随时都可以还给你。到了你手里，你乐意怎么弄就怎么弄，恢复到原来的样子，也就一两日的工夫。"

梁鼎文说："废话我就不说了，我今天是求你来了。"

苏林一怔道："想不到你阿文也有说软话的时候。我明白，你是为了家栋才矮下身段到这里来找我的。"

梁鼎文说："过去是我不对，怪我心胸狭窄，误会了你对家栋的栽培之心。"

苏林吃惊地说："你居然也能道歉？！"

梁鼎文强撑着尊严道："眼下家栋碰到了坎坷，我无能，帮不上。你在澳门是有头有脸的人物，你帮帮孩子。别的不求，我只求他别让坏人给陷害了，别让我儿子受了冤枉。"

宋曼琴听着梁鼎文的一席话，内心很受触动。她深知梁鼎文能做到这番地步已是不易，不禁心疼得热泪盈眶，她转过身去，看着窗外。

苏林说："你放心阿文，家栋是你的儿子，也是我的儿子。"

这话忽然激怒了梁鼎文，他瞬间变脸道："家栋是我儿子，他不是你儿子，他姓梁！"

望着发怒的梁鼎文，苏林赶紧说："你的儿子，不是我的儿子，你一个人的儿子，行了吧？你看看，我就说，不是为了家栋，他才不会跑来说软话，翻脸比翻书都快。"

宋曼琴擦干眼泪，软语温言地安慰他道："文哥，你放心，家栋是你的心肝，也是我的宝贝，我绝不容许别人欺负他。"

苏林看着宋曼琴和梁鼎文，轻叹道："阿琴，文哥二十多年没来过大屋，你带着他四外转转，我关心家栋去。"

宋曼琴和梁鼎文四目相对，她欲语凝噎，梁鼎文没有接受苏林的邀请，他脚步踉跄地转身离开，看着他离开的背影，宋曼琴的泪水再度涌出，但她脸上同时也有了一丝宽慰的笑意。

三湾斜街上，陈小帅和老朱身穿制服并肩巡逻走来。二人聊起家栋的事情，本来以为贾长安进去了家栋就能出来，哪承想，贾长安铁板一块，挖了坑给家栋跳。

两人走到梁记饼家门前，正看到送完免费杏仁饼的梁舒拎着竹筐进门。陈小帅目光贪恋地看着梁舒窈窕的背影。老朱看在眼里，劝小帅看开一点，感情的事勉强不来。陈小帅怎么不懂，但是他就是控制不住自己的感情。感情又没有开关，想开就开，想合就合，它悬在那里，只能叫人经受得不到的苦。

家栋的案子一直拖了下去，梁家和苏家都跟着着急，直到曹清被抓才有了转机。

那日，曹清独自走在一条阴暗的小巷里，身后传来一声类似脚踩枯枝的异响。他警觉地扭头看向身后，并没有看到人影，松了口气，转回头，却顿时怔在了原地。只见贵利哥从拐角走出来，一脸阴鸷地看着他。曹清意识到不妙，步步退后，贵利哥手里把玩着刀子，步步逼近。突然，曹清随手抓起地上的竹篓砸向贵利哥，同时，转身就向身后跑去。可刚跑了几步，曹清便不得不停下脚步，他的退路已经被贵利哥的几名手下拦住。

就在这时，不远处传来一阵警笛声，贵利哥和手下脸色大变。警察把他们统统带到了警署。曹清这才明白，原来贾长安想要雇凶灭口，他表示全力配合警察的调查，指认贾长安向澳洲野马索取贿赂。

原来，贾长安从贵利哥控制的一个赌徒黑客手中买下病毒办公软件，随后把木马发给家栋，将病毒植入家栋的电脑，又通过内部局域网侵入了苏林的私人电脑，掌握了澳门学院迁建项目的全部文件，轻松地拿到了标底。这一切，梁家栋全不知情。贾长安的犯罪证据确凿，坐实了梁家栋是无心受骗，等警方办理完相关手续，就可以回家了。

几天后，家栋终于被放出来了。梁家人、苏家人和韩雅琪一家都站在警署大门前焦急等待着，朝里面巴望。律师陪同梁家栋出门，众人蜂拥围上。梁鼎文和韩雅琪立在原地，他们看着孩子们围着家栋嘘寒问暖。梁家栋看见了爸爸，他分开众人，一步步走到梁鼎文跟前，双膝跪倒，仰望着形销骨立的爸爸，泪水喷涌而出。

梁鼎文伸手拉起家栋，把他抱在怀中，贴心贴肝，一只宽厚的手掌，拍打着他的后背。越过梁家栋的肩头，梁鼎文看见宋曼琴已经哭得泣不成声，他在家栋耳边嘱咐道："你妈妈也为你操了不少心。"

梁家栋转身，来到宋曼琴眼前，哭着说："妈妈，我没事，真没事。"

宋曼琴泪眼迷蒙地看着儿子，心疼地说："臭儿子，还说没事。没把你爸爸给急疯。"

梁家栋调皮地说："爸爸说你为我也操了不少心，谢谢妈妈。"

宋曼琴闻了闻梁家栋的胸口，佯装一脸嫌弃地说："都臭了，赶紧回家洗个澡去。"

梁家栋高兴地一只胳膊搂着梁舒一只胳膊搂着陈小帅，大喊："走，回梁记喽，吃杏仁饼喽，这段日子可馋死我了！”

眼见着梁家栋等晚辈扬长而去，被冷落的梁鼎武大发感慨：“大哥，家栋是不是在里面待傻了，二叔他都不认识了？”

梁鼎文笑看着梁家栋离开的方向说：“臭小子刚才说的是回梁记，在他心里，那才是家。雅琪，我怎么忽然觉得家栋长大了。”

“我早就跟你说过，急不来的，男孩子长大成人，就是一夜之间的事。”韩雅琪笑着说，她看了梁鼎武一眼，补充道，“当然了，也有一辈子不成长的。”

梁鼎武无比气恼，梁鼎文则开怀大笑。

从警署出来之后的梁家栋好像一下子明白了许多事，他决定继续经营梁家武馆，不在大澳集团工作了。而文扬的设计方案也重新招标成功，他第一时间向梁舒分享了这个消息，与大澳集团正式签约之后，便直接来到了梁记饼家。为了庆祝，韩雅琪和郑大冠在皇冠小馆做了一大桌饭菜来招待梁家人，梁潇一家也来了。

酒桌上，大家热热闹闹地围坐桌前，唯独不见梁舒、梁家栋和陈小帅的踪影。梁鼎文如释重负地喝茶，大家眉开眼笑地看着郭少姗做演讲——

“大舅，我妈说了，我们家最让人操心的是二舅，我看呀，家栋哥哥也不是省油的灯，总让全家人为他操心，往后你得对他多加管教。你不是有一根鸡毛掸子吗？一根不够，哪天我再给你送过一根来，我们家也有一根的，送给大舅，省得我妈总拿着鸡毛掸子吓唬我。”

众人大笑。

郭富成说：“姗姗，你家栋哥哥一根鸡毛掸子看着他就成了，我们家那根呀，还是留给你妈妈用吧。”

郭少姗瘪嘴，众人又是大笑。

韩雅琪不时向外张望，念叨：“那几个孩子，怎么一个也不来？”

梁鼎武说：“他们自己疯去了。”

韩雅琪说：“啊？我还准备艾蒿水了呢，想给家栋去去晦气呢。”

梁鼎文说：“不急不急，让他们玩去吧，这些日子，一个个都跟霜打的茄子似的，也该放肆放肆了。来来来，我们开席。”

大家言笑晏晏，酒宴开始。灯光下，每个人脸上的笑意轻轻摇晃着，酣畅淋漓。

第二十章

黑沙海滩上，露天烧烤派对的场地摆着几张洁净的彩色桌椅，一边的烧烤架上，炭火“噼啪”作响，上面烤着肉串、鸡翅、蘑菇等。梁舒、文扬、宋晓雯、陈小帅、梁家栋正围坐在桌旁，一是庆祝家栋无罪释放，二是祝贺文扬的设计方案重新中标。夜风下，几个年轻人喝酒畅谈，气氛惬意。

肉串烤好了，陈小帅招呼大家去拿。梁舒拿起一把肉串递给梁家栋，梁家栋笑眯眯地赶紧接过，大咬了几口。宋晓雯在一旁假意吃醋，随后对身边的文扬说：“文扬，祝贺你，你的方案能最终胜出，这是一件非常了不起的事，我爸爸对你的方案赞不绝口，说明你确实很有才华。”

文扬一笑道：“那个方案，有梁舒的功劳，也要谢谢三湾斜街的每位街坊。”

梁家栋说：“回答要不要这么官方？文扬，你飘了。”

宋晓雯直叫：“罚酒！罚酒！”

文扬解开衬衣前两颗扣子，拿起啤酒，却看向梁舒，道：“有福同享，有难同当。”

梁舒笑着也拿起啤酒回道：“我陪你。”

说完，两人同时一饮而尽。梁家栋在一旁起哄：“这哪是惩罚，明明是虐我们这帮单身狗嘛。”

宋晓雯和陈小帅看着梁舒和文扬，心里发酸，猛劲儿往嘴里灌酒。

月亮渐渐西沉，海滩上烧烤派对的人渐渐离开，海上，浪花儿簇簇，或有明灭，地上散落着几个空酒瓶，宋晓雯、陈小帅和梁家栋都有了醉意。陈小帅在沙滩边枯坐，怔怔地看着不远处漆黑一片的大海。

梁家栋用酒瓶碰了碰宋晓雯手中的酒瓶说：“雯雯，哥陪你喝。”

宋晓雯借着醉意说：“依你看，我跟文扬般配，还是姐跟文扬般配？”

梁家栋略作思索，所答非所问地说：“文扬哪儿好，他有小帅长得帅吗？依我看，你跟姐，眼光都不怎么样。”

宋晓雯感伤地说：“喜欢一个人，是没有道理的。”

宋晓雯和陈小帅喝得醉眼迷离，还在碰杯，相对清醒的梁家栋没收了两人的酒瓶，宋晓雯和陈小帅还继续“十五二十”的喝酒游戏。

陈小帅说：“你输了。雯雯，你要是能拿下文扬，我也不会这么伤心了。”

宋晓雯从梁家栋手里夺过酒瓶，猛然灌下，说道：“你跟姐是青梅竹马，两小无猜，你都看不住她，让她跟我抢男朋友，你自罚一杯。”

宋晓雯和陈小帅两人来来回回地自罚，梁家栋几次相劝都拦不住他们，只能无能为力地在旁边看着。

此时的梁舒和文扬正牵手沿着海滩漫步。海风拂面，两人神清气爽。

文扬说：“教授征求我的意见，如果愿意的话，我可以留在澳门负责接下来的工作，当然，他也允许我做其他选择。”

梁舒疑惑地看着他说：“其他的选择？”

文扬说：“是呀，我继续读博士，他也是赞许的。”

梁舒说：“喝过亚婆井的水，要么常驻澳门，要么远别重来。”

文扬拉住梁舒，两人停住脚步，面朝大海。文扬意有所指地说：“梁舒，你看看大海里的浪花，生生灭灭，此起彼伏，我的心，就像此刻的大海，难以平静，我想借用你的双手，抚平这些浪花。”

梁舒看看文扬，又看向大海的浪花，笑着说：“这么多浪花，我哪抚得过来嘛。”

两人浓情蜜意地往回走，远远看见陈小帅和宋晓雯身旁又多了几个空酒瓶。喝醉的陈小帅两颊绯红，拿着一瓶没开过的啤酒当话筒，嘶吼着走调的歌曲：

时间过了，走了
爱情面临选择
你冷了，倦了，我哭了
离开时的不快乐
你用卡片手写着
有些爱只给到这儿
真的痛了
…………

宋晓雯捂着耳朵大叫：“陈小帅，太难听了！我可没有抢走你女朋友！你为什么要这么惩罚我！”

陈小帅置若罔闻，更大声地嘶吼着歌曲：

你不等了，说好的幸福呢

我错了，泪干了
放手了，后悔了
只是回忆的音乐盒还旋转着
要怎么停呢
…………

陈小帅边唱着，边硬拉着梁家栋跳起了舞。看着疯魔的几个人，梁舒和文扬笑着上前搀扶，却反而被其他人拉入舞团。漫天星光熠熠，沙滩上，五个年轻人唱着歌、跳着舞，肆意展示着青春……

夜半时分，烧烤派对散场，文扬和梁舒搀着陈小帅回家，梁家栋则负责送宋晓雯回家。梁家栋背着醉酒的宋晓雯进门时，惊动了已经睡下的宋曼琴，她穿着睡衣匆匆过来。宋晓雯从没喝过这么多酒，她心疼地看着女儿。

送下宋晓雯，梁家栋抽身正要走，宋曼琴留他住下，家栋说："说到底我是三湾斜街长大的孩子，住豪宅，跟我的身份大不相称，别扭。"

不等宋曼琴说话，他转身出了门。宋曼琴怅然地望着儿子的背影，忽然听到宋晓雯干呕的声音，赶紧转身去照顾女儿。宋晓雯躺在床上，闭着眼睛，醉话连篇："文扬，你有眼无珠……梁舒你拿什么跟我比……"

宋曼琴坐在床边的凳子上，用毛巾擦拭着女儿的脸颊，面露无奈的表情。刚刚应酬回来的苏林进门，关切问询宋晓雯的情况，宋曼琴摇了摇头。

宋晓雯接着说："文扬，我喜欢你，你知道吗？我喜欢你，你个大傻瓜……"

苏林皱眉道："既然雯雯喜欢文扬，那我就去找他谈谈，凭我女儿天生丽质，凭我苏家的财富地位，他没理由拒绝，要是敢拒绝，我立即停止和江珠集团的合作。"

宋曼琴瞪了苏林一眼说："你想干吗？雯雯和舒儿都喜欢上了文扬，这件事，我不允许你插手。"

苏林疑惑地问："这里面还有舒儿的事？"

宋曼琴无奈地说："帮谁都是拉偏架，孩子们之间的事情，让他们自己解决好了。"

苏林态度坚决地说："要是别的事也就罢了，可事关雯雯的幸福，我不能不管。"

宋曼琴不可通融地警告他："雯雯和舒儿，都是我身上掉下来的肉，更何况，我亏欠了舒儿太多。你要是插手，我就跟你离婚。"

一提"离婚"，苏林败下阵来。宋曼琴看着宋晓雯的睡相，心思越发沉重。她考虑了一晚上，为了两个女儿的幸福，决定找文扬谈谈。

第二天，宋曼琴便约文扬见面。二人面对面坐在优雅的包厢中，宋曼琴直奔主题，告诉他舒儿和雯雯都是她的女儿，她不想任何一个受到伤害。

文扬坦言道："我跟梁舒是一见钟情，而雯雯在我眼里，一直就是一个妹妹，梁舒的妹妹，仅此而已，一切都清清楚楚，明明白白，并没有丝毫暧昧。"

望着文扬真诚的面庞，宋曼琴渐渐放下心来，她答应好好劝说宋晓雯，文扬则打算努力征得梁鼎文的同意。

风和日丽的上午，梁家全家、韩雅琪、郑大冠、陈小帅、宋晓雯、文扬相伴来到石排湾郊野公园，众人挤在游人堆里看大熊猫。这是中央政府向澳门特区赠送的一对大熊猫，名字叫开开、心心。梁潇买了票，邀请大家一起去看，梁鼎文欣然应允，胸中无限自豪。

宋晓雯把梁舒引到一边，谈到对文扬的感情，明确提出要公平竞争。说完，宋晓雯离开，去人群里找到文扬，傍着他看大熊猫。梁舒望着文扬和宋晓雯，又看看爸爸和韩雅琪，脸上的神情黯淡下来。

陈小帅发现了形单影只的梁舒，跑过来叫她一起去看。梁舒的心都被宋晓雯搅乱了，跟他说："我想一个人静静，你去看吧。"

陈小帅说："那我陪着你。雯雯这是对文扬不死心啊。不过，这么看，他们俩也挺般配的，文扬是建筑设计师，苏家有建筑公司。"

梁舒越听越心烦，向一旁走去，陈小帅定了定，疾步跟上，她猛一转身，郑重地强调她想一个人走走，他只好却步，眼看着梁舒离开。

整整一天，梁舒的心都被阴郁笼罩着，她脑海里翻腾起许多事情，来来回回地折磨着自己。从动物园回家后，她决定跟文扬好好谈谈，于是，便约他去了黑沙海滩。

黑沙海滩上，海鸥飞翔，海水冲刷着礁磐，礁磐上，梁舒伫立远望。文扬走到梁舒的身后，也往大海里远眺。他察觉出梁舒情绪低落，关切地问她怎么了。梁舒的表情有所缓和，口吻是经历了内心风暴之后的淡定，透出一股落寞。

"雯雯向我宣战了。"

"宣战？"

"她喜欢你，你知道吗？"

"她是你的妹妹，我一直当她是妹妹，小孩子瞎闹。"

"文扬，你给我一些时间，让我好好想想。"

"我们的感情已经迈出去了，怎么能退缩呢。我们要一起携手面对所有的困难。"

"如果是其他人也就算了，但雯雯毕竟是我的妹妹。我不想看到发生在爸爸、妈妈和苏叔叔身上的事情，在我们这一代再次重演。"

文扬还想争取，但看见梁舒面露难色，他理解梁舒的顾虑，不得不妥协。他告诉梁舒自己已经决定留在澳门工作，梁舒的笑意慢慢浮现出来。他们面对面地站着，目光之中尽是彼此的身影，阳光赠予一道艳丽的彩霞，烘衬着这对尚且需要一些时间的情侣。

转眼间，时间走到了 2012 年。“黄梅时节家家雨”，雨丝轻轻地把这座城抽打出了清新的色彩，街路、楼头和碧绿的树木都焕然一新。最是暧昧细雨，街道上花伞绽放，行人的脚步并未被绵绵细雨影响，悠然自在。

行进的大巴车上，文扬坐在靠窗的位置，饶有兴味地紧盯着梁舒，她正如数家珍地向游客介绍澳门风景：“清乾隆年间出版的《澳门纪略》中讲到，‘东西五六里，南北半之，南北各有一湾，可以泊船。或曰南北二湾，规圆如镜，故曰濠镜’。从这个名称中，又引申出濠江、海镜、镜海等一连串澳门的别名。澳门还有一个特别的名字……”

梁舒不停地讲解着，忽然看见了坐在窗边的文扬，她并没有因为他的“搭乘”而感惊讶，目光很快划过他。文扬深情地看着她，却无论如何也捕捉不住她的目光。

下班后，梁舒撑着伞轻盈地走在三湾斜街上。街路人稀，地面的石板被雨水冲洗得青光鉴鉴，文扬在街角迎住她，邀请她一起吃晚饭，却被她婉拒了。

趁她转身的工夫，文扬把一朵纸折的玫瑰花插入她的背包。梁舒没有拒绝，她回到家中，取出玫瑰花插进桌上摆放的一个小巧花瓶里。花瓶里，一共插了九枝纸折的玫瑰花。

梁鼎文站在客厅喊梁舒吃饭。此时的梁鼎文两鬓已经斑白，明显苍老了许多。他把两道家常菜和一道汤摆上了桌子，碗和筷子也都摆好，转身对着梁恒的遗像默默地拜了拜。

梁舒走过来，边给爸爸盛饭边说家里实在太冷清了。最近，梁家栋正备战东亚运动会，整天忙着练功；梁潇刚升任特区政府运输公务司的顾问，整天忙得四脚朝天；梁鼎武打小就神龙见首不见尾……如今的梁家，大多时间只有梁鼎文和梁舒父女二人在家。

“我看呀，不如您跟雅琪阿姨商量商量，有情人终成眷属得了呗。”

“往后不许你乱说。没大没小。”

“您别不好意思呀，女儿之命，媒妁之言，我们就照礼数来，该有的程序我们都有……”

“现在的日子挺好，我早习惯这样的日子了，犯不上拉上你雅琪阿姨为我这个倔老头操心。”

随即，梁鼎文把话题转移到梁舒和文扬身上，梁舒无言，埋头吃饭，心思才下眉头又上心头。自从上次梁舒和文扬在黑沙滩说要好好想想不想上演上一代的悲剧之后，梁舒就自动与文扬拉开了距离。梁舒不再与文扬频繁联系，收到他的邀请也是一拒再拒，关系似乎生分起来。但他们心里都明了，他们的感情一直在那儿，没丢也没跑。

网红饭店里，宋晓雯与一名富二代面对面坐在情侣卡座上聊天。这是苏林给宋晓雯介绍的朋友，想让他们处一处。此刻的宋晓雯，容光焕发，妖娆动人，眼神里透着高傲。富二代的眼睛一直追随着宋晓雯，看得出他对宋晓雯是喜欢且欣赏的。

“做电视节目很辛苦的，凭你的颜值，完全可以养尊处优。”

“你就是养尊处优生活的吧？”

“青春如水又如花，我可不想辜负了好年华。我喜欢骑马、打高尔夫、环城越野、环球旅行，你喜欢什么？”

“我说说我不喜欢什么吧。”

“也行啊，只要你不喜欢的，我都会尽量避开的。

“我不喜欢骑马，不喜欢打高尔夫，不喜欢环城越野，不喜欢环球旅行，尤其不喜欢父母之命媒妁之言，照我爸爸的意思来这里跟你浪费时间。明白吗？”

富二代愣怔之间，陈小帅翩然而来，走到两人的桌前，礼貌地打招呼。宋晓雯一把把陈小帅拉在自己身边坐下，立即换了一副亲和欢悦的面孔，对着陈小帅撒娇："你怎么才来啊。"

二人假装情侣，亲昵说话，富二代恍然大悟，把手上的两张电影票送给了宋晓雯，赶紧找借口撤离了。

宋晓雯瞥了一眼电影票，眼前一亮，是詹姆斯·瓦特金执导的《黑衣女人》，她让小帅陪她去看。她拉着陈小帅就走，一脸不情愿的陈小帅被宋晓雯纠缠，被动地去了电影院。

但陈小帅不知道，《黑衣女人》是个恐怖电影，诡异、惊恐的画面在大荧幕上轮番上演。宋晓雯对恐怖细节见惯不怪，陈小帅吓得心惊肉跳，他下意识地紧紧地抓着宋晓雯的手。宋晓雯的手被捏得作痛，不禁皱眉看向陈小帅，看到他被惊恐画面吓得扭曲的脸时，又突然觉得好笑、过瘾。

陈小帅实在忍不住了，他从电影院的大门里冲出来，弯腰干呕，十分狼狈。宋晓雯跟随出来，轻捶他的后背。

“我算是明白姐为什么看不上你了，太不像男人了，看个电影都吓成这样。”

“你也好不到哪去，纠缠了这么久，还是动不了文扬的心。”

“你更傻，白瞎了街草的名号，厮守梁舒这棵歪脖树许多年，都没拿下她，还好意思说我。你是真想吊死在她这棵树上了？”

陈小帅词穷，愣愣地看着宋晓雯。宋晓雯忽然觉得没劲，神情落寞下来，一屁股坐在台阶上，双手托腮。陈小帅也把屁股撂在台阶上，目光抛向远处。

“雯雯，我求求你，赶紧把文扬拿下吧。”

“我也求求你，赶紧看好你的两小无猜、你的青梅竹马。”

说完，两人相对无言，异常落寞。宋晓雯起身拉陈小帅一起去喝酒，想要借酒消愁，陈小帅没拒绝，两人一起喝得大醉，陈小帅趁着还有几分清醒的意识，打车送宋晓雯送回家。

陈小帅背着宋晓雯来到苏家时，宋曼琴和苏林两人正在为宋晓雯追求文扬的事情而斗嘴。苏林支持女儿寻找幸福，宋曼琴坚持认为不能横插一脚，不能像当年的苏林一样趁火打劫。两人争执不下之际，陈小帅背着酩酊大醉的宋晓雯进了门。

宋曼琴赶紧起身迎上，她闻到他们身上散发出来的酒气，眉头不由一皱，带陈小帅上楼，把宋晓雯背到卧室。苏林愣愣地站在原地，他看着陈小帅背着女儿上楼又下楼，脑海里还在回荡着宋曼琴的话。陈小帅醉意蒙眬跟苏林说：“叔叔，我走了。你们家这么阔气，为什么还霸占梁伯家的大屋呢。”

苏林依旧沉浸在自己的思绪中，似乎没听见陈小帅的话。

这天晚上，梁舒和梁鼎文决定去梁家武馆吃晚饭。如今的梁家武馆已经步入正轨，招收了不少徒弟，梁鼎武和梁家栋大部分时间都在武馆里。庭院里，两张餐桌摆开，梁家栋领着徒弟们吃饭，梁鼎武准备好饭菜，拎着饭桶盛饭，小七和小九则挪动着菜盆，负责上菜。梁鼎武还是一样嘴贫，大呼他干火头军真是屈才了。

这时，梁鼎文和梁舒来了。众徒弟向门口行注目礼，梁家栋赶紧欢迎，梁鼎文和梁舒便在梁家栋的左右落座。梁鼎武把两双碗筷拿过来，分别摆在两人眼前，邀功地说这是他做的饭菜。梁鼎文讶异地看着他，感叹地说他学做饭了真是不容易。

一家人边吃边聊了很多。家栋被选上参加东亚运动会，正在紧锣密鼓地准备。梁舒表达了对他的信心，梁鼎文也许诺，家栋要是能拿块奖牌回来，会给他庆功。

饭后，梁鼎文和梁舒散步回梁记饼家。夜色已深，天上的一轮弯月金钩倒挂，石板青光鉴鉴。微醺的陈小帅趔趄着从对面走来。梁舒仔细辨认，确定是陈小帅。父女俩急忙上前，顺势便架着陈小帅向皇冠小馆走去。

到了皇冠小馆的门廊下，还未等梁舒敲门，大门便被打开，韩雅琪说：“我听着声音就是你们。你们哪喝的？赶紧进屋，我给你们做醒酒汤。”

梁鼎文朝韩雅琪挥挥手说：“我没醉，舒儿也没醉，只有小帅醉了。”

梁鼎文父女俩把陈小帅交到韩雅琪手里，转身走回梁记，陈小帅又要跟上去，被韩雅琪一把捞住，拉着他回了皇冠小馆。

似雾如烟的雨帘，在青灰色的天空缓缓垂下。阴雨天气已在澳门驻留数日，一切都变得水淋淋的。

设计方案成功中标后，文扬就负责具体的工程实施。在河底隧道工地现场，工人们正在紧张地施工作业，文扬戴着安全帽、手持对讲机走来，做现场勘查。他认真地巡视现场，一个猛然出现的断裂声音被他敏感地捕捉到，他把耳朵贴着岩壁细听，情绪立即紧张起来，对着手中的对讲机下达撤离命令。

工人们接到指令，立即停止工作，放下工具，迅速地从隧道深处神色惊恐地跑向出口。

岩层断裂的声音在文扬耳边越来越清晰，迅速扩大，他继续对着对讲机喊“赶紧撤离”。洞顶上猛然抖落了灰土，撒满他的脑袋。

雨越下越大，从隧道里撤退出来的工人们站在雨中，神色凝重地看着隧道口。工头清点人数，工人们彼此看顾。文扬灰头土脸地从隧道里跑出来，询问工头人是否都安全出来了。工头神色慌张地报告，还有两个工人没出来。

文扬焦急地说了句“马上报告”，便转身又跑入隧道。

工头赶紧吩咐身边的工人去指挥部报告情况，工人应声跑走，而在其他工人焦急的目光中，轰隆一声，隧道坍塌了，烟雾瞬间弥漫了隧道口。

梁记饼家内，梁潇正在跟梁鼎文说话，这年的雨水大，政府发了暴雨黄色预警，她担心这间屋的安全问题，专门跑来看一下情况。梁鼎文说已经做了加固处理，她才放下心。恰好碰上韩雅琪提着食盒给梁鼎文送饭，梁潇接过她的手提食盒，提醒梁鼎文该给琪姐一个说法了，一旁的梁舒跟着帮腔。

梁鼎文正要说话，梁潇手机振铃，她接到了河底隧道塌方的消息。梁潇简单跟大家说了一下情况，转身疾步走开。梁鼎文、梁舒和韩雅琪都惊住了，他们愣怔地看着梁潇推开门冲入雨雾之中。“文扬”这两个字深深牵动着梁舒的心，仿佛一声霹雳在她脑中炸开，她毫不犹豫地冲出门去，消失在了雨雾里。

梁舒不顾一切地向前跑。她的脸被雨水冲刷着，睁不开眼睛，她只是奔跑，疯狂地奔跑。他在哪？他怎么样了？他有没有危险？梁舒不敢想，她越想越害怕，奔跑的身体在雨中战栗着。

梁潇和苏林都赶到了救援指挥部，他们下了命令，要不惜一切代价救援被埋的两名工人和文扬总工程师。救援工人全力展开救援。

梁舒也跑到了救援现场，她一身泥水，跪倒在地，双手拼命地刨挖泥土，双手已经破皮出血，不停地哭喊着：“文扬，你坚持住，你给我坚持住……”

梁潇安排好救援工作，这才看见了拼命刨挖的梁舒，急忙上前劝她赶紧回家。梁舒哭着恳求一定要把文扬救出来，梁潇没再理会她，转身投入救援指挥。梁舒站到一旁，却不愿意离去，她心急如焚地注视着不断有碎石掉落的隧道口，默默为文扬祈祷。

被埋的工人相继被救出，梁舒冲到隧道口，看着被挖开的洞口，手电光照明的幽深隧道不停地有石块垂落。梁舒浑身颤抖，大声呼喊：“文扬——文扬——你听见我的声音了吗——”

在隧道中昏迷的文扬被梁舒撕心裂肺的呼喊声唤醒，他身上多处受伤，吃力地匍匐前行。

大雨如注。一切都变得模糊而无力。梁舒对着隧道口大声呼喊，声音已经嘶哑：“文扬——你听见我的声音了吗——文扬——”

两名救援人员架着文扬从隧道里出来，梁舒疯狂地扑到近前，抱住他，痛哭流涕：“文扬……我以为再见不到你了……”

梁潇指挥大家赶紧撤离，医护人员一拥而上，把文扬放在担架上，抬上了救护车。躺在担架上的文扬吃力地抬起手，冲梁舒摆了摆，并试图挤出一丝笑容安慰她。梁舒一把抱住梁潇，情绪激动地不断说：“姑姑，他还活着，他还活着，他还活着。”

梁潇拍打着梁舒后背，让她赶紧去包扎处理一下鲜血淋漓的双手，梁舒却毫不在意自己的手，依旧沉浸在文扬获救的喜悦之中。

而这一幕，都被苏林看在眼里，他眼望着撤离的梁潇和梁舒，心中一片感慨。

面色惨白的文扬靠坐在病床上，医护人员包扎他腿部的伤口，输液管里的药液一滴滴掉落。几家新闻媒体围着病床，争前恐后地采访——

“请您介绍一下当时的情况……明知道里面那么危险，您怎么还会毫不犹豫地冲了进去……文总工，您是这个项目的总工程设计，依您看，这场事故的原因是什么……”

医生完成了包扎，转身对新闻记者说：“病人失血很多，现在需要休息。”

护士配合医生把新闻记者请出了病房。

梁舒包扎好手之后，急不可耐地跑向文扬的病房。恰逢梁鼎文赶来给他们送煲仔汤，父女俩一起朝文扬的病房走去。梁鼎文跟文扬说了几句话，便离开了，他要给孩子们提供私人空间。文扬这次的举动也深深触动了他：危难之时还会救别人，是条汉子。

梁舒双手缠着纱布，立在文扬身前，目光极为关切地注视着他。文扬虚弱地笑着说：“我被石块砸晕了，不是你拼命喊我，也许我真的就醒不过来了。”

“人家都往外跑，你干吗拼命往里冲。”

“有两名工人在里面，得把他们领出来呀。”

“你是不是傻啊！”

“还能见死不救？”

“我看见一群记者追着采访你，这一回，你成英雄了。”

文扬拉过梁舒缠满纱布的手，满目心疼地说：“打算用这双手把我从隧道里刨出来，还说我傻，我看你才是傻呢。”

梁舒从文扬的手里抽出自己的手，打开手提食盒，一边说：“你还说风凉话，当时快把我急死了。”

文扬看着梁舒把煲仔汤倒在手提食盒的盒盖上，情绪激动地说：“自己的手都不要了，梁舒，你还敢说你心里没有我？！”

梁舒一怔，端着煲仔汤去喂他，试图转移话题。文扬面容憔悴，像被丢弃的小孩一样巴望着梁舒。梁舒笑了笑，眼里满是心疼和爱怜。闻讯赶来的宋晓雯站在门口，看着你侬我侬的两个人，进退两难。

澳门学院隧道工程塌方事故联合调查组新闻发布会紧急召开，梁潇和苏林坐在发言人席位上，若干新闻记者和工作人员参会，会议在电视频道中同步直播。

记者问：“塌方事故造成多大损失？该由谁来负责？”

梁潇说：“关于事故责任，政府会聘请第三方权威机构展开联合调查，该谁负责就谁负责，对于责任方，绝不姑息。”

苏林接着说：“大澳集团作为工程的建设方，会全力配合调查，一定会给大家一个满意的答复。”

然而，过了几天，不少记者却把矛头指向了文扬。电视屏幕中，记者提出质疑：“关于横琴校区施工建设中出现的事故，有专家从整体设计上提出了质疑，认为，在地面上建设大桥，无论从造价上还是施工难度上，都要比在海底建设隧道更为合理。不知道江珠集团的设计团队出于什么考虑，舍方便和安全而就复杂和危险，更有设计总工急于炫技之嫌，才造成了这次严重的隧道塌方事故……”

梁鼎文坐在电视机前，疑惑地问阿彩：“这个记者胡说什么呢？”

阿彩说：“有什么听不明白的，一句话，摆明是冲文扬来的。”

梁鼎文说：“这年头，什么人都能成为专家！”

阿彩说：“是啊，从来没人质疑专家的专业性，可专家说多了，不是真的也会被认为是真的。”

梁鼎文气恼地说：“这就是落井下石！”

阿彩说：“您是心疼文扬吧，心里把文扬当女婿了吧？”

调查组也展开对文扬的调查，他们查抄了文扬办公室里的电脑、文件和设计文稿。大家纷纷说这是拿公司开刀，卸磨杀驴。调查组来到了文扬所在的医院，宋晓雯正在跟梁舒争抢留下来照顾文扬的机会，调查组的人开宗明义，说是要带文扬回去调查工程事故的事情，文扬、梁舒和宋晓雯都愣住了。

宋晓雯第一个反应过来，张开双臂横在调查组和文扬之间道：“你们搞错了没有？他满身是伤啊，你们不能这么对待一个病人啊。”

为首的调查员冷漠地说：“宋小姐，请您让一下。”

两名联合调查组成员绕开宋晓雯，来到病床前，搀扶文扬下床。宋晓雯不满地说：“就不能再等几天吗？等他身上的伤全好了吗？！”

文扬劝慰道：“别担心，他们也说了，是配合调查，没事的。”

联合调查组成员二话不说，带着文扬离开了。梁舒没有言语，她跟着调查组出了门，宋晓雯紧随其后。梁舒脚步匆匆，跑到调查组成员前面，拦住他们的去路，义正词严地说：“为什么带走他？你们让他配合调查什么？他是见义勇为啊，他是这个项目的总工程师，你们不能不分青红皂白，如此粗暴地对待他。”

调查员并未停步，边说道：“请你不要妨碍公务。”

宋晓雯一把推开架着文扬的两个调查组成员说，她要精心地呵护文扬，要陪他一起去。

文扬安慰梁舒说：“不用着急，我没什么说不清楚的。我倒要看看他们要调查什么。”

梁舒眼望着文扬、宋晓雯和调查组成员走远，她满腹心思地转身，伫立在窗前。片刻，她看见文扬被宋晓雯搀扶着，在调查组成员的簇拥下，陆续上了停在医院门口的公务车。这时，梁舒接到了梁鼎文的电话，他让梁舒赶紧找梁潇问下情况，不能任由别人往文扬身上泼脏水，梁舒答应着，挂断电话，目送载着文扬的公务车驶离，心重如沙。

第二十一章

在“隧道工程塌方事故联合调查组”办公室内，文扬刚刚结束一天的协助调查，神色凝重地走出门。苏林正站在不远处的走廊尽头，目光沉着地看着他。文扬调整情绪，走了过来。

“雯雯不放心你，硬把我从董事会上拽出来，逼着我来看看你的情况。”苏林拍了拍文扬的肩膀说，他假装无奈地笑笑，意味深长地说，“可我这名不正言不顺的，来干什么？你又不是我儿子，也不是我女婿，甚至连雯雯的男朋友都不是，师出无名啊。”

文扬的脸色沉下来，他知道苏林是在为自己的女儿争取，心下有些不悦，但还是礼貌地回应着。

苏林继续说：“只要你以后对我的宝贝女儿好一些，比什么谢谢都好。”

文扬态度清冷，语气坚定地说：“她是梁舒的妹妹，我自然也会拿她当妹妹一样对待。不过，敏感时刻，以后就不劳烦您了。”

说完，文扬点头示意，转身下楼。苏林眉头微蹙，看着他走远。

此时，梁舒正坐在大堂一角焦急地等待文扬的消息，见他走下楼梯，高兴地起身，正要上前，却看见宋晓雯跑进大堂，径直到文扬跟前，拉住了他的衣袖。

宋晓雯关切地询问情况，文扬语气冷冷地说：“还请你和苏董事长不要再过问我的事情了，这不符合规矩。”

宋晓雯认为或许是文扬不想给他们添麻烦才这样说的，她解释说：“文扬，那些调查组做事死板，缺乏灵活性，这可能也是法律的特性。不过，你放心，只要方案没问题，相信他们会把清白还给你的。”

文扬还欲再说，宋晓雯却撒娇地拉着他就走，她想开车带他出去透透气。情绪低落的文扬浑身充满了抗拒，不情愿地被宋晓雯拉着走向门口。这一幕，被角落里的梁舒看得一清二楚，她没有惊动他们，而是孤单单地伫望着两人离开，心绪繁重，方才的等待与盼望，似乎变成了一种笑话。

这时，苏林从楼梯上下来，看见了站在角落里的梁舒。他径直走到梁舒跟前，与她打招呼。梁舒心事重重，冷淡地回应着。苏林看了一眼门口的方向，接着同梁舒说：“雯雯是被你妈妈和我宠爱大的，只要是她想要的，哪怕是天上的星星，我们都会满足她。你是雯雯的姐姐，让着她点儿。”

梁舒心里原本就不舒服，听了苏林这话，更是气不打一处来，她说：“你们苏家富贵逼人，我即便是她姐姐，有什么可让她的呢？”

苏林顿了顿，觉得无话可说，转身向前，也走出了大门。梁舒无力地坐回到原来的位置，内心淌过一片又一片的疼痛。片刻后，她麻木地向前走着，怅然若失地回到了家。但她在梁鼎文注视的目光中，尽力掩饰，梁鼎文关心地问文扬的情况，她只是淡淡地回答了一句“他没事”。梁舒不想再说下去，内心的酸楚鲠在喉头。梁鼎文觉出女儿情绪不对，便拿起手机拨打文扬的手机号码，等来的却是一片忙音。

漆黑的房间里，借着落地窗洒进来的月光，依稀可见文扬依然穿着白日的衣装躺在床上，眼睛怔怔地看着天花板虚无的一点，情绪很是颓废。

白天时，宋晓雯执意要带他出去散散心，他冷冷地跟她说他只想一个人静静。宋晓雯见他态度坚决，就不再勉强，但内心失落又愤然，她宋晓雯在哪个面前这么低声下气过？文扬独自进了公寓，一直枯坐至晚上。

“咚咚咚”，敲门声响起，文扬懒得理会。敲门声固执地再次响起，文扬疲惫地喊道：“我谁也不想见，走吧。”

门外站着梁鼎文，他应道：“我是你梁伯。”

文扬一怔，赶紧起身开门。梁鼎文越过文扬肩头，扫了一眼漆黑的房间，又看看文扬，说：“走，跟我回三湾斜街。”

说完，不等文扬回答，他转身就走。文扬彳亍地跟随在后面，梁鼎文回头催促道：“你快着点，年轻人，受点挫折算什么，你梁伯我碰到的坎坷比你大了去了，也没像你这么蔫头耷脑的。”

文扬跟上，勉强笑道：“梁伯，对不起，让您为我操心，我心里不安。”

梁鼎文只说：“走，大家都等着呢。”

文扬诧异地跟着他继续往前走。两人径直去了皇冠小馆，一进门，饭香扑鼻，一张大圆桌上摆满了菜，坐满相熟的街坊，新来的跑堂阿康正忙前忙后地招呼着。

梁鼎文面向众人举杯道：“我跟文扬这孩子有缘，他受了点委屈，打不起精神，今天我把街坊们请过来，给他压压惊，打打气。”

韩雅琪说：“我们听文哥说了，你设计的澳门学院，没毛病。”

文叔说：“是啊，真金不怕火炼，没有过不去的火焰山，让他们查去，澳门是法治社会，不会平白无故冤枉人。”

陈小帅由衷地说：“隧道塌方，你救人时一点没犹豫，我佩服。”

文扬望着诸位热心的街坊，眼眶不由得湿润了，只顾不停地道谢。他备受鼓舞，激动地端起酒杯敬各位道：“我保证，不被眼前的困难打倒。”

梁鼎文朝文扬投去赞许的目光，赞许道：“这才是好样的。”

酒席散场后，文扬搀扶着微醺的梁鼎文走进梁记，目光扫过房间，没看到梁舒，略感失望。正打算离开，梁鼎文冲楼上喊梁舒去送送他，梁舒应声下楼，虽然心里还在为白天的事情而别扭，但还是听从了爸爸的安排。

夜色如水，明月皎洁。梁舒和文扬并肩走在三湾斜街上，一路无言。梁舒明白文扬事业上遇到瓶颈，她想让他振作起来。之后，她说要带他去个地方，文扬乖乖地跟在她身后，两人一起来到了澳门塔，趴在澳门塔的栏杆边，眺望着澳门的夜景。

“文扬，上次带你来这里，是你的第一稿设计被谢扬帆教授毙掉，最为失落的时候。不过，回头看往事，似乎也没什么了不起的。”

“是啊，当初我的心情十分糟糕，差点成了逃兵。”

“文扬，我问你，碰到困难就成落汤鸡，这是你们文家的传统吗？”

“不是……”

“基因里要是埋下了这种症状，那可就无药可救了。要是你个人后天沾染上的毛病，我相信总能治好的。”

之后，梁舒带文扬去了澳门塔玻璃栈道。文扬恐高，不敢向前，梁舒伸手紧紧握住他的手，边带他走上栈道，边鼓励他勇敢尝试。文扬艰难地跟随梁舒挪动，走到中间，梁舒便松开了他的手，示意他远眺。

“文扬，你看，欲穷千里目，更上一层楼，视野在这里就完全不一样了。当你被那些高楼大厦包围时，会感觉自己非常渺小、无力。但站在这里，有点一览众山小的意思，好像一下子体会了没有爬不过去的山、跨不过去的坎。”

文扬重新审视眼前的景色，一切似乎开阔了许多。

“文扬，我对你的方案有信心，就算全世界都质疑你，我也会坚定地站在你身边。”

“梁舒，我苦苦等了你三年，你这句话，如果放在以前，会让我高兴得手舞足蹈。可是现在……联合调查组还没有结论，我的前途未卜。如果调查组认定问题出在方案设计上，轻则我一辈子当不成设计师，前途尽毁，重则要服刑坐牢，承担法律责任。”

“你想说什么？”

“有你和梁伯对我这样良苦用心，我不会自暴自弃的，我会积极申述和解决眼前的困难，但是……结果不是我能左右的，我不想连累你和梁家，所以，在没有最终定性之前，我们还是不要再见面了。”

话音刚落，文扬强忍心中疼痛，抬脚就走，不给梁舒任何说话的机会。他独自走过玻璃栈道的另外一半，扶着栏杆的手，因用力，凸显指节泛白。文扬的背影很坚定，而看着他消失在视线中，梁舒气恼又无奈。

第二天，文扬身着正装，沉静地来到联合调查组办公室，虽面无表情，但也不见了昨夜的颓萎。办公室陈设朴素、整洁，一张办公桌，一个立式卷柜，墙上挂着鲜艳的国旗和区旗。调查员分工明确，有人文字记录，有人询问，一台运转的摄像机对准众人。

“各位调查员，我和我的团队，对我们的设计方案又进行了仔细的复查，问题不是出在我们的设计方案上，烦请各位正确对待我的申诉。”

“问题出在哪里，你到底要不要承担责任，一切还得等到调查结果出来才能裁定。”

“我很自信，我们的设计方案建立在科学和美学的基础上，融汇了我们热爱祖国、热爱澳门的情感，专家们如果用心研考，会从我们的方案中，看见我们对科学和美学的坚贞，也会看到我们爱国、爱澳的情怀。

“我代表联合调查组接受你的申诉，今天请你先回吧。”

文扬起身，礼貌告辞。下楼时，他接到苏林的信息，邀请他去苏家会馆谈事。文扬犹豫片刻，还是去了。

苏家会馆中堂，文扬和苏林面对面坐着，苏林称赞文扬是个难得的人才，直入主题：“直说吧，我很欣赏你，我女儿喜欢你，如果你们能花好月圆，有情人终成眷属，我是乐见其成的。”

“董事长，我昨天就跟您说得很清楚了，我把雯雯当作妹妹一样看待，因为她是梁舒的妹妹，仅此而已。”

“舒儿是个好孩子，不过，她的条件跟雯雯比，差远了。”

“梁舒在您眼中或许并不完美，但她在我眼中却是最好的，没有任何人能够取代。谢谢您的抬爱，没有其他事，我就告辞了。”

文扬起身要走，被苏林叫住：“这些都是你自以为伟大的爱情。明白吗，如果你失去了现在的一切，你就会发现爱情也不再值得一提，以后的你，也一定会痛恨现在固执的自己。”

“也请您不要自以为了解另一个人。即便我失去了现在的一切，与梁舒分开，那也是因为我不想拖累她，只因为我对她的爱情更浓。”

“作为大澳集团的董事长，我可以帮你，这才是最重要的，明白吗？我可以帮你洗白，只要你对雯雯好，等我百年之后，大澳集团就是你们的了……”

“苏董事长，您是想亲手毁掉雯雯的爱情和幸福吗？如果我真的答应了您的要求，为了利益出卖感情，那么有一天，我也会为了更大的诱惑而放弃和伤害雯雯。这是您最终的意愿吗？我奉劝您一句，再厉害的商人，也别拿爱情做交易。”

说完，文扬不想再跟他浪费口舌，扬长而去。宋晓雯从一旁的房间黯然走出，黯然道：

“爸爸，你添什么乱啊？你这么做，只会让他更加看不上我了。”

苏林说：“我这是为了帮你看清现状，话都说到这份儿上，你还不死心吗！”

宋晓雯又气又恼，跑出了房间。她越想越委屈，掏出手机对陈小帅倒苦水，叫陈小帅陪她去喝酒。陈小帅本不想去，但他不放心宋晓雯一个人，便陪她去了酒吧。两人并排坐在吧台前饮酒，宋晓雯清醒而哀怨，可陈小帅已经醉眼迷离。他们爱慕的人都专注地爱着别人，也算是同病相怜了。醉意中，两人感慨，这真是“我本将心向明月，奈何明月照沟渠”啊。

黑沙海滩上，陈小帅坐在礁石上，听着海水的涛音，举头遥望空中弯细的月牙，自编自唱道：

从出生起我就爱你这样的姑娘
十岁起我就爱你在三湾斜街
月牙呀，你告诉我吧
月牙的心是什么？
大海呀，你告诉我吧
大海里为什么有那么多浪花
…………

梁家栋突然出现，蹲身在他的旁边。陈小帅很奇怪家栋怎么来了，他与宋晓雯分开之后，就摇摇晃晃地来到了黑沙滩，对着大海抒发内心的郁结。宋晓雯回家后，不放心他一人出来，便叫家栋去看看情况。梁家栋架起陈小帅，两个人走下礁石，沿着海边的沙滩一路走去。月光里，他们留下两行歪歪斜斜的脚印，那一串脚印，很快被海水抚平。

梁家栋搀扶着陈小帅，把他送入皇冠小馆。而斜对面梁记饼家楼顶，梁舒怀抱着民谣吉他，手指轻轻地弹拨，一曲古老的民谣音符，悠悠扬扬。淡淡柔和的月光，映着梁舒无暇而青春的面颊，倔强中夹着一丝迷茫。一颗流星划破夜的沉静，在天空中留下了一道美丽的长弧……

另一边，宋晓雯把自己关在卧室里。屋里黑着灯，书桌上放着一支燃烧的精致香薰蜡烛，她默默地注视着跳动的烛光，一脸的希冀，忽闪忽闪的眼睛一下下地眨动着，口中念念有词——

我记得那美妙的一瞬，
在我的面前出现了你，
有如昙花一现的幻想，

有如纯洁之美的天仙。
在那无望的忧愁的折磨中，
在那喧闹的浮华生活的困扰中，
我的耳边长久地响着你温柔的声音，
我还在睡梦中见到你可爱的倩影。
…………[1]

宋曼琴走进房间，打开灯后，房间一片明亮。宋晓雯置若罔闻，继续叨念着普希金的情诗。宋曼琴用手扶住女儿的肩头，劝她说："爱情是勉强不来的，文扬喜欢的人是舒儿，这个世界上一定会有一个同样爱你的人，正策马扬鞭，在奔赴你的路上。"

宋晓雯坚定地说："我不，我就要文扬！"

几天后，联合调查组召开会议，梁潇和诸位调查员围坐在会议桌前，认真地阅读手中的文件。

中间的调查员分析道："澳门学院横琴校区隧道塌方事故原因有三：其一是因为雨水频繁，施工单位抽排不及时，造成了地质状况；二是巷道支撑没有及时跟上；三是施工单位对巩固稳定土质的工作没有做到有效保护，监管部门也应该承担相应的责任。"

梁潇合上了手中案卷，问："这是最后结论？"

调查员点头说："这次事故的主要原因，和江珠集团的设计方案没有直接关联。也请您放心，我们的调查以及最终结论的形成，都是有序而严谨的。"

之后，调查员介绍，关于此事，网上流传的专家言论其实只是两三个人打着专家的旗号来拍砖的，后来他们将设计方案交给全球十大建筑设计事务所当中的三家，以及几位世界著名的建筑设计师论证，令人惊喜的是，专家们一致认为，澳门学院的建筑设计水平绝对是国际一流的。

事情终于尘埃落定，电视新闻对此进行了专项报道，澄清文扬的方案与这次工程事故没有直接关联。梁鼎文坐在电视机前看到报道，打心眼里替文扬高兴，他看到了文扬的认真和努力，他相信老天都是公平的，不会亏待每一个努力的人。

文扬又开始了忙碌的生活，许多时间是在建筑工地上度过的。休息时，他拨打梁舒的电话，得到的只是一片忙音。工地上，工人们正在有序地施工，文扬戴着安全帽，拍打着身上的尘土走出工地。一辆轿车驶来，谢扬帆教授下车，他朝文扬招手。师徒俩寒暄之后，谢扬

1. 普希金长诗《我记得那美妙的一瞬》节选。

帆带他去参加一个重要会议。

来到会议现场，只见会议大厅里，梁潇站在台上正在讲话："早在2009年，国务院就批复同意澳门特别行政区规划填海造地361.65公顷，用以建设新城区。中国城市规划学会和澳门特区政府联合举办这次咨询会，寄希望于海内外专家学者，为澳门的发展建设献计献策……"

文扬和谢扬帆明白，这又是一个宏大的规划。谢扬帆对文扬说："今时澳门不是往日澳门，背靠祖国内地，澳门的建设和发展，是插上了一飞冲天的翅膀了。"

梁潇的发言继续："现在，澳门的填海区域规划方案已经出炉，政府考虑，以轻轨贯通A、E及D区，回穿澳门半岛再与拱北的珠海轻轨接驳。新城区设计人口容量约12万人，拟定提供四万个住宅单位，并引入'新学村'概念，使得各个学区的球场、体育场馆实现资源共享……"

散会后，梁潇踌躇满志地走出会场，苏林紧走几步追上，他表示，大澳集团作为本土企业乐于为澳门建设做贡献，往后还请多多关照。梁潇提醒他，横琴校区隧道塌方事故大澳集团应该承担的连带责任务必追查落实，不能姑息养奸。苏林笑着应允。

梁潇看见文扬和谢扬帆出来，便和苏林告辞，走了过去。她与谢扬帆寒暄之后，鼓励文扬好好干，文扬笑着答应。随即，文扬忍不住问起梁舒的情况，说最近一段时间梁舒总是不接他的电话。梁潇鼓励他找梁舒当面说清楚，文扬若有所思地点点头。

三湾斜街上，梁舒背着双肩包一路走向梁记饼家。陈小帅疾步跑到近前，与梁舒并肩往前走，他小心翼翼地关心梁舒，却不像往常一样叫"姐"。

"连'姐'都不叫了？"

"我想跟你谈恋爱，当然不能叫你姐了。"

"谁跟你谈恋爱。不叫姐，往后离我远点。"梁舒踢了他一下。

"踢我也不叫，就不叫你姐。"

梁舒气呼呼地回到梁记，一进门，便看见梁鼎文正在手法娴熟地做杏仁饼。梁舒边往里走边跟爸爸打招呼，却发现了站在一旁的文扬。文扬已经在梁记等候多时，见梁舒回来，急忙走到她跟前。

"梁舒，我有事跟你说。"

"你有难处的时候，我没资格跟你同舟共济；你现在顺风顺水的，我也没资格分享你的快乐。"

说完，梁舒把他晾在一旁，转身上了楼梯。梁鼎文对着她的背影提醒她不能慢待客人，有话说清楚，她并未停下脚步，消失在楼梯的顶端。

文扬站在原地，又尴尬又伤心，梁鼎文便叫他一起喝两杯。不一会儿，梁鼎文做好了四个小菜，两人对坐而饮。

“文扬，不是梁伯怪你，你碰到了难处，担心没了前途，怕拖累舒儿，那都是你的一厢情愿。你小看了舒儿，也小看了梁家。我们梁家，都是本性踏实、重情重义的人，没有势利心。你不该伤了舒儿的心。”

“我已经知道错了，梁伯，我自罚。”

说着，文扬不容分说，接连自罚了三杯酒。工作刚失而复得，感情又遇到挫折，文扬内心惆怅又无奈，他像是心中窝了什么火，一杯接一杯地喝下去。

而梁舒在卧室里，一直留意着外边的动静。忽然，梁鼎文喊她出去帮忙，她赶紧起身开门，才知道文扬已然喝醉。梁鼎文和梁舒费劲地搀扶着喝醉的文扬走进卧室，安顿在床上。梁舒不声不响地端来洗脸盆，盆里有一条白毛巾，她把毛巾捞出来，拧干，轻轻擦拭着文扬的脸。她看着文扬，眼圈渐渐红了。

梁舒又拿着毛巾擦他的双手……一滴多情的泪水，落在文扬手上。窗外，一弯金色的月牙倒挂金钩。

第二天一早，一缕朝霞照进梁记二楼卧室的窗子。文扬猛然醒来，坐起身子，仔细回忆昨日的场景。他看见床头柜上放着一杯解酒汤，怔了片刻，便伸手端起汤碗，喝了一口。他知道，这是梁舒为他做的。他一口一口品尝着，脸上浮起幸福的笑容。

梁鼎文推门进来，文扬试探性地询问梁舒的情况。梁鼎文告诉他，梁舒昨晚上照顾了他一夜。文扬闻言，羞愧中又带着一抹甜蜜。屋外，朝霞绚烂无比。

时间飞逝，日历翻到 2013 年 10 月。澳门的秋天到了，微凉的风把夏日的燥热吹散了。这天的三湾斜街，比往日多了一层喜悦的色彩，更为热闹。梁家栋去参加东亚运动会，这是梁家也是三湾斜街的大喜事，街坊们纷纷向梁鼎文道喜。梁鼎文拎着褚红色的竹筐走在三湾斜街上，逢人就发杏仁饼，不知不觉已免费发了十筐。

梁鼎文不自然地跟街坊们说话，他尽量表现得轻松，但内心的紧张早已显现在脸上。实际上，梁鼎文担心家栋，也怕家栋辜负了街坊们的心，要是拿不上一块奖牌，他感觉自己这张脸无处放。

每家店铺橱窗里的电视机统一播放着东亚运动会实况，许多行人在电视机前驻足观看。皇冠小馆里，郑大冠和韩雅琪正免费招待梁家武馆的众徒弟，大家举杯豪饮。轮到家栋出场时，大家目光齐刷刷集中在电视屏幕上，只见家栋拳法套路娴熟，行云流水，颇有气派。

梁鼎文继续站在街上分发杏仁饼，他不敢看直播，内心又期待又担忧。突然，国歌的旋律从每个电视机里响起来——家栋拿奖牌了！三湾斜街上的男女老少为之一愣，瞬间，整条三湾斜街喧腾了，人们都冲到大街上，武馆学徒从皇冠小馆冲出来，欢呼蹦跳着。

大家向梁鼎文道贺，他一屁股坐在地上，似乎不敢相信眼前的景象。梁舒和梁鼎武手忙脚乱地搀扶着梁鼎文到了梁记门口，他停住脚步，稳住颤抖的手，连称自己没事。

走进屋，爬上二楼，梁鼎文认真地洗手、擦手，表情虔敬，在梁恒遗像前栽香。他规规矩矩地跪在了梁恒遗像前，声音颤抖地说："爸爸，您的孙子，家栋，家栋他给您老人家长了脸，给祖宗争了光……家栋他给三湾斜街，给澳门，也给国家争了光……"

楼梯口，梁舒驻足，她看着爸爸告慰爷爷的亡灵，不禁涌出激动的泪水。她轻步走到爸爸身后，拉起爸爸："爷爷在天有灵，也会为家栋骄傲的。爸爸，为什么我觉得您有些紧张呢？"

"舒儿，你不知道，过去，在霍元甲那个时代，外国人管我们叫'东亚病夫'。霍元甲和他的大徒弟为中国人出了口恶气，可他让日本人给下毒药害死了。舒儿，家栋没事吧？"

"家栋不会有事的，那都是过去，现在全世界没人当中国人是东亚病夫，对我们都刮目相看了。"

"真的？"

"国家强大了，没人敢害您儿子。"

梁鼎文的脸上，终于绽放了快慰的笑容。

这时，一阵急匆匆的上楼脚步声传来，文扬一身工装跑进客厅，祝贺家栋拿了奖牌。梁舒灿烂的笑容有所收敛，她转身下了楼。梁鼎文知道，梁舒心里还没过去那个坎儿，他让文扬去跟梁舒把话说开，文扬答应着急忙又转身下楼。

三湾斜街上，欢呼声一浪一浪传来，夹杂着敲锣打鼓的喧闹声。庆祝的人群挤满了街道，陈小帅和老朱在一旁巡逻维持秩序。宋晓雯带着摄像师一路跑来，她想去采访梁鼎文，碰到陈小帅便聊了几句。说话间，宋晓雯的眼睛余光瞄到梁舒和文扬一前一后沿街走去，她将话筒递给摄像师，便追了过去。

尾湾路，梁舒一路快走，好像要甩掉跟在后面的文扬，但文扬不上前，也不离开，只是跟她保持着几步距离。梁舒气恼，陡然停住脚步，转身，一脸矜持地瞪着他。文扬开口说："梁舒，我有话跟你说。"

"我不想听。"

"你能不再跟我赌气了吗？"

"我有吗？我为什么要跟你赌气！"

"既然没有，那能不能听我把话说完？"

"……"

"梁舒，我们认识了十年，我追了你五年。虽然我不能确定你心里的想法，但我想把自己的告诉你。无论你做了什么选择，我只想跟你说一句话——以后的岁月，我文扬，只想跟你梁舒——我最爱的女人——风雨同舟，有福同享，有难同当，甘苦与共。无论命运里会遇到什么，我只想跟你分享。我想跟你结成伴侣，我想让我们的生命融为一体，永不分离。”

梁舒的眼圈红了。文扬将放在胸口的手放下，握住了她的纤纤玉手。梁舒抬起头，勇敢地看向文扬，亦勇敢地接受了这段感情。两人四目相对，文扬终于释然一笑。

不远处，宋晓雯从树后走出来，看着这一对情侣，眼圈红了。她知道，在这场感情中，她始终是局外人。她黯然转身沿着原路返回，一路走去。

酒吧内，灯光摇曳，光影迷离，青春和热血激扬、绚烂，被音乐推向了极致。卡座里，陈小帅和老朱正相对而饮，老朱苦口婆心地劝他感情不能一厢情愿，要把这页翻过去。陈小帅不停地给自己灌酒，老朱按住酒瓶，他却不依，一心想要把自己灌醉。

酒吧吧台上，宋晓雯手握着一瓶 XO，一杯一杯地喝着，一副“借酒消愁”的样子。她的情态吸引了几个好色青年，他们将宋晓雯围住，眼神放肆地在她的身上游走。他们调戏她，坏笑着向她靠近，伸手抓住她向外拉，宋晓雯挣扎，却被几位青年控制住，强行把她向门口拽去。

宋晓雯呼喊起来，卡座里的陈小帅听见喊声，似乎酒醒，他奔到前台，一记猛拳挥向其中一名青年，将其打翻在地，一把抓住宋晓雯的胳膊，试图突围。老朱随即也冲过来，连喝“住手”，不料却被身后的青年踹了一脚，身体向前跌倒。

陈小帅酒醒了一半，护着宋晓雯，一点点地靠近老朱，三个人被几位青年团团围住。陈小帅把宋晓雯交到老朱手里，让他带着宋晓雯先撤。没等宋晓雯反驳，陈小帅突然踹向面前的青年，为老朱和宋晓雯打开一条路。老朱拉着宋晓雯就跑，陈小帅则独自拦住几位暴怒的青年。

宋晓雯边跑边回头看向陈小帅。只见青年们人多势众，陈小帅在打斗中很快落败，身上都是飞动的腿脚和拳头。宋晓雯惊慌地甩开老朱的手，挣扎着跑回来。老朱见状，急中生智，于慌乱中掏出手机，播放警车鸣笛的声音，青年们慌乱中辨不清真假，潮水一样四散逃离。宋晓雯扑过来，哭泣着抱住奄奄一息的陈小帅。

老朱背着陈小帅，宋晓雯从旁保护，他们脚步错乱，来到了尾湾路的牙科诊所。宋晓雯猛敲文叔的大门，已然睡下的文叔给他们开了门，拉亮电灯，牙科诊所瞬间明亮起来。

看到鼻青脸肿的陈小帅，文叔忙问是怎么回事。宋晓雯心急，让他赶紧看病。老朱指了指宋晓雯，解释道：“小帅英雄救美，被一帮烂仔打的。”

文叔看了眼宋晓雯，让她扶稳陈小帅，她也未多想，急忙坐在陈小帅的身边，搂住他，让他靠在自己怀中。陈小帅呻吟着，挑了宋晓雯一眼，想说什么，却意识到两人几乎面贴着面。他看见了宋晓雯脸上的绒毛，也感受到了宋晓雯的鼻息，竟一时全身僵住。文叔处理完了外伤，放下器械，在陈小帅的胳膊腿上和肋骨上摸索检查是否有骨折。

之后，文叔洗洗手，进了里间。老朱仿佛明白了文叔的意思，转身去了洗手间。此时，偌大的房间只剩下孤男寡女两个人，宋晓雯继续搂抱着陈小帅，她费力地掏出帕子，擦拭陈小帅嘴角上的血迹。

“说，如果没有喝酒，你会不会帮我？”

“你为什么在那儿喝酒？”

“那你为什么也在那里？”

“我完了。梁舒和文扬彻底好上了。”

“别打岔！回答我，不是喝多了，你就不救我了？就眼看着那帮烂仔欺负我？”

“不喝多了，我也不能看着你被欺负，我……”

宋晓雯感动地抱紧了陈小帅。陈小帅被宋晓雯的胳膊箍住，说不出话来，他挣扎着，好不容易才说完想说的话：“我是一名警察，当然要保护好每一位市民呀。”

宋晓雯的胳膊立即松了劲儿，猛地将他一推，气呼呼地走了，陈小帅被这么用力一推，扯到了伤口，疼得龇牙咧嘴。

宋晓雯又气又恼地走出牙科诊所，一路沿街走去。片刻，陈小帅一瘸一拐地从牙科诊所出来，在路中间，看着宋晓雯的背影走远。寂静的夜色下，他忽然感觉心头一紧，一种莫名其妙的感觉涌上心头。

第二十二章

瑰丽的阳光使得街道温暖而朝气蓬勃。三湾斜街上，韩雅琪带领街坊会组织的舞狮队锣鼓喧天地走来，梁鼎武则在脖子上挂了一面鼓，边走边敲，他的身后，是小七和小九打着横幅——“欢迎东亚咏春王梁家栋师父载誉归来”。

一众徒弟抬着梁家栋接二连三地往半空里抛举，街坊们嬉笑着围观。宋晓雯将一束花束塞到家栋怀中，祝贺他旗开得胜，路人们纷纷拥上前，要与他合影。

陈小帅和老朱一身制服在巡街，见状，准备上前维持秩序。宋晓雯凑近陈小帅，查看他额头伤口，边说：“看看，我哥棒吧，看来往后三湾斜街的街草要换人了。”

陈小帅揶揄：“谁四肢发达、头脑简单来着？怎么就变成你哥了？”

宋晓雯嘟嘴，一把揪住陈小帅他耳朵，陈小帅欲挣脱宋晓雯的魔手躲避她的魔掌，嘴里叫道：“放手。我这耳朵打小就被舒儿姐姐揪，你就别揪了，再揪，我还不成了大耳贼了。”

宋晓雯挑衅道：“为什么舒儿姐姐能揪，我就揪不得？！”

陈小帅揉着耳朵，怒视宋晓雯，宋晓雯则朝他一瞪眼，眼睛里有一股扬扬得意。一旁的梁舒发现陈小帅和宋晓雯两人不对劲，问他俩是怎么回事，他们顿时偃旗息鼓，分别朝着不同的方向走去。

陈小帅刚走几步，就被韩雅琪拽住了，她看见儿子的耳朵都被宋晓雯揪红了，心疼地说：“这边的让舒儿给揪成了大耳贼，那边让宋晓雯揪一揪，多揪几回，大小就都一样了。”

宋晓雯不知什么时候出现在韩雅琪身后，调皮地说：“阿姨，保证完成任务。”

韩雅琪被宋晓雯吓了一跳，无奈地一笑，心里似乎感觉到这两个孩子跟往常不太一样，具体怎样又说不好。她摇摇头，回了皇冠小馆。

梁记饼家门口，梁鼎文难掩激动地翘望着，他在等待家栋凯旋。宋曼琴走过来，眼含热泪。

一群人簇拥着梁家栋来到梁记门口，家栋同妈妈打完招呼，就直奔屋内上了二楼。梁鼎文正坐在客厅的太师椅上，内心喜悦又紧张，家栋把一枚奖牌从脖子上摘下来，双手交给他。梁鼎文颤抖着双手，接过来，仔仔细细地看了片刻，便把奖牌端正地摆在梁恒遗像前。梁鼎文的眼睛湿润了，家栋看着激动的爸爸，感受到了从未有过的幸福感，双眼闪出泪水。

晚上，店铺打烊后，梁鼎文和郑大冠在皇冠小馆对饮，韩雅琪来往于厨房和饭桌之间。郑大冠祝贺梁鼎文，如今，梁舒和文扬成双成对找到了幸福，家栋又十分争气，武馆开得像模像样，还拿回了奖牌，真是令人羡慕。梁鼎文却没有想象中的开心，他抿了一口酒，神情落寞。

郑大冠觉察到他的郁闷，梁鼎文叹息一声，说出缘由："你们不知道我的心，家栋成了咏春拳师父，怕是真没心思继承梁记杏仁饼的手艺了，后继无人啊。丢了这个手艺，我怎么跟祖宗交代。"

郑大冠恍然大悟，他说得也确实在理，便劝他说，可以把梁记传给女儿梁舒。但他们心里都清楚，梁舒迟早是要嫁人的。原先还指望着梁舒可以跟陈小帅终成眷属，但如今，她跟文扬恋爱了，以后他们俩要是结婚，文扬的家不在澳门，过几年项目一结束，他可能就要带着梁舒回内地了，到时，梁记还是后继无人。

这样想着，梁鼎文更加郁闷，他端起酒杯，仰脖干掉，把酒杯重重地墩在桌面上。从皇冠小馆走出，他径直回了梁记，坐在二楼太师椅上，眼睛看着墙壁上的石英钟出神。石英钟的秒针，走的不是时间，走的是他的心。

木楼梯"咚咚"响起，是梁舒的脚步。梁舒站在门口看着爸爸枯坐，走到他身边坐下。她搞不懂爸爸怎么会满面愁云，关切地询问是怎么回事。梁鼎文一声叹息，对女儿讲出自己的顾虑。

"等我百年之后，梁记杏仁饼的手艺没人继承，估计也就没了吧……梁家大屋在我手中丢了，没想到梁记最终也是保不住的。文扬的事业越来越好，夫唱妇随，你哪能分出精力操持梁记啊。"

"那我就不嫁了。"

"文扬这孩子不错，你喜欢，爸爸也喜欢，别错过了。至于其他的……到时候再说吧。"

说完，梁鼎文起身向卧室走去。看着爸爸忧虑的背影，梁舒一时不知道该如何安慰他，心里蒙上了一层阴影。

第二日，晴朗的天空，云絮飘飞，街道两侧的树叶随风摇摆，阳光穿过树叶照在地上一片斑驳。梁鼎文拿着一副红纸写的对联向梁家武馆的方向走去，一路上不时跟碰上的街坊寒暄。街坊们纷纷夸赞家栋有出息，还有顾客称赞三湾斜街不愧是非遗街，果然卧虎藏龙。梁鼎文听着大家的赞扬，露出满脸的笑意，腰板儿挺得更直了。

到了武馆门前，只见大门上贴着一张新"诚招武术教练"的告示，替换了原先的招生启事。武馆内，梁家栋正指挥小七、小九重新布置武馆，一面展示墙上贴着图文并茂的咏春拳基本功图谱、小念头拳谱。

大家见梁鼎文进门，急忙打招呼叫"师爷"，梁家栋高兴地迎上来，带着爸爸四处参观。

梁鼎文边环视四周，边点头，随即，他的目光停留在挂在中堂的“拳打海底蛟龙，脚踢下山猛虎”的对联上，让家栋把它摘了。

“家栋，得冠军了更要低调，挂这么嚣张的对联干什么？过去你是无名小卒，挂这副对联算是打气，要不我早给你撕了。现在人家都是冲着你武术冠军来学的，你让他们学什么？学打架斗狠？”

“嗯，我这就摘。”

梁鼎文把手中的红纸对联递给家栋，让他换上这副新对联。家栋展开一看——上联“有信佛浴世”。下联“存心神自安”，横幅“信心万有”。

“爸，这不是梁记的对联吗？”

“我请文叔又给写了一副。这副对联挂这里，是提醒你得了冠军更不要忘了梁家家训，大丈夫立身尘世，有信；梁家人安常处顺，有心。逢低处不放弃，到高处别膨胀。”

“有信，有心，我有信心办好武馆，把咏春拳传承光大。”

说完，梁家栋踩着椅子，撕下旧对联，恭恭敬敬地贴上新对联。梁鼎文看着儿子的身影，心中感慨万千。

这天，梁家栋在武馆里一脸严肃认真地给学徒们授课，他边示范边说：“小念头是咏春入门的第一套拳法，练习小念头必须将全身放松，包括双肩、手腕、手肘，挺胸收腹，肩膀下垂，双膝向内……”大门突然被推开，一个身材高挑、金发肤白的美女走进来。梁家栋听见响动，派小七去招呼一下，自己专注地教学。小七迎上去，一看是个外国人，眼前一亮，笑说来梁家武馆学习咏春拳是最正确的选择，外国美女突然利落地一抬腿，直接将腿搭到小七肩膀上，小七双膝一弯想从她的大长腿下逃出，无奈那条纤细的腿像铁柱一样压得他直打晃，就是挪不开。

美女用一口流利的汉语，不满地说：“你哪只眼睛看我像个武术菜鸟了？叫你们师父出来。”

小七一见这阵势，立刻一嗓子嚷道：“师父师父，有人踢馆！”

梁家栋急忙跑上前，深深地打量这位外国美女。对方显然不相信武馆师父如此年轻，也眼望着家栋。梁家栋抬手轻轻一掰，挪开美女搭在小七肩上的脚，问她有何赐教。美女后退几步站稳，与梁家栋四目相视，自我介绍说她名叫艾拉，此次要来应聘教练。

学员们起哄道：“想要当教练要先过师父这一关。”艾拉二话不说就摆开架势，向梁家栋发出挑战。其他学徒自动退后围成圈，圆圈中心，梁家栋沉稳地站立不动。突然，艾拉出拳向他进攻。梁家栋刚开始因为对方是女人，力道自然也收了三分，没想到，艾拉招式多变，运用灵活，出拳弹性、短桥窄马，一招一式竟极为标准，逼得梁家栋不得不拿出真功夫，两人打得难分难解，酣畅淋漓。

须臾，梁家栋寻到艾拉的破绽，猛一推手，艾拉站立不住，后退摇摇欲倒，梁家栋手疾眼快伸手拉住她。两手紧握，四目相对，梁家栋才回过神，急忙放开艾拉的手。

艾拉站稳，双手抱拳，郑重地自我介绍："艾拉，24岁，罗马尼亚人，在佛山学咏春拳三年，喜欢中国功夫，还有美食。"

梁家栋看着眼前的艾拉，没说是否同意她留在武馆当教练，但他边转身离开边吩咐小七："给她找本《七侠五义》看看。中华武术功夫在于修心，尤其是咏春拳，更重形意的融合和贯通，外国人得先学学中国文化，才有资格在梁家武馆当教练。"

艾拉冲着梁家栋的背影大声说："《七侠五义》我读过了，我还读过《射雕英雄传》《小李飞刀》。"

围观的徒弟们反应过来他们又要多一个教练了，围着艾拉欢呼起来。

横琴校区会议室内，文扬正与同事开会，商议校区规划的细节。梁舒拎着食品袋和保温瓶，推门进入，见大家正在开会，便想退出去。文扬宣布散会，同事们识眼色地纷纷起身往外走。梁舒将装满杏仁饼的袋子递给助理，让大家分了吃。

待大家离开，关上房门，文扬这才卸下严肃的工作面孔，脸上扬起笑容，拉起梁舒的手。

"梁舒，你每次来都带吃的，把他们都喂成了馋猫，天天盼着你来。"

"那你呢？"

"后悔了。"

"嗯？"

"不想看到你对别人笑，不想把你做的杏仁饼给别人吃，只想让你对我一个人好。"

"文扬，你多大了，竟然还吃这种醋？"

"就算我老掉了牙，因为爱你，也会吃醋。"

两人你侬我侬说着情话，却不知道同事们正站在门外偷听，大家你推我挤，最面前的助理一个踉跄，冲进了会议室，其他人不仗义地一哄而散。文扬审视着助理，助理赶忙找了个借口开溜。

房门重新被关上，梁舒"扑哧"笑出了声。文扬认真地看着梁舒，对她表露心意："昨晚我梦见你了。梦到我们要结婚了，我骑着高头大马，刚把你迎进门，正要拜天地呢，谁知梁伯突然变脸拦着，说他不同意，要把你领走，我一着急就醒了。"

梁舒一怔，她想起那晚梁鼎文酒后的担忧，一时无语。片刻，她回过神，柔声安慰："你是太累了。"

"是啊，还连累你难得休息一天，也要跑来看我。对了，你和梁伯赶紧办回乡证，新版回乡证号码是终身制的，跟身份证一样，以后想回去手续就很方便了。等这个工程做完，我就申请个长假，带你们回福建。"

“福建？”

“梁伯不是一直念叨想寻根祭祖吗？我爸妈也一直想看看你。”

梁舒神色有些迟疑，心头涌过一阵担忧。文扬觉出梁舒神色不对，笑着调侃道：“难道漂亮媳妇也怕见公婆？”梁舒笑了笑，顺势把头依偎在他胸前，看向窗外，眼睛被耀眼的阳光刺了一下。

这天，动感的音乐几乎刺破三湾斜街的上空，在距离梁记饼家不远的位置上，“魏记饼家”开门营业了。门口，一人多高的花篮摆了两排。透过落地玻璃门窗，看见点心摆在货架上，自助选取，搭配点心的咖啡、可乐、果汁品种丰富，沙发卡座和吧椅舒适时尚。魏记的广告也做得铺天盖地，电视上也在轮番播出。服务员站在门口，端着点心吆喝：“开业一周大酬宾，两人消费，一人免单。”不少年轻人纷纷成双入对地拥入。

梁记饼家内的阿彩不时把目光抛向不远处的魏记，却见梁鼎文依旧不慌不忙地烤制杏仁饼。魏记主营的也是杏仁饼，与梁记算是竞争对手，已经抢了梁记不少生意，阿彩不明白梁鼎文此时怎么如此沉得住气。梁鼎文始终相信做生意要讲求良心，讲求真材实料，花里胡哨的东西走不长远。晚上，说起魏记，梁舒对此有几分担忧，梁鼎文却坚持自己的看法，他说：“这条街上，一边在开店，一边在关店，很多店铺都换了几茬，每天都有新面孔出现，每天也都有旧面孔离开。”

“爸，魏记卖的也是杏仁饼，我们也该想些对策。”

“怕什么。好酒不怕巷子深，我们梁记是百年的老店，澳门老一辈人，过节送礼，哪个不是拎一盒梁记杏仁饼？体面。走亲串友，哪个不是带着两盒梁记手信？”

“恐怕没那么简单。现在商业模式和营销手段都变了，好酒也要勤吆喝。我们梁记再好，也只有一个店面，太弱小了，死守是受不住的，我们得壮大自己才行。”

“我们跟魏记不是一个路子，他们是新店开张三把火，我们讲的是细水长流。别说了，我心里有数。”

梁舒不再言语，但她心里却为梁记担忧，晚饭后，漫步在寂静的街头，满满的心绪被梁记的事情缠绕。她微微低头，昏黄的路灯将她的身影拉得长长的，边想着心事，边踩着自己的影子。

突然，另一个身影覆盖了她的影子，梁舒抬起头，对上了陈小帅那双关切的眼睛，已经换上休闲装的陈小帅站在几步之外，手里拿着两杯奶茶。二人聊起魏记开业的事情，陈小帅帮梁舒分析，梁舒忽然灵机一动，她想到可以找谁来劝梁鼎文，便急忙向梁记饼家走去。陈小帅站在原地未动，目光落在地上的影子。

清晨，薄雾淡淡地弥散着，早晨的阳光橙黄且温暖，在古巷老屋之间玩着光明与黑暗的游戏。从梦境里苏醒过来的三湾斜街，有门轴转动声、下闸板、开窗子声，渐渐热闹喧嚣起来。

相对于梁记门前的冷落，百米之外的魏记门前却被人群围得水泄不通，一位代言明星一手拿着点心，一手拿着饮料，不停地摆着造型，媒体纷纷拍摄，粉丝们阵阵尖叫，吸引了三湾斜街的人都去看热闹，执勤的陈小帅和老朱在一旁维持秩序。

走出梁记的梁鼎文冷冷看了一眼，神色抑郁地走向街对面的皇冠小馆。梁潇和梁舒已经在皇冠小馆等候多时，他们面前摆了一桌好菜。梁鼎文走进小馆，与大家坐在一起。窗外传来魏记的广告声："魏记杏仁饼，震撼抽大奖，惊喜不间断……"

声音一波一波传进来，见梁鼎文心情不爽，韩雅琪赶忙把窗户关了。梁潇看了一眼梁舒，两人暗中递了个眼色。

梁潇说："大哥，我看梁记最近倒是清闲下来了。生意不好做吧？"

梁鼎文端起茶杯，轻呷一口说："做生意，跟人一样，总有起起落落。"

梁潇说："看样子魏记分流了我们不少顾客。"

梁鼎文故作淡定地说："暂时的，没事。"

梁舒说："爸，人家把十八般手段都拿出来了，这是铆足了劲要打压我们呀。我们不能坐以待毙，要不，也做做广告？媒体的报价我都打听好了……"

梁鼎文说："不需要，魏记没有根基，只能靠广告靠宣传，但我们梁记是老店，靠的是口碑。"

之后，梁潇建议梁鼎文开一些加盟店搞起来，梁鼎文极力反对："引进投资，发展加盟店？说得轻巧，味道谁来把关？食材谁能保证？火候谁会掌握？没有一二十年的潜心磨炼，任谁也做不出我们梁记的味道。要是照你们说的，谁给钱就能挂梁记的招牌，我把话撂在这儿，用不了三个月，梁记饼家的百年招牌就被砸得粉碎。"

梁潇劝道："哥，世界上有许多餐饮连锁品牌，有一套完整的质量把控体系可以借鉴。梁记，先不说要不要发展，想要生存下去，就要学会变通，这是梁记的出路。"

梁鼎文坚持己见："可在我眼中，变通，就是打折——味道打折，品质打折。我们梁记的杏仁饼，别人就是做不出来那个味。"

梁鼎文坚持塌下心来把饼做好比什么都强，不用惦记搞那些看不见摸不着的虚招儿。说完站起，大步离开，留下梁潇和梁舒面面相觑。

梁记饼家内，生意惨淡，阿彩闲得无聊，将柜台中的杏仁饼码放得整整齐齐。劲爆的韩国流行音乐从魏记传来，阿彩越听越心烦，起身走到CD机前，选择了一个光盘，音响里传出的却是梁鼎文平时爱听的红歌：

大海航行靠舵手，

万物生长靠太阳，
雨露滋润禾苗壮，
干革命靠的是毛泽东思想
…………

梁鼎文进门，气呼呼地坐在他惯常坐的位置上。阿彩赶紧倒了一杯茶递给他，他叹了口气，有些不解又有些心疼地看着柜台中的杏仁饼，五味杂陈。

不一会儿，郑大冠带着酒菜来找他，打算劝劝他。梁鼎文明白当下的形势，但他始终觉得品质至上，不经他的双手做出来的杏仁饼，那还叫梁记吗？郑大冠不知如何再劝，两人喝起了闷酒。梁鼎文的脸上，写满了忧愁。

此时的梁潇和梁舒走在三湾斜街上。梁舒不能理解梁鼎文为何如此固执，她本想让姑姑帮忙劝劝，谁知爸爸连姑姑的话也听不进去。梁舒一脸愁云，梁潇耐心地劝解。

“舒儿，你爸爸一辈子兢兢业业地守着祖店，也守着三代流传下来的规矩和信条——有信，讲信用；有心，付诚心。每一道工艺，每一种原料，每一种口味，他都把‘信心’融进了饼里，也融进了他的命里。他不敢放手，就是怕把梁记祖传的招牌砸了。”

“爸爸真是太不知变通了。”

“一沾上梁记、梁家大屋的事，大哥就会犯轴。不过呢，大哥的固执，换个思路理解，也是一种守护。”

“守护？”

“梁记，要在守护与发展之间找平衡。脱离了本质的发展，那就是丢失；一味地守护不创新，那就是守旧。如果能在两者之间找到平衡点，那是最好了，但是这个平衡不好找，需要时间。舒儿，给你爸爸一些时间。”

“可就怕是时间不等人。”

“想要改变，永远都不会太晚。你说的那些方法，大哥他也不见得就觉得是错的，他就是需要多一些时间考虑和接受，你要体谅他，让他慢慢消化。”

梁舒理解了姑姑的用心，点了点头。之后，她便去图书馆找了几本营销专业书籍，对照梁记近来的销售量，认真研读起来。

一天下来，梁记卖出的杏仁饼寥寥无几。梁记客厅的桌上，摆满了没卖出去的杏仁饼，梁鼎文心情不好，坐在桌前，边喝茶边吃杏仁饼。木楼梯上传来脚步声，疲惫的梁鼎武伸着懒腰，询问有什么吃的，梁鼎文指指桌上的杏仁饼，让梁鼎武他吃一块。梁鼎武没多想，一口塞进一整块杏仁饼。

“好吃吗？”

“当然好吃了。”

“还是以前那个味？”

“我倒想能吃出个不同来。”

“吃进嘴里的食物，难道不是味道最重要？那些虚头巴脑的东西，有用吗？”

梁鼎文眼神更加晦暗，自言自语地叨唠出心中的困惑。沉浸在疑问中的梁鼎文满腹心事地站起，向卧室走去。梁鼎武不明就里地站在桌前，摸不着头脑。

接下来的日子里，梁记饼家的生意越发冷清，跟魏记的熙熙攘攘形成了鲜明的对比。梁鼎文心下着急，但似乎想不出更好的应对之策。他手拿抹布，一遍遍擦拭柜台，把柜台擦得锃亮。韩雅琪说魏记占走了梁记不少财运，建议梁鼎文去妈祖庙拜拜，梁鼎文琢磨一阵，答应了。

梁家武馆里，梁家栋在练功房里练功，赤裸的上身大汗淋漓，健美的身形一览无遗。他不知道身后的艾拉正悄悄地欣赏他。片刻后，艾拉走上前要来跟他比试一局，梁家栋缓了缓气息，见她依然目光肯定，便伸手做了一个“先请”的手势。艾拉随即出拳进攻，梁家栋不敢有任何怠慢，防守接招……

艾拉倔强地爆发出更大的能量，步步紧逼，欲逼出梁家栋的全部力气。梁家栋沉着应对。深夜寂静的武馆，两个人都打得痛快淋漓……艾拉突然变招，欲一招制敌，而梁家栋反应机敏，一招轻松化解，反而将其甩到地上。

梁家栋伸手把艾拉从地上拉起，嘱咐她要好好修炼，便扬长而去。艾拉看着梁家栋的背影，却“扑哧”一声笑了，笑容里却多了几分复杂的情愫，怦然心动。

第二日一早，晨曦徐徐拉开了帷幕，宁静的街巷传来鸟鸣声。梁家栋拎着梁记纸袋，走进武馆，看见晨光中艾拉优美矫健的身影，她练的正是昨晚梁家栋的最后一招，梁家栋便停下了脚步，静静看着。

一缕晨阳从窗外射进来，正好落在艾拉的侧脸上，光晕下，她长长的睫毛像小扇子一样颤动着，脖颈、起伏的胸口还渗出密集的细汗。梁家栋的目光竟然无法从艾拉的身上移开，一时怔在原地。

就在这时，小七和小九带着学徒晨跑而归。梁家栋闻声回过神，急忙略带尴尬地将目光从艾拉的身上移开，学徒们齐声喊“师父早”，才把他的思绪拽回到了现实。梁家栋将手中的梁记纸袋递给小七，便去了办公区。

学徒们争抢分吃着杏仁饼，艾拉走到小七的身旁，低声询问梁师父平时都喜欢什么。小七没多想，便说喜欢功夫。艾拉怔怔地望着办公区的梁家栋，脸上流露出一抹娇羞。

这年，梁家栋已经26岁了，但一直没谈过恋爱。宋曼琴专门找梁鼎文，让他操心一下家栋的婚事，梁鼎文也觉得家栋老大不小了，是该找了。

梁记饼家内，梁家栋正笨手笨脚地将烤盘中的杏仁饼放进柜台，码放整齐。梁鼎文走进店铺，心中一暖。他刚从妈祖庙回来，把求来的好运符挂在梁家大屋的照片旁边，便走到梁家栋的近前，提醒他该找个女朋友了。

说着，梁家栋端着盘子去了操作间。梁鼎文走到他常坐的位置前，刚要坐下，便看见一个金发碧眼的姑娘走进来。来者正是艾拉，她听说家栋去梁记帮忙了，便一路寻了过来。梁鼎文忙拿出杏仁饼招呼艾拉。

“我吃过。”

“梁记的？”

“嗯，比别人家的、比我最喜欢吃的曲奇饼都要好吃，不甜腻，有一股清爽的香气。”

“那当然，是新磨绿豆粉的清香，这股香气可不是香精能比的。姑娘，品位不错，识货。”

“伯父，我叫艾拉，是梁家武馆的教练。家栋在吗？”

梁鼎文一怔，连忙扭头喊家栋出来。梁家栋闻声出来，看到艾拉很吃惊，只听艾拉乖顺地说课上完了。梁家栋看看艾拉，又偷瞄一眼梁鼎文，一时竟不知该说什么，转身又走回操作间。艾拉朝梁鼎文灿烂一笑，自来熟地帮着卖起了杏仁饼。

梁记饼家的操作间内，梁家栋用电石磨磨着绿豆粉，艾拉伸手，欲接过他手中的容器。梁家栋让她歇着，语气看似霸道，实则体贴。艾拉却不想离开，执意要去拿容器帮他，两人一夺一躲之间，就练上了。艾拉出手进攻，梁家栋边干活边拆招，保护绿豆粉不撒落……艾拉突然出脚，家栋用脚回击……这时，传来梁鼎文的咳嗽声提示，他们赶忙佯装什么也没发生，各自收手，恢复安静。梁鼎文把一位老顾客送出门口，刚一转身回来，就又听见操作间里传来噼里啪啦的声响。梁鼎文赶紧“咳咳”两声，声音便又没了。

韩雅琪端着百合雪梨，走进梁记，梁鼎文眼睛瞥了瞥操作间，欲言又止，韩雅琪早就把这些看在眼里，她冲操作间一努嘴道：“你应该高兴才是啊。”

梁鼎文不解地问：“高兴什么？也就是梁记现在没什么人，才由着他们胡闹。”

韩雅琪说：“你呀，还真是粗枝大叶，缺根弦。”

之后的日子里，梁家栋和艾拉经常去梁记饼家帮忙，两人在操作间一待就是一个时辰。有时候，两人切磋武艺，搞得叮当响；有时候，两人又异常安静，有板有眼地忙碌。

这天，宋曼琴来到梁记，还没站定，就听见操作间里传来噼里啪啦的声音，她诧异地看看操作间，又看看梁鼎文，而梁鼎文却一副见怪不怪、习以为常的样子，喊家栋出来。家栋应声而出，艾拉跟在其后。

宋曼琴看着艾拉，眼睛瞪得溜圆，问道：“家栋，这位是……”

艾拉还没等她问完，便竹筒倒豆子般回答：“你好阿姨，我叫艾拉，罗马尼亚人，今年

24 岁，我是中国武术的爱好者，在广东佛山学了三年咏春拳，现在是武馆的武术教练。”

宋曼琴满嘴溢美之词：“这姑娘，这身材，这眉眼……”

艾拉面对宋曼琴灼灼的目光，不知所云，家栋似乎看出宋曼琴的心思，赶紧岔开话题。宋曼琴难掩激动地走到梁鼎文近前，冲他挤眼睛示意出去谈，梁鼎文不明所以，宋曼琴不管三七二十一，拉着他的衣袖就往门口拽。

“文哥，儿子恋爱了，你怎么也不跟我说一声，还让我替他瞎担心。”

“两人切磋武术呢。这才认识多久。”

“不信？你看艾拉看梁家栋的眼神。”

“你到底要我看谁？”

“木头桩子一个！”

这时，梁家栋和艾拉先后走出梁记，他们要回武馆上课了。宋曼琴不舍地看向艾拉，邀请她晚上去家里吃饭。艾拉满口答应，说自己喜欢中国食物。家栋拉着艾拉往回走，宋曼琴嘴角含笑地目送两个年轻人离开。

晚上，宋曼琴张罗了一桌丰盛菜肴，本以为家栋会带艾拉来，没想到等来的却只有家栋一人。宋曼琴边说话，边给梁家栋夹菜，话题有意无意地引向艾拉，直问他们二人是不是在谈恋爱。梁家栋一口否认，说他们只是在切磋武艺。

宋曼琴不信地看着儿子。她是过来人，明白喜欢一个人的感觉，从艾拉看家栋的眼神里，她能感受得到里面的爱意。思来想去，她决定约艾拉谈谈。

第二日，宋曼琴约艾拉在魏记饼家见面，两人相对而坐，宋曼琴给艾拉倒了一杯红茶，又从双层点心架上夹了一块糕点放在艾拉的面前。二人寒暄几句，便切入正题。

“艾拉，你觉得家栋怎样？”

“梁师父人很好，武功高，很帅气。”

“我的意思是，你喜欢家栋吗？”

“可以喜欢吗？”

“啊？为什么不可以？”

“梁师父看起来很传统，我担心认识的时间太短，说喜欢会被认为是轻浮、不认真。”

“怎么会呢，我当年也是主动表白家栋爸爸的。这么说，你是喜欢家栋的？”

“喜欢，第一眼见他，我就喜欢上了。中国武林有句话叫‘以武会友’，我就以武会爱。”

宋曼琴不禁眉开眼笑，她侃侃而谈，向艾拉传授经验：梁家的男人，感情上比较内敛高冷，从来不会主动，也不会表达，越是喜欢一个人，就离你越远。不过，对付这种男人，就有别的招儿……艾拉专注地听着，不时点点头或发出疑问，最后，她露出志在必得的开心笑容。

第二十三章

金黄的云浪翻滚，把三湾斜街映照得一片煦暖。宋曼琴兴冲冲地从魏记出来，向梁记饼家快步走来。坐在门口太师椅上的梁鼎文冷冷地瞥了她一眼。宋曼琴脸上的郑重和喜悦，与梁鼎文的不屑形成鲜明对比。她走到他跟前说："文哥，我有很重要的事情跟你说。"

梁鼎文却给她个白眼，对她不理不睬，站起身来，径直往街对面的皇冠小馆走去。宋曼琴追在后面一遍遍强调这事真的很重要。走进皇冠小馆，梁鼎文在角落的桌前坐下，尾随而来的宋曼琴一脸不解地瞪着他，不明白他为何生气。

韩雅琪端着一碗浓稠的炖鱼汤，把梁鼎文的状态看在眼里，抬手指指魏记，对宋曼琴说："魏记可是梁记的竞争对手，最近抢了文哥不少生意。路人不知道好赖也就罢了，你怎么还要给文哥添堵呢。"说完，便转身离开，忙着照应其他客人。

宋曼琴恍然大悟道："我是冲着他家下午茶去的，以后不去了。"

梁鼎文低头喝着鱼汤，小声嘀咕："爱去不去。"

宋曼琴刚欲争辩，突然又想到艾拉和家栋的事情，心情瞬间转好，把这事儿告诉了梁鼎文。梁鼎文不信，觉得她是捕风捉影。宋曼琴见他一副兴致不高的样子，嘟哝了一句"爱信不信"便起身走了。他这才放下手中的汤碗，半信半疑地抬起头看向宋曼琴离开的背影。

很快，艾拉采取了行动。

落日隐于晚霞中，夜色渐浓。梁家武馆里，下课后，学员纷纷离开，梁家栋收拾东西也正准备离开，艾拉大步走来拦住他的去路，梁家栋疑惑地看着她。

"我要和你决战一场。"

"练就练呗，这么严肃干吗。"

"如果我赢了，你做我男朋友。"

"如果我赢了呢？"

"我就做你女朋友。"

"胡闹！"

说着，梁家栋红头涨脸地抬脚就往门外走。他的心此刻“怦怦”跳得厉害，像是安装了自动马达，一下子调到了最大马力。艾拉也不再废话，直接出拳进攻，他不得不躲避她的招式。

“能不开这种玩笑吗？”

“我是认真的，我喜欢你，我爱你。”

听了这话，梁家栋一愣，动作呆住了，艾拉抓到机会，一个横扫，梁家栋摔倒在地，他让艾拉住手，艾拉说：“除非你答应我。”

“好，那就打一场。如果我赢了，你就闭嘴。”

“如果我赢了你呢？”

“那我就闭嘴！”

艾拉一听，二话不说，再次进攻。梁家栋一改先前的样子，正要认真全力以赴，突然，艾拉脚下一滑，眼看就要后仰摔倒，吓得他急忙伸手把她揽住。没想到，这只是艾拉的虚晃一招，没提防的梁家栋反被艾拉扑倒在地上。二人落在地上，四目相对，彼此的呼吸清晰可感，瞬间都红了脸。

家栋和艾拉的关系渐渐确定下来，两人之间洋溢着恋人间的甜蜜。艾拉主动去梁记饼家帮忙，家栋却不舍得让她干粗活累活。梁鼎文欣慰于眼前的一切，他的家栋长大了，会关心照顾别人了，也有人来照顾他了，他坐在店门口的太师椅上，那双冷色调的眼眸里，眼底却藏着一抹温柔和满足。

魏记饼家以不可阻挡的形势侵占市场，推广铺天盖地而来。电视屏幕上轮番播报明星代言的娱乐新闻；游客手中拿着杂志或报纸，整版刊登着魏记广告；导游举着小黄旗引领游客来到魏记饼家的门前；“林记烤猪排”的牌子被摘下，挂上了“魏记饼家”的招牌，又一家魏记分店开张了……

暮色悄然降临，梁记打烊。心绪繁重的梁鼎文关掉门店的灯，放下卷帘门。然而，与冷冷清清的梁记形成鲜明对比的魏记仍然宾客盈门。聒噪的音乐传来，梁鼎文顿觉头疼，僵在原地，用手揉捏着额头。

韩雅琪正巧过来，赶忙协助梁鼎文将卷帘门上锁。她扫了一眼柜台，看到里面还剩下许多杏仁饼，做得少卖得更少，心里便明白了缘由，便转移话题，让他多注意身体。梁鼎文强抑着一钻一钻的头疼，只是轻嗯了一声。

韩雅琪便说起三湾斜街上一些商铺的现状。尾湾街的林记亏了大半年，实在扛不住，被魏记收购了。阿奇的奶店也加盟了连锁快餐，准备卖牛腩饭了。梁鼎文听得额头更加疼了，他抚着头硬撑着。

韩雅琪没有察觉出梁鼎文身体的异样，不失时机地劝他考虑一下梁舒上次说的事情。梁鼎文疑惑，一时没想起是什么事。韩雅琪接着说：“梁记也得变变了，舒儿的那些话是有道理的。魏记刚开张时，街坊四邻也觉得去魏记的人都是图一时新鲜，宣传费烧完了也就完了。可你看现在魏记的势头越来越猛，三湾斜街三分之一的美食手信都让它占了，小看不得呀。”

梁鼎文心中更为憋气窝火，按着发涨的额头说：“魏记的点心有什么好？！他们的点心都是机器做的，一股子机油味，怎么吃？他们的杏仁饼里，又有几个新鲜的杏仁？口感跟梁记没法比，大家的新鲜劲过去了，还是会来买我的杏仁饼。”

韩雅琪识眼色地打住了话语，心下却为梁记担忧。梁鼎文摆摆手，便上了二楼，坐在昏黄的灯光下算账。这个月又是入不敷出。梁鼎文的目光直勾勾地看着计算器上那刺眼的数字，呆愣片刻，缓缓起身，脚步沉重地走到祖宗的牌位前，朝着梁恒的牌位道歉，直言自己的无能。他感觉头疼欲裂，再也难以忍受，一手按住额头，一手紧抓着桌角，因过于用力而指节泛白，额头渗出密汗，原本挺拔的腰杆不自然地弯下，渐渐没了意识。梁舒下班回来，看到倒在地上的爸爸，赶忙把他送到了医院。

梁鼎文病了，而且病得不轻。他本以为只是劳累，休息一阵就好。他放心不下梁记，一直闹着要回去。韩雅琪耐心劝导他，看着他虚弱的样子，心疼得不行。之后，医院的专家组织了会诊，确诊他得的是脑瘤。

这个消息震惊了梁家人，梁鼎文一向身体不错，怎么会突然患上这种病？医生解释说这跟先天性因素、遗传因素和生活因素都有关。医生建议做开颅手术，虽然有风险，但不手术的话，后果将更严重。大家傻眼了，完全乱了阵脚。

医院走廊里，梁家人或站或坐，神情悲伤。梁舒默默地流泪，肩膀一耸一耸，巴望着众人能想出办法，默默为爸爸祈祷。梁鼎武阴沉着脸要去砸魏记铺子，但被郭富成拦下了，他说眼下最重要的是商量治疗办法，众人都把目光望向他。

梁潇支持医生的建议，梁舒点点头以示赞同，抹了一把眼泪说：“我已经请假了，我来照顾爸爸。”

梁家栋浑身瘫软，突然蹲下哭起来：“我听说脑手术弄不好就成植物人了，甚至还会……会死人的！怎么办啊？我不想爸爸有事！”

梁潇上前扶住梁家栋的肩膀，也眼圈红红的，扭过头去擦眼泪。她深吸一口气，强作镇定地说：“吉人自有天相，大哥一定不会有事的，我们都要有信心。走吧，我们一起去跟大哥沟通，还得劝劝他把梁记先关一阵子。”

梁鼎武神色凄然，说道：“恐怕大哥舍不得，他经营梁记三十多年了，一年三百六十五天，除了遇到天灾，就算在最难最累的时候，也没关过一天门。”

一行人强打精神，一步步地向病房走去，他们没有发现，穿着病号服的梁鼎文正走到医院走廊的拐角处，神情黯淡地看着他们走远。

梁鼎文静静地坐在楼梯的台阶上，胳膊搭在膝盖上，面色凝重。在走廊里，他听见了“脑瘤”二字，他明白自己所剩时日不多了。片刻，他缓缓站起身，沿着楼梯向下走去，一步一步，脚步沉重。

众人回到病房，发现只有韩雅琪一人在，却不见梁鼎文，韩雅琪说梁鼎文去厕所了。此时的韩雅琪还不知道梁鼎文的病情，当梁舒把“脑瘤”二字说出时，她眼前一黑，险些晕倒，哭得双眼通红。大家左等右等，都没见梁鼎文回来，他们把住院楼里的所有洗手间都找过了，也没找到他。

梁鼎文不见了！大家内心的担忧迅速攀升，一时间乱了方寸，赶忙分头去找。在医院的走廊、花园、天台，沿路的小区、商场，大家拿着手机中梁鼎文的照片四处询问。

郑大冠和陈小帅接到电话，赶忙放下手头的事，加入寻找的队伍中。宋曼琴坐车刚到医院门口，神情紧张的梁舒把梁鼎文失踪的消息告诉她，她惊慌失措地指挥司机沿路寻找。

韩雅琪跑到了黑沙海滩上，海风吹乱了她的头发，她无心顾及，只是心焦地四下张望。她把双手拢在嘴边，声音略带嘶哑地大声呼喊“文哥”，然而，回应她的只有路人投来的诧异目光和海风的呼啸声。韩雅琪疲惫而无助地靠着一块礁石坐下来。不远处，两个在海边玩耍的孩童正在分享一块饼干，她看着两个幼童，突然想到什么，立刻起身扭头就跑。

韩雅琪气喘吁吁地跑到梁记饼家的门口，向梁记店内张望。昏黄的灯光隐约透出门缝，韩雅琪满心期待地伸手试着推门，果然大门没有锁，“吱呀”一声门打开了。韩雅琪大步跨入梁记，目光急切地四下张望，她看见光亮从操作间透出来，便走向操作间，轻轻地将操作间推开一条门缝，眼前的光亮也瞬间浓稠。只见梁鼎文正背对着门口，站在长桌案板前制作杏仁饼，他将调拌好的食材一个一个装到模子里，手上的活计是那般的娴熟。

韩雅琪松了口气，悬在嗓子眼里的心也终于落到了原位。然而，看着梁鼎文宽阔瘦弱的背脊、泛白的发丝，她的眼泪却瞬间滑落脸颊，她急忙用手捂住嘴巴，生怕自己的哭声惊扰了他。

梁鼎文僵着一张脸，娴熟地制作着杏仁饼，身后，韩雅琪轻轻地又关上了房门，而这一切，他始终浑然不觉，手下熟练地操作着，思绪却在原先的记忆中来回飘荡。

他继续熟练地操作，但眼睛却渐渐红了，长桌案板上的杏仁饼也渐渐模糊。韩雅琪退回到一楼的柜台前，给梁舒他们发了信息。房间未开灯，幽静昏暗，她默默地抹掉脸上的泪痕。

不一会儿，梁记大门被一把推开，梁舒、梁家栋和陈小帅三人先跑了回来，脸上都挂满了汗水。他们明白，梁鼎文是心里放不下梁记。只听他沉稳的声音从操作间传来：“是舒儿和家栋回来了吗？”梁舒和家栋慌忙答应，梁鼎文接着说：“等我一下，这炉杏仁饼马上就好，我有话跟你们俩说。”

柜台前的几个人彼此对视一眼，猜不透他的心思。

梁鼎文把烤箱里的杏仁饼用竹夹子取出来，小心翼翼地一块块放在桌案上。他缓了缓心神，伸出手抚过每一个杏仁饼，如珍宝般，盈满了恋恋不舍的情绪。他把新鲜出炉的杏仁饼摆放在餐桌的中间，把梁舒和家栋叫上了二楼，三人围坐在餐桌前。

梁家栋无心吃杏仁饼，他心中有许多疑问，但又摸不准此时此刻的状况，不敢多言。梁舒拿了一块杏仁饼放入口中，她似乎知道爸爸不放心什么，讲起梁家的祖训，随后又劝他回医院治疗。

梁鼎文说："'有信，有心，有信心'，这句话，恐怕我比谁说的次数都多，可恰恰是我，没做到啊。梁记的生意越来越差，我没信心能挽回；梁家大屋变成苏家会馆，我没信心能把苏家会馆变回梁家大屋；脑瘤手术有风险，我也没信心能挺得过去。"

梁舒和梁家栋欲劝，但被他制止了，他无限怅然地对一双儿女说："有些事你们该知道了。"

昏暗的灯光下，梁鼎文的目光悠远，他缓缓地讲述往事："那一年，舒儿两岁半，家栋还是襁褓中的婴儿。你们的爷爷被苏耀庭气得住进了医院，家栋得了紫癜，危在旦夕。祸不单行，一场台风把梁记掀翻了，你二叔又欠了钱，被人追债，你们的姑姑上学还需要一笔学费。你们的妈妈迫不得已，才背着我把梁家大屋卖给了苏家……"

梁鼎文沉浸在往事的悲伤中，手握拳头捶了一下疼痛的心，梁舒关切他的身体，让他以后再说。梁家栋狠狠地抹了一把脸上的泪水，可他的泪水却怎么也止不住地涌出来。

梁鼎文缓了缓说："不碍事的。那时的我转不过弯来，只恨你们的妈妈把梁家祖产丢了，让我在列祖列宗面前没法交代，在街坊邻里面前丢了脸面，便一气之下把她赶走了……当年，你们的妈妈卖掉梁家大屋是没有办法的事情，也是为了这个家。她离开梁家不是嫌贫爱富、抛夫弃子，而是爸爸把她赶出了梁家，这一切，都是爸爸的错，让你们没有妈妈，跟着我吃了很多苦。"

梁鼎文抬眼看向梁舒说："舒儿，你以后不要再记恨她，要认这个妈妈，要对她好。如果……爸爸不在了，她就是你和家栋在这个世界上最亲的亲人了，也是这个世界上最爱你们的人。"

宋曼琴不知什么时候已上了木楼梯，站在楼梯口听得泪流满面，听到梁鼎文的讲述，她实在忍不住了，走到他跟前抹着眼泪说："文哥，这么多年都过去了，还提那些陈年旧事干什么。"

梁鼎文闻声看向宋曼琴，说道："这些年，委屈你了。"

宋曼琴哭着说："我心里，从来就没记恨过你，这个家里的每个人，我都放在心里，牵着、挂着。文哥，你就放心看病吧，我会照顾好孩子们和梁家的每个人。"

梁鼎文对梁舒说："舒儿，叫妈妈。你妈妈是无辜的，错都在爸爸。"

梁舒红着眼睛看向宋曼琴，面对她满怀期待的眼神，嘴唇嚅动，那熟悉又陌生的"妈妈"二字就是叫不出来。宋曼琴见梁舒半天都叫不出口，连忙摆手。有梁鼎文这个态度，她已经很知足了。

梁鼎文自责地说："当年我把你们的妈妈赶走，对她是不公平的。是我没有把家人照顾好，梁家大屋丢失，要担责任的是我，可我却迁怒到你们妈妈的身上，好好的一个家被我拆散了。"

梁舒终于明白了很多事情，哽咽道："所以，这些年，爸爸你始终一个人，是为了惩罚自己？"

梁鼎文说："像我这样的人，还有什么资格谈别的。不过，看来老天爷觉得我孤独终老还是不够，这次的病，也是惩罚的一部分吧。没关系，只要一切惩罚都冲我来就好，但是……但是千万别让我的孩子们没有妈妈啊。"

宋曼琴和儿女又哭起来。楼下，梁鼎武、韩雅琪、郑大冠、陈小帅、梁潇和郭富成都一脸沉重地坐或站着。他们听到了梁鼎文的讲述，他们明白，这是托孤，是安排身后事。这番话，让所有人心中悲痛，哭成一团。

待情绪平复，梁舒和家栋劝梁鼎文回医院。梁鼎文没应，他说他想一个人静静，说完，便走进了卧室，关上了房门。二人着急，却又无计可施。

夜风徐徐，树枝轻摆。梁舒爬到屋顶上，她看了一眼手中的手机，与文扬的短信对话框始终没有得到回复，她无助地将手机放到了身边。梁家栋也爬上了屋顶，在姐姐身边坐下。他们都没想到梁鼎文心里这么苦，一时无言。

梁鼎文想拼力守住梁记。

第二天一早，朝阳穿透茂密的枝叶，投下斑驳的光影，薄雾淡淡地弥散着。一如往常，梁记饼家的大门被梁鼎文从里面推开，他端着装满杏仁饼的竹筐，派发每日免费的第一炉杏仁饼。

然而，路过的街坊接过杏仁饼，却顾不得吃，都关切地看着梁鼎文。大家听说他生病的事情了，纷纷嘱咐他要好好看病，好好吃饭，听医生的话，照顾好身体。梁鼎文强撑着微笑。不远处的魏记再次喧闹起来，梁鼎文视而不见，继续派发着杏仁饼。分发完后，他提着空筐子进门，阿彩正擦拭着柜台，她看了他一眼，关切地让他好好休息。梁鼎文坚持开张营业，亲自做杏仁饼，阿彩和梁家人感觉无奈又心疼。

梁鼎文走进后院，仔细地擦拭研磨机器，随后将颗颗饱满的绿豆倒入机器中，细心地打成豆粉，为明天备料。他虔诚的样子，弥漫着心酸。梁鼎文端着豆粉从后门进来，正巧，梁舒和梁家栋回家进门，梁舒径直走上前夺下爸爸手中的器皿交给一旁的阿彩，姐弟俩不由分说地搀扶着爸爸走上楼。

梁舒照顾梁鼎文在卧室躺下，梁家栋递上茶。梁舒深知爸爸是放心不下梁记，耐心劝慰。

"爸爸，旅行社那边，我已经辞职了。您放心去住院，梁记我一定替您好好守着，我有信心。”

“这次，我就是对你没信心呀。梁记交到你手里只有两条路，一条是梁记迟早关张，一条是你像爸爸一样半路离异。这两种结果，都是爸爸不愿看见的，为了梁记，搭上我女儿的幸福，这让我怎么能放下心啊。”

“爸爸，怎么会？”

“舒儿，你爱文扬吗？”

“我们感情很好。”

“文扬是个有担当的好孩子，爸爸也希望你们有朝一日能修成正果、喜结连理。可是，这就需要面对一个躲不掉的现实问题，文扬他不是本地人，迟早是要离开澳门的，到时候你怎么办？跟着文扬走，就无法照顾梁记；留下照顾梁记，就会跟文扬分居两地；如果让文扬留在澳门，你又怎么忍心拖他事业的后腿，让他为了梁记放弃大好的前程呢？”

梁舒怔了怔，这些问题她好像没有认真考虑过，现在都是未知数，她劝梁鼎文先去看病，其余可以从长计议，但梁鼎文态度坚决，一定要亲自守好梁记。

一直站在旁边不语的梁家栋心情却越来越沉重、越来越自责，他上前蹲在爸爸的面前说："都怪我，要是我早早学做饼，也就不会让姐姐这么为难了。要不我现在开始学？"

梁鼎文拍了拍儿子的脑袋说："你有出息过得好，我就已经很开心了。再说，梁记交到你手里，关张得更早。你就不是那块料。"

爸爸的一席话，让梁舒沉默了，她知道，这是无法回避的现实。

文扬正在建筑工地上忙碌，工程队出了点小状况，他已经四十八小时连轴转，手机都没顾上看。待他忙完看手机，查看未读信息，突然脚下一顿，怔在原地。他眉头紧锁，随即焦急地向前跑去。

文扬慌忙赶到梁记饼家，正碰上梁舒要出门，他赶忙解释没有及时赶来的原因。梁舒怔怔地看着她，硬着心，半晌不说话。文扬要上楼看望梁鼎文，也被她拒绝了。

文扬一怔，这才意识到梁舒的言语和态度很是反常。他以为梁舒生他气了，自责地向她道歉，伸出手想要握住梁舒的手加以安慰，梁舒却突然打开他的手，撂出狠话，让他以后不要再来了。

文扬被说愣了，韩雅琪、梁鼎武、郑大冠闻声从街对面匆匆走过来。在大家的七嘴八舌中，他才得知梁鼎文得了脑瘤，急忙询问是良性还是恶性。

梁舒一听，悲从心头起，偏过头不看他，眼泪止不住地流出来。

韩雅琪叹道："只确诊是脑瘤，其他还没来得及检查，你梁伯就不肯看了，也听不进劝。"

文扬神色凝重地说："大家别急，我记得谢教授有个发小，在北京天坛医院，是亚洲最好的脑瘤专家，我这就找谢教授帮忙联系。我建议让梁伯去北京再做一次全面检查，选择一个最佳的治疗方案。”

韩雅琪当场拍板，让文扬联系医生。文扬点点头，他走到梁舒的面前，直视着她满是泪水的眼睛，郑重承诺：“你放心，我们都会尽全力的，梁伯的病会好起来的。”

说完，文扬大步流星地离开了，梁舒忍不住追了几步，却又停下脚步，眼泪止不住地流。一旁的梁家栋把这些看在眼里，突然意识到什么，难以置信地问姐姐刚才是不是故意对文扬说那番话。梁舒不置可否。

“姐，你真要为了爸爸、为了梁记，跟文扬哥分手？！”

“只要爸爸答应好好看病，我什么都能做。”

梁家栋内疚起来，如今姐姐要做这样的牺牲，他什么都帮不上，这样想着，不觉红了眼圈。梁舒让他不要把这事告诉别人，梁家栋一口气窝在胸口，还是答应了。

梁家栋心思沉重地回了梁家武馆，他对着沙袋用力地踢打，发泄着胸中压抑的烦躁，全身已经被汗水浸透。艾拉静静地站在一旁陪着他，她能深深地感受到梁家栋的糟糕心情，脸上写满了担忧。

下班后的陈小帅路过武馆走了进来，他诧异地看着眼前的梁家栋，没有贸然打扰他，先向艾拉问了下情况，艾拉回答说从梁记回来后就变成了这个样子。陈小帅便让艾拉出去忙，他来劝劝家栋。

梁家栋看见陈小帅，便提出对战邀请。陈小帅没应，家栋二话不说便出拳挥向陈小帅。陈小帅连忙躲闪防守，梁家栋连续几个猛烈的进攻，陈小帅不得不认真对抗，两人打得难分难解……

一场激战后，陈小帅被打得鼻青脸肿，创可贴粘了一脸，他和家栋聊了一些事后，便离开了武馆，约宋晓雯出来聊天。

不多时，陈小帅和宋晓雯在酒吧碰面，宋晓雯看见他这么狼狈，不厚道地扑哧一声笑了出来。陈小帅把白天梁舒对文扬发脾气的事情告诉了宋晓雯，猜测梁舒应该想跟文扬分手，两人想到梁舒为难的处境，都陷入沉默中，闷声喝了几杯酒。

“话说回来，这是不是意味着我们的机会来了？”

“坏心肠的丫头。”

“你还不是跟我想的一样。坏心肠的小子。”

“那我们分头行动，把他俩拆散、瓜分。”

“预祝我们各自心想事成。”

两人将杯中的酒一饮而尽。但他们却怎么也高兴不起来，反而有几分失落。

晚上，饼店打烊，灯光昏暗，整个梁记沉静无比。梁舒边系上围裙，边迈着沉重的脚步走进操作间，打算准备明天的食材，却看到食材已井井有条地摆放在案板上。梁舒一怔，眼圈霎时间红了。

这时，手机响起。梁舒急忙擦掉脸上的泪痕，从口袋里拿出手机，一看是文扬的电话。文扬告诉她，谢教授已经在帮忙联系北京的专家了，很快就会有消息。梁舒认真道谢。两人客气得有些生分，一时无语。

一阵沉默。梁舒借故挂断了电话，怅然地站在原地。她拿起一块抹布用力擦拭着烤箱、用具，好像要把全身的力气用尽。

而此时的文扬，正握着手机，站在梁记的门前。透过窗户，隐约可见操作间里梁舒忙碌的身影。他想要进去，却又迟疑，神色一黯。随即，他再次拿起手机，给梁舒编辑短信——

"舒，不管发生什么事，我都会和你分担。不管任何时候，我都会在你身旁。永远爱你的文扬。"

梁舒看到了短信，但她硬着心没回。文扬缓步走在三湾斜街上，不时看一眼手机，却始终没有接到梁舒的回信，内心更加失落。夜风拂过，树影婆娑，在地面上洒落一片影影绰绰的阴影，难言夜归人的孤寂。

清晨，梁鼎文按照平时的时间起床，开始一天的忙碌。他的精气神已经大不如从前，只能干一会儿歇一会儿。梁舒闻声起来，站在爸爸旁边帮忙，有些魂不守舍。

操作间里，梁鼎文将绿豆粉、糖粉用油搅拌；梁舒用石臼将杏仁捣成碎末，并边干活边观察爸爸。梁鼎文看了一眼梁舒手里的杏仁，教训道："干好自己的活儿。你看你，心不在焉，这杏仁碎捣的什么呀，大大小小的一点都不均匀。换了，重捣。"

梁舒急忙换杏仁，重新来过。

梁鼎文忧虑地说："别说我病了，就是我现在横死在这儿，你也不能把饼凑合着烤了。梁家的杏仁饼，不出则罢，一出就得是最好的。"

梁舒惭愧地低下头。

梁鼎文接着说："你要接管梁记，就要事事以梁记为先。记住，我病了，我死了，天都没塌下来，饼要是做砸了，那天就真的是塌了。知道吗？"

梁舒一听，红着眼圈，抬起头来大声回答："我知道了，爸！"

梁记饼家照常营业，门外走动的人多起来，门内梁鼎文将新鲜出炉的杏仁饼摆放进柜台中，梁舒接应顾客的间隙，满腹心事地看向爸爸。

刚睡醒下楼的梁鼎武疑惑地看着眼前忙碌的大哥，决定到皇冠小馆搬救兵。片刻，韩雅琪急三火四地跑进梁记，身后跟着郑大冠，她不管三七二十一，夺下梁鼎文手中的杏仁饼篮子，让他去皇冠小馆吃早茶，郑大冠和梁鼎武架着梁鼎文就往对面走去。

这天，皇冠小馆大门紧闭，门口挂着“暂停营业”的牌子。屋内，梁鼎文坐在主位，梁家人、文扬、韩雅琪、郑大冠、宋曼琴、艾拉都围坐在圆桌前。大家都了解梁鼎文的脾性，他倔强得如同钢筋铁板，他们决定采用人海战术，劝他去看病。

梁鼎文端起茶杯呷了一口道：“你们这是要搞三堂会审哪？”

梁潇说：“大哥，文扬联系好了北京的脑瘤专家，我们陪你再去北京做个全面的检查，好吗？指不定会有新的治疗方案。”

梁鼎文态度坚决地表示：“不去，我哪也不去。”

梁鼎武说：“大哥，有病就得治，活着就要活好，后面的路还很长很长，有人在才有希望。你不是还盼着我结婚吗？等你从北京回来，我一定找个女人娶了，我保证！”

梁舒表决心说一定好好经营梁记，韩雅琪和郑大冠纷纷应和说会帮着她一起把梁记做好。但梁鼎文依旧固执己见。一直沉默的梁家栋突然扑通一声跪在他面前，情真意切地告诉大家说艾拉怀孕了，随后，暗中朝身后的艾拉眨了一下眼睛。艾拉顿时明白这是男朋友的善意谎言，急忙配合地假装干呕了两声，把其他人看得一愣一愣的。

梁鼎文挥手就打家栋，责怪道：“你这个浑小子，怎么能对女孩子这样！还没结婚就……”

韩雅琪急忙拦住劝道：“只要不辜负人家女孩子，让他们俩赶紧结婚就是啦。”

梁家栋说：“那也得等我爸从北京回来。爸，您得赶紧治病，您的大孙子可等不了太久，也不能委屈了艾拉不是？”

艾拉从旁帮腔：“伯父，我和家栋的婚礼还指望您操办呢。”

梁鼎文扶额思忖，沉默了。大家都等着他的答复。

宋曼琴急了，道：“文哥，我把话放到这儿，你要是不老老实实去看病，自己作践自己，我就让你孙子姓宋，让你梁家绝后。”

梁鼎文说：“你敢！”

宋曼琴说：“我有什么不敢的，不信你试试看。”

韩雅琪加码道：“文哥，不去医院，你这病肯定好不了，去了医院，才有希望治好病啊。只要闯过这一关，以后还有几十年哪，儿孙膝下承欢、享天伦之乐的好日子都在等着你。你就听大家一回吧。”

梁鼎文沉默片刻，终于松口答应了。众人这才松了一口气，欢欣张罗去北京的事情。阳光透过窗子照射进来，分外绚丽。

第二十四章

雨丝飘扬，高速路上湿淋淋一片，一辆商务车载着梁家人飞速行驶，目的地是澳门机场。他们要送梁鼎文去北京看病。随着商务车移动，远处的机场越来越近，四周的景物也从交错的公路变成设计精美的机场楼宇和道路。

机场的出发大厅里，梁鼎武、梁舒、宋曼琴等一行人为梁鼎文送行，梁家栋和文扬陪他一起去北京。文扬在北京生活多年，对北京比较熟悉，这次前往，既是陪梁鼎文看病，也顺便处理一下在北京的工作业务。梁舒留下来照看梁记饼家，嘱咐爸爸注意这儿、注意那儿，眼中全是不放心。

临行之际，梁舒跟文扬客气地道谢，文扬感觉到了其中的生分。两人之间的复杂心境，都落入梁鼎文的眼中。文扬心中一沉，低头看看手表，登机时间快到了，文扬、梁家栋便一左一右护着梁鼎文向安检口走去。

这时，陈小帅、韩雅琪拿着大包小裹气喘吁吁地跑过来，梁鼎文诧异地看向韩雅琪，他本来不让他们送机，结果谁承想韩雅琪竟然带好了东西要跟他们一起去北京。

梁舒欣喜又感动，有琪姨在，她就放心了。只有梁鼎文一副心事重重的样子，始终侧头看着旁边，不与韩雅琪有目光接触。

几小时后，飞机在首都机场缓缓降落，韩雅琪和家栋搀着梁鼎文出了机场。七座商务车行驶在北京宽阔的马路上，看着从车窗外闪过的景物，几个人不禁感叹首都的魅力，虽然在电视上常见，但身临其境的感觉就是不一样。大家便聊起北京的景点，天安门、故宫、长城、颐和园、鸟巢、水立方……他们都想去看看，文扬说：“等梁伯做完全面检查，我带大家好好逛逛。”

商务车停在天坛医院附近的一个公寓楼前。文扬带大家走进一间公寓，这是一套四室二厅的房子，整洁温馨，生活用品一应俱全。文扬告诉大家这是他舅舅的房子，平时也闲着，可以在此借住。梁鼎文感觉不好意思，不想给文扬的家人添麻烦，便提出要住酒店。韩雅琪拍板说就住这里，比酒店好，还能做饭煲汤。梁鼎文还是感觉不好意思，拿出一个鼓鼓的信封递给文扬，让他收着这钱。文扬推让，说梁潇已经把钱给他了。梁鼎文补充了一句，如果不够就向他要。

韩雅琪见状，便叫文扬出去买点鱼虾和面粉，今晚来做云吞面。待文扬出门离开后，韩雅琪嗔怪地对梁鼎文说，跟文扬算得这么清楚，感觉就是没把他当成一家人，这也太见外了，会伤孩子心的。梁鼎文没有言语，只是叹气。

晚饭后，文扬站在阳台上，拨打梁舒的电话，却始终无人接听。长长的手机音乐声在寂静的夜空中显得很响亮，更衬托出那道身影的孤寂。他轻叹一声，抬头看着北京初夏繁华璀璨的夜景，为梁舒有意的疏远而怅惘着。

留在澳门看店的梁舒，忙碌一天之后，便爬上屋顶。手机铃声响起，她看了一眼，故意没接。刚爬上屋顶的陈小帅将一切看在眼中，心里不是滋味，在梁舒的身边坐下来。

陈小帅问："是文扬的电话？"

梁舒不语，却掩饰般地将手机放进口袋。

"厌倦文扬了是不是？太好了，终于让我等到乘虚而入的机会了……"陈小帅故作轻松地说，脸上的表情却渐渐垮下来，"可是，为什么我现在一点也高兴不起来呢？"

"因为你知道，无论我是不是跟文扬在一起，你都没机会的。"

"不，因为我知道，你喜欢文扬，爱到骨子里那种。你还是别跟文扬分手了，我不想看到你伤心，我只希望你能快乐。"

"以前觉得爱很简单，你喜欢的人恰好也喜欢你，在一起就好了，可是，我越来越深刻地感受到，光有爱是远远不够的。现在，我只想让我爸放心、开心。"

"是梁伯让你跟文扬分手？"

"不……就是因为他什么也不说，太通情达理了，我才不能任性地由着他通情达理。我知道，他心里放不下梁记，又不想耽误我的幸福，干脆就自己硬挺着，为了梁记为了我，只能牺牲自己。可是，他真的老了，他为我和家栋牺牲了一辈子，我不想让我爸再牺牲下去了。"

陈小帅不知怎么安慰梁舒，也不知自己可以做什么。梁舒深吸一口气，稳了稳心绪，让陈小帅早点回去休息，自己去准备第二天的食材。现在，把梁记打理好是最重要的事情。

梁记饼家内，梁舒正在操作间中做饼，阿彩在门口招揽客人。宋曼琴带着几位太太说说笑笑地走进梁记。太太们穿着华贵，一看就是有钱人。宋曼琴介绍梁舒认识几位太太，便轻车熟路地拿过一盘子杏仁饼尝试品分给她们。几位太太尝了几口，纷纷赞不绝口，每人以各种由头定了不少杏仁饼。

梁舒让太太们留下地址，两小时内送货上门。阿彩则殷勤地招呼着几位太太，登记地址。宋曼琴又帮梁舒联系大澳集团，其旗下的酒店大堂餐吧，可以寄卖梁记的手信礼盒，无疑又是多了一条销路。

梁舒走进操作间，继续制作杏仁饼，宋曼琴也紧跟着走了进来，套上围裙，洗手消毒。梁舒向她道谢，宋曼琴殷切而期待地看着她，可是嘴唇嚅动半天，“妈妈”这两个字梁舒却还是叫不出口，一时气氛有些尴尬。宋曼琴看似轻松地笑了笑，低下头继续做杏仁饼，梁舒偷眼看到她脸上难掩的失落。

梁鼎文不在的这段日子里，艾拉也来饼店帮忙。这天，梁舒正在重新调整操作间，艾拉在一旁打下手，宋曼琴匆匆走进来，让梁舒带两盒杏仁饼跟她出去一趟，转而又面向艾拉道：“艾拉，你帮着阿彩看店，有事就给我们打电话。”

艾拉应道：“好的，妈妈。”

这声“妈妈”让宋曼琴猝不及防，她喜笑颜开地答应道：“哎——”

宋曼琴带着梁舒来到了苏家会馆门前，原来，她组织了一场聚会，到场的有许多阔太太，她们都可以成为梁记潜在的大客户。梁舒自然明白宋曼琴的良苦用心，可是她不想给她添麻烦。

“以后这些场合我就不来了。”

“舒儿，她们胡说什么了吗？”

“你也挺忙的，不用为了照顾我的生意，特意组织这么多聚会。”

“舒儿，你跟我客气，跟我生分，是心里还是没认我这个妈妈呀。”

看着宋曼琴殷切的目光，梁舒有点尴尬。宋曼琴接着说：“其实，女孩子家的有些事，有时只有妈妈能教。我带你出来，不仅是为了照顾梁记的生意，也是想让你学学怎么交际太太圈。以后，你跟文扬结婚了，总是要跟他同事、朋友的太太们打交道的。”

一提到文扬，梁舒的心情瞬间跌到了低谷，她低着头，掩饰满脸的酸楚。

梁舒似乎铁了心要跟文扬分开，好几次文扬打来的电话她都没有接，任由电话孤零零地响着，一声又一声。每天她让自己忙得像个陀螺，其实是来麻痹自己对文扬的思念。这些，陈小帅都看在了眼里，不禁担忧又心疼。

到北京之后的第二天，文扬就带着梁鼎文去天坛医院做检查。待所有的检查都做完后，大家正打算收拾回公寓，梁鼎文提出说想一个人在周围走走。韩雅琪哪里依他，硬是挽着他的胳膊要跟他一起游转。

一旁的梁家栋调侃道：“那我们这种高瓦数的电灯泡，也就不讨二老的讨厌，乖乖回家了。”

韩雅琪笑说：“你这孩子，没大没小。”

梁鼎文欲言又止。

韩雅琪陪着烦闷的梁鼎文沿着公园的林荫道一路走来，虽不语，却也十分默契。公园里有许多老年人，有的拿着一支非常大的毛笔，蘸着水直接在地上写字，有的在打太极，有的在舞剑，有的吹拉弹唱，梁鼎文一一看在眼里，脸上露出好奇而羡慕的神情。

他们走到一处幽静的林荫处歇脚，并肩坐在长椅上聊天，梁鼎文突然脱口说出“还不知道我能不能回得去呢”一句话，引得两人都沉默了。这是他们害怕的事情，彼此心知，但不愿谈起。

“你别吓唬自己……”

“不管怎样，我还是要谢谢你，照顾了我这么多年，这辈子是报答不了了，如果有下辈子，一定好好报答你。”

“想报答，干吗非要下辈子。”

“我不配呀。从我把梁家大屋弄丢那天起，我就不配再有自己的生活了。大屋是几代人积累的心血，到我这儿糊里糊涂、不明不白地就丢了，谁都可以原谅我，可我自己没法原谅自己。”

“你这就是跟自己较劲呢。当年，梁家大屋换回了小妹的学业和前途，换回了家栋的性命，换回了老爷子十几年的光阴，我觉得值，谁也没有做错。我这么问你吧，如果现在把大屋还给你，但要拿走舒儿或者是家栋的健康，你愿意吗？”

“当然不愿意。”

“那不就得了，什么也抵不过一家人健健康康、和和顺顺地在一起强啊。梁家的兴盛是人的兴盛，如果人没了或者不成器，你守着梁家大屋有什么意思？”

“我要是有本事，就不会非得牺牲一头才能保住另一头了，还是我这个当家人无能啊。”

“别这么说自己，没人这么想。大风大浪的这么多年，梁家能走过来，这不都是你这个当家人的功劳吗？在我眼里，你是天下最好的男人，没有之一。”

“你也是个好女人哪，我希望你以后能遇到一个对你好的健康男人。”

“既然我是好女人，你就不要推开我。以后你眼睛看不见了，我就是你的眼睛；你走不动了，我就是你的双腿双脚。你要是好好的，那我就算赚到了，到时你带我到处走走看看。”

韩雅琪动情地握住梁鼎文的手，红了眼圈。话说到这份儿上，梁鼎文无限感慨。他半晌不说话，随后，心里像是做了什么重大决定，反手握住韩雅琪的手说：“我现在就带你逛去。”

梁鼎文和韩雅琪打车去了北京菜百首饰商场。韩雅琪仰头打量，商场大楼上醒目的广告语——菜百的金，为你闪耀。韩雅琪不解为什么来这里。

梁鼎文像个北京通似的介绍说：“北京人结婚，买黄金首饰都来这里。”

韩雅琪作恍然大悟状，道：“哦，是该给孩子们准备准备了。”

步入商场，各个黄金首饰品牌专柜的服务员都在热情招揽顾客。梁鼎文带着韩雅琪四处转着看着，目光被柜台里一个式样复古的龙凤手镯吸引驻足。服务员赶紧迎上前招呼，从柜台里取出手镯递给他。

梁鼎文不语，拿起手镯，硬是给韩雅琪戴到手上，便要买单。韩雅琪正欲摘下手镯，却被他阻止说这就是买给她的。韩雅琪一听，更急着要摘镯子："太贵重了，我不能要。"

梁鼎文干脆直接握住她的手，不容置疑地给她戴回去。

韩雅琪说："文哥，你现在用钱的地方多着呢，以后再买。"

梁鼎文急了："谁知道我还有没有以后？"

韩雅琪急忙说："呸呸呸！你胡说什么啊！"

梁鼎文情绪低落，他的手继续握着韩雅琪的手说："不是胡说，这么多年，从来没给你送过礼物，这是第一次……没准也是最后一次。"

韩雅琪给梁鼎文打气道："文哥，我对你有信心，你也要对自己有信心。"

天色已暗，梁鼎文和韩雅琪才一起进门，有些焦急的文扬和梁家栋便急忙上前，关切地问他们去哪里了。韩雅琪看着文扬、家栋着急的样子，一时间像个贪玩晚回家的孩子，心虚不语，把戴着手镯的手悄悄藏在了身后，而这种"此地无银三百两"的举动反而引起家栋的注意，他紧张地关心韩雅琪的手腕怎么了，韩雅琪脸颊微红，扭扭捏捏地向下拉袖子，梁家栋更加担心，硬是拉住她的手臂要检查。韩雅琪的袖子被家栋突然撸起，便露出了那只做工精致的复古龙凤手镯。

所有人都怔在原地，文扬和梁家栋对视了一眼，便明白了一切。文扬含笑着用拳头抵住了嘴唇，轻轻地咳嗽了一声，梁家栋松开她的手腕，笑着调侃道："原来手腕是被大金镯子压的呀，那没事。"

韩雅琪瞪了家栋一眼，转身就躲进了厨房，梁鼎文佯装糊涂，红着脸走进卧室。梁家栋顽皮地追进厨房，问韩雅琪："倔老头给你买的？"

韩雅琪佯装镇定地开始择菜，半天才微微点了点头，但依然无法掩饰心中的悸动，害羞得像个小姑娘，忙乱间把好的菜叶丢进了垃圾桶，却把烂菜叶留在了盆里。

梁家栋忍俊不禁："约会就约会呗，还让我和文扬哥白担心了一场。"

韩雅琪又瞪了他一眼，摆出长辈的架子，轰他出去，梁家栋嬉笑着说："果然变成后妈就心狠了，要给我吃烂菜汤。"

不等韩雅琪发飙，梁家栋便蹿出了厨房。韩雅琪低头看菜盆，这才发现自己早就泄露了心思。

梁家后院里，梁舒在此新搭建了一间房，将店内的操作间移到了这里，店内腾出的地方用来设茶座卖饮料。梁潇、梁鼎武和艾拉帮忙收拾新的操作间，梁舒和陈小帅一起仔细地把灶王爷像和"上天言好事，回宅降吉祥"的对联贴上。

不一会儿，宋曼琴带着宋晓雯走进来，赞道："这一改呀，灶王爷住得也宽敞了。"梁潇赶忙迎上前，宋曼琴笑说请灶王爷搬家，这是大事，她当然要来看看。

郑大冠匆匆进来，端着两大盘子灶糖和稻草摆放到供桌上。艾拉好奇地拿着稻草，满脸疑问："我听说灶王爷喜欢吃糖，可这草是怎么回事？"

郑大冠解释说："这是稻草，马最爱吃的。'灶王爷'是'官'，'官'是一定要骑马的，骑马就一定要喂马，喂马就一定要有马料。"

艾拉恍然大悟，感叹他们替灶王爷想得真周到。

一切准备妥当后，梁鼎武带着梁家人焚香祷告。

梁鼎武叨念："上天言好事，入宅保平安。灶糖甜如蜜，灶王爷，搬新家了，您住的满意开心，保佑梁记生意兴隆、灶火旺盛，不管什么时候见到玉皇大帝，都多说梁家的好话啊，那些有的没的糟心事，就忘了吧。"

梁鼎武祭灶完毕，将香栽进香炉。梁舒想替爸爸拜拜，但被宋曼琴阻止。澳门的习俗是男不拜月、女不拜灶，传说灶王爷是个帅哥，未婚女生要避嫌。梁舒坚持要拜，梁潇也表示支持，以后梁舒负责梁记，也是要拜托灶王爷保佑的。陈小帅走到梁舒的身边，陪她一起虔诚祭灶。

这时，宋晓雯接到了文扬的电话。梁舒的电话一直无人接，他便向宋晓雯打听梁舒的状况。宋晓雯见到是文扬的电话，立即兴奋起来，站在梁记大门前跟文扬说话。她把陈小帅陪梁舒一起祭灶的事情告诉了文扬，添油加醋地说有小帅陪着一起拜，梁舒就算名花有主了。

祭灶结束后，宋曼琴走出梁记，正好听见宋晓雯在通电话，深深地看了女儿一眼。宋晓雯挂断电话后，高兴地挽着宋曼琴的手臂，向首湾路的苏家会馆走去。

宋晓雯马上要去北京采访，她想给文扬一个惊喜，宋曼琴提醒她要懂得避嫌，因为文扬是姐姐梁舒的男朋友，宋晓雯这才把梁舒打算与文扬分手的事情告诉了妈妈。宋曼琴起初不相信，她觉察出梁舒和文扬的关系不对劲，还以为他们俩在闹别扭，不禁担忧，本想去问问梁舒情况，后来一想还是作罢了。

月光如水，宋曼琴站在庭院中踱来踱去，还是拨通了文扬的电话。

宋曼琴对着电话讲："文扬，如果舒儿有做得不周到的地方，拜托你多担待些。她从小就不在我跟前，没妈妈疼着，也养成了过于独立和倔强的性格。阿姨希望你们俩好好的……你不用拜托我，她是我女儿，我不照顾她照顾谁……"

挂断电话后，宋曼琴望着渐渐暗下来的屏幕，若有所思。月光透过或疏或密的树枝照在庭院里，在地上留下一片参差斑驳的影子。

接管梁记的梁舒每天确实很忙碌，几乎睁开眼就工作，一直到晚上睡觉前才有休息时间。她的话少了，笑容也少了，连手机也很少看，更多时间是埋头于梁记的操作间里做杏仁饼。陈小帅约她去看电影，她拒绝了；约她去黑沙滩散步，她拒绝了；想要跟她谈心，她也拒绝了。明眼人都能看出，她的心煎熬着呢，但她倔强地忍住这份煎熬，自己慢慢消化。

看着每天忙碌而毫无生气的梁舒，陈小帅十分担心，他约宋晓雯出来到老地方喝酒谈天，把自己的担忧告诉了她，宋晓雯却一副恨铁不成钢的样子。

“那你还在这里浪费时间？拿出你暖男的属性，去安慰、去陪伴啊！”

“我……看到她难过，我就更难过。”

“我本指望你先拿下我姐，文扬我就指日可待了，谁知道你是个菜鸟。”

“你不是菜鸟？你先拿下文扬给我看看。”

“我明天就飞北京。”

陈小帅不语，将杯中的酒一饮而尽，心中的烦躁莫名加重了。

梁舒逼自己不与文扬联系，可思念又何曾停歇过。晚上，她坐在电脑前，收到了文扬的邮件，邮件内容是她的侧影画像，眉目之间难掩浓浓的思念之情。梁舒仔细打量了片刻，想要给文扬回复，她输入了“那是我想你的样子”这几个字，却没有点击发送，犹疑了一阵，最终还是一个字一个字地删掉了。删完之后，梁舒又气恼自己，“啪”的一声合上笔记本电脑。

远在北京的文扬，正枯坐电脑前期待收到梁舒的回复。时间一分一秒过去，他等来的只是一片空白。正巧梁家栋端着几瓶啤酒来找他，他便猛喝起来，大有“借酒浇愁”的感觉。

“谈谈你姐，她都跟你说过什么？”

“她的个性，肯定什么也不会跟我说啊。不过，她就是不说，我还看不出个事？我知道我姐冷着你，你心里不好受。”

“是我做得不够好。”

“不是的，文扬哥，不是你不够好，是你太好了。只是，千人千眼，万人万心，有些事情，没有什么对错之分，只是站的角度不同罢了。”

“这次你姐姐选择站在了梁记？”

“这一点，姐姐跟我爸最像。在他们俩心里，梁记和梁家的事情，永远大过自己的事情，而且还是一样倔强，谁劝也没用。文扬哥，你会跟我姐分手吗？”

“你希望我放手吗？”

“我这个人自私，我不想看到我姐为了梁记牺牲自己一辈子的幸福，我姐，值得最好的人给她最快乐的生活。”

文扬不语，眺望着远处霓虹闪烁的夜色。

文扬和梁家栋正在北京公寓楼下说话，一抬头，便看到宋晓雯正从公寓楼出来。宋晓雯把妈妈让带的东西交给梁鼎文之后，便要求文扬送她去南锣鼓巷，文扬迟疑片刻后答应了。

宋晓雯亲昵地靠在文扬身上，高兴地在南锣鼓巷游逛。文扬不时看看腕表，心下着急。

宋晓雯突然拦住了一个路人，让他帮他们拍一个合照。路人笑着接过她的手机，宋晓雯急忙上前挽住文扬的胳膊，将头靠在他的肩膀上。文扬愣神之际，照片定格，他急忙拉开与她的距离。宋晓雯拿回手机，向路人点头致谢，文扬脸色渐渐阴沉。

“雯雯，你到底住在哪个酒店？”

“就在前面了。”

文扬二话不说，大步向前走去，脚步匆匆。落后几步的宋晓雯看了眼与文扬的合影，便将照片发送给了梁舒。梁舒收到照片时，正在梁记饼家柜台前忙碌，在看到照片的那一刻，她的心被猛然刺痛了，但她装作无所谓地把手机装进口袋，继续打包杏仁饼，但显然已是心不在焉。待到无人时，她自己躲进后院，眼泪滚落出来。

文扬把宋晓雯送到酒店房间门口，转身就要离开，宋晓雯却突然紧紧抓住他的胳膊。接下来的事情让他更加惊诧和无语。

“文扬哥，别走。”

“别再闹了，放手。”

“我没闹！我不放手！”

“你是个好女孩，你会找到属于自己的幸福。”

“我的幸福就是你，你一直都知道，我是喜欢你的，从我第一眼看见你开始。”

文扬缓慢而坚定地掰开宋晓雯的手指说：“雯雯，感情不能强求，我爱的是你姐。”

“可我姐都不理你了，你还强求？”

“那不一样，她是有不得已的苦衷。”

“苦衷？什么苦衷？她为了梁记不要你了。文扬哥，你那么优秀，还被点心妹嫌弃，我真的心疼你。当年，她爸爸就为了梁家大屋抛弃了我妈妈，现在，她又为了梁记抛弃你。在他们梁家人眼里，只有梁记，只有梁家大屋，没有爱情，也没有感情。”

“雯雯，就算你不把梁舒当姐姐，她也一直视你为妹妹，你不该这么说她。而且，不管我与梁舒如何，我和你都是不可能的。”

“为什么？”

“你仔细想过吗，你是真的喜欢我吗？”

“不然我为什么会追你追到北京来？！”

“或许有一半源于欣赏，但另一半却是不想认输，尤其是不想输给梁舒。雯雯，你该长大了，不是你想要的任何东西都应该归你所有，选择适合自己的，才是最好的。”

说完，文扬转身而去。宋晓雯的眼睛霎时间红了，从小到大，她都是那个高高在上的公主，她想要的东西一定就会得到，却从来没有受到过现在这种待遇。她气愤、恼怒、伤心、不舍，种种感情都交杂在一起，她的泪水无比汹涌。哭着给陈小帅打电话：“他竟然不要我！你说，那么多高富帅追我，我都不理不睬，我主动向他表白，他说他只爱那个点心妹。文扬，这个木瓜、傻瓜、呆瓜！他也只配点心妹，根本配不上我！”

走在澳门街道上的陈小帅听着宋晓雯的哭诉，渐渐停住了脚步。宋晓雯把衣柜里的衣服扔回行李箱，抽噎着：“我现在就回澳门，才不要留在这里受他的气呢，一个死心眼的书呆子，有什么好！我还不要了呢！翻篇！从此，那个喜欢文扬的傻瓜姑娘，不存在了。”

陈小帅无奈而又伤感地说：“雯雯，我们还是不瓜分舒儿姐姐和文扬了吧……放过他们……也放过我们自己……”

北京的公寓里，梁鼎文难掩心绪繁重。第二天就要出化验结果了，大家心里都惴惴不安。梁鼎文手里拿着抹布不停地擦拭，将房间擦得一尘不染。韩雅琪从厨房走出来，为他端来了莲子枸杞猪骨汤，嗔怪他不好好休息。梁鼎文不语，低头喝汤，却食不知味。韩雅琪转身回了厨房，泪水刷地滑落下来。片刻后，她重新打起精神，她明白梁鼎文心里紧张，所以得想个办法转移一下他的注意力。

时间过得很快，一眨眼就到了取检查结果的时候；时间也过得很慢，每一秒都是郑重而难挨的等待。一大早，文扬就带着梁鼎文他们去了天坛医院，众人围坐在脑科专家李主任的办公桌前，灯箱上挂着脑加强 CT 片子。

李主任说：“垂体腺瘤，鞍区占位已经压迫到视神经了，需要尽快手术。”

梁鼎文略显紧张地问：“李主任，需要开颅吗？”

李主任说：“不用。现在医学发达，这个位置的垂体腺瘤不用开颅，用神经内窥镜通过鼻腔进去手术切除。我们在切除垂体腺瘤的同时，还会做视神经减压术和硬脑膜修补术。”

梁鼎文定了定心神问：“这个瘤子是恶性还是良性？”

李主任说：“这要等手术后活检化验才能确诊。”

文扬问：“最快什么时候能安排手术？”

李主任说：“三天后。而且还有一点需要说明的是，内窥镜通过鼻腔进去，会破坏味觉和嗅觉神经。”

梁鼎文怔在原地。

李主任讲解完毕，一行人走出医院大楼，路过医院的花坛。初夏的北京，枝繁叶茂，花团锦簇。梁鼎文的脚步渐渐慢了下来，他深深地吸了一口气，贪婪地闻着空中的芬芳。文扬提议趁这两天没事出去逛逛北京城，他满口答应，要现在就出发。

文扬开着七座商务车，载着一行人行驶在北京宽阔的马路上，梁鼎文的目光一直放在窗外，发现什么新奇玩意儿就指给韩雅琪看。

他们路过了天安门，仪仗队迈着整齐雄壮的步伐走出来，四周围观的人群沸腾欢呼。

他们去了鸟巢，一行人在鸟巢合影留念。梁家栋在奥运会开幕式的场地上打了一组拳，文扬一阵快闪记录了下来。梁鼎文看着梁家栋打拳，面露骄傲欣慰的笑容。

他们去了民俗胡同，坐着人力三轮车，穿梭在或宽或窄的胡同里。梁鼎文和韩雅琪坐一辆在前，梁家栋和文扬坐一辆跟在后面，文扬拿着相机，为梁鼎文和韩雅琪拍下难忘的时刻。

他们去了 798 艺术区，浏览各式各样的艺术品。梁鼎文买了两个景泰蓝福娃，将其中一个递给韩雅琪，打算拿回去摆到柜台上—— 一个放在梁记，一个放在皇冠小馆，好看又有好彩头。

他们去了故宫博物院，夕阳西下，给巍巍宫殿镀上一层金辉，与红墙黄瓦交相辉映，端庄磅礴。梁鼎文站在护城河边的石栏前，不由自主地感叹："祖国强大真好！"梁恒老爷子生前没来过内地，这一直都是他的遗憾，他现在才感觉到，亲身体验的感觉确实不一样。他幻想着，如果父亲能有机会来首都北京走这么一遭，就好了。

文扬说："梁伯，你脚下是北京城，是祖国的首都，这里就是您的家。"

梁鼎文想了想，笑着点头表示赞同。

梁记饼家内，阿彩娴熟地将杏仁饼摆进柜台，梁舒正在制作出口商会定制的那一百盒手信杏仁饼，但她一忙碌，就忘了对方的要求是明天中午之前送到。她决定熬通宵赶工，因为明天去北京的计划是不能变的。

梁舒给家栋打电话，告诉他第二天去北京的事情。梁家栋他们正坐在典雅的餐厅包间里吃烤鸭，他正大快朵颐，用没有沾到油汤的小手指按下免提键。梁舒跟大家说话，唯独没有提到文扬。坐在梁家栋身边的文扬突然伸手拿起梁家栋的手机，声音低沉地说："梁舒，是我，文扬。"

梁舒举着电话，怔怔地站在院落中。电话两端的人听着彼此的呼吸声，竟都沉默了。梁舒轻咳了一声，变换成生分的语气："嗯？"

文扬说："给梁伯带份马介球吧，北京吃不到。"

梁舒回答："好。"

只说了一个字，她再无言语，挂断了电话。文扬将手机放回到梁家栋的面前，勉强地挤出一丝笑容，看似平静地低头吃菜。梁鼎文看着眼前的一切，眼神里多了怅然和无奈，若有若无地轻叹了一声。

第二十五章

环境优雅，客人不多，影影绰绰的水晶吊灯投射下淡淡的光晕。靠窗的餐厅角落，刚从北京回来的宋晓雯正和陈小帅聊天，脸上依旧挂着怨怒，在北京，文扬对她的拒绝，就像一道坎，虽然迈过去了，但她心里始终不舒服。

“成全了他们俩，那我们俩呢？算什么，笑话吗？”

“我们的感情也是真爱，只不过没得到回应罢了。既然没有回应，那干吗还要继续浪费时间？不要总是盯着一棵树来看，还有一大片森林，指不定我们会找到更好的人，还能气气他们俩呢。”

“没看出来，你还是端着鸡汤来的。”

“鸡汤？什么鸡汤？”

“心灵鸡汤啊。”

陈小帅一怔，拿起红酒瓶为两人面前的高脚杯添了少许红酒，接着说：“总要找个方法麻痹自己，忘记那些伤心的事情。以前我经常喝酒，我表舅和妈妈非常担心，我不想让他们觉得不安，所以最近就多看了些这方面的书。”随后，他拿起高脚杯，提议道：“要不要干了这碗鸡汤？”

宋晓雯看了一眼高脚杯，却不拿，让他把梁舒喊来，说是跟她还有事没解决完。陈小帅不知道宋晓雯葫芦里卖的什么药，虽不情愿，但还是帮她把梁舒喊了出来。

梁舒、宋晓雯和陈小帅三人去了黑沙滩。梁舒和宋晓雯面对面站着，无尽的沉默流过。十几米之外，陈小帅抻长了脖子，担忧地看着两人。

“你让小帅把我骗出来，就是为了找我发呆的吗？”

“我跟文扬在北京什么事也没有，你别多想。”

“你给我发你们俩的照片，不就是为了让我多想？”

“我就是想气气你，你总得让我找回点面子吧。”

“幼稚。一张照片而已，我能想什么。”

“那我从北京回来后你为什么不理我，对我假装看不见？”

“你不是也没理我。”

“你是姐姐，你应该大度。”

“没见过这事也能大度的。”

“还说你没多想，虚伪。反正我跟你解释了，你爱信不信。我祝你们有情人终成眷属，余生相看两生厌。”

说完，宋晓雯转身要走，却被梁舒叫住，喊她去梁记帮忙，宋晓雯嘴上抱怨着，但脚下却紧跟着她的步伐往前走。陈小帅见姐妹俩把疙瘩解开了，终于松了一口气，笑着跟在后面。

梁记后院里，宋曼琴站在操作台前，穿着一身规范的烘焙服装，正将食材一个一个装到模子里，动作认真熟练。梁舒愣在原地，诧异地看着她，紧随其后的宋晓雯和陈小帅也瞪大了眼睛。

宋曼琴看到梁舒和宋晓雯在一起，便明白两人的问题已经解决，笑着叫她们抓紧时间干活，他们正在赶制明天中午交货的杏仁饼。

梁舒穿上围裙、戴上烘焙帽和口罩，洗手之后跟宋曼琴一起制作起来。宋晓雯则撸下戒指、手镯，摘下耳环扔到手提包里，扎起头发，准备大干一场。梁舒把磨绿豆粉和挑拣杏仁的活儿分给了宋晓雯和陈小帅。

此时，夜色已降，夜憩的鹧鸪藏在东方侧柏蓬勃的枝叶中间，“咕咕咕”地鸣叫着问候星星，也是独特的澳门之夜的最好伴奏。

梁舒和宋曼琴并肩站在操作台前，宋曼琴熟练地和面，梁舒麻利地压膜，二人动作如行云流水。宋曼琴感慨道：“二十多年没做杏仁饼了，自以为会生疏，一上手才知道，都刻在脑子里啦，估计这辈子都忘不掉了。”

梁舒手下的动作一顿，低沉地说：“是啊，怎么会忘呢。”

宋曼琴听出了梁舒话里的怨气，偷偷看向梁舒。梁舒微微低头，手中的模具一下一下磕在操作台上，“砰砰”的声响像捣在人的心上。一时间，狭小的操作间里气氛尴尬。宋曼琴轻轻叹了口气。

操作间外，陈小帅磨绿豆，宋晓雯打下手。两人手生，又配合不默契，不时发生身体相撞，互相嫌弃对方笨手笨脚，一言不合就打闹起来。宋晓雯小嘴一噘，揪住陈小帅的耳朵，陈小帅哀号，让她揪另一边耳朵，宋晓雯还真松开手，又揪住另一只耳朵。

陈小帅哭笑不得：“揪一下就得了，你怎么还揪住不撒手了？”

宋晓雯理直气壮地说：“这是琪姨给我的任务，要把两边耳朵揪成大小一样。”

宋曼琴让她把绿豆粉端进操作间，她这才饶了他的耳朵。陈小帅双手分别揉着惨遭虐待的两只耳朵，抱怨地叨唠：“霸道，暴力，怪不得没人敢要。”

宋晓雯朝陈小帅一瞪眼，没想到却“扑哧”一声，大笑起来，原来，陈小帅的双手沾着绿豆粉，他一揉耳朵，便把手上的豆粉蹭得耳朵、面颊到处都是。陈小帅看着宋晓雯开怀大笑的样子，皎洁的月光温柔地洒落下来，把她整个人衬得更美了，他竟一时怔在了原地，心跳加快。片刻，陈小帅急忙低下头，移开眼睛。

宋晓雯的笑声化解了操作间中宋曼琴和梁舒之间的尴尬，两人都不自然地笑了。之后，宋曼琴试探地问她跟文扬怎么样了。梁舒沉默片刻，便把话题转移到第二天去北京陪梁鼎文做手术的话题上。宋曼琴明白女儿的倔强，跟着她的话题走，叮嘱她照顾好自己。

这时，房间门被推开，宋晓雯端着杏仁走进来，而端着绿豆粉的陈小帅有意落后几步，拉开与她的距离。梁舒见时间已晚，便让陈小帅送晓雯回家，陈小帅心里像是揣了兔子，一直上下蹦跳，极不安分，他不敢靠近宋晓雯。

陈小帅偷眼看宋晓雯，嘟囔道："她不是有司机接送吗？"

宋晓雯诧异地说："陈小帅，你是哪根弦突然搭错了？从刚才就开始躲着我。"

陈小帅心虚一惊，好像隐藏的心思被拆穿，急忙找出理由辩解，答应了送宋晓雯回家的要求。

夜色如水，宋晓雯和陈小帅一前一后走在三湾斜街上。往来的路人已不多，剩下一对对情侣在悠闲亲昵地压马路。一位演奏者正站在小广场上拉着小提琴，路过的人偶尔会驻足停留。宋晓雯停住脚步，听着婉转悠扬的音乐，陈小帅静静地站在她的身边，也不催促。

"小帅，你知道吗？那次你请姐姐吃西餐、送她玫瑰花，还有人在一旁拉着小提琴，说实话，我觉得特别浪漫。"

"你明明事后嘲笑了我很久，说我土得掉渣。"

"懂不懂什么叫羡慕嫉妒恨啊。其实，那是我一直会梦到的一幕：摇曳的烛光、香醇的红酒、娇艳的玫瑰花，音乐声中，有个人为我唱着情歌。"

"以为你有多时髦呢，还唱情歌，咦……鸡皮疙瘩都出来了。"

宋晓雯难得地没有怼回去，依然沉浸在自己的思绪中。她梦想着有人可以为她做这些。文扬是她谈的第一次恋爱，没想到却是输得彻头彻尾。她问陈小帅自己是不是很失败，陈小帅一怔，深深地看着她。

演奏者拉完最后一首曲子，准备离去，陈小帅跑到演奏者面前说了什么，演奏者便又拿起小提琴弹奏起来。陈小帅在小提琴的伴奏下，有些紧张地唱着曹格的《世界唯一的你》，富有磁性的歌声在小广场上响起。

朦胧的灯光下，宋晓雯目不转睛地看着陈小帅，突然意识到面前的男孩如此耀眼。怦怦怦——那是心动的感觉。

梁记饼家的操作间里，梁舒和宋曼琴依旧埋头制作杏仁饼，她们一个和面一个装模，一个倒模一个烘烤，母女二人配合默契，将烤制好的杏仁饼一个个装盒包装。气氛渐渐融洽起来，宋曼琴嘴角含着笑，陷入了曾经的回忆中，跟梁舒讲起她小时候的事情。梁舒生日时，宋曼琴专门给她做了带有生肖牛的蛋糕；宋曼琴抱着小梁舒去看土地诞表演；宋曼琴教两岁的女儿和面，小梁舒开心至极，一双小手在面粉里乱抓，弄得满脸满身都是面粉，像一只脏脏的小花猫……

宋曼琴的碎碎念，也打开了梁舒回忆的闸门，她心中酸楚难过，眼眶中渐渐涌出泪水，轻轻顺着脸颊滑落。两滴晶莹的泪珠"啪啪"落在了案板上，宋曼琴的话戛然而止，看着女儿的样子，顿时慌了，急忙安慰她，自责提起了她的伤心往事。梁舒急忙擦掉脸上的泪水，但泪水却止不住地流出更多。宋曼琴见状，手忙脚乱地将她拥入怀中，一直压在心头的愧疚也决堤般涌出，流着泪道歉说："对不起，对不起！我不是一个好妈妈，在你们最需要妈妈的时候，我不在，让你们受了那么多委屈。舒儿，妈妈不奢望你能原谅我，妈妈只希望你以后不要再流泪了。"

听到这些，梁舒趴在宋曼琴的肩头哭得更厉害了，宋曼琴轻轻抚慰着她，真挚的情感如同盈满暖意的涓流，消融着这对母女感情的冰原。一晚上，梁舒都在心里酝酿"妈妈"这两个字，终于在第二天早上喊出了口，宋曼琴喜极而泣。

梁舒乘坐飞机去了北京，同行的还有梁鼎武和梁潇，他们要陪梁鼎文做手术。文扬开车来接机。一路上，梁舒表情凝固，沉默不语，文扬则不时通过后视镜看向坐在后排的梁舒，掩不住的思念写在脸上。

梁家栋坐在副驾驶位置，兴奋地对他们讲述游览经历，梁潇向文扬表示感谢。文扬说那都是他应该做的。一句"应该做的"又让梁舒压抑的情感都浮现到眼眶，她眯上眼睛，佯装睡觉。文扬又透过后视镜多看了她几眼，满是心疼。

为迎接他们的到来，韩雅琪又烧了一桌好菜，还摆了几盘梁鼎武从澳门带来的烤鹅、肉脯和马介球。梁鼎文坐在上首，梁鼎武坐在一旁，梁家栋从柜子里拿出一瓶白酒，文扬把碗和筷子都在桌上摆放好，梁潇和韩雅琪则将做好的饭菜陆续从厨房端上餐桌。

梁舒捣鼓着客厅中的音响，音响里传来梁鼎文平时在梁记常听的红色歌曲。

"舒儿，你不好好在澳门守着梁记，却跑北京来了，店里怎么办？"

"放心吧，爸，有我妈帮忙看店，不会有事的。"

"你妈？"

"是啊，等你手术做完，我就立刻回去。"

"这就对了，你妈永远都是你妈。"

梁鼎文的脸上露出欣慰的微笑。梁潇在一旁夸赞梁舒特别能干，营业额逐步回升，梁鼎文十分欣慰。待饭菜上齐，大家纷纷围坐在桌前，梁家栋有意让出梁舒身边的位置，让文扬坐在她身旁。

梁鼎文拿起桌上的酒瓶，坚持要为大家斟酒，发表了一通感谢。第二天就要手术了，虽然他心下担忧，但亲人们都在身边，也知足了。众人纷纷举杯，跟随梁鼎文的节奏，喝下了第一杯酒。梁鼎文紧接着又为自己倒了第二杯酒，郑重宣布由梁舒接管梁记饼家，希望梁舒一定守好祖业。梁舒认真地点头答应。

梁鼎武没心没肺地调侃道："大哥，你怎么生个病，反而啰唆起来，跟交代后事一样。舒儿肯定能打理好梁记，不是还有你把关嘛。"

这话说完，房间内一片沉寂，没人接话茬，大家心情沉重。梁鼎武怔了怔，环视众人，突然恍然大悟，才意识到梁鼎文的心思，情绪瞬间变得复杂落寞。

梁鼎文看向梁鼎武说："你呀，要改改这毛毛愣愣的习惯。那套经适房的首付款，我来北京之前已经交齐了，手续都在阿琪那儿，这可是给你结婚用的，尽早找个人结婚过日子吧。"

梁鼎武眼睛霎时红了，直说："大哥，我回去就找，但你得给我张罗，我一个人可应付不来。"

梁鼎文又转向梁潇说："你从小就让人最放心，不过，我还是要嘱咐你几句，在公务员的岗位上，要守好本分，照顾好家人和自己的身体，如果有多余的精力，也多关照一下你二哥，给他张罗个老婆。舒儿和家栋有他们的妈妈，我倒是不怎么担心。"

梁潇眼含着泪说："放心吧，大哥，我一定守好本分，照顾好我们一家人。"

梁鼎文最后看向韩雅琪，刚要说话，却被含着眼泪的韩雅琪打断，让他有什么话等手术之后再说。梁鼎文轻叹一口气道："该说的话总要说的，万一……"

韩雅琪急了，说道："不会有万一，你还有一大把的儿孙福没享呢，你一定会好好的！"

梁鼎文淡淡地说："人之一生，半世开花，半世秋凉，岁月静好，安之若素，冷暖自知，都看开了。"

一时间，餐桌上的气氛陷入沉闷，大家心思沉重，无心吃喝。文扬提议饭后去王府井的"中国照相馆"拍全家福，梁鼎文满口答应。梁潇忙夸这家店是闻名中外的"中华老字号"，梁鼎武也立刻佯装出兴致勃勃的样子，说要把全家福拿回去显摆。气氛慢慢变暖，那是对生活的向往。

收拾停当，梁鼎文一行人来到了"中国照相馆"。站在橱窗前，细细打量橱窗中挂着的国家领导人照片，梁鼎文不禁感叹："何其荣幸啊，中国有他们。"

韩雅琪说："是啊，我们小时候就会唱'没有共产党就没有新中国'。"

梁潇说："没有新中国，就没有香港和澳门的回归。"

大家高兴地陆续走进照相馆，在摄影师的指挥下，梁鼎文、梁舒、梁家栋、梁鼎武、梁潇五人或坐或站，面对照相机的镜头；韩雅琪和文扬则站在房门前，含笑看着他们。闪光灯下，画面定格。

梁家全家福照完后，梁鼎文又叫韩雅琪和文扬过来一起照。梁潇直接走过来，拉住韩雅琪的手，拽到梁鼎文的身边。文扬平静地走到梁舒的身边站定，梁舒挪开一点，他就靠近一点，她碰到了旁边的家栋，家栋故意把她挤回到文扬身边，文扬的脸上难掩笑意，他目光看着镜头，低垂的手却暗中握住了她的手，梁舒想要挣脱却挣脱不开，文扬心中暗喜。

时间一分一秒流逝，转眼便到了梁鼎文做手术的日子。一大早，梁鼎文就被推进了手术室，由李主任主刀，梁家人和韩雅琪或站或坐，焦急地等待在手术室的门前。远在澳门的宋曼琴，特意跑到妈祖庙为梁鼎文祈求健康。

梁舒紧紧盯着手术中的亮灯，精神高度紧张，文扬默默陪伴在她的身边。两小时后，手术室的灯灭了，大家顿时围上前，目光急切地看着李主任走出手术室。李主任告诉大家，手术很顺利，大家悬到嗓子眼的心，这才终于落了地。

病房中，梁鼎文渐渐苏醒过来，一家人围在他的病床前，梁舒小心翼翼地巴望着："爸爸，能看到我吗？"

梁鼎文环视围在病床前的众人，有气无力地开口念着众人的名字。韩雅琪顾不上避讳，掀开梁鼎文身上的薄被，便去咯吱他的脚心、掐他的大腿，问他有没有感觉，梁鼎文却皱起眉头，冲着她连忙摆手。韩雅琪大惊失色，以为他失去了知觉，便更加用力地掐着他的大腿和脚心。梁鼎文终于缓过一口气，急忙说道："别掐了，人快被你掐废了。"

韩雅琪一怔，才发现大家忍俊不禁地看着他们。

这时，文扬拿着梁鼎文切除物的活检报告进来，告诉大家梁鼎文患的是良性腺体瘤，复发率并不高，养好就可以出院了，但以后不能过于劳累。众人一听，喜极而泣。

天坛医院走廊里，梁舒和文扬面对面站在走廊尽头的落地窗前，一抹黄昏的阳光倾洒在两人的身上，为他们镀上了一层淡淡的金黄光晕，却又带了几分萧瑟。梁舒打算回澳门，文扬与她话别，她再次客气地向他表示感谢，这份生分里，让文扬有种将要失去她的感觉。

"梁舒，我知道你想全力以赴地经营梁记，害怕感情成为你的牵绊，但是，这并不冲突，我也会全力支持你经营梁记，你只要专注做好自己的事情就可以，我不会让你分心。"

"我那么爱你，怎么会不分心呢。我不能离开澳门，而你却不能一直留在澳门，这就是现实。有时候并不是有爱就能拥有一切的，有时候因为爱才要选择放手的啊。"

"你真的舍得放下我们十年的感情吗？！"

"不舍得，又能怎么样呢？我甚至能预见到我这样选择的后果。也许，很久不会再谈爱情；也许，不会再遇到一个那么让我喜欢、让我心动的人。我只是一个点心妹、一个做生意的机器，一个没爱没心的行尸走肉。可是……如果我选择跟你走，我放弃了梁记，让我爸爸独自扛下所有的一切，如果有一天，他再出现什么差池，我一定会非常、非常怨恨自己。而这个结果，更是我背负不起的代价。"

梁舒再也说不下去了，泪水早已模糊了双眼，她逃一般地转身，大步离开。看着梁舒离开的背影，文扬心痛得顿时觉得喘不过气来，他拔腿就追了出去，却见她已经坐上车走远。

警察老朱也看出了陈小帅对宋晓雯的异常。他总是躲着她。这天，陈小帅与老朱在街上巡逻，一扭头就看见宋晓雯从远处走来，他立刻如老鼠见猫一般，蹭地一下就藏到就近的店铺里去了。直到宋晓雯走进梁记饼家，不见了身影，他这才探头探脑地从那家店铺里走出来，长嘘了一口气，正欲离开，一转身看到老朱双手横抱于胸前，玩味地看着他。陈小帅尴尬地笑了笑，赶紧溜了。

宋晓雯感觉出陈小帅在躲她，她搞不清为什么，但心里似乎又有朦胧的猜测。这次，她就是来守株待兔的。她坐在梁记饼家一楼靠门的卡座中，有一搭没一搭地帮梁舒挑选杏仁，双眼紧盯着街对面的皇冠小馆。这些，都被梁舒看在眼里。

等了一个时辰依旧不见陈小帅的影子，宋晓雯无奈地走了，筐里的杏仁选得一塌糊涂。梁舒看着宋晓雯心神不定的样子，似有所悟。

直到晚上，陈小帅才探头探脑地来梁记帮忙。梁舒直截了当地问他和宋晓雯最近到底是怎么回事，陈小帅支支吾吾，避开她审视的目光，找借口离开了。

陈小帅情绪低落地走出梁记饼家，穿过马路，来到皇冠小馆的门廊下。他敲了敲门，皇冠小馆的大门打开，没想到站在门内的竟然是宋晓雯，他顿时愣愣在门口。

“小帅，你为什么躲着我？”

“我没有。”

“你有！”

“是，我是在躲你，那又怎么样？！”

“为什么？”

“不为什么。”

“不为什么是为什么？”

“你的脾气太坏，人太八婆，这些理由可以了吧？！”

“好哇，文扬躲我，你也躲我。我还以为你跟他不一样呢，没想到都是一路货色。”

宋晓雯的鼻子一酸，双眼泛起雾水，一把推开他就跑走了，陈小帅怔怔地呆立在原地。梁舒从梁记走了出来，看看宋晓雯跑远的背影，又看看陈小帅，道：“要不要喝一杯？”

黝黑的天幕上缀满了繁星点点，幽静的街道，路灯孤黄，天与地相互映衬。梁舒和陈小帅并肩坐在屋顶上，喝着罐装啤酒，仰望朦朦胧胧的星空。

“你和雯雯，有什么就说，总躲着也不是回事。”

“不是，我不是在躲她，是在躲自己。”

梁舒一怔，侧头看向陈小帅。他犹豫片刻，终于鼓起勇气说出心中的想法："我原来一直把她当朋友，一起喝酒，一起聊天，可是最近我……突然发现，我对她，有了些不一样的感觉。"

"什么样的感觉？"

"说不清，就是……会不由自主地总想她，可见了面又不知道该对她说什么、做什么，所以……"

"所以你就躲着她？"

"我也不知道为什么会这样？是不是我做单身狗的时间太长了，就想随便拉一个人填补心里的空虚？还是跟她在一起久了，成习惯了？"

"这很好分辨。假设，从现在开始，让你再也见不到雯雯了，你会答应吗？"

"不会……"

"这不是填补，也不是习惯，这就是爱情啊，我的傻弟弟。"

陈小帅显然对梁舒说出口的话感到吃惊，两个人四目相对。随即陈小帅又急忙摇头否认，梁舒耐心分析说，宋晓雯虽有些娇蛮，但本质善良，也有实力，关键是他们相互喜欢。爱情本来就没有既定的模式，适合自己的才是最好的。

陈小帅微微低头，沉默思忖。他似乎越来越明晰内心的想法，下了屋顶，拨通文扬的电话，让他赶紧回来跟梁舒和好。电话那头的文扬站在北京公寓的阳台上，握着手机，听见里面传来梁舒的吉他弹唱：

我一个人的失眠，一个人的空间
一个人的想念，两个人的画面
是谁的眼泪，是谁的憔悴
洒满地的心碎

我一个人的冒险，一个人的座位
一个人想着一个人
眼角的泪，这不是错觉
…………

街路苏醒，行人脚步疏阔。一缕艳丽的朝霞泼在瓦脊上，三湾斜街一如往日的气象，不急不慢，不愠不火。

宋晓雯又来到了梁记饼家，照例坐在靠门口的卡座中，她的目光时不时瞟向对面的皇冠小馆。这时，陈小帅拿着两个冰激凌向她走来，她脸上露出一丝期望："你……是特意给我买的？”

陈小帅故意使坏道：“冰激凌第二个半价。”

宋晓雯转喜为怒，陈小帅急忙补上一句：“服务员说吃不了可以给自己女朋友。”

一句话，道破了两个人朦胧的关系。宋晓雯明白了陈小帅的心意，顿时又转怒为喜，娇嗔道：“谁是你的女朋友。”

陈小帅笑得一脸春光灿烂，在她身边坐下来。两个人分吃着冰激凌，打情骂俏。梁舒端着刚烤好的杏仁饼从后院走进店铺，见他们一副亲昵甜蜜的样子，笑着让他们去别的地方谈恋爱，宋晓雯笑嘻嘻地叫着陈小帅走了，柜台前的阿彩直感慨：“这对冤家真好上了，真是太玄幻了。”

陈小帅和宋晓雯有说有笑地走在三湾斜街上。突然，宋晓雯踮起脚尖在陈小帅的脸颊上亲了一下，陈小帅瞬间脸红。这一幕恰好被乘车路过的苏林看到，他一时间难以相信，眉头紧蹙。

回家之后，苏林把宋晓雯和陈小帅谈恋爱的消息告诉了宋曼琴，宋曼琴对此一无所知，难以置信，苏林责怪她这个妈妈太不上心了。两人越说越气，他们把宋晓雯喊回家，三口围坐在中堂，气氛表面祥和，实际暗潮汹涌。

宋曼琴说：“雯雯，你爸爸道听途说，非说你跟小帅在谈恋爱，我说没这回事，可他就是不信，你快赶紧给你爸爸吃颗定心丸吧。”

宋晓雯惊喜道：“爸，你消息真的太灵通啦！”

宋曼琴诧异地问：“你真的跟小帅在一起了？”

宋晓雯说：“是啊，今天刚确定的关系，本来打算晚上回家吃饭时告诉你们的。”

宋曼琴愣住了，疑惑地说：“雯雯，你不是心里一直惦记着文扬吗？”

宋晓雯潇洒地回答道：“文扬的事已经翻篇了，我现在喜欢的人是小帅。”

苏林气恼地说：“胡闹！感情的事岂能儿戏？！”

宋晓雯一脸不解地说：“我是很认真的啊，文扬又不喜欢我，我为什么还要在一棵树上吊死？难道你们想看着我去破坏我姐姐的感情吗？”

苏林说：“你就算放弃文扬，也不能跟陈小帅在一起。”

宋晓雯不解，苏林压着气性看着女儿说：“雯雯，爸爸只有你这一个孩子，大澳集团以后都是要留给你的，你选择的人要能帮得上你才行啊。过去你喜欢文扬，爸爸看他是个有能力的，才不反对。可现在这个陈小帅，根本不是个能接爸爸班的材料啊。”

宋晓雯脸色一沉，道：“爸爸，您的意思是，为了大澳要牺牲掉我的幸福？！”

苏林说：“跟陈小帅在一起就会幸福吗？爸爸的生意伙伴里有好几家的孩子都很优秀，爸爸马上安排，你挑上谁是谁，爸爸绝不干涉。”

宋晓雯态度坚决地说："不用挑了，我已经挑好了，就小帅了。你的总经理你自己找，我的老公得我找。爸爸，你千万别把两件事混为一谈。"

宋曼琴见苏林要咆哮，也试图劝说宋晓雯，怎奈女儿态度坚决，谁的话也听不进去。苏林忍无可忍，怒拍着桌子说："我告诉你，要陈小帅就离开这个家，要这个家，就马上分手！"

宋晓雯怔怔地看向苏林，眼中涌出委屈的泪水，不服地问道："爸，你要赶我走？"

苏林嘴硬地说："不是爸爸狠心赶你走，是你自己的选择！"

宋晓雯瞪着苏林半晌，拎起包便冲出门去。宋曼琴追出去，她已头也不回地跑没了踪影。

打烊后，梁舒坐在柜台前，一双白皙温润的手在挑选着杏仁。这时，店铺大门被推开，文扬推门而入，手里拎着一个登机箱，显然是刚刚下飞机就赶来了。

两人四目相对，一时间不知该说什么了，凝眸许久。

梁舒尴尬地一咳，有些慌乱地问："忙完了？"

文扬意有所指地说："嗯，澳门还有一些事情放心不下，我就先回来了。"

两人再次沉默。

文扬说："梁伯周五就能出院了。"

梁舒说："我知道，谢谢你，费心了。"

文扬欲言又止："我……还有杏仁饼吗？在北京的时候，就想吃这一口。"

梁舒不语，转身从柜台里拿出几块杏仁饼摆放在一个精致的小碟中，放在文扬的面前，随即又倒了一杯红茶递给他。

文扬淡淡一笑，浅浅地啜一口茶，拿起一块杏仁饼，道了一声"谢谢"。

两个人，一个柜台里一个柜台外，一个在看一个在吃，相对静默，一室橘黄色的灯光，渲染了一地的温柔。

突然，"嘭"的一声，大门再次被推开，打破了两人之间的宁静，宋晓雯气冲冲地进门，喊着要梁舒收留。她看到眼前的两个人，先是一怔，随后恢复了常态，可是瞬间又记起自己的委屈，红着眼圈开始控诉她爸妈要拆散她和陈小帅："没想到他们就是老顽固，反对的理由都跟爱情无关、跟幸福无关！难道嫁一个门当户对而自己却不喜欢的人就是幸福？反正我要跟小帅在一起，不管他们同不同意，我的幸福就要自己把握！"

梁舒劝道："你别任性，爱情如果没有父母的祝福，幸福也会大打折扣的。"

文扬也劝道："既然相爱，就不要急在一时，等你爸妈气消了再慢慢劝说，时间能改变一切的。"

宋晓雯听了半天，把眼泪一擦，瞪着梁舒和文扬说："你们两个还真是天生一对，年纪轻轻，怎么想法都那么迂腐、懦弱，穿越来的吧？醒一醒，大清亡了你们俩知道吗？"她摆出一副恨铁不成钢的样子，接着说道："怪不得你们俩拖到现在还没结果呢，原来是有原因的。算了，不跟你们这种老人家谈了，走了。晚上给我留着门啊姐。”

说完，宋晓雯转身扬长而去，而梁舒和文扬被她怼得竟一时无语反驳，两人尴尬地对视一眼，虽心下不舍，但还是做了告别。

文扬苦笑着摇摇头，他拎着行李箱，拖着沉重的步伐，渐渐远去，路灯把他的身影拉得老长，疲惫又孤单。梁舒则坐在书桌前，手里拿着一本手工装订的画集，画集里都是文扬给她画的画，她一页一页地翻看着，表情酸楚，随后，她强打精神，将画集收到了抽屉里。

第二十六章

红日从海上喷薄而出，悠扬的渔歌在海面上飘荡。三湾斜街上人来人往，渐渐有了生气。郑大冠站在皇冠小馆门廊下，伸长了脖子，向路口张望，焦急地等待病愈出院的梁鼎文回家。他叫陈小帅早早备好软壳蟹，等梁鼎文回来亲手做给他吃。

梁鼎武驾车去机场接了梁鼎文和韩雅琪，一路上，滔滔不绝地说着家里的新变化："家栋和艾拉忙着要上课，我就没让他们来，现在武馆啊已经爆满了，家栋计划着在氹仔再开一家。舒儿把梁记打理得红红火火，现在人气爆棚。"

梁鼎文听得高兴不已，脸上露出喜悦和欣慰的笑容。韩雅琪询问陈小帅的情况，梁鼎武神秘兮兮地说他摊上大事了。韩雅琪担心地问出了什么事，他却卖起关子，只说是个好事，其余任凭他们怎么问也不说了。

不一会儿，车子开到了三湾斜街路口，梁鼎文迫不及待地下了车，韩雅琪紧随其后。时隔月余，再次站在街口，看着熟悉的街景，熙熙攘攘的人流，呼吸熟悉的气息，梁鼎文内心久久不能平静。感慨地念叨说："回家了。"他缓缓在甬道上往前走，路过的街坊高兴地跟他打招呼。落后一步的韩雅琪视线追随着神采奕奕的梁鼎文，打心眼里高兴。

走到梁记门口时，他不禁怔在路中央。他看了看四周，对面就是皇冠小馆，旁边的景物也没错，确实是梁记的位置，而他却几乎不认识店铺了——

门脸被改成了透明玻璃，鲜亮时尚；门店一侧是茶饮区，玻璃墙上贴着12星座茶点套餐；另一侧是售卖区，各种点心饮料琳琅满目。此刻正是高峰期，出出进进的大多是青年男女，门口买手信的游客也排起了长队。

梁舒急忙迎出来，搂住爸爸的胳膊，激动地跟他打招呼。梁鼎文没有吱声，目光从梁记饼家的各个区域和摆设一一扫过。梁舒关心地问他是不是累了，他指着梁记疑惑道："这是……"

梁舒顺着爸爸的目光望去，眼睛里闪烁出几分得意，说："我调整了布局，怎么样，是不是宽敞了很多？顾客既可以到店里吃茶点，又可以直接在售卖区买点心。对了，我还添了几种新口味呢。"

看着这近乎陌生的梁记饼家，面对女儿爆棚的成就感，梁鼎文欲言又止。已停好车的梁鼎武走过来，夸奖他有一个好女儿，他的脸色却渐渐沉下来，意有所指地说："是啊，好女儿啊。"

韩雅琪却察觉到他的神色有异，急忙张罗着梁鼎武扶他上楼休息。梁鼎文看向韩雅琪，让她回去歇着，她应着，往皇冠小馆走。路上梁鼎武说陈小帅摊上什么事儿了，她心里很不踏实，担心儿子是不是闯了什么祸。

皇冠小馆内，宋晓雯正拿着话筒采访郑大冠，而陈小帅站在一旁，目不转睛地看着宋晓雯，满眼的宠溺。这一幕，正好被推门而进的韩雅琪收入眼底，她惊住了，随即便明白了一切。

郑大冠对着摄像机侃侃而谈："别看到处都有卖蟹黄粥的，但只有我郑大冠的蟹黄粥不一样，软壳蟹入粥，熬得浓浓稠稠，蟹黄酥沙，入口生香……"

郑大冠一抬头就看到站在门口的韩雅琪，顿时顾不上采访，一溜烟跑到她面前，激动地询问梁鼎文的情况，转身便要去给他送蟹黄粥。

宋晓雯说："大冠叔，采访还没完呢。"

郑大冠边向后厨匆匆走去边说："过会儿再说，我有更要紧的事情。"

陈小帅高兴地一把抱住韩雅琪，宋晓雯则落落大方地向韩雅琪问好，韩雅琪匆促应声，转身去厨房帮忙。不一会儿，陈小帅喜悦而带几分腼腆地来到厨房，凑到韩雅琪身边说："妈，跟你说个事。"

韩雅琪不动声色地说："什么事？"

陈小帅有意显摆，语气里又带几分忸怩，故意卖关子："你猜！"

韩雅琪淡淡地说："跟雯雯谈恋爱了吧。"

"你怎么知道？"陈小帅很诧异，随后，他恍然大悟道，"是表舅说的吧？明明让他保密的。"

韩雅琪说："妈妈又不瞎，就你和雯雯那股子亲热劲，能瞒过谁啊？"

陈小帅察觉到妈妈脸上的沉郁，不解地说道："妈，你不是一直催我找女朋友吗，现在我有了，可你怎么不高兴哪？你不喜欢雯雯？"

韩雅琪叹气道："我喜不喜欢有什么用，只要你喜欢，对你好就成，妈妈怎么着都行。"陈小帅这才放下心来，一脸憨笑。韩雅琪又想到什么，接着说："你们的事情，雯雯的爸妈知道了吗？"

陈小帅心里没底气，说道："雯雯说她会搞定的。"

韩雅琪说："也就是说现在还没搞定？"

陈小帅自我安慰般地说："早晚的事情。"

看着儿子的样子，韩雅琪无奈地叹了口气。

郑大冠将满满一碗蟹黄粥放到梁家餐桌上，梁鼎文走到桌前坐下。他脸上的阴云一直没有散去，但他有意压制着。郑大冠则沉浸在梁鼎文病愈回家的喜悦中，问道："馋这口了吧？"

梁鼎文说："我在北京也喝过一次，但比不上你这蟹黄粥的味道。"

郑大冠得意地说："那是自然，我郑大冠的蟹黄粥，真材实料，味道几十年不变。"

梁鼎文一怔，想起梁家的店面被改装得面目全非，弦外有音地说："是啊，延续了几代人，怎么能说变就变呢。"

郑大冠未听出话中滋味。梁鼎文低头继续喝粥，但却有些食之无味，一副心事重重的样子。

这时，一阵急促的脚步声从木楼梯处传来，片刻，韩雅琪走进来。郑大冠见表妹来了，便让她陪梁鼎文喝粥，自己回店里招呼客人，临走不忘夸赞梁舒把梁记打理得井井有条。梁鼎文眉头紧蹙，似乎不赞同郑大冠的话，但他什么也没说。韩雅琪有意转移话题道："你知道小帅和雯雯好了吧？"

"听阿武说了，苏家不同意，雯雯还在跟父母较劲，前几天一直跟舒儿挤在一张床上睡，昨天晚上刚被舒儿劝回家。"

"苏家就雯雯一根独苗，我们这种家庭高攀不起。"

"感情的事情谁说得准，我们都是过来人，尽可能体谅吧。"

"早知这样，我宁愿他继续追舒儿。舒儿孝顺又能干，你看她把梁记打理的。"

"现在的梁记，我都认不出来了，刚看到门脸时，还以为被舒儿盘出去了。"

"梁记的大牌子挂着，怎么能不是梁记？舒儿做的事，那叫与时俱进。"

"我知道，可我就是找不到梁记的感觉。"

说完，梁鼎文叹息一声，心里怅然若失。

梁鼎武坐在门前的藤椅中，边喝着蟹黄粥，边看着街上的光景。韩雅琪拿着空空的砂锅走出梁记，恰在此时，宋曼琴进门，看到她，脚步一顿。两人四目相对，都有些尴尬。

梁鼎武见到宋曼琴，起身热请招呼道："嫂子来了。"转而又打量着两个人，调侃地说："嘿，你们这大眼瞪小眼的，怎么没按照剧本走啊，两位亲家母的第一次历史性会晤，不应该握个手吗？"

宋曼琴挑了梁鼎武一眼，冲韩雅琪礼节性地点点头，便去茶歇区找梁舒说话。梁舒提起宋晓雯和陈小帅的感情，关心苏家的态度。

"主要是你苏叔叔，不甘心哪。"

"小帅除了没钱，其他都挺好的，可苏家又不缺钱，还有什么不甘心的？妈，你也劝劝叔叔吧，把决定权还给雯雯。"

"你苏叔叔有时候也固执得很，这事儿真让人头疼。对了，你爸回来后看到梁记变化这么大，有没有对你发飙？"

"没有……"

“你爸是个老顽固，我可知道他，梁记这么大的改动，他嘴上不说，心里指不定堵成什么样了，你别大意了，得尽快跟你爸解释清楚。”

梁舒点点头，若有所思。她让宋曼琴在一楼帮忙，自己端着一盘杏仁饼去了二楼。

梁记二楼，梁鼎文站在祖宗的牌位前，将手中的香栽进香炉中。梁舒把杏仁饼放到餐桌上，让他品尝新改良的几种杏仁饼口味。梁鼎文走到餐桌前坐下，梁舒小心翼翼地将盘子放到爸爸的面前。梁鼎文拿起一颗放进嘴里，咀嚼品尝，梁舒识眼色地又给爸爸倒了一杯茶。

“爸，我把梁记的风格改了改，你是不是生气了啊？”

“改都改了。”

“去北京时，我本来是想告诉您的。”

“我知道，你是不想让我操心。”

“梁记改头换面不是为了毁掉梁记的传统，而是为了跟上时代、适应时代，更好地活下去。爸，我有信心让梁记越来越好，你信我吗？”

“爸爸要是不信你，又怎么会把梁记交给你呢。现在的企业都在讲个‘变’字，道理爸爸都懂，你做得也没有错。只是，你也要给爸爸一些时间习惯习惯才是。”

梁舒总算放下心来。这时，梁家栋跑上楼来，他刚从武馆下课，便急匆匆来看望爸爸。梁鼎文则关心儿子的婚事，艾拉有了身孕，希望他们尽快把婚事办了。

一番话语，让梁家栋傻了眼。其实，艾拉没怀孕，当时为了劝梁鼎文去治病，临时想出了这么一招儿。他偷眼看向梁舒，暗中递眼色求她帮忙，梁舒却打定主意见死不救了，含笑看着弟弟着急。梁家栋只好把真实情况说了出来，梁鼎文一听，捞起鸡毛掸子就要揍他，让他一定给艾拉一个交代。

梁家栋赶忙跑下楼，艾拉正好从后院的操作间走出来。梁家栋一见到艾拉，脚下故意变得一瘸一拐，说是被爸爸打了。

“梁伯为什么打你？”

“为你，我骗他说你怀孕了。”

“那是善意的谎言，我知道的，我也能理解的。”

“但我爸不理解，要我对你负责。”

“可没有责任能追究啊。”

“没有责任创造责任，也要负责。要不，我们俩……结婚？”

艾拉不点头不摇头也不说话，只是脸上却浮现出少见的害羞。梁家栋可怜兮兮地继续加码说：“我爸说要是你不跟我结婚，他就打断我的另一条腿。艾拉，你就忍心看到我这样一位青年才俊拄着双拐度过余生吗？”

艾拉含羞地说：“其实，就算梁伯不打断你的腿，我也是愿意跟你结婚的。”

梁家栋一怔，随即欣喜若狂地一把抱起她，欢呼着在原地转圈。这一幕，被梁鼎文、宋曼琴和梁舒尽收眼底，宋曼琴喜极而泣，而梁舒高兴之余更多的是羡慕。

宋曼琴激动地说个不停，要去妈祖庙拜拜求个黄道吉日，又要张罗婚纱和婚车，还想给家栋买套房子。梁鼎文坚决不让苏家给家栋买房，梁舒笑着调节二人。家栋早有主意，他要把婚房安置在武馆，又能专心教学，又能照顾家庭。梁鼎文这才舒展眉头，认为儿子是好样的。

天上的一轮弯月金钩倒挂，路灯昏黄的光晕，把街路的石板打磨得青光鉴鉴。梁舒正在收拾店面，准备打烊关门，一扭头看到刚下班回来的陈小帅。梁舒让他带一盒杏仁饼给琪姨，陈小帅却忸怩起来。自从他跟宋晓雯确定关系之后，来梁记的次数就少了。

梁舒同陈小帅说笑，很快驱散了他心中的尴尬，他对梁舒讲起自己的烦恼——自从跟宋晓雯确定关系，不只是苏家人不同意，很多人说他攀高枝吃软饭。梁舒劝他不要在意别人的闲话，要为自己而活。

“可雯雯父母的态度我不能不管，我不想让雯雯夹在中间为难。姐，你说我是不是错了，不该跟雯雯交往？”

“你喜欢雯雯吗？”

“当然。”

“那雯雯喜欢你吗？”

“嗯嗯，不然她也不会坚持得这么辛苦。”

“那你就不要动摇，更不要辜负雯雯。幸福不是彼此放弃，而是相互体谅，一同寻找解决办法。只要你们有信心，一切就不是问题。”

“那你为什么不坚持和文扬哥在一起呢？”

“正是因为知道错过的痛，我才希望你和雯雯能坚持下去。”

梁舒把目光抛向远处，眼睛里盛满黑夜一样的幽深和寂寥。

三湾斜街上，魏记饼家势不可当地发展着，广告做得铺天盖地，几家店铺的招牌相继摘下，纷纷改头换面，加盟了“魏记”。在这阵势的冲击下，梁记又遭遇了一轮门可罗雀。

梁鼎文、梁鼎武、梁潇和梁家栋正围坐在餐桌前，或是担忧，或是气恼。梁鼎文把大家叫过来，商量梁记要如何应对。

梁家栋说：“新的未必比旧的好，我们梁记不是还有一批忠实顾客吗？”

梁舒说：“那些熟客还不足以让我们应对现在的困境。而且，逆水行舟，不进则退，梁记前段时间刚争取过来的年轻客人又开始流失了。年轻人总是喜欢尝试新鲜的东西，也更在意消费时的舒适感和时尚感。”

梁潇说：“舒儿，你有什么想法？先给大家说说。”

梁舒说："魏记虽然来势汹汹，但他们的产品没有品牌优势，全靠资金雄厚和现代营销手段。相比之下，我们梁记是百年老字号，品牌优势是魏记无法企及的，但缺的却是资金和营销。所以，我们当务之急应该是改变运营思路，引进资金，扩大经营规模，加大宣传推广力度，就一定能迎头赶上魏记，甚至超越魏记，这一点，我是有信心的。"

梁鼎武和梁家栋虽然听得一脸茫然，但他们认同梁舒的看法。一直低头不语的梁鼎文抬头看向梁潇，梁潇迎向大哥的目光，表示支持梁舒的想法。梁鼎文沉默片刻后说："既然大家都不反对，舒儿，就按照你的想法试试看吧。"

宋曼琴把梁舒要推销扩张梁记的事情告诉了苏林，苏林若有所思。他让宋曼琴把梁舒约出来，想跟梁舒谈一谈。

酒店包间里，苏林与梁舒面对面坐在餐桌前，餐桌上摆放着几碟精致的点心，服务员为两人添了红茶，便将茶壶放在桌上，转身走出包间，随手关上房门，但房门却未关严，留了一条缝隙。

苏林表示愿意为梁记投资，但提出了一个条件——彻底与文扬断绝来往，把他让给宋晓雯。苏林可以接受女儿与文扬在一起，陈小帅入不了他的法眼。梁舒听到他的条件，觉得既好笑又好气。

"苏总，为什么您会这么执迷用金钱交换感情呢？作为大澳集团的董事长，把生意与感情混为一谈，您不觉得自己很不专业吗？"

"我正是为了大澳的将来考虑。陈小帅和文扬相比，我宁愿选择文扬做我的女婿，而不是选择一个警察。"

"我想我们之间没有继续谈下去的必要了。"

"舒儿，雯雯心里一直有你这个姐姐，你就不能让让她这个妹妹吗？"

"苏总，在商言商，如果您觉得梁记这个品牌不值得投资，那我也无可厚非。但让我拿感情换投资，我做不到。不管我跟文扬最终能不能在一起，我都很珍惜我们之间的情义，不会用利益交换的。"

梁舒微微低头，觉得对方完全不可理喻。而此时，文扬正站在包间门口，把里面的话听得一清二楚。他本来是在隔壁包间谈业务，但无意间看到梁舒他们之后，担心会有什么陷阱，便追了过来，还未待敲门进入，便听到了以上这番对话。文扬思忖片刻后，边转身离开边掏出手机，把事情一五一十地告诉了宋晓雯。

苏林阴沉着一张脸回到家，宋曼琴赶忙询问情况。苏林沉在思绪里，一脸不耐烦。这时，宋晓雯气冲冲地回家，对苏林说："爸！你太让我失望了，现在梁记遇到困难，本以为你会雪中送炭，没想到却是乘人之危。请你不要再逼我姐跟文扬分手，我已经告诉过你们了，我是不会跟小帅分手的！”

宋曼琴不敢相信地看向苏林：“你怎么年纪越大，反而越浑蛋了呢？！”

苏林说：“我就想为我女儿找个好女婿，这有错吗？以后能为我女儿掌管大澳集团，能为我女儿保驾护航。可那个警察行吗？不行！”

宋曼琴说：“那你也不能挖舒儿的墙脚，她也是我的女儿！”

宋晓雯说：“爸，你是我生命中最重要的男人，小帅也是。”

苏林吃醋：“我养了你二十多年，你才认识陈小帅几天？能一样吗！”

宋晓雯说：“但能陪我走一辈子的，却是这个男人。我找的是相爱的人，如果只是掌管大澳集团，那你当初干吗不要贾长安？”

苏林气急道：“贾长安有才无德，狼子野心，我怎么能把你和大澳交到他手上嘛！我把话撂这儿，我的女婿就算不是文扬，也不能是那个警察！”

宋晓雯直说苏林不可理喻，边上楼边说：“当年爷爷也是为你好，不让你娶妈妈，你听了吗？”

苏林气得腾地站起来，哆嗦着手但什么也说不出来，他把枪口对准宋曼琴，抱怨道：“都是你惯的！现在翅膀硬了，主意大了，还质问起我来了！”

宋曼琴气笑道：“恶人自有恶人磨，雯雯这个劲头可跟你当年一模一样。”

金黄的云浪下，喧闹的街道车水马龙。梁记饼家窗明几净，阿彩擦拭着店铺，梁舒将新出炉的杏仁饼整齐地码放进柜台中。梁舒的手机响起提示音，她拿出手机查看，是文扬发给她的邮件，打开一看，是几份融资方案和一行文字：“魏记的扩张很快，留给梁记的时间很紧，我找业内的朋友做了几份融资方案，你抓紧看看，到时候我跟你一起作调整。”

梁舒看着那些文案，心中五味杂陈，却不知宋晓雯早已站在身后看得一清二楚，她劝姐姐赶紧跟文扬和好，梁舒却说只顾及梁记的安危和刚刚病愈的爸爸，不想在这个节骨眼上考虑个人之事。宋晓雯拿得起放得下，她说如果真心相爱，就别做感情的鸵鸟，说着，径自拿起遥控器，把电视机调到亚澳 TV。她今天要完成一件重要的事情，也算是给姐姐做一次表率。宋晓雯撩了一下头发，昂头挺胸地款款走出梁记。

三湾斜街上，一群旅行团中的妈妈粉正围着陈小帅合影留念，见陈小帅俊朗挺拔，纷纷要给他介绍女朋友。宋晓雯走到陈小帅的身后，拍了一下他的肩膀，同时，招手示意摄像师摆好机位，准备展开采访。旅行团的妈妈粉也不急着离开，纷纷围在四周，好奇地看着拍摄，老朱在一旁维持秩序。

宋晓雯拿起话筒，面对摄像机，开始直播：“警察故事系列第三季，今天我们介绍的这位，不仅是三湾斜街的颜值担当，更是一名勇敢、尽职尽责的好警察。”

摄像机的镜头摇向陈小帅，陈小帅一脸阳光灿烂的笑容，他大方地做了自我介绍。随后，围观的妈妈粉问他有没有女朋友，他不禁愣住了，因为两人的感情还不被父母认可，所以不敢乱说。他看向宋晓雯的眼睛，想让她提示该怎么回答，表情十分怪异。周围的妈妈们跟着起哄，一时间，他更窘了。

宋晓雯忍着笑意，挺身而出，道："这个问题，我来替他回答吧，他没有女朋友。"

陈小帅怔怔地看着宋晓雯，人群中的妈妈们高兴不已。

宋晓雯目光含情脉脉地看向陈小帅，接着说道 ："不过，从今天开始，他将会有一位未婚妻……"

现场所有人都被突如其来的反转惊呆了，静静地看着人群中的宋晓雯和陈小帅。陈小帅似乎明白了什么，有些不敢相信地看着她。

宋晓雯接着说："小帅，虽然现在很多人都反对我们在一起，但我觉得，婚姻就是两个人的事情,而你是我心中最爱的也是最好的人。你愿意娶我吗？我们一起面对克服所有困难。"

陈小帅难掩内心澎湃的喜悦，但也饱含担忧，说道："雯雯，你想清楚了吗？以我现在的能力，除了一个人和一颗心，什么都给不了你，甚至都给不了你一个像样的婚礼，你可能会被亲朋好友在背后嘲笑。"

宋晓雯调侃道："你的意思是，我们连结婚戒指都没有？"

陈小帅连连摆手说："不不不，结婚戒指我还买得起的！"

宋晓雯笑道："那就妥啦。小帅，如果我在乎物质，可能最初连看你一眼都不会，现在，我既然选择了你，我就相信，只要我们彼此相爱，以后会越来越好。"

陈小帅深受感动地看着宋晓雯，眼神中满是宠溺，宋晓雯直视着他的眼睛说："请你正面回答我的问题，你愿意娶我吗？"

看着陈小帅磨磨叽叽的样子，人群中的妈妈们先急得嚷了起来："赶紧抱住啊，赶紧答应啊。"陈小帅回过神，一手将宋晓雯紧紧搂进怀中，热烈地亲吻。在热烈的掌声和祝福中，陈小帅搂着宋晓雯的肩膀走出人群。宋晓雯拿着手机敲字，傲娇地编辑了几个字："快点恭喜我。"她点击发送，收件人是文扬。一会儿，她收到了回复："恭喜。"

亚澳 TV 上直播宋晓雯和陈小帅秀恩爱的全过程，坐在电视机前的梁舒喜悦又羡慕，梁家栋则直言："从小范围秀恩爱竟然演变成大规模屠狗模式，能不能收敛点啊。"韩雅琪听说宋晓雯向陈小帅求婚，赶忙出去看，此时人群已散，不见二人的踪影。她没有喜出望外，心下反而多了几分担忧。闹出这么大动静，不知道苏家人会怎么处理。

苏家果然炸了锅。苏林暴跳如雷，对宋曼琴大吼大叫，直言要把宋晓雯送到国外去。宋曼琴坐在沙发上，平静地说："你这个态度，就算你不送雯雯走，她也会自己走的，就像你父亲当年逼走你一样。"

听了这话，苏林一怔，往事又浮现在眼前。当年，苏林救下宋曼琴之后，他的父亲苏耀庭坚决不允许两人结婚，为此，苏林不惜离家十年，还赌气地让他们的女儿不姓苏，随了宋曼琴的姓。结果，父亲突然去世，他连最后一面都没见上，这成了他心中永远抹不去的痛。宋曼琴的话，让苏林渐渐冷静下来。

“阿林，我们做了这么多，不就是希望雯雯能幸福吗？女儿现在很幸福，你又何苦非要拆散他们？”

“可是以后……”

“谁也不能预知以后，你父亲当年也认为你只是一时冲动，说我们不会长远、不会幸福。可事实证明，我们是对的。阿林，与其逼跑一个女儿，不如成全他们，拉回半个儿子。”

苏林沉默了，发出一声沉重的叹息。

不多时，宋晓雯带着陈小帅回来了。陈小帅两只手满满地拿着礼品，有些忐忑和惶恐，礼貌地向苏林和宋曼琴问好。苏林黑着脸，宋曼琴则热络地迎上去，招呼他坐下。宋晓雯拉着陈小帅走到沙发前，陈小帅的屁股刚拘谨地沾到沙发，苏林却突然站起来，他腾地一下又站起来，宋曼琴和宋晓雯诧异地看向苏林。

苏林冷冷地扫了一眼陈小帅，让他跟他去书房，宋晓雯不放心地想跟过去，宋曼琴却拉住她，对她摇了摇头。

书房内，陈小帅上身笔挺地坐在书桌前的椅子上，双腿并拢，双手规规矩矩地放在自己的膝盖上，目不斜视地看着书桌后的苏林。苏林背靠着宽大的黑色皮质座椅，目光如炬，开口问他：“如果我就是不同意你们在一起呢？”

“我理解，您这么强烈地反对我们，是出于一位父亲对女儿的爱，而雯雯敢惹您生气，也是仗着您对她的疼爱。说实话，我很羡慕雯雯，有您这样一位父亲对她掏心掏肺地好。叔叔，我很小的时候就失去了爸爸，一直很羡慕有爸爸罩着的孩子，所以，我也很想沾雯雯的光，成为一个有爸爸罩着的孩子，错了就打，对了也可以打。叔叔，我和雯雯已经分不开了，如果您生气，就打我吧，都是我的错，不关雯雯的事。”

苏林怔了怔，这个男孩并没有看起来那么呆头呆脑。苏林审视着坐在面前的陈小帅，脸色已经不像先前那样僵冷了。之后，陈小帅承诺以后一定好好对待宋晓雯，好好孝敬双方父母，如果需要的话，他想签署一份婚前协议，不占苏家一分一厘的财产。

苏林感到很意外，口气就有些松动了，之后他态度坚决地提出一个条件——他们婚后要住在苏家。陈小帅迟疑了，他的心顿时又沉入谷底。

书房门外，宋晓雯的耳朵贴在房门上，想要偷听书房内的谈话，却毫无收获。她担心爸爸会为难小帅，不停地在门口徘徊。半小时后，门开了，陈小帅寒暄几句便告辞了。尽管陈小帅极力伪装开心，但宋晓雯还是看出了他的失落和茫然，她莫名地不安起来。

陈小帅没有直接回家。他坐在礁石上，看着面前的大海发呆，迷离的眼神没有焦距。远处的夕阳渐渐收敛了光芒，变得温和起来，悬在海与天的边缘，他就一直那样坐着，看夕阳一寸一寸落下，夜色一点一点浮出。

韩雅琪正在皇冠小馆中忙碌，不时地看看表，焦急地等待儿子回家。她接到了宋晓雯的电话，只听她认真地说："阿姨你放心，我和小帅结婚后就住在您那里。"

韩雅琪怔了怔，随即明白了些许。这时，陈小帅心事重重地推门而入，韩雅琪看出儿子有心事，关切地询问，但陈小帅始终难以开口。韩雅琪猜到了事情的缘由，佯装生气，便说她伺候不了宋晓雯这样娇气的儿媳妇，希望他们结婚后出去单过。

陈小帅明白妈妈的心意，眼泪涌了出来。他知道，这么多年来，他和妈妈相依为命，妈妈何尝不想一家人住在一起，但现在却要为了他的幸福而妥协。陈小帅伸手揽住着韩雅琪的腰，将头埋在她怀里，无声地抽泣。韩雅琪抱着儿子的头，眼圈泛红。

梁家栋和陈小帅的婚期选在了同一天。梁鼎文和韩雅琪穿着正式的衣服，郑重地拿着大红请柬，挨门挨户给街坊送婚礼喜帖。街坊们都替他们高兴，纷纷送上祝福。一个街坊忽然问，小帅婚后住在苏家是不是要入赘，韩雅琪眉头一紧，梁鼎文笑着替她解围。

韩雅琪看向梁鼎文，报以感激的一笑，脸上却有抹不去的落寞。梁鼎文若有所思，他回家之后，便让梁舒叫宋曼琴赶紧来一趟。宋曼琴进门，梁鼎文直入主题。

"小帅住在你家，你和苏林是怎么打算的？"

"这件事雅琪已经同意了啊。"

"我知道，但雅琪一个人把小帅拉扯成人，不容易。你们可不能为富不仁，把持着小帅，让他娶了媳妇丢了娘呀。"

"文哥，让两个孩子住在我家，也是想让苏林培养培养小帅。"

"那就跟雅琪说清楚，别让她为了成全儿子的幸福，自己却落得孤苦无依的。置办结婚用品也跟雅琪商量着来，别你自己就拿主意了，当人家是亲家吗？"

宋曼琴笑着应允，随后，她又劝他赶紧与雅琪结婚，也算有个伴儿。梁鼎文一脸严肃地拒绝，理由是害怕拖累韩雅琪。宋曼琴看着他，没好气地笑了。

阳光透过窗子照进来，洒在他满脸满身，梁鼎文抬手扶额，眯着眼睛，脸上却不知什么时候爬上了红晕。

第二十七章

黑沙海滩上，露天烧烤派对正在进行，梁舒、文扬、宋晓雯、陈小帅、梁家栋、艾拉六个年轻人围坐在桌旁，正在喝酒聊天吃烧烤，十分惬意。

宋晓雯提出让梁舒和文扬给他们当伴郎伴娘，文扬笑着应允了，他看向梁舒，梁舒的脸上虽扬着笑意，却避开了他的目光。几个年轻人又畅聊了许多，待到夜色已深，才依依不舍地分开，各自回家。

宋晓雯回到苏家豪宅，一进门就惊呆了，只见各式各样的结婚用品在客厅里堆积如山。宋曼琴和苏林见女儿回家，赶忙拉她过去看。

“给我哥哥也买了吗？”

“买了，跟你的一样。”

“爸爸，那投资梁记的事情……”

“投！投资梁记的股份就给你当嫁妆了。”

宋晓雯不禁欢呼，宋曼琴嘱咐她先不要告诉梁鼎文是大澳要入资，担心他会想歪了，宋晓雯满口答应下来。

三湾斜街上人来人往，店铺纷纷开张。梁记饼家内，阿彩照顾着店里的生意，梁舒坐在靠窗的卡座中，在电脑前忙着统计财务数据。这时，一个电脑包放在了她面前的桌子上，她诧异地抬头，只见文扬含笑站在她的面前。文扬休了年假，来帮梁舒一起应对眼前的困难。

梁舒眼神有几分飘忽不定，文扬对她的好反而令她不安，文扬像是看出了她的心思，让她不要见外，哪怕是朋友也会相互帮助。梁舒不再推辞，文扬从电脑包中拿出笔记本，两人开始了紧锣密鼓的工作。

接下来的日子，他们二人像战友一般，密切配合，完善融资方案。办公室里，梁舒、文扬与西装革履的顾问讨论融资的相关问题。

图书馆里，梁舒和文扬站在经济类区，翻阅查找资料。

梁记饼家一楼的卡座里，他们对着电脑更新融资方案细节……

夜深了，饼店已经打烊，柜台里空空如也，店铺里仅亮着半边灯，光线昏黄而宁静。文扬和梁舒盯着电脑看了一天的数据，皆是头昏脑涨。他们来到二楼的厨房，想要做点消夜吃，却看到餐桌上摆放着叉烧包、虾饺等几样精致的粤式点心。这是梁鼎文提前为他们备好的。梁鼎文一辈子专营杏仁饼，但不懂金融，看到女儿和文扬的忙碌，他帮不上什么忙，只能在背后默默支持他们。

梁鼎文的卧室房门紧闭，想来已经入睡。文扬想到什么，低声询问："大澳集团投资的事，你跟梁伯说了吗？"

"我妈的意见是先不跟我爸说，免得节外生枝。"

"一直瞒着也不是个办法。"

"等我爸忙完家栋和小帅的婚事，我再找机会解释吧。"

"如果你担心劝不了梁伯，我跟你一起扛。也希望这次合作能化解他们的恩怨。"

"谢谢你，可我也得学着自己去面对和承担，不然，梁记这副担子，我也挑不长远。"

"你只要知道我一直都在就好。"

素日好青天，晴处鸽子飞。

这一日，梁家栋和艾拉、陈小帅和宋晓雯共同在玫瑰圣母堂举办婚礼，一众亲朋好友都来参加。神圣的结婚进行曲响起，苏林挽着宋晓雯、艾拉父亲挽着艾拉，同时走过红毯，两位父亲将两位新娘交到新郎陈小帅和梁家栋的手中，笑脸写满幸福。

牧师郑重地主持婚礼，梁鼎文等人坐在前排，满面含笑地看着婚礼。宋曼琴笑得很灿烂，反而是苏林看着看着眼圈不由得泛了红。

牧师向新郎宣读誓词："梁家栋先生，你是否愿意娶米哈伊・艾拉女士为妻？陈小帅先生，你是否愿意娶宋晓雯女士为妻？按照圣经的教训与她同住，在神面前和她结为一体，爱她、安慰她、尊重她、保护她，像你爱自己一样。不论她生病或是健康、富有或贫穷，始终忠于她，直到离开世界？"

梁家栋、陈小帅异口同声地大声说："我愿意！"

牧师向新娘宣读誓词："米哈伊・艾拉女士，你是否愿意嫁给梁家栋先生为妻？宋晓雯女士，你是否愿意嫁给陈小帅先生为妻？按照圣经的教训与他同住，在神面前和他结为一体，爱他、安慰他、尊重他、保护他，像你爱自己一样。不论他生病或是健康、富有或贫穷，始终忠于他，直到离开世界？"

宋晓雯、艾拉异口同声地回道："我愿意！"

牧师宣布："现在交换戒指，作为结婚的信物。"

两对新人彼此交换戒指，相拥亲吻。观礼的人纷纷鼓掌为他们祝福。梁舒下意识地看了一眼文扬，与此同时，文扬也正看着她，四目相对，一时之间，眼神里面写满了内容。

教堂门口，白鸽展翅高飞，气球漫天飞舞，教堂的钟声浑厚而悠扬，大家彼此相拥，亲戚朋友合照，闪光灯此起彼伏，记录下如梦如幻的瞬间。

文扬走到梁舒的身边，慢悠悠地说："作为伴郎、伴娘的我们俩，是不是也应该照一张？"

梁舒一怔，随即大方地看向摄像师，文扬则很自然地搂住她的肩膀。在欢乐气氛的感染下，照片中的文扬和梁舒也笑得无拘无束。不远处传来一阵骚动，梁舒佯装好奇地张望，与文扬拉开一步距离。原来，到了新娘抛捧花的环节。

韩雅琪招呼梁舒快去抢个好彩头，梁舒连忙摆手，只是站在人群之外，含笑看着众人的欢乐。只见先是艾拉将捧花抛出去，引起姑娘们的哄抢。轮到宋晓雯时，她没有按照传统抛新娘捧花，而是向梁舒走来，把捧花交到了梁舒手里。梁舒一怔，将捧花抱在胸前，心中五味杂陈。

宋晓雯言语恳切地说："希望也能早日见证姐姐和文扬哥的幸福。"

文扬虽是回答宋晓雯，目光却深情地看向梁舒，笃定地说："放心吧，我会争取的。"

三湾斜街上锣鼓喧天，武馆的学员们欢天喜地地舞着狮子。婚宴的酒席设在皇冠小馆，从小馆内蔓延到门廊下，街坊邻里坐得满满当当，把酒言欢。小七和小九端茶倒酒，招呼客人。郑大冠和阿康在后厨做菜，韩雅琪本想过来帮忙，却被他推了出去。

正中心的主桌上，梁鼎文、韩雅琪和宋曼琴、苏林也破天荒地坐在了一起。梁鼎文和苏林的目光碰在一起，又波澜不惊地都移开了目光。梁鼎文起身向街坊们敬酒，众街坊纷纷送上祝福。

宴席上，唯有苏林面色稍显僵硬。这种相对简陋的排场让他多少有些不甘心，他对身边的宋曼琴低声抱怨："我女儿的喜酒应该安排在永利。"

宋曼琴高兴得顾不上计较苏林的牢骚，梁潇看出了苏林的小别扭，便说这次婚礼真是又热闹又富有澳门民俗特色，三湾斜街是跟着澳门历史城区被列入世界遗产名录的，是中国第31处世界遗产，婚礼能在这样一条街上举行，面前就是百年老号的梁记饼家，吃的是米其林一星美食，这是何等的殊荣。

宋曼琴大笑，苏林的脸色也渐渐露出笑容。不一会儿，两对新人来敬酒，当陈小帅为苏林斟满酒之后，苏林却没有立即喝，而是摆足了岳父的威风。

"你以后要疼爱雯雯，不可让她受一点委屈。"

"放心吧，爸爸，我会的。"

"你要是对她不好，我饶不了你。"

"知道了，爸爸。"

"你要是做错事了，要主动向她道歉。"

"我会的，爸爸。"

"她要是做错事了，你一定要原谅她。"

“我一定，爸爸。”

一旁的宋晓雯也红了眼圈，苏林这才将杯中的酒一饮而尽。

梁鼎文对家栋说：“听到了吗？你以后也要遵守这些规则，不能让艾拉受委屈。”

梁家栋笑着答应，把艾拉紧紧搂在怀中。

喜宴在欢快的氛围中继续着，一直到傍晚才散场。晚上，喧闹的街市又归于平静，两旁的店铺隐没在微明的夜色之中，只有梁记饼家和皇冠小馆还亮着灯，灯光被窗子过滤得十分安详。

宴散人空，韩雅琪拿着抹布打扫着卫生，却难掩淡淡的失落。一旁帮忙的梁舒看在眼里，便走到她身边，夸赞她今天真漂亮，情真意切地说：“如果不是怕我爸爸不乐意，我都不想喊你‘阿姨’了。”

韩雅琪一阵娇羞。梁舒看了看她的手腕，问她怎么没戴爸爸送她的定情镯子。韩雅琪一怔，苦笑着摇摇头。她了解梁鼎文，如今梁家大屋没有收回来，梁记的危机又没解决，他是过不去自己心里那道坎儿的。随后，韩雅琪转移话题，询问梁舒和文扬怎么样了，她对梁舒说文扬是个难得的好孩子，不要错过。梁舒笑了笑，低头继续打扫卫生来掩饰内心空虚。

这天，梁记饼家像往日一样正常营业，一位腰板笔挺的年轻人走进来。年轻人身上散发着一种独特的气质，眼神既英气又和善。他直接来到柜台前，说上周有个学生带了梁记的杏仁饼到驻地，战友们对杏仁饼赞不绝口，他要打包两盒杏仁饼。

梁鼎文想起外甥女姗姗去参加慰问驻澳部队解放军的事情，当时他特意让姗姗多带了几盒杏仁饼。梁鼎文兴奋地问年轻人是不是解放军，年轻人向梁鼎文自我介绍说他叫阮贵，老家在内地，这两天准备休探亲假，所以想带两盒杏仁饼给家人尝尝。梁鼎文热情地招呼阮贵，让阿彩给他装三盒杏仁饼，多送一盒给他。在梁鼎文心里，驻澳部队的解放军是多么神圣的职业啊。

阮贵急忙推辞道：“我们部队有纪律，不能收礼。”

梁鼎文说：“你能专门来买，就算我们有缘。”

阮贵再次推辞，梁鼎文认真地说：“这盒饼是让你带回去给父母的，不是给你的，不收我就真生气了。”

阮贵说：“谢谢大叔，等我探亲回来给您带家乡的土特产。”

梁鼎文连声答应，他把阮贵送出门，内心莫名地激荡起豪情。他正想进门，却听见了门口梁鼎武和宋晓雯的对话——

“你可是大功臣，要是没有你，你爸爸那个奸商能投资梁记？”

“你别说我爸是奸商了，奸商都是在商言商，他要是不看好梁记，才不会卖我这个面子哪，他宁愿给我钱花。”

梁鼎文怔了怔，看向他们：“梁记的投资人是苏林？！”

宋晓雯支支吾吾，梁鼎武见状不妙，立刻开溜。

梁鼎文阴沉着一张脸，端坐在客厅中。一阵急促的上楼脚步声传来，片刻，梁舒气喘吁吁地跑进了客厅。梁鼎文闻声抬眸，冷冷地看向女儿。之前梁舒一直跟他说投资商是香港的，他信以为真，现在谎言被戳破，他恼怒万分。

梁舒向爸爸解释，但他一点都听不进去。几十年前的记忆翻入他的脑海，那是梁家屈辱的历史，跟苏家的恩怨是他心里的一道伤疤，稍一碰就生疼。他越想越气，严厉地说：“我觉得把梁记交给你就是错，你太让我失望了！三十年前，你妈妈将梁家大屋卖给了苏家，现在，你又要把梁记卖给苏家？你们都说是为了梁家好，可梁家的祖产却都姓了‘苏’！”

梁舒说：“爸爸，我没跟你提前说是我不对，可这次是合作，不是把梁记卖给大澳，梁记无论跟谁家合作，都是要出让一定比例股份的。平心而论，大澳这次开出的条件不错，我们梁家占大股，梁记拥有经营权，拥有一票否决权，既然是双赢，为什么不能合作？如果一直纠缠以前的事情……”

梁鼎文更加恼怒了，大声道：“我就是不想跟他苏家有半分瓜葛！从现在开始，你不要再管梁记了。阿彩，关店门！盘账！”

爸爸的话令梁舒很吃惊，她从来没有见过如此暴怒的爸爸，心底里不免有几分担忧。她走出梁记，关掉手机，眼神迷离，一个人落寞、麻木地在街上走着，每一步都艰难无奈，不知不觉来到了黑沙海滩。她在海边坐了下来，海风吹乱了她的头发。

文扬跑到黑沙海滩，四下张望，看到梁舒郁闷地坐在海边，这才松了口气。宋晓雯打电话把事情始末告诉了他，他放下工作便出来寻找梁舒，生怕她会想不开。文扬走上前，在她身边坐下，静静陪伴，而沉浸在自我低沉情绪中的梁舒，丝毫没有惊讶文扬的出现，只是如溺水的人突然找到了一块浮萍，期期艾艾地倾诉起来。文扬连连点头，极力安慰。

“上辈人几十年的恩怨不是那么容易化解的，还是我们把这件事想得太简单了，低估了梁伯的心结，以为一个合作就能化解恩怨。”

“我爸还说我太让他失望了。为了梁记，我能做的、不能做的，我都咬着牙做了，他还这么说我，太让我伤心了。”

“他这只是一时的气话，你不要放在心上。”

“我爸怎么就不明白，这次合作跟上次卖梁家大屋是两回事呀，难道跟苏家合作就是卖祖产，跟别人合作就是合作？再说了，合作的每一个条款都是征求了他意见的，他也是同意的，怎么叫我背着他了？我爸自己戴着有色眼镜看人，还冤枉我。”

“这股份制合作，就跟两个人结婚一样，得相互喜欢、看上，彼此有情有义，才能合作好。在梁伯心里，苏家当年是趁火打劫、巧取豪夺，就不是一个有情有义的人。几十年恩怨末了，却还要谈携手合作，梁伯反对也是情有可原。我看这次没合作成，不见得是坏事，如果等到以后再闹分手，恐怕对梁记的损害更大。”

“还合作跟婚姻一样，说的你好像结过婚很有经验似的。”

“我倒是想积累经验，可是你不给我机会啊。”

文扬继续开解梁舒，想办法逗她开心，他为她唱起了歌——

我一个人的失眠，一个人的空间
一个人的想念，两个人的画面
是谁的眼泪，是谁的憔悴
洒了满地的心碎

我一个人的冒险，一个人的座位
一个人想着一个人
眼角的泪，这不是错觉
…………

事事完美的文扬，唯独唱歌五音不全，梁舒听着听着便被他逗得破涕为笑。看到她的笑容，他长舒了一口气，脸上也绽放出欣慰的笑容。

见梁舒情绪见好，文扬便直言问题的要害——梁鼎文只是排斥苏家注资，不是排斥改变梁记，解决之道可以再找其他投资。梁舒担心重新找投资人会来不及，毕竟魏记的扩张速度不容小视。文扬拽起梁舒就走，道：“此刻就开始行动。”

清晨，整个城市笼罩在银灰色的晨雾中，万籁俱寂。

梁舒卧室的闹钟在五点钟准时响起，她从睡梦中猛然坐起，起身正要出去洗漱，听见门外传来爸爸的脚步声。想起了昨天的冲突，她便僵在原地而没有出门，呆呆地站着，竖着耳朵听着门外爸爸的动静，直到听见下楼的脚步声渐渐消失，这才走回到床前，瘫坐到床上。

梁家后院的操作间里，梁鼎文将纯绿豆粉倒在盆里，习惯性地抓起一把闻闻，却不禁眉头紧锁。手术给他留下了后遗症，他的味觉和嗅觉大大退化。他又急忙从糖罐里舀一勺白糖放到嘴里，细细品着，也觉得味道寡淡，急忙漱口。又舀一勺盐，放到嘴里品着，仍然品不出敏锐的味道。梁鼎文颓然瘫坐，望着窗外渐渐发白的天色，神情凝重。

这时，宋曼琴推门走进来。是梁舒打电话叫她来的，梁舒担心爸爸一个人应付不来。宋曼琴却熟练地系上围裙，自顾自地忙起来，梁鼎文急忙拦住，说：“我知道你们是担心我，做完手术，鼻子和舌头的感觉都退化了，怕我把饼做砸了。”

"那你不能把鼻子和舌头养好了再干？非得急匆匆地把女儿赶走？"

"等我养好了，吃的可就是苏家的杏仁饼了。"

"你别狗咬吕洞宾，不识好人心。"

"好心？苏家投资梁记是你的主意吧？我梁鼎文做了几十年杏仁饼，别说只是嗅觉和味觉退化，就算鼻子闻不见，舌头尝不出味道，眼睛看不见东西，我也能纹丝不差地做出梁记杏仁饼来，用不着你可怜，你走！"

"可怜你？我是可怜我女儿，有你这么个不知好歹的爸爸。"

说罢，她摘下围裙气呼呼地走出操作间，正好看见梁舒在院子里转来转去，便拉着她一起走，任由梁鼎文自己折腾。

梁鼎文端着第一炉饼从后院走进店铺，阿彩正做着营业前的准备。他让阿彩品尝味道，紧张地等待着阿彩的反馈。阿彩咬了一口，说好吃，像过去一样好吃。梁鼎文这才松了一口气，端着装满杏仁饼的竹筐，走出梁记门口，开始免费散饼。

梁舒、梁家栋、梁鼎武、梁潇、宋曼琴和郑大冠都猫在皇冠小馆，鬼鬼祟祟地扒着窗户，生怕被人发现似的，看着窗外的三湾斜街上韩雅琪从梁鼎文手里接过一块杏仁饼。不一会儿，韩雅琪拿着杏仁饼匆匆走回小馆，把杏仁饼掰成几小块，分给大家，随即大家迫不及待地细细品尝。

味道还是像之前一样好，大家放心下来，随即又担忧，梁鼎文刚做完手术不久，医生说至少静养半年，他现在又开始忙碌，身体哪能吃得消啊。梁鼎武愣劲儿上来了，说是要把大哥捆回去，寸步不离地看着，让他踏踏实实在床上养着，大家连忙阻止，他们明白，梁鼎文可不是个怕硬的人。

随后，大家商定先由着梁鼎文，他们则力所能及地帮忙：梁鼎武负责送外卖，家栋上课之余来店内帮忙，宋曼琴早上帮忙一起做饼，韩雅琪包做他们的一日三餐……

梁舒露出感激的笑容，她担心梁鼎文不接受宋曼琴的帮忙，宋曼琴笑说："没事，明早看我的，还收拾不了他这个倔老头了。"

"倔老头"这几个字逗乐了众人。可不嘛，一辈子都是倔强要强，一晃这么多年过去了，世事皆变，唯有他梁鼎文没变。

之后的日子，大家有时间就来梁记帮忙。这天，梁鼎武和梁家栋都去送外卖了，店里只剩下梁鼎文和阿彩。阿发大摇大摆地走进店铺，从免费品尝的杏仁饼篮子里抓了一大把，边吃边嚷嚷着找梁老板谈重要事情。阿发也是三湾斜街上的街坊，与家栋年纪相仿，整天无所事事，最近干上了房产经纪人，腰杆儿硬了不少。

阿彩冲阿发撇嘴，梁鼎文闻声热情相迎，询问阿发有什么事情。阿发直言自己现在是廖阿婆的房屋经纪人，来谈房租的事情。

“阿婆让你代理？没听廖阿婆说过呀？”

阿发掏出一张纸，杵到梁鼎文的眼前说：“这是廖阿婆的委托书。从今以后，廖阿婆这栋楼的房租就跟我谈。”

“跟你谈？房租都是早跟阿婆谈好的，我们也按月准时交了。”

“你们跟阿婆签的三年房租合约还有一个月就到期，考虑到你家是老租户，有优先续约权，今天我正式通知你，有人愿意拿现在房租的五倍租金租这栋楼，如果你也愿意出同样的价格，那就续约，否则，下个月你们就搬家腾房。”

“阿发，我们租这栋楼都二十多年了，跟廖阿婆说好的，只要我们愿意，就一直租着，价钱也是早就跟廖阿婆谈好的，每三年涨 10%。”

“梁伯，我们按合约办事，你说的那些都是空口无凭，没有任何法律依据。租房合约上清清楚楚、明明白白地写着，租约还有一个月就到期。我现在跟你谈的是续约的房租，如果你不接受，那我就租给别人，就这么简单。”

梁鼎文气得浑身颤抖，手哆哆嗦嗦地指着阿发，道：“谁？到底谁要出五倍的房价租这栋楼？”

“跟你说了也无妨，这条街的大户魏记呀，除了他们，谁还能出得起这么好的价钱。”

“你这么干，廖阿婆知道吗？！”

“廖阿婆委托我了，我就有权处理。再说了，能多挣钱的事，哪个房东会不高兴。”

“你胡说！廖阿婆不是那种人，我不跟你谈，我去找阿婆谈。”

“去吧，廖阿婆现在正躺在医院昏迷着，你去了她没准儿就醒了。”

梁鼎文气得站立不稳，手指阿发，让他滚出去。阿发又拿出一张纸说：“这是书面通知，别说我没提前通知你。”

梁鼎武送外卖回来，恰巧看见这一幕。阿发刚走出梁记，经过他身旁时，他便伸手夺下他手里的通知单，撕得粉碎，上前扯住阿发的脖领子，拎起来就要打。

阿发见不是梁鼎武的对手，立刻大声嚷嚷救命。梁鼎文赶紧出来阻拦，郑大冠、韩雅琪也闻声跑过来，韩雅琪赶忙吩咐阿彩喊小帅回来。狼狈不堪的阿发见有人拦着，叫嚣要报警。梁记门口立刻围了一圈看热闹的人，陈小帅和老朱及时赶来，才息事宁人。

梁记的客厅中，气氛压抑。梁鼎武走来走去，咒骂阿发这个烂仔。梁鼎文戴着老花眼镜，看着摊开的账本，手拿计算器在算账。绿豆、杏仁、其他零散的食材一共涨 10%，房租涨 500%，原先答应给阿彩涨工资 5%……算来算去，无论怎么节省，总支出远远超过收入了，照这样下去，梁记将难以为继，只能关门歇业。

梁家栋咚咚地走上楼来，他刚去医院打探了廖阿婆的情况，说道：“阿婆确实住院了，现在还昏迷不醒，病因正在查。阿婆的儿媳妇从香港过来照顾，说这栋楼一直是阿婆在打理，也不知道阿婆什么时候给阿发的委托，要等阿婆醒了以后才能问清楚。”

梁鼎文忧心忡忡地说：“就怕梁记撑不到廖阿婆醒来的时候呀。”

梁鼎武说：“就按照跟廖阿婆说好的交房租，街坊几十年，口头约定也都算数的。阿发这个烂仔，我见一次打一次，看他还敢不敢上门！”

梁鼎文说：“怕的是他不上门，直接把房子租给魏记。”

梁鼎武又开始骂骂咧咧，但他心里也明白打骂都解决不了问题。看到大哥脸上的愁云，他心乱如麻。

夜色已深，月夜静谧，店已打烊，大部分灯都灭了，只有柜台上一盏台灯还亮着，洒下的扇形光，照在梁鼎文爬着皱纹的脸上。梁记饼家的物件静静地躺在橘黄色的灯光里，像静物油画。梁鼎文的目光扫过每一寸地方，抚摸着磨具、柜台，眼神中满是不舍与无奈。之后，他迈着沉重的步伐走上了二楼，来到祖宗的牌位前，边上香，边自责：“难道是天要灭梁家？还是后辈我无才无能？想不通呀，我兢兢业业地守着梁家最后的祖产，可还是守不住。几代人上百年经营下来的祖业，竟沦落到这个地步，我到底做错了什么！”

梁舒不知何时回来了，她在梁鼎文身后说：“爸，您没错，是我的错。”

梁鼎文闻声回头，只见梁舒站在楼梯口处含泪看着他。梁舒向爸爸走来，自责之前苏家的投资不该相瞒，没有照顾好梁记。梁鼎文看着瘦弱的女儿，似乎一下子明白了许多，祖业光靠死守是守不住的，他答应让女儿放手一搏。

梁舒开始疯狂地寻找资金。早晨，天还没亮透，梁鼎文看着一身正装的女儿就准备出门了。白天，手拿文件的梁舒抻着脖子朝街上张望，热得拿文件夹不停地扇风。进入一个个大厦的办公室，遭到了不少冷遇。晚上，梁舒和文扬在昏黄的灯光下做新的融资方案，梁鼎文将两碗云吞面放在两人面前。这一阵子，梁舒行色匆匆，全身心沉浸在融资中，整个人疲惫而瘦削。

这天，晚上十点了梁舒还未回家，梁鼎文在门口一遍遍地张望。他明白，融资哪有那么容易，他眼见着梁舒天天早出晚归，白天跑着见投资人，晚上熬夜改方案，要不就是喝酒应酬，人都瘦了一圈。梁舒是个让人心疼的孩子，她打小乖巧懂事，处处体谅别人，尽量让所有人满意，什么事都自己扛，习惯了委屈自己。梁鼎文自责没有让女儿过上好日子，反而让她承受了这么多压力。

韩雅琪看到梁鼎文担忧的样子，便跑来梁记劝慰他。末了，韩雅琪意有所指地问：“如果有一天，舒儿能无所顾忌地为自己考虑一次，做自己想做的事情，你支持不？”

梁鼎文不假思索地说：“支持！”

韩雅琪说：“真的？”

梁鼎文说："她是我的女儿，从小就没了妈，要是我不支持她，她该多孤单啊。"随即，他明白了韩雅琪的意思，说："你说的是她跟文扬吧，可惜，我明白得有点晚了。"

韩雅琪眉开眼笑，连说不晚，只要想得开，一切都不晚。

墙上的挂钟指针走过了子夜，带着酒气的梁舒这才拖着疲惫的身体走上二楼，发现爸爸静静地坐在客厅中。父女俩互相关切，梁鼎文实在不忍心女儿这样疲惫，他说要是实在不行，融资的事情就算了。

梁舒坚持道："爸，这次我们去的这家香港公司，本身就是做食品生意的上市公司，总监又是文扬的大学同学，还是很有希望的。"

梁鼎文长叹一口气说："经历了这么多事，爸爸也想通了。房租太高，我们就换个地方经营；开不了店面，就搭个摊位。你爷爷的爷爷也是这么过来的，怎么我们就不能低过呢。住的地方，我们可以申请公屋，社区环境比三湾斜街还好。只要我们一家人都安好，比什么都强啊。"

梁舒说："爸，梁记是百年老字号，有品牌价值的，您就放心吧，还没到您说的那一步。"

梁鼎文说："舒儿，我是不想让梁记困着你啊，让你在三湾斜街当一辈子点心妹。爸爸反思过了，是我把自己的目标强加给你，让你没了自己的生活。爸爸现在希望你也去做你自己喜欢的事情，嫁给自己喜欢的人，文扬也好，其他人也罢，只要你幸福快乐就成。"

梁舒强颜欢笑道："爸，经营梁记，就是我喜欢的事情。对于文扬，我也是想再慎重观察一段时间，毕竟是一辈子的事情。"

梁舒劝爸爸不要多想，梁鼎文则觉得自己之前太自私了，没有为女儿的幸福考虑，他起身蹒跚地走进房间，随手关上房门。那一刻，门外的梁舒眼泪如决堤般涌出，门内的梁鼎文亦是老泪纵横。

晨曦徐徐拉开了帷幕，小鸟在清晨的枝头叫得清脆婉转。三湾斜街上的店铺像往日一样，陆续开张营业。梁舒正在梁记柜台前忙碌，梁鼎文给她端来熬好的汤。

这时，文扬兴冲冲地进门，告诉大家融资成功了。香港上市公司"荣辉食品"看好梁记百年老字号的美誉度，同意投资，进军澳门的美食手信市场。梁舒一再确认，确定这是事实后，一时间兴奋得不知所措。梁鼎文却坐着半天没吱声，他平静的外表下，内心翻腾起惊涛骇浪。片刻，他才缓过神来，起身上楼，在梁恒牌位前郑重地上香。

梁鼎武进门听到这个消息，高兴地跑到梁记门口嘚瑟，冲着魏记的方向嚷嚷："还想挤垮我们？也不撒泡尿照照自己有几斤几两，梁记百年老字号可不是浪得虚名的！"

郑大冠听见梁鼎武嚷嚷，急忙跑出来询问，害怕他再闯祸，梁鼎武直奔皇冠小馆而去，边走边叫道："大冠，把你藏着掖着的那些好酒都拿出来！"

第二十八章

难得放松下来的梁舒与文扬在黑沙海滩上散步，商议融资的事情。文扬说，下个月，第八届 APEC 旅游部长会议要在澳门举行，梁记美食手信也是澳门知名的旅游产品，与荣辉食品的签约仪式可以选在会议期间，既有意义，又能有良好的宣传效果。梁舒双手赞同，感谢文扬的付出。

“梁舒，我做这些，并不是为了听你说感谢的话。我只是想证明，你跟我在一起，从来就不需要牺牲什么、放弃什么，当你遇到困难的时候，也不需要再一个人硬扛，还有我跟你一起并肩面对。感情和事业从来不是对立的，只要找到一个中间点，就可以平衡。”

说完，文扬便捡起一根树枝，在沙滩上画了一朵玫瑰花送给她。梁舒低头看着那朵花，不语。

“别再推开我了，好吗？”

“对不起。”

“梁舒……”

“从我们相识到现在，画的、折的、真的、假的，你一共送了我 19 朵玫瑰。”

“对，19 朵。原来你都记得。”

“我怎么会不记得。每一朵都刻在了我的心上。”

“那你知道我为什么要再画一朵，凑成 19 朵玫瑰？ 19，可以分解成 11+5+2+1，它的花语就变成了——一生一世只爱你一人。”

“对不起，文扬，我一直在欺骗你，我曾经以为自己很坚强，以为放手就能解脱，以为离开也能过得很好。可是，我却发觉自己早就把魂儿丢在你那里了，找不回来了，没有你的日子，不是生活，只能算活着。”

“我又何尝不是这样。”

“但经历过这些事情后，我明白了，一切没我想得那么艰难，办法永远比问题多。梁记以后会开很多分店，就算没有你，我也不可能一直都守在三湾斜街。虽然你会跟着施工项目离开澳门去其他地方，那我就把梁记的分店开到那里。以前我担忧的那些问题，现在已经不再惧怕了。”

“这就是成长啊。做你没做过的事情，做你不敢做的事情。”

梁舒仿佛一下子想明白了，她想把那个勇敢的、只会向前冲的自己找回来，再给自己一次机会，牢牢地抓住幸福。文扬激动地将她拥入怀中。阳光下，远处的风景美轮美奂，近处的两人幸福洋溢。

时间飞逝，经过紧锣密鼓的准备，梁记饼家与荣辉食品的签约仪式如期举行。梁家人、文扬、韩雅琪、郑大冠、投资方、记者都坐在台下的座位上；宋晓雯是主持人，站在舞台中央；宴会厅的大屏幕上，显示着几个醒目的大字：香港荣辉食品与澳门梁记饼家战略合作签约仪式。

伴随着台下嘉宾的掌声，荣辉集团董事长荣嘉良西装革履地走上台，进行了一番激情洋溢的致辞。致辞完毕，主持人宋晓雯请梁记饼家的传承人梁鼎文先生上台。掌声再次热烈响起，梁鼎文迈步踏上台阶，先与荣嘉良握手，双方随即坐在签字桌前。梁舒和荣嘉良的秘书分别站在梁鼎文和荣嘉良的后侧，将合约文件和签字笔递给两人。

台下响起热烈的掌声，韩雅琪看着台上西装笔挺、周正体面的梁鼎文，眼眶不禁红了。然而，梁鼎文沉思良久，迟迟没落笔。梁舒在侧面小声提醒在哪里签，梁鼎文反而放下笔，突然站起，浑厚的嗓音响起：“我还有话要说。”

所有人都怔住了，面面相觑，掌声随即消失，现场鸦雀无声。董事长荣嘉良不动声色地放下笔，看向梁鼎文。梁鼎文看着台下的人，缓缓说道：“荣先生，我还有三个条件，必须加到合约中。”

台下顿时骚动起来，大家窃窃私语，表情或质疑或不解。临时追加条件，这可是大忌。董事长荣嘉良面对媒体的镜头，得体地保持微笑，示意梁鼎文说出来。

梁鼎文平复了一下情绪，坚定地继续说道：“第一，梁记的点心必须是梁记自己把关做出来的，荣辉生产的其他食品不得挂梁记的牌子；第二，食材原料必须由梁记亲自采购，确保是最好的，集团不得为节约成本，统一采购后再划拨给我们；橘生淮南则为橘，生于淮北则为枳，叶徒相似，其实味不同，所以，最后一点，无论何时，梁记的生产基地都不能离开澳门。”

说完这三点，梁鼎文长出一口气，眼神坚定地望着荣嘉良。现场所有人的目光也都纷纷看向荣嘉良。梁舒看着荣嘉良阴晴不定的表情，正要解释，只见他摆手制止了她的话头，随即站起来说道：“我接受！”

梁鼎文完全没想到荣嘉良会如此爽快地答应。荣嘉良目光真诚地看向梁鼎文，说道：“香港荣辉集团投资梁记，就是看好梁记始终如一的百年口碑。百年好口碑靠什么？靠的就是传承人的守护。今天，我感受到了您守护梁记的信心和决心。梁记有您，是梁记之幸！荣辉和梁记合作，是荣辉之幸！我宣布，股份条件一切不变，再追加投资的10%，将梁记品牌打造成代表澳门形象、传递澳门精神的美食代表！”

梁鼎文激动地向荣嘉良伸出手，两人的手紧紧相握。众人都转惊为喜，报以热烈鼓掌。

随即，一阵锣鼓声响起，梁家栋和小七、小九身穿戏服，上台表演南狮起舞。身穿舞狮引领服的梁鼎武大喊：“吉时已到，采青开始——”

梁家栋和小七、小九表演采青，他们把南狮舞得时而憨态可掬，时而虎虎生风，在代表“青”的一把生菜前，来回舞数回，表现犹豫，然后一跃而起，把生菜一口“吃”入嘴内。

梁鼎武高喊：“生菜生财——”

南狮把生菜吐出来，抛给梁鼎文和荣嘉良，两人喜笑颜开地接住。

梁鼎武高喊：“接福、接财——”

签约仪式结束后，一切收拾妥当，梁鼎文和梁舒去医院探望廖阿婆。此时的廖阿婆已经苏醒，正半倚在医院的病床上，儿媳妇从旁照顾。梁鼎文和梁舒大步走进病房，关心地问候阿婆的身体。

儿媳妇已经把阿发的事情对廖阿婆讲了，阿婆跟梁鼎文道歉，把涨房租的始末讲了出来。原来，阿婆见阿发工作也不容易，自己腿脚不利索，便同意他做代理，却没想到他干出这种坏良心的事。梁鼎文握住阿婆的手，表示都理解。

阿婆说：“阿文，这次房租阿婆给你签个十年的长约，房租还是老价钱、老规矩。”说完，她转头面向儿媳妇，提醒她记下来，儿媳妇连忙答应。

阿婆说：“不过这次该涨的就不涨了。”

梁鼎文说：“阿婆，那怎么行，说好的三年一涨，虽然没有写在合同上，但跟阿婆早说好的，这次的房租该涨的。”

梁鼎文坚持，阿婆只好答应。梁鼎文也长舒一口气。

了却了几件心事，父女俩回到三湾斜街，顿觉阳光灿烂，心情大好，步调也似乎轻快起来。梁鼎文突然停住脚步，站在街头，看着熙熙攘攘的人群，又仰头看着艳阳高照的天空。

梁舒说：“爸爸，我真爱我们这条街，还有这条街上的一草一木、每个人、每家店铺。”

梁鼎文淡淡一笑道：“这里是我们的家啊。”

微亮的晨光，透过梁记的窗户，照进房间。房间内只开了一盏角灯，安详静谧。梁鼎文照例烤制第一炉饼，他将饼放入烤箱，调好时间，听着时钟嘀嗒嘀嗒的声音。他转身走到窗前，推开窗户，仰头看着晨光一点一点地亮起来。此刻，晨曦倾洒，朝霞满天。

梁记饼家的大门被梁鼎文从里面推开，此时的梁鼎文，穿着一身雪白的工作服，端着装满杏仁饼的竹筐，走出店门分发。早已等候在门口的记者们一拥而上，拍照采访。

梁鼎文对记者们说：“梁记每天的第一炉饼永远免费送给客人品尝，这是梁记几十年不变的老规矩。”

记者问：“梁先生，请问梁记饼家相继在十月初五街和营地大街开设分店之后，目前有计划到内地开设分店吗？”

梁鼎文并未回答，而是含笑递给记者一块杏仁饼，让他去问梁舒总经理。随后，梁鼎文将杏仁饼免费送给每个路过梁记饼店的人。

众人纷纷竖起大拇指，而屋内，梁舒正指着墙上的老照片，如数家珍地向记者们介绍梁记的前世今生：“1884 年，梁家先祖从福建一路南下，挑着担子，沿街叫卖杏仁饼，最后选择在澳门扎下根。从此，梁家几代人秉承‘有信，有心，有信心’的理念，为做好每一块杏仁饼殚精竭虑，从选料到制作，每一道工序，层层严格把关、一丝不苟……”

记者们纷纷点头，称赞梁记是百年品牌，果然实至名归，担当得起“澳门良心”这个称谓。

梁记一切都上了正轨，游客在门口排起了长队。阿彩手里端着一杯杯带冰块的酸梅汤，为排队的游客免费分发。而梁鼎文则专事做饼教学，招收了两名学徒，对他们严格培训。

这天，梁鼎文正手把手教授两名学徒做杏仁饼。宋晓雯跟在他身后，拿着一个手持摄像机，事无巨细地跟拍。梁鼎文不明就里，宋晓雯一脸神秘地笑说有惊喜，梁鼎文不置可否地笑笑。

到了晚上，梁记柜台上空空如也，梁鼎文正准备打烊，阮贵笑着进来跟他打招呼。梁鼎文忙起身迎接。原来，阮贵马上要退伍了，离开澳门之前，想带几盒杏仁饼回家，也正好看望一下梁鼎文。他喜欢澳门，喜欢杏仁饼，承诺之后还会回澳门。

梁鼎文笑着应允，把两盒杏仁饼塞进他怀中，让他以后常联系。阮贵满口答应，梁鼎文含笑目送他走远，便关灯、关门，步伐轻快地走向对面的皇冠小馆。

梁鼎文走进皇冠小馆，梁家人、宋晓雯、梁潇一家都在此相聚，郑大冠和韩雅琪准备了一桌好菜，一派热闹欢快的气氛。宋晓雯张罗大家赶紧坐下，说马上就要开始了。梁鼎文被蒙在鼓里，梁舒笑着打开电视，只见电视中开始播放梁记的形象宣传片——梁鼎文在操作间中严格地教授学徒烤饼。主播的声音传出来：第十四届澳门美食节开幕当天，记者走访了被誉为“梁心手信，澳门厚礼”的梁记饼家……

这就是宋晓雯送给梁鼎文的惊喜。梁鼎文怔住，目不转睛地看着电视屏幕，他看见自己做饼的样子和下一幕——梁家人站在梁记饼家店门前，齐聚高喊：**“有信，有心，我们有信心！”**激动得眼眶湿润。

接下来，电视屏幕上，宋晓雯正在三湾斜街上随机采访路人。她将话筒递给并肩而站的两位时尚的澳门年轻人，问道：“请问你们对澳门的旅游业有信心吗？”

两位澳门年轻人面对镜头，齐声高喊：“有信，有心，我们有信心！”

宋晓雯采访澳门居民一家三口：“请问你们对澳门未来有信心吗？”

一家三口齐声高喊："有信，有心，我们有信心！"

这声口号把电视机前的梁家人喊得热泪盈眶。电视屏幕中继续播放着——澳门标志性景观依次展现，分别是中文配音和葡文配音"有信有心，澳门有信心"。

宋晓雯说："梁伯，你现在可是我们澳门的大明星了。"

梁潇含笑说："还有梁记家训——有信，有心，有信心，也已经成为澳门新的流行语，挤进了搜索排行榜前三位。大家都用这句话激励自己，也表达了对澳门的信念和期待。"

大家纷纷感慨梁记这回是真的火了，这可是三湾斜街的骄傲啊。梁鼎文激动得说不出话来。这时，柜台的电话响起，是郑大冠的妻子阿静打来的，她在网上看见了梁记的宣传片和报道，看梁记一个小铺面都能融资做大，她决定和孩子回澳门，把皇冠小馆做大做强。郑大冠要移民的事情终于有了结果，不用离开生他养他的地方了。众人都替郑大冠高兴，梁鼎文感慨地将杯中酒一饮而尽。

在众人的欢声笑语中，梁舒认真地对梁鼎文说："爸，你对品质的坚守，是对的。时代虽然变了，但人们喜欢好东西的心没有变，只要梁记的品质保持不变，就会有越来越多的人喜欢，梁记就会越来越好。"

梁鼎文端起酒杯，与女儿碰了碰酒杯，父女二人会心一笑。

转眼间，时间走到了 2017 年。

这一年，梁鼎文 57 岁，他照例早起，在祖宗牌位前虔诚地上香，然后一丝不苟地手工烤制第一炉饼。梁记又变了样子，原来靠窗的卡座区域被更换成带有透明玻璃的手工制作展示区域。梁鼎文站在那里忙碌，渐渐亮起来的晨光透过玻璃洒在他身上，给他涂了一层淡淡的金色，画面温暖祥和。

越来越多的顾客站在落地玻璃窗前，欣赏着梁鼎文行云流水般的做饼手艺，等待着他的第一炉饼。有的人对着玻璃窗自拍，有的对着录视频，有的做直播。第一炉杏仁饼新鲜出锅，梁鼎文照例免费分发给大家。

文扬和梁舒的恋爱越来甜蜜，早上，他们穿着情侣装各自从家出发，按照手机上的地图路线来跑步，相约在东望洋灯塔不见不散。两人迎着朝阳，大步向前跑去。一路上，梁舒跑过香火鼎盛的妈祖庙、高耸的澳门塔，文扬经过了大三巴、中式风格的唐宫、奇幻的火山、欧洲古典宫廷风格的渔人码头酒店……

徐徐升起的太阳，给东望洋灯塔涂上了一层橙红，文扬和梁舒从不同的方向跑来会合，两人喘息着相视而笑。半晌，缓过劲来，两人将手机并排放在一起。原来，每人奔跑的路线是半个桃心，拼在一起便是一个完整的爱心。而两人轨迹的公里数加起来，正好是 13.14 公里。

随后，两人分别将"跑步的轨迹图"和"灯塔下的甜蜜合影"发到朋友圈。配文是：

澳门，见证了我们爱的历程，这段路是 13.14。

梁家每周末举行一次家庭早茶聚会，地点在梁记或者皇冠小馆。这天，梁鼎文三兄妹早早地来到皇冠小馆，孩子们却姗姗来迟。郑大冠和韩雅琪陪他们聊天，几人正感慨时间的流逝，梁家栋兴冲冲地跑进来，告诉大家艾拉怀孕了。一家人笑开颜，梁鼎文高兴得合不拢嘴。梁家要有下一代了！

韩雅琪在一旁笑着撇嘴，梁鼎文便问起小帅他们什么时候要宝宝。韩雅琪也想抱孙子，但陈小帅刚转为旅游警察，每日繁忙，宋晓雯又当了主持人，说是事业的上升期，打算过两年再要宝宝。

刚聊到宋晓雯，宋曼琴就急三火四地走进了小馆，跟大家仓促打完招呼后，就神神秘秘地把韩雅琪拉到一边说话。原来，宋曼琴是来“催生”的，她想让韩雅琪做做小帅的思想工作，小两口赶紧要个孩子。

于是，两人约定，分别给孩子们做思想工作。末了，宋曼琴支支吾吾地问第一个宝宝能不能姓苏，韩雅琪手中的动作一顿，抬头看了她一眼。

宋曼琴急忙解释：“没别的意思，就是苏林着急苏家后继无人，他也是想给他过世的老爸一个交代，我们没有儿子，雯雯又跟了我姓，这一直是苏林的遗憾。”

韩雅琪说：“我明白，可小帅他那早死的爸爸也在天上盼着孙子呢。”

宋曼琴叹息一声，难掩失落。韩雅琪心里也像是糊上了什么东西，有几分膈应。两人回到了正在聊天的梁家人中间，有意回避着对方的目光。

梁家的早茶聚餐仍在继续。梁舒跑完步之后，便来到了皇冠小馆，文扬要去谈项目，所以没有跟着一起来。梁家人到齐之后，郑大冠端上了压轴的蟹黄粥，一家人围坐在桌前，边聊边吃。

梁舒向大家介绍梁记的经营情况，梁记已开通了网店，近一周梁记网上的销售量增长很快，主要是内地网购的年轻客户快速增加。公司这个月正在筹备大湾特区城市分店。面对下一步的发展，梁舒提出一个新设想，就是在分店建食材种植基地。她想征求一下家人的意见。

大家认真听着，梁鼎文示意梁舒继续讲下去。

梁舒接着说：“这个设想得到了相关政府部门的认可，能享受不少优惠政策，我觉得是个拓展产业链的机会。而且，现在人们对食材的安全性要求越来越高，我们建立食材种植基地，按照绿色有机食品的标准种植绿豆、杏树和果蔬，一方面保证了梁记食材来源的安全可靠，另一方面，还可以把种植基地建设成绿色旅游农庄，让客户通过度假休闲的方式，实地参观食材种植园，提升梁记的信誉度和美誉度，同时还能实现部分现金流。我调查了，目前澳门高端绿色蔬菜缺口不小，梁记农庄种植的绿色有机蔬菜，也是很有市场的。我已经征询了跟我们有合作的几家五星级酒店，他们都表示如果价格合适、蔬菜品质好，他们愿意与我们长期合作。”

梁鼎文看向梁潇，问：“你觉得舒儿的想法怎么样？”

梁潇说：“这是个好事。中央政府在大湾区建设和深化粤港澳合作方面，出台了很多利好政策，这是中央政府给澳门发展提供的红利，梁记应该抓住这个机遇。”

梁鼎文说：“我是担心在中山种菜，运到澳门，菜就不新鲜了，绿色蔬菜要的就是一个‘鲜’字。”

梁潇说：“大哥，港珠澳大桥明年就通车了，到时候，珠港澳三地直接车来车往，两小时车程就能直达。”

随后，梁潇向大家详细介绍港珠澳大桥：大桥全长55公里，连接着澳门、香港和珠海，超过200多家公司企业、2万多名施工人员参加了工程建设，其中，科研人员就有千余人，研发出400多项专利发明，它体现了中国速度、中国质量、中国科技，是中国制造的世界奇迹。

梁鼎文听完，难掩激动，承诺等港珠澳大桥通车之后，包车带所有街坊环游大桥。众人笑着表示支持。

梁记饼家稳步发展，大澳集团却迎来了前所未有的危机。由于在欧洲的主营业务投资失败，大澳集团资金链出现断裂，旗下项目如多米诺骨牌坍塌，在建项目纷纷停工，董事长苏林更因拖欠工程款而被起诉。

几十号人堵在大澳集团大楼门前，拉出横幅——“大澳拖欠工程款，苏林欠债还钱”。领头者头上绑着白布条，上面写着大大的黑字“还钱”，领头者带头喊口号：“大澳无赖，欠钱不还；苏林出来，立刻还钱……”身后的债主们纷纷跟着大喊。

这一闹，大澳集团人心惶惶。苏林神色憔悴地坐在办公室里，看着电脑上连续几个跌停板的公司股票，犹如困兽。他给平时私交甚好的张老板、林老板们打电话求援，对方都以各种理由拒绝了。有的老板提出收购，被苏林一口拒绝，他大骂对方是奸商，这种时候还落井下石、乘人之危。

大澳集团的事情很快上了新闻报道，债主们面对镜头，齐声高呼“苏林还钱”，警察努力维持秩序，现场记者介绍情况道：“……愤怒的债主们联合起来，围堵在大澳集团多日，要求董事长苏林结清欠款。业内人士分析，鉴于大澳集团目前的股价已经跌破发行价，旗下资产今天也被银行冻结查封，如果没有资金进入救市，大澳集团将面临破产的危险。”

电视机前的梁鼎文看到新闻，眉头微蹙着说：“没想到事态会这么严重。”

梁鼎武感叹道：“什么叫三十年河东三十年河西。”

梁舒担忧地站起来说：“爸，我不放心妈妈和雯雯，我去看看。”

梁鼎文点点头说：“阿武，你陪着舒儿一起，不行就把他们先带回三湾斜街。记住千万别跟那些讨债的人起冲突。”

梁舒和梁鼎武去了苏家，才知道苏家人住的地方都被查封了，苏林一家正站在苏家豪宅门口，茫然地看着警察往大门上贴封条。梁舒把苏家人带回了三湾斜街。夜色沉沉，四周灯火通明的高楼，像是要倾倒下来一般。一路上，几个人无声地走着，黑夜把宋晓雯和宋曼琴的抽泣声衬得格外明显。

他们来到了皇冠小馆，苏林颓废地坐在沙发上，宋晓雯靠在陈小帅的怀中抹眼泪，梁舒挽着宋曼琴的胳臂低声安抚，梁鼎文亲自给大家添倒凉茶，安抚大家平安就好。

梁鼎文让家栋和艾拉搬回梁记住，腾出的地方先让宋曼琴和苏林暂住。韩雅琪则叫宋晓雯和小帅也搬回皇冠小馆住。梁家栋满口答应，梁鼎武颇有微词，但碍于大哥的威严和宋曼琴的面子，也没提出什么异议。

不一会儿，文扬和梁潇也赶来了，郑大冠为大家准备了云吞面，大家一人一碗，边吃边商量对策。

梁潇说："明天一早我就跟澳门中联办沟通一下情况，帮大澳对接内地的投资机构。"

文扬说："我也问问合作过的内地建筑公司，如果能找到愿意垫资接盘的，那停工的项目就能盘活了。"

苏林心下感动，半晌不说话，末了才郑重地道了声"感谢"。

梁潇劝慰道："苏董，大澳集团是澳门规模和口碑都不错的本土企业，特区政府有责任、有义务帮助企业渡过难关。"

苏林感叹道："你们梁家是仁义的。"

梁潇、文扬和苏林连夜商量融资方案，梁舒开车先送宋曼琴回去休息，临走之前，韩雅琪对宋曼琴说："往后一日三餐来这里吃，如果雯雯爸不方便出门，就给他打包回去。"

梁鼎文则拎着两盒杏仁饼递给宋曼琴，说："我跟舒儿嘱咐了，给大澳旗下酒店的杏仁饼，一律不催要货款。杏仁饼带回去让苏林吃，能心想事成。"

宋曼琴接过杏仁饼，泪眼婆娑地望向梁鼎文说："文哥，你不是一直很恨苏林吗，为什么还这么帮他？"

梁鼎文说："谁说我现在就不恨他了？只不过落井下石、乘人之危的事，我梁家做不出来。"

韩雅琪说："你也跟亲家公说，小帅和雯雯的第一个孩子可以姓苏，以后，不管小帅和雯雯生几个，都一半姓苏，一半姓陈。"

一直压抑很久的宋曼琴此时激动得泪水止不住地流，韩雅琪也跟着眼圈微微泛红，轻抚她的后背安慰。梁鼎文看着这一幕，默不作声地转过头去。

在梁潇和文扬的帮助下，经中联办牵头，不少内地投资考察团来到大澳集团。文扬、苏林和 Amy 陪着投资商代表团考察停工的地产项目。经过多次商谈，内地五家投资机构联合注资，使濒临破产的澳门本土企业大澳集团起死回生。受利好消息的影响，今日一开盘，大澳的股票就一路疯长，被银行查封的资产也被解封了。

电视上在报道关于大澳集团的新闻，屏幕上，苏林恢复了往日的神采，面带微笑，与投资商代表握手，随后两人交换了合约书。媒体记者纷纷抓住瞬间，猛按快门键。

记者采访内地投资人代表向前，问道："向先生，请问您为什么会选择投资一个濒临破产的澳门企业？"

向先生意气风发地回答说："因为我们看好时代、看好澳门、看好大澳。"

记者采访苏林说："苏林先生，请问您此时此刻想说点什么？"

苏林满怀感激之情地说："感谢中央政府在大澳危难之际伸出援手，协调内地投资机构。感谢这次投资大澳的内地合作伙伴，雪中送炭的这份情谊，我终身牢记。"

电视机前的梁鼎文平静地看完新闻，转身下楼去忙碌。

喧闹的三湾斜街，吆喝买卖的伙计、匆匆回家的街坊、往来闲逛的游客，一片烟火气息。宋曼琴挎着苏林的胳膊走来，轻松而熟稔地跟街坊打着招呼。苏林望着不远处苏家会馆的轮廓，若有所思。最近的经历，让他对以前的很多事情有了不同的看法。他对宋曼琴说："我一直以为，三十年前梁家需要钱救急的时候，是苏家出高价买下了梁家大屋，是苏家帮梁家渡过了难关，他梁鼎文不但不感谢，还记恨苏家，是他不知好歹。可是，现在想来，是苏家不厚道呀，梁家有难的时候，苏家不仅没有帮一把，反而乘人之危，抢了梁家的祖宅。这跟前些日子要趁机吞了大澳的老板又有什么两样？"

宋曼琴深有感触地说："你能这么想，真好。苏家和梁家之间的恩怨应该有个了结。"

苏林渐渐停住了脚步，宋曼琴侧头看向他，静静等待着他的决定。忽然，苏林握紧宋曼琴的手，转身朝着梁记饼家的方向走去。

梁记饼家内，阿彩正招呼一位顾客，闲不住的梁鼎文在归拢着柜台上的装饰摆件。这时，苏林和宋曼琴走进来，梁鼎文淡定地打招呼。苏林说要跟他谈谈，梁鼎文平静地带苏林和宋曼琴去了后院。

落日的余晖洒在后院的每一个物件上，梁鼎文、苏林和宋曼琴坐在石桌前，桌上摆着杏仁饼和一壶茶。苏林品着杏仁饼，不语；梁鼎文也喝着工夫茶，一言不发。宋曼琴不确定地看着两个男人。

苏林吃掉一块杏仁饼，擦了擦嘴角的残渣，向梁鼎文道歉，直言自己以前对他做过太多的错事。梁鼎文抬头深深地看了苏林一眼，只听苏林接着说："我苏家对你们梁家有愧，一是当年不该乘人之危买了梁家大屋，二是不该将孩子的妈妈带走。只怪我意识到错的时候，已经太晚了。现如今，孩子的妈妈我是不会还的，但梁家大屋我可以归还梁家。"

说完，苏林拿出梁家大屋的房契，郑重地放到了梁鼎文的面前。梁鼎文怔住，目光贪恋着那三十年未曾看过的梁家大屋房契，眼睛微微泛酸。片刻，他稳了稳自己的情绪，将房契推回给苏林。苏林和宋曼琴都不解地看向他。

宋曼琴诧异地问："你不是一辈子都想着要回梁家大屋吗？"

苏林恍然大悟，明白梁鼎文的心思，说道："我不是白给，我跟你交换，可以吗？"

梁鼎文问："交换什么？"

苏林说："你亲手做的第一炉饼。"

苏林和宋曼琴本以为梁鼎文会答应，谁料他却依然不动声色地摇了摇头，沉思片刻，说："当年是你苏家买的梁家大屋，我梁家现在没理由白要回来，占便宜的事，梁家从来不干。"

苏林说："你梁家原价收回。"

梁鼎文犯轴，还是摇头。宋曼琴急了，不知他葫芦里卖的什么药。苏林拉了拉宋曼琴的袖子，说让他再想想。这时，梁鼎武突然蹿进后院，急匆匆地让大哥赶紧收回梁家大屋。

梁鼎文不紧不慢地说："是你们糊涂了。现在的房价和当年的房价一样吗？小妹这次帮苏家渡过大难，那是她作为一个政府公务员应尽的本分。现在我要是收了梁记大屋，小妹就有受贿的嫌疑，梁家可不能为了圆自己的心愿，给小妹脸上抹黑。"

宋曼琴说："舒儿和文扬也帮了大忙的。"

梁鼎文对宋曼琴说："他们帮苏家，也是为了阿琴你、雯雯和小帅，如果梁家现在要回大屋，他们这份纯粹的亲情也就被抹黑了。不过……"顿了顿，他看向苏林，接着说："你能通过这次劫难认识到苏家当年错了，我这心里也就不堵了。"

苏林沉默片刻，随后态度坚决地说："阿文，你说的我都懂。不过，就算你现在不要大屋，大屋我也是不能留的。来之前我就已经跟律师约了时间，既然不能过户到你的名下，那我就直接把大屋过户到家栋名下。"

梁鼎文哑口无言，一时不知说什么才好。苏林接着说："家栋是我的继子，我送自己儿子一栋房子，谁也挑不出毛病。"

宋曼琴冲着梁鼎文笑道："对，那是给我儿子的，跟你没关系，你别想多了。"

苏林端起茶杯呷了一口，冲宋曼琴显摆道："想跟我较劲，他什么时候赢过。"

一旁的梁鼎武看着苏林咧嘴笑着说："突然觉得你这奸商也有可爱的一面。"

梁鼎文瞪了他一眼，梁鼎武急忙收住笑容。随即，梁鼎文叹了口气，心中五味杂陈。

第二十九章

寂静的深夜，书桌上，一盏台灯洒下的扇形光，照在摊开的一本老相册上。

戴着老花镜的梁鼎文坐在桌前，翻看着一页页泛黄的照片。他粗糙的手指，轻轻划过照片，最后停落在三十年前梁家人在梁家大屋门前的合影上。那是1987年。照片上，梁恒搂着小梁舒，梁鼎文和宋曼琴抱着襁褓中的家栋，梁鼎武和梁潇分站两侧。梁鼎文扶了扶老花镜，深深地看着照片中每一张脸孔，嘴角微微上扬，眼中却泛着泪光。

苏林把梁家大屋归还之后的第十天，梁鼎文带着梁家人故地重游。他站在门前，难以置信地看着恢复原貌的梁家大屋，红灯笼，雕花窗，古色古香，别具韵味，牌匾上，是苍劲有力的两个大字：梁宅。

郭富成是古建筑修复专家，他和梁潇几个人背着梁鼎文修复了大屋，一切按照大屋原先的构制。这显然给了梁鼎文很大的惊喜，他近乡情怯，久久迈不开进门的脚步。大家对了个眼色，梁鼎武和梁潇便架着他的胳膊，梁舒和梁家栋后面推着，嬉笑之间，梁鼎文才算进了大院。

梁鼎文恍惚地走进古朴的中式中堂，其他人紧随其后。正中仍是檀木桌椅，墙上大幅山水画屏，中堂对联，上联“栽竹尽成双凤尾”，下联“种松皆作老龙鳞”，横批“先人居中”。梁鼎文环顾四周，目光贪恋着每一处细节。其他人或好奇或感慨地在大屋内游走。

梁鼎文耳边突然出现一个声音在喊他，他猛然出神，是父亲梁恒的声音。恍惚中，他仿佛看见两鬓斑白的梁恒在檀木椅上安坐，蔼然慈祥，摸出烟斗装烟丝，火柴点燃，悠然地喷出一口烟雾。

梁恒说：“二月上戊祭社，烧大彩爆竹，都去看神功戏了，你不去？”

梁鼎文的眼睛霎时红了，喃喃自语：“不急，烤完杏仁饼再说。”

梁恒说：“阿武不成器，潇儿忙学业，梁家就苦你一人了。”

梁鼎文眼含热泪地说：“不苦，只要我们一家人都好好的。”

梁鼎文擦拭眼角泪痕，待他抬头再次看向檀木椅时，椅子空空，已没了梁老爷子的身影，他怔怔地站在原地。梁舒关切地问询爸爸怎么了，他摆了摆手，带大家去别的房间。

梁鼎文的卧室里，家具陈设跟三十年前一样，他伫立在房间，一幕幕往事在脑海中回荡，众人都看到他的情绪起伏，便尽可能让气氛轻松活跃起来。

随后，梁家人一起去了梁家祠堂，梁鼎文在祖宗牌位前栽香，梁舒从旁把香火点燃。静神之间，梁鼎文仿佛看见父亲梁恒在祖宗牌位前栽香的情景。

他郑重地跪在祖宗神牌前，梁舒、梁鼎武、梁潇和梁家栋依次跪在他的身后。梁鼎文恭敬地念道："祖宗先人在上，梁氏第七十九代孙梁鼎文携弟、妹、子女叩拜。我梁氏一脉……"

梁恒的声音仿佛从远方传来，越过三十年的岁月，亦真亦幻："从福建莆田到澳门立足，历五代，近百年，祖先以巡抚副使之尊协助正堂执掌澳门政务，德行人品曾为时人称道。百年来……"

梁鼎文说着："百年来，梁家大屋诗礼传家，后继先人虽然再无做官的，可梁记饼家以杏仁饼酬谢乡邻，诚信和良心为念……"

梁恒的声音仿佛又响起："赢得了生存之根基、繁衍我梁氏子孙之业路……"

梁鼎文接着说："梁家大屋历经风雨变故，三十年后终失而复得，未至衰败。二弟鼎武修身养性，重情重义；小妹潇儿温婉贤淑，尽职尽责；长女舒儿，秀外慧中，守业有成，秉承了梁记的祖望；儿子家栋，潜心练武，光耀了梁家的门楣，也即将为梁家开枝散叶。他们没有辜负祖宗'有信，有心，有信心'的家训，特告慰祖宗在天之灵，保佑阖家安康，福运绵长。"

梁鼎文的身后，每个人的神色都庄严而矜重。梁鼎文含泪叩首，其他人跟在后面磕了三个头。梁鼎文起身，面色坚毅，其他人随即跟着起身。

这时，隐隐传来闽南丝竹小调儿，梁鼎文一怔，不解地看向其他人。梁舒等人只是笑着让开一条路，梁鼎文寻着曲调声音，走出了祠堂。

梁鼎文大步走进天井，只见露天摆了八桌酒宴，所有的人都到齐了。韩雅琪和宋曼琴带着宋晓雯、艾拉等人上菜；郑大冠和郭富成带着文扬和陈小帅给众街坊倒酒；孩子围着院子嬉笑打闹，其乐融融。戏台上，大戏开锣之前，乐队演奏闽南丝竹小调儿，曲调和畅而喜庆。

郑大冠急忙招呼他坐下，他百感交集、如梦如幻地走来，居中就座。梁鼎武、梁潇、梁舒和梁家栋紧随其后，分别坐下。梁鼎文等上一代的人坐一桌，梁舒等小一辈的人坐在隔壁桌，人齐之后，戏台上结束了小调，正戏开锣。

酒宴开始，坐在主桌的众人举杯，纷纷向梁鼎文道贺。大家感慨着韶华易逝，物是人非。梁鼎武吃着饼，听着戏，却渐渐流出眼泪。众人不解，忙上前安慰，他却一把鼻涕一把泪，哭得说不出话来。一旁的宋曼琴明白梁鼎武内心的痛苦，说道："他这是高兴啊，压在他心头三十年的石头终于没了。"梁鼎武连忙点头，眼泪确实流得无比畅快。

隔壁桌上，坐着梁舒、家栋、宋晓雯等人。梁家栋给艾拉夹了一个虾饺，告诉她这大屋是梁家祖传的，艾拉连连称赞："真东方，有韵味，我喜欢。"一旁的梁舒心不在焉，频频向入口处张望，她在等文扬，按理说这样重要的时刻，文扬是该准时到的，但他跟梁舒说有事要忙，晚会儿来。

突然，热闹的戏曲突然停了，宴席上的众人不明所以，也停止了聊天，纷纷诧异地看向戏台，一时间，天井安静了下来。只见文扬从戏台后面走出，走上了戏台，他身着笔挺的正装，头发梳得一丝不苟，整个人精神焕发。梁舒看着文扬，预感到什么，脸颊渐渐羞红，心怦怦直跳。

文扬深吸一口气，开口说道："此时此刻，我之所以站到这里，是因为我最近遇到了一个很大的难题，而在座的都是梁家的亲朋好友，所以，希望大家能帮我出个主意。大家都知道，我和梁舒从2003年第一次见面算起，已经相识十四年了。这些年，我们一路分分合合、跌跌撞撞才走到了今天。到现在为止，我最大的快乐，是梁舒给的；最大的心安，莫过于她在身边；最大的愿望，就是能时时刻刻看见她。然而，最近，我发现，梁舒又让我体会到最大的恐慌、最大的不满意……"

梁舒望着台上的文扬，一脸深情。那么多记忆跳出来：他们在码头离别，他们在三湾斜街并肩走过，他们走近亚婆井，他们熬夜制定融资方案，他们绕着澳门街道跑步……

文扬接着说："如今，我开始不满意'女朋友'这个称呼了，因为我觉得，女朋友其实也只是一种朋友而已，她可能一转身就离开我了，随时会不要我了，我们之间的关系分分钟就会改变了，这让我越来越恐慌。所以，我想换个更温暖、更牢固的称呼。大家有什么好建议吗？"

大家纷纷高呼："老婆！太太！媳妇！夫人！wife！妻子……内人……娘子……婆姨……亲爱的……老伴……爱人……宝贝儿……心肝儿……拙荆……"

文扬双手合十，感谢大家。随即，他跳下戏台，走到梁舒的面前，从口袋中掏出一个蓝丝绒戒指盒，拿出一枚求婚戒指，深情地看着她说："梁舒，看到了吗？这是所有人对我们的祝福。那可以让我喊你一声'老婆'吗？让我永远陪在你的身边，好吗？"

害羞的梁舒却转头看着爸爸和妈妈。文扬跟着看向他们："梁伯、琴姨，请将梁舒嫁给我吧。"

宋曼琴激动得连声答应，而梁鼎文却绷着脸迟迟不表态。一旁的韩雅琪着急，暗中碰了碰梁鼎文的胳膊，示意他赶紧表态，但梁鼎文仍旧一声不吭，欢乐的气氛一时变得略显尴尬。文扬看着梁鼎文，紧张得冒汗。

梁舒还是心疼文扬，忍不住催促："爸。"

梁鼎文问梁舒："你答应吗？"

梁舒害羞地说："答应。"

梁鼎文这才看向文扬："我女儿的态度，就是我的态度！"

在场的所有人顿时热烈鼓掌，文扬一边小心翼翼地给梁舒戴上了戒指，一边说："梁舒，这戒指是我自己设计的，独一无二，象征你也是我独一无二的伴侣，我会一生一世都对你好的。"梁舒喜极而泣，在众人的祝福下，两人紧紧相拥。

晚上，文扬和梁舒在三湾斜街上散步，甜蜜弥漫在空气里。梁舒说求婚现场时，大脑都蒙了，没听清文扬说的是什么。文扬环顾四周，看着身边时有人来人往，不好意思开口。梁舒收回手，轻轻吹着戴着钻戒的手指道："莫名其妙地戴上了戒指，这根手指有点不适应呢，火辣辣的感觉，怎么办啊，摘掉吗？"

文扬一听，立刻紧紧握住梁舒的手，对着天上的圆月高声宣布："月亮作证，我的爱人是梁舒，我会永远对她好，永远爱她。梁舒，我爱你……"

从他们身边经过的路人窃笑着偷眼看两人。梁舒反而害羞了，想伸手捂住他的嘴，文扬边躲闪边喊得更大声，两人欢乐地打闹起来。

晚上，梁记打烊后，梁鼎文等人围坐喝茶，难得悠闲的时光。梁舒与文扬的婚事提上日程，梁舒对家人说："本来文扬爸妈要马上飞来澳门提亲，可文扬想着爸爸你不是一直想回福建祭祖嘛，所以就邀请我们全家去福建，一是祭祖，二是去他家看看。"

梁鼎文看着墙上的梁家大屋的大幅照片，思索片刻，一锤定音："是时候回去了。"

于是，梁鼎文三兄妹和梁舒一起前往福建，梁家栋留在家照顾怀孕的艾拉。几天后，梁家人和文扬踏上了回乡的路程。东方浮现瑰丽的朝霞，空气中弥漫轻纱似的薄雾。一架飞机钻出云层，从天空徐徐下降，稳稳落地。厦门鼓浪屿、南靖云水谣、永定承启楼、莆田九鲤湖等景观在视线中划过。

一行人朝着莆田的方向而去，莆田是梁家的祖籍，梁恒一辈子都盼望回老家看看，却终是抱憾离世。梁鼎文此次来到祖籍，既是满足自己祭祖的愿望，也是替父亲圆梦。

路上，有民间搭的戏台正在上演《杨家将传奇》，梁家人便站在台下的看客中间看戏。看着原汁原味的莆仙戏，听着绵长悠扬的唱腔，不禁感慨万千。当年父亲就喜欢听莆仙戏，他还专门托人从内地买的录音带，唱腔音韵真是一模一样。

莆田农家院里，梁家莆田族人长者率领族人，等在门前迎接。梁家人从一辆商务车里鱼贯下车，手里提着梁记的手信礼盒。梁鼎文与迎上来的长者紧紧握手，大家簇拥着梁家人进了院落。

长者拿出《梁氏族谱》，小心翼翼地摆在长条案桌上，梁家人围在长者的身边。长者一页一页翻着族谱，手指一顿，指着一个姓名"梁克俭"说："你澳门梁氏一脉，在族谱上只记录到你祖父梁克俭这里，下面就是一片空白了。"

梁鼎文拿起毛笔，颤抖着将父亲梁恒的名字写上族谱，边写边念叨："爸，我现在就把您的名字写上族谱，替您认祖归宗。”一旁的梁潇眼眶湿润，爸爸的遗愿终于实现了，他也能在九泉之下瞑目了。

随后，梁鼎文又将兄妹三人及梁舒、梁家栋的名字恭恭敬敬地续写在族谱上。他放下毛笔，看着族谱，郑重念道：“梁家列祖列宗，澳门梁家一脉今日认祖归宗，不管子孙们身在何处，漂泊多远，我们的根和魂永远都在这里。”

祭祖结束后，梁家人和文扬搭车去福州。文扬是福州人，他的爸妈在庆城路上开了一家茶楼，他父母正在茶楼等着给大家接风洗尘。想到马上要见未来的公婆，梁舒不免有几分紧张，急忙掏出化妆镜理顺头发。文扬看到梁舒在意的样子不禁笑出来，说她是上得了厅堂、下得了厨房，不必紧张，梁舒娇嗔地看了他一眼。

文家茶楼气派庄重，装潢古色古香，跟三湾斜街上的龙凤茶楼有得一比。文家父母把梁家人让进屋，在一个优雅的包间中坐定。

梁鼎文夸奖茶楼气派，文父介绍说：“都是借了改革开放的光呀。20 世纪 80 年代只是个小摊位，后来成了早点铺，再后来慢慢扩大，就成了现在的模样。不过，跟梁记饼家还是不能比的。”

梁鼎文说：“都是从小到大，一点一点做起来的，都不容易。”

梁鼎武将手里的梁记手信礼盒递给文母，文母连声道谢地接过。打开礼盒，文家父母细细品尝着梁记的点心。文父咬完一口，眯着眼睛仔细回味道：“嗯，豆香味道清新悠长，吃着好像闻到了绿豆花的香味。亲家，您的绿豆粉是用当季的绿豆现磨的吧？”

文母说：“杏仁碎，香脆可口，口口都有，用料十足。”

梁鼎文爽朗大笑道：“亲家母、亲家公，都是行家呀！”

文父说：“一块饼见家风。老听文扬说，梁记杏仁饼代表的是梁家良心，果然名不虚传啊。娶妻娶贤，文扬能娶梁家的女儿，是文家有幸呀。”

文母对梁舒摆摆手，梁舒上前坐到文母跟前，文母将文家祖传的翡翠镯子套到她手腕上，梁舒不好拒绝，便大方地道谢，收下了镯子。文母越看梁舒越是喜欢，握着她的手，嘱托他们小两口以后好好过日子，梁舒连连认真地点头。

文家准备了丰盛的饭菜，大圆桌上摆满了几十道福建风味小吃和点心，有小吃土笋冻、扁肉燕、蚵仔煎、七星鱼丸、烧肉粽、太平燕、砺饼、沙茶面、鱼丸，这是福建点心红团、芋子包、千层粿、光饼……梁家人一一品尝，连连称赞好吃。

梁潇指着一个双鲤鱼形状的饼问：“这叫什么？真好看。”

文父回答说：“鲤鱼饼，是福州人的月饼，我们小时候每到中秋节，老辈人都会在我们胸前挂一块，寓意鲤鱼跳龙门，中举高升。”

文母接着说："它还有一种寓意，鲤鱼放生，祈求多子多孙。"

文扬边给梁舒夹菜，边跟大家说："现在福州除了我们文家，已经没有人会做正宗的鲤鱼饼了。"

听到这句话，梁鼎文心旌一动，若有所思。文父又向大家介绍万字糕，以前只有春节供奉灶爷爷、灶奶奶时才能吃到，代表"万事如意，万寿无疆"。大家纷纷品尝，只有梁鼎文看着盘中糕点却不说话。片刻后，梁鼎文对文家父母说："我想把行程延后一天，跟你学鲤鱼饼和万字糕的做法，不知道会不会添麻烦？"

文家父母高兴地答应下来。

饭后，梁鼎文向文父、文母学习制作糕点，文扬则带着梁舒他们去三坊七街闲逛。晚上，众人围坐在文家茶楼的沙发上喝茶，吃着鲤鱼饼和万字糕。

梁鼎文说："这么好吃又有寓意的点心濒临失传，太可惜了。如果亲家允许的话，回澳门后，我想让更多的人品尝到福建的传统美食，到时，鲤鱼饼和万字糕会作为重头，你看如何？"

文父说："把家乡的美食传承推广出去，这是好事呀。"

之后，两家人商量文扬和梁舒的婚期，梁鼎文表示尊重孩子们的意愿。文母建议下个月，大家笑着赞同，梁舒面露羞涩，文扬紧紧握住她的手。

行程结束后，梁家人与文家父母依依惜别。梁鼎文回到澳门的第一件事就是烤制鲤鱼饼，梁舒想在保留传统的基础上，根据澳门人的口味和习惯再做些调整。梁鼎文支持女儿的想法，父女俩合力制作鲤鱼饼。做好之后，梁舒端给文扬品尝，文扬大快朵颐，直夸好吃。梁舒顿时喜笑颜开。

梁舒对还在操作间忙碌的梁鼎文说："爸，文扬的爸妈要给我们买婚房，我觉得暂时不需要，二叔的公屋快下来啦，到时二叔一搬走成家，家里就剩你一个人，我不放心，我们想把婚房安在家里。"

梁鼎文说："你们不用考虑我，我一个人也清静清静。"

文扬笑着解释说："我经常出差、住工地，把梁舒一个人丢在空荡荡的房子里，我也不放心，如果梁舒住在这里，既方便照顾店铺，还能跟您互相做个伴。"

梁鼎文点头答应，他明白两个孩子的一片孝心。看着儿女们都找到各自的幸福，他欣慰地笑了。

梁舒和文扬相约第二天去拍婚纱照，两人商量婚礼的细节。文扬问梁舒心中的完美婚礼是什么样子，梁舒只回答了两个字——有你。两人十指紧扣，沐浴着温暖的阳光。

梁舒说："我想把更多的时间用在蜜月上，我们去杭州西湖、桂林山水、嵩山少林、坝上草原、青岛大海、西安兵马俑……"

文扬说："好，你想去哪儿，我们就去哪儿。"

梁舒幸福地搂紧文扬的胳臂："还要去看庐山的云雾、台湾的日月潭、四川的九寨沟……"

一对幸福的人儿，脸上写满憧憬，甜醉了时光。

海关综合体建设工程工地上，梁潇负责的口岸配套项目被告知不能如期完成，她戴着安全帽大步走来，工程负责人戴总以及几位施工人员陪在左右。

戴总佯装一脸愁容，提出要增加预算才能按期完工。梁潇明白他的意图，与他针锋相对。

"戴总，我现在是要求你按期完工，不是要求你提前完工。你知道的，港珠澳大桥是世界最长的跨海大桥，也是中国建筑史上历程最长、投资最多、施工难度最大的跨海桥梁项目，全世界的眼睛都看着哪。大桥主体工程遇见那么多世界级的难题，施工单位都能克服困难保证工期，我们的口岸配套项目反而拖后腿，岂不成了笑话？！"

"我也不想拖后腿的，可巧妇难为'少'米之炊，难哪！"

"工程建到半截，除非不可抗力，否则，谈不到增加预算。而且你们公司能中标，说明你们是有经验和能力的。当务之急，还有什么措施和手段能保证按期完工？"

"要么增加预，多配置人手，要么延期交工。否则我也没办法。"

"那我们就得按合约来了，你知道违约意味着什么。"

"就算你起诉我违约把我换掉，半路接手的人也不敢保证工期的，反倒会比我拖延的更久，不信你试试看。"

梁潇听完这番话，脸绷紧了。她知晓事情利害，眼前的戴总巴望着政府追加预算，以工期为条件来坐地起价，一旦解决不好，不仅会造成工程延期、失信于民，而且也潜在影响着工程质量。工作这些年以来，她第一次碰到如此棘手的事情，心弦都被拉紧了。

梁潇来到了梁记，她让大哥梁鼎文做了一碗云吞面，不声不响地吃着。梁鼎文看出了她有心事，他了解梁潇，她从小就乖巧懂事，遇到不开心的事情，从来不哭不闹也不给任何人添麻烦，就吃一碗热乎乎的云吞面。

梁潇对大哥讲出自己的难处，梁鼎文虽然不甚了了，但他也明白口岸配套项目不能按期完工就是失了诚信，后果不好。梁潇担忧得眉头紧皱。

在一旁烤制点心的文扬闻声走过来，接话道："这恐怕是戴总有意半路拿桥，坐地起价。在建筑行业，是会有些公司玩这种把戏，但就怕你这次妥协了，后面他会再出其他幺蛾子。"

梁潇说："但中途换将，也是吉凶难料。首先，接盘的人再交接、再熟悉情况，工期可能拖得更长；其次，半路接盘，前期的有些工程质量在交接时无法鉴定，如果后期出了质量问题，责任不清，会出现互相扯皮的可能。最重要的是，恐怕也没人愿意接下这个烫手的山芋。"

文扬点点头："确实都是存在的问题。"

梁鼎文说："小妹，虽然我不懂你们的行业，但我懂做生意的道理，商人当然是为了赚钱，但做生意先做人，诚实守信，不能只贪图利益，不分轻重、不择手段。如果没了商人的良心，恐怕商品质量也堪忧啊。"

梁舒说："姑姑，我爸说得对，两害相较取其轻，在工程质量和如期完工之间要有个选择。"

梁潇沉默了，静静思忖着大家的话语，愁眉不展。旁边的文扬不再言语，却陷入了沉思。文扬连夜回到办公室，他坐在办公椅中，目光炯炯有神地盯着面前的电脑，屏幕上正是海关综合体建设工程工地的照片，桌子上摆满了各种各样的数据和文件。思忖良久，他跟导师谢扬帆联系，说他想接手口岸配套项目。

第二天，宋晓雯陪梁舒去婚纱店试婚纱。梁舒穿着一袭白色的婚纱站在试衣镜前，婚纱完美地展现了梁舒婀娜的身姿，突显她漂亮的肩部线条和精致的蝶形锁骨。宋晓雯上下打量，赞不绝口。

时间一分一秒过去，梁舒站在一排婚纱前，在店员的介绍下，继续挑选婚纱的款式，却久久不见文扬的身影。她收到文扬发来的信息："老婆，公司临时出了点问题，我必须马上去处理，先让雯雯陪你，我尽快赶过去。"梁舒看着手机，一股隐隐的气恼涌上心头。

梁潇紧急召集有名的建筑商们开会，会议室中坐满了各个公司的负责人，气氛却严肃压抑，落针可闻。

梁潇主持会议："时间万分紧急。在座的各位，谁能接盘？如果不能，大家可以给我推荐，只要能保质保量按期完工！"

有人建议找外商，也有人提出相反意见，认为外商的速度未必就快，而且，他们的预算肯定更高，有人则吐槽这就是个不可能完成的任务。大家面面相觑，谁也不敢接这个烫手的山芋，谁也不敢贸然推荐。一时间，会议冷场，梁潇揉了揉因着急而发胀头痛的脑袋。

突然，会议室的门被推开，文扬大步走进来。他在会议桌前站定，目光如炬，语气坚定地说道："江珠集团愿意接下这个项目！"

一句话，让所有人都傻了眼。文扬接着说："我可以代表江珠集团立下军令状，全力以赴，保证保质保量按期完工！"

梁潇看着文扬，长舒一口气。江珠集团在澳门有多项优质工程的业绩，她相信他们可以做好。梁潇知道文扬已经请了婚假，接手这个项目势必会延后婚期，而文扬和梁舒经历这么多年才修成正果，大家尤其是梁舒都对婚礼充满期待。文扬也深感抱歉，打算好好跟梁舒解释一下。

文扬来到梁记，刚要进门，宋晓雯迎面走出来，对他爱搭不理。她替梁舒抱不平，选婚纱这么重要的事情，新郎都没参与。文扬更感愧疚，深吸一口气，来到梁舒身边。

梁舒正闷闷不乐地在厨房忙碌，她把洗干净的青菜放在菜板上，熟练地切成了段。文扬走到厨房的门口便停住了脚步，看着她的身影被阳光镀上了一层金色的光晕，在窗明几净的厨房里，显得格外温馨。他走上前，从身后轻轻环抱住她的腰。梁舒手下一顿，看似平静地让他松开，文扬却不撒手，贪恋着她身上的气息。梁舒还是挣脱开他的双臂，将切好的菜放入锅中。

文扬看出梁舒在生闷气，赶忙道歉。梁舒说自己没事，但语气里浸透着幽怨。饭菜做好后，梁鼎文、梁舒和文扬围坐在桌前吃饭。文扬不时地看向梁舒，想要寻找契机沟通，而梁舒始终闷头吃饭，一语不发。梁鼎文的目光在两个孩子之间打转。文扬在梁舒那里找不到契口，便抬头看向梁鼎文。

文扬支支吾吾地说："梁伯……有件事情想跟您商量……就是我和梁舒……"

梁鼎文平静地说："把婚期推到明年吧。"

文扬怔怔地看着梁鼎文。

梁鼎文说："舒儿的姑姑打电话跟我说了。结婚是个人私事，港珠澳大桥建设是国家大事，时间紧迫又问题重重，个人的事肯定是要为国家的事让路的。要是没你们公司挺身而出，麻烦可就大了。"

文扬的眼睛霎时红了，千言万语，只化为哽咽的一句："对不起。"

梁舒终于抬头，她心中的失意愤怒渐渐消融，她理解，文扬在做一件大事，她看到了他的担当。

自从文扬接手港珠澳大桥项目，为了赶工期，大多数时间都在海关综合体建设工程工地上，日夜赶工。工地上脚手架林立，高高的塔吊吊着预制板在空中缓缓移动。建筑物上，红底白字几个大标题——担"责"不推，担"难"不怯，担"险"不畏；一天当作三天用，敢向时间要工期；只许成功，不许失败。

这天，梁舒拎着蟹黄粥罐子和打包盒，梁家栋抱着满怀的杏仁饼箱子，小七和小九跟在两人后面，抬着一大桶绿豆汤，来到繁忙的工地。

远处的文扬一眼便看到他们，高兴地用力挥手，笑着快步跑来。梁舒笑着迎上前，而梁家栋只见一个晒得黝黑、头戴安全帽、露出一口大白牙的人冲他们笑，却没有认出是文扬，直到文扬一把搂住梁舒，梁家栋才恍然大悟，惊讶地瞪着文扬。

梁家栋说："姐夫，怎么晒成这副德行？我还以为你们请了非洲外籍劳工。"

文扬笑着自我调侃道："恰好证明我不是一个'肤浅'的人。"

梁舒眉头微蹙："我后悔了。"

文扬说："晚了，已经过了退货期限。"

梁舒说：“我是后悔没早点跟你把婚纱照拍了，这照出来黑乎乎的，只能看见一口大白牙。”

梁家栋说：“婚纱照已经不值得一提了，姐，你应该后悔的是没早点跟文扬哥把宝宝生了，这以后就基因突变，成中非混血了。”

文扬说：“不错，以后跟孩子吹牛时，有证据呀。本世纪最伟大的建筑工程之一，你们的老爸老妈都参与了。”

梁舒娇羞一笑，这笑里又带有几分自豪。寒暄之后，梁家栋、小七和小九热情洋溢地给工人们盛绿豆汤、发杏仁饼。

文扬带梁舒来到办公室，梁舒坐在一旁，难掩疲态的文扬大口喝着保温罐里的蟹黄粥。梁舒发现文扬清瘦了许多，双手粗糙，眼睛布满血丝，因上火嘴上起了白色的碎皮，整个人疲惫不堪却强打精神，她忍不住心疼地数落起来。

梁舒说：“别人是三班倒，歇人不歇机，可你又不是机器，三班都跟着，这样下去会累坏的。”

文扬笑着说：“《我的机器人男友》看过吗？恭喜你，你跟剧中女主一样幸运，你的男朋友，完成了一件不可能完成的任务。”

文扬带着团队夜以继日地工作，已经赶上了之前承建单位延误的工期，而且工程质量还实现了标准的上线。梁舒心疼，文扬有意逗她开心，笑着将她抱入怀中。梁家栋他们推门而入，正好撞见这一幕，直言猝不及防吃了一嘴狗粮。文扬正欲站起身，却眼前一黑，栽倒在地上。众人惊慌失措，赶忙把他送去医院。

第三十章

文扬躺在医院病房里，持续昏迷着，梁舒日夜守护在他身边。文扬倒下的那一刻，梁舒才意识到眼前这个男人对自己而言有多重要。幸亏文扬并无大碍，医生诊断是积劳成疾导致的短暂休克，需要留院观察。

医院病房内，一只输液瓶高高地悬挂着，连接着文扬黝黑的手臂，文扬躺在病床上昏睡着，脸颊几乎看不到什么血色。梁舒坐在床边，用湿毛巾轻轻给他擦拭脸颊。桌上放着盛食物的保温盒，梁舒一动未动。

护士走进来查房，给文扬拔了针，摘下了输液瓶。梁舒神情担忧地询问他怎么还没醒来，护士解释说，病人过度疲劳，身体严重透支，昏睡是人体免疫系统自动保护自己的一种表现，如果第二天早上还是不醒，再请医生来看看。

护士走后，梁舒重新坐回到床边，注视着仍然昏沉沉睡着的文扬，紧紧地握着他的手。梁舒难以舒缓心中的不安，随即，边用棉签蘸水，涂抹他的嘴唇，边絮絮叨叨地跟他说话，希望可以"唤醒"他。

"还记得我们第一次见面吗？我从楼上走下来，看到你正认真端详着梁家的祖训，我只觉得眼前一亮，心里冒出的第一个念头就是——怎么会有这么白净利落的男生。我想从那时候我就喜欢你了。可是，再瞧瞧现在的你，粗糙得简直判若两人。不许笑我是颜值狗，反正结婚时，你得帅过所有人才行……"

夜色渐深，皎洁的月光通过窗户照进病房，投下柔美的光影。梁舒趴在床边睡着了，手还握着文扬的手。病床上的文扬嘴角微微上扬，扬起一个好看的弧度，如同沉浸在美梦中。片刻，他缓缓地睁开眼睛，侧头看向趴在身边的梁舒，眼中满是宠溺，抬起另一只手掌轻扶着她后脑。梁舒睡眼蒙眬地睁开眼，看着病床上的文扬眨了眨眼睛，随即回过神，高兴地坐起来。

梁舒起身想给文扬倒水，却因为趴得时间过长，腿脚发麻，又重新坐回到椅子上。文扬一脸心疼，他往旁边挪挪身子，留出空间让梁舒躺上来。梁舒笑了笑，便爬上了病床，面对着文扬，躺在他的怀中。文扬将薄被让了一半给梁舒盖上，视若珍宝一般抱着怀中的人。

"梁舒，我们结婚吧。"

“嗯？不是说等忙完这个工程吗？”

“我想通了，我一刻也不想再等了，我怕我会变得更丑，我怕你会被别人抢走。我还怕……明天和意外不知道哪一个先来，如果有一天我真的再也醒不过来了，没有娶你，会是我这辈子最大的遗憾。”

“好，我们结婚。”

“七夕怎么样？8月28日，日子不错。”

“只有十几天时间，恐怕订不到酒店。”

“婚礼就在工地举行，文扬迎娶梁舒。”

梁舒笑着答应了，她感动于文扬的肺腑之言。确实，谁都无法预料明天会是怎样，但是，如果真心相爱，又何必在意时间和形式。梁舒舒展了笑容，文扬的整个心都快化了，他在她额间印下一个吻，然后是眼帘、鼻尖，两人缱绻的呼吸近在耳边，最后，他的吻落在了她的双唇上……窗外，夜风徐徐，吹得花落如雪。

梁记饼家的名气越来越大，生意也越来越红火。最近，梁记推出了怀乡系列杏仁饼，澳门街道的巨幅广告牌上，印着梁记怀乡系列广告——

> 故乡，在我口中，是原本的味道。
> 品梁记怀乡系列，体味故乡温度。
> 有信，有心，有信心！

不少新闻媒体采访梁舒，说梁记是百年品牌与时俱进的榜样，梁舒是新一代传承人的模范。此起彼伏的闪光灯下，梁舒一身职业装，爽利沉稳地站在台上讲话。此时的梁记已经在澳门、香港、内地有十七家直营店，一家绿色生态农庄也正在中山市规划筹备当中。梁舒向大家分享经营之道，讲述梁记这个百年品牌的老字号怎样与时俱进，在恪守传统的同时不被时代抛弃。这是一个需要不断探索和完善的命题。

梁鼎文则专心做杏仁饼，不断开发新口味。每做出新口味的杏仁饼，他都让大家品尝和提意见，根据大家的建议再做完善。郑大冠夸赞他现在很有海纳百川的大将之风，原先是一丁点不同意见都听不进去，现在广泛吸纳大伙儿的建议。梁鼎文笑说，过去是守护传统，当然不能变；现在是研发创新，得听梁舒和大家的意见。大家感觉得到，梁鼎文脸上的笑容多了，脾性中的那股硬劲儿似乎软和了不少，都有几分慈祥了。

梁鼎武又当起了出租车司机，一路上跟游客们大侃特侃。他没想到，很多游客都是慕名而来，想买梁记的杏仁饼尝尝。梁鼎武便夸下海口，只要提他的名字，买饼一律打九五折。游客们进了梁记，梁鼎武便给阿彩打电话，为了找寻面子，软磨硬泡地叫她给游客打折。

游客们提着打折后的杏仁饼高兴而出，对梁鼎武说：“提你的名字是好使呀。”

梁鼎武自豪地说：“早跟你们说了，我姓梁，梁记的梁。”

炙热的阳光照进梁记，但梁鼎文依然沉稳，身穿洁白的工作服，一丝不苟地烤制杏仁饼。梁鼎文无意间抬头，却看到阮贵站在落地玻璃窗前，看着他做饼。梁鼎文冲着阮贵笑着招了招手，示意他进店。

梁鼎文和阮贵坐在梁记的休息区，喝茶吃着杏仁饼。阮贵转业之后在澳门的一家物业公司工作，台风“天鸽”马上要登陆澳门，他本在老家休假，单位提前叫他回澳门，做好防风工作。二人继续聊着家常，亲切而温暖。

送走阮贵之后，梁鼎文心里徒增了几分担忧。天气预报说台风“天鸽”8 月 23 日袭击澳门，预计风力是 8 至 10 级。梁舒的婚期定在 8 月 28 日，不知是否会受影响。

海关综合体建设工程工地上，文扬带着工人们正在奋力赶工。天气炎热，梁家栋和小七、小九正熟练地给大家分发绿豆汤和杏仁饼，梁舒和文扬则笑着向前走去，走到一处相对安静的地方，两人说起台风和结婚的事情。

“梁舒，今天接到预警通知，台风‘天鸽’要来了，说 22 号的强对流天气和 23 号的天文大潮两项不利因素叠加，会加大破坏力。总部要求提前按照最坏情况做好完全准备，明天一早，我就让大队人马撤回珠海避台风休整。”

“‘天鸽’从珠海登陆，你为什么还要把人都撤到台风眼里？”

“大多数工作人员的家人都在那里，让他们撤回去能照顾家里，要不大家也不安心。就算家不在珠海的，集团总部也都找好了避险处，很安全。”

“那你呢？跟我回三湾斜街吧。”

“这里不能没人留守，我会带着一个小组守在这里。”

“你住的那间房子是临时搭建的，安全吗？吃饭怎么办？”

“我们几个大男人的，好对付。倒是你和梁伯，23 号最好关店休息一天，让二叔也不要出车了，三湾斜街地处低洼，你们都到梁家大屋避避吧，那里地势高。”

“好吧，我回去劝劝爸爸，不过，估计说了也是白说，我爸肯定放心不下梁记的。越是危险，他反而越是要留下守护。”

2017 年 8 月 23 日，澳门上空，乌云翻滚，天色变暗——“天鸽”就要来了。

梁记饼家内，梁舒拿着胶带粘贴着玻璃窗，梁鼎文仔细检查室内电路，拔掉电源插头，父女二人做着台风之前的最后防范。

不一会儿，阴沉的天空开始下起雨，在玻璃上划下无声而短促的水线。梁舒看向窗外，雨水打湿了来往行人的肩头，湿漉漉的地面，人们撑伞而过，步履匆匆。片刻，窗外的行人和景物就被雨水冲刷得模糊不清了。梁舒望着窗外，像是对爸爸，又像自言自语："台风来了。"

乌云越来越暗，越来越低，向海面直压下来。海浪咆哮着冲向高空，去迎接轰鸣的阵阵雷声。不一会儿，雨水骤然增大，狰狞咆哮的台风放肆地撕扯着整个世界。

梁舒接到了文扬的电话。此时的文扬正冒着风雨，带领留守小组在工地巡视。风雨发疯般肆虐，文扬刚接到消息，澳门已经从 3 号风球改为 8 号风球了。他眉头紧皱，不放心地掏出手机，给梁舒拨打电话，告诉她留守在梁记太危险。

窗外，暴雨倾泻，各式物品在空中飞舞，街口已经出现水浸。梁舒安慰文扬说："你放心吧，水就算进了街，我们可以上二楼，最不济还有房顶呢，我们这边没事的。倒是你呀，工地上那么多脚手架、钢筋什么的，如果……"

话未说完，梁鼎文便喊她赶紧拿沙袋。梁舒的手机突然就断了线，她赶紧冲到爸爸身旁，同他一起抵抗灾难。短短十几分钟，门口就变成了一条河，梁舒和梁鼎文惊慌失措，奋力搬运沙袋，堵住梁记门口。

突然，父女二人的眼前一黑。停电了！整个房间瞬间笼罩在昏暗之中。沙袋很快用完了，梁鼎文和梁舒便用桌板、木架等各种能拿的东西，往店门口堵。然而，面对来势凶猛的狂风暴雨，两人的努力仍是微不足道，眼看着风雨越来越凶猛，水位越来越高，梁舒喊爸爸赶紧上楼躲一躲，梁鼎文却仍在坚持，他用身体抵住门，试图抵抗飓风的袭击。

"哗啦"一声，窗户被大风吹开，店中所有东西都被吹翻在地，在空中飞舞乱窜。墙上挂着"有信有心"梁家祖传的四字牌匾，被飓风吹得剧烈摇摆。

梁舒跑过去死死地拉着窗子不被大风撕破，风雨瞬间将梁舒全身打湿，风中携带的泥沙将梁舒的脸颊和裸露的手臂划出了道道血痕。看到女儿快要坚持不住了，梁鼎文正欲上前帮忙，只听"哐当"一声，狂风又把门刮倒，大水顿时犹如卸了闸的洪水，灌进房间，很快，屋子里已是"水漫金山"。

梁舒惊慌大喊，拉着梁鼎文就往楼上跑，梁鼎文却突然挣脱开女儿的手，不顾一切地跑去把墙上挂的"有信有心"牌匾摘下来，紧紧抱在怀中。梁舒顶着飓风迎上前，搀扶着爸爸，在大水越灌越多时，父女二人仓皇地跑上了楼梯。

梁鼎文和梁舒穿着雨衣坐靠在天台，狂风暴雨肆无忌惮地抽打到他们的身上、脸上。梁鼎文怀中紧紧抱着梁家祖传牌匾，怔怔地看着眼前的三湾斜街，悲痛而不敢置信——

满天的乌云黑沉沉的，压得人喘不过气来。狂风夹着暴雨倾泻而下，到处是"汪洋大海"；街路两旁的树木被拦腰折断，甚至被连根拔起，顺着水流漂浮，满目疮痍。

梁鼎文痛心疾首，担忧其他人的安全。梁舒刚从口袋中掏出手机，狂风就将她的手机卷走了。梁鼎文焦急，看向怀中的牌匾，祈祷祖先保佑大家都平安无事。

风雨来得更加猛烈了，梁舒双手紧紧扒住栏杆。而梁鼎文因为一手抱着牌匾，一手抓着栏杆，身体在暴风骤雨中摇晃，仿佛下一刻就要被台风吹走。

“爸，把牌匾放下！双手抓住栏杆！”

梁鼎文却牙关紧咬，固执地摇了摇头。

“会没命的！”

梁鼎文将怀中的牌匾抱得更紧，说道：“信念！不能丢！”

工程工地上，文扬紧握着手机，忐忑不安地一直在给梁舒打电话，却因没有信号而无法拨通。文扬又尝试着给梁鼎武、梁家栋等人打电话，依然不通，完全与外界失去了联系。此时此刻，文扬必须坚守岗位，心中又极担心梁舒的安危，心急火燎，焦躁不安。

粘满胶带的玻璃窗外，突然，整个墙柱摇摇晃晃，就要倒塌。文扬大惊失色，毫不犹豫地拉开大门，顶着狂风暴雨冲出去，召集工人们加固主力柱。

“听我指挥——拿上所有工具——加固主力柱！”

“文总工，太危险了。”

“这是上万人加班加点追上来的进度！我们阻止不了天灾，但可以把损失降到最小！”

狂风暴雨肆虐，工地上的吊塔倒塌，文扬带领留守人员冒着生命危险，奋力抢修工程。

整个三湾斜街却笼罩在阴沉沉的天幕下，成了一片泽国，昔日的街道现在变成了湍急的河流，并且水位还在不断地上涨，水满为患。怒吼的风携带着泥沙将三湾斜街的树木和店铺吹得东倒西歪，声音凄厉。

水位仍在迅速上涨，包括梁记饼家和皇冠小馆在内的整条街店铺都已经失守。窗户没了踪影，大门随着狂风咆哮的节奏来回摔打着墙壁。风雨灌满各个店铺，桌椅东倒西歪，一片狼藉。

三湾斜街一角，陈小帅蹚水从一处被淹没的房屋中救出年迈的街坊阿公，随后，他用床单将阿公绑在自己背后，奋力地向安全地带游去。他咬牙坚持，却逐渐体力不支，岌岌可危……

三湾斜街另一角，韩雅琪和街坊会义工合力从一处破碎的窗户中抱出一个孩子。狂风突然从二楼的阳台刮下一个遮阳板，韩雅琪下意识地将孩子紧紧搂在怀里，用身体护住孩子的安全。“嘭”的一声闷响，遮阳板重重地砸在她的背上……

澳门街道一侧，梁鼎武本想把他的车移到地势高的位置，谁料在暴雨的冲刷下，街道上积水很深，汽车涉水熄火了。他刚想离开，街边一棵大树被大风连根拔起，掀翻在地，恰好砸中他的汽车，将车门封死了。汽车发出“呜呜”的报警声，车灯在暴风雨中一闪一闪，梁鼎武拼命想打开车门车窗，使尽全身力气用脚踹用肩膀撞，仍无济于事。周围水流湍急，水势迅速上涨，被困在车中的梁鼎武危在旦夕……

澳门街道另一侧，阮贵将一位阿婆推上房顶，让阿婆暂时摆脱危险。他摸索着往回走，欲再去救其他人时，路面下水井盖被倒灌的海水冲走，他一脚踏空，倒在湍急的水流里，被水卷走……

宋晓雯站在暴风雨中进行一线报道，向外界传递最真实的灾情和救援信息："今年第13号台风'天鸽'23日正面袭击澳门，最大阵风达17级。上午11时30分，气象局悬挂10号风球，这是澳门自回归以来第一次。受其影响，海陆空交通中断，海水倒灌。而我现在所在的位置是新塘长堤……"

驻澳门部队营区，驻澳门部队官兵身穿救生衣，抬着冲锋舟，列队站在风雨中，整装待发。

驻澳门部队指挥员铿锵有力地喊道："同志们，别忘了我们曾举手宣誓守护澳门的那一刻！我们永远是驻澳门部队的一个兵！澳门永远是我们的故乡！现在，所有官兵立刻出动，全力救援澳门市民，出发！"

眼看积水即将淹没梁鼎武的车身，驻澳门部队官兵涉水而来，拿出随身携带的救险工具，猛砸挡风玻璃，终于赶在水位没顶的最后一刻，砸碎了挡风玻璃，将车内的梁鼎武从车窗中拉出。

就在陈小帅背着阿公体力不支的时候，几名驻澳门部队官兵游过来，有人接过阿公，有人将绳子的一头绑在陈小帅的腰上，将他一点一点拉到安全区域。

两名驻澳门部队官兵抬着简易担架上昏迷的韩雅琪，向医院跑去。

梁记的房子出现裂隙，开始松动，站在房顶上的梁鼎文父女已经再无躲藏之处，驻澳门部队官兵驾驶冲锋舟驶来，梁家栋也在其中。他们将父女二人救上冲锋舟，递给两人救生衣。

…………

雨势渐收，风速减弱，地处高势的梁家大屋完好无损，被临时开辟成避难所，屋中散坐着避难的街坊们，几位驻澳门部队官兵匆匆穿梭其中。梁鼎文将"有信有心"的牌匾小心翼翼地挂在正中的墙上，并用手抹去牌匾上的泥点和水渍，静静端详着那四个字。

一名驻澳门部队女兵拿着医药包，走到梁鼎文的身边，给他清理胳膊上的伤口。梁鼎文急忙向大家询问韩雅琪的情况，这才知道韩雅琪为了救人而住院了，他一听，顾不得女兵正在给他消毒包扎，惊慌地起身就走，没等众人反应过来，已经冲出了大门。

梁鼎文一口气跑到了医院，狂风刮跑了他的意识，他脑海中一片空白，只知道，他要找那个叫韩雅琪的女人，他一定要找到。医院大厅、走廊、病房里到处都是天灾中受伤的人，疲惫不堪的医护人员忙得脚不沾地。梁鼎文急忙拽住一个护士，询问韩雅琪在哪个病房，可伤员实在太多了，护士根本记不清。

梁鼎文便放开护士，四处寻找，沙哑着喉咙呼喊韩雅琪的名字。他茫然而慌张地站在人群中，一种恐惧笼罩着他的心，他从没有像现在这样害怕过。终于，他找到了韩雅琪的病房。躺在病床上的韩雅琪脸色惨白、昏迷未醒，身上连接着几台监控体征的医疗器械，有规律地“滴滴”响着。见到韩雅琪的一瞬间，梁鼎文热泪滚落，他放轻了脚步，走到病床前，丝毫没有迟疑地握住她的手，紧紧握着。他含泪看着韩雅琪，低喃：“雅琪，我来了，我会一直守在你身边的，别怕……”

天空转为淅淅沥沥的小雨，水势有所减退。满脸、满手都是划痕的文扬急促地喘息着，淌着水来到梁记饼家的废墟前，看到的是灾劫过后空无一人、残破凌乱的街道。

文扬边走，边慌张地大喊梁舒的名字，奈何声音回荡在废墟上空，却无人应答。“咯嘣”一声响，文扬脚下踩到了什么。他停下脚步，低头望去，残破的木条泥泞之中，是一部手机。文扬辨认出，这是梁舒的手机。

眼泪瞬间从文扬的眼睛里流出，他边撕心裂肺地呼喊着梁舒的名字，边慌乱地扒着梁记废墟，像疯了一般，顾不得双手被利物划伤，血肉模糊一片。

“文扬！我在这里！”

文扬缓缓转过身，看向身后，只见狼狈不堪的梁舒正站在他身后的几米之外，正含泪微笑地看着他。文扬激动地急忙蹚水跑向梁舒，梁舒泪眼蒙眬地抬头看着文扬来到自己的面前，真真切切地近在咫尺，文扬急促的呼吸不停地吹拂着她的面颊。

梁舒缓缓抬起手，向文扬的脸上摸去，文扬却一把抓住她的手腕。梁舒一惊，只见文扬紧张地不停地打量着她，摸着她的手、胳膊、脖子、脸……她随即明白过来，他是在确认自己有没有受伤。

看见梁舒完好无损，文扬这才松了口气，一把将她紧紧揽入怀中。劫后余生的两人，紧紧拥抱在一起。

雨渐渐停了，层层乌云之后隐隐透出斑驳的橙黄色阳光……

医院里，韩雅琪依旧昏迷不醒，梁鼎文握着她的手，寸步不离地守护在病床边。文扬和梁舒来医院探望，文扬忐忑地跟他商量婚礼的事情。梁鼎文明白，澳门出了五十三年一遇的灾难，文扬赶上来的工程肯定又被损坏了不少。只要他们感情好，婚礼什么时候办都行，但港珠澳大桥的工期可不能耽误。先国后家，先公后私。梁舒也同意先忙工作，于是，他们决定延后婚期。

梁鼎文专注地照顾着病床上的韩雅琪，他从水盆中拿起一条洁净的毛巾拧干，轻轻地擦拭着她的脸颊。随后，他让梁舒托住韩雅琪的头，自己小心翼翼地给她洗头发。

“雅琪，我知道你爱干净，淋了那么大的雨肯定难受，我给你用热水洗个头，清爽清爽、活活血，也好早点醒过来。现在全澳门断水断电，给你弄点热水，可不容易的。”

梁舒没想到一向不善表达感情的爸爸竟有如此温存细腻的一面，看着听着，她的眼圈忍不住红了。

陈小帅拉着宋晓雯焦急地来到病房，梁潇、梁鼎武、郑大冠等人已经都来了。昏迷的韩雅琪已经被换了身衣服，干干净净地躺在病床上，梁鼎文依然坐在床边，毫不避讳地握着她的手。

这时，梁鼎文抬头环视众人，郑重宣布——他要和韩雅琪结婚，现在，此刻。

所有人都怔住了。梁鼎文的目光看向病床上昏迷的韩雅琪，缓缓问道："雅琪，你愿意跟我走完后面的路吗？我知道，这句话说得有些迟了，耽搁了很长的时间，我也让你失望了很多次，可我还是希望你能再给我最后一次弥补的机会。"

众人劝梁鼎文，等韩雅琪醒来再结婚也不迟，梁鼎文不容置疑地说："就现在，不管她能不能醒过来，我都要娶她。她醒了最好，她要是醒不过来，我就照顾她一辈子。"

所有人感动得不再阻拦，陈小帅已是泪流满面，在病床上昏迷的韩雅琪，眼角流下泪水。

几天后，韩雅琪终于从昏迷中醒来。她从大家口中得知，梁鼎文在她昏迷时事无巨细地照顾以及向她求婚的事，苍白的脸上露出欣慰而幸福的笑容。

"天鸽"过后，天空放晴。整个澳门满目疮痍，遍地泥泞，堆积着数以吨计的垃圾和废弃物。居民住宅楼迎风面的玻璃都碎了，露出里面的家私；道路旁的大树被连根拔起，横卧在路上。街上尽是为店铺和车子收拾残局的人。

受灾最为严重的三湾斜街已是面目全非，断水断电，到处泥泞不堪，被风吹落的电线、广告牌、胶袋满地都是。街坊们排着长长的队伍领取各个社团免费分发的饮用水和食物。驻澳门部队官兵清理街道垃圾，协助澳门政府和市民灾后重建。

废墟前，宋晓雯面对摄像师的镜头，做现场报道——

"应澳门特区政府提请，中央人民政府批准，中国人民解放军驻澳门部队立即出动，奔赴受灾最严重区域，协助澳门特别行政区政府展开台风'天鸽'灾后救助行动，保护市民生命财产安全，尽快恢复正常生产生活秩序……"

驻澳门部队官兵在澳门街道上持续忙碌，他们戴着手套，带着铁铲、推车等工具，将大袋垃圾运出，有的女兵则每人背着三十多斤重的消毒水箱，分段并排展开"消杀灭"。

有序的忙碌中，暮色悄然降临。街道依然笼罩在漆黑中，没有灯光。在微弱的蜡烛和应急灯映照下，驻澳门部队官兵和街坊们已经合力将三湾斜街清理干净，可见当初的模样。

突然，路灯亮了起来，整条街恢复供电供水。街坊们忍不住高呼。

看着眼前的景象，梁潇站在一众人之间感慨道："三湾斜街还在，信心还在，希望也就在。"

驻澳门部队官兵在收拾现场时，找到了阮贵的尸体，他因救阿婆而壮烈牺牲。

三湾斜街的小广场中央，棺材安放在鲜花丛中，四周燃着白色蜡烛，中间是阮贵身穿军装的遗像。棺材的右侧，梁鼎文带着梁家人及三湾斜街街坊恭恭敬敬地向阮贵的遗体鞠躬，获救的阿婆及其家人哭得泣不成声。

棺材的左侧，驻澳门部队官兵严肃的敬礼。

驻澳门部队指挥员致悼词：

若有战，召必回！这是中国军人对祖国的无限忠诚，这是中国军人对人民的无限热爱！和平时期，抗击天灾就是一场生命保卫战！在8·23抗击“天鸽”的战斗中，原驻澳部队士官阮贵不顾父亲重病术后未愈，毅然提前返回澳门参加抗风抢险，不幸牺牲在抗击“天鸽”第一线！祖国不会忘记他，澳门人民不会忘记他，战友不会忘记他，他永远活在我们心中！

每一个参加追悼会的人，已是泪流满面。

天上的星星，那么耀眼，仿若泪光闪闪。

时光荏苒，转眼间，一年过去了。三湾斜街上的店铺经历了灾后重建，继续经营着。梁记饼店重新粉刷了墙体，皇冠小馆则直接在招牌上画出了皇冠的形状……梁鼎文依旧每天烤制杏仁饼，清晨第一炉杏仁饼免费分发给街坊们，只是他身边多了韩雅琪的身影。

文扬负责的澳门海关综合体如期竣工，港珠澳大桥正式通车——

这天，是2018年10月23日。

大厦外墙多媒体电子大屏幕，正在直播港珠澳大桥通车典礼，许多人驻足观看。国家主席和香港、澳门特首共同为港珠澳大桥通车剪彩，全世界都通过电视、网络直播见证了这一历史性时刻。

澳门特区政府组织市民环游港珠澳大桥，梁鼎文一家、三湾斜街的街坊们都参加了此次游览。港珠澳大桥是“一国两制”下粤港澳三地首次合作共建的大型跨海交通工程，这座世界上最长的跨海大桥，从设计到建成花了整整十四年。能亲眼见证澳门和祖国发展繁荣的时刻，大家感到无比自豪，他们坐上大巴车，纵观一路好风光，感慨祖国的强大。

时光大踏步走过，很快迎来了冬至。这天，澳门有祭祖挂纸的习俗，俗称“挂冬”。一大早，不远处便隐隐传来孩子哼唱澳门民谣的声音——

冬至大过年，家家食汤圆。

先生不放假，学生唔俾钱……

梁鼎文走出梁记，准备去给梁恒挂纸。郑大冠从皇冠小馆追出来，拎着一串挂纸递给他，请他替自己给老爷子挂串纸。梁鼎文接过来，去了陵园。

梁恒的墓碑前，梁鼎文边挂纸边向父亲报告："爸，一切都好，阿武搬进了新房，梁舒和文扬的婚事都是阿琪和阿琴在张罗，梁记的绿色农庄也上了正轨。港珠澳大桥通车后，我们去农庄可方便了，去喝个早茶再回来都不耽误事。澳门依托祖国，发展得太快了，梁家是赶上了好时候……"

不远处，似有似无的锣鼓声隐隐传来。

梁鼎文侧耳倾听，嘴角扬起一抹笑意。

日历翻到了 2019 年 1 月 1 日。

三湾斜街上，狮跃龙舞，人如潮涌，欢天喜地。街道上悬挂着醒目的"**庆祝 2019 年元旦**"和"**庆祝澳门回归 20 周年**"的大红横幅。这天，也是文扬和梁舒的婚期。

梁家大屋的门楣上，高高挂着一对大红灯笼；大门上，贴着大大的"囍"字，门框四周被大红绸子环绕，从门口到庭院也铺上了红地毯，一派喜气。

现场，所有亲朋好友及三湾斜街的街坊四邻悉数到场，梁鼎武的身边还站着眉清目秀的女朋友。韩雅琪一身典雅的旗袍，手腕上那个古朴的龙凤镯子格外抢眼，跟宋曼琴一起，两个妈妈忙里忙外地招呼宾客。

梁家大屋天井里，摆满了酒桌，众多宾客围坐在酒桌前推杯换盏。

身穿晚礼服的宋晓雯，踩着鼓点上台主持婚礼。整场婚礼都是宋晓雯策划的，她没有让一对新人入场，而是邀请梁鼎文上台讲几句，梁鼎文要宣布一个重要决定。

在众人的掌声中，梁鼎文稳步走上台，在正中央站定，梁鼎文大声宣布："我宣布——将梁家大屋交由澳门特区政府管理，建在梁家大屋的三湾斜街民俗博物馆，今天正式对外开放！"

台下众人顿时爆发出热烈的掌声。

梁鼎文继续说下去："希望能让来自世界各地的游客都了解三湾斜街的前世今生，也让更多人懂得——只要有信、有心、有信心，一切的美好和奇迹，都会如约而来。"

掌声如潮水般，久久没有停歇。

此时，婚礼现场还未见新郎新娘的影子，大家纷纷问询。宋晓雯笑容灿烂地站在舞台中央继续主持，突然伸长胳膊，指向天空道："现在，请大家抬起头，让我们以最热烈的掌声欢迎我们的新郎和新娘的到来，分享他们人生中最美好的时刻——"

宴席上的众人不明所以，纷纷诧异地抬头看向天空。只见一只热气球从众人头顶上的天空飘过，一身礼服的梁舒和文扬站在热气球中，正向地面上的人挥手。

热气球上的梁舒和文扬相互依偎，脸上洋溢着幸福的笑容，俯瞰他们相依相恋的三湾斜街、宏伟的全世界最长的跨海大桥，版图扩展中欣欣向荣的澳门，他们心潮澎湃，激动万分。

“澳门的变化可真大呀。”

“回归20周年了，莲花怒放，会越变越好的。”

“澳门！我爱你——！”

“中国！我爱你——！”

又一日清晨，“梁记饼家”的霓虹招牌一闪一闪地亮着。透过梁记饼家的窗子，梁鼎文忙碌的身影依稀可见。他从烤箱里端出一炉热气腾腾的杏仁饼，香味瞬间在空气中弥漫。梁鼎文认真看着每一块杏仁饼，像是欣赏自己喜爱的孩子，他明显苍老的脸上，透出孩子一般的满足和欣慰。

霞光普洒在三湾斜街上，街道渐渐苏醒。像往日一样，从里推开门，霞光照在他身上，照进梁记，照在屋内“**有信有心**”梁家祖训上。他端着第一炉杏仁饼，缓缓走在街上，免费分发给路人——

“吃梁记杏仁饼，有信，有心，有信心……”

他的声音被霞光镀上赤金色，在三湾斜街上悠然回响……

后记

澳门，是沉淀在时光里的一颗琥珀。过去几百年的世界风云中，它以华夏文明的原始根性立足，经历了葡萄牙人一个多世纪的殖民。然而，中华基因在这片土地上顽强不灭，保留了东方文明的神魂，并在种族融合、东西方文明融合的进程中达成了文明自恰，是大中华文明圈里一朵瑰丽奇葩。回归祖国后，澳门人不仅找到了文明自信，更感受到祖国母亲的关爱，不仅抵抗经济危机、自然天灾之时更从容自信，而且搭上了中华文明复兴的快车，实现了高速发展，大幅提升了人民生活水平；社会福利优厚，国际地位日益提高，成为祖国面向世界尤其是面向葡语国家的一扇重要窗口。

《澳门人家》作为纪念澳门回归20周年之作，不仅应该是澳门廿载发展历程的见证，更应该像一段温情历史的人文回响。笔者庆幸，恰是这次创作机会，给了我们一个回望历史的契机，也为我们提供了感悟澳门、了解澳门的可能。

在我的想象中，三湾斜街是一条古老的街道，它有三道弯，藏着澳门最朴素的生活伦常。这个故事，就从这条街的红尘生活入手。对生存在这条街上的梁姓一家人回归前后的变化，尤其是家庭成员命运变迁的描述，是故事的重要任务。梁家，永葆“中国心”的三代人，情缘纠葛，离合聚散；“梁家大屋”的失散与复得，夫妻情谊的破裂与弥合，家庭的分崩与团聚——无不蕴含着关涉“回归”的隐喻。

回归二十年，澳门发生的具有历史节点性的事件，笔者力图通过梁恒、梁鼎文、梁舒一家三代人的沧桑经历加以融汇。回归二十年，澳门百姓丰富而复杂的感受，也会尽力以细腻的方式加以表达。尤为重要的是，回归二十年，大陆与澳门深有意味的关联是更重要的叙事基点。于是，有了“闯入者”文扬，一个有为有爱的大陆青年。文扬给澳门的城建带来了他的学识、智慧，给三湾斜街带来了不一样的文化气息；甚至于，在某种意义上，也是他解开了梁家、马家隔代的恩怨。澳门姑娘梁舒与这位大陆来客的情感依恋，喻示了大陆和澳门同胞过去二十年心灵与感情的契合——真正的“回归”，是内在而久远的，是精神归宿上的共鸣。归根结底，澳门回归不是简单的在主权上回归祖国，而是澳门百姓、大陆同胞双向互动的心灵回归。

诚然，笔者深知：在面向大众的叙事语境里，一切主题内涵的传达都需依附于形象生动的表达。这个故事里，也不乏“传奇”元素——家族恩怨、商战、情感纠葛；但这些元素都尽力会服务于更贴地气、更有现实主义气质的民生细节、红尘琐事。宏大的历史演进，只是故事铺陈的舞台；在看似细水长流的平民叙事里，笔者时常自省：避免概念化的说教，用有性格魅力的典型人物，用引人入胜的故事，用有感染力的细节和情节，还原过去二十年澳门的人文气象，传达澳门人兼容并蓄、吐故纳新的人生哲学。

地域、气候、经济形态以及历史人文积淀使然，港澳文化和岭南文化气质大抵可以概括为开放兼容、重商务实、开拓进取，以及平民意识的普泛化。提炼出契合澳门地域特征以及澳门人人格特征的精神质素，是《澳门人家》创作中致力于探讨的课题。“有信，有心，有信心”——行事做生意讲究信誉，为人待人交付真心，直面风雨坎坷对未来葆有信心——梁记饼家这七字店训，是一种生活态度，更是一股精神气质，它源自这片土地上悠久绵长的道德传统，也折射出平凡的澳门人沐雨栉风、豁达奋发的人生哲学。找到了这七字，无异于品找到了精神之核，所有的故事、人物和情节也便有了精神的依归。

每一次创作，都是一段温暖而百感交集的旅程。

怀念在澳门大街小巷寻访采风的日子，怀念创作过程中每一点焦灼与欢愉，怀念每一个人物、每一段情节从指尖与键盘的摩挲间的诞生历程。

有必要提及，《澳门人家》的故事缘起，不乏从电影《岁月神偷》中得来的启示。这部我酷爱的电影里，听得见婉转的生命足音，看得到岁月的从容表情；它是尖锐而又不乏温情的生活，也是与尘世共舞的诗章。很幸运，剧本得到了任达华先生的青睐。在我的想象中，香港深水埗的鞋匠罗爸爸，便是澳门三湾斜街饼屋老板梁鼎文的模样——用坚毅而又淡然的表情，咀嚼百味人生，与深邃的时光抗衡。

感谢澳门这片土地给予自己的灵感和触动，感谢与这本书、这部电视剧产生过一切关联的相识或陌生的人们。感谢中国电视剧制作中心的张晓海先生和杜伟先生，是二位的邀约与信任，促成了我与澳门这座城的美丽缘分。感谢来自台湾的刘逢声导演、中央电视台责编刘梦逸女士，感谢盛世肯特文化传媒的林苑中先生、刘源先生，从电视剧播映到小说付梓，其间融汇了这些师友太多的智慧和辛劳。

最后要致谢的，是我的编剧搭档秦文、吴海中，还有小说的文学统筹宋文静、覃皓珺。我们的故事，终于带着勃勃的生机，与读者、观众相逢了。这是创作者尤为惬意的荣耀。这份荣耀，盛开于漫长而宁静的文字旅途，也绽放在一程程与大地、山海、星光相伴的时光之中。

梁振华

2019 年 11 月 20 日于北京马甸